Seelenkuss

DIE AUTORIN

Lynn Raven lebte in Neuengland, USA, ehe es sie trotz ihrer Liebe zur wildromantischen Felsenküste Maines nach Deutschland verschlug. Nachdem sie zwischenzeitlich in die USA zurückgekehrt war, springt sie derzeit nicht nur zwischen der High- und der Dark-Fantasy hin und her, sondern auch zwischen den Kontinenten.

Von Lynn Raven ist bei cbt bereits erschienen:

Das Herz des Dämons (30690)
Der Kuss des Dämons (30554)
Das Blut des Dämons (30765)
Der Spiegel von Feuer und Eis (30778)
Der Kuss des Kjer (30489)
Blutbraut (30887)

Lynn Raven
Seelenkuss

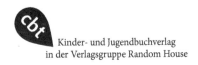
Kinder- und Jugendbuchverlag
in der Verlagsgruppe Random House

Verlagsgruppe Random House FSC® N001967
Das für dieses Buch verwendete FSC®-zertifizierte Papier
Salzer Alpin wird produziert von UPM, Schongau
und geliefert von Salzer Papier, St. Pölten, Austria.

2. Auflage
© 2013, 2015 cbt Verlag
in der Verlagsgruppe Random House GmbH, München
Alle Rechte vorbehalten
Lektorat Katja Theiß
Umschlaggestaltung: Zeichenpool, München unter
Verwendung von Motiven von © Zhang Jingna
TP · Herstellung: SL
Satz: dtp in Verlag
Druck und Bindung: GGP Media GmbH, Pößneck
ISBN: 978-3-570-30997-1
Printed in Germany

www.cbt-buecher.de

Als sich die Pforten des Schleiers unter dem ersten Seelenmond öffneten, überzog Ahoren Nesáeen die Welt mit seinen Schattenlegionen und ertränkte die Erde in Blut und Kälte.

»Aus den Annalen der Seelenkriege«

Vergiss ihn!
Ihre Hände versanken in weichem Gefieder, die mächtigen Schwingen trugen sie höher und höher, ihr Jauchzen mischte sich mit einem Schrei, der an den eines Adlers erinnerte. Sie lehnte sich weiter vor, duckte sich in den Schutz des eleganten Halses, um dem kalten Wind zu entgehen, der ihr die Tränen in die Augen trieb und ihr atemloses Jubeln davonwehte. Weit unter ihr glitzerte das tiefblaue Band des Flusses. Ein Rudel Hirsche floh in den Schatten des Waldes, die Sonne ließ die Mauern von Kahel glänzen, dann legte sich das herrliche Geschöpf, auf dessen Rücken sie saß, in einen weiten Bogen und kehrte zur Erde zurück. Hände streckten sich ihr entgegen, stellten sie wieder auf den Boden, ein zärtlicher Kuss beendete ihr begeistertes Geplapper, warm und tief – bis er zu Frost wurde und Schmerz. Ihr Lachen erstarb. Eis kroch in ihr Blut, ließ es gefrieren. Fahler Nebel verschlang die Lichtung um sie her, die Sonne erlosch. *Vergiss ihn!* Schreie gellten; dumpf, wie hinter unzähligen Mauern. Sie wollte sich losreißen von dem Schatten, der bis eben noch ein Mann gewesen war. Er hielt sie fest, zwang sie ins Gras, das zu den seidenen Laken ihres Bettes wurde. *Vergiss ihn!*

Mit einem hilflosen Wimmern krallte sie die Finger in die weiche Decke, versuchte der Kälte zu entgehen, die mit dem leisen Wispern gekommen war – und konnte sich doch nicht bewegen. *Vergiss ihn!* Die Worte sickerten in ihren Verstand wie finsteres Gift. Der Schatten neigte sich tiefer über sie, Berührungen aus Eis glitten über ihre Haut. Sie versuchte, sie abzuschütteln, sich gegen die kalten Liebkosungen zu wehren. Aufwachen! Aufwachen aus dem Traum, der keiner war. *Bald, meine Liebste! Das Gefäß ist fast bereit. Dann bin ich nicht mehr länger schwach.* Das raue Flüstern fesselte ihren Geist. *Vergiss ihn!* Lippen aus Dunkelheit strichen über ihre, hinterließen eine Spur aus geronnenem Reif bis zu ihrer Schläfe. *Gedulde dich bis zum nächsten Seelenmond. Dann gehörst du mir! Du wirst zurückkehren.* Und noch immer glaubte sie jenseits der Stimme, wie aus weiter Ferne, jene gellenden Schreie zu hören.

Mit einem Keuchen fuhr sie aus dem Schlaf auf. Neben ihr rührte sich die Magd, die sie am Abend gebeten hatte, mit ihr das Bett zu teilen, in der Hoffnung, ihre Wärme würde die Kälte fernhalten, die Nacht für Nacht unter ihre Decken kroch und sie am ganzen Körper zitternd aufschrecken ließ. Doch die Frau drehte sich nur auf die andere Seite und schlief ruhig weiter. Hastig löste sie die verkrampften Fäuste aus den Laken, als ihr bewusst wurde, dass sie die kostbare Sarinseide verzweifelt umklammert hielt. Ein Albtraum! Es war nur ein Albtraum! Blind starrte sie in die Dunkelheit, die nur schwach vom fahlen Mondlicht durchdrungen wurde, versuchte, sich zu erinnern ...

Erst als das nebelverhangene silbrige Rund im Bogen des Fensters erschien, klärte sich ihr Blick. Nur noch wenige Tage, dann wäre die bleiche Scheibe wieder voll. Ein Zittern kroch in ihre Glieder bei dem Gedanken, dass sie sich blutrot färben könnte. Noch nie hatte sie einen Seelenmond gefürchtet, doch diesmal konnte sie vor Angst kaum atmen.

Ein weiterer Mann der Garde war spurlos verschwunden! Müde rieb Réfen sich die Kiemennarben und starrte zur gekalkten Decke seines Dienstzimmers hinauf. Zwei Stunden vor Morgengrauen war er zuletzt von Kameraden gesehen worden. Sie hatten zusammen an einem der Feuerbecken gestanden, um sich in der Kälte, die seit dem letzten Seelenmond jede Nacht zusammen mit einem zähen Nebel in den Mauern von Kahel Einzug hielt, einen Moment aufzuwärmen. Heute Morgen beim Appell hatte er gefehlt und die stundenlange Suche nach ihm war ebenso erfolglos verlaufen wie die nach den Männern, die schon zuvor verschwunden waren – und wie jedes Mal hatten die Torwachen geschworen, der Vermisste sei nicht an ihnen vorbeigekommen.

Vor zwei Tagen hatte er Königin Seloran einen ähnlichen Vorfall gemeldet, so wie schon an mehreren Tagen zuvor. Dass es inzwischen Gerüchte gab, die Männer seien aus Angst vor dem drohenden Krieg davongelaufen, machte alles nur noch schlimmer. Der Gedanke, ihr heute wieder unter die Augen treten zu müssen, ließ ihn unwillkürlich schaudern. Seine Finger schlossen sich fester um den Federkiel, mit dem sie schon eine ganze Zeit unruhig spielten. Und zerbrachen ihn. Bei den Sternen, er war mit ihr und ihrer jüngeren Schwester Darejan aufgewachsen. Nach dem Tod seines Vaters, der ein Freund und Waffenbruder König Kadeirens gewesen war, hatte der Herrscher der Korun ihn, Réfen, zu seinem Mündel gemacht. Wie einen Sohn hatte er ihn behandelt, obwohl seine Mutter, eine Kaufmannstochter, nur die Geliebte seines Vaters gewesen war und er als Kind in den Gassen des Silnen-Viertels gelebt hatte. Kurz nur huschte ein Lächeln über seine angespannten Züge. Irgendwann hatte er aufgehört, die Gelegenheiten zu zählen, bei denen er Seloran gedeckt hatte, weil sie sich verbotenerweise in das Labor des Hofmagicus geschlichen und in seinen Büchern gelesen hatte. Oder für Darejan saubere Kleider aus dem Palast geschmuggelt hatte, weil sie sich wieder einmal einem der halbwilden CayAdesh-Rösser genähert hatte, die sein Vater aus den Bergsteppen mitgebracht hatte – und nach einem misslungenen Versuch aussah, als hätte sie den Schweinen in der Suhle Gesellschaft geleistet – oder sich mit einem Stalljungen geprügelt. Er kannte die Schwestern, seit König Kadeiren ihn in den Palast geholt hatte, aber seit dem letzten Seelenmond hatte er zuweilen das Gefühl, bei Seloran einer Fremden gegenüberzustehen. Etwas an ihr hatte sich verändert, auch wenn er nicht mit Sicherheit sagen konnte, was.

Ein Klopfen riss ihn aus seinen Gedanken. Auf sein »Herein!« betrat ein hochgewachsener Krieger den Raum und schloss bedächtig die Tür hinter sich.

»Garwon!« Réfen nickte dem Mann herzlich zu. »Was führt dich zu dieser späten Stunde zu mir?« Er wies einladend auf den Sessel, der auf der anderen Seite seines Schreibtisches stand, doch der Krieger dankte nur mit einer kurzen Geste und blieb stehen.

»Ich muss dich sprechen, Hauptmann!«

»Was gibt es?« Die Förmlichkeit in Garwons Stimme überraschte ihn.

Einen langen Augenblick schien der Krieger nicht zu wissen, wie er beginnen sollte. Dann trat er an das hohe Fenster, das in den Innenhof des Palastes hinausblickte, und starrte einen Moment in die Dunkelheit jenseits des geschliffenen Glases. Schließlich begann er doch zu sprechen. »Es geht um den Gefangenen, Hauptmann. Den, von dem die Königin glaubt, er sei ein Spion der Nordreiche.«

»Dieser Gefangene geht uns nichts an, Garwon«, unterbrach Réfen ihn, ehe er weitersprechen konnte. »Die Königin hat ihn den Grauen Kriegern übergeben.«

Abrupt wandte der Mann sich ihm zu. »Ja, und keiner weiß, was diese Grauen Kerle diesem armen Hund jede Nacht antun. Aber – bei den Sternen, Réfen – was auch immer es ist, das hat keiner verdient, ob er nun ein Spion ist oder nicht.«

»Was soll das heißen?«

Mit zwei Schritten stand Garwon vor seinem Schreibtisch und stützte sich mit beiden Händen auf die polierte Platte. »Die Grauen kommen jeden Abend, wenn die ersten Schatten sich zeigen – den ganzen Tag über sieht man nichts von den Kerlen –, und dann …« Angewidert schüttelte er den Kopf. »Bis hin zur Wachstube hört man ihn schreien! Die ganze Nacht!«

Réfen begegnete dem Blick des anderen scheinbar gelassen. Doch sie wussten beide, was er von unnötiger Grausamkeit hielt. »Es ist üblich, einen Spion zu befragen.«

»Die ganze Nacht? Jede Nacht seit er hier ist?«, brauste der Krieger auf. »Verdammt, Réfen, der Mann hat, seit sie ihn ins Verlies geschleppt haben, weder Wasser noch etwas zu essen bekommen.«

»Garwon, der Mann soll …«

»Ich weiß!«, fiel der ihm unwirsch ins Wort. »Er soll nicht nur ein Spion sein, sondern obendrein auch noch etwas mit dem Verschwinden Prinzessin Darejans zu tun haben. Und ja, der Umstand, dass die Grauen ihn mit ihr zusammen in den Höhlen unter den GônBarrá aufgegriffen haben, spricht dafür.« Der Krieger stieß sich mit einem Ruck von der Tischplatte ab und richtete sich auf. »Aber dennoch weigere ich mich zu glauben, dass das alles tatsächlich auf Befehl der Königin geschieht.« Er schüttelte den Kopf. »Der Mann ist vielleicht ein Spion, vielleicht sogar Schlimmeres. Aber er ist auch ein Mensch. Und du, als Hauptmann der Garde …«

Réfens erhobene Hand ließ den Krieger innehalten. Schweigend blickte er auf die Bruchstücke des Federkiels vor sich auf dem Tisch. Garwon hatte recht. Seloran wäre im ersten Zorn dazu fähig, einen Mann, der Hand an ihre geliebte jüngere Schwester gelegt hatte, unverzüglich dem Henker zu übergeben. Aber sie würde ihn nicht tagelang foltern und hungern lassen. Auch er weigerte sich, das zu glauben.

»Und da ist noch etwas, Réfen.« Die Stimme des Kriegers ließ ihn aufschauen. »Diese Grauen Krieger – die Männer fürchten sie.« Als Garwon sah, wie seine Braue sich hob, stieß er ein scharfes Schnauben aus. »Ich weiß, wie das klingt. Aber ich rede nicht von irgendwelchen grünen Bauerntölpeln, die gerade erst nach Kahel gekommen sind und noch nie zuvor einer Gefahr ins Auge gesehen haben. Du kennst die Männer, und du weißt so gut wie ich, dass keiner von ihnen ein Feigling ist.« Jetzt setzte Garwon sich doch auf den Sessel, den Réfen ihm zuvor angeboten hatte, und beugte sich vor. »Irgendetwas ist an diesen Kerlen seltsam. – Sie haben noch mit keinem Mann ein Wort gewechselt. Stets bleiben sie unter sich, niemals sieht man sie ohne diese weiten grauen Gewänder und ihre Helme. – Wer sind diese Kerle? Woher kommen sie?«

»Beinah könnte man meinen, die Männer hielten sie für Geister oder etwas Ähnliches, Garwon.« Réfen schob mit einer ungeduldigen Geste die Reste des Federkiels beiseite. »Du warst dabei, als die Königin den Männern erklärte, was es mit den Grauen Kriegern auf sich hat. Es sind Verbündete, die uns in dem bevorstehenden Krieg gegen die Nordreiche beistehen werden. Sie tragen diese weiten Gewänder und die Helme, weil ihre Gestalt sich von der unseren unterscheidet und sie weder die Männer noch die übrigen Bewohner Kahels erschrecken wollen. Deshalb bleiben sie auch unter sich und halten sich während des Tages in ihrem Lager im Wald vor der Stadt auf. – Und Garwon: Du weißt so gut wie ich, dass dieses knappe Dutzend der Grauen Krieger nur eine Vorhut ist. Ein Zeichen des guten Willens ihres Herrn. Es werden mehr von ihnen kommen und unsere Männer werden Seite an Seite mit ihnen kämpfen müssen.«

»Und du glaubst das tatsächlich, Hauptmann? – Ganz abgesehen davon, dass die Nordreiche gar keinen Grund hätten, sich gegen uns zu erheben. Du hast die Berichte selbst gelesen ...«

»Dann sag mir, Garwon: Warum sollte die Königin lügen?«

Der Krieger fuhr sich mit beiden Händen durchs Haar. »Genau diese Frage stelle ich mir die ganze Zeit, und ich will verdammt sein, wenn ich sie beantworten kann.«

Réfen stieß ein leises Seufzen aus. »Also gut! Ich werde dort unten nach dem Rechten sehen, auch wenn ich damit gegen einen direkten Befehl der Königin verstoße, und gegebenenfalls dem Tun der Grauen Einhalt gebieten.« Entschlossen stand er auf, griff nach seinem Schwertgurt und bemerkte zu seiner

Überraschung, dass Garwon beinah erleichtert nickte, ehe er ihm die Tür öffnete und den Vortritt ließ.

Die Korridore des Palastes waren wie ausgestorben. Nur vereinzelt verriet ein leises Schnarchen aus einer Nische, dass sich dort ein Diener in seine Decken gewickelt hatte, falls sein Herr oder seine Herrin ihn noch benötigen sollte. Die Wachen, die in den Fluren ihren Dienst versahen, nickten ihm ehrerbietig grüßend zu, und mehr als einmal spürte er ihre erstaunten Blicke, ob des Umstandes, dass auch er jetzt noch – weit nach Mitternacht – auf den Beinen war.

Er hörte die Schreie schon, als sie die schmale Treppe hinter sich gelassen hatten, die auf die erste Ebene des Kerkers hinabführte. Verwundert warf er Garwon einen kurzen Blick zu, der seine unausgesprochene Frage mit einem knappen Nicken beantwortete. Seine Fingerknöchel waren weiß, so fest umklammerte er den Griff der Fackel, mit der er ihm die Stufen hinunterleuchtete. Unwillkürlich beschleunigte Réfen seine Schritte, als er die zweite Treppe hinabstieg, die in der Wachstube der Kerkerwache endete. Der grauenvolle Laut wollte scheinbar nicht enden.

Der Anblick, der sich ihm am Fuß der Stufen bot, brachte ihn abrupt zum Stehen. Die Männer der Wache hatten sich am anderen Ende des Raumes um einen Tisch gedrängt. Die geschnitzten Würfel und polierten Steine eines Jaran-Spieles lagen auf dem Holz, ebenso vergessen wie die Becher und der Krug mit Bier, der in ihrer Mitte stand. Jede Fackel und jede Kerze war angezündet, sodass die kleine Stube beinah taghell erleuchtet war. So, wie sie ihm und Garwon entgegensahen, konnte er ein Schaudern nur schwer unterdrücken. Dann erkannten die

Männer ihn und seinen Begleiter. Ein erleichtertes Raunen ging von Mund zu Mund. Erst als die Blicke der Krieger zu dem dunklen Durchgang huschten, hinter dem es zu den tiefer liegenden Zellen ging, wurde ihm die plötzliche Stille bewusst – und dieses Mal zuckte er ebenso zusammen wie die anderen, als die Schreie unvermittelt wieder einsetzten. Bei den Sternen, so entsetzliche Laute hatte er bisher noch nicht einmal von sterbenden Tieren gehört, geschweige denn von einem menschlichen Wesen. Was auch immer dort unten vorging, es konnte tatsächlich nicht auf einen Befehl der Königin geschehen.

»Ist das jede Nacht so?« Die Männer wichen seinem Blick aus, nickten. Réfen presste die Lippen zu einem schmalen Strich zusammen. »Ihr hättet früher zu mir kommen sollen!« Entschlossen trat er in den Durchgang und stieg die Stufen hinab, die zu den anderen Zellen führten. Garwon beeilte sich, ihm mit der Fackel zu folgen, und nach einem weiteren Augenblick hörte er auch die Schritte der anderen Krieger.

Eigentlich hatte er die niedere Tür auf der rechten Seite des Ganges, deren schweres Holz die qualvollen Laute nicht zu dämpfen vermochte, einfach aufreißen wollen, um die Grauen Krieger bei ihrem Tun zu überraschen. Doch selbst als er sich mit der Schulter dagegenstemmte, rührte sie sich nicht. In einer Mischung aus Ärger und Verwirrung blickte er die Männer an, die um ihn herumstanden. Offenbar waren sie ebenso erstaunt, dass sie sich nicht öffnen ließ, wiesen die Kerkertüren doch nur auf dieser Seite Riegel und Schlösser auf.

Ungeduldig schlug er mit der Faust gegen das Holz. »Öffnet!«, forderte er laut. Nichts außer Schweigen antwortete ihm. Nach einem Moment hieb er erneut gegen die Tür, härter dieses Mal. »Öffnet! Das ist ein Befehl!« Abgesehen von einem hohen, klagenden Laut, bei dem sich ihm die Nackenhaare aufstellten, blieb es still. »Öffnet oder ich lasse die Tür aufbrechen!« Wieder schlug er gegen das Holz, mit der flachen Hand diesmal – und sah sich unvermittelt einem der Grauen Krieger gegenüber, als sie abrupt nach innen schwang. Kälte schlug ihm entgegen, sein Atem bildete weiße Wolken, während der Graue ihn aus Augen, die unter dem Helm nicht zu erkennen waren, anzustarren schien. Über die Schulter des Kriegers erhaschte Réfen einen Blick auf zwei weitere grau gekleidete Gestalten, die sich in der hinteren Ecke der Zelle über etwas beugten. Schwere, keuchende Atemzüge waren zu hören, ansonsten herrschte eine geradezu unheimliche Stille. Er wandte seine Aufmerksamkeit wieder dem Grauen in der Tür zu. »Was geht hier vor? Rede, Kerl!« Sein scharfer Ton ließ den anderen vollkommen unbeeindruckt. Réfen knurrte gereizt. »Antworte, Mann!« Der Graue starrte ihn nur weiter schweigend an. Obwohl er nicht gesehen hatte, dass die beiden anderen Krieger sich bewegt hätten, erklang wieder ein gellender Aufschrei. Als er dem Treiben der Grauen endgültig ein Ende setzen und den Kerl in der Tür beiseiteschieben wollte, hob der abrupt die Hand und legte sie gegen Réfens Brust. Geltscherkalter Schmerz explodierte unter der Berührung, jagte durch seine Glieder und schleuderte ihn in Schwärze.

3

Feiner Staub tanzte in den dünnen Lichtstreifen, die durch die schmalen Spalten in den Raum fielen, an denen die schweren Vorhänge zusammenstießen. Ein wenig erstaunt blinzelte Darejan in das Halbdunkel. Warum sperrte ihre Schwester die wärmenden Sonnenstrahlen aus dem Studierzimmer des vor einigen Mondläufen verstorbenen Hofmagicus aus, wenn dies doch der Raum war, in dem sie sich in letzter Zeit beinah häufiger aufhielt als in ihren eigenen Gemächern?

»Seloran, bist du hier?« Stille antwortete ihr. Darejan runzelte leicht die Stirn. Nun gut. Sie sollte in der Lage sein, die Kräuter für Nian auch ohne Selorans Hilfe zusammenzustellen. Mit energischen Schritten durchquerte sie den Raum und zog die Vorhänge mit einem Ruck beiseite. Sofort flutete warmes Gold durch die hohen Fenster und ließ die Wandtäfelung aus poliertem Jedraholz wie mattes Kupfer glänzen.

Heute Morgen war Nian bleich und schwach aufgewacht. Dunkle Ringe unter den Augen hatten das hübsche Gesicht der jungen Magd verunziert und sie war so matt und entkräftet gewesen, dass Darejan sie voller Sorge in ihre Kammer geschickt hatte, damit sie sich ausruhe. Sie hatte sogar den königlichen Heiler zu Nian befohlen. Während der Mann sich um die Magd kümmerte, hatte sie seinen Platz an Réfens Bett eingenommen.

Ein Herzanfall! Sie konnte es noch immer nicht glauben. Réfen stand gerade erst in seinem neunundzwanzigsten Jahreslauf. Sein blasses Gesicht auf den Kissen, die schwachen Atemzüge, unter denen seine Brust sich langsam hob und senkte – Réf war in seinem ganzen Leben noch nie ernsthaft krank gewesen, und ihn jetzt so sehen zu müssen, hatte ihr wehgetan. Dass ein Verband aus weichem Leinen um seinen Kopf geschlungen war, da er sich obendrein eine Wunde an der Stirn zugezogen hatte, als er bewusstlos zusammengebrochen und gegen eine Mauerkante geschlagen war, ließ ihn nur noch verletzlicher erscheinen. Sie machte sich immer noch Sorgen um ihn, obwohl der Heiler ihr mehrfach versichert hatte, dass Hauptmann Réfen sich nach ein paar Tagen strengster Bettruhe und anschließend mindestens einem Viertelmond Schonung wieder vollständig erholen würde. Auch wenn einige Adelige der Meinung waren, der Hauptmann der Garde sei kein angemessener Umgang für eine Prinzessin der Korun, machte sie keinen Hehl daraus, dass sie Réfen gernhatte. Immerhin waren sie aufgewachsen wie Bruder und Schwester.

Der Heiler war schließlich mit der Nachricht zurückgekehrt, dass Nian an einer seltsamen Schwäche litt, die auch schon zwei von Selorans Pagen befallen hatte, für die er aber keinen Grund finden konnte. Entsprechend vermochte er nichts zu tun, außer den Betroffenen Ruhe zu verordnen. Und dann hatte der Kerl doch tatsächlich die Unverschämtheit besessen, sie aus Réfens Gemach zu werfen, da ihre Anwesenheit im Zimmer eines kranken und obendrein halb nackt im Bett liegenden Mannes seiner Meinung nach äußerst ungehörig sei. Halb nackt! Pah! Réf trug ein Hemd und war bis zum Kinn zugedeckt – und außerdem hatte sie ihn schon mehr als einmal mit bloßer Brust und nur in seiner Hose gesehen. Wäre da nicht Nians unerklärliche Schwäche gewesen, hätte sie sich auf eine Auseinandersetzung mit dem Heiler eingelassen. So war sie unter Protest gegangen.

Während sie an den fleckigen und zerkratzten Arbeitstisch unter einem der Fenster trat, schlüpften ihre Finger, ohne dass sie es bemerkte, unter ihre weiten Gewandärmel und rieben gedankenverloren über die hauchdünne Oberfläche ihrer Unterarmflossen. Ebenso wie die drei zu beiden Seiten des Halses schräg nach hinten aufwärtslaufenden Kiemennarben, die bei den Frauen ihres Volkes weniger stark ausgeprägt waren als bei den Männern, waren sie ein Erbe ihrer Vorfahren, die vor unzähligen Jahresläufen im Meer gelebt hatten. Sie reichten vom Handgelenk bis zum Ellbogen hin, liefen schräg nach obenhin aus und waren mit silbrigregenbogenfarben glänzenden Schuppen bedeckt, die sich ein kleines Stück auf die Haut zu beiden Seiten des Flossenansatzes fortsetzten. Als ihr bewusst wurde, wohin ihre Finger sich wieder verirrt hatten, zog sie die Hände hastig aus den Ärmeln. Die meisten adeligen Korun verbargen ihre Unterarmflossen unter eleganten Stulpen aus zartem Stoff, weil es als liederlich galt, wenn ein Mann die Unterarmflossen einer Frau sah – oder am Ende gar berührte. Darejan hatte diese Enge an den Unterarmen nie ertragen und sich die Stulpen heruntergezogen, sobald ihre Kinderfrau nicht hingesehen hatte. Was eigentlich ein filigranes, zartes Gewebe sein sollte, war deshalb bei ihr an den Rändern ausgefranst und mit schillernden Schuppen bedeckt, die sich an unzähligen kleinen Narben gebildet hatten, sodass ihre Unterarmflossen beinah so prächtig schimmerten wie die eines Mannes. Zugleich waren sie umso empfindsamer geworden, weshalb sie die eleganten Stulpen noch weniger ertrug. Wenn man nach den Maßstäben ihres Volkes ging, war das ein schwerer Makel für eine junge Frau – ein Makel, den auch der Umstand nicht aufwiegen konnte, dass sie die Schwester der Königin war. Mit einem Seufzen verdrängte sie die traurigen Gedanken und ließ ihren Blick über die ordentlich aufgereihten Tiegel, Töpfchen, Phiolen und kleinen Fläschchen vor sich schweifen. Auf dem Boden neben dem Tisch stand sogar eine hohe, mit Wein gefüllte Amphore, um eine Rezeptur auch mit etwas Stärkerem als Wasser ansetzen zu können. Erstaunlich, wie beinah übertrieben sorgfältig Seloran seit einiger Zeit das Studierzimmer, das gleichzeitig als Laboratorium diente, aufgeräumt hielt. Früher hatte es regelmäßig so ausgesehen, als sei ein Windgeist durch die Regale und über die Tische gefegt, wenn ihre Schwester hier einige Stunden verbracht hatte. Darejan strich sich eine Strähne aus der Stirn, drehte die lange schwarzsilberne Pracht zu einem Rossschweif zusammen, den sie im Nacken zu einem Knoten schlang, trat zu dem Schrank, hinter dessen geschliffenen Glastüren sich die kostbaren Folianten befanden, aus denen sie selbst unter Meister Fanerens Anleitung ihre ersten Elixiere zusammengestellt hatte. Mit zusammengekniffenen Augen studierte sie die Titel auf den Buchrücken, bis sie fand, was sie suchte. Sie zog den schweren ledergebundenen Band hervor, legte ihn auf den Tisch, schlug die Seite auf, auf der die Rezeptur für Nians Medizin verzeichnet war, und machte sich an die Arbeit. Sehr schnell hatte sie die Ingredienzien bereitgestellt und begann, die Zutaten abzumessen.

Es war eine unbewusste Bewegung, mit der sie irgendwann den schweren Folianten ein Stück zur Seite schob, um etwas mehr Platz zu haben. Ein Scharren ließ sie den Kopf heben, sie sah einen wachsversiegelten Tiegel und eine tönerne Flasche mehr als eine Armlänge entfernt am Rand des Tisches schwanken, dann kippen. Ohne nachzudenken, hob sie die Hand, um den Fall der Gefäße mit ihrer Magie zu verhindern – und vergaß, dass sie es nicht mehr vermochte. Tiegel und Flasche zerbrachen mit einem misstönenden Krachen auf dem steinernen Boden, eine farblose Flüssigkeit lief in eine andere, fahlrote hinein und beinah im gleichen Atemzug schlugen Flammen empor. Einen Moment lang starrte sie erschrocken auf das brennende Gemisch, das träge über die Steine rann und schließlich hungrig nach einer Truhe aus altem, rissigem Holz und dem schweren Vorhang leckte, hinter dem diese halb verborgen stand. Wieder bewegte sich ihre Hand, ohne dass sie sich dessen richtig bewusst wurde – wieder ohne dass etwas geschah. Für einen kurzen Augenblick spürte sie nur Verzweiflung und Enttäuschung. Noch vor nur ein paar Tagen hätte es nicht mehr als dieser kurzen Geste bedurft, um das Feuer zu ersticken. Oder um zu verhindern, dass Tiegel und Flasche über die Tischkante kippten. Aber jetzt ... Wie konnte sie sich noch länger eine Hexe nennen, wenn sie noch nicht einmal mehr in der Lage war, ein kleines Feuer mit Magie zu löschen. Der Geruch von brennendem Stoff riss sie aus ihrer Erstarrung. Hastig packte sie die Amphore und erstickte die Flammen unter einem Schwall Wein. Qualm stieg aus dem Vorhang auf. Die glänzende Feuchtigkeit versickerte in den Rissen des Deckels ... Mit einem Fluch fiel sie auf die Knie und wischte hastig an dem Holz herum. Was auch immer in dieser Truhe war: Hoffentlich war nicht genug Wein hineingelangt, um es zu verderben! Seloran würde einen Vollmond kein Wort mit ihr sprechen, wenn sich darin irgendetwas Wichtiges befand, das jetzt ruiniert war. Ein letztes Zögern, dann sah sie sich nach etwas um, mit dem sie das altertümliche Schloss der Truhe öffnen könnte. Schließlich griff sie nach dem schmalen Dolch, den sie am Gürtel trug. Réfen hatte es ihr oft genug gezeigt, als sie noch Kinder gewesen waren. Tatsächlich schnappte der Bügel einen Moment später mit einem Knirschen auf und Darejan hob den Deckel der Truhe, fuhr mit der Hand über die Innenseite. – Alles war trocken. Erleichtert stieß sie die Luft aus, doch dann bemerkte sie aus dem Augenwinkel das breite Rinnsal, das in den Ritzen und Löchern einer zerbrochenen Bodenplatte am Fuß der Kaminmauer versickerte. Nein! Die Sveti! In erschrockener Eile kroch sie zu den schadhaften Steinen hin und zwängte mühsam die Finger in die Spalten, um sie aus dem Boden zu lösen, ohne auch nur einen Gedanken darauf zu verschwenden, dass sie sich die Haut aufschürfte und die Nägel einriss. Die Sveti vertrugen keine Feuchtigkeit! Und eine kleine Gruppe der pelzigen Tiere lebte unter der zerbrochenen Steinplatte und in der Kaminmauer dahinter. Meister Faneren hatte die etwa handgroßen Geschöpfe mit dem Hornkamm, der sich von ihren schmalen Drachenschnauzen bis zur Spitze ihres flachen Schwanzes zog, hier geduldet, weil allein ihre Anwesenheit genügte, um jedwedes andere Getier fernzuhalten, das seinen kostbaren Büchern oder Kräutern gefährlich werden könnte. Wie oft hatten Seloran und sie selbst die Tiere auf dem Schoß gehabt und mit Brot oder süßen Roonfrüchten gefüttert. Es wäre schrecklich, wenn sie durch ihr Ungeschick mit dem Wein in Berührung kämen.

Endlich! Nachdem sie das erste Bruchstück gelöst hatte, waren die anderen problemlos beiseitezuräumen. Doch als sie sich vorbeugte, sog sie verblüfft den Atem ein. Der Hohlraum unter der Platte war nicht leer, auch wenn keines der Tiere sich darin aufhielt. Das Heft eines Schwertes glänzte darin. Die Klinge steckte in einer Scheide aus dunklem Leder, auf der sich deutlich sichtbar feuchte Flecken abzeichneten. Jemand hatte sie mit der Spitze voraus tief in den Svetibau geschoben, damit die Waffe Platz unter der geborstenen Platte fand. Vorsichtig nahm Darejan sie heraus und drehte sie im Licht. Es war ein schlanker Eineinhalbhänder, dessen etwas zu langer, mit dunklem Leder und gezwirntem Golddraht umwickelter Griff es seinem Träger erlaubte, die Waffe problemlos auch mit beiden Händen zu führen. In den Knauf selbst war ein matt schimmerndes Juwel eingesetzt, in dessen dunklem Ockerton tiefrote Einschlüsse lohten. Zur Klinge hin war die Parierstange leicht gebogen und an den Enden in der Form von Klauen gespalten. Langsam zog sie die Waffe aus der abgegriffenen Scheide. Grau schimmerten ineinander verschlungene Runen in der Blutkehle, hoben sich dunkel vom Rest des glänzenden Stahls ab. Sie fuhr vorsichtig mit den Fingerspitzen über die Klinge. Und stellte erstaunt fest, dass sie geflammt war. Doch die Wellen waren so schwach ausgeprägt, dass man schon sehr genau hinsehen musste, um es erkennen zu können. Und im Gegensatz zu den Schwertern, die sie kannte, hatte sie keine Fehlschärfe, die es ihrem Träger erlaubt hätte, die Klinge direkt unter der Parierstange zu packen und mit dem Heft einem Gegner das Schwert aus der Hand zu hebeln. Warum lag die Waffe unter der geborstenen Steinplatte? Wer hatte sie hier versteckt? Meister Faneren? Nein! Weder an der Scheide noch am Griff hing Staub. Aber wer dann? Seloran? Weshalb sollte ihre Schwester ein Schwert hier verstecken? Es gab keinen Grund für einen solchen Unsinn! Verwirrt ließ sie den Blick noch einmal über die Klinge gleiten, ehe sie sie wieder in ihre Hülle schob und sich abermals vorbeugte, um einen Blick in den Svetibau zu werfen. Auch jetzt zeigte sich keines der Tiere. Vielleicht wegen der dunklen Weinlache, die sich auf dem Boden des Hohlraumes gesammelt hatte? Darejan stand auf, ergriff einige alte Lappen, die auf dem Arbeitstisch lagen, und machte sich daran, die Feuchtigkeit sorgsam aufzuwischen. Ihre Finger streiften kühlen Stoff. Verblüfft legte sie die Tücher fort und hob ein Bündel aus schimmernd schwarzer, golddurchwirkter Seide ans Licht. Der Stoff glitt durch die Bewegung zur Seite, und die Bruchstücke eines Edelsteins kamen zum Vorschein, der ursprünglich wohl knapp faustgroß gewesen sein mochte. Es war die gleiche Art von Stein, wie er auch in den Schwertknauf eingelassen war, doch dieser war vollkommen klar und ohne jeden Makel gewesen. Eines der Bruchstücke rutschte aus der Seide. Es gelang Darejan gerade noch, es aufzufangen, ehe es auf die Steinplatten schlug.

Seloran, die sich über den sich windenden Körper eines Mannes beugte. Seine Züge verborgen in Dunkelheit. Ihre Stimme nur ein heiseres Murmeln. In ihren Händen hielt sie zwei Hälften eines faustgroßen Edelsteins, der in einem tiefen Ockerton makellos erstrahlte. Verschmolz. Ein Schatten erstand aus dem Stein. Senkte sich auf den sich in Agonie hilflos aufbäumenden Mann.

»Nein!« Das Wort verwehte, übertönt von einem Laut wie dem Schrei eines Adlers, geboren aus blanker Qual. Der Mann lag still. Magie brannte in der Luft. Der Edelstein zerbarst. Grausames Gleißen. Der Schatten krümmte sich, kreischte, verblasste in Seloran. Schmerz in ihrem Inneren, der zu Dunkelheit wurde.

Mit einem leisen Klacken schlug das Bruchstück des Juwels auf die Steinplatte. Sie starrte auf die Edelsteinsplitter, plötzlich am ganzen Körper zitternd, ohne sich erinnern zu können warum. Hinter ihrer Stirn war wieder jener seltsame Schmerz, der sie seit einigen Tagen immer wieder peinigte. Ein Schatten huschte über den Boden, unwillkürlich schrie sie auf, prallte zurück. Nur allmählich klärte sich ihr Blick, erkannte sie das Sveti, das sich dicht vor ihr auf die Hinterbeine aufgerichtet hatte und sie aus seinen schwarzen Knopfaugen mit den goldenen Pupillenschlitzen ansah. Seine runden, durchscheinenden Ohren bewegten sich unruhig, der flache, buschige Schwanz wischte hin und her. Es blickte mit zitternden Barthaaren zur Tür. Dann drehte es sich mit einem schrillen, angstvollen Pfeifen um und verschwand in dem Bodenloch. Kälte kroch über Darejans Rücken, ohne dass sie gewusst hätte, weshalb. In fliegender Hast sammelte sie das Bruchstück des Juwels wieder ein, darum bemüht, es mit Hilfe des kostbaren Stoffes kein zweites Mal zu berühren, stopfte das Bündel aus golddurchwirkter Seide und Edelsteinsplittern in den Hohlraum, schob das Schwert hinterher und beeilte sich, die Stücke der Steinplatte wieder an ihren Platz zu rücken.

»Was machst du da unten?«

Seloran stand im Halbschatten bei der Tür. Der Ausdruck in ihren Augen schnürte Darejans Kehle zu.

»N-n-nichts!« Ihre Stimme versagte.

»Nichts?« Mit schmalem Blick kam ihre Schwester auf sie zu. Ihr schönes Gesicht verzog sich, als sie ins Licht trat. Der helle Perlmuttton ihrer Haut wirkte nahezu grau. Wie in den letzten Tagen lagen dunkle Schatten unter ihren Augen und ihre Wangenknochen traten scharf hervor. Dann beugte sie sich zu ihr hinab, musterte sie beinah lauernd. Die tiefrote Sarinseide ihres Gewandes raschelte. »Wenn du ›nichts‹ machst, warum rutschst du dann auf den Knien auf dem Boden herum?«

Hatte sie sich geirrt oder hatte Seloran tatsächlich prüfend zu der zerbrochenen Steinplatte gesehen? Fast hätte sie sich selbst mit einem raschen Blick vergewissert, dass die Bruchstücke tatsächlich an Ort und Stelle lagen. Weshalb hatte sie plötzlich Angst vor ihrer Schwester? Was war nur mit ihr los? Möglichst unauffällig atmete sie tief durch und stand auf. Die pochende Angst in ihrer Kehle blieb. Auch Seloran erhob sich, ohne den Blick ihrer dunkelblauen Augen von Darejan zu nehmen.

»Also? Was tust du hier wirklich, Darejan?« Die Handbewegung ihrer Schwester umfasste den ganzen Raum.

Darum bemüht, gelassen zu klingen, trat sie an den Arbeitstisch. »Eine meiner Mägde ist krank. Ich habe dich gesucht, da ich dich um eine Medizin zur Stärkung für sie bitten wollte. Du warst nicht hier, deshalb habe ich sie selbst zusammengestellt.« Mit einem schwachen Lächeln sah sie Seloran an und betete, sie würde nicht merken, wie sehr sie innerlich noch immer zitterte. »Leider war ich etwas ungeschickt.«

»Das sehe ich!« Ihre Schwester schaute sich demonstrativ um. Dieses Mal war Darejan sich sicher, dass Selorans Blick den Bruchteil eines Atemzugs zu lang auf den zerbrochenen Steinplatten verweilte. Dann hob sie mit einer knappen Geste die Hand und die Weinreste auf dem Boden waren ebenso verschwunden wie die Spuren der Flammen oder die Scherben von Tiegel und Flasche. »Hast du sonst noch etwas angefasst?«

Darejan zuckte bei dem kalten Ton ihrer Schwester zusammen. Was ging hier vor? Das Schwert! Die Bruchstücke des Steins! Was hatte das zu bedeuten? Warum wollte Seloran nicht, dass sie etwas davon wusste? »Was meinst du?« Sie versuchte harmlos zu klingen. Unvermittelt war ein Lächeln auf Selorans Lippen und sie trat direkt neben sie.

»Nichts!« Langsam glitten ihre Finger Darejans Arm hinauf

bis zu ihrer Schulter, wo sie scheinbar versonnen mit einer silberschwarzen Strähne spielten. »Ich hatte nur gerade eine etwas unerfreuliche Unterhaltung mit Réfen, wahrscheinlich bin ich deshalb ... hm ... noch ein wenig angespannt.« Ihre Hand fiel herab, als Darejan sich ihrer Berührung durch einen Schritt zur Seite entzog und das Lächeln erlosch. Seloran wandte sich dem Arbeitstisch zu. Ihr Blick wanderte über die Zutaten, die daraufstanden. Nach einem Moment verzog sich ihr Mund in leiser Missbilligung. »Weshalb machst du dir so viel Arbeit wegen einer Magd?«

»Was?«, entsetzt starrte Darejan ihre Schwester an.

Das Lächeln kehrte auf Selorans Lippen zurück. »Weshalb machst du dir so viel Arbeit wegen einer Magd? – Wenn du tatsächlich nur mich nach einem Elixier zur Stärkung hättest fragen müssen.« Sie wandte sich ab. Wie zufällig streifte ihre Hand den Arm ihrer Schwester, als sie zu einem Bord an der gegenüberliegenden Wand ging und eine schlanke Phiole herunternahm. Darejan zögerte noch einen kurzen Moment, dann stieß sie sich vom Tisch ab und durchquerte den Raum.

»Ich danke dir!« Zu ihrem Erstaunen zitterten ihre Finger nicht, als sie sich um das Glas schlossen.

Seloran nickte, strich ihr eine silbrigschwarze Strähne zurück. Die Berührung war seltsam kalt und der Ausdruck in den Augen ihrer Schwester ... Unvermittelt war die Angst in ihrer Kehle zurück und ließ Darejan zurückschaudern. Selorans dunkle Augen wurden schmal. »Was ist?«

»Nichts!« Schnell schüttelte sie den Kopf, wich weiter zurück. »Ich werde Nian die Medizin bringen! Entschuldige mich!« Beinah glaubte sie, den Blick ihrer Schwester in ihrem Rücken zu spüren, als sie hastig den Raum verließ.

»*Wenn du meine Befehle noch einmal missachtest, werde ich es dich bereuen lassen!*« Selorans Worte gingen ihm noch immer nicht aus dem Sinn. Sie war kurz nach der Mittagsstunde in sein Zimmer gekommen, vorgeblich, um sich nach seinem Befinden zu erkundigen, doch die Kälte, mit der sie ihn anblickte, hatte er noch nie in ihren Augen gesehen. Beinah hätte er tatsächlich glauben können, eine Fremde stünde neben seinem Bett. Er nickte den Männern zu, die in der Wachstube Dienst taten, und stieg langsam weiter die Stufen in den Kerker hinunter. Letztendlich hatte sie nichts anderes getan, als ihm erneut zu befehlen, sich nicht für das zu interessieren, was mit diesem bestimmten Gefangenen geschah. Das unstete Licht seiner Fackel warf huschende Schatten auf die rauen Felswände, in die vor unzähligen Jahresläufen die Verliese des Jisteren-Palastes gehauen worden waren. Er musste sich unter einer fahlen Gesteinsader ducken, und für einen kurzen Moment schien der Boden unter seinen Füßen wegzudriften, nur um dann mit seltsam wellenförmigen Bewegungen zurückzukehren. Halt suchend stemmte er die Hand gegen den Felsen. Die Schwäche nistete noch immer in seinen Gliedern und auch jene seltsame Taubheit wollte nicht aus seinem linken Arm weichen.

Nachdem Seloran gegangen war, hatte er noch eine Ewigkeit gegen die Decke gestarrt und darüber nachgedacht, was der Grund für ihr seltsames Verhalten sein könnte. Er hatte keine Erklärung gefunden. Doch je länger er gegrübelt hatte, umso mehr hatte sein Entschluss sich gefestigt: Er musste wissen, was im Kerker vor sich ging!

Mit einer energischen Bewegung stieß er sich von der klammen Mauer ab und stieg die Stufen weiter hinunter. Ein fernes Donnern verriet die steigende Flut, die sich ihren Weg in die verzweigten Kavernen tief unter dem Palastfelsen und der Stadt suchte.

Der Krieger, der vor der schweren Tür Wache hielt, blickte ihm erstaunt entgegen.

»Hauptmann?! ... Man sagte uns, ihr hättet einen Herzanfall und die Königin hätte euch vorübergehend vom Dienst befreit.«

»Hat man euch das gesagt? Tatsächlich? Nun, dann bin ich wohl auch nicht hier. – Öffne die Tür, Ledan!«

Die Augen des Mannes weiteten sich. »Ich verstehe, Hauptmann.« Dann zuckte sein Blick zu den Stufen am Ende des Ganges. »Es kann nicht mehr lange dauern, bis die Grauen hier auftauchen.«

Réfen nickte knapp und deutete auf die Tür. Schweigend schloss Ledan auf, dann zog er sich ein Stück zur Treppe hin zurück, während Réfen sich in die Zelle hineinduckte. Eisige Kälte schlug ihm entgegen, verwandelte seinen Atem in dampfende Wolken. Er hob die Fackel höher. Selbst in den Wintermonaten hatte sich hier unten noch nie Reif auf den Mauern gebildet. Was bei den Sternen ging hier vor?

Der Gefangene lag in einer Ecke, Arme und Beine eng an den Leib gezogen, in der Kälte unkontrolliert zitternd. Im Schein der Fackel kauerte sich der Mann mit einem schwachen Ächzen noch weiter zusammen und zuckte zur Mauer hin zurück, als Réfen langsam näher trat.

Was genau er zu finden erwartete, konnte er nicht sagen. Réfen rammte die Fackel in einen Mauerspalt, drehte den Gefangenen unter dem leisen Klirren seiner Ketten auf den Rücken. Mit einem Stöhnen wich der Mann vor ihm zurück, soweit seine Fesseln es ihm erlaubten, und vergrub den Kopf in den Armen. Réfen ließ den Blick über den von Frostschauern geschüttelten Körper gleiten. Der Kerl war halb erfroren. Sein sandfarbenes Hemd war über der Brust der Länge nach zerrissen und wies ein paar große Blutflecke auf, die wohl mehrere Tage alt sein mussten und die sich auch auf der eng anliegenden Hose aus weichem Leder zeigten, die in hohen Stiefeln steckte. Eine tiefe Linie erschien auf Réfens Stirn, während er sich vorbeugte und den weichen Stoff auseinanderzog. Seit wann ließ man einem Gefangenen Stiefel und Hemd, vor allem, wenn sie tatsächlich, wie es schien, aus dunklem Jindraleder und aus Adeshwolle gemacht sein sollten? Dann hielt er überrascht inne. Was bei den Sternen ging hier vor? Die Schreie des Mannes hatten in der vergangenen Nacht geklungen, als würden die Grauen ihm mit bloßen Händen die Eingeweide aus dem Leib schälen – aber da war nichts! Keine Spuren von Schlägen, keine blauen Flecke oder gar Wunden! Nichts! Nichts außer ockerfarbenen verschlungenen Ornamenten, die die Brust des Mannes zierten und sich auf der vor Kälte bläulichweißen Haut deutlich abzeichneten. Und die nicht danach aussahen, als seien sie ihm erst kürzlich eingestochen worden. Verwundert schaute er auf den Gefangenen hinab. Meeresknechte und zuweilen auch Seehändler ließen sich die Abbilder ihrer Schiffe, fischschwänzige Narieden oder die Namen ihrer Liebsten in die Haut stechen, aber so etwas hatte er noch nie gesehen. Als er sich vorbeugte, um die seltsamen Zeichen genauer zu betrachten, stieß der Gefangene jäh einen klagenden Laut aus, schlang die Arme um seine Brust, wie um sich vor einer Berührung zu schützen, wandte sich von ihm ab, soweit seine Fesseln es zuließen, und kauerte sich noch enger zusammen. Réfens Blick blieb an den Handgelenken des Mannes hängen, die von eisernen Ringen umschlossen waren. Nur beiläufig registrierte er die Froststerne, die die Ketten überzogen, die hinter dem Gefangenen in die Wand eingelassen waren und ihm kaum Bewegungsfreiheit ließen, während er verwundert die Brauen hob. Eisenringe, nicht die üblichen Bandeisen, die die Haut von den Gelenken scheuerten und oft hässliche Narben hinterließen. Erst auf den zweiten Blick wurde ihm bewusst, dass die Fesseln weder ein Schloss noch ein Scharnier aufwiesen. Was hatte das zu bedeuten?

»Hauptmann!« Ledans Stimme ließ ihn aufblicken. Unruhig immer wieder den Gang entlangspähend, stand der Krieger in der Tür. »Die Sonne steht schon tief! Die Grauen werden bald hier sein.«

Mit einem Nicken und einer Geste gab er dem Mann zu verstehen, dass er die Zelle gleich verlassen würde, ehe er seine Aufmerksamkeit wieder dem Gefangenen zuwandte und ihn abermals zu sich umdrehte. Als er sich diesmal über ihn beugte, fiel das Licht der Fackel ungehindert auf das Gesicht des Mannes und Réfen fluchte. In dem rötlichen Schein blitzten die Edelsteintätowierungen der Jarhaal über und in der rechten Braue und an der Schläfe des Gefangenen. War der Kerl doch ein Spion? Könnten Selorans Informationen demnach wahrhaftig zutreffen und die Nordreiche planten tatsächlich einen Krieg gegen die Korun? Was aber konnten die Jarhaal damit zu schaffen haben? Ihre Sippen lebten irgendwo weit in den zerklüfteten GônTheyraan, wo ihre Bergstadt Adreshaal in die Hänge eines unzugänglichen Felsentals hineingebaut sein sollte. Sie trieben Handel mit den Völkern der Jerden und Zonara, ihren direkten Nachbarn, interessierten sich gewöhnlich aber nicht für die Politik der anderen Reiche. Soweit Réfen wusste, galten sie als Krieger, deren Fähigkeiten mit Onadesh und Zerda nicht zu unterschätzen waren, gleichzeitig brachte man ihnen auch als Künstler und Gelehrte Respekt entgegen. Wie waren sie in all das verwickelt? Und vor allem: Wenn die Nordreiche tatsächlich einen Spion nach Kahel gesandt hatten, weshalb hatten sie nicht einen aus dem Volk der Jerden oder der Saln ausgewählt, die mit ihrer hellen Haut und den dunklen Haaren eher einem Korun ähnelten? Ein Jarhaal musste unweigerlich auffallen, hatten sie doch gewöhnlich eine dunklere Hautfarbe, und zudem trug jeder einzelne von ihnen jene glitzernden Edelsteintätowierungen in und über der rechten Braue, die sich in eleganten Linien bis über die Schläfe hinzogen.

Die Lippen zu einem harten Strich zusammengepresst, starrte er auf den Mann hinab. Verdammt, das ergab alles keinen Sinn. Er brauchte ein paar Antworten. Und er würde sie bekommen. Jetzt!

»Los, Kerl! Mach die Augen auf!« Réfen packte den Gefangenen rau am Kinn, ohne dessen schwaches Ächzen zu beachten, und drehte sein Gesicht endgültig ins Licht – und sog scharf den Atem ein. Das war nicht möglich! Aber der unstete Feuerschein narrte ihn nicht. Das dunkle Haar des Mannes war zurückgefallen und verbarg nicht länger die goldenen Edelsteintätowierungen, die sich im zuckenden Licht der Fackel blitzend sein Ohrläppchen hinaufwanden.

»KâlTeiréen.« Bei den Sternen, von den KâlTeiréen erzählten Legenden. Männer und Frauen, deren Seele sich mit der eines anderen Lebewesens verbunden hatte. Es war in den Nordreichen ein ungeschriebenes Gesetz, dass die Stimme eines KâlTeiréen gehört werden musste, wenn er oder sie dies verlangte. Unter hunderten Jarhaal wurde nur einer geboren, der von den Göttern für ein Band mit einer anderen Seele auserwählt war. Und man erzählte sich, dass ein KâlTeiréen keine Falsch kannte. Doch wenn dies stimmte ... – bedeutete es, dass dieser Mann kein Spion sein konnte. Weshalb war er dann hier? Wusste Seloran, wen sie hatte in Ketten legen lassen? Er ballte die Faust. Wie sollte sie nicht? – Was beim Licht der Sterne ging hier vor?

»Hauptmann! Ihr müsst gehen!« Réfen hörte Ledans Worte nur wie aus weiter Ferne. Es gab vermutlich außer Seloran nur einen Menschen, der ihm helfen konnte, dies alles zu verstehen. Und der lag hier in der Kälte.

»Hauptmann!«, drängte Ledan erneut von der Tür her.

»Nicht jetzt!« Unwillig bedeutete Réfen ihm zu schweigen und beugte sich erneut über den Gefangenen. Mit sehr viel mehr Respekt als zuvor fasste er den Mann bei den Schultern, zog ihn vom Boden hoch und lehnte ihn gegen die Wand. Das zerrissene Hemd war über seiner Brust weiter auseinandergeglitten und halb über den Arm herabgerutscht, sodass mehr von den ockerfarbenen Linien, die sich scharf von seiner bleichen Haut abhoben, zu sehen war. Verwirrt betrachtete Réfen die ineinander verwobenen Muster genauer, die vom Schlüsselbein abwärts über die linke Hälfte der Brust, die Rippen bis hinunter zu den Flanken des Gefangenen führten, wo sie zur Hüfte hin schmal zuliefen und unter dem Bund der Hose verschwanden. Sie erstreckten sich sogar über die Schulter und einen Teil des Oberarms. Nein, das waren keine einfachen Ornamente, wie manche Männer sie sich in die Haut stechen ließen, um sich zu schmücken. Vielmehr erinnerten sie Réfen an altertümliche Runen, wie er sie schon in uralten Codices gesehen hatte. Und eine dieser Runen, die, die sich direkt über dem Herzen des Mannes befand und in der alle anderen ihren Ursprung zu haben schienen, war durch einen tiefen Schnitt, dessen Ränder rot geschwollen waren, zerstört worden.

»Hauptmann! Es ist keine Zeit mehr!« Wieder Ledans Stimme. Réfen beachtete ihn nicht, sondern fasste den Gefangenen bei den Schultern und schüttelte ihn leicht. »Könnt ihr mich hören? Kommt zu euch!« Nur ein Stöhnen antwortete ihm. Haltlos rollte der Kopf zur Seite.

Réfens Mund wurde schmal. Dann schlug er zu. Ihm blieb offensichtlich keine andere Wahl. Vier Mal traf seine Hand klatschend die Wangen des Jarhaal, dann flogen dessen Lider mit einem keuchenden Schrei auf und Réfen sog zum zweiten Mal innerhalb kurzer Zeit entsetzt den Atem ein. Die Augen des Mannes waren von einem hellen Silberton. Grünviolette Flecken, wie winzige Splitter eines makellosen Sodijan, glitzerten um die schwarze Mitte herum. Doch das, was Réfen erschreckte, war der dunkle Ring, der das helle Silber der Pupille vom Weiß des Augapfels trennte: ein Dämonenring.

Er schluckte hart, verdrängte das Entsetzen und beugte sich näher zu dem Gefangenen. »Könnt ihr mich hören?«

Für den Bruchteil eines Atemzuges schien etwas wie ein Flackern im Blick des Jarhaal zu sein, doch dann war es erloschen und Réfen sah nichts als nackte Angst. Abermals fasste er den Mann bei den Schultern. »Wer seid ihr? Was wollt ihr in Kahel?«

Die hellen Augen huschten durch die Kerkerzelle, kehrten zu Réfens Gesicht zurück, noch immer erschreckend stumpf.

Sein Griff verstärkte sich. »Antwortet mir! Ihr seid ein Kâl-Teiréen aus dem Volk der Jarhaal, nicht wahr? Sagt mir euren Namen!«

Wieder war da etwas in den silbernen Tiefen, ein kurzes Lodern. Die dunklen Brauen zogen sich zusammen und die Lider schlossen sich wie unter Schmerzen. Dann rann auf einmal ein Zittern durch den Körper des Gefangenen. Er riss sich von Réfen los und warf sich zur Seite, kauerte sich vornüber und wiegte sich unter dem leisen Scharren der Ketten vor und zurück, die Fäuste gegen die Schläfen gepresst. Der Laut, der aus seiner Kehle kam, verursachte Réfen eine Gänsehaut.

Schwachsinnig! Bei den Sternen – was auch immer die Grauen ihm angetan hatten, es hatte den Jarhaal den Verstand gekostet.

»Hauptmann! Die Grauen ...« Der Rest von Ledans Worten ging in dem Heulen unter, mit dem der Gefangene ohne Vorwarnung herumfuhr und nach Réfens Dolch langte.

Die Ketten spannten sich mit einem Knall, während Réfen sich selbst ob seiner Unvorsichtigkeit verfluchte und noch versuchte, dem Mann auszuweichen, doch da hatte der andere die Waffe schon an sich gebracht. Mehrere Augenblicke rangen sie um die Klinge. Réfen hörte Ledan hinter sich, zischte, als der Dolch im gleichen Moment tief in seine Handfläche drang, dann gelang es ihm, den Griff des Mannes zu brechen. Klirrend schlitterte die Klinge über die Steinplatten, er stieß den Gefangenen zurück und gegen die Wand, wo er mit einem keuchenden Wimmern liegenblieb.

Der Schmerz war in Réfens Brust zurückgekehrt, die Luft

schien ihm zu dünn zum Atmen. Sein Blick fuhr in die Höhe als Ledans Schatten unvermittelt auf ihn fiel – und begegnete den silbernen Augen des Jarhaal. Das Flackern war wieder in ihnen, deutlicher als zuvor, beinah, als würde sich irgendetwas mühsam aus ihren Tiefen emporkämpfen.

Unter dem Kratzen der Ketten schob sich die Hand des Mannes langsam über den Steinboden, auf Réfen zu. »Töte mich!« Die Worte waren nicht mehr als ein brüchiges Flüstern, das in Ledans drängendem: »Vergesst den Kerl! Ihr müsst fort, Hauptmann! Die Grauen kommen!«, beinah unterging, und doch richteten sich Réfens Nackenhaare auf. Wie betäubt wehrte er sich nicht dagegen, dass Ledan ihn aus der Zelle zerrte und hastig in eines der benachbarten Verliese schob. – Bei den Sternen: Der Mann hatte den Dolch niemals gegen *ihn* benutzen wollen. Dann schloss sich eine schwere Tür mit einem dumpfen Laut, und er zuckte zusammen, als beinah im selben Augenblick ein gellender Schrei erklang. Schaudernd starrte Réfen auf seine blutige Handfläche.

»Hauptmann?« Ledans Stimme ließ ihn aufschauen, dann nickte er, als der Krieger ihm bedeutete, dass er sein Versteck verlassen konnte. Auf dem Gang hielt er inne, blickte einen Moment auf die Tür, hinter der wieder die gleichen schauerlichen Laute erklangen wie in der Nacht zuvor. Ohne auf den Schmerz zu achten, ballte er die Faust. Dies hier war Unrecht und er war inzwischen bereit darauf zu wetten, dass die Königin davon wusste. Es musste aufhören! Aber er konnte nicht nur auf einen Verdacht hin handeln, er brauchte Antworten. Er presste die Lippen zu einem schmalen Strich zusammen. Der Geist des Mannes, der jenseits der Tür unter den Händen der Grauen schrie, bis seine Stimme zerbrach, war so verwirrt, dass er vermutlich noch nicht einmal mehr begreifen würde, was Réfen von ihm wollte. Also konnte er die Antworten nur von Seloran erhalten – oder? Der Gedanke überraschte ihn selbst. Aber vielleicht … Wenn der Mann hinter dieser Tür tatsächlich ein KâlTeiréen war, und wenn das, was man sich erzählte, der Wahrheit entsprach, musste das Geschöpf, mit dem seine Seele sich verbunden hatte, in der Nähe sein. Wenn es ihm gelang, es zu finden, konnte er vielleicht auf diesem Wege die Antworten bekommen, die er brauchte.

Abrupt wandte er sich ab und stieg die Stufen zur Wachstube hinauf. Wie am Abend zuvor hatten die Männer jede Fackel und jede Kerze angezündet und sich in ihrem Licht um den Tisch geschart. Als er den Raum betrat, wandten sich ihm die Augen der Krieger zu. Es war Tellwe, ein Mann mittleren Alters, dessen linke Wange von einer gezackten Narbe zerschnitten wurde, der abrupt seinen Stuhl zurückstieß und auf ihn zu trat. Er warf Ledan einen ärgerlichen Blick zu, während er sein Wams abstreifte und es Réfen um die Schultern legte. Überrascht sah der ihn an.

»Ihr seht aus, als wärt ihr da unten halb erfroren, Hauptmann!«, erklärte Tellwe brüsk, wobei er ihn beinahe respektlos zum Tisch schob und damit näher an die Wärme des Feuerbeckens, das in der Ecke stand. Réfen ließ sich auf einen Stuhl drücken, dann reichte Naria ihm ein sauberes Tuch, das er sich um die verletzte Handfläche schlang, während Borda einen Becher mit angewärmtem Würzbier zwischen seinen Händen platzierte. Dankbar nahm er einen tiefen Schluck, betrachtete einen Moment die dunkel glänzende Flüssigkeit. Halb erfroren, ja. In seinen Fingern brannte noch immer die Kälte. Langsam hob er die Augen, sah die Männer einen nach dem anderen an. Schweigend erwiderten sie seinen Blick. In der Stille waren die Schreie, die aus den tiefer liegenden Zellen heraufdrangen, das einzige Geräusch. Borda, in dessen dunkelbraunem Haar sich das erste Grau zeigte und der vor zwei Jahresläufen seinen einzigen Sohn an das rote Fieber verloren hatte; Tellwe, der vor einem halben Leben bei einer Messerstecherei in der Lagunenstadt des Hafens beinah sein linkes Auge eingebüßt hatte und noch immer einen Groll gegen Meeresknechte hegte; Ledan, der so schnell mit dem Dolch war, dass noch nicht einmal Garwon ihm diesbezüglich das Wasser reichen konnte, und dem die Frauen zu Füßen fielen, wenn er ihnen eines seiner seltenen Lächeln schenkte; der junge Naria, der seit einem Halbmond einem Mädchen aus der Tollnagasse am Rand der Lagunenstadt den Hof machte und noch immer glaubte, er, Réfen, wisse nichts davon; und Garwon, der älteste der fünf, kühl und besonnen, ein Mann, der strickt nach dem Ehrenkodex der Krieger lebte und der auch nicht davor zurückschreckte, einem Adeligen die Meinung zu sagen, wenn er es für angebracht hielt. Sie wussten, was er hier gerade tat. Was er dort unten getan hatte. Und jetzt warteten sie, was er noch tun würde. Seine Finger schlossen sich fester um den Becher. Der Schnitt in seiner Handfläche brannte. Noch einmal sah er einen nach dem anderen an, ehe er zu sprechen begann.

»Ich will, dass der Mann am Leben bleibt!«

Die Krieger wechselten schnelle Blicke, schwiegen aber weiter. »Die Grauen kommen erst, wenn die Sonne schon tief steht. Während des Tages …« Réfen machte eine vage Handbewegung. »Brot, angewärmtes Bier, ein paar Schluck Suppe … – Aber die Grauen dürfen keinen Verdacht schöpfen.«

»Wie lange, Hauptmann?« Garwon zwängte die Finger unter die lederne Stulpe und kratzte sich an dem, was unzählige Kämpfe von seinen Unterarmflossen übrig gelassen hatten. Im Kerzenlicht schimmerten die wenigen grauen Fäden in seinem hellen Haar silbrig, als er sich vorbeugte.

»Bis ich Antworten habe!«

»Dann solltet ihr euch beeilen, diese Antworten zu bekommen, sonst ist es vielleicht zu spät.«

Nickend stand Réfen auf, sah die Männer abermals an. »Niemand darf hiervon erfahren!«

Scheinbar verwirrt zog Borda die Brauen in die Höhe. Ein feines Lächeln spielte um seine Lippen. »Wie sollte jemand von etwas erfahren, das gar nicht stattgefunden hat, da ihr ja krank in eurem Zimmer liegt und wir euch gestern, als ihr zusammengebrochen seid, zuletzt gesehen haben?«

Die Arme um die eng an den Leib gezogenen Beine geschlungen, saß Darejan in der Fensternische und starrte in die Nacht. Das Mondlicht glänzte in der Kristallkuppel der alten Bibliothek und verwandelte die Lagunenstadt dahinter in eine schwarze Silhouette vor dem silbern schimmernden Spiegel des Meeres, der sich jenseits der Pfahlbauten des Hafens in die Unendlichkeit zu erstrecken schien. Vom Wald her trieb zäher Nebel über die Landzunge auf die Stadt zu. Ein Schwarm Nachtflügel glitt durch die Dunkelheit, angelockt vom Feuer der Seetürme, die auf den Spitzen der Felsenbuhnen weit draußen in die sternenbesäte Finsternis aufragten und den Schiffen den Weg wiesen. Ein Schatten bewegte sich vor der hellen Janansteinmauer des Siebengartens, ein zweiter gesellte sich hinzu, verschmolz mit dem ersten. Der Wind trug ein leises Flüstern bis zu ihr herauf, dann schob sich eine Wolke vor den Mond, und als sie vorbeigezogen war, waren auch die Schatten fort.

Darejan presste die Stirn auf die Knie. Seloran wollte sie verheiraten! Und das auch noch an einen vollkommen Fremden, von dem sie nicht mehr wusste, als dass er ein abtrünniger Jarhaal war, der jenseits des Windmeeres sein Glück gemacht hatte und nun als mächtiger Kriegerfürst nach Oreádon zurückkehrte. Groß und schlank sollte er sein, ein dunkelhaariger Mann mit hellen Augen – und der Herr dieser unheimlichen Grauen Krieger, von denen immer mehr in den Mauern Kahels auftauchten und die er ihrer Schwester sozusagen als Vorhochzeitspräsent schon jetzt überlassen hatte. Binnen der nächsten Mondhälfte erwartete Seloran ihn hier. Darejan schloss die Augen. Dabei hat es ihre Schwester noch nicht einmal interessiert, ob sie überhaupt heiraten wollte. Oder ob sie nicht vielleicht schon in einen anderen Mann verliebt war.

Sie hatte Seloran gefragt, warum nicht sie selbst diesen Fremden zum Gemahl nahm. Das Lachen ihrer Schwester klang noch immer in ihren Ohren. Da sie die Königin der Korun war, hatte Seloran ihr erklärt, konnte sie nicht unter ihrem Stand heiraten, so mächtig der Mann auch sein mochte. Vor allem, da er obendrein aus einem der Völker stammte, mit denen sie bald im Krieg liegen würden – auch wenn er sich schon vor einem halben Leben von ihm losgesagt hatte.

Ärgerlich wischte sie sich die Tränen aus den Augen. Also ruinierte sie Darejans Leben für ein Bündnis. Als wäre sie eine Zuchtstute, die sie an den Meistbietenden verkaufen konnte. Sie ballte die Fäuste in die Seide ihres Gewandes. Noch nie zuvor hatte sie sich so verraten gefühlt.

Irgendwo bellte ein Hund, ein Zweiter fiel ein, dann ein dritter, vierter. Darejan lehnte die Stirn gegen das geschliffene Glas des Fensters und blickte wieder in den Hof hinunter. Fahle Nebelfäden wandten sich über den Boden, schimmerten gespenstisch, wenn sie in das Licht des Mondes gerieten. Das Gebell wurde schriller und endete jäh in einem Winseln, das schließlich auch verstummte.

Ein gellender Schrei erklang auf dem Korridor. Sie sprang

auf, wollte zur Tür, als diese schon aufgerissen wurde. Die zweite ihrer Mägde, Briga, stand da, die Augen groß vor Entsetzen, und stammelte etwas, das Darejan im ersten Moment nicht verstand. Nur eines hörte sie heraus, einen Namen: Nian! Hastig schob sie sich an Briga vorbei, aus ihrem Gemach, und blieb abrupt direkt wieder stehen. Ein Wächter kniete neben etwas, das lang hingestreckt auf dem Boden lag. Hastige Schritte näherten sich.

»Was …?«

Der Mann sah auf und schüttelte den Kopf. »Sie ist tot, Prinzessin.« Jetzt erst begriff Darejan, dass er sich über Nians leblosen Körper beugte. Hinter sich hörte sie Briga haltlos schluchzen. Zögernd ging sie zu dem Krieger hin, sank ebenfalls auf die Knie. Ihre Hand zitterte, als sie sie nach der Toten ausstreckte und ihr sacht das Haar aus dem Gesicht strich. Sie schauderte bei dem Anblick. Nians Züge waren zu einer Fratze verzerrt, der Mund zu einem lautlosen Schrei aufgerissen. Ihre Haut war selbst für eine Tote unnatürlich grau und runzlig und spannte sich pergamenten über den scharf hervortretenden Wangenknochen, über denen die Augen viel zu tief eingesunken schienen. Ein Stück weiter den Korridor entlang drängten sich flüsternd Bedienstete, die von dem Schrei der Magd aufgeschreckt worden waren und eben von zwei weiteren Wächtern zurückgedrängt wurden. Das Flüstern verstummte, als sich eine schlanke Gestalt zwischen ihnen hindurch schob. Die Männer und Frauen machten hastig Platz, als sie die Königin erkannten.

Seloran blieb neben der Toten stehen und blickte schweigend auf sie hinab. Im Licht der Kerzen, die den Korridor erhellten, schimmerte ihre Haut wie helles, poliertes Perlmut und schmiegte sich weich über ihre eleganten Wangenknochen. In ihren dunkelblau schillernden Augen brannte ein seltsames Feuer. Die Schatten um sie herum waren verschwunden. Ein unergründlicher Zug huschte um ihre Lippen, dann hob sie den Blick und sah Darejan an. *Ein Grollen überall um sie her. Schatten, die vor behauenen Felswänden waberten. Der reglose Körper eines Mannes. Über einen Felsen hingestreckt. Die Brust blutverschmiert. Schimmerndes Grau. Nebelfäden, die sich umeinanderwanden. Wütendes Heulen, das zu Gelächter wurde. Eine Stimme ... – Vergiss!* Der Schmerz war so unvermittelt in Darejans Kopf, dass sie nicht mehr spürte, wie sie bewusstlos neben Nian auf den Boden schlug.

Unter ihm erklang das stetige, leise Klatschen, mit dem die Wellen sich an den Pfählen aus Gedanholz brachen, die die Lagunenstadt schon seit Hunderten von Jahresläufen trugen. Dazwischen trieben träge Tangbündel, die für jemanden, der es wagte, hier ins Wasser zu steigen, zu einer tödlichen Falle werden konnten. Zuweilen durchbrach ein dumpfer Schlag das gleichförmige Geräusch, wenn ein an ihnen vertäutes Boot oder ein Stück Treibholz gegen einen der salz- und muschelverkrusteten Pfeiler prallte.

Irgendwo zu seiner Rechten wurde für einen kurzen Augenblick trunkenes Gelächter laut, als eine Schenkentür sich öffnete und gleich wieder schloss. Gröhlend wankten ein paar Meeresknechte an ihm vorbei, ohne seiner zusammengesunkenen Gestalt auch nur einen flüchtigen Blick zu gönnen. Er lehnte den Kopf gegen die Hüttenwand in seinem Rücken und schob die Kapuze seines Umhangs ein wenig zurück. Das Wasser der Hafenbucht schimmerte schwarz. Doch draußen, jenseits der Seetürme, verwandelte der Mond es in einen Teppich aus flüssigem Silber, der bis zu jener fernen Linie zu reichen schien, an der Meer und Himmel sich vereinten. Der Geruch von Salz, Tang und dem Bergpech, mit dem die Fischer ihre flachen Boote kalfaterten, hing in der Luft und überdeckte schwach den bitteren Gestank, den der zähe Nebel mit sich brachte, der wie jede Nacht in trägen Schwaden durch die Stadt strich und sich zwischen den Gedanholzpfählen unter seinen Füßen ebenso festsetzte wie um die einfachen Holzhütten herum, die sich auf die hölzernen Planken duckten, die den Boden der Lagunenstadt bildeten.

Ein Schatten huschte aus einer der schmalen Gassen und verharrte. Von dem dunklen Umhang verdeckt legte seine Hand sich auf den Dolch an seiner Seite. Nur ein Narr wagte sich bei Nacht in die Lagunenstadt, wenn er nicht mit einer Klinge umzugehen wusste. Doch der Schatten blickte sich nur sichernd um und verschwand dann in einer der gut verborgenen Bodenluken, die zu den Plankenstegen führten, die unterhalb der Holzbohlen auf dem Hafenwasser trieben, gehalten von Tauen und Ketten. Bei Flut hoben sie sich hoch unter den Plankenboden, sodass man zuweilen nur noch gebückt gehen konnte, bei Ebbe hingen sie bedenklich schwankend frei über dem schwarzen Wasserspiegel.

Langsam nahm er die Hand von der Waffe und ließ den Blick wandern. Auf der anderen Seite der Hafenbucht, wo die großen Handelsschiffe vertäut lagen, bewegten sich einzelne Lichtpunkte am Fuß des Waldes aus Masten, Spieren und Tauen, wenn die Meeresknechte ihre Wachrunden drehten. Ein Stück weiter links reckte sich hinter der Kristallkuppel der Bibliothek der Jisteren-Palast mit seinen hohen Türmen bleich schimmernd in den Nachthimmel. Beinah meinte er, auf seinen hellen Mauerkronen die Schatten der Wachen erkennen zu können.

»Du hast mich warten lassen!« Er neigte den Kopf ein wenig, um einen Blick zum Mond hinaufzuwerfen.

Ein entrüstetes Schnauben erklang, dann schälte sich eine

schlanke Gestalt aus der Dunkelheit und lehnte sich lässig neben ihn an die Hüttenwand. »Du warst zu früh!«, murrte sie zu ihm hinunter. »Woher wusstest du, dass ich es bin?«

»Die Duftessenz, die du benutzt. Selbst wenn du dich mit Fischtran einreibst, umgibt dich ihr Geruch immer noch«, erklärte er mit leisem Lachen, wurde dann aber sofort wieder ernst. »Ich war überrascht, dass du mir das vereinbarte Zeichen nach noch nicht einmal einem Tageslauf geschickt hast. Ist dir die Aufgabe zu schwer?«

»Offenbar hatte ich vergessen, dass du die Nase eines Bluthundes hast.« Dieses Mal war das Schnauben eindeutig ärgerlich. »Willst du mich verspotten? Schwer! Pah! Sie war eine Beleidigung!« Die Gestalt stieß sich von der Hüttenwand ab, streckte ihm die Hand hin und zog ihn von den Planken hoch. Jetzt, da er direkt vor ihr stand, überragte er sie um einen halben Kopf. »Ich habe die Antworten, die du wolltest. – Aber lass uns an einem gemütlicheren Ort reden. Noren hat gestern Nacht ein paar Fässer Sommerbeerenwein aufgetan und wir haben schon lange nicht mehr zusammen getrunken.«

Überrascht hob er eine Braue. »Noren ist hier?«

»Nein! Du weißt doch: Für meinen Bruder ist die Nacht, was für andere der Tag ist. – Er ist geschäftlich auf dem Meer. Und zudem hat heute am späten Abend ein Handelsschiff aus Resgivan angelegt. Bis unter die Luken voll mit Gewürzen und kostbaren Pelzen. So etwas lässt Noren sich doch nicht entgehen. – Aber jetzt komm endlich.« Ohne seine Hand loszulassen, drehte die Gestalt sich um und marschierte los.

Schweigend schritten sie durch die engen Gässchen. Die schwankenden Stege, die sie immer wieder überquerten, waren manchmal kaum mehr als eine schmale Planke, die sich gefährlich unter ihnen bog. Obwohl ihre Stiefel kein Geräusch auf den Bohlen verursachten, tauchten immer wieder aus irgendwelchen verborgenen Nischen und Winkeln Schatten auf, die sich nach ein paar gemurmelten Worten, zuweilen auch nur einem kurzen Nicken oder einer grüßenden Geste wieder in die Dunkelheit zurückzogen.

Schließlich erreichten sie eine niedrige Tür, hinter der ein enger Flur an einer rauen Bretterwand entlangführte. Vereinzeltes Gelächter und die eindeutigen Laute eines Bordells erklangen auf der anderen Seite. Der Gang machte einen scharfen Knick und endete vor einer weiteren Tür, die sich zu einem erstaunlich geräumigen und behaglich eingerichteten Raum öffnete. Dicke Teppiche, deren leuchtende Farben verrieten, dass sie aus den fernen Ländern stammen mussten, die jenseits des Windmeeres lagen, bedeckten den Boden. Kerzen verbreiteten ein warmes Licht, das gold- und silberverzierte Kandelaber ebenso glänzen ließ wie die polierten Möbel, auf denen sie standen. Den hinteren Teil des Raumes nahm ein breites Bett ein, dessen Himmel mit unzähligen glitzernden Bergedelsteinen bestickt war. Seine zurückgebundenen Vorhänge und die aufgeschlagenen Seidendecken waren eine unausgesprochene Einladung. – Allerdings würde nur ein Narr diese Einladung annehmen, ohne sich zuvor zu vergewissern, dass sie auch wirklich ihm galt. Auf dem schweren Tisch in der Mitte des Zimmers wartete dunkler Wein in einer Kristallkaraffe. Zwei goldgeränderte Kelche standen zusammen mit einer flachen Schale, in der sich eine dunkle Paste befand, und einem Teller mit Barrássfladen daneben bereit.

»Setz dich, Réfen!« Mit einer eleganten Bewegung streifte die schmale Gestalt den Mantel ab und warf ihn achtlos über eine geschnitzte Truhe, ehe sie sich mit einem jener Lächeln zu ihm umwandte, für die Kajlan Lìran Nadrahl, Herrin der Schönen von Kahel, berühmt war. Ihre Unterarmflossen schillerten in den weiten Ärmeln ihres Hemdes, dazu geeignet, das Blut eines unvorsichtigen Mannes zum Kochen zu bringen.

Er beobachtete, wie sie Wein in die Kelche goss, während er selbst seinen Umhang abstreifte, sich auf einem der weichgepolsterten, hochlehnigen Stühle niederließ und das Glas entgegennahm. Mit geschmeidiger Eleganz setzte Kajlan sich ihm gegenüber und streckte ihre langen Beine von sich, die in den hohen Stiefeln und der eng anliegenden Hose noch schlanker wirkten. Ihre dunkelgrünen Augen, leicht schräg gestellt wie die einer Sanonkatze, funkelten mit dem Kristall und dem tiefroten Wein um die Wette, als sie ihm zutrank und dann einen kräftigen Schluck nahm. Réfen kostete seinerseits und hob anerkennend eine Braue.

»Gut, nicht wahr?« Kajlan beugte sich vor und schob die Schale mit der Paste und die Barrássfladen zu ihm hinüber. »Aber versuch erst einmal das!«

Er tat, wie sie gesagt hatte, und tunkte etwas von dem weißen, luftigen Brot in die dunkle Masse, biss davon ab und … »Bei den Sternen!«

Ihr Lachen perlte durch den Raum, während sie mit einer fast übermütigen Geste die dunkelbraunen Locken zurückwarf. »Ich wusste, dass es dir schmecken würde!«

»Was ist das?« Ein weiteres Mal tauchte er ein Stück Fladen in die Paste.

»Das versuchen Noren und ich gerade herauszufinden. – Was wesentlich schwerer ist, als das in Erfahrung zu bringen, worum du mich gebeten hast. – Das Zeug stammt von einem Schiff aus

Zaifran und ... ah ... gelangte eher zufällig in unseren Besitz.« Sie lehnte sich auf ihrem Stuhl zurück. »Ich könnte mir vorstellen, dass es Leute gibt, die bereit wären, für eine Unze davon mit Gold zu bezahlen.«

Réfen schob den Rest des Fladens in den Mund, wischte sich die Krümel von den Händen und beugte sich vor. »Da auch dieses Geschäftsvorhaben kaum legal sein wird, will ich gar nichts davon wissen. – Was hast du herausgefunden?«

Mit einem übertriebenen Seufzen schüttelte Kajlan den Kopf. »Du wirst langweilig, Réfen. – Also gut: Der Mann, den du suchst, kam vor ungefähr einer und einer halben Mondhälfte in die Stadt.«

»Wie ist sein Name?«

»Den kann ich dir nicht sagen.«

Verwirrt sah er sie an. »Hast du nicht behauptet, es sei einfach gewesen, die Antworten zu bekommen, die ich wollte?«

»War es auch! Abgesehen von seinem Namen. Den wusste noch nicht einmal Fren.«

»Fren?«

»Ein kleiner Scharlatan, der die Leute glauben macht, er könne mit den Seelen jener sprechen, die durch den Schleier gegangen sind – und der sich seine Dienste teuer bezahlen lässt. – Bei ihm ist dein Freund abgestiegen. Und wenn du mich fragst, hat Fren ihn nicht freiwillig bei sich aufgenommen. Irgendwie muss der Kerl dem kleinen Wiesel den Dolch an die Kehle gesetzt haben. – Selbstherrlich, herablassend, dreist, ungehobelt und arrogant, so hat Fren ihn beschrieben –, und das waren noch die freundlicheren Ausdrücke, die er für den Mann und seine Bestie benutzt hat.«

»Bestie?« Réfens Weinkelch verharrte in der Luft.

»Ja, offensichtlich hatte der Kerl so etwas wie ein Haustier dabei. Die vordere Hälfte soll wie ein riesiger Adler ausgesehen haben – mit Schnabel, Krallen und sogar Flügeln – und die hintere wie ein Pferd. Ich wollte es auch nicht glauben, aber Miren und noch ein paar von den Jungs sagen, sie hätten es auch gesehen. Tja, und dann ist dein Freund zusammen mit seinem Tierchen spurlos verschwunden.«

»Und das ist alles?«

Ein gekränkter Blick traf ihn. »Natürlich nicht. – Dein Freund hat äußerst diskret Erkundigungen eingezogen über jemanden mit dem Namen Kartanen Lìr Hairál.« Réfen verschluckte sich an seinem Wein. Mit schief gelegtem Kopf sah Kajlan ihn an. »Du kennst diesen Mann?«

Endlich konnte er aufhören zu husten. »Kennen ist zu viel gesagt. Aber ich weiß, wer er ist.«

Da er nicht weitersprach, beugte sie sich ungeduldig vor. »Na los, Réfen! Spuck's aus!«

»Kartanen Lìr Hairál war der Ahnherr des Königsgeschlechts. Er hat Kahel gegründet und den Jisteren-Palast erbaut.« Nachdenklich fuhr er sich übers Kinn.

»Aber ...« Ungläubig zog sie die Brauen zusammen. »Das bedeutet, der Kerl hat sich für jemanden interessiert, der schon Generationen tot ist?« Dann nickte sie langsam und lehnte sich wieder auf ihrem Stuhl zurück. »Das erklärt, warum dein Freund so oft dabei gesehen wurde, wie er in die Bibliothek ging. – Und warum sich die Soldlinge deiner Königin für ihn interessiert haben.«

»Was?« Überrascht sah Réfen auf.

Kajlan drehte ihren Kelch versonnen zwischen den Fingern. Schließlich blickte sie ihn wieder an. »Er wurde auf Befehl Königin Selorans festgenommen und zusammen mit seiner Bestie heimlich zum GônBarrá gebracht.«

»Woher weißt du das?« Mit einer harten Bewegung stellte er seinen Kristallkelch auf den Tisch zurück und beugte sich jetzt seinerseits vor.

Scheinbar gleichgültig hob sie die Schultern. »Von einem der Soldlinge. Sozusagen aus erster Hand.«

»Was hat der Mann noch gesagt?«

»Bei den Sternen, Réfen …«

»Was hat der Mann noch gesagt?!«

»Nicht mehr viel. Irgendetwas von der Königin, einem Ritual und dass sie die Bestie auf ein Zeichen von ihr töten sollten …«

»Haben sie das getan? Das Tier getötet, meine ich.«

»Verdammt, Réfen, was soll das? Ich sollte für dich etwas über einen Jarhaal mit hellen Augen herausfinden, nicht über irgendeinen Pferdeadler oder ein Adlerpferd, oder was auch immer das für ein Vieh gewesen sein mag.« Ärgerlich strich sie sich eine Strähne aus den Augen. »Aber, ja, nachdem, was der Kerl gesagt hat, haben sie das Tier getötet. Ihm die Kehle durchgeschnitten, glaube ich. – Weshalb willst du das alles wissen? Warum ist dieser Jarhaal so wichtig für dich, dass du Sterne und Meer in Bewegung setzt, um herauszufinden, wo der Kerl steckt?«

»*Wo* dieser Mann ist, weiß ich. Ich muss wissen, wer er ist und was er hier wollte.« Réfen schob seinen Stuhl zurück und erhob sich. »Kannst du mir sagen, wo ich diesen Söldling und seine Kameraden finde?«

»Wie bitte? – Du setzt mich auf diesen Jarhaal an und weißt selbst schon die ganze Zeit, wo der Kerl ist?« Auch Kajlan stand abrupt auf. »Verdammt seist du, Réfen! Wenn das ein Scherz sein soll, finde ich ihn nicht besonders gelungen.«

»Kajlan ...«

»Nein! Ehe ich nicht weiß, was du weißt, erfährst du von mir kein Wort mehr.« Die Art, wie sie ihn ansah, zeigte ihm sehr deutlich, dass es ihr ernst war. Nach einem langen Zögern nickte Réfen schließlich. Da er nicht wusste, was sich tatsächlich hinter alldem verbarg, was im Palast vor sich ging, widerstrebte es ihm, ausgerechnet der Prinzessin der Diebe und Schmuggler von Kahel möglicherweise zu viel zu erzählen. Allerdings waren sie und ihr Bruder Noren unschätzbare Informationsquellen, wenn es darum ging, von jenen Dingen zu erfahren, die sich insgeheim in der Stadt zutrugen. Ganz abgesehen davon, dass er die beiden schon seit etlichen Jahresläufen seine Freunde nannte.

»Also gut!« Er ließ sich auf seinen Stuhl zurücksinken, stemmte die Ellbogen auf die Lehnen und wartete, bis auch Kajlan sich wieder gesetzt hatte. »Der Mann, von dem wir reden, befindet sich im Kerker des Palastes. Auf Befehl der Königin darf niemand zu ihm, außer diesen Grauen Kriegern, die ihn offenbar jede Nacht foltern. Er soll ein Spion der Nordreiche sein. – Allerdings glaube ich das nicht mehr. Ich war gestern bei ihm. Zugegeben, der Mann ist ein Jarhaal – aber er trägt auch die Edelsteintätowierungen eines KâlTeiréen.«

Auf der anderen Seite des Tisches pfiff Kajlan leise durch die Zähne. »Ein KâlTeiréen. – Das erklärt, warum du nach diesem Tier gefragt hast. Und warum du nicht an die Spionageanschuldigungen glaubst.« Sie lehnte sich über den Tisch und goss Réfen noch einmal Wein ein, ehe sie sich selbst nachschenkte. »Aber wenn du diesen Mann sozusagen unter deinem eigenen Dach hast, warum gehst du dann nicht einfach noch einmal zu ihm und fragst ihn nach seinem Namen und was er hier will?«

»Sein Geist ist verwirrt. Vermutlich durch die Folter der Grauen.«

»Ich verstehe. – Und du bist zu ehrenhaft, einen möglicherweise Unschuldigen weiter in den Händen dieser Grauen Kerle zu lassen, auch wenn er vermutlich für den Rest seines Lebens als blödsinniger Narr vor sich hin vegetieren wird. Andererseits kannst du nicht mit Sicherheit ausschließen, dass der Mann tatsächlich ein Spion ist – auch wenn vieles dagegen spricht –, und ihn einfach laufen lassen.« Sie tippte sich mit dem Finger gegen das Kinn. »Und wenn der Mann tatsächlich auf Befehl deiner Königin von den Grauen gefoltert wird, hängt sie garantiert in der Sache mit drin, sollte an der ganzen Sache wirklich etwas faul sein. Vor allem, da er ja auch auf ihr Geheiß gefangen genommen und zum GônBarrá gebracht wurde. – Verdammt, Réfen, für mein Gefühl klingt das nicht gut.«

»Du siehst mein Problem?« Réfen trank einen Schluck Wein und blickte einen Moment in sein Glas, ehe er aufsah. »Also: Wirst du mir jetzt sagen, wo ich diese Soldlinge finde?«

Mit einem Seufzer schüttelte Kajlan den Kopf. »Ich fürchte, das wird dir nicht viel nutzen.«

»Warum? Wo sind die Kerle?«

»Tot!« Sie begegnete seinem ungläubigen Blick mit einem Schulterzucken. »Seine Kameraden wurden von Felsen erschlagen, als die Höhle unter dem GônBarrá eingestürzt ist, in der deine Königin dieses Ritual vollziehen wollte. Außer ihm, Seloran, diesem Fremden und Prinzessin Darejan hat niemand überlebt, der im Inneren der Höhle war.«

»Darejan war auch dabei?«

»Das hat er zumindest gesagt.«

»Und was ist mit diesem einen Soldling?«

»Nun, ich fürchte, er ging baden. Mit einem Sack voller Steine um den Hals.«

»Was?« Überrascht beugte er sich auf seinem Stuhl vor. »Du hast ihn töten lassen? Weshalb?«

Sie schob ihren Kelch beiseite und sah ihn mit einem Blick an, der ihn frösteln ließ. »Weil der Dreckskerl sich zusammen mit seinen Kameraden an Ayren vergriffen hat. Das war vor nicht ganz einer Mondhälfte. Seitdem hat der Junge kein Wort mehr gesagt. Der Kerl hat seine Schuld und die seiner Kameraden bezahlt. – Wenn du deshalb nicht die Antworten auf alle deine Fragen bekommst, tut es mir leid. Hätte ich geahnt, dass du mit dem, was ich herausgefunden habe, nicht zufrieden bist, hätte ich ihn noch ein paar Stunden länger am Leben gelassen. Aber das ist jetzt nun einmal nicht mehr zu ändern.« Die Art, wie sie ihren Kelch auf einen Zug leerte, verriet Réfen den Zorn, der in ihr brannte. Er musste an Kajlans eigene Geschichte denken und daran, unter welch widrigen Umständen sie sich kennengelernt hatten.

»Ich könnte dich zu Fren bringen!« Kajlans Stimme ließ ihn aufschauen. »Immerhin ist dein Jarhaal bei ihm untergekommen. Vielleicht erfährst du ein bisschen mehr von dem kleinen Wiesel als ich.«

7

Dass Frens Haus im Jewan-Viertel lag, erstaunte Réfen, wohnten hier doch gewöhnlich nur etwas wohlhabendere Bürger und Handwerker. Und Kajlan hatte seinen Besitzer zuvor abfällig einen Scharlatan genannt.

Es war im altmodischen Fachwerkstil errichtet und schien sich ein bisschen zwischen die Gebäude zu seiner Rechten und Linken zu ducken, deren vorspringende Giebel es kleiner wirken ließen, als es eigentlich war. Zwei großzügige Fenster wiesen auf die Straße hinaus, waren jetzt aber mit schweren Läden verschlossen, die ebenso massiv wirkten wie die Eingangstür aus dunklem Rildenholz, in die verschlungene Symbole eingeschnitten waren.

Das Pochen des bronzenen Türklopfers war laut genug, um selbst Tote aufzuwecken. Lange Zeit geschah überhaupt nichts, doch schließlich wurde Kajlans Ausdauer belohnt, mit der sie die grinsende Scheußlichkeit gegen das Holz donnerte. Schlurfende Schritte näherten sich der Tür, dann war eine mürrische Stimme zu hören, deren: »Wer ist da?« äußerst undeutlich klang. Mit einem auf die Lippen gelegten Finger bedeutete Kajlan Réfen, sie machen zu lassen, und räusperte sich leise, ehe sie zu sprechen begann.

»Bitte, Meister Fren, ich brauche Eure Dienste!« Ihre Stimme war mindestens eine halbe Harmonie höher als gewöhnlich. Spöttisch verzog Réfen den Mund. Wenn Kajlan zu diesen Methoden griff, damit der Scharlatan die Tür öffnete, war sie vermutlich nicht besonders sanftmütig gewesen, als sie ihn das erste Mal befragt hatte.

»Was …? Wer ist da?«, erklang die Stimme jenseits der Tür wieder. »Was wollt ihr? Es ist mitten in der Nacht.«

»Mein Mann … Oh, Meister Fren, es ist furchtbar. Er hat mich heimgesucht! Heute Nacht! Dabei ist sein Leichnam noch nicht einmal im Wasser! Ihr müsst mir helfen! Ich flehe euch an!« Sie ließ ihren Worten ein steinerweichendes Schluchzen folgen.

»Hat das nicht Zeit …?«

»Nein! Nein! Oh, habt Erbarmen, Meister Fren! Helft mir! Ich kann nicht nach Hause gehen! Hier! Ich habe drei Silberfahlen! Bitte, ich bin bereit …«

»Ja, ja! Schon gut, meine Teure!« Ein Riegel scharrte und Kajlan warf Réfen ein triumphierendes Grinsen zu. Langsam öffnete sich die Eingangstür, die schmale Gestalt eines erstaunlich jungen Mannes, der in eine nur locker gebundene seidene Robe gehüllt war, erschien, dessen Blick sich weitete, als er seine Besucherin erkannte. Er stolperte rückwärts, versuchte, die Tür wieder zuzuschlagen, doch Kajlan war schneller und stieß sie mit solcher Wucht gänzlich auf, dass der Hausherr das Gleichgewicht verlor und unsanft auf seinem Hinterteil landete.

»Was willst du?« Hastig rutschte er im Licht einer einzelnen Kerze noch ein Stück weiter zurück, während sie eintraten und schließlich den Riegel wieder vorschoben.

»Mein Freund hier hat noch ein paar Fragen zu deinem vermissten Gast, Fren«, erklärte Kajlan ihm freundlich und wies dabei auf Réfen.

»Ich habe dir alles gesagt, was ich über den DúnAnór und sein Vieh weiß. Verschwinde aus meinem Haus!« Frens Blick ging unsicher von einem zum anderen. Langsam schob er sich an der Wand in seinem Rücken in die Höhe.

»Den DúnAnór? – Siehst du, Fren, so fängt es schon an. Als wir uns das letzte Mal über deinen Gast unterhalten haben, hast du nicht erwähnt, dass er ein DúnAnór ist. – Was auch immer das sein mag. – Und deshalb werden wir unsere Unterhaltung jetzt fortsetzen!« Sie fasste ihn mit einer Hand am Ohr, ergriff mit der anderen die Kerze und schob den jungen Mann, ohne auf sein Jaulen und Sträuben zu achten, vor sich her, den kleinen Flur entlang, in einen der hinteren Räume, der wohl eine Art Empfangszimmer sein mochte. Hier platzierte sie ihn auf einem hochlehnigen Stuhl, den sie von der Stirnseite eines langen Tisches zurückgezogen und mitten ins Zimmer gestellt hatte. Schweigend war Réfen ihnen gefolgt, lehnte sich jetzt mit vor der Brust verschränkten Armen gegen den Türrahmen und beobachtete, wie Kajlan die übrigen Kerzen im Raum anzündete, bis alles in warmes, goldenes Licht getaucht war. Schließlich schürte sie sogar das Feuer in dem ausladenden Kamin neu, dessen rotgeäderte Einfassung aus Jananstein schon bessere Zeiten gesehen hatte. So wie der Rest der Einrichtung. Die schweren Vorhänge mochten früher einmal prachtvoll und ebenso bunt wie der Teppich unter seinen Füßen gewesen sein. Jetzt waren sie verblasst und abgeschabt, und wenn man genau hinsah, konnte man erkennen, wo sich Motten an ihnen gelabt hatten. Auch die Möbel wirkten nur auf den ersten Blick teuer und vornehm. Zu viele Kratzer, Risse und angeschlagene Stellen verrieten ihr Alter, wenn man sich die Mühe machte, sie gründlicher in Augenschein zu nehmen.

Kajlan hatte sich einen anderen Stuhl herangezogen und sich dem Hausherrn gegenüber gesetzt. Eine ganze Weile musterte sie ihn mit unergründlichem Blick, bis er auf seinem Stuhl hin- und herzurutschen begann. Offenbar hatte sie genau darauf gewartet, denn sie lehnte sich vor und stützte die Ellbogen auf die Knie. »Nun, Fren, da du ja das letzte Mal ein paar wichtige Kleinigkeiten vergessen zu haben scheinst, lass uns einfach noch mal von vorne anfangen«, begann sie in sanftem Ton. »Der Jarhaal, der dein Gast war, wie war sein Name?«

Der junge Mann schnaubte. »Und wenn du mir diese Frage noch tausendmal stellst, Kajlan: Ich weiß es nicht! – Arroganter Bastard, der er war, hielt es nicht für nötig, sich mir vorzustellen.«

»Warum hast du ihn dann nicht einfach rausgeworfen? Anscheinend wart ihr weder Freunde noch hast du ihn wirklich gekannt.«

Frens Finger zupften an seiner Robe. Sein Blick ging von Kajlan zu Réfen und wieder zurück.

»Also?« Die Sanftheit in ihrer Stimme schwand merklich.

»Weil er ein verdammter DúnAnór war.« Er stieß die Worte unwillig hervor, nickte dann in Réfens Richtung. »Wer ist eigentlich der da?«

Kajlan gönnte ihm ein kurzes Lächeln. »Ein Freund von mir, der ein bisschen mehr über deinen Gast erfahren will, wie ich dir schon sagte, Fren. Du solltest mir besser zuhören. – Und was ist ein DúnAnór?«

Nervös leckte Fren sich die Lippen, sah noch einmal von einem zum anderen. »Ein Seelenhenker«, erklärte er dann und schreckte zurück, als Kajlan mit einem tadelnden Schnalzen den Kopf schüttelte, ehe sie aufstand und zum Kamin hinüberging. Wie beiläufig stocherte sie mit dem Feuerhaken in den Flammen herum. Das aschebestäubte Eisen noch immer in der Hand, wandte sie sich schließlich wieder dem jungen Mann zu.

»So geht das nicht, Fren. Wenn du uns freiwillig nicht ein bisschen mehr erzählst, ohne dass ich jede Kleinigkeit erfragen muss, sitzen wir bis zum Morgen noch hier – und du weißt, dass ich sehr schnell sehr ungeduldig werden kann.«

»Kajlan! Lass mich mit ihm reden!« Réfen stieß sich vom Türrahmen ab und ging zum Tisch hinüber, wo er sich seitwärts auf der Kante niederließ. Plötzlich zwischen ihnen gefangen, schluckte Fren schwer, wagte es aber anscheinend nicht, den Blick von Réfen abzuwenden, obwohl Kajlan hinter ihm murrte und lautstark die brennenden Scheite im Kamin hin- und herschob.

»Also, Meister Fren, wie die Dame Kajlan euch schon erklärt hat, möchte ich einiges über den Mann erfahren, der vor einiger Zeit euer Gast war. Genau genommen möchte ich alles über ihn wissen. Ich werde euch deshalb ein paar Fragen stellen«, er stemmte den Fuß auf eine Armlehne des Stuhles, auf dem Fren saß, stützte nachlässig den Ellbogen auf sein Knie und neigte sich zu ihm hin, »und ihr werdet so freundlich sein, nicht nur in einem oder zwei Worten zu antworten. – Ihr versteht?«

Der junge Scharlatan nickte steif.

»Sehr schön.« Réfen richtete sich wieder auf. »Um es für euch leichter zu machen, Meister Fren: Erzählt einfach von Anfang an. Wann kam der Mann zu euch und weshalb habt ihr ihn bei euch aufgenommen?«

Fren warf einen raschen Blick über die Schulter, ehe er zu sprechen begann. Seine Finger nestelten unruhig an dem Kragen seiner Robe. »Der Kerl tauchte mitten in der Nacht hier auf.«

»Wann?«

»Vor etwa einer und einer halben Mondhälfte. In der dritten Nacht des Berdren-Festes. Er hat so laut gegen die Tür gehämmert, dass mir nichts anderes übrigblieb, als zu öffnen. Ich wollte ihn eigentlich nicht hereinlassen. Er war mir unheimlich mit dem dunklen Haar, den Tätowierungen und den Dämonenaugen. Aber dann hat er gesagt, er sei einer der DúnAnór und hat mich an die Verpflichtung erinnert. Und dass er sie einfordern würde. Also hatte ich gar keine andere Wahl, als ihn hereinzulassen.«

Mit einer raschen Handbewegung unterbrach Réfen ihn. »Was hat es mit den DúnAnór und dieser Verpflichtung auf sich?«

Für einen kurzen Moment schien der junge Mann zu überlegen, wie viel er ihnen sagen sollte, doch dann ließ Kajlan hinter ihm ein leises Husten hören und er sprach schnell weiter. »Die DúnAnór sind ein Krieger-Orden, ein ziemlich alter, um genau zu sein.«

»Und warum habe ich dann noch nie von diesem Orden gehört?« Réfen verschränkte die Finger ineinander.

»Weil er so alt ist, dass die Menschen ihn vergessen haben.« Fren zuckte die Schultern. »Wahrscheinlich erinnert sich niemand mehr an diese Kerle außer denen, die ... na ja, die mit ihnen in gewisser Weise verbunden sind.«

»Die Verpflichtung, von der ihr gesprochen habt?«

»Ja. – Sie betrifft Leute wie ... wie meine Familie, die mit den Seelen jener sprechen können, die durch den Schleier gegangen sind.« Seine Finger ließen vom Kragen seiner Robe ab und wandten sich dem Gürtel zu. Als Réfen eine Braue hob, ohne den Blick von ihm zu nehmen, stieß er in einem ergebenen Seufzen die Luft aus. »Vermutlich ist es am besten, wenn ich euch alles von Anfang an erkläre.« Er fuhr sich mit beiden Händen durch sein dunkles, kupfern schimmerndes Haar. »Wisst ihr, was Nekromantie ist? – Nein? – Natürlich! Woher auch. Die Seelenhexerei ist ebenso in Vergessenheit geraten wie die DúnAnór. – Nekromantie ist, einfach erklärt, die Fähigkeit, die Seelen der Lebenden und Toten zu beherrschen. Also im einfachsten Fall, eine Seele aus der fahlen Welt für kurze Zeit in unsere zurückzurufen ...«

»Was ihr gegen Geld tut, wie man mir sagte?«

Fren schien sich bei seinen Worten zu ducken, sprach aber weiter. »... damit sie einem Rede und Antwort stehen. Vor einigen Hundert Jahresläufen gab es allerdings auch Männer und Frauen, die die Seelen aus der fahlen Welt in unsere zurückholten und sie dann zwangen, ihnen zu Diensten zu sein. Manchmal sperrten sie sie in ihren eigenen toten Körper zurück, manchmal gaben sie ihnen auch einen anderen Körper – einen, den sie nur für diesen Zweck geschaffen hatten.« Er blickte von einem zum anderen. »Ihr versteht, was ich sagen will? – Sie töteten Menschen, um ein Gefäß für die Seele zu haben, die sie aus der fahlen Welt zurückholen wollten. – Natürlich taten sie so etwas nicht für jede beliebige Seele, und natürlich war nicht jeder Nekromant so mächtig, dass er in der Lage war, eine Seele länger als eine kurze Frist zwischen Sonnenuntergang und Sonnenaufgang in unsere Welt zu bringen. Aber einige wenige waren tatsächlich mächtig genug. Und die Seelen, die sie durch den Schleier zurückholten, waren in der Regel die anderer Hexen und Nekromanten oder fürchterlicher Krieger, die ihnen dann dienen mussten.

Die Seelen jener wiederum, die sie ermordet hatten, fanden den Weg in die fahle Welt nicht und blieben im Schleier gefangen. – Die Nekromantie wurde verboten, aber das hinderte nicht alle daran, die Seelenhexerei weiter zu betreiben. Im Geheimen!« Schaudernd zog er die Schultern hoch. »Manch einer dieser Nekromanten war so mächtig, dass gar nicht auffiel, dass eine fremde Seele in einem Körper lebte.«

»Und was haben die DúnAnór damit zu tun?« Kajlans Stimme klang äußerst gelangweilt. »Komm zur Sache, Fren!« Sie verließ ihren Platz beim Kamin, durchquerte den Raum und ließ sich auf einen der Stühle beim Tisch fallen.

Fren warf ihr einen kurzen Blick zu. »Die DúnAnór sorgten dafür, dass den Seelen jener, die für die Seelenhexerei ermordet worden waren, Gerechtigkeit widerfuhr. Nur dann konnten sie durch den Schleier gelangen und endlich Frieden in der fahlen Welt finden.«

»Habt ihr von den DúnAnór deshalb als ›Seelenhenker‹ gesprochen?« Réfen erhob sich vom Tisch, zog sich seinerseits einen Stuhl heran und setzte sich rittlings darauf.

»Ja. Sie waren Richter und Henker in einer Person.«

»Wie?«

»Ich verstehe nicht ...« Verwirrt sah Fren ihn an.

»Wie konnten sie wissen, dass eine falsche Seele in einem Körper war?«

Der junge Mann hob die Schultern. »Ich weiß nur das, was mein Vater und mein Großvater mir erzählt haben. Sie sagten, irgendwo würden Kreaturen leben, die man AritAnór nennt,

Seelenweber. Sie würden es spüren, wenn einer Seele Unrecht widerfahren würde, und dann die DúnAnór dorthin schicken. – Zumindest tauchten die Seelenhenker tatsächlich immer dort auf, wo ein Nekromant sein Unwesen trieb.«

»Das erklärt nicht, woher sie wussten, welcher Körper von der falschen Seele bewohnt war.« Fren wich seinem Blick aus. Eine Falte grub sich scharf in Réfens Stirn. Sein Ton war sanft, als er weitersprach. »Es sei denn, man kann die Seelen vom Rand des Schleiers zurückrufen, damit sie einem – wie sagtet ihr so treffend? – Rede und Antwort stehen.« Die Art, wie Fren sich bei seinen Worten innerlich zu winden schien, bestätigte seinen Verdacht. »Also ist das die Verbindung, die gewisse Leute – Leute wie ihr, Fren – zu den DúnAnór haben. Ihr wart diejenigen, die die Seele gerufen haben, damit sie gewissermaßen sich selbst erkennen konnten, weil die DúnAnór es nicht konnten.«

»Ja. – Nein. – Nicht ganz.« Frens Hände kneteten seinen Gürtel. »Die DúnAnór hätten die Seelen selbst rufen können, aber sie ... sie taten es nicht, weil ... Wenn man eine Seele aus dem Schleier oder aus der fahlen Welt ruft, übernimmt sie für kurze Zeit den Körper desjenigen, der sie gerufen hat. Es ist wie ... als wäre man nur noch ein Zuschauer, vollkommen machtlos. Die DúnAnór haben darüber gewacht, dass die Seele keinen Schaden anrichtet, während sie im Körper des Nekrom–« Abrupt verstummte der junge Mann. Mit einem Mal hatte sein Blick etwas Gehetztes.

»... während sie im Körper des Nekromanten ist«, beendete Réfen den Satz. »Das ist es doch, was ihr seid, Fren, ein Nekromant, oder? – Und die DúnAnór haben Nekromanten wie euch benutzt, um andere Nekromanten zu jagen.«

Frens Schultern sanken herab und er nickte. »Die Mächtigen von uns haben sie getötet. Die Schwächeren ließen sie am Leben. Unter der Bedingung, dass sie die DúnAnór mit ihren Fähigkeiten unterstützten. – Meine Familie gehörte zu denen, die ihre Freiheit aufgaben, um weiterleben zu dürfen.«

»Aber wenn die DúnAnór selbst über die Fähigkeit verfügen, die Seelen zu rufen, sind sie dann nicht ebenfalls Nekromanten?« Nachlässig ließ Kajlan ein Bein über die Stuhllehne baumeln.

»Nein!« Fren schüttelte den Kopf. »Sie konnten die Seelen zwar rufen, aber nicht beherrschen. Nicht hier. Und wenn sie ihnen ihren eigenen Körper überlassen hätten ... – Die Dún Anór sind ... Sie sind schwach, ›anfällig‹ für die Seelen. Zumindest auf dieser Seite des Schleiers. Im Gegensatz zu einem Nekromanten. Hätten sie einer Seele erlaubt, auch nur für kurze Zeit ihren Körper zu übernehmen, wäre es ihnen nicht mehr gelungen, sie vollständig daraus zu vertreiben. – Mein Großvater sagte, dass einige DúnAnór – bevor sie die schwächeren Nekromanten zu ihren Sklaven machten – verrückt wurden, weil sie es versucht hatten und ihre eigene Seele dann zwischen den Fragmenten der anderen gefangen war. Es soll nur ein paar wenige gegeben haben, die in der Lage waren, eine fremde Seele für kurze Zeit in ihrem Körper zu ertragen und sie dann wieder vollständig daraus zu vertreiben. Wenn es stimmt, was mein Großvater erzählt hat, war jeder von ihnen ein KâlTeiréen aus dem Volk der Jarhaal.«

»Wie der DúnAnór, der euer Gast war.« Réfen hakte einen Fuß um das Stuhlbein.

»Ja, natürlich, Gast!« Höhnisch schnaubte der junge Nekromant. »Der arrogante Bastard. Steht mitten in der Nacht vor meiner Tür, teilt mir mit, dass er die Verpflichtung einfordert und dass ich ihn für ein paar Tage unter meinem Dach aufnehmen muss. Ihn und seinen Seelenbruder. Und ehe ich auch nur einen klaren Gedanken fassen konnte, marschiert er mit dieser Bestie in mein Haus und macht es sich gemütlich.«

»Wie konntet ihr eigentlich sicher sein, dass er tatsächlich ein DúnAnór war?«

»Er hat mir seine Schutzrunen gezeigt.« In einer fahrigen Bewegung zog der junge Mann den Kragen seiner Robe enger zusammen.

»Schutzrunen?« Plötzlich war Réfen kalt.

»Tätowierungen. Auf der linken Seite. Vom Schlüsselbein bis zur Hüfte. – Die Runen sollen sie davor schützen, dass eine besonders mächtige Seele in ihren Körper eindringen kann.«

»Und wenn eine dieser Runen durch irgendetwas verletzt wird? Zum Beispiel eine Wunde?« Es fiel ihm erstaunlich schwer, gelassen zu klingen.

»Käme darauf an, welche. Eine der äußeren wäre kein größeres Problem, aber wenn eine der inneren verletzt wäre, könnte das schon gefährlich werden. Und wenn es die zentrale Rune selbst wäre ...« Das Gesicht zu einer Grimasse verzogen, rieb Fren sich den Nacken. »Wenn die Seelenrune zerstört ist und der Geist des Betreffenden durch irgendetwas geschwächt ist – zu viel Wein oder eine Krankheit –, hätte eine mächtige Seele unter gewissen Voraussetzungen leichtes Spiel. – Warum ...?« Unvermittelt wurden seine Augen groß. »Ihr wisst, wo er ist!« Plötzlich begann er, zu lachen. »In welchen Schwierigkeiten er auch immer steckt – hoffentlich kosten sie ihn seinen arroganten Hals!«

Réfen spürte, wie Ärger in ihm emporkroch. Mühsam schluckte er ihn unter. »Und seinen Namen hat er tatsächlich nicht genannt?«

»Nein!« Das Grinsen wich nur langsam aus Frens Zügen. »Und ich habe ihn auch nicht danach gefragt.«

»Wisst ihr, was er in Kahel wollte?«

»Erkundigungen einholen. Mehr hat er nicht gesagt. Er wollte nur wissen, wo die Bürgerverzeichnisse aufbewahrt werden – auch die alten. Ich habe ihn in die Bibliothek geschickt. – Aber was auch immer er hier wirklich wollte: Es hat etwas mit Seelenhexerei zu tun. Und wenn sie einen aus dem Inneren Kreis der Klingen schicken – also einen der mächtigsten Drei …«, er stieß ein Schnauben aus, »nach dem Großmeister selbst, versteht sich –, steckt ein verdammt mächtiger Nekromant dahinter.«

Für die Selbstzufriedenheit, mit der der junge Mann sich auf seinem Stuhl zurücklehnte, hätte Réfen ihn verprügeln mögen. Er hielt sich zurück. Ob es ihm gefiel oder nicht: Dieses selbstgerechte Wiesel war im Augenblick seine einzige Möglichkeit, Antworten zu bekommen. »Was würdet ihr sagen, wenn ich euch sagte, dass der DúnAnór Erkundigungen über einen Mann Namens Kartanen Lìr Hairál eingezogen hat?«

Fren setzte zu einem gleichgültigen Schulterzucken an – und erstarrte. »Was?« Er klang plötzlich, als hätte er ein Raueisen verschluckt. »Er hat – was?«

»Sich nach jemandem erkundigt, der Kartanen Lìr Hairál heißt«, wiederholte Réfen scheinbar geduldig.

»Wir reden von Kartanen Lìr Hairál, dem Ahnherren des Königsgeschlechts, oder?« Der junge Nekromant war mit einem Mal aschfahl.

Réfens »Ja« ließ ihn resigniert nicken. »Ich habe es befürchtet.« Die Finger ineinandergekrallt, sank er auf seinem Stuhl zusammen. »Kartanen Lìr Hairál war nicht nur der Ahnherr des

Königsgeschlechts, er war auch ein DúnAnór, mehr noch, er war der Hüter einer Hälfte des KonAmàr. Und als er den Orden verließ, nahm er ihn mit.«

»Was ist ein KonAmàr?« Réfen ließ den jungen Mann nicht aus den Augen.

»Ein Seelenstein!« Fren fuhr sich durchs Haar und schüttelte gleichzeitig den Kopf. »Was red' ich: *der* Seelenstein! – Ein Nekromant, der eines Verbrechens gegen eine Seele zweifelsfrei überführt worden war, wurde von den DúnAnór hingerichtet. Seine Seele aber wurde in einen sogenannten Seelenstein gebannt, der später in einer geheimen Zeremonie zerstört wurde. So wurde sichergestellt, dass kein anderer Nekromant diese Seele aus der fahlen Welt zurückholen und sich ihre Macht und ihr Wissen dienstbar machen konnte. Nur einer wurde nicht zerstört: der KonAmàr. In ihm war die Seele eines Nekromanten gefangen, der mächtiger war als alle vor ihm. Ahoren Nesáeen. Er schwang sich zum Fürsten über halb Oreádon auf und führte Krieg gegen die wenigen Herrscher, die es wagten, sich ihm und seinen Schattenlegionen zu widersetzen. – Könnt ihr euch eine Armee aus fürchterlichen Kriegern vorstellen, die tot sind und gleichzeitig lebendig?« Er schauderte. »Die Lebenden interessierten ihn nur insoweit, als dass er in ihnen Gefäße für seine Krieger-Seelen sah. Es heißt sogar, er sei in der Lage gewesen, die Seelen von Lebenden aus ihren Körpern zu vertreiben und diese lebenden, atmenden Körper den Seelen zu überlassen, die er aus der fahlen Welt zurückgeholt hatte. Es brauchte vier der mächtigsten DúnAnór, um ihn gefangen zu nehmen und zu töten. – Da die DúnAnór fürchteten, dass Ahoren es trotz aller Vorsichtsmaßnahmen ihrerseits schaffen könnte, den Schleier aus eigener Kraft zu durchdringen und aus der fahlen Welt zurückzukehren, wenn sie seinen Seelenstein zerstörten, teilten sie den KonAmàr in zwei Hälften, ohne ihn tatsächlich zu zerstören. Eine Hälfte wurde an einem geheimen Ort verborgen. Die andere kam in die Obhut von Kartanen Lìr Hairál. – Und wenn stimmt, was mein Großvater mir erzählt hat, wurde das Amt des Hüters von Generation zu Generation weitergegeben. An den Thronerben.«

»Also an Königin Seloran.« Réfen rieb sich übers Gesicht.

Fren nickte. »Königin Seloran muss irgendwie an der Macht des KonAmàr gerührt haben. Aus diesem Grund haben die DúnAnór einen aus dem Inneren Kreis geschickt. – Er kannte nur den Namen des ersten Hüters, konnte sich aber denken, dass dieses Amt von Erben zu Erben weitergegeben wurde. Deshalb hat er gefragt, wo die alten Bürgerlisten aufbewahrt werden.«

»Und es war nicht schwer herauszufinden, wer die Erben Kartanens waren und wer jetzt der Hüter dieses KonAmàr ist«, spann Réfen den Gedanken weiter.

»Warum hat Königin Seloran ihn dann aber gefangen nehmen und zu diesem Berg bringen lassen?« Kajlans Stimme klang nachdenklich.

»Sie hat …? Woher weißt du das?« Sichtlich erschrocken sah der junge Nekromant sie an.

Sie hob die Schultern. »Von einem der Soldlinge, die ihn und dieses Adlerpferdevieh dort hingebracht haben. Er erzählte auch etwas von einem Ritual, das die Königin durchgeführt haben soll.«

»Wann war das? Was hat der Mann noch gesagt?« Frens Hände zitterten jetzt sichtlich. »Was genau hat die Königin getan? War da ein Stein? – Nein, natürlich müsste der Stein in zwei

Hälften geteilt gewesen sein, aber wenn man sie zusammensetzt, müsste er etwa faustgroß gewesen sein, ockerfarben und vollkommen makellos.« Bebend holte er Luft. »Wurde dieser Stein zerstört?«

»Was wäre, wenn er zerstört worden wäre?« Kajlan warf Réfen einen raschen Blick zu.

Bei ihren Worten vergrub Fren das Gesicht in den Händen. »Wenn der KonAmàr zerstört wäre, würde das bedeuten, dass Ahorens Seele frei ist und sich unbemerkt einen Körper ...« Sein Blick flog hoch, heftete sich auf Réfen. »Der DúnAnór! Seine Seelenrune – war sie es, die verletzt war? – Ihr Sterne steht uns bei! – Wo habt ihr ihn gesehen? Bei Königin Seloran?«

Der schüttelte den Kopf. »Nein! Er ist im Kerker.«

»Im Kerker? Aber ... Ich dachte ...?«, blinzelte Fren verwirrt und runzelte die Stirn. »Ist er ... gesund und bei Kräften?«

»Dafür, dass ihr diesem Mann eben noch den Tod gewünscht habt, seid ihr jetzt sehr besorgt. Warum?« Réfen lehnte sich vor.

»Weil der DúnAnór das ideale Gefäß für Ahorens Seele wäre.« Er ballte die Fäuste. »Ahoren käme mit all seiner früheren Macht zurück. Nichts könnte ihn daran hindern, auch seine Schattenlegionen aus der fahlen Welt zu holen. Für ihn gäbe es nur zwei Dinge: Macht und Rache. – Muss ich euch erklären, was das für Oreádon und seine Bewohner bedeuten würde?«

»Das sagt ausgerechnet ein anderer Nekromant!«, höhnte Kajlan, aber ihre Stimme klang dünn.

Fren funkelte sie an. »Ein Nekromant zu sein, bedeutet nicht unbedingt, auch böse zu sein.« Er wandte sich wieder Réfen zu. »Also: Wie ging es dem DúnAnór, als ihr ihn zuletzt gesehen habt?«

»Abgesehen von dem Schnitt über die Brust, war er unverletzt, soviel ich sehen konnte, aber er war halb erfroren und scheinbar am Ende seiner Kräfte. Und sein Verstand war verwirrt.«

Fren brach auf seinem Stuhl regelrecht zusammen. »Oh ihr Sterne, das heißt, sie warten nur noch bis zum nächsten Seelenmond.« Mit einer müden Bewegung fuhr er sich über die Augen, ehe er Réfen ansah. »Ihr müsst ihn töten!«

»Was?« Voller Entsetzen starrte Réfen den Nekromanten an.

Der nickte, als wäre sein Kopf plötzlich zu schwer für seinen Hals und würde ihm im nächsten Moment von den Schultern fallen.

»Ihr müsst ihn töten und seine Leiche verbrennen. – Es gibt keine andere Möglichkeit. All das, was ihr mir erzählt habt, lässt nur einen Schluss zu: Die Königin ist im Besitz beider Hälften des KonAmàr und will Ahorens Seele aus ihrem Gefängnis befreien. – Bei ihrem ersten Versuch ist wahrscheinlich etwas schiefgelaufen, sonst wäre der DúnAnór nicht mehr im Kerker. Denn wie es scheint, will sie ihn als Gefäß für Ahorens Seele benutzen. Das müssen wir um jeden Preis verhindern!«

»Wir?« Réfen hob eine Braue. »Wer sagt mir, dass ihr uns hier nicht irgendetwas vorspielt, um uns dazu zu bringen, einen Mann aus dem Weg zu räumen, dem ihr euren eigenen Worten zufolge den Tod wünscht. – Und selbst wenn all das wahr ist: Woher wollt ihr wissen, dass dieser Ahoren sich nicht irgendeinen anderen Körper sucht, um in diese Welt zurückzukehren?«

»Weil er das nicht kann!«, widersprach Fren energisch. »Zum einen muss für einen dauerhaften Wechsel ein Seelenmond am Himmel stehen. Zum anderen gibt es noch ein paar Bedingungen, die ein Gefäß für eine Seele erfüllen muss. Die erste ist, dass der Körper, in den sie eindringt, immer das gleiche Geschlecht haben muss wie die Seele selbst. Und es sollte kein totes Gefäß sein, denn es würde die Seele einen Großteil ihrer Macht kosten, einen Leichnam zu beleben. – Wenn Ahoren in diese Welt nicht nur als Schatten seiner selbst zurückkehren will, sondern im Vollbesitz seiner Macht, braucht er den Körper eines KâlTeiréen, der zugleich ein DúnAnór ist. Ein KâlTeiréen ist in der Lage, willentlich seinen Körper zu verlassen und seine Seele für eine gewisse Zeit dem Wesen, mit dem er sich verbunden hat, anzuvertrauen. Zwei Seelen, die sich in Harmonie einen Körper teilen. Tötet man dieses Geschöpf, während die Seele des KâlTeiréen sich im Körper seines Seelengefährten befindet, dann werden beide Seelen in den Schleier gerissen. Damit hat man ein leeres Gefäß.

Und es muss ein DúnAnór sein, weil ... sie die perfekte Hülle darstellen. So stark ihre Gabe im Schleier und jenseits von ihm auch sein mag, in unserer Welt sind sie schwach. Und wenn es einer mächtigen Seele auf dieser Seite erst einmal gelungen ist, sich trotz der Schutzrunen Zutritt zu ihrem Körper zu verschaffen, dann gibt es so gut wie kein Zurück, kein Einkommen. Selbst eine kurze Spanne genügt einer solchen Seele, sich so fest in ihrem Körper zu verankern, dass sie nicht mehr vertrieben werden kann. – Ahoren wird Sterne und Meer in Bewegung setzen, um diesen Körper zu bekommen, weil er nur in ihm mit seiner vollen Macht zurückkehren kann.«

»Ich frage mich nur, woher dieser Ahoren, wenn seine Seele doch in diesem Stein gefangen ist – oder war –, davon erfahren hat, dass ein DúnAnór in der Stadt ist, der alle Voraussetzungen erfüllt.«

Fren hob auf Réfens Worte nur die Schultern. »Versteht ihr

jetzt, warum der DúnAnór getötet und seine Leiche verbrannt werden muss? Ahoren darf keine Möglichkeit haben, sich seiner zu bemächtigen. Und außerdem: Ihr habt selbst gesagt, dass der Geist des Gefangenen verwirrt ist. Er würde ohnehin nur noch stumpfsinnig vor sich hin vegetieren.«

»Und wie stellst du dir das vor, Fren? Einen Mann im Kerker zu töten, mag ja noch möglich sein – aber seine Leiche zu verbrennen? Wie soll das gehen?« Fragend runzelte Kajlan die Stirn.

Ehe der junge Mann antworten konnte, sprach Réfen.

»Würdest du Ayden töten?«, erkundigte er sich ruhig.

Empört sah Kajlan ihn an. »Natürlich nicht!«

»Ebenso wenig werde ich diesen Mann töten, nur weil sein Geist verwirrt ist.«

»Aber ihr müsst ...«

»Was?« Réfen ließ Fren nicht ausreden. »Einen Mann ermorden, der in diese Lage geraten ist, weil er nichts anderes als seine Pflicht getan hat – auch wenn er dadurch zu einer Gefahr geworden ist? Nein! Das werde ich nicht tun.«

»Aber ...«

Wieder wurde Fren unterbrochen, als Kajlan ein tiefes Schnaufen hören ließ. »Wenn du ihn nicht töten willst, kann das nur eins bedeuten: Du willst ihn befreien.«

Schweigend sah Réfen sie einen Moment an, ehe er nickte. »Offenbar habe ich keine andere Wahl, da er im Kerker nicht bleiben kann, wenn stimmt, was Fren behauptet.«

Ein rasches Grinsen huschte über Kajlans Lippen, als sie sich zurücklehnte. »Das bedeutet, das Spiel, das wir spielen, heißt ›Befreiung aus dem Kerker‹?«

»Wir?« Überrascht hob Réfen eine Braue.

»Natürlich, ›wir‹ – oder glaubst du, ich lasse mir diesen Spaß – und den Ruhm – entgehen?«

Er hätte es wissen müssen. »Das Spiel, das wir spielen, heißt nicht ›Befreiung aus dem Kerker‹. Es heißt ›Hochverrat‹, weil die Königin in die ganze Sache verwickelt ist.«

Kajlans Grinsen wurde breiter. »Dann müssen wir Noren mitspielen lassen!«

Réfen verdrehte die Augen zur Decke. Er hätte es wirklich wissen müssen.

Es gab bei dieser Sache etliche entscheidende Nachteile. Erstens: Es war helllichter Tag! Zweitens: Er hasste überstürzt in die Tat umgesetzte Pläne, und diesen Wahnwitz – der unbedingt heute ausgeführt werden musste – hatten Réfen und seine Schwester erst in der vergangenen Nacht ausgeheckt! – Und drittens: Seit dem Morgen trieben sich fast vier Dutzend Soldlinge im Jisteren-Palast herum, von deren Anwesenheit auch Réfen noch nichts gewusst zu haben schien.

Wenn er an den Anblick dachte, der sich ihm geboten hatte, als er in der Nacht von einem kleinen Geschäft auf See zurückgekommen war, musste er noch immer breit grinsen. Kajlan und der Hauptmann der Garde, über einen hastig auf einen Bogen Pergament skizzierten Grundriss des Palastes gebeugt, auf dem nicht nur selten genutzte Seitenkorridore und Treppenfluchten sowie Wachzimmer und Kerkergänge verzeichnet waren, sondern auch zwei schwer einsehbare und nur nachlässig bewachte Seitenpforten in der Palastmauer.

Er hatte sich setzen müssen, als seine Schwester ihm offenbarte, was die beiden da planten: die Befreiung eines Gefangenen, der auf der unteren Ebene der Verliese des Jisteren-Palastes in Ketten lag. Dass dieses Vorhaben zudem schon am nächsten Tag stattfinden sollte, hatte ihn endgültig an Kajlans und Réfens Verstand zweifeln lassen – bis sie ihm erklärt hatten, warum ihnen nicht mehr Zeit blieb.

Zumindest schien ihnen das Glück bei ihrem verrückten Unternehmen gewogen zu sein, war doch ausgerechnet heute Kettelmarkt. Händler aus Zaifran und Resgivan oder noch weit entfernteren Städten würden den Inneren Hof des Palastes bevölkern und ihre Waren feilbieten. Schon Mondläufe zuvor zahlten sie horrende Summen, um einen Passierschein für das Innere Tor zu erhalten und an diesem Markt teilnehmen zu können. Immerhin hatte der Adel Kahels es sich zur Gewohnheit gemacht, ihn zu besuchen – und gewöhnlich, ohne zu feilschen, die geforderten Preise zu bezahlen. Es war Réfens Einfall gewesen, ihnen falsche Papiere für die Inneren Tore auszustellen. Noren würde den Ausdruck im Gesicht seines Freundes nie vergessen, als er ihm dann Siegelwachs und eine Kopie des Dienstsiegels des Hauptmanns der Garde gegeben hatte, um den Pergamenten das nötige Aussehen zu verleihen. Schließlich hatte er sieben seiner Männer hereingerufen und ihnen mitgeteilt, was sie vorhatten. Keiner von ihnen hatte sich geweigert mitzumachen. Nachdem jeder seine Aufgabe kannte, war Réfen kaum eine Stunde vor Morgengrauen schließlich in den Palast zurückgekehrt.

In aller Eile hatten sie einen seiner speziellen Karren mit prächtigen Fellen und kostbarem Tuch beladen, und sich in der Verkleidung von Händlern zum Palast begeben. Die Wachen am Inneren Tor hatten ihre Papiere sorgfältig geprüft, dann hatten sie passieren dürfen, ohne dass einem der Soldaten die hohen Seitenwände des Lastkarrens aufgefallen wäre. Tolren und Zadalen hatten begonnen, ihre Waren ganz nach Händlermanier anzupreisen, während Noren zusammen mit Danen, Keraden und Setten in ihrem Versteck, dem doppelten Boden des Händlerkarrens, auf eine günstige Gelegenheit gewartet hatten, es zu verlassen und im Gedränge zu verschwinden. Auch der junge Jellen hatte sich, verkleidet als Handelsknecht, in Richtung der Stallungen abgesetzt.

Dank Réfens Plan war es ein Leichtes gewesen, in den Palast zu gelangen und auf dem Weg hierher die Wachen zu umgehen – bis diese Kerle plötzlich vor ihnen gestanden hatten. Ungerührt trat er über eine der beiden Leichen am Boden hinweg. Sie hatten vereinbart, dass keiner von Réfens Männern getötet oder schwer verletzt werden durfte. Von Soldlingen war dabei keine Rede gewesen. Dass die Krieger der Garde, die den Gefangenen bisher bewacht hatten, aus welchen Gründen auch immer durch Soldlinge ersetzt worden waren, machte das Ganze auf gewisse Weise leichter.

Er nickte Danen knapp zu und stieg zusammen mit Keraden und Setten leise die Stufen zu den tiefer liegenden Kerkerzellen hinunter. Ein Lichtschein und ein Schatten verrieten den Wächter – und machten ihn zu einem leichten Ziel für Keradens Dolch. Aus reiner Gewohnheit bewegten sie sich vollkommen geräuschlos durch den Gang. Sie machten sich nicht die Mühe, den Soldling nach den Schlüsseln für die Zellentür zu durchsuchen. Dennoch schwang sie einen Augenblick später lautlos nach innen. Mit einer übertrieben tiefen Verbeugung ließ Setten ihm den Vortritt, seine Schlosshaken noch immer in der Hand.

Die Kälte, die ihm entgegenschlug, ließ Noren überrascht Atem holen. Wie sollte ein lebendes Wesen mehr als ein paar Stunden in diesem Loch überstehen? Er hob die Fackel höher und betrat das Verlies. Wie Réfen gesagt hatte, lag der Gefangene in der hinteren Ecke der Zelle, Arme und Beine eng an den Leib gezogen. Reifffäden spannten sich zwischen den Gliedern seiner Ketten. Ein kurzes Wort rief Setten herein, dann kniete er sich neben dem Mann auf den eisigen Steinboden. Wären die fahlen Dampfwolken nicht gewesen, zu denen die schwachen Atemzüge des Jarhaal gefroren, hätte er ihn für tot gehalten. Vorsichtig berührte er ihn an der Schulter. Réfen hatte gesagt, der Geist des Gefangenen sei verwirrt. Er hatte erlebt, wie der junge Ayren reagierte, wenn man sich ihm zu rasch näherte und ihn erschreckte. Es würde alles nur schwerer machen, wenn der Mann sich aus Angst gegen sie wehren würde. Doch der Jarhaal rührte sich auch dann nicht, als Noren ihn vorsichtig auf den Rücken drehte. Mit einem leisen Klirren rutschten die Ketten auf den Boden. Réfen hatte recht gehabt. Eisenringe, keine Bandeisen. Und sie wiesen tatsächlich weder ein Schloss noch ein Scharnier auf. Setten hatte sich neben ihm auf die Knie niedergelassen. Sie tauschten einen kurzen Blick, dann löste der fuchsgesichtige Mann die Riemen des Leinensackes und förderte Meißel und Hammer zutage, während Noren den Arm des Gefangenen zur Seite zog und die Kette auf dem Boden zurechtlegte. Das zerrissene Hemd glitt zur Seite und enthüllte den hässlichen Schnitt auf der Brust des Mannes, der sich quer durch die kunstvollen Linien fraß, die seine Haut schmückten. Fahlgrüner Schorf, der aussah, als würde er bei der geringsten Bewegung aufbrechen, hatte die Wunde verschlossen.

Ein heller Misston klang durch die Zelle, als Setten einen Augenblick später den Hammer auf den Kopf des Meißels niederschmetterte, den er auf den Eisenring um das Handgelenk des Gefangenen gesetzt hatte. Die Meißelklinge rutschte von dem Eisen ab, ohne auch nur einen Kratzer darauf zu hinterlassen.

Ein Fluch entwich dem kleinen Mann. Erneut setzte Setten den Meißel an – mit dem gleichen Erfolg. Einen Moment waren beide verblüfft, dann befahl Noren ihm mit einem Knurren, es noch einmal zu versuchen. Dieses Mal platzierte Setten den Meißel auf dem Kettenglied direkt hinter dem Eisenring und ließ den Hammer niederfahren. Die Kerbe, die deutlich sichtbar zurückblieb, entlockte ihm ein befriedigtes Grunzen. Es brauchte fünf weitere harte Hiebe, dann barst das Metall mit einem Knirschen. Noren packte die andere Hand des Jarhaal – und sah, dass der Mann die Augen geöffnet hatte. Helles Silber mit Sodijansplittern, eingefasst von einem dunklen Dämonenring, stumpf und leer, blickte durch ihn hindurch. Auch als er mit den Fingern direkt vor seinem Gesicht schnippte, änderte sich ihr Ausdruck nicht. In einem Anflug von Mitleid schüttelte Noren den Kopf. Er hatte erwartet, den Jarhaal in einem ähnlichen Zustand zu finden wie Ayren. Doch der Junge reagierte wenigstens auf das, was um ihn herum vor sich ging, auch wenn es ihn meist nur dazu brachte, sich wimmernd in eine Ecke zu kauern.

Die Glieder der zweiten Kette gaben ebenfalls nach einigen Hieben unter Settens Meißel und Hammer nach und Noren zog den Jarhaal zusammen mit dem fuchsgesichtigen kleinen Mann vom Boden hoch. Schwer hing er zwischen ihnen, bis Noren ein Knurren ausstieß und sich den Gefangenen wie ein erlegtes Tier über die Schulter warf. Mit einem Nicken schickte er Setten auf den Gang hinaus.

Keraden erwartete sie ein paar Schritt von der Zelle entfernt, angespannt lauschend, um sie rechtzeitig vor ungebetenen Störungen warnen zu können. Schnell, aber ohne Hast bewegten sie sich durch den Gang zurück. Tief unter ihnen in den Felsen kündigte ein ständig lauter werdendes Grollen die steigende Flut an. Am Fuß der Treppe stieß Setten einen leisen Pfiff aus, der gleich darauf von oben beantwortet wurde. Auch hier war die Luft rein. Rasch stiegen sie die Stufen hinauf. In der Wachstube hob Danen zwar beim Anblick des Körpers über Norens Schultern kurz die Brauen, verschwand dann aber wortlos die zweite Treppe hinauf, um ihnen kurz darauf abermals ein Pfiff-Zeichen zu geben. Auch auf dem oberen Korridor war niemand zu sehen.

Ihre Schritte verursachten auf den binsenbestreuten Steinplatten keinen Laut, während sie durch die gekalkten Gänge hasteten. Die hohen Fenster aus geschliffenem Glas, die sie zuweilen passierten, erlaubten ihnen einen raschen Blick auf den Wehrgang und das Gedränge des Marktes im Inneren Hof. An jeder Ecke verhielten sie, wachsam lauschend. Réfen hatte ihnen versichert, dass diese Flure von Bediensteten kaum benutzt wurden, da sie nur zu einigen tiefer gelegenen Lagerräumen und den inneren Stufen in die Verliese hinunterführten. Und die Kerkerwache würde erst in fünf Stunden abgelöst werden. Dennoch waren sie vorsichtig. Zu erklären, warum Noren einen teilnahmslosen Jarhaal über den Schultern trug, würde schwierig sein – vor allem, angesichts der eisernen Ringe, die um dessen Handgelenke lagen.

Schließlich hatten sie den schmalen Flur erreicht, der vor einer selten benutzten Seitenpforte des Palasts endete. Dahinter öffnete sich, nach dem, was Réfen ihm gesagt hatte, ein Teil des Inneren Hofes, der von den Zinnen des Wehrganges nur schlecht einzusehen war. In einer Entfernung von etwa sieben Schritten würde sich zu ihrer Rechten der Bogengang befinden, der sie zurück ins Markttreiben führen würde. Keraden schob lautlos die schweren Riegel zurück und drückte vorsichtig die Pforte auf. Sofort hüllte der Lärm des Kettellmarktes sie ein. Wenn sie durch den Spalt spähten, konnten sie einen Blick auf das Gedränge jenseits des Bogenganges werfen. Stimmen riefen durcheinander, dann klangen die Vierschläge der Marktglocke dazwischen und entlockten Noren ein zufriedenes Grinsen. Rechtzeitig! Jeden Augenblick musste der Tumult im Inneren Hof losbrechen. Er ließ den schlaffen Körper von seinen Schultern gleiten. Den Jarhaal weiter auf diese Art zu tragen, würde auf dem Markt zu sehr auffallen. Wie zuvor knickten die Beine des Mannes ein, kaum dass sie sein Gewicht tragen mussten. Mit einem Zischen legte Noren sich den Arm des Jarhaal um die Schultern, um ihn aufrechtzuhalten, während Setten auf seiner anderen Seite ebenfalls wortlos zufasste. Etwas wie ein Stöhnen kam über die Lippen des Mannes, und für einen Augenblick hatte Noren den Eindruck, er versuche den Kopf zu heben, doch dann hing er erneut schwer zwischen ihnen. Noren verstärkte seinen Griff, um ihn falls nötig mit Gewalt ruhig halten zu können. Es konnte nicht mehr lange dauern, bis das vereinbarte Zeichen erklang und sie möglichst rasch den im Mauerschatten liegenden Abschnitt des Hofes durchqueren mussten. Doch nichts geschah. Angespannt wechselten die Männer Blicke. Danen wies mit einem Kopfrucken auf die spaltbreit offene Pforte. Auf Norens Nicken verschwand er nach draußen.

Und dann brach der erwartete Tumult doch los. Aber es war nicht der Schrei »Feuer!«, der verkündet hätte, dass Jellen es geschafft hatte, sich in die Ställe zu schleichen, dort den Heuboden in Brand zu setzen und die Pferde aus ihren Ständen zu lassen, damit sie in ihrer Angst vor den Flammen mitten in das Markttreiben hineingaloppierten. Ein gellender Alarmruf hallte durch den Palast und einen Herzschlag später auch über den Hof. Männer der Garde hasteten über die Wehrgänge, Soldlinge drängten sich rücksichtslos zwischen den Händlern und ihren Ständen hindurch, unübersehbar auf der Suche nach etwas – oder jemandem. Noren fluchte unterdrückt, als ein dumpfes Krachen verriet, dass die Inneren Tore geschlossen worden waren. Wie auch immer es geschehen war: Ihr Plan war keinen Kupferdoren mehr wert.

Hinter ihnen wurden Schritte laut, die sich rasch den Korridor entlang näherten. Noren griff nach seinem Dolch. Setten tat es ihm nach. Dann bog der Ankömmling um die letzte Ecke, und die beiden Männer entspannten sich wieder, als sie Réfen erkannten.

»Wie konnten sie uns so schnell entdecken?«, empfing Noren den Freund wütend, kaum dass der sie erreicht hatte.

»Wenn ich das wüsste, hätte ich es vielleicht verhindern können.« Sichtlich nicht minder ärgerlich schob Réfen sich an den drei Männern vorbei und spähte durch den Türspalt in den Hof.

»Was ist mit meinen Leuten?«

»Bisher wurde noch niemand verhaftet, soweit ich weiß.«

Noren verzog den Mund in grimmiger Befriedigung. Zumindest das war eine gute Nachricht. »Und was jetzt? Über kurz oder lang werden sie uns hier entdecken.«

Réfen bedachte ihn über die Schulter hinweg mit einem schnellen Blick. »Wie weit kannst du ihn tragen?« Mit dem Kinn wies er auf den schwer im Griff der beiden Männern hängenden Jarhaal.

Norens Antwort war ein verächtliches Schnauben.

Eine von Réfens Brauen hob sich. »Und wie schnell bist du dann noch?«

»Schnell genug für dich. Hör auf, so blödsinnige Fragen zu stellen. Bring uns einfach hier heraus.« Er warf sich den schlaffen Körper wie zuvor über die Schultern, dann nickte er Réfen zu.

Für einen Atemzug zögerte der, dann wandte er sich abrupt ab, spähte noch einmal durch den Spalt hinaus und signalisierte ihnen einen Augenblick später, ihm zu folgen.

Sie wandten sich nach links, weg vom Lärm und Treiben des Marktes, den aufgebrachten Rufen der Händler und dem Gebrüll der Soldlinge, die auf ihrer Suche rücksichtslos Waren zu Boden rissen. Im Halblicht des Wehrganges bewegten sie sich hintereinander dicht an der Mauer entlang. Immer wieder bedeutete Réfen ihnen zurückzubleiben, sich tiefer in die Schatten hineinzuducken oder eine offene Fläche schnell zu überqueren. Ein paar Mal hörten sie Rufe in dem harten Dialekt, den die meisten Soldlinge sprachen, aber Réfen schaffte es immer wieder, sie im letzten Moment hinter eine Mauer oder in einen Durchgang zu führen, sodass sie unbemerkt blieben.

Schließlich befahl Réfen ihnen mit einer Geste zu warten, dann überquerte er den kleinen Hof, auf dessen gegenüberliegender Seite die helle Janansteinmauer des Siebengartens aufragte. Neben der kleinen Pforte verharrte er und ließ mehrere Momente lang den Blick angespannt durch den Hof und über die Fenster des Palastes gleiten, die auf den Eingang des kunstvoll angelegten Gartens hinausgingen, ehe er sie herüberwinkte. Während sie zu ihm hasteten, stieß er die Pforte auf. Rasch drängten sie sich an ihm vorbei in den stillen Garten. Der Duft von Vinnbüschen, deren rot geränderte, goldene Blütenkelche sich vor dem dunklen Grün ihrer sichelförmigen dichten Blätter abhob, wehte ihnen entgegen und vermischte sich mit dem der langen violetten Blütendolden der Mondlinden, die den kiesbetreuten Weg säumten. Mit einem knappen Nicken bedeutete Réfen ihnen, sich rechts zu halten, an der Gartenmauer entlang, während er die Pforte schloss. Der Ruf erklang im gleichen Moment. Fluchend schlug Réfen die Tür endgültig zu. Wie auf ein stummes Kommando rannten sie los. Hinter ihnen krachte Holz auf Stein. Noren fasste den schlaffen Körper über seiner Schulter fester. Stimmen brüllten durcheinander. Schritte polterten hinter ihnen her, begleitet vom Klirren der Waffen. Dicht neben Setten schrammte ein Pfeil über die Mauer. Réfen schickte sie nach links, in einen schmalen Durchgang zwischen mannshohen Grennhecken hinein, deren harte, bläulichgrün schimmernde Blätter leise raschelten. Eine ganze Zeit folgten sie seinen gezischten Anweisungen durch die Gänge des Irrgartens, bis er ihnen befahl stehen zu bleiben. Angestrengt lauschend und zugleich darum bemüht, ihre eigenen Atemzüge zu dämpfen, verharrten sie auf dem kleinen Rund sauber geharkten hellen Jenansteinkieses. Die Sonne glitzerte in seiner Mitte auf dem Wasser eines halbrunden Bassins. Eine zierliche Nariede saß in ihm auf einem kunstvoll gemeißelten Felsen, den langen Fischschwanz halb erhoben, einen mit Perlmutt besetzten Gendhecht auf dem Schoß, aus dessen emporgerecktem Maul eine Fontäne in den blauen Himmel schoss und alles mit funkelnden Tropfen überzog. Durch das leise Plätschern waren die Rufe der Soldlinge, die den Irrgarten durchsuchten, deutlich zu hören. Es würde nicht mehr lange dauern und sie hätten sie eingekreist.

»Und was jetzt?« Setten drehte sich langsam um sich selbst. Neben ihm sah Noren mit einer fragend gehobenen Braue zu Réfen hin und rückte den Jarhaal auf seiner Schulter zurecht.

Der lauschte einen Moment angestrengt auf die Geräusche um sie herum, dann nickte er.

»Ihr bringt ihn hier heraus, ich lenke sie ab.«

Norens Knurren sagte mehr als deutlich, was er von diesem Plan hielt.

Der Hauptmann warf ihm einen gereizten Blick zu. »Hast du vergessen, dass ich mich hier auskenne? Wenn es sein muss, kann ich in diesem Garten einfach verschwinden.« Ein brüskes Kopfschütteln verhinderte einen Einspruch seines Freundes. »Geht durch den Durchgang dort rechts.« Er wies hinter die Nariede. »Haltet euch einmal rechts, dreimal links, lasst einen Gang zu eurer Rechten aus, geht zweimal rechts und dann noch einmal links. Der Weg endet vor einer Grennhecke, aber er ist nur scheinbar eine Sackgasse. Neben der rechten Ecke fehlt eine der Pflanzen. Ihr müsst zwischen den Ästen hindurch. Dahinter ist eine kleine Pforte verborgen, von der ein schmaler Fußweg in die Klippen führt.

Und seid vorsichtig. In diesen Klippen treibt Prinzessin Darejan sich gerne herum. Gewöhnlich benutzt sie diese Pforte, um ungesehen aus dem Palast hinaus und wieder hinein zu gelangen. Und sie weiß nicht, dass ich es weiß.« Er bedachte Noren mit einem scharfen Blick. »Sollte ich jemals erfahren, dass diese Tür nach heute von irgendjemandem außer ihr benutzt wird, vergesse ich, dass wir Freunde sind.«

Noren verdrehte die Augen und nickte. »Und was ist mit dir?«, fragte er dann angespannt.

Ein kaltes Lächeln huschte um Réfens Mund. »Ich gebe euch so viel Vorsprung, wie ich kann, dann setze ich unsere Flucht äußerst geräuschvoll in die entgegengesetzte Richtung fort. Und wenn sie mir weit genug gefolgt sind, verschwinde ich.«

Einen kurzen Augenblick musterte Noren ihn mit zusammengepressten Lippen, ehe er mit einem wortlosen Neigen des Kopfes Setten in den Durchgang befahl, den Réfen ihnen zuvor bedeutet hatte, und dem fuchsgesichtigen Mann folgte.

Lauschend stand der Hauptmann der Garde still. Die Soldlinge kamen näher. Schneller als er gedacht hatte. Leise fluchend, eilte er links an der Nariede vorbei und auf einen schmalen Durchgang zu. Er hatte ihn gerade erreicht, als die Soldlinge auf das geharkte Rund stürmten.

9

Mit einem Ruck wurden die Türen des Gemaches geöffnet und ein halbes Dutzend Soldlinge schleppten einen Mann herein, den sie grob vor Königin Seloran auf den Boden stießen. Einen langen Moment waren nur die harten Atemzüge des Gefangenen zu hören, dann wurden die dunkelblau glitzernden Augen der Königin von dem schweren Folianten, in dem sie gerade gelesen hatte, gelöst. Eine schlanke Hand bewegte sich in einer knappen Geste und die Türflügel schlossen sich wieder, ohne dass einer der Männer sie berührt hätte. Der Kommandant der Soldlinge zuckte ebenso zusammen wie seine Krieger, verneigte sich dann aber rasch, um sein Erschrecken zu verbergen. »Wie befohlen, Herrin ...«

Ein Fingerschnippen brachte ihn zum Schweigen. Vollkommen gelassen wurde die Stelle des Buches markiert, an der ihr Erscheinen die schlanke Gestalt der Königin der Korun gerade unterbrochen hatte. Der Foliant wurde so behutsam zugeschlagen, dass noch nicht einmal der hölzerne Dreifuß vibrierte, auf dem er ruhte. Erst jetzt wurden ihr dunkelschillernden Augen gehoben und auf den Mann gerichtet, der mit auf dem Rücken gefesselten Händen, halb zerrissenem, blutdurchtränktem Hemd und ebenfalls rotfleckiger Hose auf dem Boden lag, ehe sie zum Kommandanten der Soldlinge weiterwanderten. Der Blick, mit dem er gemustert wurde, ließ ihn trocken schlucken.

»Und der Jarhaal?« Die Stimme der Königin war von mörderischer Sanftheit.

»Entkommen, Herrin, aber ...« Wieder ließ ein Fingerschnippen ihn verstummen.

Stümper! Er erhob sich von dem thronartigen Stuhl, auf dem der schlanke Frauenkörper die ganze Zeit gesessen hatte, und trat auf den Gefangenen zu. Zufrieden registrierte er, wie der Kommandant der Soldlinge ebenso vor der Gestalt von Königin Seloran zurückwich wie seine Männer. Wenn sie gewusst hätten, wie wenig Kraft ihm geblieben war ... Der Hunger brannte wieder in ihm. Ein Stoß mit der Fußspitze gegen die Schulter beförderte den Korun mit einem schmerzerfüllten Ächzen auf den Rücken. Hauptmann Réfens Augen begegneten den dunkelblauen der Königin, nur um sich dann zu misstrauischen Schlitzen zu verengen. Mit nachlässiger Anmut kniete ihre schmale Gestalt sich neben ihn, dann schob er ihre Hand in den Nacken des Hauptmanns, darum bemüht, die Schwäche ihres Körpers nicht zu beachten, und beugte sich über den Mann, den er vom ersten Moment an für gefährlich gehalten hatte.

»Wo ist er?« Die Frage war ein verführerisches Schnurren aus der Kehle der Königin.

Für einen winzigen Moment zogen sich die Augen des Hauptmanns der Garde noch weiter zusammen, dann schüttelte er in bemitleidenswertem Mut den Kopf. »Ich weiß nicht, was du meinst, Seloran.« Seine Stimme klang gepresst.

»Du weißt sehr gut, was ich meine. Du hast etwas gestohlen, das mir gehört; auf das ich sehr lange gewartet habe – und ich will es wiederhaben.« Er verstärkte den Griff der schlanken Finger im Nacken des Korun, bis ihre Nägel in seine Haut schnitten. »Wo ist der DúnAnór?« Die Worte waren kaum mehr als ein sanftes Wispern. Doch das Begreifen, das unvermittelt in den Augen des Hauptmanns aufblitzte, entlockte ihm ein Lachen. Er hatte nichts anderes erwartet.

Anstatt sich jedoch, wie so viele vor ihm, einfach seinem Willen zu unterwerfen, presste der Korun die Lippen zu einem schmalen Strich zusammen. Und verzog sie dann zu einem spöttischen Lächeln. »Sucht ihn!«

Ein Zittern durchrann die Königin. Es gelang ihm kaum, seine Wut zu beherrschen. Wut, die die Kraft dieses Körpers zu schnell verzehrte. Er drängte sie zurück und zwang ihren Mund schließlich zu einem ganz ähnlichen Lächeln. Der Geruch von Blut, der dem Korun anhaftete, machte den Hunger schier unerträglich. Warum sollte er sich gedulden, bis die Schatten aufzogen? Langsam beugte er sich weiter vor, so weit, dass Selorans Lippen beinah die des Gefangenen berührten und ihr Atem sich mit seinem vermischte. »Er kann mir nicht entkommen. Er konnte es nicht, als er noch bei klarem Verstand war. Und jetzt … Ich werde ihn zurückbekommen. Das verspreche ich euch! Es gibt keinen Ort, an dem er sicher wäre. Die anderen DúnAnór werden ihm nicht helfen können, denn ich werde sie ebenso vom Angesicht Oreádons tilgen wie jeden anderen, der sich mir in den Weg stellen könnte«, flüsterte er, ehe er ihren Mund auf den des Korun legte. Der Körper bäumte sich auf, bog sich zurück, sein Kuss erstickte die Schreie, während er gierig die vor jähem Entsetzen keuchenden Atemzüge des Mannes trank – und mit ihnen seine Kraft. Verzückt schloss er die Augen der Königin. Kraftvoll und männlich loderte die Flamme durch diesen unzulänglichen Frauenkörper. Er konnte spüren, wie seine alte Macht sich wieder regte! Nur noch ein wenig mehr ... Nein! Mit Gewalt musste er sich von dem Korun losreißen. Glasig starrten die dunklen Augen des Hauptmanns ihn an. Angst flackerte in ihnen. Wieder brachte er ein Lächeln auf die Lippen Königin Selorans, als er sich noch einmal ganz nah zu dem Mann herabbeugte. Der Körper in seiner Umarmung wurde starr. »Ich werde erfahren, was ich zu erfahren wünsche. – Und sollte ich den DúnAnór bis zum nächsten Seelenmond tatsächlich nicht wieder zurückbekommen, habe ich eine ganz besondere Verwendung für euch«, versprach er mit einem zärtlichen Flüstern. Dann ließ er den Hauptmann der Garde so unvermittelt los, dass der Kopf des Mannes dumpf auf den Boden aufschlug, und richtete sich auf.

Sichtlich entsetzt starrten die Soldlinge Königin Seloran an. Einem nach dem anderen sah er in die Augen; sah, wie das Entsetzen aus ihren Blicken wich – und aus ihrer Erinnerung. Er wandte sich ab und ließ sich wieder auf dem weich gepolsterten Sessel der Königin nieder. Es war bei diesen Kerlen so einfach. »Schafft ihn in den Kerker und legt ihn in Ketten. Die BôrNadár werden ihn verhören, sobald die ersten Schatten aufziehen. Bis dahin – und wenn sie wieder fort sind – werdet ihr ihn bewachen. Niemand darf zu ihm. Hinaus!«

Wortlos verneigten die Männer sich, packten den Gefangenen und zerrten ihn aus dem Raum. Gerade als sich die Türen hinter ihnen schlossen, bemerkte er die Gestalt, die sich in die Fensternische draußen im Gang drückte. Prinzessin Darejan. Für den Bruchteil eines Moments zuckte ein tückisches Lächeln über Königin Selorans Lippen. Vielleicht sollte er sie als Köder benutzen. Es hatte schon einmal funktioniert.

Der Schmerz zwischen seinen Schulterblättern hatte sich in ein dumpfes Pochen verwandelt, das die zähen Schleier in seinem Kopf kaum zu durchdringen vermochte. Sein Oberschenkel schien in Flammen zu stehen. Mit seinem Bewusstsein kehrte auch seine Erinnerung zurück. Kälte war um ihn her. Eine Gestalt beugte sich über ihn. Seloran? Plötzlich zitternd presste er sich gegen die Mauer. Ein blendender Feuerball schwebte neben ihr. Der Schlag, der ihn zu Boden geworfen hatte ... Die Erkenntnis, dass Pfeile ihn in den Rücken und das Bein getroffen hatten ... Sie hatten ihn vor Seloran geschleppt ... – Nein, nicht Seloran! Er kauerte sich weiter zusammen. Die Worte. Die Lippen auf seinem Mund. Unaussprechliche Qual ... Das höhnische »Ich werde erfahren, was ich zu erfahren wünsche!«. Die Erleichterung, als die Soldlinge ihn aus dem Raum schleppten, in den Kerker hinunter, wo sie ihn in Ketten legten. Dann waren die Grauen gekommen. Stimmen, die direkt in seinem Verstand zu zischeln schienen. Immer nur die gleichen Worte: *Wo ist er?* Er hatte geschwiegen – und die Berührung der Grauen hatte ihm eine vage Ahnung davon gegeben, was sie dem Jarhaal Nacht für Nacht angetan hatten. Inzwischen war er sich nicht mehr sicher, ob er ihnen nicht doch geantwortet hatte. Der Feuerball schwebte näher heran. Heiß!

Hände schlossen sich um seine Schultern. Er zuckte in Erwartung jener seelenverbrennenden Kälte zurück.

»Réfen!« Nur allmählich begriff er, dass er dieses eine Wort kannte, dass er die Stimme kannte und die Gestalt, die sich über ihn beugte – und dass es nicht Seloran war. »Réf? Kannst du mich hören? Antworte mir!« Aus dem bisher unverständlichen Gelalle wurden verständliche, besorgt hervorgestoßene Sätze.

»Darejan?« Er wusste nicht, ob seine Zunge ihm gehorchte. Unerklärlicherweise hatte er den salzigkupfernen Geschmack von Blut im Mund. Nur langsam klärte sich sein Blick und aus der Gestalt wurde tatsächlich Darejan. Der Feuerball war eine Fackel, die sie über ihm in eine Mauerspalte gesteckt hatte. Doch die Flammen verschwammen sogleich wieder zu verwaschenem Orange. Kälte nagte in seinen Glieder. Wie lange schon? Zitternd zog er Arme und Beine enger an den Leib, beobachtete die fahlen Wolken, die sein Atem waren, während sein Verstand zurückdriftete in den Nebel und Darejans Worte darin versanken. Er wurde an den Schultern gepackt und geschüttelt, was ihm einen qualvollen Schrei entlockte. Hitze rann über seinen Rücken. Eine sanfte Berührung, der Schmerz verebbte, nahm den Nebel mit sich. Wärme breitet sich über ihn. Darejans Gesicht war dicht vor seinem. »Sag mir, dass es nicht wahr ist!«, verlangte ihre Stimme bebend. »Sag mir, dass du mit der ganzen Sache nichts zu tun hast! Bitte Réf! Sag es!« Ihre Finger nestelten am Stoff ihres Mantels, den sie über ihn gebreitet hatte. »Du bist kein Verräter, Réf! Das glaube ich nicht!« Keine Spanne von seiner Nase entfernt schlossen sich ihre Hände zu Fäusten. »Seloran lässt nach dem Spion suchen. Niemand weiß es, aber auch die Grauen durchkämmen die ganze Stadt. Sie werden die Kerle aufspüren, die ihm geholfen haben, das verspreche ich dir!« Sie beugte sich näher zu ihm. Réfen klammerte sich an den Klang ihrer Stimme. Versuchte zu begreifen, was ihre Worte bedeuteten. Nein! Die Grauen! Nein! »Du wirst sehen, dann wird sich deine Unschuld schon erweisen ...« Sie verstummte, starrte auf seine Hand, die sich um ihre geschlossen hatte. Die sie noch näher heranzog. Seine Ketten klirrten leise über den Boden. »Kajlan! In der Lagunenstadt!« Wieder wusste er nicht, ob seine Zunge ihm gehorchte. »Sag es ihr!« Der Geschmack von Blut war erneut in seinem Mund. »Sag ihr, die Grauen suchen den Jarhaal.« Der Ausdruck in ihren Augen zeigte ihm, dass die Worte tatsächlich über seine Lippen gekommen waren. Er sah, wie sich etwas in ihrem Blick veränderte. Im gleichen Moment entriss sie ihm ihre Hand, stolperte zurück. »Verräter!« Die Anklage schmerzte mehr als die Wunden in seinem Rücken und seinem Bein. Er versuchte, nach Darejan zu greifen. Das Bandeisen schnitt in sein Handgelenk, doch er bekam sie gerade noch zu fassen. Zog sie gegen ihren Willen näher heran. Mit dem letzten Rest seiner Kraft schüttelte er den Kopf. »Nein! Vertrau mir! Bitte!«

Darejan riss sich los und floh aus seiner Zelle. Er hörte das raue Gelächter der Soldlinge, dann schlug die Tür mit einem Krachen zu. Soweit es ihm seine Ketten erlaubten, kauerte Réfen sich unter dem Mantel zusammen.

Sie konnte noch immer nicht glauben, dass sie es tatsächlich getan hatte. – Aber sie stand hier, verborgen im Schatten eines engen Durchgangs zwischen zwei Hütten, und beobachtete eine kleine Schenke am Rand der Lagunenstadt. Hier hatte sie nach Stunden, in denen sie die Kaschemmen abgesucht hatte, endlich eine Spur gefunden, die sie vielleicht zu dieser Kajlan führte. Darejan zog den dunklen Umhang enger um sich, den sie sich von Briga geborgt hatte. Was sie dazu gebracht hatte, Réfens Bitte nachzugeben, wusste sie nicht. Die Verzweiflung in seiner Stimme? Die Angst, die sie in seinen Augen gesehen hatte, bevor er begriff, dass sie es war, die sich über ihn beugte? – Oder der Umstand, dass sie einfach nicht glauben konnte, was Seloran ihr erzählt hatte? Der Mann, dem sie neben ihrer Schwester mehr vertraute als jedem anderen, konnte kein Verräter sein! Zumindest war sie davon überzeugt gewesen, bis sie eben in der Schenke nach dieser Kajlan gefragt hatte. Die Art, wie der Wirt sie angesehen hatte, ehe er vorgab, noch nie von einer Kajlan gehört zu haben, nur um sie dann brüsk fortzuschicken, hatte den letzten Rest Hoffnung zerstört: Das alles war kein Komplott gegen Réfen! Er hatte wirklich etwas mit der Flucht dieses Spions zu tun.

Im ersten Moment der Enttäuschung und des Zorns hatte

sie in den Jisteren-Palast zurückkehren und Seloran davon erzählen wollen – doch irgendetwas hatte sie davon abgehalten. Ein … Gefühl. Sie rieb sich die Schläfe, als die Kopfschmerzen zurückkehrten, die sich zuvor schon hinter ihrer Stirn eingenistet hatten. Es war nicht mehr als eine vage Ahnung. Das Wispern von etwas, das sie nicht festhalten konnte. Und das ihr unerklärlicherweise Angst machte.

Darejan war sich nicht sicher, wann sie beschlossen hatte herauszufinden, was Réfen tatsächlich mit diesem Spion aus den Nordreichen zu tun hatte. Möglicherweise hatte er ja gute Gründe für seine Tat. – Und wenn dem so sein sollte, würde sie Sterne und Meer in Bewegung setzen, um zu beweisen, dass er kein Verräter war.

Rasch zog sie sich ein bisschen weiter in die Dunkelheit des Durchganges zurück, als sich die Tür der Schenke öffnete und ein kleiner Junge herauskam. Endlich! Er blickte einen Moment scheinbar sichernd die Straße entlang, dann wandte er sich nach rechts und glitt hastig in einen schmalen Durchgang zwischen zwei Häusern. Sie konnte nur hoffen, dass sie mit ihrer Vermutung richtiglag und der Kleine zu dieser Kajlan geschickt worden war, um sie zu warnen, dass jemand nach ihr suchte. Entschlossen zu tun, was immer nötig war, um Réfen zu helfen, verließ sie ihr Versteck und folgte dem Jungen vorsichtig tiefer in die Dunkelheit der Lagunenstadt hinein.

Das einzige Licht, das es hier gab, war der silberbleiche Mondschein. Doch selbst ihm gelang es kaum, den bitter schmeckenden Nebel zu durchdringen, der über allem wie eine klammfahle Decke lag und sogar die Klippen und die Seetürme in seinem wabernden Grau verschluckte. Selbst das leise Klatschen der Wellen unter den Gedanholzbohlen unter ihren Füßen hatte etwas seltsam Unwirkliches. Auch die goldenen Lichtfinger, die immer öfter durch einen Riss in dem Sackleinen, mit dem die Fenster der Hütten verhängt waren oder durch Ritzen in den Holzwänden sickerten, je tiefer sie in den alten Teil der Lagunenstadt hineinkamen, änderten daran nichts. Stimmen klangen zu ihr her, aber sie schienen aus weiter Ferne zu kommen. Ein paar Mal tauchten Schatten unvermittelt vor ihr auf, bewegten sich an ihr vorbei und verschwanden wieder, wie sie gekommen waren. Niemand schien sie zu beachten. Ein gutes Stück vor ihr drückte der Junge sich durch die schmalen Durchgänge, bis er plötzlich stehen blieb und leise gegen eine Tür pochte. Sofort presste Darejan sich gegen eine feuchte Hauswand. Ein halblauter Wortwechsel folgte, dann öffnete sich für einen Augenblick ein goldenes Viereck, in dem der Kleine verschwand und das sich hinter ihm gleich wieder schloss.

Darejan zögerte, blickte sich wachsam um. Abgesehen von dem sanften Flüstern der Wellen war es still. Ihre Hand kroch zu ihrem Dolch. Sie wusste, was man sich über die Lagunenstadt erzählte. Ärgerlich biss sie die Zähne zusammen, sah sich noch einmal um und schlich dann zu der Tür hin. Nicht das leiseste Geräusch war durch das dunkle Holz zu hören, obwohl sie sich dicht davor kauerte und angestrengt lauschte. Mit einem lautlosen Fluch stand sie nach einem Augenblick wieder auf. Sie war dem Jungen nicht bis hierher gefolgt, um dann unverrichteter Dinge wieder zu gehen. Darejan trat einen Schritt zurück, blickte an der dunklen Front entlang. Vielleicht gab es irgendwo ein Fenster.

»Was haben wir denn hier?« Die Stimme erklang direkt neben ihr. Noch ehe sie begriff, was geschah, presste sich eine Hand über ihren Mund. Eine andere legte sich um ihr Gelenk, als sie nach ihrem Dolch greifen wollte. Die Waffe klirrte zu Boden. Dann wurde ihr Arm herumgerissen und nach hinten verdreht, dass sie mit einem erstickten Schrei in die Knie ging. Im nächsten Moment verschwand die Hand von ihren Lippen. Sie wurde hochgezerrt und mit solcher Wucht gegen die Holzwand gestoßen, dass sie für einen Augenblick nur noch verwischte Schatten sah. Abermals wurde sie auf die Füße gestellt, taumelte im Griff ihres Angreifers vorwärts. Helligkeit lohte vor ihr auf. Ungeachtet ihrer benommenen Gegenwehr wurde sie hineingeschleift. Der Holzboden schlug ihr hart entgegen, dann schloss sich hinter ihr dumpf eine Tür.

Einen Moment lang war Schweigen um sie herum, dann erklang ein Klatschen, gefolgt von der Stimme einer Frau, die »Mern, du Trottel!« fauchte. Eine Hand schloss sich um ihren Nacken und zerrte sie in die Höhe, bis sie noch immer ein wenig wankend aufrecht stand. Blinzelnd starrte sie ins Kerzenlicht. Ihr Blick klärte sich nur allmählich. Sie erkannte den Jungen, der sichtlich entsetzt zu ihr her sah, direkt neben ihm eine Frau mit dunkelbraunem langem Haar, in deren grünen irisierenden Augen unübersehbar Ärger funkelte. Sieben oder acht Männer saßen um den langen Tisch herum, die sich alle zu ihr umgedreht hatten. Jeder von ihnen hatte das dunkle Haar und die perlmuthelle Hautfarbe der Korun und war in die schlichten Hosen und Hemden von Fischern gekleidet. Nur einer, ein junger Mann mit kupfern schimmerndem Haar, trug eine abgeschabte Seidenrobe. Tonkrüge und mehrere Becher standen auf der gescheuerten Tischplatte. Der Geruch von Eintopf hing in der Luft. Rechts von ihr teilte ein schwerer, halb zur Seite gezogener Vorhang den niedrigen Raum. Der schlanke, hochgewachsene Mann, der eben aus den nur schwach erleuchteten

Schatten dahinter trat, musterte sie mit einem ähnlichen Blick wie die Frau. Ebenso wie sie war er in ein weit fallendes Hemd aus Adeshwolle gekleidet, das in einer eng sitzenden Hose aus dunklem Leder verschwand. Um seine Mitte lag ein breiter Gürtel, unter dem ein langer, leicht gebogener Leydolch steckte. Eine dunkle Strähne hatte sich aus dem Rossschweif gelöst, zu dem seine dichte Mähne im Nacken zusammengefasst war. Wie sie in seine Stirn hing, verlieh seinen Zügen beinah etwas Jungenhaftes. »Was bringst du uns da, Gerden?«

Darejan straffte sich und strich sich das Haar aus dem Gesicht. »Ich bin …«

»Mörderin!« Der Schrei ließ sie zu dem Halbdunkel jenseits des Vorhangs herumfahren. Für den Bruchteil eines Herzschlags blickte sie in silberhelle Augen, dann schlossen sich Hände um ihre Kehle und drückten in tödlicher Absicht zu. Verzweifelt rang sie nach Luft, zerrte an den Handgelenken des Mannes, spürte kaltes Eisen. Stühle polterten zu Boden. Stimmen gellten durcheinander. Ihre Knie gaben unter ihr nach, der Raum wurde seltsam unscharf. Über ihr fletschte der Mann in einem bösen Fauchen die Zähne, heulte, als Hände sich über seine legten, seinen Griff brachen und ihn von seinem Opfer fortzerrten.

Mehrere unendliche Momente konnte Darejan nichts anderes tun, als hustend nach Atem zu ringen, die Hand an ihrer misshandelten Kehle. Als sie endlich den Kopf hob, begegnete sie wieder jenen silbernen Augen. Schmal vor Hass starrten sie zu ihr her, während vier der Männer ihn gegen die Wand gepresst hielten. Er keuchte, als sei er derjenige gewesen, den man eben versucht hatte zu erwürgen. Im Kerzenlicht glitzerten die Edelsteintätowierungen an seiner Stirn, und Darejan begriff, dass er der Spion aus den Nordreichen war. Und dann, von einem Wimpernschlag auf den anderen, war es vorbei. Die hellen Augen wurden stumpf und leer. Er erschlaffte in den Händen der Männer. Als sie ihn nach einem letzten Zögern losließen, sackte er an der Wand entlang auf die gescheuerten Dielen.

Jemand zog Darejan auf die Füße und stieß sie zum Tisch. Ein Stuhl wurde hinter sie geschoben. »Hinsetzen!«, befahl eine Stimme. Auch wenn sie sich hätte weigern wollen, hätten ihre Beine sie gezwungen zu gehorchen.

»Ich dachte, er wäre zahm!«

Die scharf hervorgestoßenen Worte kamen von dem hochgewachsenen Korun mit dem Rossschweif. Die Frau murmelte etwas Unverständliches, füllte einen Becher mit Wein und ging hinüber zu dem Mann, der immer noch reglos am Boden kauerte. Als sie ihn an der Schulter berührte, zuckte er mit einem heiseren Laut vor ihr zurück und schlang die Arme um sich. Darejan konnte hören, wie die Frau leise auf ihn einsprach. Etwas wie ein Fieberschauer schüttelte ihn, unvermittelt krümmte er sich vornüber, die Fäuste gegen die Schläfen gepresst. Die Laute, die aus seiner Kehle kamen, klangen eher nach einem Tier denn einem Menschen. Die Erkenntnis traf Darejan wie ein Schlag: Réf hatte sein Leben für einen Schwachsinnigen riskiert. Die Frau beugte sich näher zu dem Mann, hielt ihm den Wein hin, sagte wieder etwas – diesmal war ihr Ton drängend. Im nächsten Augenblick zerschellte der Becher auf den Dielen. Der Verrückte hatte ihn ihr aus der Hand geschlagen und war so jählings aufgesprungen, dass die anderen Männer im Raum erschrocken nach ihren Waffen gegriffen hatten. Nun stand er an der Wand, die Stirn gegen das raue Holz gedrückt, die Worte, die er hervorstieß, abgehackt und halblaut, zu leise, dass Darejan sie hätte verstehen können. Er schüttelte den Kopf, immer wieder, während seine Fingernägel über die Bretter scharrten, als wolle er sich hindurchkratzen. Seine Hände kamen schließlich zur Ruhe, doch das leise Schluchzen, das jetzt zu ihr herüberdrang, ließ Darejan schaudern.

Ihr Mund wurde trocken, als sie bemerkte, wie der Mann mit dem Rossschweif sie ansah.

»Mern sagte uns, ihr sucht Kajlan. Was wollt ihr von ihr?«

Darejan versuchte zu schlucken. »Ich habe eine Nachricht für sie«, brachte sie endlich hervor.

Der Mann neigte den Kopf in Richtung der Frau. »Das ist Kajlan. Wer schickt euch und wie lautet die Nachricht?«

»Réfen ... Hauptmann Réfen. – Ich soll ihr sagen: ›Die Grauen suchen den Jarhaal.‹«

Einen Moment maß der Mann sie mit schmalen Augen, ehe sein Blick weiterwanderte. »Tolren, Zadalen, ihr wisst, was ihr zu tun habt. Verschwindet!« Eine kurze Handbewegung schickte zwei seiner Kumpane hinaus. Er nickte den Übrigen zu. »Bereitet alles vor. Sollten die Grauen tatsächlich vor Ablaufen der Flut hier auftauchen, müssen wir schnell verschwinden.« Abgesehen von dem jungen Mann in der Robe, Kajlan und einem schmalgliedrigen Mann mit Fuchsgesicht verließen auch die anderen den Raum. Einer von ihnen hatte den Jungen am Kragen.

Darejan rutschte unwillkürlich auf ihren Sitz so weit zurück, wie es ihr möglich war, als der Korun mit dem Rossschweif dann zu ihr herüberkam – den Verrückten wie einen widerspenstigen jungen Hund am Arm mit sich ziehend. Er schob den Mann vor sie. Zu Darejans Erleichterung in mehr als einem Schritt Abstand zu ihr und ohne ihn loszulassen.

»Kennt ihr ihn?« Die Frage kam vollkommen überraschend.

Sie starrte den Verrückten an – er starrte zurück. Die Lippen zu einem feindseligen Strich zusammengepresst, riss er vergeblich an der Hand, die seinen Oberarm fest umschlossen hielt. Im Licht blitzten die Edelsteinlinien über seiner Braue. Er war bleich und hohlwangig. Kaum beherrschter Hass sprach aus seinen hellen Augen, unter denen tiefe Schatten lagen, *in den Winkeln umgeben von einem feinen Netz aus Lachfältchen,* die seine Gesichtsknochen scharf hervortreten ließen. Darejan blinzelte, als sie zum ersten Mal den dunklen Kreis wahrnahm, der das Silber seiner Iris umschloss. Bei den Sternen, ein Dämonenring! Von Menschen mit solchen Augen sagte man, sie hätten ihre Seele an die Finsternis verkauft.

Sie schüttelte den Kopf. »Nein! Ich habe ihn noch nie zuvor gesehen.«

»Er sagt, ihr hättet jemanden ermordet, der ihm sehr nahe stand.«

Darejan ignorierte das leise Ziehen hinter ihrer Stirn und hob das Kinn. »Er lügt!«

»Mörderin! Hexe!« Die Worte waren ein heiseres Fauchen. Wieder versuchte der Verrückte sich aus dem Griff des anderen Mannes zu befreien; wieder erfolglos.

Zischend stieß sie den Atem aus. »Und wen soll ich ermordet haben?«

In den Tiefen seiner Silberaugen flackerte es. Er leckte sich über die Lippen, schloss für einen Moment die Lider. Seine Züge verzerrten sich wie vor Anstrengung und Qual, dann stöhnte er auf. »Ich weiß es nicht«, brach es aus ihm heraus. Er presste die Fäuste gegen die Schläfen. »Ich weiß es nicht!«

»Was? – Seht ihr denn nicht, dass der Mann schwachsinnig ist?«

»Dank Königin Selorans Grauen Kriegern.« Die Scherben

des Bechers in den Händen trat Kajlan an den Tisch und beugte sich zu ihr. »Sie haben ihn gefoltert, Prinzessin. Nacht für Nacht. – Bis sein Verstand zerbrochen war.«

Darejan wusste nicht, was sie mehr erschreckte: Der Umstand, dass diese Leute wussten, wer sie war, oder der gefährlich sanfte Ton, in dem die andere sprach.

Kajlan legte die Bruchstücke beiseite, nahm den Verrückten beim Arm und schob ihn auf die hölzerne Bank auf der anderen Seite des Tisches. Widerstandslos fügte er sich ihrer Hand. Sein Blick war wieder leer und abwesend. Über der Brust war sein sandfarbenes Hemd mit groben Stichen der Länge nach geflickt.

»Das führt zu nichts, Kajlan. Dank Réfs Nachricht wissen wir, dass die Grauen die Stadt durchkämmen, und können unseren Gast fortbringen.« Der Mann mit dem Rossschweif zog sich einen Stuhl heran und ließ sich rittlings darauf nieder. »Mich beschäftigt eine ganz andere Frage: Was machen wir mit euch, Prinzessin?« Er sah Darejan mit mildem Interesse an.

Unwillkürlich schluckte sie. »Lasst mich gehen! – Und lasst mich ihn«, sie wies auf den Verrückten, der erneut die Arme um sich selbst geschlungen hatte: »mit zurück …«

»Nein!« So viel Grauen lag in diesem einen Wort, dass Darejan zurückzuckte. Die silberhellen Augen starrten sie an, ohne sie wirklich zu sehen. Der Verrückte war von seinem Platz aufgesprungen, ehe die anderen überhaupt begriffen hatten, was geschah. Als die beiden Männer ihn nun packten, um ihn zur Ruhe zu zwingen, wehrte er sich mit solch verzweifelter Kraft, dass sie Mühe hatten, ihn zu halten – bis ein wohlgezielter Faustschlag seinem Toben ein Ende setzte.

»Schaff ihn nach nebenan, Setten, und fessle ihm die Hände.«

»Noren …« Die Frau klang entsetzt, während sie beobachtete, wie der Fuchsgesichtige den Bewusstlosen in das Halbdunkel jenseits des Vorhangs schleppte.

Noren, der Mann mit dem Rossschweif, schüttelte knapp den Kopf und setzte sich wieder. »Nein, Kajlan. – Und ehe wir ihn aus Kahel fortschaffen, bekommt er eine Dosis Sadran, damit er ruhig ist und uns unterwegs nicht verrät.« Er wandte seine Aufmerksamkeit erneut Darejan zu. »Ihr wollt unseren Gast also mit euch nehmen, Prinzessin.« Nachlässig zog er den Weinkrug und einen Becher heran und goss sich ein. »Warum?«

»Um Réfen zu befreien!« Darum bemüht, ihre Stimme ruhig klingen zu lassen, erwiderte sie seinen Blick. Der plötzliche Wechsel seiner Stimmung von zornig zu gelassen verunsicherte sie.

Eine seiner Brauen hob sich. »Wie wollt ihr das bewerkstelligen?«

»Vermutlich weiß Seloran über diesen Mann nur das, was die Grauen Krieger ihr berichtet haben. Wenn sie sieht, dass der vermeintliche Spion nur ein armer Verrückter ist, wird sie erkennen, dass alles ein bedauerlicher Irrtum war. Ich kenne meine Schwester ...«

Das bittere Lachen Kajlans unterbrach sie. »Ihr seid einfältig, Prinzessin. Alles, was mit diesem Mann geschah, geschah auf Befehl eurer Schwester. Sie *weiß,* dass er kein Spion ist. Sie weiß auch, dass Réfen kein Verräter ist. – Und aus ebendiesem Grund wird sie Réfen nicht gehen lassen.«

»Wie könnt ihr es wagen, meine Schwester ...«

»Eure Schwester, Prinzessin, hat an eine dunkle, verbotene Macht gerührt. Was genau sie getan hat, weiß keiner von uns, geschweige denn warum. Réfen wurde klar, dass irgendetwas nicht stimmte, als er den armen Kerl da hinten zum ersten Mal sah.« Noren massierte sich mit Daumen und Zeigefinger den Nasenrücken, ehe er sie ansah. »Die Anschuldigung, er sei ein Spion der Nordreiche, ist vollkommen aus der Luft gegriffen, auch wenn er zu einem der Nordvölker gehört. Der Mann ist ein KâlTeiréen, mehr noch, er ist ein Krieger der DúnAnór, der mit ziemlicher Sicherheit geschickt wurde, um eurer Schwester in ihrem Tun Einhalt zu gebieten. Wie sie von ihm erfahren hat, wissen wir nicht. Vermutlich wurde er von jemandem verraten. Es war Réfens Idee, ihn aus dem Kerker zu befreien, da er offenbar der Einzige ist, der wirklich weiß, was auf dem Spiel steht.«

»Das ist eine Lüge!«

Norens Faust krachte mit solcher Wucht auf die Tischplatte, dass die Becher klirrten. »Verdammt, Weib, warum sonst hat Réfen euch wohl zu Kajlan geschickt? Warum sonst sollte er nicht wollen, dass die Grauen – und damit eure Schwester – diesen Mann wieder in die Hände bekommen?« Er holte tief Atem. »Réfen hat viel riskiert. – Zu viel, denn letztendlich war doch alles umsonst. Der Mann kann uns nicht mehr sagen, was er weiß.« Bitter schüttelte er den Kopf, sah zu dem schweren Vorhang hin. »Vielleicht sollte ich diesem bedauernswerten Hund einfach die Kehle durchschneiden und seine Leiche ins Meer werfen. Und euch ...«

»Vielleicht kann sie uns helfen.« Der zaghafte Einwurf kam von dem jungen Mann mit der Robe.

Er brachte ihm einen scharfen Blick Norens ein. »Wie meinst du das?« Hatte der junge Mann sich bisher möglichst unauffällig in eine Ecke gedrückt, schien er jetzt nach einem Weg zu suchen, mit der Wand zu verschmelzen. »Red schon, Fren!«

»Nun, sie ist auch eine Erbin Kartanen Lìr Hairáls. Sie ist die Schwester der Königin.« Er knetete seine Finger. »Vielleicht ...

Vielleicht hat sie ja etwas gesehen. Oder der Hauptmann hat ihr etwas anvertraut, von dem wir noch nichts wissen.«

»Ist das so?« Noren musterte Darejan eindringlich. »Hat Réfen irgendetwas zu euch gesagt?«

»Ich weiß nicht ...«

Sie wich zurück, als er sich zu ihr vorbeugte. »Denkt nach! Und mag es euch noch so unbedeutend erschienen sein.«

»Nichts! Nichts außer: ›*Sag ihr, die Grauen suchen den Jarhaal.*‹«

Mit einem enttäuschten Knurren richtete Noren sich wieder auf und leerte seinen Becher in einem Zug. Oder wollte es. Stattdessen ließ er ihn gefährlich langsam sinken, als seine Schwester sich mit einem geradezu harmlosen »Und trotzdem wisst ihr mehr, als ihr uns sagt, Prinzessin« einmischte, gerade als Fren zu einem »Habt ihr ...« ansetzte, nur um sofort wieder zu verstummen. Er räusperte sich unbehaglich, sah von Noren zu Kajlan – und sprach dann doch weiter. »Habt ihr bei eurer Schwester vielleicht ... vielleicht zwei Hälften eines ... eines knapp faustgroßen Edelsteins gesehen? Er ... er müsste absolut makellos sein. Vollkommen klar und von einem dunklen Ockerton.«

Darejan runzelte die Stirn, ehe sie leicht den Kopf schüttelte. »Nein! Da waren nur Bruchstücke ...«

»Bruchstücke?« Frens Quietschen klang wie das eines verängstigten Nassrel. Von einem Atemzug auf den anderen war er kalkbleich.

Neben ihr stellte Noren den Becher mit einem dumpfen Laut auf den Tisch. »Fren?«

Der beachtete ihn gar nicht. »Seid ... seid ihr sicher, Prinzessin? Ihr habt tatsächlich die *Bruchstücke* eines Anoranit gesehen?« Seine Finger umkrallten die Tischkante.

»Ich habe noch nie von einem Anoranit gehört. Aber die Splitter hatten einen dunklen Ockerton und waren klar, ja.«
Zwei Hälften eines faustgroßen Edelsteins ...
Schreie ...
Ein gellendes »Nein!«
Etwas kroch auf kalten Klauen ihren Rücken hinauf, weckte den inzwischen so vertrauten Schmerz in ihrem Kopf.

»Fren!« Norens Stimme klang diesmal ungeduldig. Darejan blinzelte, doch als sie die Augen hob, begegnete sie Frens.

»Der KonAmàr ist zerstört. Ahorens Seele ist frei«, flüsterte er. Dann, ganz langsam, löste er den Blick aus ihrem und schaute Noren und Kajlan an. Für eine halbe Ewigkeit war es so still, dass man einen Tropfen Blut über eine Dolchklinge hätte rinnen hören können. Verwirrt sah Darejan von einem zum anderen – und erschrak ebenso wie Kajlan und Fren, als Noren unvermittelt seinen Stuhl zurückschob und mit einem Fluch aufstand.

»Was hat das alles zu bedeuten? Was hat es mit diesem KonAmàr auf sich? Wer ist Ahoren?« Sie beobachtete, wie der hochgewachsene Mann unruhig im Raum auf und ab ging. Seine Finger fuhren angespannt über das Heft seines Leydolchs. Niemand beachtete sie. Bis Kajlan mit dem Kinn in ihre Richtung wies und »Sie war dabei, bei der Sache unter diesem Berg« sagte.

Noren fuhr mit der Geschmeidigkeit einer Sanonkatze zu ihr herum. »Ist das wahr?«

Erschrocken presste Darejan sich gegen die Stuhllehne. »Nein! Welcher Berg? Wovon redet ihr da! Ich weiß nicht ...«

»Ihr lügt!« Auf der anderen Seite des Tisches lehnte Kajlan sich vor. »Natürlich wart ihr dabei!« Sie sah zu Noren auf. »Der Soldling, den wir zu den Fischen geschickt haben! – Er sagte, als die Höhle unter dem GônBarrá bei diesem Ritual eingestürzt sei, hätten nur er, Königin Seloran und der DúnAnór überlebt – und sie.« Anklagend wies sie auf Darejan.

Dumpfes Grollen.

Nebelschlieren, die sich um sich selbst wanden.

»Das ist nicht ...« Norens Hand an ihrer Kehle ließ sie verstummen.

»Ich habe keine Zeit für Spielchen, Prinzessin. – Wart ihr in dieser Höhle? Wart ihr dabei, als dieser Stein zerstört wurde? Ja oder nein?«

»Nein!« Ihre Finger umklammerten sein Handgelenk.

Gleißen.

Schreie.

Schmerz.

Das Pochen zwischen ihren Schläfen wurde mit jedem Atemzug schlimmer. »Nein! – Ich war nicht dort! Ich habe auch diesen DúnAnór noch nie zuvor gesehen – ich weiß ja nicht einmal, was ein DúnAnór ist.«

»Dann frage ich mich, woher er weiß, dass ihr eine Hexe seid.« Nur aus dem Augenwinkel sah Darejan, dass Kajlan sich über den Tisch beugte. »Vielleicht seid ihr ja doch eine Mörderin, so wie er sagt.«

»Es ist kein Geheimnis in Kahel, dass ...«

»Aber der DúnAnór kam vor gerade mal einer und einer halben Mondhälfte nach Kahel. Und die Leute gehen gewöhnlich nicht damit hausieren, dass ihre Königin und deren Schwester Hexen sind.« Norens Finger massierten ihre Kehle. »Woher weiß er es, Prinzessin?«

»Ich habe keine Ahnung! Fragt ihn!«

»Das würde ich ja tun.« Der Griff schloss sich fester. »Dummerweise ist sein Verstand verwirrt! – Also muss ich euch fragen.«

»Ich weiß es doch nicht!« Darejan hasste sich für das Schluchzen, das ihre Worte begleitete. »Ich habe diesen Mann nie zuvor gesehen! Ich war niemals in einer Höhle unter dem GônBarrá!«

Behauene Felswände.

Schatten.

Blut.

Wütendes Heulen.

Das Pochen grub seine Klauen qualvoll tief in ihren Kopf. »Die Bruchstücke dieses Steins habe ich im Studierzimmer meiner Schwester gesehen. Eingeschlagen in ein Stück golddurchwirkter Seide und versteckt unter einer zerbrochenen Bodenplatte. – Glaubt mir!«

»Nein! – Vielleicht habt ihr die Bruchstücke dieses Edelsteins tatsächlich dort gesehen, wo ihr sagt. – Was alles andere betrifft, glaube ich euch kein Wort.« Er ließ sie los und richtete sich auf. »Im Moment habe ich nicht die Zeit, mich ausführlich mit euch zu beschäftigen. Aber ich verspreche euch, Prinzessin: Ich bringe die Wahrheit aus euch heraus, sobald der DúnAnór in Sicherheit ist.« Entsetzt beobachtete Darejan, wie seine Finger über das Heft seines Dolches glitten. Der reißende Schmerz in ihrem Kopf verblasste zu einem leisen Ziehen. Sie wagte erst wieder zu atmen, als Norens Blick sich von ihr löste und Fren zuwandte. »Bist du sicher, dass die Seele dieses Ahoren frei ist? Nach dem, was Réfen und meine Schwester mir erzählt haben, braucht er einen passenden Körper.« Er sah zu dem schweren Vorhang hin. »Aber den, den er haben wollte, hat er offenbar nicht bekommen.«

Frens Augen huschten von einem zum anderen. »Wenn der

Stein zerstört wurde, ist Ahorens Seele frei und hat ein Gefäß gefunden. Das ist alles, was ich mit Sicherheit sagen kann.« Er vermied es, Noren anzusehen.

Ehe der etwas erwidern konnte, mischte Kajlan sich ein. »Aber man muss doch herausfinden können, in welchem Körper er ist?«

»Man kann es manchmal erkennen, aber die Anzeichen hängen davon ab, ob der Körper schon tot ist oder noch lebt«, meinte der junge Mann ausweichend.

»Ich nehme an, dass man es einem toten Körper ansehen würde, dass er tot ist, oder, Fren?« Sie trommelte ungeduldig auf die Tischplatte. Fren nickte. »Dann können wir wohl davon ausgehen, dass Ahoren sich einen lebenden Körper gesucht hat, um nicht zu sehr aufzufallen. – Los, Fren, mach endlich den Mund auf!«

»Die Seele eines Nekromanten wie Ahoren würde die Kraft eines lebenden Körpers sehr schnell aufzehren. Er wäre blass, würde erschöpft wirken. – So wie der DúnAnór.«

»Der Mann wurde jede Nacht gefoltert und war halb verhungert und erfroren, als wir ihn aus dem Kerker geholt haben«, erinnerte Noren. »Vergiss es, Fren. Und vor allem: Nachdem wir wissen, dass die Königin diejenige war, die das misslungene Ritual im GônBarrá durchgeführt hat, können wir annehmen, dass sie diesen Ahoren nicht befreien wollte, um ihn dann im Kerker verrecken zu lassen. – Was für Anzeichen gibt es sonst noch?«

»Nun ja: Vermutlich würde der Betreffende sich anders verhalten als die eigentliche Seele. – Und er müsste sich nähren.«

»Essen muss jeder von uns, was soll daran …«

»Solchen Wesen genügt normale Nahrung nicht, um existieren zu können«, fiel Fren Kajlan ins Wort und zog schaudernd die Schultern hoch. »Sie nähern sich vom Leben anderer, wirklich lebender Menschen.«

Einmal mehr war es vollkommen still im Raum.

Darejan schloss für einen Moment die Augen. Alles ergab plötzlich einen Sinn. Die unerklärliche Angst, die sie in letzter Zeit in der Gegenwart ihrer Schwester empfunden hatte. Die Art, wie Seloran sie angesehen, sie berührt hatte. Die dunklen Schatten unter ihren Augen – und die Krankheit der Pagen ... und Nians Tod. »Es ist Seloran«, flüsterte sie. Als ihr bewusst wurde, dass die anderen sie anstarrten, schaute sie auf. »Es ... es ist Seloran. Ich meine ... Ahoren hat den Körper meiner Schwester. Alles ist genau so, wie Fren gesagt hat.«

Kajlan schüttelte den Kopf. »Nein, Prinzessin, das kann nicht sein.« Sie sah Fren an. »Du hast selbst gesagt, dass die Seele eines Mannes auch den Körper eines Mannes als Gefäß braucht, also kann Ahoren gar nicht ...«

»Das stimmt nicht ganz«, widersprach der junge Mann leise. »Für eine kurze Zeit könnte Ahoren den Körper der Königin als Gefäß benutzen, auch wenn es ihm fürchterliche Schmerzen bereiten würde und er noch nicht einmal über einen Bruchteil seiner eigentlichen Macht verfügen würde – ganz zu schweigen davon, dass es ihn unendlich viel Kraft kosten würde zu verhindern, dass der Körper zu schnell zerfällt.« Er rieb sich übers Gesicht. »Aber es würde einen Sinn ergeben, wenn ... Kajlan, dieses Ritual in der Höhle unter dem GônBarrá – fand es statt, während ein Seelenmond am Himmel stand?«

»Woher ... – Ja, es könnte passen. Warum?«

Die Unterlippe zwischen den Zähnen nickte Fren. »In dieser Nacht muss sie versucht haben, Ahoren zurückzuholen. Aber irgendetwas hat verhindert, dass seine Seele in den Körper des

DúnAnór eindringen konnte. Also hat er das Gefäß genommen, das mit am nächsten war – den Körper Königin Selorans. Auch wenn er ihn nur vorübergehend benutzen kann.«

»Aber warum ist er dann nicht in den Körper des DúnAnór gewechselt, sobald es ihm möglich war, und hat ihn stattdessen in der Kälte verhungern und verdursten und ihn obendrein noch von den Grauen foltern lassen?« Verständnislos runzelte Noren die Stirn.

»Wahrscheinlich, um das Gefäß rein zu halten. – In früheren Zeiten waren Hunger, Durst und Kälte Teil von Reinigungszeremonien. – Und mit den Foltern ... Mit den Foltern wollte er ihn vielleicht bis zum nächsten Seelenmond im Wahnsinn gefangen gehalten, damit seine Seele sich nicht aus den Schleiern befreien und zurückkehren kann? – Versteht ihr? Ahoren musste auf diese Weise Zeit schinden, da er einen dauerhaften Wechsel nur unter einem Seelenmond vollziehen kann.«

Schockiertes Schweigen folgte seinen Worten.

»So verrückt das alles klingt. – Fren könnte recht haben«, durchbrach Noren schließlich die Stille. »Es würde zumindest viel erklären.« Mit beiden Händen fuhr er sich durchs Haar, ehe er zu dem schweren Vorhang blickte. »Besteht die Möglichkeit, dass die Seele dieses armen Kerls jetzt, nachdem er sich nicht mehr in der Gewalt dieses Monsters befindet, zurückkehrt?«

»Wenn die Seele eines DúnAnór zu lange ohne einen Halt im Schleier ist, wandert sie immer tiefer hinein – und geht irgendwann verloren. Und seit dem letzten Seelenmond ist viel Zeit vergangen«, bedauernd schüttelte Fren den Kopf. »Nein.«

»Das macht keinen Sinn.« Kajlan goss sich einen Becher Wein ein, drehte ihn dann aber nachdenklich in den Händen, ohne einen Schluck zu trinken. »Warum sollte Ahoren ihn im

Wahnsinn halten wollen, wenn seine Seele ohnehin nicht mehr zurückkommen kann?« Sie starrte einen Augenblick in die dunkel glänzende Flüssigkeit, ehe sie von einem zum anderen sah. »Und dafür, dass er nur noch eine seelenlose Hülle sein soll...«

»... ist er nicht teilnahmslos genug«, beendete Noren ihren Satz. »Ich verstehe, was du meinst, Schwester. – Fren?«

Der hob in einer hilflosen Geste die Hände. »Ich kann es mir nur so erklären, dass das, was bei dem Ritual unter dem GônBarrá verhindert hat, dass er zu Ahorens Gefäß wurde, einen winzigen Teil seiner Seele in seinem Körper gehalten hat. – Trotzdem glaube ich nicht, dass der Rest seiner Seele sich noch aus dem Schleier befreien kann und sein Verstand wieder heilt.«

»Und du bist dir bei alldem, was du da von dir gibst, sicher?« Noren musterte den jungen Mann mit zweifelnd gehobenen Brauen. »Das klingt an manchen Stellen ziemlich verworren...«

Beinah aufsässig schob der das Kinn vor. »Natürlich.«

»Und was ist mit Seloran?« Darejans Stimme klang selbst in ihren Ohren dünn.

Fren hob wie zuvor die Hände. »Sollte entgegen aller Wahrscheinlichkeit tatsächlich etwas von der Seele eurer Schwester in ihrem Körper zurückgeblieben sein, ist sie Ahorens Gefangene und leidet unerträgliche Qualen, die sie am Ende zerstören werden. – Es tut mir leid, Prinzessin, aber auch für eure Schwester gibt es keine Hoffnung.«

Nachdenklich betrachtete Noren sie über den Rand seines Bechers hinweg, ehe er einen Schluck Wein trank und sich Fren zuwandte. »Königin Seloran hat also die Seele dieses Ahoren aus seinem Seelenstein befreit. – Wie können wir ihn wieder in ihn zurückschicken?«

»Der KonAmàr wurde zerstört«, erinnerte der junge Mann

ihn. »Und nur die DúnAnór wissen, wo man diese Edelsteine findet – oder eine Seele in einen hineinbannt.«

»Uns bleibt also nur eins: Wir müssen diese DúnAnór um Hilfe bitten.« Noren blickte einmal mehr zu dem schweren Vorhang hin. »Gleichzeitig können wir ihn von hier fortbringen. Bei seinem Orden wird man sich um ihn kümmern und er wäre in Sicherheit. – Wahrscheinlich wird es am besten sein, wenn drei oder vier Mann gehen.« Er leerte seinen Becher in einem Zug und sah Fren an. »Wo finden wir die DúnAnór?« Als er keine Antwort erhielt, beugte er sich zu dem jungen Mann vor. »Fren?« In seiner Stimme war der scharfe Unterton nicht zu überhören. Frens Hände zupften an seinen Gewandärmeln, während er etwas Unverständliches nuschelte.

»Was war das?« Jetzt klang Noren eindeutig ärgerlich.

»Ich weiß es nicht.« So weit wie möglich war Fren vor ihm zurückgewichen.

»Du ... was?«

Der junge Mann duckte sich vor der Freundlichkeit in seinem Ton. »Alles, was ich weiß, ist, ... ist, dass ihre Ordensburg CordánDún, der Horst der Klingen, genannt wird und dass ... dass sie sich an einem Ort befinden soll, der weit im Osten liegt und den Namen GônCaidur trägt.« Die Worte klangen wie eine Entschuldigung.

»GônCaidur?« Fragend sah Noren zu seiner Schwester, erhielt allerdings nur ein Schulterzucken zur Antwort. »Es müssen Berge sein, aber im Osten? Der Rand des WrenTedan ist die Grenze nach Siard. Hinter ihm befinden sich die GônAdon. – Und ich habe noch nie von jemandem gehört, der schon einmal jenseits der weißen Berge war. – Verdammt, Fren, streng das bisschen Verstand in deinem Schädel an! Du musst doch irgendetwas über diese Ordensburg wissen, das uns weiterhilft.«

Schnell schüttelte der den Kopf. »Das ist alles, Noren. Aber vielleicht ...«

»Red schon!«

»Es gibt da ein Buch ... es ist ziemlich alt. Ich erinnere mich, dass mein Großvater ... na ja, er hat gesagt, dass darin so manches Geheimnis der DúnAnór aufgeschrieben wäre. Man müsste nur wissen, wie man es zu lesen hätte.«

»Lass mich raten: Du weißt nicht, wie du es zu lesen hast. – Und du bist dir wirklich sicher mit dem, was du da erzählst?« Noren bemühte sich sichtlich darum, Fren nicht auf der Stelle zu erwürgen. »Wo ist dieses Buch?«

»In ... in der Bibliothek. Es gehört zu ... zu den alten Chroniken.« Der junge Mann schien nach einem Mauseloch Ausschau zu halten.

Kajlan stieß einen Fluch aus. Ihr Bruder nickte angespannt. »Das bedeutet, wir müssen warten, bis es Tag ist, damit Fren in die Bibliothek gehen kann, um es zu beschaffen. Es jetzt da herausholen zu wollen, wäre zu riskant, nachdem wir nicht wissen, wie viele der Grauen die Stadt durchkämmen. Von den Soldlingen gar nicht zu sprechen.«

»Aber ...« Frens Finger hakten sich ineinander. »Wenn ich in die Bibliothek gehe und das Buch besorge. Ich meine ... wenn mich jemand erkennt ...«

»Fren, du erbärmlicher kleiner Feigling, du sollst nicht ...«

»Ich könnte das Buch holen.«

Noren maß Darejan mit kalten Augen. »Nein!«

»Aber ...« Die Bewegung, mit der er sich zu ihr beugte, brachte sie zum Schweigen.

»Wann habe ich mich unklar ausgedrückt, Prinzessin? – Ich traue euch nicht einmal bis zu dieser Tür. Denn wer garantiert mir, dass ihr kein Spion seid, geschickt von eurer Schwester – Verzeihung, Ahoren?«

»Hätte ich mich sonst aus dem Palast geschlichen, *damit* mir auch bestimmt keiner folgt? Ich bin kein Spion!« Sie presste die Lippen zu einem schmalen Strich zusammen und erwiderte Norens Blick entschlossen. »Im Gegenteil: Ich will euch helfen!«

»Wollt ihr das? Tatsächlich?« Er sah kurz zu seiner Schwester hin, dann hob sich eine seiner Brauen in kühlem Spott. »Nun, dann wird es euch wohl nichts ausmachen, mich und ein paar meiner Männer zu den DúnAnór zu begleiten, um ihnen Rede und Antwort zu stehen, was eure Anwesenheit bei jenem Ritual betrifft, bei dem eure Schwester Ahorens Seele befreit hat. – Oder wollt ihr mir vielleicht etwas sagen?«

Darejan schüttelte den Kopf und schluckte trocken, als ihr klar wurde, was seine Worte bedeuteten. »Was ist mit Réfen?«, wagte sie dennoch zu fragen.

Der Spott schwand aus Norens Augen und machte Ärger Platz. »Glaubt ihr tatsächlich, ich lasse meinen Freund im Stich?« Brüsk wandte er sich von ihr ab und Fren zu. »Du bleibst für den Rest der Nacht hier! Morgen früh beschaffst du das Buch.« Er sah seine Schwester an, während er seinen Stuhl zurückschob und aufstand. »Ich werde nachsehen, ob dieser verfluchte Nebel sich in den Klippen verzogen hat, damit wir den DúnAnór an einen sichereren Ort bringen können, bevor wir aufbrechen. – Drei Mann bleiben in direkter Nähe. Falls die Grauen tatsächlich hier auftauchen sollten, weißt du, was zu tun ist.« Das Lächeln, das er Darejan auf dem Weg zur Tür gönnte, war kalt. »Genießt unsere Gastfreundschaft, solange ihr könnt, Prinzessin.«

Er klammerte sich an das Licht und die Stimmen. Das Licht, das die Kälte und die Schreie in Schach hielt. Die Stimmen, die verhinderten, dass der qualvolle Nebel sich zäh über ihn legte, ihn in die Dunkelheit zurückzerrte. Die Stimme jener Frau, Kajlan, die ihm zu essen gegeben hatte. Essen, das er mit den Manieren eines Tieres hinuntergeschlungen hatte und das seine Eingeweide kaum bei sich behalten wollte. Die ihn in der Wärme eines Feuers hatte schlafen lassen. Die Stimme Norens, dem alle hier gehorchten. Sein Kiefer schmerzte immer noch von dem Faustschlag. Ein Schmerz, der neben der grausamen Linie aus Feuer verblasste, die sich quer über die linke Seite seiner Brust zog. Schritte näherten sich, ließen ihn sich unter der Decke noch weiter zusammenkauern. Leises Murmeln, das er nicht verstand. Der Geruch von Suppe, der Hunger und gleichzeitig Übelkeit weckte. Stille, in der die Schritte noch näher kamen. Ein Schatten, der sich über ihn beugte, der das tröstliche Licht der Kerze verdeckte. Angst kroch durch seine Glieder, in seine Kehle, machte seine Atemzüge keuchend. Er wand die Handgelenke in seinen Fesseln, drückte sich fester gegen die Wand.

»Mehr ist nicht von dem selbstherrlichen DúnAnór übrig geblieben«, schnaubte ein Mann. Er kannte den Namen und wusste ihn doch nicht. »Ein erbärmlicher Anblick.« Verachtung sprach aus jedem Wort, bösartige Bisse, die ohne Bedeutung blieben.

»Wer sind diese DúnAnór?« Die Stimme der Frau. Der Mörderin, die schuld war an allem; allem; allem ... Und doch die einzige Erinnerung ... »Ein alter Kriegerorden. Seelenhenker nennt man diese Bastarde. Sie maßen sich an, über andere zu richten.« Die Worte waren nur ein fernes Plätschern. *Schmerz! Schmerz, der alles verschlingt.* Verzweifelt krallte sein Geist sich an ihnen fest. *Schmerz, der ihn vergessen lässt, wer er ist. Ein dunkler Singsang. Zischeln und Gelächter.* »Ihr kennt ihn?« *Schmerz, der ihn aus seinem Körper treibt; jedes Mal ein wenig länger.* »Kennen ist zu viel gesagt, Prinzessin. Er hat sich bei mir eingenistet, ohne zu Fragen, ob ich damit einverstanden bin.« *Vertrautes Willkommen, in das sich unendliches Bedauern mischt.* **Bruder ...** *Ein Teil seiner Seele und doch nicht seine.* »Wie ist sein Name?« Seine Finger krallten sich in sein Haar. *Ein Edelstein, ockerdunkles Lodern. Zwei zu einem. Ein Schatten. Sein Schrei gellt aus einer fremden Kehle. Im Fackellicht glänzt ein Dolch.* »Ich weiß es nicht. Der arrogante Mistkerl hatte es nicht nötig, mir seinen Namen zu nennen.« *Ein gellendes »Nein!«. Schmerz, der durch seinen Hals fährt, ihn in zähes Grau reißt.* Die Schritte entfernten sich ein Stück. »Glaubt mir, Prinzessin. Der da hat kein Mitleid verdient. Er und seinesgleichen haben Unschuldige gejagt und ermordet oder sie für ihre Zwecke benutzt und zu ihren Sklaven gemacht.« *Ein Grollen überall. Der Schatten greift nach ihm. Die Frau reißt die Arme empor. Augen im Mondschein glitzernd wie Tau.* **Der Wind mit dir, Bruder.** *Nur ein verwehtes Flüstern. Ein Stoß zwingt ihn zurück in den Schmerz.* »Vielleicht wurde er sogar geschickt, um eure Schwester zu ermorden.« *Gleißendes Licht. Wütendes Heulen wird zu Gelächter. Etwas in ihm zerreißt.* **Bruder ... Nein!** *Allein! – Mörderin!* Das Schluchzen brach aus seiner Kehle, schüttelte seinen Körper. *Dunkelheit verschlingt ihn. Schmerz und Kälte lauern in ihr.* In der Antwort der Frau klang Schaudern und Abscheu. Ihre Worte versanken im Nebel. *Wispern und Zischeln. Graue Schatten. Sie beugen sich über ihn. Sie berühren ihn. Kalt! So kalt!* Hinter dem Nebel lockte die Dunkelheit mit Vergessen. *Sie zerren ihn hinab, hinab, hinab an einen Ort, an dem nichts mehr ist außer der Qual. Keine Zeit, kein Anfang und kein Ende. Nur immerwährende, seelenverschlingende Qual.* Schatten beugten sich über ihn, erstickten das Licht. Verzweifelt schlug er nach der Hand, die sich nach ihm ausstreckte. *Nein!* Schmerz fuhr durch seine Handgelenke. Noch immer taumelten seine Sinne durch Schlieren aus Angst. Mühsam blinzelte er, versuchte zu begreifen, was um ihn geschah. Da waren Stimmen. Er klammerte sich an die Laute, bis er erkannte, dass es Kajlan war, die sich über ihn beugte, und Noren, der seine Hände niederhielt.

»Trinkt!« Ein Becher wurde an seinen Mund gesetzt. Er schluckte die schal schmeckende Flüssigkeit. Es war schon zu spät, als er begriff, dass sie ihm etwas gegeben hatten, das ihn in die Dunkelheit zurückzerrte.

13

Zusammen mit dem fuchsgesichtigen Setten und vier anderen Männern hatte Noren sie durch den dichten Nebel aus der Lagunenstadt heraus und in die Klippen hinaufgeführt, ohne dass ihnen jemand begegnet wäre. Kajlan und Fren waren zurückgeblieben. Wohin es gehen sollte, hatte man ihr nicht gesagt. Darejan war sich jedoch sicher, dass sie es nur dem undurchdringlichen Grau zu verdanken hatte, dass man ihr nicht die Augen verbunden hatte.

In Norens Hand blitzte kurz ein Lichtschein auf, dann noch einmal. In einiger Entfernung antwortete ein anderes Licht – und plötzlich war auch auf dem Meer ein Blitzen. Der Trupp setzte sich wieder in Bewegung, immer an den steil abfallenden Klippen entlang. Hinter einer weiteren scharfen Kehre kam ihnen ein Mann den Pfad entlang entgegen.

»Ihr kommt spät, Kapitän«, begrüßte er Noren. »Die *Tänzerin* ist klar. Aber die Flut läuft schon wieder ab. Wir müssen uns beeilen. – Ist er das?« Neugierig äugte er zu dem DúnAnór hin und runzelte dann die Stirn. »Sadran?«

Noren nickte. »Ja, zu beiden Fragen, Salden. – Wir warten auf die nächste Flut. Fren muss noch etwas beschaffen.« Er zog den Verrückten am Arm vorwärts, bis er vor dem anderen Mann stand. »Mach es ihm in der Höhle bequem, damit er seinen Sadran-Rausch ausschlafen kann.« Eine Geste befahl Darejan neben ihn. »Unser zweiter Gast: Prinzessin Darejan. Zeig ihr, wo sie bleiben kann, bis wir an Bord gehen.«

Salden nickte knapp, bedeutete Darejan den Weg entlang zu gehen, den er gekommen war, und folgte ihr mit dem Verrückten.

Der schmale Pfad endete nach etwas mehr als zwanzig Schritten und einer weiteren Kehre auf einem länglichen Felsplateau. Hinter einem von vagem Halblicht erhellten Spalt öffnete sich eine weitläufige Höhle, die vollgestopft war mit in Wachshaut eingeschlagenen Tuchballen, Truhen, Holzfässern und Kisten. Fackeln spendeten genug Licht, um die Silberfahlen und Kupferdoren glänzen zu lassen, die zusammen mit den Würfeln und Steinen eines Jaran-Spieles auf einem Fass lagen, um das mehrere Männer herum saßen. Bei ihrem Eintreten sahen sie wachsam auf, doch als sie Noren und seine Begleiter erkannten, widmeten sie sich erneut ihrem Spiel.

Salden führte Darejan zusammen mit dem Verrückten in den hinteren Teil der Höhle, gab ihr eine nach Pferd riechende Decke und hieß sie, es sich auf dem sandigen Boden bequem zu machen. Den noch immer teilnahmslosen DúnAnór drückte er auf ein Strohlager und breitete eine Decke über ihn.

Dann ließ er Darejan mit dem Verrückten allein. Ein leises Rascheln erklang, als der DúnAnór sich auf seinem Lager tiefer ins Stroh grub. Sie rollte sich auf dem Höhlenboden unter ihrer Decke zusammen und starrte stumm vor sich hin.

Dieser schwachsinnige Fremde war schuld daran, dass Réfen im Kerker saß und wegen Hochverrats angeklagt wurde. Sie schob die Hände in die Gewandärmel und rieb über ihre Unterarmflossen. Als ihr bewusst wurde, wohin ihre Finger sich wieder einmal verirrt hatten, nahm sie sie hastig weg. Seloran schalt sie jedes Mal, wenn sie ... Darejan barg das Gesicht in den Händen. Sie weigerte sich zu glauben, dass man Seloran nicht mehr retten konnte. Es musste einfach eine Möglichkeit geben! Und wenn jemand sie kannte, dann diese DúnAnór.

Kreischend segelten grausilber gefleckte Kehlmöwen an den senkrecht aufragenden Kalkfelsen entlang und suchten in den kleinen, sandigen Buchten und auf den aus der Brandung ragenden Felsklippen nach den fahlen Täuscherkrebsen, deren Schalen schrundig von Seepocken waren und deren weiches Fleisch nicht nur von diesen Vögeln geschätzt wurde. Die Sonne hatte ihren höchsten Stand bereits überschritten, als ein junger Bursche den Klippenpfad heraufkam. Hochrot im Gesicht und vollkommen außer Atem, kam er stolpernd vor Noren zum stehen. Sein keuchend hervorgestoßenes »Fren wurde von den Soldlingen verhaftet« entlockte dem hochgewachsenen Korun einen Fluch.

Doch der Junge war noch nicht fertig. »Kajlan sagt, ich soll sagen, dass sie auch den alten Böttcher Wergen, seine Enkelin Adenan, die Heilerin Gedajan, den Pferdehändler Faren und zwei von Kajlans Schönen, Xadean und Sinaran – ihr wisst schon, die mit Naria aus der Garde zusammen ist – in den Palast gebracht haben. Sogar die kleine Hedaran haben sie mitgenommen.«

Die Stirn in scharfe Falten gelegt, sah Noren den Burschen an. »Sollst du mir sonst noch etwas von Kajlan bestellen?«

»Nur, dass sie sich darum kümmern würde, dass das Buch

verloren ist und dass es für sie bei dem Plan bleibt, Kapitän. – Und dass ihr wohlbehalten zurückkommen sollt.«

»Dann verschwinde wieder in die Stadt.« Der Junge machte sich davon, und Noren blickte Salden an, der neben ihn getreten war. »Warum wurden all diese Menschen in den Palast gebracht? Das ergibt keinen Sinn.« Er schüttelte den Kopf. »Warum auch immer all die anderen verhaftet wurden, sie hat Fren. Das allein zählt für uns. – Macht die *Tänzerin* klar! Wir verschwinden!«

»Jetzt, Kapitän? Die Flut läuft gerade erst auf. Es dauert noch mindestens fünf Stunden …«

»Wir pullen die *Tänzerin* aus der Bucht! – Fiert ein paar Taue durch die Ankerklüse und lasst die Boote zu Wasser. Ich verwette alles, was in dieser Höhle ist, dass Fren reden wird, um seinen Hals zu retten, noch ehe er etwas gefragt wurde. Und ich will weit fort sein, wenn die Soldlinge oder am Ende diese Grauen Hunde hier auftauchen. – Beeilt euch!«

Salden nickte, winkte einigen der Männer zu und hastete mit ihnen den schmalen Pfad hinunter, der zu der verborgenen Bucht führte, in der die Schonerbrigg *Mondtänzerin* ankerte.

Noren kehrte mit langen Schritten zum Eingang der Höhle zurück. Die Arme um sich selbst geschlungen, das Gesicht der Sonne zugewandt, kauerte der DúnAnór hier seit dem Sonnenaufgang am Boden. Als er ihn herankommen hörte, löste der Mann den silbernen Blick aus der Helligkeit und sah zu ihm her. Er musste halb blind sein, nachdem er die ganze Zeit unverwandt ins Licht gestarrt hatte, und dennoch waren seine Augen erstaunlich klar. Langsam, um den Mann nicht zu erschrecken, zog er einen Lederriemen aus seiner Tasche. Auch wenn der DúnAnór im Moment fügsam zu sein schien – sah man einmal davon ab, dass er stur darauf beharrt hatte, hier in der

Sonne zu bleiben –, würde er kein Risiko eingehen. Er erstarrte, als die hellen Augen sich zu Schlitzen verengten und der Mann abrupt aufstand, den Rücken gegen den rauen Felsen gepresst, mit einem Mal wachsam und angespannt. Einige der zurückgebliebenen Männer schauten zu ihnen her.

»Niemand will euch etwas tun, Freund!«, versuchte Noren ihn zu beruhigen.

»Nein!« Der DúnAnór löste den Blick keinen Wimpernschlag von den Riemen, schüttelte den Kopf. Hätte er weiter zurückweichen können, hätte er es getan.

»Ich will euch nichts Böses. Ihr könnt mir vertrauen, Freund.«

»Nein!« Die Hand, die auf die Fessel in seiner wies, bebte. Im Sonnenlicht glänzte der eiserne Ring, der noch immer das Gelenk des Mannes umschloss. Jeder ihrer Versuche, ihn davon zu befreien, war bisher gescheitert. Nur langsam hoben sich die Silberaugen, um Norens zu begegnen. »Nein!« Er schien nach Worten zu suchen, noch etwas sagen zu wollen – doch dann schüttelte er nur ein weiteres Mal den Kopf. »Nein!«

»Ganz ruhig, Freund!« Noren näherte sich ihm langsam. Er glaubte ein Flackern in dem hellen Blick zu sehen, streckte beschwichtigend die Hand nach dem DúnAnór aus. Und wurde unvermittelt gepackt und vorwärts und gegen den Felsen gerissen. Halb verblüfft, halb wütend fuhr er herum. Ungefähr dort, wo er eben selbst noch gestanden hatte, stand jetzt der DúnAnór, eine Hand über der linken Brust in das Hemd geballt, die Schultern wie vor Schmerz nach vorne gekrümmt. Die Finger der anderen umklammerten einen Dolchgriff so hart, dass die Knöchel weiß hervortraten. Norens Rechte zuckte zu seinem Gürtel. Nicht nur, dass der Kerl es geschafft hatte, ihn blitzschnell an sich vorbei und gegen den Felsen zu befördern, er hatte ihm in diesem Bruchteil eines Augenblicks auch noch die Waffe aus der Scheide gezogen. »Werft den Dolch weg!« Er sah die Bewegung seiner Männer nur aus dem Augenwinkel.

»Nein!« Abermals schüttelte der DúnAnór den Kopf. Seine Finger öffneten und schlossen sich unruhig um den lederumwundenen Griff. In seinen Augenwinkeln und um den Mund zuckte es. Scharfe Linien erschienen auf seiner Stirn. Er hob die freie Hand zur Schläfe, krallte die Finger in seinen wirren Schopf. Wieder ein Kopfschütteln, sein Blick flackerte. »Nein!« Verzweiflung klang in dem Wort. Unsicher machte er einen Schritt rückwärts – beinah gleichzeitig traf Gerdens Faust ihn im Nacken und schickte ihn auf die Knie. Zwei weitere Männer packten zu, entwanden dem DúnAnór Norens Dolch und drehten ihm die Arme auf den Rücken. Für einen kurzen Moment bäumte er sich in ihrem Griff auf. Dann durchrann ihn ein Zittern, etwas wie ein Schleier legte sich über seine Augen, und Noren konnte geradezu sehen, wie sein Blick leer wurde. Ein Schaudern kroch über seinen Rücken. Er gab seinen Männern ein Zeichen. Zögernd gehorchten sie und ließen den DúnAnór los, der daraufhin ein Stück weiter in sich zusammensank und die Arme um sich selbst legte. Er wich nicht zurück, als Noren vor ihn trat und sich niederhockte. Er reagierte nicht, als Noren ihn am Kinn ergriff, sein Gesicht anhob und ihm in die Augen blickte. Stumpf und unscharf huschten sie umher, ohne wirklich zu sehen. Er wehrte sich nicht, als Noren seine Hände zusammenband und ihn auf die Füße zog. Eine der wirren dunklen Strähnen war in die silberhellen Augen gefallen. Noren strich sie zurück und nickte seinen Männern zu. »Bringt ihn auf die *Tänzerin*!«

Der Wind sang ein wildes Lied in den geblähten Segeln und straff gespannten Tauen der Takelage und ließ die *Mondtänzerin* über die See fliegen. Sonnenfische schossen neben ihrem Bug aus dem Wasser und verschwanden wieder in den Wellen. Kahel war nur noch ein Schatten am Horizont.

Es war mühsam gewesen, die kleine Schonerbrigg gegen die auflaufende Flut aus der versteckten Bucht zu pullen, doch jetzt, mit achterlichem Wind und nichts als dem Meer vor dem Bug, machte das Schiff seinem Namen Ehre. Backbords zeichnete sich bereits die Küstenlinie der BanNasrag ab, zerklüftete, schwarze Klippen, an deren Fuß sich tückische Riffs verbargen, die weit ins Meer hineinragten. Gischt spritzte auf und überzog die Back mit Feuchtigkeit, als der Vordersteven der *Tänzerin* tief in die Wellen eintauchte, nur um sich sofort wieder daraus zu erheben. Mit leisem Knarren schwang der Gaffelbaum ein Stück zur Seite, so als sei die kleine Schonerbrigg selbst darum bemüht, möglichst viel Wind in ihren Segeln zu fangen, um noch schneller über das Wasser dahinfliegen zu können.

Darejan versuchte es sich auf der Taurolle, die ihr als Sitz diente, ein wenig bequemer zu machen. Sie hätte es vorgezogen, am Bug zu stehen, die Hände fest um eines der Taue der Bugwanten geschlossen, und Salz und Sonne auf den Lippen zu schmecken, während der Wind ihr Haar zerzauste. Doch Noren hatte sie und den Verrückten in den Schatten der Treppe zum Vorschiff der *Tänzerin* bringen lassen und ihr befohlen, sich nicht von der Stelle zu rühren. Sie schaute kurz zu den beiden Männern hin, die an der gegenüberliegenden Reling saßen und Taue schlugen. Ihre Wachhunde. Der hünenhafte Gerden, den Noren offenbar zum Aufpasser des Schwachsinnigen gemacht hatte, nickte ihr zu, ehe er zu seinem Schützling sah. Sie folgte seinem Blick. Der Verrückte kauerte im Halbschatten, dort, wo die Wand des Vorschiffs gegen das Schanzkleid stieß, und malte sinnlos verschlungene Linien vor sich auf das feuchte Deck. Wieder und wieder. Nur um sie wieder und wieder mit ungeduldigen Bewegungen zu verwischen und die Fäuste gegen die Schläfen zu pressen. Und einen Moment später wieder von vorne damit zu beginnen. Sein Blick ging ins Leere. In der Sonne glitzerten die Edelsteintätowierungen an seiner Stirn und in der Braue in allen nur erdenklichen Blau- und Grüntönen. Der Wind fuhr durch sein Haar, das viel zu lang über seine Schultern fiel. Darejan hatte es für Schwarz gehalten, doch inzwischen wusste sie, dass es jede Farbnuance enthielt, die es zwischen tiefem Schwarz und dem dunklen Braun der Federn eines Kellfalken gab. Ein paar Mal hatte sie sogar einzelne hellere Fäden darin entdeckt, die Ockern oder Elfenbeinern glänzten. Sie wich seinem Blick nicht aus, als er unvermittelt den Kopf wandte. Das Sonnenlicht ließ die Sodijansplitter in seinen Augen blitzen, *die im Schein des Seelenmondes die Farbe von Adamanten hatten,* während der Dämonenring um das Silber seiner Pupille noch dunkler wirkte. Plötzlich war wieder jener inzwischen so vertraute, leise Schmerz hinter ihrer Stirn. Sie löste den Blick aus seinem, als ein Ruf aus den Wanten erklang.

Noren brüllte von seinem Platz am Heck aus, wo er am Steuerrad stand, einen Befehl. Unvermittelt wurde es auf dem Deck lebendig. Männer rannten und riefen durcheinander. Im ersten Moment verstand Darejan die plötzliche Aufregung nicht, doch dann sah sie die Wand aus dunklen Sturmwolken, die sich achtern zusammenbraute und auf die *Mondtänzerin* zuzurasen schien. War der Himmel bis eben noch von sonnengebleichtem Blau gewesen, so hing er von einem Wimpernschlag auf den anderen schwarz und schwer und von Blitzen zerrissen über ihnen.

Die Mannschaft hatte noch nicht einmal genügend Zeit, Fässer und Kisten an Deck festzuzurren, da prasselte schon Regen auf sie hinab, in den sich nussgroße Hagelkörner mischten. Die Nässe machte die Planken schlüpfrig. Das Knattern der Segel übertönte Norens Stimme, der inzwischen mit Salden am Steuerrad stand und darum kämpfte, das Schiff auf Kurs zu halten. In der plötzlich heraufgezogenen Dunkelheit waren die Männer nur noch huschende Schatten. Der Sturm peitschte die Wellen gegen den Rumpf der *Tänzerin,* die sich stöhnend unter ihrer Wut auf die Seite legte. Erschrocken presste Darejan sich fester an das Zepter der Mastbeting.

Krachend schlug ein Blitz in den Besanmast ein. Männer, die in seinen Wanten hingen und hastig versucht hatten, die Segel zu reffen, damit sie dem Wind weniger Angriffsfläche boten, wurden in die kochende See geschleudert. Entsetzt versuchten die anderen den herabstürzenden Bruchstücken auszuweichen. Die Stenge donnerte auf die Planken, zerschlug Reling und Schanzkleid. Das Meer schwappte durch den klaffenden Schlund und zerrte mit sich, was auch immer sich in seinem Weg befand. Mit einem Knall riss irgendwo ein Tau, unter Deck rumpelte es, ein weiterer dumpfer Schlag und die

Tänzerin krängte noch mehr. In den Stimmen der Männer klang jetzt nackte Panik. Eine Welle brach über das Deck, ertränkte Darejan mit ihrer Wucht und riss ihre Hände los. Sie wurde auf das Loch in der Reling zugeschwemmt, schrie voller Angst und schluckte nur noch mehr Wasser. Etwas Raues streifte ihre Finger, sie klammerte sich an das Tau, hustend und würgend. Doch schon im nächsten Moment stürzte etwas schwer gegen sie, das Seil schnitt durch ihre Handflächen, die *Tänzerin* legte sich noch weiter über, Darejan wurde gegen das Schanzkleid geschleudert. Wasser erstickte ihren Schrei. Vor Schmerz benommen spürte sie die kalte Welle, die sie klatschend gegen die Planken drückte und darüber hinwegtrug. Und dann war da nichts mehr unter ihr außer der brodelnden See. Eine Hand schloss sich um ihren Arm, glitt auf ihrer Haut ab, riss scharf an ihrer Unterarmflosse. Sie krallte sich verzweifelt fest, spürte einen Ring kalten Eisens unter ihren Fingern, der Griff schloss sich endgültig um ihr Handgelenk und beendete ihren Sturz mit schmerzhafter Abruptheit. Salzwasser brannte in ihren Augen, sie erkannte nicht mehr als einen Schatten, der sich gefährlich weit über die Reling lehnte. Keine Armlänge neben ihr klaffte das Loch im Schanzkleid. Wieder zerriss blendend grell ein Blitz die Dunkelheit, wieder erklang jenes Krachen. Sie sah, wie der Fockmast sich beinah höhnisch langsam neigte. Dann ging ihr Schrei in dem Rauschen unter, mit dem Segel, Wanten, Stenge und Gaffel direkt auf sie und ihren Retter zustürzten.

16

Es fiel ihm schwer, von der aufgewühlten Wasserfläche und den Trümmern des Schiffsmodells aufzusehen. Die Magie hatte diesen unzulänglichen Körper geradezu ausgebrannt. Hunger lohte in ihm. Er zwang das Zittern aus der Stimme Königin Selorans. »Das Meer trägt sie an die Landzunge östlich der BanNasrag. Zwei der BôrNadár werden euch dort treffen. Bringt mir den Jarhaal und Prinzessin Darejan lebend und unversehrt.«

Der Kommandant der Soldlinge verneigte sich schweigend und verließ hastig den Raum.

Kälte! Salz, das auf den Lippen brannte und in den Augen. Da waren Lichter, die sich in der Dunkelheit bewegten. Stimmen, die durcheinanderriefen. Klamme Nässe, die den letzten Rest Wärme und Leben aus den Knochen sog. Die Lichter kamen näher. Die Stimmen wurden lauter, deutlicher, hatten einen seltsamen Dialekt. »*Haltet ihn!*« – »*Verdammte Bestie!*« »Sucht da drüben weiter! Sie müssen irgendwo sein!«

Die Erinnerung kam langsam zurück. Der Sturm! Die eisige Kälte der See. Hände, die ihre an einer zerbrochenen Spiere festgehalten hatte – und irgendwann selbst losgelassen hatten. Hier! Ich bin hier! Die Worte wollten nicht aus ihrer Kehle. Alles, was sie zustande brachte, war ein Ächzen. Ihre Finger krallten sich in die rauen Felsen, zwischen denen sie lag. Eine Welle schwappte über sie hinweg, hob sie ein Stück an und ließ sie wie eine zerbrochene Puppe auf das scharfkantige Gestein zurückfallen. Schmerz schoss durch ihre Glieder und sie hörte sich selbst schwach aufschreien.

»Was war das?« – »Es kam von dort!« Die Lichter tanzten näher. Über ihr in den Felsen knirschte Stein auf Stein, eine Gestalt zeichnete sich schwarz vor den dunklen Umrissen der hinter ihr steil aufragenden Klippen ab, sprang zu ihr herab. Sie wurde gepackt und auf die Füße gezerrt. Darejan keuchte schmerzerfüllt, wurde herum und gegen eine nasse Brust gerissen, eine Hand verschloss ihre Lippen.

»Still, Prinzessin, oder wollt ihr, dass die Soldlinge eurer Schwester uns finden«, zischte Norens Stimme direkt neben ihrem Ohr. Er gab ihren Mund frei, ergriff stattdessen ihr Handgelenk und zog sie vorwärts. »Kommt mit! Und kein Laut!« Ihre Glieder waren steif vor Kälte und Erschöpfung. Rutschend und stolpernd folgte sie ihm auf dem losen Geröll, bis er sie in den Schatten eines Felsvorsprungs schob.

»Kapitän?«, erklang eine Stimme leise aus der Dunkelheit vor ihr.

»Ja! – Habt ihr ihn?«

»Ja! War ein Stück weiter beim Kliff. Soweit alles in Ordnung mit ihm. – Gerdens Bein ist verletzt.« Erst jetzt erkannte Darejan Salden. Hinter ihm bewegten sich drei weitere Gestalten. »Wie konnten diese Kerle uns so schnell finden?«

Noren schnaubte. »Weil sie genau wussten, wo sie suchen mussten. Oder glaubst du, es geht hier mit rechten Dingen zu? Bestimmt nicht! Das ist sein Werk! – Ebenso wie dieser verfluchte Sturm, der aus dem Nichts aufgezogen ist! – Ahoren will ihn wieder haben! Um jeden Preis!« Er trat einen Schritt zurück, blickte an dem Felsvorsprung vorbei – und presste sich mit einem leisen Fluch schnell in dessen Dunkelheit zurück. »Wir müssen von hier weg, ehe sie uns den Weg in der Brandungskehle abgeschnitten haben! Vorwärts!«

Wieder wurde Darejan am Handgelenk gepackt und hinter Noren hergezogen. Es ging geduckt zwischen tangbehangenen Felsen hindurch, über scharfkantiges Geröll, das unter ihren Schritten erschreckend laut knirschte. Hinter einem mehr als doppelt mannshoch aufragenden Steinblock zog er sie zu Boden und kauerte sich neben sie. Das Meer hatte eine Kuhle um den Felsen herum in den Schlick gespült und mit Wasser gefüllt. Gespenstisch weiß schimmerte der Panzer eines kleinen Krebses darin. In vielleicht zwanzig Schritt Entfernung ragte die Steilwand der BanNasrag senkrecht in den Nachthimmel. Zwanzig Schritt, auf denen es nichts gab außer fahlem Sand. Noren wies auf die schwarzen Schatten am Fuß der Felsen, wo die Gezeiten eine Hohlkehle in sie hineingewaschen hatten. »Dorthin wollen wir, Prinzessin. Wenn ich sage: ›Lauft!‹, dann lauft so schnell ihr könnt hinüber und versteckt euch! Bleibt nicht stehen! Dreht euch nicht um! Egal was ihr hinter euch hört! – Verstanden?«

Darejan nickte. Ihre Kehle war wie zugeschnürt.

»Gut!« Er lehnte sich neben ihr an den Felsen, spähte vorsichtig um ihn herum. Angespannt beobachtete sie, wie er die Hand hob. Hinter sich konnte sie die anderen Männer atmen hören. »Lauft!« Sie gehorchte. Unter ihren Füßen patschte der Sand. Fast bis zu den Knöcheln sank sie ein. Ein flacher Priel schimmerte als silbrig glitzerndes Band vor ihr. Sie rannte hindurch. Wasser spritzte auf. Noch nie zuvor waren ihr zwanzig Schritt so endlos erschienen. Dann hatte sie die Schatten erreicht und tauchte in die Dunkelheit hinein, stolperte auf dem Geröll und stürzte. Keuchend lag sie einen Augenblick still, ehe ihre vor Erschöpfung schmerzenden Glieder ihr wieder gehorchten und sie sich auf Hände und Knie aufrichtete.

Im Schatten des Steinblocks konnte sie Noren und die anderen erkennen. Ein Stück weiter den Strand hinauf tanzten die Lichter der Fackeln – und näherten sich unaufhaltsam. Zwei weitere Gestalten kamen über den Sand auf sie zu. Eine schwer auf die andere gestützt. Sie hielt den Atem an, bis sie ihr Versteck erreicht hatten. Gerden sank mit einem erleichterten und zugleich schmerzerfüllten Stöhnen zu Boden. Den Namen des anderen Mannes, auf den er sich gestützt hatte und den sie an Bord der *Tänzerin* zum ersten Mal gesehen hatte, kannte sie nicht. Dann lösten sich kurz nacheinander auch die übrigen drei Schatten aus der Dunkelheit bei dem Steinblock und hetzten über den Strand. Salden erreichte ihr Versteck als Erster, dicht gefolgt von dem DúnAnór und Noren. Doch kaum hatte der hochgewachsene Korun die Brandungskehle erreicht, trieb er sie auch schon wieder auf die Beine und im Schatten der Felsen vorwärts.

Sie beschleunigten ihre Schritte, als Rufe hinter ihnen verkündeten, dass die Spuren, die sie im Sand hinterlassen hatten, entdeckt worden waren. Doch schon einen Moment später blieb Noren mit einem unterdrückten Fluch abrupt stehen. Über den Strand kamen ihnen zwei Reiter entgegen. Und obwohl sie kaum mehr als finstere Schattenrisse vor dem tief stehenden Mond waren, ließen die weiten Gewänder und seltsamen Helme, die sie verbargen, keinen Zweifel daran, um wen es sich handelte.

Darejan zuckte zusammen, als beide ihre mächtigen grauen Rösser gleichzeitig zum Stehen brachten und direkt zu ihnen hersahen. Hinter ihnen wurden Stimmen laut. Die Fackellichter näherten sich viel zu schnell. Noren schob Darejan an sich vorbei, dichter zu den Felsen. Ein Stoß beförderte den wie versteinert zu den Kriegern hin starrenden DúnAnór mit einem taumelnden Schritt neben sie. Während er beobachtete, wie die Männer Königin Selorans einen Halbkreis um sie schlossen, zog Noren seinen Dolch. Einen langen Augenblick war nur das leise Wispern der Wellen zu hören.

Der Anführer der Soldlinge, der Einzige, der außer den Grauen Kriegern auf dem Rücken eines Pferdes saß, trieb seinen

Fuchs ein kurzes Stück vorwärts und wies auf Darejan und den DúnAnór. »Königin Seloran will nur den Spion und ihre Schwester! – Gebt sie freiwillig heraus und wir machen es für den Rest von euch kurz.«

Noren schenkte dem Mann ein arrogantes Grinsen. »Wo bleibt bei dem Geschäft der Profit für mich?«

Gelächter antwortete ihm. »*Wir* befördern euch durch den Schleier und nicht die da.« Der Kommandant der Soldlinge deutete auf die Grauen Krieger.

Nonchalant zuckte Noren die Schultern und hob seinen Dolch. »Scheint so, als würdet ihr ein bisschen Arbeit mit uns haben.«

Der Mann riss so hart an den Zügeln seines Pferdes, dass das Tier erschrocken den Kopf aufwarf, und bellte einen Befehl. Die Soldlinge stürmten los. Beinah gleichzeitig fuhr Noren zu Darejan herum, brüllte: »Lauft!«, und warf sich mit seinen Leuten den Angreifern entgegen. Für eine vermeintliche Ewigkeit stand Darejan wie gelähmt, dann weckte sie das Kreischen von Stahl auf Stahl aus ihrer Erstarrung. Sie packte den Verrückten am Handgelenk und zerrte ihn im Schatten der Felsen mit sich. Doch er stemmte sich gegen ihren Griff und schüttelte ihre Finger beinah mühelos ab, während er weiter seltsam angespannt zu den Kämpfenden sah. Abermals wollte Darejan nach ihm fassen, als er sie plötzlich seinerseits packte, zu sich und herum riss, in der gleichen Bewegung wieder von sich stieß und dem Soldling, der sich in den Schatten an sie herangeschlichen hatte, den Handballen in einer Aufwärtsbewegung von unten gegen die Nase hieb. Darejan hörte ein unheilverkündendes Knacken, dann sackte der Mann mit blutüberströmtem Gesicht leblos in den Sand. Sie hatte nicht gesehen, dass er danach gegriffen hätte, doch jetzt lag sein Schwert in der Hand des DúnAnór. Die Art, wie er sie ansah, ließ sie zurückschrecken.

Vielleicht war es Saldens Schmerzensschrei, der sie beide weckte, vielleicht hatte er aus dem Augenwinkel die Söldlinge bemerkt, die auf Noren, der nur mit einem Dolch bewaffnet war, eindrangen – Darejan konnte es nicht sagen. Doch der DúnAnór wandte sich von ihr ab und war plötzlich inmitten der Kämpfenden.

Aber auch ein zusätzliches, unverkennbar meisterhaft geführtes Schwert auf der Seite der Korun konnte ihre zahlenmäßige Unterlegenheit nicht ausgleichen. Darejan sah, wie ein Hieb den Mann niederstreckte, dessen Namen sie nicht kannte. Ohne nachzudenken, riss sie die Hände hoch, rief mit einem Wort nach Sand und Wind, beschwor die Felsen über ihr – nichts geschah. Wieder versagte ihre Magie. Hilflosigkeit würgte sie. Einen Moment später sank auch Gerden in den Sand. Salden folgte ihm kurz darauf.

»Flieht!« Darejan wusste nicht, wem Norens Ruf galt. Nur noch der hochgewachsene Korun und der DúnAnór standen Rücken an Rücken zwischen den Soldlingen. Zum ersten Mal fiel ihr auf, dass die beiden Männer fast gleich groß waren. Dann traf Norens Blick sie. Seine Lippen formten ein lautloses »Lauft!«, ehe er sich mit einem markerschütternden Schrei abermals zwischen die Soldlinge warf. Beinah gleichzeitig trieben die Grauen Krieger, die die ganze Zeit über bewegungslos auf ihren mächtigen Rössern gesessen hatten, ihre Pferde vorwärts – direkt auf den DúnAnór zu. Er bemerkte sie, noch ehe er sie wirklich sehen konnte. Sein Kopf flog hoch und herum. Für einen kurzen Moment schien er wie erstarrt. »Nein!« Darejan hörte sich selbst schreien, als die Breitseite eines Schwertes auf ihn niederzuckte. Abermals fuhren ihre Hände in die Höhe. *Der Körper eines Mannes, das Gesicht in den Schatten verborgen, leblos über einem Felsen ausgestreckt. Eine Gestalt, die sich aufbäumte und verblasste. Der heisere Schrei eines Adlers.* Schmerz loderte in ihrem Kopf. Sie wankte, taumelte vorwärts. »Nein!« Diesmal war das Wort nur ein Flüstern. Eben stellten die Soldlinge den DúnAnór auf die Füße. Das Schwert lag vergessen im Sand. Der Anführer der Männer lenkte seinen Fuchs mit einem spöttischen Grinsen dicht an den benommen wankenden Gefangenen heran. Im nächsten Herzschlag wieherte das Tier erschrocken auf und scheute zurück. Der Soldling, der bis eben zur Linken des DúnAnór gestanden hatte, lag auf den Knien, umklammerte röchelnd seine Kehle und rang vergebens nach Atem, während der zweite fassungslos die Hände auf die Schwertwunde in seinem Leib presste. Das Pferd wieherte erneut, bäumte sich halb auf und sprang dann vorwärts. Die Soldlinge stoben vor seinen eisenbeschlagenen Hufen auseinander. Entsetzt starrte Darejan den Reiter an, der im gestreckten Galopp auf sie zupreschte, eine blutbesudelte Klinge in der Hand. Silberne Augen starrten zurück. *Er?* Aber wie …? Gerade eben kam der Kommandant der Soldlinge wieder auf die Beine, brüllte Befehle. Sie musste ihm ausweichen, nur einen Schritt beiseite! Ihre Beine gehorchten nicht. Dann wurde sie gepackt, und das Nächste, was sie wahrnahm, war, dass sie hinter dem DúnAnór auf dem Pferderücken saß. Er riss das Tier in einer scharfen Kehre nach links und trieb es mit Händen, Knien und der flachen Seite des Schwertes vorwärts. Hufschlag erklang in ihrem Rücken. Die Grauen Krieger donnerten ihnen nach. Vor ihr duckte der DúnAnór sich tiefer über den Hals des Pferdes und jagte es in mörderischem Galopp über den Strand und zwischen den Felsen hindurch.

18

Ein dumpfer Laut riss Darejan aus ihrem Dahindämmern. Noch immer benommen von Erschöpfung und Müdigkeit, begriff sie nur allmählich, dass das Pferd stehen geblieben war und den Kopf senkte. Sie blinzelte mühsam, schaffte es kaum, ihre verkrampften Finger aus dem Hemd des DúnAnór zu lösen. Bei dem Gedanken an den halsbrecherischen Ritt durch die Klippen und einen steilen Geröllpfad in den Felswänden hinauf wurde ihr Mund erneut trocken vor Angst. Mehr als einmal war der Fuchs gestrauchelt und wäre um ein Haar gestürzt. Doch irgendwie war es dem DúnAnór jedes Mal gelungen, das Schlimmste zu verhindern.

Bis zum Morgen hatten die Grauen Krieger sie mit ihren mächtigen Rössern gehetzt. Zuerst durch die Klippen, dann in einen düsteren Wald hinein. Und selbst als das Trommeln der Hufe nach Sonnenaufgang nicht mehr direkt hinter ihnen gewesen war, hatte er dem Pferd keine Pause gegönnt. Erst als sicher war, dass die Grauen sie für den Augenblick nicht mehr verfolgten und die Bäume immer dichter standen, sodass die Zweige ihnen schmerzhaft entgegenschlugen, hatte er das Tier in Schritt fallen lassen, der schließlich in einen müden Trott übergegangen war.

Der Fuchs verlagerte sein Gewicht und schnaubte. Es musste Mittag sein, denn die Sonne schien beinah senkrecht zwischen den Bäumen hinab. Vor ihr war der DúnAnór im Sattel halb vornübergesunken. Die rechte Hand, die die Zügel hielt, um das Sattelhorn geklammert, die Linke schlaff an der Seite, rührte er sich nicht. Er schien ebenso am Ende seiner Kräfte zu sein wie das Pferd. Ein verirrter Sonnenstrahl und ein Glänzen neben den eisenbeschlagenen Hufen lenkte ihren Blick zu Boden, und ihr wurde klar, was der Grund für jenen dumpfen Laut gewesen war, der sie aufgeschreckt hatte: Das Schwert, das der DúnAnór einem der Soldlinge abgenommen hatte, lag im Gras. Darejan starrte auf die rotverkrustete Waffe. Er hatte sie die ganze Zeit in der Hand gehalten.

Wieder schnaubte das Pferd. Unter seinen Hufen knirschte Stein, dann platschte es vernehmlich, als es einen weiteren Schritt vorwärtstrat, in den kleinen Bachlauf hinein, an dessen Rand es zuvor stehengeblieben war, und sein Maul in das glitzernde Wasser senkte. Unter der Bewegung klirrte sein Zaumzeug. Das Klingeln des Metalls brachte Darejan endgültig zu sich. Vorsichtig schob sie sich ein Stück von dem DúnAnór fort und rutschte ungelenk vom Pferderücken. Abrupt fuhr sein Kopf in die Höhe und zu ihr herum. Einen Atemzug lang starrte er sie sichtlich benommen an, dann klärte sich sein Blick und zuckte zurück in die Richtung, aus der sie gekommen waren.

»Sie sind uns nach Sonnenaufgang nicht mehr gefolgt!«, versuchte Darejan ihn zu beruhigen. Ihr war nicht entgangen, wie er sich angespannt hatte.

Seine Augen kehrten zu ihr zurück, musterten sie in unergründlichem Schweigen. Dann schaute er langsam zu Boden, auf das Schwert. Als er wieder aufsah, hatte sich etwas in seinem

Blick verändert. Genau so hatte er Darejan am Strand angesehen, nachdem er den Soldling getötet hatte.

Unter ihm stampfte der Fuchs mit dem Hinterhuf und schlug unruhig mit dem Schweif. Sie bewegten sich gleichzeitig, doch Darejan war den Bruchteil eines Herzschlags schneller. Als er aus dem Sattel geglitten war, wies die Schwertspitze schon auf seine Brust. Schweigend starrten sie einander an. Seine Silberaugen waren schmal, glitten über die Klinge, über ihre zitternde Hand, zu ihrem Gesicht. Er machte einen Schritt vorwärts. Die geschliffene Spitze drückte sich gegen seine Brust.

»Bleib, wo du bist!« Sie war selbst erstaunt, wie fest ihre Stimme klang.

Seine Braue hob sich. Im Sonnenlicht glitzerten die Edelsteintätowierungen auf seiner graufahlen Haut. Er tat einen weiteren Schritt auf sie zu, breitete die Hände in einer ergebenen Geste aus. Unter der Schwertspitze entstand ein kleiner dunkler Fleck auf seinem rissigen Hemd, der sich mit jedem Atemholen zu vergrößern schien. Darejan biss die Zähne zusammen.

»Bleib stehen! Ich weiß, wie man mit einem Schwert umgeht.«

Ganz leicht neigte er den Kopf. Einen Lidschlag später hatte er ihre Hand gepackt, ihr die Klinge entwunden, sie rücklings gegen einen Baum gestoßen und ihr die Schneide gegen die Kehle gesetzt. Sein Blick bohrte sich in ihren. Darejan wagte nicht einmal mehr zu atmen. Sie sah das Flackern in den Tiefen seiner Augen und presste sich fester gegen die raue Rinde in ihrem Rücken. Das Schweigen hing gefährlich zwischen ihnen.

»Tu. Das. Nie. Wieder, Hexe!« Jedes Wort war eine Drohung. Das Schwert verschwand von ihrer Kehle. Ohne den Blick von ihr zu nehmen, trat er zurück. Die Spitze der Klinge sank zu Boden. Sie konnte sehen, wie der Zorn aus seinen Augen verschwand und Erschöpfung Platz machte. Mit der freien Rechten fuhr er sich durchs Haar, blieb mit den Fingern in den verfilzten Strähnen hängen. Am Bach klickte Eisen auf Stein, als das Pferd einen Schritt tiefer in das seichte Wasser hineinging. Endlich löste er den Blick von ihr und schaute zu dem Tier hin. Seine Schultern sanken nach vorne, dann tappte er ebenfalls zum Bach hinüber und kniete sich schwerfällig auf den Kies des flachen Ufers.

Darejan hob die bebende Hand zu ihrem Hals und stieß erleichtert den Atem aus, als sie keine klebrige Wärme unter ihren Fingern spürte, während sie beobachtete, wie er das Schwert neben sich legte und sich vornüberbeugte. Mehrere Atemzüge starrte er auf die funkelnde, munter dahin wirbelnde Oberfläche, dann beugte er sich zum Wasser hinab und trank so gierig, dass ihm glitzernde Linien über Kinn und Hals rannen. Er schenkte ihnen keine Beachtung. Stattdessen fuhr er sich mit nassen Händen mehrmals übers Gesicht und durchs Haar. Der Fuchs wandte den Kopf und schnaubte ihm feucht gegen die Schulter. Abwesend griff er nach ihm, um die weichen Nüstern zu streicheln. Schließlich senkte das Tier das Maul wieder in den Bachlauf und der DúnAnór ergriff das Schwert und stemmte sich müde auf die Füße. Sein Blick streifte Darejan nur kurz, dann langte er nach den herabbaumelnden Zügeln und ging mit dem Pferd langsam den Bach entlang.

»Nein!« Bei Darejans erschrockenem Ruf blieb er stehen. Die Silberaugen schmal, drehte er sich halb zu ihr um. Doch als sie auf ihn zugehen wollte, hob sich ihr das Schwert in einer stummen Warnung entgegen. Sie presste die Lippen zusammen.

Wortlos wandte er ihr den Rücken, schnalzte dem Fuchs aufmunternd zu und setzte sich wieder in Bewegung.

»Warte!« Er stapfte weiter, als habe er sie nicht gehört. »Bleib stehen, du undankbarer, schwachsinniger Bastard!« Diesmal schoss er sichtlich wütend zu ihr herum. Und zuckte mit einem leisen Keuchen zusammen und krümmte die Schultern. Dennoch fuhr die Schwertspitze abermals in die Höhe, als Darejan einen Schritt auf ihn zumachte. Sie ballte die Hände zu Fäusten. »Du wirst dich nicht einfach davonmachen, du verdammter Mistkerl! Du wirst mir helfen! Verstehst du, was ich sage?« Seine Brauen zogen sich unheildrohend zusammen. »Begreifst du eigentlich, was um dich herum vorgeht? Ist dir eigentlich klar, wie viele Menschen deinetwegen ihr Leben riskiert haben? Wie viele deinetwegen gestorben sind?« In Darejans Stimme kämpften Zorn und Verzweiflung miteinander. Ohne weiter auf das Schwert zu achten, marschierte sie auf ihn zu. Die Linien auf seiner Stirn vertieften sich, doch die Klinge sank kaum merklich ein Stück herab. »Du wirst dich nicht einfach umdrehen und gehen! Das lasse ich nicht zu! Du bleibst! Du führst mich zu deinen Leuten. Du bringst mich zu den anderen DúnAnór! – DúnAnór! Verstehst du? Die, die dich hierher geschickt haben!« Seine Finger umkrallten die Zügel mit solcher Gewalt, dass die Sehnen auf seinem Handrücken hervortraten. »Du bringst mich zu dieser Ordensburg in den GônCaidur – wo auch immer das sein mag –, damit sie mir helfen, die Seele meiner Schwester aus der Gewalt dieses Ahoren zu befreien! Das bist du mir schuldig! – Begreifst du, was ich sage? – Das bist du mir und den anderen verdammt noch mal schuldig!« Darejan stand jetzt direkt vor ihm. Das Schwert war endgültig herabgesunken. Er hatte die Kiefer so fest zusammengebissen, dass sie beinah erwartete, es knirschen zu hören. In den Tiefen seiner Augen war wieder jenes seltsame Flackern.

Nach einer schieren Ewigkeit stieß er mit einem leisen Zischen die Luft aus. »Ich kenne deine Schwester nicht, Hexe! – Und ich bin dir nichts schuldig! – Lass mich zufrieden!« Er wollte sich abwenden und weitergehen, doch Darejan packte ihn am Arm. Der eiserne Ring an seinem Handgelenk glänzte in der Sonne.

»Und was ist mit Réfen? Willst du behaupten, dass du auch ihn nicht kennst? – Er war es, der dich im Kerker gefunden hat! Ihm verdankst du es, dass du nicht mehr in irgendeiner Zelle verrottest. – Deinetwegen liegt er jetzt in Ketten und wird des Hochverrats beschuldigt. Deinetwegen werden sie ihn hinrichten! Nur deinetwegen!«

Er starrte sie an. Dann war mit einem Mal etwas seltsam Gehetztes in seinem Blick. »Ich kenne keinen Réfen!«, stieß er nach einem Moment hervor, machte sich brüsk von ihr los und trat zurück.

»Lügner!« Mit einem Schrei stürzte Darejan sich auf ihn. Das Pferd scheute mit einem erschrockenen Wiehern, zerrte ihn zur Seite, ehe er die Zügel fahren lassen konnte. Ihre Fäuste trafen seine Brust. Mit einem qualvollen Laut taumelte er unter ihrem Angriff zurück, verlor endgültig das Gleichgewicht, stürzte und riss sie mit zu Boden. Plötzlich in seiner Umklammerung gefangen, erstarrte Darejan. Das Sonnenlicht glitzerte in den grünvioletten Sodijansplittern seiner Augen. Seine Brust hob und senkte sich unter ihren Händen. *Sand klebte auf seinen nassen Schultern, auf ihren bloßen Armen. Wasserperlen schimmerten auf ihrer Haut. Das schäumende Silber der Brandung spülte kühl über sie hinweg.* – Im nächsten Herzschlag stieß er sie von sich, als hätte er sich an ihr verbrannt, sprang auf, packte das Schwert, warf sich auf den Rücken des Fuchses und hieb dem erschrockenen Tier die Fersen so hart in die Flanken, dass es sich aufbäumte und aus dem Stand losgaloppierte.

Einen Moment lang hockte Darejan benommen im Gras. Hinter ihrer Stirn pochte es dumpf. Da war etwas, etwas, das sie nicht festhalten konnte … und je mehr sie es versuchte, umso mehr wütete der Schmerz in ihrem Kopf. Mit zusammengebissenen Zähnen stand sie auf. Was auch immer gerade geschehen war: Sie hatte nicht vor, ihn so einfach davonlaufen zu lassen. Sie würde ihn dazu bringen, ihr zu helfen! Irgendwie!

Sie fand ihn, als die Sonne schon tief hinter den Bäumen stand. Ein paar Mal hatte sie die Hufabdrücke auf felsigem Boden oder in den Steinen des Bachbettes verloren, die Fährte aber jedes Mal nach kurzem Suchen wieder gefunden. Die meiste Zeit war sie dem Wasserlauf gefolgt, der zuweilen nicht mehr als ein dünnes Rinnsal in einer moosbewachsenen Steinfurche gewesen war, nur um dann wieder zu einem sanft plätschernden Bachlauf zu werden, in dem Fische glitzernd umherhuschten oder reglos in der Strömung standen. An einem Strauchbaum mit wilden Roonfrüchten hatte sie irgendwann ihren Hunger gestillt. Und nun tanzten die Sonnenstrahlen fast waagerecht zwischen den Baumstämmen hindurch und tauchten Blätter und Rinde noch einmal in ihr rotgoldenes Abendlicht. Er lag reglos in einer laubbedeckten Senke, hinter einem steil abfallenden Hang. Sein Arm war seltsam verdreht, halb über seinen Kopf gezogen. Etwa einen Schritt von ihm entfernt, stand das Pferd und scharrte zwischen den braunen Blättern nach Gras. Am Sattel glänzte das Schwert. Ob er vor Erschöpfung von seinem Rücken gefallen war oder ob sie gemeinsam gestürzt waren, konnte Darejan nicht sagen. Hastig schlitterte sie zwischen Wurzeln und Laub den Hang hinunter und kniete sich neben ihn. Er lag beängstigend still. Irgendwie hatte der Zügel sich bei seinem Sturz um sein Handgelenk gewickelt und verhindert, dass der Fuchs davongelaufen war. Rasch löste sie den Riemen und drehte den Verrückten auf den Rücken. Ein leises Ächzen kam über seine Lippen. Sein zerfetztes Hemd klaffte über der Brust weiter auseinander, entblößte graufahle Haut und ockerfarbene Schatten. Gesicht und Arme waren dreckverschmiert. Darejan presste die Lippen zu einem schmalen Strich zusammen, während sie rasch über seine Glieder tastete, um sich davon zu überzeugen, dass er sich nichts gebrochen hatte. Verrückt oder nicht; gefährlich und unberechenbar oder nicht – er war der Schlüssel zu den DúnAnór. Sie brauchte ihn!

Sie bemerkte die fiebrige Hitze, die von ihm ausging, als sie mit den Händen über seine Seiten strich, um nach verletzten Rippen zu suchen. Als sie seine Brust berührte, zuckte er zusammen und versuchte sich selbst in der Bewusstlosigkeit gegen sie zu wehren. Unter beruhigendem Murmeln schob sie seine Hände beiseite, zog sein Hemd in die Höhe und entdeckte die ineinanderverschlungenen Linien. Sie hielt den Atem an, während sie den Stoff weiter Richtung Schultern hob … Magie! Kunstvoll gewobene, starke Magie, die mit alten Runen in die Haut des DúnAnór gestochen worden war.

Und dann sah sie den hässlichen, tiefen Schnitt, der quer über die linke Seite der Brust lief und jene Rune, die das Zentrum dieser Magie bildete, zerstört hatte. Die Wunde war entzündet und nässte. Der grüne Schorf, der sie verkrustet hatte, war aufgebrochen. Das hier war der Grund für das Fieber.

Behutsam berührte sie den Rand der rotgeschwollenen Linie. Selbst das genügte, um ihm ein Stöhnen zu entlocken. Seine Hände wollten sie fortstoßen. Darejan drückte sie sanft auf den Boden zurück. Wer auch immer ihm den Schnitt zugefügt hatte, wusste genau, was er tat. – Er hatte die Magie zerstört, die den DúnAnór eigentlich hatte schützen sollen. Und wer sonst sollte das getan haben als Seloran ...

Für einen kurzen Moment schloss sie die Augen, dann blickte sie wieder auf den Bewusstlosen. Seine Haut wirkte in den Schatten der Senke grau, *lange, elegante Muskeln zeichnen sich unter ihrem warmen, dunkelgoldnen Braun ab,* und spannte sich über scharf hervorstehende Rippen. Sie biss die Zähne zusammen, zwang sich, die leisen Kopfschmerzen nicht zu beachten. Davon zu hören, dass ihre Schwester ihn über Tage hinweg hatte hungern lassen, war etwas anderes, als die Folge ihrer Grausamkeit mit eigenen Augen zu sehen. Über seine rissigen Lippen kam ein leises Murmeln. Der Schnitt musste versorgt werden – aber zuerst musste sie ihn von hier fortbringen. Sie brauchten ein Versteck für die Nacht. Einen geschützten Ort, an dem man ein kleines Feuer nicht sofort entdeckte. Dass die Soldlinge Selorans und die Grauen Krieger sie noch nicht aufgespürt hatten, grenzte ohnehin fast an ein Wunder. Und sie hatte nicht vor, ihr Glück herauszufordern.

Nach einem letzten Blick auf seine reglose Gestalt stand Darejan auf und ging zu dem Pferd hinüber, das in einiger Entfernung mit schleifenden Zügeln an einem Strauch knabberte. Leise sprach sie auf es ein, während sie sich ihm langsam näherte und nach den Riemen griff. Es hob den Kopf und schnaubte, ließ sich aber ruhig den Hals klopfen. Sie atmete erleichtert auf, als sie das Brandzeichen fand, das beinah gänzlich unter der

Mähne des Tieres verborgen war. Wie sie gehofft hatte, stammte es aus den Ställen der Garde – und jedes dieser Pferde war darauf abgerichtet, sich auf Befehl niederzulegen. Darejan führte es zu dem DúnAnór hinüber und gab ihm das entsprechende Kommando. So abgemagert der Mann auch war, sein schlaffer Körper war schwer und es kostete ihre erschöpften Glieder beinah mehr, als von ihren Kräften übrig geblieben war, ihn bäuchlings über den Sattel zu zerren und ihn darüber festzuhalten, als sie das Tier wieder aufstehen ließ. Ein bisschen umständlich schwang sie sich dann selbst auf den Pferderücken, lenkte den Fuchs aus der Senke heraus und in den Bachlauf hinein. Vor etwas weniger als einer Stunde war sie an einer alten Dierenzeder vorbeigekommen. Der Stamm würde als Unterschlupf genügen müssen. Und vielleicht würde es ihren Verfolgern die Suche ein wenig erschweren, wenn sie sich im Wasser des Baches hielten – auch wenn das bedeutete, dass sie in die gleiche Richtung zurückritten, aus der sie gekommen waren. Der Wald war groß, sie hatten mehr als einmal die Richtung gewechselt ... sie musste einfach darauf vertrauen, dass sie den Grauen Kriegern nicht geradewegs in die Arme liefen.

Die Dunkelheit jenseits ihres Versteckes war von Zirpen und Rascheln erfüllt. Ein paar Mal hatte Darejan geglaubt, davor kleine, glühende Augenpaare zu bemerken, die sie scheu beobachteten. Doch sie waren ebenso rasch wieder verschwunden, wie sie aufgeleuchtet waren.

Schweigend blickte sie auf den noch immer bewusstlosen DúnAnór. Flammenschein und Fieber ließen seine Haut nicht mehr ganz so bleich erscheinen. Ein Zittern durchlief seinen Körper, er stöhnte schwach, murmelte etwas und lag dann wieder still. Darejan schob sich zu ihm hinüber, zog die Satteldecke fester um seine Schultern. Der Geruch nach Pferd stach ihr scharf in die Nase.

Ihr Blick glitt über die Wände ihres Verstecks. Im Licht des Feuers wölbten sich Holz und Wurzelgeäst über ihrem Kopf zu einer kleinen Höhle. Als sie noch Kinder waren, hatte Réf ihr die Besonderheit dieser Zedernart verraten: Ihre Wurzeln bildeten eine Art natürliche Grotte unter dem Baum, sodass eine Dierenzeder jemandem Unterschlupf vor einem Unwetter bieten konnte oder auch nur einen geschützten Platz für ein Nachtlager. Da ihr Stamm überdies innen hohl war, konnte man es wagen, ein kleines Feuer in ihrem Inneren zu entzünden, ohne Gefahr zu laufen, in seinem Rauch zu ersticken.

Müde fuhr sie sich mit den Händen übers Gesicht. Es hatte sie beinah den letzten Rest ihrer Kraft gekostet, den DúnAnór vom Pferderücken zu holen und ihn in die kleine Höhle zwischen den Wurzeln des Baumes zu schleppen. Dann hatte sie rasch den Fuchs abgesattelt und so angebunden, dass er sowohl am Bach saufen konnte als auch Gras zum Fressen fand. Das Licht war immer schneller geschwunden, und sie hatte sich beeilt, den Verrückten in die Satteldecke zu wickeln, ehe sie ihn allein ließ, um nach Travankraut und Blauflechte zu suchen. Sie hatte Glück gehabt und beides in der Nähe des alten Baumes gefunden.

In den letzten Stunden hatte sie seine Wunde immer wieder mit dem ausgelassenen Saft der Travankrautblätter gebadet und ihm Schluckweise von dem Tee aus Blauflechten gegen das Fieber eingeflößt. Und auch wenn er noch immer in jenem Dämmerzustand zwischen Fieber und Erschöpfung lag, war doch zumindest das Fieber selbst nicht weiter gestiegen.

Die Beine eng an den Leib gezogen und die Arme darum geschlungen, starrte sie auf den Mann auf der anderen Seite der Flammen. Und schloss nach einem Moment die Hände zu Fäusten. Das alles war Wahnsinn! Wie sollte sie es schaffen, ihn ohne die Hilfe von Noren und seinen Freunden zu dieser versteckten Ordensburg zu bringen, wenn sie noch nicht einmal wusste, wo die sich genau befand? Sie kämmte sich mit den Fingern durchs Haar und blieb in wirren Knoten hängen. Auf der *Mondtänzerin* hatte sie gehört, wie Noren sich mit Salden beraten hatte. Sie hatten davon gesprochen, dass es in Rokan, der Handelsstadt im Westen Nabrods, ein Archiv gab, in dem Karten von jedem Landstrich Oreádons – so abgelegen und unzugänglich er auch sein mochte – aufbewahrt wurden. Wenn es möglich war, etwas über Berge mit dem Namen GônCaidur herauszufinden, dann dort. Darejan gähnte und rieb sich die Augen. Sie wusste nicht genau, wo sie sich befanden, aber bis nach Rokan konnten es nicht mehr als drei oder vier Tage sein. Ihr Blick fiel auf den Verrückten. Er war das einzige Problem. Irgendwie musste sie ihn dazu bringen, mit ihr zu kommen. Andererseits ... Er war krank und erschöpft. Solange er in diesem Zustand war, sollte es ihr gelingen, ihn irgendwie zu bändigen. Und danach ... Wenn es sein musste, würde sie ihm die Hände fesseln und ihm die Riemen nicht wieder abnehmen, bis sie diese Ordensburg gefunden hatten. Allerdings würden sie so einige Aufmerksamkeit erregen, und sollte es ihm einfallen, sich ihr zu widersetzen ... Ein Keuchen und unverständlich hervorgestoßene Wortfetzen erklangen von der anderen Seite des Feuers. Rasch kroch sie um die Flammen herum und kniete sie sich neben ihn. Sie brauchte kaum Kraft, um seine ziellos durch die Luft wischenden Hände einzufangen und niederzudrücken. Er stöhnte schwach, schluckte aber gehorsam, als sie den Becher mit Blauflechtentee an seinen Mund setzte. Schließlich lag er wieder still. Auch seine harten Atemzüge beruhigten sich allmählich. Darejan strich ihm ein paar wirre Strähnen aus den Augen. Zu ihrer Verblüffung lehnte er das Gesicht gegen ihre Handfläche und folgte der Berührung. Die Art, wie er im Fieberdämmern die Wange gegen ihre Hand schmiegte, brachte sie auf einen Gedanken. In seinem Schwachsinn ähnelte sein Verstand eher dem eines Tieres oder dem eines kleinen Kindes. Das Zutrauen von beiden konnte man mit Nahrung und Freundlichkeit gewinnen. In der Satteltasche des Soldlings hatte sie, neben einer Geldkatze mit ein paar Kupferdoren und einem Silberfahlen, dem Schwefelstein, der Schale und dem verbeulten Becher, auch ein Bündel mit einem Kanten Hartbrot und ein paar Streifen getrocknetes Fleisch gefunden. Ein Lächeln huschte kurz über ihre Lippen. Wenn das Fieber nachließ, würde er hungrig sein. Und kein Tier biss die Hand, die es fütterte.

Als Darejan am Morgen erwachte, lehnte sie mit der Schulter an dem erdig duftenden Holz der Dierenzeder. Der Geruch eines erloschenen Feuers hing in der Luft. Die Zweige, mit denen sie am Abend zuvor den Eingang der Wurzelgrotte verborgen hatte, waren beiseitegeschoben. Sonnenlicht flutete warm in ihr Versteck herein. Müde rieb sie sich über die Augen. Und schreckte hoch, starrte auf die Zweige, dann auf die Pferdedecke. Er war fort! Mit einem Fluch kam sie auf die Füße, duckte sich aus der Wurzelgrotte heraus und sah sich hastig um. Der Sattel lag noch immer an der gleichen Stelle wie am vergangenen Abend. Auch das Schwert war noch da. Zu ihrer Rechten hob der Fuchs gerade den Kopf und blickte zu ihr her. Gras hing an seinem Maul. Zwischen seinen Beinen hindurch sah sie die Bewegung. Rasch ging sie an dem Pferd vorbei, blieb aber nach ein paar Schritten wieder stehen.

Der Verrückte kniete am Rand des Baches, bis zur Hüfte nackt, das Hemd neben sich. Langsam trat Darejan näher, darauf bedacht, ihn nicht durch ein plötzliches Geräusch oder eine Bewegung zu erschrecken. Auch über die linke Seite seines Rückens wanden sich die Runenlinien. Etwas Langes, Schweres musste ihn mit ziemlicher Wucht quer über den Oberkörper getroffen haben; etwas, das um einiges breiter war als die flache Seite einer Schwertklinge, denn von seiner Schulter schräg abwärts bis zu seiner Taille schillerte ein blauvioletter Bluterguss. Eine Hand auf einen Stein gestützt, der eine knappe Elle vom

Ufer entfernt aus dem Wasser ragte, beugte er sich vor. Seine Rückenmuskeln spannten sich. Darejan konnte sehen, dass er vor Anstrengung zitterte. Schweigend beobachtete sie, wie er einen Fetzen Stoff in den Bachlauf tunkte und dann gegen seine Brust drückte. Er senkte den Kopf, krümmte sich so weit vornüber, dass die Spitzen seiner wirren dunklen Mähne die Wasseroberfläche berührten.

»Lass mich dir helfen!« Obwohl sie leise und freundlich gesprochen hatte, fuhr er so jäh zu ihr herum, dass sie einen Moment lang fürchtete, er würde in den Bach fallen. Dann hatte er sein Gleichgewicht wiedergefunden, das Erschrecken verschwand aus seinen Augen und machte Misstrauen und Feindseligkeit Platz. Langsam trat Darejan auf ihn zu, kauerte sich neben ihn. »Lass mich das machen.« Sie griff nach dem Stofffetzen. Seine Finger überließen ihn ihr nur widerstrebend. Weiche Adeshwolle. Er musste ein Stück von seinem Hemd abgerissen haben. Ohne ihn anzusehen, tauchte sie den Fetzen in das klare, kühle Wasser und wusch behutsam die Wunde auf seiner Brust. Er zuckte unter ihrer Berührung zusammen, hob die Hände, wie um sie von sich zu stoßen, hielt dann aber still. Sie war sich nur zu bewusst, dass er jede ihrer Bewegungen angespannt verfolgte.

»Der Schnitt sieht schon viel besser aus! Die Entzündung geht zurück.« Ein Stück Schorf löste sich. Darejan pflückte es von seiner Haut, tauchte den Lappen erneut in den Bach und machte weiter. »Und ich glaube, auch dein Fieber ist gesunken.« Sie sah auf, begegnete seinem gefährlich schmalen Blick. Noch immer stand Misstrauen darin, aber da waren auch die trüben Schleier von Müdigkeit und Schwäche. Er blinzelte ein paar Mal, als bemühe er sich, durch sie hindurchzublicken, schaute dann zur Seite. In der Bewegung blitzen seine Edelsteintätowierungen. »Ich habe ein bisschen hartes Brot und Fleisch.« Darejan wandte sich wieder seiner Brust zu, wrang den Stofffetzen ein letztes Mal aus und tupfte sanft die Nässe von seiner Haut. »Hast du Hunger?« Schweigen antwortete ihr. Sie hatte nichts anderes erwartete. Als sie aufsah, begegnete sie wieder seinen Silberaugen. Scharfe Falten zerschnitten seine Stirn. Er musterte sie voller Argwohn – und etwas anderem. Ganz langsam schlossen seine Hände sich zu Fäusten. Erschrocken wich Darejan zurück. Sie hatte gesehen, wie er den Soldling mit einem einzigen Schlag getötet hatte. Wenn er sie angreifen würde ... Er presste die Fäuste gegen die Schläfen, krümmte sich vornüber. Einen Moment blickte sie auf ihn hinab, dann beugte sie sich langsam und unter beruhigendem Murmeln zu ihm, hob sein Hemd vom Boden auf, ergriff sein Handgelenk und wollte ihn auf die Füße ziehen – und erstarrte. *Ein Ring aus kaltem Eisen unter ihren Fingern, eine Hand, nass vom Meerwasser, die sich um ihr Gelenk schloss und ihren Sturz abrupt beendete.* Er? Erschrocken suchte sie seinen Blick. Leer und verhangen starrten seine Augen an ihr vorbei. Zittrig holte sie Atem. Sie hatte nicht mehr gesehen als einen Schatten, der sich über die Reling der *Tänzerin* lehnte. Es war gar nicht möglich, dass er – ausgerechnet in diesem Moment – so weit bei Verstand gewesen sein sollte, um zu begreifen, dass es ihren Tod bedeutet hätte, wenn sie ins Meer gestürzt wäre. – Aber auch als die Soldlinge und die Grauen Krieger sie am Strand angriffen, hatte er überraschend vernünftig, ja beinah berechnend reagiert. Und als er ihr das Schwert abgenommen hatte ... Gab es in seinem Wahnsinn zuweilen kurze Momente der Klarheit? Hatte sie bei diesen Gelegenheiten einen Blick auf den Mann erhascht, der er früher gewesen war? Ein Krieger, kalt, tödlich – und rücksichtslos? Ein DúnAnór, gnadenlos und nur sich selbst Gesetz; niemandem Rechenschaft schuldig außer seinem Orden? War es so, wie Fren gesagt hatte? War er tatsächlich als Henker geschickt worden, um Seloran zu töten? Sie versuchte, in seinen Augen zu lesen, aber da war nichts außer Teilnahmslosigkeit und Schatten. Abermals zog Darejan an seinem Handgelenk. Langsam und wankend stand er auf, folgte ihr widerstandslos zurück zu der Dierenzeder, wo er neben dem Stamm auf den Boden sank. Darejan gab ihm den Rest Blauflechtentee und strich wieder Travankrautblättersaft auf seine Wunde, ehe sie ihm half, das Hemd anzuziehen. Seine Bewegungen waren steif und unbeholfen. Offensichtlich bereitete es ihm Schmerzen, die Arme weiter als bis in Schulterhöhe zu heben. Schließlich war es geschafft und sie reichte ihm Brot und Fleisch, ehe sie sich daran machte, das Pferd zu satteln. Die ganze Zeit über glaubte sie seinen Blick im Rücken zu spüren. Doch als sie sich schließlich zu ihm umwandte, war sein Kopf gegen den Baumstamm gesunken. In seinen Augen war noch immer jener verhangene, leere Ausdruck. Er hatte weder Brot noch Fleisch angerührt. Schweigend nahm sie ihm beides aus den schlaffen Händen und legte es in den Beutel zurück. Dann kniete sie sich neben ihn und berührte ihn vorsichtig an der Schulter. Er zuckte zurück, riss die Lider auf und starrte sie benommen an.

»Wir müssen weiter!« In den Tiefen seiner Silberaugen flackerte es. Darejan ergriff ihn wie zuvor beim Handgelenk und zog ihn vom Boden hoch. Er versuchte, sich gegen sie zu wehren. »Ich will dir helfen, verstehst du? Ich bringe dich nach Hause.« Sie fasste fester zu, beugte sich weiter zu ihm. »Verstehst du?«

Sein Blick huschte zwischen den Bäumen umher, kehrte zu ihr zurück. »Nach Hause?« In den Worten schwang eine Mischung aus Verzweiflung und Hoffen. Im ersten Moment war sie über seine Reaktion beinah erschrocken, dann nickte sie rasch.

»Ja, nach Hause. – Aber du musst mir sagen, wo dein Zuhause ist! – Verstehst du, was ich sage? Wo ist die Ordensburg der DúnAnór? Sie liegt in den GônCaidur, nicht wahr?« Sie fasste ihn bei den Schultern, schüttelte ihn leicht. »Wo ist das? Wie kommt man dort hin?«

Erneut zerschnitten scharfe Linien seine Stirn. Er zog die Unterlippe zwischen die Zähne, biss darauf herum, schüttelte den Kopf, wieder und wieder. Das Flackern war in seine Augen zurückgekehrt. Für die Dauer eines Atemzugs schien er nach Worten zu suchen, dann stieß er unvermittelt einen qualvollen Schrei aus, presste die Hände gegen seine Schläfen, sank zu Boden und krümmte sich vornüber. Darejan hatte ihn losgelassen und trat zurück. Es war sinnlos. Er konnte ihr nicht sagen, wo sich diese geheimnisvollen Berge befanden. Mehrere Augenblicke lang lauschte sie seinem leisen Jammern. Als es endlich verstummte, zog sie ihn abermals auf die Füße und zu dem wartenden Pferd hin. Ihr blieb keine Wahl. Sie mussten nach Rokan.

Er stand im Halbschatten am Fenster des Laboratoriums und sah zu, wie der Rauch der Scheiterhaufen in den blauen Nachmittagshimmel über Kahel emporstieg. Seine Kräfte schwanden mit jedem Tag schneller, während dieser erbärmliche Körper immer mehr verging. Es gelang ihm kaum noch, seine Schwäche zu verbergen. Oder den Hunger zu beherrschen, der ihn zerfraß.

Dieses Mal würde er keinen übrig lassen, der auch nur einen Tropfen Nekromantenblut in den Adern hatte. Es würde sich ihm niemand mehr in den Weg stellen. Auch die aufwieglerische Brut in der Lagunenstadt würde er zum Schweigen bringen.

Darejan zügelte das Pferd und blickte in die Ebene hinab. Dort unten lag Rokan in der Nachmittagssonne. Selbst von hier aus konnte sie das Gebäude des Handelspalastes ausmachen, das im Zentrum der Stadt lag. Ganz aus weißem und blauem Adranár gebaut, glänzte es wie ein kostbares Juwel, eingebettet in die Pracht der ihn umgebenden Häuser. Auf den breiten Straßen, die speichenförmig aus allen Himmelsrichtungen darauf zuführten, drängten sich Handelskarawanen, die den Reichtum der Stadt mit jedem Tag mehrten. Sie beugte sich vor und klopfte dem müden Pferd den Hals. Die Ohren des Fuchses spielten vor und zurück. Offenbar hatte das Tier begriffen, was der Anblick der Stadt für es bedeutete: Ruhe, einen Platz in einem Stall und ordentliches Futter. Der Gedanke, dass es sich vielleicht darauf ebenso freute, wie sie sich nach einem heißen Bad und einer Nacht in einem richtigen Bett sehnte, entlockte ihr ein Lächeln. Allerdings hatte sie nicht vor, länger als zwei oder höchstens drei Tage in Rokan zu bleiben. Sie waren zwar seit jenem Zusammenstoß am Strand der BanNasrag weder einem der Grauen Krieger noch der Soldlinge ihrer Schwester begegnet, doch Darejan war sich ziemlich sicher, dass sie noch immer nach ihnen suchten.

Hinter ihr setzte der Verrückte sich auf dem Pferderücken zurecht. Sofort versteifte sie sich. In den letzten vier Tagen hatte sich sein Verhalten verändert. Nicht, dass er sich ihr widersetzt hätte oder aggressiv geworden wäre. Nein! Aber Darejan spürte deutlich, dass er sie die ganze Zeit mit der immer gleichen Mischung aus Misstrauen und Feindseligkeit beobachtete. Der abwesende, leere Ausdruck stand dafür immer seltener in seinen Augen. Wären diese seltsamen Anfälle nicht gewesen, bei denen er die Hände gegen die Schläfen presste oder in seinen wirren Haarschopf krallte und sich vornüberkrümmte, wäre sie inzwischen fast davon überzeugt gewesen, dass er begriff, was um ihn herum vorging – vor allem nach dem, was vor zwei Tagen geschehen war.

Sie hatten bei einem kleinen Gehöft Brot, Fleisch und ein paar Äpfel erstanden. Der Bauer hatte sie, erstaunt darüber, dass der Verrückte die ganze Zeit schweigend und abwesend vor sich hin gestarrt hatte, gefragt, wer er sei und was mit ihm nicht stimmte. Auf Darejans Antwort, er sei ihr Halbbruder und nicht ganz richtig im Kopf, war er abrupt zu ihr herumgefahren und hatte sie so giftig angestarrt, dass sie fürchtete, er würde sich im nächsten Moment auf sie stürzen.

Müde strich sie sich eine wirre Strähne aus der Stirn. Inzwischen betete sie zu den Sternen, dass sie in Rokan tatsächlich einen Hinweis darauf finden würde, wo sich die Ordensburg der DúnAnór befand, damit sie ihn endlich loswurde.

Sie sah ihn über die Schulter hinweg an. Die Wunde auf seiner Brust hatte sich geschlossen und sein Fieber war verschwunden. Trotzdem wollte die Erschöpfung nicht aus seinen Zügen weichen. Wie immer erwiderte er ihren Blick schweigend. Seit jenem verzweifelt hoffnungsvollen »Nach Hause?« hatte er kein Wort mehr gesagt. Prüfend ließ sie die Augen über sein Gesicht wandern. Der Bauer hatte ihnen offensichtlich nicht geglaubt, dass ein Jarhaal der Halbbruder einer Korun sein könnte, deshalb verbarg seit dem Morgen eine Mischung aus Erde und dem Saft von Jalisrinde und Villabeeren die Edelsteintätowierungen an seiner Stirn und seinem Ohrläppchen. Mit einem Blick zu seinen Händen vergewisserte sie sich, dass die Ärmel seines Hemdes die eisernen Ringe an seinen Gelenken verdeckten, dann drehte sie sich wieder um und schnalzte dem Pferd aufmunternd zu. Sie konnte nur hoffen, dass man ihr in Rokan glaubte, dass diese abgerissene, dreckige Gestalt tatsächlich ihr schwachsinniger Halbbruder war.

Als sie die Mauern Rokans erreichten, begann die Dämmerung gerade über den goldenen Teppich der Felder zu kriechen, die die Handelsstadt umgaben. Auf der Straße drängten sich die Fuhrwerke von Bauern aus der Umgebung, zusammen mit Karawanen aus weit entfernten Städten. Eine Herde zotteliger Naldjarinder, deren Gemuhe schon aus der Ferne zu hören gewesen war, versperrte die Straße. Ihr Besitzer musste sich wüste Beschimpfungen von den anderen Händlern und Reisenden anhören, die alle noch in die Stadt gelangen wollten, ehe die Tore für die Nacht geschlossen wurden.

Schließlich passierten sie die mehr als fünf Schritt breite Stadtmauer. Wachen lehnten scheinbar nachlässig an der Mauer des Tordurchgangs, dennoch fühlte sich Darejan scharf beobachtet. Der Blick eines der Soldaten fiel auf das Schwert, das noch immer am Sattel des Fuchses hing. Plötzlich wünschte sie sich etwas, mit dem sie die Waffe hätte verbergen können.

Ein Mann bedeutete ihr anzuhalten, griff in die Zügel des

Pferdes. Auf seinem blaugrauen Mantel war das Wappen der Handelsgilde Rokans eingestickt.

»Hanon zum Gruß, Fremde. Seid ihr Reisende oder Händler?«, erkundigte er sich höflich, während er einen Jungen mit einer Fackel näher heranwinkte.

»Wir sind Reisende, Torvogt. Und wir ...« Sie stockte, als sie bemerkte, wie der Mann sie mit einem Mal musterte. Sein Blick ging von ihr zu dem Verrückten, heftete sich wieder auf Darejan, betrachtete sie eingehender. Hinter ihm rümpfte der Fackelträger die Nase.

»Wir ...«

Eine harsche Geste gebot ihr zu schweigen. »Ich bekomme vier Kupferdoren von dir.«

»Was?« Verblüfft sah Darejan ihn an. »Wofür?«

»Hurensteuer!«

Vor Empörung blieb ihr einen Moment lang die Luft weg.

Der Torvogt blickte den Verrückten hinter ihr an. »Auf Diebstahl stehen zwanzig Peitschenhiebe und drei Tage mit dem Ohr am Galgenpfahl. Wem das keine Lehre ist, der verliert beim zweiten Mal beide Ohren und beim dritten die Finger – zusätzlich zu jeweils fünfzig Hieben. Verstanden?«

»Ich bin keine ...« Erst jetzt hatte Darejan ihre Sprache wieder gefunden.

Mit einem verächtlichen Schnauben wandte der Mann sich ihr wieder zu. »Nein, natürlich nicht. – Du hast die Wahl: Du bezahlst oder du verschwindest von hier. Ich kann euch aber auch gleich in den Gerichtsturm werfen lassen. Die anderen Weiber werden dir dein hübsches Gesicht mit Begeisterung zerkratzen. – Nun, was soll es sein?«

Sie presste die Lippen zu einem schmalen Strich zusammen.

Eine der Wachen trat lässig heran. »Probleme, Torvogt?«

»Die Hure weigert sich, die Steuer zu bezahlen.«

»Ich bin keine ...«

»Vielleicht hat sie das Geld ja nicht.« Die Hand des Wächters legte sich auf Darejans Knie. Er sah zu ihr auf. »Aber ein hübsches Ding wie du kann es sich schnell verdienen ...« Ein anzügliches Grinsen erschien auf seinem Gesicht. Das Pferd tat einen Schritt zur Seite. Der Mann heulte auf. Sie ahnte die Bewegung in ihrem Rücken mehr, als sie sie tatsächlich spürte. Wieder ein Schritt, die Hufeisen klackten auf dem Steinpflaster des Tordurchgangs. Der Wächter hinkte taumelnd und mit einem Ächzen gegen die Mauer. Zwei seiner Kameraden hasteten heran, trollten sich aber grinsend wieder, als sie begriffen, was geschehen war.

Nach einem ärgerlichen Blick zu dem vor sich hin fluchenden Wächter sah der Vogt abermals zu ihr auf. »Nun, hast du das Geld oder hast du es nicht?«

Ihm im Stillen das rote Fieber an den Hals wünschend, kramte Darejan die vier Kupferdoren aus der Geldkatze des Soldlings hervor und gab sie ihm wortlos. Der Mann trat zurück und winkte sie weiter. Sie hörte noch sein abfällig hervorgestoßenes »Gesindel!«, dann waren sie aus dem Tordurchgang heraus und inmitten eines Strudels von Menschen und Tieren. Unschlüssig, wohin sie das Pferd in all dem Trubel wenden sollte, brachte Darejan den Fuchs zum Stehen. Sie hatte Kahel immer für groß gehalten, aber das Gedränge um sie herum verschlug ihr den Atem. Ein paar Kinder jagten sich lachend und johlend zwischen Fuhrwerken und Reitern, ohne auf die Flüche zu achten, die ihnen hinterhergebrüllt wurden. Ihr Magen knurrte bei dem Geruch von Backwerk und warmen Fleischpasteten, der in der Luft hing. Dem Torduchgang gegenüber standen die Fenster einer Schenke offen. Mehrere Stimmen diskutierten lautstark, sie glaubte, den Wirt nach einer Magd brüllen zu hören. Ein Mann lehnte unter dem Schild, das verkündete, dass es hier *Zum roten Eber* ging, und beobachtete die Händler und Reisenden, die durch das Tor drängten. Als ein wütendes »Packt euch aus dem Weg, Gesindel!« hinter ihnen erklang, trieb sie das Pferd vorwärts. Sie mussten einen Platz für die Nacht finden.

Ein Stück vom Tor entfernt zügelte sie den Fuchs erneut und fragte einen Fuhrmann nach einem Gasthaus. Der Mann wartete neben seinem Gespann darauf, dass die Lehrlinge eines Bäckers endlich die Mehlsäcke von seinem Wagen abgeladen hatten. Während er sie wie zuvor der Torvogt von oben bis unten musterte, klopfte er seinen Tieren die Hälse. Dann betrachtete er ihr Pferd, runzelte kurz die Stirn und schickte sie in die Westspeiche von Rokan, zum *Lachenden Pfeiffer*.

Die Fackeln in den Straßen waren schon entzündet, als sie das Gasthaus schließlich erreichten. Der weißgekalkte, einstöckige Fachwerkbau lag am Ende einer nur schwach erleuchteten Gasse. Schatten nisteten in ihren dunklen Winkeln. Und auch dass Gelächter und Musik zu ihnen drangen, vertrieb das seltsame Gefühl, beobachtet zu werden, das Darejan beschlichen hatte, nicht. Im Hof des Wirtshauses glitt sie vom Rücken des Pferdes und nötigte den Verrückten ebenfalls abzusteigen. Die Satteltaschen und das Schwert über der Schulter, seine Hand fest in ihrer, betrat sie die Schenke. Der Geruch von Eintopf und Fleisch, vermischt mit dem von Tabakkraut, schlug ihr entgegen. Die Wände der Schankstube waren bis in Schulterhöhe mit hellem, unbehandeltem Holz verkleidet, das die gleiche Farbe hatte wie der gescheuerte Boden. Auf beidem prangten dunkle Flecken. In einem kalten, rußgeschwärzten Kamin an der Schmalseite des Raumes lagen noch die Überreste eines mächtigen Holzscheites. Die Schenke war vollgestopft mit Tischen und Bänken. Schritte verklangen eben auf der schmalen Stiege, die neben dem Schanktresen in das obere Stockwerk führte. Ein paar Männer sahen zu ihnen her, wandten sich dann aber wieder ihren Bechern und Krügen zu, ohne sie weiter zu beachten. Ein Schankknabe starrte sie einen Augenblick länger an, wurde aber von seinem Brotherren mit unwirschen Worten zurück an seine Arbeit gescheucht, während er auf sie zukam. Wie schon zuvor fühlte Darejan sich von oben bis unten gemustert. Niemand schien sich für das Schwert über ihrer Schulter zu interessieren.

»Was wollt ihr?« Der Ton des Wirtes ließ keinen Zweifel daran, dass er nicht erwartete, mit ihnen zahlende Kundschaft vor sich zu haben.

»Ein Zimmer.« Scheinbar gelassen erwiderte sie seinen abschätzigen Blick.

Seine Augen weiteten sich, während er sich die Hände an der Schürze abwischte. Unter seinem Gürtel steckte ein Knüppel. Noch einmal betrachtete er sie misstrauisch. »Und du glaubst, du kannst mehr als einen Platz im Stall bezahlen?«

»Einen Platz im Stall brauchen wir auch.« Darejan schenkte ihm ein sanftes Lächeln. »Für unser Pferd.«

»Euer Pferd?«, echote der Mann verblüfft und schaute zur Tür hin, als könne er durch Holz und Mauern in den Hof sehen. Nach einem Moment sah er sie wieder an. »Ich hab nur noch eine kleine Kammer frei. Wenn euch das reicht ... Die Strohsäcke sind gestern frisch gestopft worden und die Decken sauber. Essen kostet extra.« Sein Grinsen offenbarte einen abgebrochenen Schneidezahn. »Und heißes Wasser auch.«

»Wie viel?« Darejan spürte, wie sich der Verrückte hinter ihr unruhig bewegte. Sie schloss die Hand fester um seine.

»Für euch beide und das Pferd? – Zwanzig Kupferdoren die Nacht. Im Voraus!« Die Augen des Wirts zogen sich zusammen. »Was ist mit deinem Freund?«

»Er ist nicht mein Freund, sondern mein Bruder. – Halbbruder – Er ist nicht ganz richtig im Kopf.« Die Nägel des Verrückten bohrten sich für einen Lidschlag so fest in ihren Handrücken, dass sie sich auf die Lippe beißen musste, um nicht zu stöhnen.

Der Blick des Mannes wurde noch schmaler. »Er ist ein großer Kerl. – Macht er Ärger?«

Rasch schüttelte Darejan den Kopf. »Nein! – Aber wir sind beide müde. Vielleicht könntet ihr uns die Kammer zeigen, und wenn der Junge sich um das Pferd kümmert, soll es sein Schaden auch nicht sein.«

»Die Treppe rauf. Die letzte Tür auf der rechten Seite. Der Abtritt ist im Hof. Ich schick den Jungen wegen dem Pferd. – Wenn sich jemand über deinen Bruder beschwert, fliegt ihr beide raus.« Er streckte ihr die Pranke entgegen. »Ich krieg zwanzig Kupferdoren von dir. Jetzt!«

Darejan reichte ihm den Silberfahlen und hielt ihm ihrerseits die Hand hin. Die Augen des Wirtes weiteten sich.

»Wollt ihr etwas essen? Es ist noch Eintopf da, und Brot. – Dein Bruder könnte eine Schüssel heißes Wasser vertragen. Ich will kein Ungeziefer in meinen Decken.« Er ließ das Wechselgeld auf ihre Handfläche fallen.

»Eintopf und Brot! Für uns beide! Dazu einen Krug Bier. – Und in einer Stunde eine Kanne heißes Wasser.«

Wieder blitzte das Grinsen auf und wieder schwebte die Pranke des Wirts vor ihrem Gesicht. »Drei Kupferdoren. – Das Essen und das Bier kannst du holen, wenn du deinen Bruder nach oben geschafft hast. Das Wasser bringt dir der Junge.« Er strich sein Geld ein und drückte ihr eine Kerze in die Hand.

Wortlos zog Darejan den Verrückten hinter sich her, die Treppe hinauf. Auch im oberen Stockwerk waren die Wände mit Holz verkleidet und hell gestrichen. Die Dielen knarrten unter ihren Schritten. Sie stieß die Tür am Ende des Flures auf und schob ihren *Bruder* in den kleinen Raum. Er musste sich ducken, um nicht gegen die schräge Decke zu stoßen. Ein Fenster führte in den Hof hinaus. Ein von Rissen durchzogener Holzladen hing davor schief in seinen Angeln. Von draußen klang das gemächliche Klappern von Hufen auf Pflastersteinen herein und wurde zu einem dumpfen Pochen, als es von Stroh gedämpft wurde. Darejan legte ihre Habseligkeiten an der Tür ab und stellte erleichtert fest, dass keine pelzigen Schatten über den Boden huschten, mit denen sie sich vielleicht die Kammer hätten teilen müssen. Die Strohsäcke lagen entlang der Schmalseiten des Zimmerchens und wirkten überraschend sauber.

»Setz dich!« Sie stellte die Kerze auf den wackeligen Tisch an der Längswand, schob den Verrückten zu einem der beiden Hocker im Raum und zog an seiner Hand, damit er sich darauf niederließ. Ohne sie aus den Augen zu lassen, gehorchte er. »Warte hier! Ich hole uns etwas zu essen.« Wie immer verriet sein Blick nicht, ob er sie verstanden hatte. Darejan musterte ihn einen Moment, dann ließ sie ihn allein.

Als sie beladen mit einem Tablett zurückkam, auf dem sie

zwei Schalen Eintopf, einen halben Laib dunkles Brot und einen Krug Bier sowie zwei Becher balancierte, saß er noch immer unverändert auf dem Hocker. Die Hände hielt er auf die raue Tischplatte gepresst und beobachtete scheinbar die Schatten, die die unruhig zuckende Kerzenflamme an die Wände warf. Bei ihrem Eintritt sah er ruckartig auf, doch nach einem Moment wandte sein Blick sich wieder dem Schattentanz zu.

Darejan stellte das Tablett auf dem Tisch ab, platzierte eine Portion Eintopf vor ihm, goss ihm Bier in einen Becher und brach ihm ein Stück von dem noch lauwarmen Brot ab. »Iss!«

Nach einem Augenblick ergriff er den Löffel, der aus der Tonschale ragte, hob ihn aus der dicken Suppe, schnupperte misstrauisch daran – und legte ihn wortlos zurück.

Darejan hatte sich auf der anderen Seite des Tisches niedergelassen und sah mit gerunzelter Stirn zu, wie er die Schale beiseitestieß, aufstand und sich mit Brot und Bier auf einem der beide Strohsäcke niederließ, wo er beides langsam zu verzehren begann. Nachdem sie ihrerseits den ersten Bissen gekostet hatte, konnte sie verstehen, warum er den Eintopf verschmäht hatte, und schob die Schale ebenfalls von sich.

Als der Schankknabe schließlich mit dem heißen Wasser an der Tür klopfte, hatte der Verrückte sich schon längst auf seinem Lager in seine Decke gewickelt. Seine gleichmäßigen Atemzüge verkündeten, dass er schlief. Der Junge spähte unsicher zu der dunklen Gestalt auf dem Strohsack hin, während er den dampfenden Eimer und eine Waschschüssel zum Tisch trug, als erwartete er, der Mann würde sich im nächsten Atemzug brüllend auf ihn stürzen. Immer wieder zu dem Verrückten hinschielend, berichtete er mit gedämpfter Stimme, dass er das Pferd in den

Stall gebracht und gut versorgt hätte. Das schmutzige Wasser könne sie einfach in den Hof hinunterkippen. Sie musste nur darauf achten, dass gerade niemand unter ihrem Fenster vorbeiging.

Darejan dankte ihm mit einem Kupferdoren und bat ihn, das Tablett und die beiden Eintopfschalen mit hinunterzunehmen. Nach dem Aufleuchten in den Augen des Jungen zu urteilen, würde ihr Inhalt auf dem Weg in die Küche auf wundersame Weise verschwinden. Mit einem Lächeln schloss Darejan die Tür hinter ihm, doch es erlosch, als sie zu dem Verrückten hinblickte. Er hätte seinen Teil heißes Wasser eigentlich gut vertragen, doch da er direkt nach dem Essen in einen unruhigen Schlaf gefallen war, wollte sie ihn nicht wecken. Dass diese Erschöpfung nicht weichen wollte, war seltsam. Darejan lauschte kurz auf seine Atemzüge und beschloss, dass sie es wagen konnte, mehr als nur Hände und Gesicht zu waschen, nachdem noch nicht einmal das Klopfen des Jungen und ihr kurzes Gespräch ihn hatten wecken können.

Das Zittern war mit der Dunkelheit gekommen. Kälte und Schreie und jener qualvolle Nebel. Er kroch auf ihn zu, streckte sich nach ihm aus, wollte ihn in jene andere Dunkelheit zerren. Angst legte sich um seine Glieder, um seine Kehle, ließ ihn keuchend nach Luft ringen. Er klammerte sich an die Geräusche, die aus der Schankstube herauf drangen. An die Stimmen und das Gelächter. Das Poltern von Schritten vor der Tür. An die leisen Atemzüge der Frau auf der anderen Seite des Zimmers. Klammerte sich daran, bis die Dunkelheit ihn zu ersticken drohte und er sie nicht mehr ertrug. Er sprang auf, taumelte zum Tisch, tastete nach der Kerze, nach etwas, womit er sie anzünden könnte. Seine Hände zitterten so stark, dass er den Schwefelstein kaum halten konnte, als er ihn irgendwann gefunden hatte. Endlich wuchs die kleine Flamme am Docht empor. Ihr Licht trieb die Kälte und die Schreie zurück. Hielt sie in Schach. Zwang den Nebel zurück. Nur allmählich ließ das Zittern nach. Ein leises Rascheln erklang, und er blickte dorthin, wo die Frau unter ihren Decken lag. Die Frau … *Ein gellendes »Nein!«. Schmerz, der durch seinen Hals fährt. Ihn in zähes Grau reißt. Ein Grollen überall. Ein Schatten, er greift nach ihm. Die Frau reißt die Arme empor.* **Der Wind mit dir, Bruder.** *Nur ein verwehtes Flüstern. Ein Stoß zwingt ihn zurück in den Schmerz.*

Gleißendes Licht. Wütendes Heulen wird zu Gelächter. Etwas in ihm zerreißt. **Bruder ... Nein!** *Allein! – Mörderin!* Das Schluchzen brach aus seiner Kehle, schüttelte seinen Körper. *Dunkelheit verschlingt ihn. Schmerz und Kälte lauern in ihr. Schlagen über ihm zusammen. Reißen ihn hinab, hinab ... Dorthin, wo niemand seine Schreie hört.*

Als sein Denken zurückkehrte, hockte er mit dem Rücken an die Wand gepresst und hatte die Arme um den Kopf geschlungen. Jeder Muskel in seinem Körper war verkrampft und stand in Flammen, und doch war dieser Schmerz nichts gegen die Qual jenes grausam kalten Nichts, das noch immer lauernd um die Grenzen seines Verstandes strich. Eine Qual, die selbst verblasste, neben dem entsetzlichen Gefühl der Leere in seinem Geist, dem vagen Gefühl einer Erinnerung an eine Präsenz, etwas, das eigentlich da sein müsste, weil es ein Teil von ihm war ... Nackte Pein flammte durch seinen Kopf. Mit einem Stöhnen krallte er die Finger in sein Haar. Plötzlich zitterte er wieder am ganzen Körper. Seine Atemzüge verwandelten sich in etwas, das kaum mehr war als ein schweres Keuchen, in das sich immer wieder ein Wimmern mischte. Er presste die Zähne zusammen, um den Laut zu dämpfen und die Frau auf der anderen Seite des Raumes nicht zu wecken. Die Mörderin, die schuld war an allem; allem; allem ... Und doch die einzige Verbindung zu dem, was gewesen war. Seine einzige Erinnerung ...

Nur langsam gelang es ihm, das Zittern zurückzudrängen, seinen Atem zu beherrschen, seine gespannten Muskeln zu lösen, die Arme herunterzunehmen. Mit einem stieß er gegen etwas Hartes, Wasser schwappte, ein paar Tropfen trafen seine Haut. Sie waren warm. Warm! Mit einem Mal hämmerte sein

Herz hart gegen seine Rippen. Er schob sich steif an der Wand entlang in die Höhe, hob den Eimer erschreckend mühsam vom Boden auf und goss einen Teil des Wassers in die Waschschüssel auf dem Tisch, stellte ihn dann leise auf seinen Platz zurück. Langsam tauchte er die Hände ins Wasser, spürte die seidige Wärme zwischen seinen Fingern, auf seiner Haut. Mehrere Atemzüge stand er reglos, mit gesenktem Kopf und halb geschlossenen Lidern und genoss das Gefühl von warmem Wasser auf der Haut. Ein Gefühl, das so vertraut war, dass es seine Augen brennen ließ und seine Brust zusammenschnürte. Manchmal stieg dieses Gefühl des Vertrautseins aus dem Nebel und der Kälte auf. Der Geruch eines warmen Pferdekörpers, eines erloschenen Holzfeuers, der Griff eines Schwertes in seiner Hand. Sie waren einfach da. Ebenso, wie er Dinge manchmal einfach wusste. Wie man ein Schwert gebrauchte, es jemandem aus der Hand rang, einen Schlag abfing, ein Pferd nur mit den Knien lenkte ... Er presste die Lider fester zusammen. Doch jedes Mal riss ihn der Versuch, sich an mehr zu erinnern, in Schmerz, Kälte und graue Leere zurück. Eine Leere, aus der er sich kaum wieder befreien konnte.

Ein leises Murmeln ließ ihn zusammenzucken, zu der Frau hinsehen. Ihr schwarzsilbernes Haar floss schimmernd über ihre Schultern, bedeckte halb ihr Gesicht. Er widerstand dem Drang, zu ihr hinüberzugehen, es durch seine Finger gleiten zu lassen wie zuvor das Wasser. Das Licht der Kerze verwandelte ihre perlmuttene Haut in Gold. Da war etwas, etwas ... Er wollte es aus dem Nebel emporzwingen. Der Schmerz schlug seine Klauen in seinen Verstand, ließ ihn wanken. Sein Schrei wurde zu einem Zischen zwischen zusammengebissenen Zähnen. *Die Frau reißt die Arme empor.* **Der Wind mit dir, Bruder.** *Nur ein* *verwehtes Flüstern. Etwas in ihm zerreißt.* **Bruder ... Nein!** *Allein! – Mörderin!* Er tauchte das Gesicht unter Wasser, bis seine Brust in ihrem Verlangen nach Luft in Flammen zu stehen schien, sein Denken aussetzte und den Schmerz mit sich fortnahm.

23

Am Morgen wurde Darejan von einem leisen Tschilpen geweckt. Für einen Moment völlig orientierungslos schaute sie zu dem Licht hin, das irgendwo über ihrem Kopf seinen Ursprung hatte. Das Erste, was sie sah, war der verschwommene Umriss eines winzigen Vogels. Sie blinzelte mehrmals, bis sie das braungoldene Federkleid eines Falkfinken erkannte, der im offenen Fenster saß und an etwas pickte, das fast größer war als er selbst. Noch immer verschlafen rieb sie sich die Augen und setzte sich auf. Erschreckt flatterte der Vogel davon. Ihr Blick begegnete dem des Verrückten, als er langsam den Kopf wandte und sie ansah. Sie zog die Decke höher über ihre Brust. Die Arme auf dem hölzernen Rahmen verschränkt, saß er am Fenster und hatte offenbar bis eben den Falkfinken mit Brotbrocken gefüttert.

»Guten Morgen.«

Ohne ihr zu antworten, wandte er den Blick wieder aus dem Fenster, der Sonne zu, die sich gerade langsam über die Dächer der Stadt erhob. Die Edelsteintätowierungen an seiner Stirn und dem Ohrläppchen blitzten. Darejan musterte ihn eingehender. Die Schmutzstreifen waren aus seinem Gesicht verschwunden. Er musste sich gewaschen haben, während sie schlief. Im weichen Morgenlicht sah es beinah so aus, als sei ein wenig Farbe in seine Züge zurückgekehrt. Doch die Linien, die Erschöpfung und Hunger in sie hineingegraben hatten, wollten scheinbar nach wie vor nicht weichen. Wenn es möglich gewesen wäre, hätte sie ihn zum Ausruhen gerne hier im Zimmer zurückgelassen, aber sie konnte es nicht wagen, ihn allein zu lassen. Ein bitteres Lächeln glitt über ihre Lippen. Sie streifte die Decke ab und stand auf. Vermutlich hätte der Wirt das ohnehin nicht erlaubt.

Als sie an den Tisch trat und in den Wassereimer sah, musste sie feststellen, dass er ihr gerade genug für eine Katzenwäsche übriggelassen hatte. Ihrem unwilligen Blick schenkte er ebenso wenig Beachtung wie ihr selbst, während sie sich rasch Gesicht und Hände wusch und danach in ihr Kleid schlüpfte. Erst als sie ihn von dem Hocker hochzog, schaute er sie wieder an. Nichts verbarg mehr die glitzernden Linien an Stirn, Schläfe und Ohrläppchen. Man würde sofort erkennen, dass er ein Jarhaal war. Darejan fluchte lautlos und sah sich im Zimmer um. Auf dem Fensterrahmen entdeckte sie etwas losen Lehmmörtel. Zusammen mit einigen Tropfen Wasser ergab er eine zähe graubraune Masse, die sie dem Verrückten auf die verräterischen Edelsteintätowierungen schmierte und ihm zusätzlich auf Gesicht und Hals verteilte. Dabei ignorierte sie seinen offenkundigen Unwillen und seine Versuche, ihr auszuweichen. Schließlich begutachtete sie ihr Werk kritisch. Wenn das Zeug getrocknet war, würde es bei dem kleinsten Stirnrunzeln bröckeln wie Putz, aber es würde genügen, um ihn wenigstens aus dem Gasthaus hinauszubringen – solange niemand zu genau hinsah.

»Gehen wir!« Sie nahm ihn bei der Hand und zog ihn mit sich, aus dem Raum und die Treppe hinunter. Wie schon am Vortag folgte er ihr schweigend.

In der Schankstube saßen bereits die ersten Gäste über ihren Bechern. Der Wirt hatte sich bei einigen von ihnen am Tisch niedergelassen. Als er sie bemerkte, flüsterte er etwas und die Männer blickten über ihr Bier hinweg zu ihnen herüber. Nur um sich einen Moment später wieder ihrer Unterhaltung zuzuwenden und sie nicht weiter zu beachten.

Erleichtert beeilte sie sich den Raum mit einem Nicken und einem knappen Gruß zu durchqueren. Draußen auf der Straße atmete sie ein paar Mal tief durch. Doch sie wagte es erst, sich wieder richtig zu entspannen, nachdem sie die letzten Spuren der Edelsteintätowierungen mit etwas Straßenstaub und Spucke endgültig beseitigt hatte und sie in das Gewimmel einer größeren Gasse eingetaucht waren.

An einer Garküche kaufte sie ein paar Fleischpasteten zum Frühstück und erkundigte sich nach dem Kartenarchiv. Sie wurde zur »Nabe« Rokans geschickt, in die Mitte der Stadt, dort, wo sich alle Straßen trafen, da sich das Haus der Karten in einem Nebengebäude des Handelspalastes befand.

Darejan erstand noch einen Becher dünnes Bier, dann ließen sie sich am Rand eines Brunnens nieder und verzehrten die Pasteten. Schweigend beobachtete sie den Verrückten, der sein Mahl nur mit allergrößtem Widerwillen hinunterwürgte. Die zweite Pastete, die sie ihm anbot, lehnte er mit zusammengepressten Lippen ab, doch als sie ihm das Bier reichte, nahm er es mit einem knappen Nicken entgegen, das man beinah als wortloses »Danke!« verstehen konnte, und trank gierig.

Nachdem sie die Pasteten schließlich aufgegessen hatte, zog sie ihn auf die Beine und machte sich auf den Weg zum Handelspalast, ohne seine Hand loszulassen. Gehorsam folgte er ihr die breite Straße entlang. Stroh bedeckte die Pflastersteine und dämpfte das Klappern der Pferdehufe und das Scharren der eisenbeschlagenen Karrenräder. Zuweilen wurden sie unter rüden Beschimpfungen an den Rand der Straße gedrängt. Eine Schar Reiter in den Farben der Handelsgilde donnerte in Richtung der Stadttore an ihnen vorbei.

Auf dem Platz vor dem Handelspalast hatten Krämer ihre Stände aufgebaut oder verkauften ihre Waren von ihren Karren herunter. Überall wurde lautstark angepriesen und gefeilscht. An einer Ecke diskutierte ein Kaufmann mit einem Marktvogt über irgendetwas, ohne dabei die beiden Soldaten aus den Augen zu lassen, die sich hinter dem Beamten scheinbar gelangweilt umsahen. Elegant gewandete Männer und Frauen flanierten in Begleitung von Mägden und Dienern ebenso über den Platz wie schlicht gekleidete Handwerker und Bauern. Bellend scheuchte ein Hund eine Katze hinter einen Stand, der unter dem Ansturm bedenklich wackelte, und ergriff dann jaulend die Flucht, als der Händler ihn mit einem Stock davonjagte. Ein Pferd wieherte, gleich darauf ein zweites. Im Schatten eines Hauseingangs saß ein Schreiber und wartete auf Kundschaft, die nicht des Lesens und Schreibens mächtig war. Als Darejan auf ihn zutrat, lächelte er ihr freundlich entgegen und gab bereitwillig Auskunft, als sie nach dem Haus der Karten fragte. Der kürzeste Weg führte über den Pferdemarkt, auf der rechten Seite des Platzes, erklärte er. Sie blickte in die Richtung, in die sein ausgestreckter Arm wies. Ein hell gestrichenes Gebäude schmiegte sich dort in den Schatten des Handelspalastes. Mit einem dankbaren Nicken ergriff Darejan den Verrückten erneut bei der Hand und schlängelte sich mit ihm durch das Gedränge von Händlern und Pferdeknechten hindurch.

Sie hatten den Pferdemarkt beinahe schon hinter sich gelassen, als ein Ruck an ihrem Arm sie dazu zwang, sich umzudrehen. Der Verrückte stand wie versteinert inmitten der Menge und starrte unverwandt zu einem Pferch hinüber, aus dem gerade ein schrilles Wiehern erklang.

»Sie sollten nicht hier sein.« Die Worte kamen rau zwischen seinen Lippen hervor und waren nicht mehr als ein Flüstern. »Sie sollten nicht hier sein«, wiederholte er, erneut so leise, dass Darejan ihn kaum verstand.

»Wer sollte nicht hier sein?« Verwundert folgte sie seinem Blick. Sie musste mehrmals hinsehen, ehe sie ihren Augen traute. Zwei CayAdesh-Rösser bewegten sich unruhig in der viel zu kleinen Koppel. Ihr Gefiederfell leuchtete in jeder vorstellbaren Schattierung von Gold und Schatten in der Sonne. Das größere der beiden warf wütend den Kopf auf. Seine Mähne, die teils langes Mähnenhaar, teils glänzende Federn war, flog um seinen Hals. Seine schuppigen Hufklauen rissen Furchen in den festgestampften Boden. Ein Mann, der in einen aufwendig bestickten Mantel gekleidet war, brüllte einen der umstehenden Knechte an, die Bestien gefügig zu machen. Abermals erklang jenes Wiehern, gefolgt von dem Knall einer Peitsche. Im nächsten Moment riss der Verrückte sich von ihr los und strebte auf das Gatter zu. Ihr Versuch, ihn aufzuhalten, scheiterte. Er schüttelte einfach ihre Hand ab, schob sie beiseite und marschierte weiter. Erst als er den Pferch beinahe erreicht hatte, gelang es ihr, ihn zum Stehen zu bringen. Eben wollte sie ihn wieder bei der Hand packen und weiterzerren, als sie die Stille bemerkte. Zögernd blickte sie sich um. Alles starrte sie an. Nein, starrte *ihn* an. Und er hatte nur Augen für die CayAdesh-Rösser – und sie nur Augen für ihn. Das größere der Tiere war offenbar ein

Hengst und das zweite, kleinere eine Stute. Darejan blinzelte. Eine Stute, ja, und sie erwartete eindeutig ein Fohlen. So vollkommen reglos, wie sie dastanden, hätten sie ausgestopft sein können. Nur allmählich kam wieder Leben in die beiden. Zögernd streckte die Stute die Nüstern vor, schnaubte leise. Abermals schüttelte der Hengst seine Federmähne, beugte den Hals beschützend über seine trächtige Gefährtin. Sein Wiehern klang beinah wie eine Frage.

»Sie sollten nicht hier sein«, hörte sie den Verrückten wieder flüstern.

Der Mann in dem aufwendig bestickten Mantel blickte mit zusammengekniffenen Augen zu ihnen her. Offenbar hatte auch er die Worte verstanden. »Was soll das heißen? Wer glaubst du eigentlich, wer du bist, Kerl? Irgendeiner von diesen Jarhaal-Hexern, der meint, mir wegnehmen zu können, was rechtmäßig mir gehört? – Pack dich fort, sonst wird es dir leidtun!«

Der Verrückte schien seinen erbosten Ausbruch gar nicht bemerkt zu haben. Langsam hob er die Hand, näherte sich den CayAdesh-Rössern weiter. Nur aus dem Augenwinkel bemerkte Darejan den kurzen Wink mit der Peitsche, den der Pferdehändler seinen Knechten gab. Wortlos gehorchten die Männer und kamen auf sie zu. Sie ergriff den Arm des Verrückten, versuchte ihn mit sich zu ziehen. Er rührte sich nicht, blickte nur weiter die CayAdesh-Rösser an. Darejan wurde von einem der Knechte herumgerissen und vorwärtsgeschubst. Im selben Moment packten zwei seiner Kameraden den Verrückten und wollten auch ihn von dem Pferch fortzerren. Mit einem gellenden Schrei bäumte er sich in ihrem Griff auf – einen Herzschlag später krachte einer von ihnen gegen das Gatter und schaffte es gerade noch, sich vor den Zähnen des CayAdesh-

Hengstes zu retten, der mit einem kreischenden Wiehern vorwärtsgestürzt war. Die anderen Knechte mischten sich in das Handgemenge ein, bekamen den Verrückten endlich zu fassen. Doch seine wilde Gegenwehr erlahmte erst, als ein Faustschlag ihn auf die Knie schickte. Die ganze Zeit wandte er die Augen nicht von den CayAdesh. Die Männer verdrehten ihm die Arme auf den Rücken, einen Moment schien es, als würde er sich noch einmal gegen sie stemmen, dann durchrann ihn ein Zittern. Er erschlaffte in den Händen der Knechte. Ein weiterer Wink und ein verächtliches »Das wird ihm eine Lehre sein! Schafft ihn weg!«, und die Männer schleiften ihn an den Rand des Platzes, wo sie ihn einfach fallenließen. Rasch kniete Darejan sich neben ihn und rollte ihn auf den Rücken. Blut quoll aus seiner aufgeplatzten Lippe und suchte sich einen Weg sein Kinn hinab. Er blinzelte mit einem Stöhnen. Ein zweistimmiges Wiehern schallte über den Platz, ließ ihn schwach den Kopf heben.

»Sie sollten nicht hier sein!«, murmelte er erneut. Darejan sah das Flackern in seinen Augen. Seine Hand löste sich schwerfällig aus dem Straßenstaub. Sie zitterte, als er sie an die Schläfe presste und in sein Haar krallte. Abermals erklang das Wiehern. Mit einem Wimmern rollte er sich auf die Seite und schlang die Arme um den Kopf.

Eine ganze Weile saß Darejan schweigend neben ihm.

Als es ihr irgendwann gelang, ihn vom Boden hochzuziehen und zu einem kleinen Brunnen am Rand des Platzes zu stützen, war sein Blick erneut leer und verhangen.

Niemand beachtete sie, während sie ihm mit einem Stück Stoff vom Saum ihres Kleides behutsam das Blut aus dem Gesicht wusch. Noch ein paar Mal hörte sie das Wiehern der CayAdesh-Rösser, doch irgendwann schienen sie aufzugeben.

Nachdem die schlimmsten Spuren des Handgemenges beseitigt waren, zog sie ihn von der Einfassung des Brunnens hoch – und achtete diesmal darauf, nicht noch einmal in die Nähe des Pferdehändlers und seiner Knechte zu kommen, während sie um den Platz herumging. Der Verrückte folgte ihr stumm und teilnahmslos, seine Finger schlaff in ihren.

Endlich ragte das Haus der Karten vor ihnen auf. Ein kunstvoll behauenes Gesims schmückte seine Fassade und auch der Türsturz über dem zweiflügeligen Eingangsportal war reich mit Ornamenten verziert. Im Schatten eines Vorbaus, der von mehreren Säulen getragen wurde, diskutierten Händler über die beste Route für ihre Karawane. Darejan führte den Verrückten schweigend die Stufen zum Eingang hinauf, als ein etwas beleibter Mann mit bereits angegrautem Haar ihnen den Weg vertrat.

»Was wollt ihr hier?«, verlangte er zu erfahren. Das Wort »Gesindel« hing unausgesprochen in der Luft.

Einen Moment lang gab Darejan seinen abschätzigen Blick zurück, ehe sie antwortete. »Wir wollen ein paar Karten einsehen.«

Der Mann musterte sie abermals. Dann sah er auf den Verrückten und runzelte die Stirn. »Was ist mit ihm? Ist er ... krank?« Er raffte seine weite Robe enger um sich.

»Nein. Er ist nur ...«

»Darf ich fragen, was hier vorgeht, Meister Veranen?« Hinter dem Mann erschien ein Zweiter, der um einiges jünger war.

»Magister Joselen.« Der Ältere verneigte sich leicht. »Nichts von Bedeutung, Magister«, versicherte er mit einem beschwichtigenden Lächeln, als er sich wieder aufrichtete. »Nur diese beiden hier, die behaupten, ein paar Karten einsehen zu wollen.« Er schnaubte abfällig.

Magister Joselen schob die Hände in die tuschfleckigen Ärmel seiner Robe und hob die Schultern. »Nun, wie ihr wisst, steht das Haus der Karten jedem offen.«

»Aber ...«

»Wie immer seid ihr zu besorgt um meine Schätze, Meister Veranen. Ihr könnt ganz beruhigt sein. Ich werde mich persönlich um die beiden kümmern.« Er winkte Darejan und den Verrückten vorwärts. »Kommt! Folgt mir!« Damit drehte er sich um und verschwand im Inneren des Gebäudes. Ein letzter Blick zu dem misslaunig dreinschauenden Meister Veranen und Darejan beeilte sich, Magister Joselen zu folgen.

Es ging durch einen länglichen Vorraum, in dessen hohe Fenster bunte Kristalle eingesetzt waren, die Ornamente aus Licht auf das schlichte Mosaik des Fußbodens malten. Die Wände waren hell getüncht und direkt unter der Decke mit einem so kunstvoll gearbeiteten Fries verziert, dass man auf den ersten Blick hätte glauben können, dort oben rankten sich tatsächlich Blüten und Blätter. Magister Joselen stieß die Tür am Ende des Vorraumes auf und betrat die Halle, die sich dahinter öffnete. Hier blieb er stehen und wandte sich zu ihnen um. Ein leises Lächeln spielte um seine Lippen, während er beobachtete, wie Darejan sich staunend um sich selbst drehte. Auf der tief blauen Decke blitzten die Sternbilder Oreádons und die Wände waren mit den Symbolen der Himmelsrichtungen geschmückt. Eine feurige Sedreyan-Schlange, aus deren Maul Flammen anstelle einer Zunge zuckten, erhob sich im Süden, im Westen reckte eine betörend schöne Nariede ihren mit Muschelketten geschmückten Oberkörper aus den Wellen, während im Osten ein Hagaire mit zerklüfteter Steinhaut seinen grauen Leib gegen ein silbernes Gebirge stemmte, und im Norden hob ein Chai-Dren eine Forderklaue gegen einen unsichtbaren Feind und breitete seine mächtigen Schwingen aus. *Schwingen, die sie höher und höher trugen. Ein Schrei, der an den eines Adlers erinnerte. Kalter Wind, der ihr ins Gesicht schlug. Ein goldenes Raubvogelauge, das ihr zublinzelte. Weiches Gefieder, in dem ihre Hände versanken. Das Spiel mächtiger Muskeln ... Höher! Höher!*

»Er ist wunderschön, nicht wahr? – Was würde ich darum geben, nur einmal einen leibhaftig zu sehen.« Magister Joselens Stimme ließ Darejan zusammenzucken. Auch sein Blick ruhte auf dem ChaiDren. Sie blinzelte, rieb sich die Stirn.

»Ihr ... Ihr meint, es gibt diese Geschöpfe wirklich?« Die Worte klangen seltsam dünn.

»Ob Sedreyan-Schlangen oder Hagaire irgendwo tatsächlich existieren, kann ich dir nicht sagen. Aber Meeresknechte berichten immer wieder, dass sie eine, zuweilen sogar mehrere Narieden bei Riffen oder auf Felsen im Meer gesehen haben wollen. Und wenn man den Jarhaal glaubt, gibt es auch die ChaiDren. Allerdings soll nur alle paar Generationen eines dieser herrlichen Geschöpfe geboren werden. – Aber noch nicht einmal die Jarhaal wissen, woher sie tatsächlich kommen.« »*Die Alten sagen, dass manchmal eine besonders stolze und schöne CayAdesh-Stute die Aufmerksamkeit des Windes erregt. Er lockt sie von der Herde fort, führt sie weit in die Berge hinauf, an einen Ort, den niemals ein sterbliches Wesen betreten kann. Sucht man nach ihr, kann man sie nicht finden. Doch nach einigen Mondhälften kehrt sie mit einem Fohlen in ihrem Leib zu ihrer Herde zurück ...*«

»... und dieses Fohlen ist ein ChaiDren«, beendete Darejan flüsternd den Satz.

»Wie bitte?« Ein wenig verwirrt blickte der Magister sie an. Darejan fuhr auf, nicht sicher, was gerade geschehen war. Hinter ihrer Stirn nistete wieder jener bohrende Schmerz. Rasch schüttelte sie den Kopf. »Nichts. Ich ... ich ... Nichts.«

Der Magister musterte sie noch einmal, ehe er sich leise räusperte. »Ich hoffe, du kannst Meister Veranen die unfreundliche Begrüßung verzeihen. Wenn es nach ihm ginge, würde nichts und niemand den Karten zu nahekommen dürfen.« Mit einem Schulterzucken ließ er die Hände wieder in den Ärmeln seiner Robe verschwinden. »Bei manchen, die so alt sind, dass man noch nicht einmal mehr sagen kann, wann sie gezeichnet wurden, mag er recht haben. Aber jene, die bereits kopiert sind ...« Er schüttelte den Kopf und das Lächeln kehrte auf seine Lippen zurück. »Nun, um welche Karten handelt es sich, die du dir ansehen wolltest?«

Darejan zögerte. »Ich weiß es nicht genau«, gestand sie dann. Es fiel ihr schwer, den Blick von dem ChaiDren zu lösen.

Fragend hob er eine Braue. »Aber du weißt, welchen Ort du suchst, oder?«

»Ja.«

»Gut! Wie heißt er?«

Verblüfft sah Darejan ihn an. »Wollt ihr damit sagen, ihr kennt jeden Ort, der auf den Karten verzeichnet ist?«

»Du weißt nicht, wer ich bin, nicht wahr, Mädchen?« In seinen Augen blitzte es belustigt. »Ich bin Magister Joselen Sinard Jallan Genarden. Manch einer nennt mich auch den Hüter der Karten. Es ist meine Aufgabe, dafür zu sorgen, dass sie entsprechend ihrem Zustand aufbewahrt werden, dass Kopien der alten, vergilbten oder brüchigen gemacht werden, dass jedes noch so kleine, neue Detail auf ihnen verzeichnet wird, und alles von ihnen fernzuhalten, was ihnen Schaden kann – und zu wissen, was auf welcher Karte zu finden ist. – Also: Wie heißt der Ort, den du suchst?«

»Ich suche die GônCaidur.«

»Die GônCaidur?« Leise pfiff Magister Joselen durch die Zähne.

»Ihr habt schon einmal von diesen Bergen gehört?«

»Ja. Ja, ich habe schon einmal von den GônCaidur, den Bergen der Ewigkeit, gehört.« Er strich sich eine dunkelblonde Strähne aus dem Gesicht.

»Dann wisst ihr auch, wo sie liegen?« Plötzlich pochte Darejans Herz vor Aufregung schneller – und wurde unvermittelt schwer, als er den Kopf schüttelte.

»Niemand weiß, wo die GônCaidur liegen. Sie sind ebenso eine Legende wie die BanOseren und der SúrKadin – oder die TellElähr. Es tut mir leid. Wer auch immer dich geschickt hat, um nach diesen Bergen zu suchen, verlangt Unmögliches von dir, Mädchen.«

»Aber ...« Hilflos sah sie sich zu dem Verrückten um, der hinter ihr stand, die Augen starr auf das Bild des ChaiDren gerichtet. Sie wandte sich wieder Magister Joselen zu. »Es muss diese Berge geben.« Ihre Stimme schwankte zwischen Verzweiflung und Starrsinn.

Der Hüter der Karten neigte den Kopf, während sein Blick einer Bewegung hinter ihr folgte. »Was bringt dich zu diesem Schluss?«

Darejan wandte sich halb um. Ohne die Augen von dem ChaiDren zu wenden, tappte der Verrückte langsam auf die

Wand zu – und blieb keinen Schritt davon entfernt stehen. Er wankte, zitterte am ganzen Körper, als habe ihn unvermittelt ein mörderisches Fieber befallen. Seine Hand hob sich zögernd, stockte. Einen langen Moment stand er vollkommen reglos, wirkte wie jemand, der sich bemüht, einen Traum festzuhalten. Das Zittern verstärkte sich, dann stürzte er mit einem Schrei zu Boden. Wie tot blieb er zu Füßen des ChaiDren liegen. Erschrocken starrte Darejan auf ihn hinab, der Schmerz hinter ihrer Stirn steigerte sich zu einem grausamen Reißen. *Schatten in einer nur von Mondlicht erhellten Gasse. Ein Körper, reglos am Boden. Der Schrei eines Adlers hallte von den Hauswänden wieder. Mächtige Schwingen, die sich mit einem scharfen Laut entfalteten. Eine Forderklaue hob sich über den Mann am Boden, drohend und beschützend zu gleich. Stimmen, die einen fremden, harten Dialekt sprachen. Seile zischten durch die Dunkelheit. Die Schwingen peitschten. Wieder jener wilde Schrei. Ein goldenes Raubvogelauge begegnete ihrem Blick. Darin nichts als Enttäuschung und Zorn, die sie versengten. Sie wankte, taumelte in den Schatten einer Hauswand ...* Darejan stolperte zurück, spürte Magister Joselens Hand an ihrem Arm, die verhinderte, dass sie fiel.

»Ist alles in Ordnung?« Die besorgte Stimme des Mannes klang seltsam verzerrt. Mehrere Herzschläge war sie nicht fähig, sich zu bewegen. Endlich gelang ihr ein schwaches Nicken.

»Ja.« Das Wort war brüchig. Noch immer wie benommen, streifte sie seine Finger ab und kniete neben dem Verrückten nieder. Auch als sie ihn halb vom Boden hochzog und gegen sich lehnte, rührte er sich nicht. Für einen Augenblick schien es tatsächlich, als sei kein Leben mehr in ihm – bis sich seine Brust in einem stöhnenden Atemzug dehnte. Eine seltsame Erleichterung flutete über Darejan hinweg.

»Was ist mit ihm?« Magister Joselen war neben sie getreten.

»Ich ... ich weiß nicht.« Unsicher blickte Darejan auf den Verrückten hinab. Ihre Hand zitterte, als sie ihm sacht über die Stirn strich. »Manchmal, da ...« Sie schaute auf. »Sein ... sein Geist ist ... verwirrt.«

Einen Augenblick sah der Hüter der Karten von ihr zu dem Mann in ihren Armen. Schließlich nickte er. »Er ist der Grund, warum du nach den GônCaidur suchst, nicht wahr, Mädchen?«

»Woher ...?« Darejan biss sich auf die Zunge.

Auf seinen Lippen erschien ein dünnes Lächeln. »Man kann in Rokan fast alles kaufen, nur nicht die Stellung des Hüters der Karten. – Und nach den Gerüchten, die die Händler aus Kahel mitbringen, ist eine Korun, die in Begleitung eines Jarhaal reist, im Augenblick etwas – sagen wir – ungewöhnlich.«

»Ihr wisst ...«

Das Lächeln vertiefte sich. »Deine Hautfarbe ist ziemlich auffällig, Mädchen, und auch deine Kiemennarben und deine Augen lassen sich schwer verbergen. Und er ... Nun, manche Dinge erkennt man eben. – Vielleicht wäre es besser, wenn wir ihn an einen anderen Ort bringen würden.«

Gemeinsam schafften sie es, den leblosen Körper vom Boden hochzuhieven. Magister Joselen führte sie durch eine Tür, die in den Malereien der Westseite verborgen war, eine schmale, gewundene Steintreppe hinauf, in einen kleinen Raum. Die Täfelung war aus poliertem Jedraholz und glänzte im hereinfallenden Sonnenlicht wie Kupfer. Ein hoher Kamin, in dem ein kleines Feuer brannte, nahm beinah die ganze Schmalseite des Zimmers ein. Das leise Knistern der Flammen, deren Rauch sich mit dem Duft von Kräutern mischte, verlieh dem Gemach etwas Anheimelndes. Der Boden war mit dicken, farbenfrohen

Teppichen bedeckt, die an einen Waldboden im Herbst erinnerten. Ein schwerer Tisch, von hochlehnigen Stühlen umgeben, prangte in der Mitte des Zimmers. Das Fenster blickte über den Pferdemarkt. Daneben befand sich ein Lesepult, auf dem ein aufgeschlagener Foliant lag.

»Mein persönliches Studierzimmer.« Der Hüter der Karten bedeutete Darejan, ihre Last in einer schattigen Ecke neben dem Kamin abzulegen, nahm eine buntgewebte Wolldecke von einem schweren Sessel, der beim Feuer stand, und reichte sie ihr. »Ich komme gleich wieder. Mach es deinem Jarhaal-Freund inzwischen damit bequem.« Ehe sie auch nur nicken konnte, hatte er den Raum schon wieder verlassen. Einen Moment blickte Darejan auf die geschlossene Tür, dann breitete sie die weiche Wolle über den Verrückten – und ertappte sich dabei, wie sie ihm zart ein paar wirre Strähnen aus seiner Stirn strich. Sie zog die Hand zurück, sah einen Moment auf ihn hinunter, dann setzte sie sich in den Sessel und blickte ins Feuer.

Einige Zeit später kam Magister Joselen zurück. Er balancierte ein Tablett vor sich her, auf dem sich mehrere Becher, eine flache Schale mit Gebäck und eine Kanne, von der ein warmer, würziger Duft aufstieg, drängten. Wie gekonnt er die Tür mit dem Absatz hinter sich schloss, zeigte, dass er häufiger so beladen unterwegs war. Er stellte seine Last ab, winkte ihr, sich an den schweren Tisch zu setzen, und goss den Inhalt der Kanne in zwei der Becher. Beim dritten zögerte er, blickte zu dem Jarhaal hin und entschied offenbar, dass zwei im Moment genügten.

»Meine eigene Kräutermischung.« Auffordernd nickte er, während er Darejan einen Becher zuschob. »Ich finde, sie wirkt beruhigend. Und dabei schmeckt sie gar nicht mal so schlecht. Koste!« Ein entschuldigendes Lächeln huschte über seine Züge, als er sich ihr gegenüber auf einem Stuhl niederließ. »Ich hoffe, du trinkst deinen Tee nicht übermäßig süß. Honig habe ich in der Eile leider nicht gefunden.« Er beobachtete, wie sie einen Schluck des duftenden Getränks nahm, ehe er selbst an seinem Becher nippte. Die Hände um das Gefäß gelegt, lehnte er sich dann zurück und sah sie schweigend an. »Ich weiß, dass du keinen Grund hast, mir zu vertrauen, Mädchen, aber ich würde dir gerne helfen, wenn ich kann. Vielleicht möchtest du mir erzählen, warum du die GônCaidur suchst und was dein Jarhaal-Freund damit zu tun hat?«

»Warum?« Auch Darejan schloss ihre Hände um den Becher. Die Wärme, die von ihm ausging, hatte etwas seltsam Tröstliches.

»Warum ich dir helfen möchte oder warum mich deine Geschichte interessiert? – Um ehrlich zu sein, ich weiß es nicht genau. Vielleicht ist es die Neugier des Gelehrten. In einer Zeit, in der man von einem Krieg Kahels gegen die Nordreiche wispert, kommen eine junge Korun und ein Jarhaal nach Rokan, auf der Suche nach einem Ort, von dem längst vergessene Legenden sprechen. Ein Ort, von dem manche sagen, dass er selbst nur eine Legende ist. Und sie geraten ausgerechnet an den Mann, den man den Hüter der Karten nennt.« Er nippte abermals an seinem Tee, schaute einen Moment lang aus dem Fenster. »Ja, ich glaube, es ist die Neugier des Gelehrten – oder auch nur meine persönliche.« Sein Blick kehrte zu Darejan zurück. »Ich könnte es allerdings verstehen, wenn du mir nicht trauen würdest. Immerhin kennen wir uns kaum eine Stunde. – Aber selbst wenn du mir deine Gründe nicht verraten willst, werde ich dir dennoch helfen, so gut ich kann.«

Stumm starrte Darejan auf die dunkel glänzende Flüssigkeit

im Inneren ihres Bechers. Magister Joselen schwieg, offensichtlich bereit, jede ihrer Entscheidungen zu akzeptieren – und er hörte schweigend zu, als sie endlich zu erzählen begann. Auch als sie schließlich geendet hatte, schwieg er noch einige Zeit. Nur das leise Gluckern, als er ihnen noch einmal Tee nachschenkte, durchbrach die Stille.

»Was du erzählst, Mädchen, klingt schlimm. Sehr schlimm. So schlimm, dass ich es kaum glauben möchte.« Er schüttelte den Kopf, verschränkte seine Finger um den Becher. »Ich muss gestehen, auch ich habe noch nie von diesen DúnAnór gehört. Aber Nekromanten hüten ihre Geheimnisse gewöhnlich gut. Deshalb erstaunt mich das nicht.« Mit einer entschiedenen Bewegung stellte er seinen Tee beiseite und stand auf. »Dass die GônCaidur im Osten liegen sollen, ist zumindest ein Anfang. Wir werden mit den Karten des östlichen Reiches beginnen. Ich werde sie dir heraufbringen, und während du auf ihnen nach den Bergen der Ewigkeit suchst, werde ich das ein oder andere nachschlagen, von dem ich glaube, dass es uns nützlich sein könnte. Lass uns an die Arbeit gehen!« Er lächelte ihr kurz zu, dann verließ er den Raum.

Die nächsten Stunden verbrachte Darejan über vergilbte Karten gebeugt, deren Linien schon so verblasst waren, dass man sie kaum noch erkennen konnte. Auf keiner von ihnen waren die GônCaidur verzeichnet. Magister Joselen brachte ihr einige Zeit nach Mittag einen frischen Krug Tee, zusammen mit dunklem Brot und einer großen Ecke würzigen Käse – und einen weiteren Stapel Karten, die um einiges älter waren als die, auf denen sie schon zuvor gesucht hatte. Irgendwann war der Verrückte wieder zu sich gekommen. Lange Zeit hatte er reglos am Boden gekauert, die Arme um sich selbst geschlungen, zuweilen die Finger in seinen wirren Schopf gekrallt und starr geradeaus geblickt. Doch seine Augen waren nicht wie sonst trüb und blicklos, als sie ihm Käse, Brot und Tee gab. In ihren silbernen Tiefen war etwas gewesen … Das und die Art, wie er sie voll kaum beherrschter Wut angesehen hatte, hatte sie Schaudern lassen. Darejan war geradezu erleichtert gewesen, als er sich schließlich wieder in Magister Joselens Decke gewickelt und mit dem Gesicht zur Wand erneut in der Ecke zusammengekauert hatte, jedoch ohne Brot und Käse auch nur anzurühren. Den Tee allerdings hatte er mit der gleichen Gier in sich hineingeschüttet wie einige Stunden zuvor das Bier.

Nur zögernd war sie zu den Karten zurückgekehrt, hatte sich aber erst wieder auf die blassen Linien konzentrieren können, nachdem seine gleichmäßigen Atemzüge sie annehmen ließen, dass er eingeschlafen war.

Ihre Augen brannten, als aufgeregtes Geschrei, das selbst durch das geschlossene Fenster zu hören war, sie von einer besonders alten und brüchigen Karte aufschauen ließ. Zu ihrem Erstaunen loderte das Feuer im Kamin heller, und jemand hatte einen mehrarmigen Kandelaber neben den Tisch gerückt, damit sie ausreichend Licht hatte. Draußen zog bereits die Dämmerung herauf. Sie war so sehr in die Karten vertieft gewesen, dass sie es nicht bemerkt hatte. Ein gellendes Wiehern durchschnitt das Geschrei, gleich darauf erklang ein Rumpeln und Krachen. Darejan stand auf und ging zum Fenster. Männer schrien und rannten durcheinander, zum Teil mit Seilen und Stöcken bewaffnet. Zwei große, dunkle Schatten bewegten sich zwischen ihnen, wichen ihnen immer wieder aus. Offenbar waren ein paar Pferde ausgebrochen. Seltsamerweise war kein Hufschlag zu hören. Das größere der beiden Tiere bäumte sich vor einem der Männer auf und Darejan erkannte den CayAdesh-Hengst. Im nächsten Moment wirbelte er gefährlich auskeilend herum, preschte aus dem Stand los, und dann waren er und die Stute im Schatten einer kleinen Gasse verschwunden. Die Männer machten sich unter lautem Rufen an die Verfolgung. Für den Augenblick mochten die beiden frei sein, aber vermutlich war es nur eine Frage der Zeit, bis sie auf ihrer Flucht in eine Sackgasse geraten und wieder eingefangen werden würden. Eben wollte sie sich wieder den Karten zuwenden, als sie auf der anderen Seite der Pferche eine Gestalt gewahrte. Sie stutzte, beugte sich vor, um besser sehen zu können, und blickte hastig in die inzwischen dunkle Ecke neben dem Kamin. Gleich darauf hetzte sie die gewundene Treppe hinunter, rannte beinah einen verdutzen Magister Joselen über den Haufen und stürmte aus dem Haus der Karten und quer über den Platz. Er stand noch immer dort, wo sie ihn vom Fenster aus in den Schatten einer engen Gasse gesehen hatte. Mit einem Fauchen packte sie ihn am Arm, zerrte ihn ein Stück weiter in das Zwielicht zwischen den Häusern und stieß ihn rücklings gegen die Mauer.

»Verdammt, bist du ...« Sie schluckte das »verrückt« herunter, ergriff ihn stattdessen an seinem Hemd und zerrte daran. Seine Silberaugen wandten sich ihr nur langsam zu. »Was hast du dir dabei gedacht? Weißt du, was du da getan hast? Wenn sie dich erwischt hätten. Verdammt, du Narr, hast du überhaupt eine Vorstellung, was man mit einem Pferdedieb macht?«

»Man schleift ihn an den Füßen durch die Stadt und hängt ihn anschließend auf«, erklärte eine Stimme vom Eingang der Gasse her. Darejan fuhr herum. Im schwindenden Abendlicht erkannte sie die Silhouetten von zwei Männern, die sich ihnen gelassen näherten. Sie unterdrückte einen Fluch, fasste den Verrückten an der Hand und wollte ihn in die andere Richtung zerren. Ihr Schritt stockte, als auch von dieser Seite mehrere Gestalten auf sie zukamen.

»Das Pferd zu behalten, war ein Fehler«, erklang die Stimme erneut hinter ihr. Schlagartig wurde Darejan klar, dass diese Männer nicht wegen der CayAdesh-Rösser hier waren. Die Hände zu Fäusten geballt, drehte sie sich um.

»Sieh an, die Kleine will kämpfen«, spottete die Stimme. Gelächter erklang.

»Was wollt ihr von uns?« Darejan bemühte sich in dem immer schneller schwindenden Dämmerlicht, mehr zu erkennen als Schatten, die ihren Kreis unaufhaltsam um sie schlossen. »Unsere Freunde werden ...«

»Eure Freunde? Hier in dieser Stadt? – Mädchen, du bist eine miserable Lügnerin. Niemand wird euch vermissen. Noch nicht einmal der Wirt vom *Lachenden Pfeiffer*. – Aber in Kahel gibt es jemanden, der große Sehnsucht nach euch beiden hat. So große Sehnsucht, dass er bereit ist, demjenigen ein hübsches Sümmchen zu bezahlen, der euch zu ihm bringt.« Der Mann trat einen Schritt vor. »Und ihr werdet uns keinen Ärger machen, wenn wir uns dieses Sümmchen verdienen!« Das boshafte Grinsen, das bisher in seinen Worten mitgeschwungen hatte, war kalter Drohung gewichen.

Darejan grub die Fingernägel in ihre Handflächen, um das Zittern in ihrem Inneren zu beherrschen. Plötzlich fror sie.

»Nein!« Das Wort erklang hinter ihr und ließ sie zusammenschrecken. Sie wagte einen kurzen Blick über die Schulter – und erkannte, dass der Verrückte eher sterben würde, als sich nach Kahel zurückschleppen zu lassen.

Wieder erscholl Gelächter.

»Nein?« Der Anführer der Männer schien belustigt. »Und du glaubst, uns daran hindern zu können, Freund?«

Wortlos schob der Verrückte Darejan zur Seite und hinter sich gegen die Mauer. Ein halblautes Murmeln war zu hören, dann das leise Zischen, mit dem Klingen aus ihren Scheiden gezogen wurden. Die Männer kamen langsam näher. Eine Geste des Anführers gebot ihnen, stehen zu bleiben. »Wir sind zu sechst, Freund, und im Gegensatz zu dir bewaffnet. Außerdem bezweifle ich, dass dir deine kleine Korun eine große Hilfe sein wird.« Er hob leicht die ausgebreiteten Hände. »Wir werden dafür bezahlt, euch unverletzt nach Kahel zurückzubringen. Aber ich bin sicher, Königin Seloran wird die ein oder andere Schramme in Kauf nehmen, wenn sie euch dafür noch vor dem Seelenmond zurückbekommt. – Nun? Was soll es sein?«

Anstelle einer Antwort verlagerte er nur sein Gewicht. Schlagartig wurde Darejan klar, dass er – wie vor wenigen Tagen am Strand – den Wahnsinn abgestreift hatte. Ein gezischter Befehl und die Männer kamen auf sie zu. Ein dünner Faden Mondlicht fiel zwischen den Giebeln hindurch, ließ die Schwerter in ihren Händen schimmern. Er wartete nicht, bis sie heran waren, sondern stürzte sich auf den Mann, der ihm am nächsten war. Das klatschende Geräusch eines Schlages, dann taumelte der Kerl röchelnd gegen einen seiner Kameraden, der ihn rüde aus dem Weg stieß. Sie sah, wie eine Klinge auf ihn zuzuckte, er sich darunter hindurchduckte, einem Stoß auswich, den Mann am vorgestreckten Arm packte, an sich vorbeizerrte und ihm in der gleichen Bewegung das Schwert aus der Hand wand. Für einen Herzschlag zögerten die Männer, als ihnen klar wurde, dass sie bei Weitem kein so leichtes Spiel mit ihrer Beute haben würden, wie sie wohl erwartet hatten. Dann drangen sie gleichzeitig auf den Verrückten ein. *Dunkelheit in einer schmalen Gasse. Schemen, die sich darin bewegten.* Das Klirren von Stahl auf Stahl hallte zwischen den Hauswänden wieder. Ein Mann heulte vor Schmerz auf. Plötzlich eine Bewegung hinter dem Verrückten. *Das Blitzen einer Schwertklinge im Mondlicht.* »Nein!« Darejan schrie, riss die Hände in die Höhe. Ein Jaulen, scheppernd schlitterte eine Klinge in der Dunkelheit davon. Magie brannte ihr die Kraft aus den Gliedern. Keuchend krallte Darejan sich an die Mauersteine, kämpfte, um nicht ohnmächtig zu werden. *Nebelschlieren, die sich um sich selbst wanden. Seloran fuhr zu ihr herum, das Gesicht vor Hass verzerrt.* Ihr Blick verschwamm. *Ein Schlag, hinterrücks. Mit dumpfem Stöhnen fiel ein Körper schwer zu Boden. Stille, zerrissen von dem wilden Schrei eines Adlers.* Eine Faust traf sie am Kinn und ließ Finsternis über ihr zusammenstürzen.

Darejan kam erst wieder zu sich, als sie unsanft von einem Pferderücken gezerrt wurde und auf steinigem Boden landete. Um sie her waren nur Dunkelheit und Schatten. Ein Mann beugte sich über sie. Auf seiner Wange prangten fünf blutige Kratzer. Grob kontrollierte er den Sitz der Riemen, mit denen ihre Handgelenke und Knöchel gefesselt waren. Dann stand er auf und ging zu seinen Kameraden hinüber, die gerade dabei waren, ihre Decken für die Nacht auszubreiten. Ein Feuer brannte in ihrer Mitte und warf unruhige Schatten auf die Bäume und Sträucher, die die kleine Lichtung umstanden. Etwas ungelenk stemmte Darejan sich auf einen Ellbogen und sah zu den Männern hinüber. In der Gasse hatte sie sechs Schatten gezählt; jetzt waren sie nur noch zu dritt. Schräg hinter ihr scharrte es leise. Sie wandte den Kopf – und begegnete den silbernen Augen des

Verrückten, die ihren Blick beängstigend klar und kalt erwiderten. Er saß an einen Baum gelehnt, die Arme um den Stamm nach hinten gezogen und vermutlich in dieser unbequemen Haltung gefesselt. Beklommen schluckte sie, als sie das Blut bemerkte, das ihm aus der Nase rann. Auch sein Hemd war mit frischen roten Flecken besudelt.

Am Feuer richteten die Männer sich wachsam auf, als gedämpfter Hufschlag erklang, der rasch näher kam. Doch offenbar kannten sie den Reiter, der sein graues Pferd am Rand des Lichtscheins zügelte und aus dem Sattel glitt, denn sie nahmen die Hände wieder von den Waffen.

»Was hat so lange gedauert, Nakeen?« Darejan erkannte die Stimme des Anführers.

»Ich habe dafür gesorgt, dass sie die Biester in der anderen Richtung suchen, Sorgral. Oder hättest du gerne ein Dutzend Händlerknechte an deinem Feuer begrüßt, die auf der Jagd nach ein paar CayAdesh durch diesen Teil der Wälder streifen?« Der Mann trat gemächlich näher, beugte sich vor und nahm mit einem Nicken den irdenen Becher entgegen, den ihm einer der anderen reichte. An Stirn und Braue glitzerten Edelsteintätowierungen. »Sind sie das tatsächlich?« Er blickte zu ihnen her, während er einen Schluck trank, kam dann langsam um das Feuer herum auf sie zu.

Ohne Darejan mehr als einen kurzen Seitenblick zu gönnen, ging er vor dem Verrückten in die Hocke. Mehrere Atemzüge lang musterten die beiden Männer sich, dann kippte Nakeen ihm den Inhalt seines Bechers ins Gesicht. Der Geruch von Wein stieg Darejan in die Nase. In glitzernden Tropfen rann die Flüssigkeit über die Züge des Verrückten, durchtränkte sein Hemd und wusch den Dreck von seinen Edelsteintätowierungen an Stirn und Ohrläppchen. Sie konnte sehen, wie Nakeen für den Bruchteil eines Atemzugs erstarrte, ehe er die Lippen zu einem schmalen Strich zusammenpresste. Schritte näherten sich. Er packte den Verrückten an der Kehle und stieß seinen Kopf hart gegen den Baum. »Ich weiß nicht, was die Korun-Königin mit dir vorhat, aber ich hoffe, es ist schmerzhaft und endet mit deinem Tod«, zischte er hasserfüllt, ließ ihn abrupt los und stand auf. Um ein Haar wäre er gegen den anderen Mann geprallt, der mit einem Wasserschlauch und Brot neben ihn getreten war. Ein Grinsen glitt über die Lippen des Mannes und spannte die Kratzer auf seiner Wange. »Nachdem du ihm schon von deinem Wein hast kosten lassen, kannst du ihn ja auch noch füttern.«

»Das kann sie tun.« Nakeen wandte sich zu Darejan um, packte sie bei den Armen und zerrte sie zu dem Verrückten hin. »Ich wünsche eine angenehme Nacht.« Brot und Wasserschlauch landeten in ihrem Schoß. Sie starrte den beiden Männern hinterher, als sie zu ihren Kameraden zurückgingen, dann sah sie zu dem Verrückten hin. Die Stirn in feine Falten gelegt, beobachtete er, wie Nakeen sich beim Feuer niederließ und seinen Becher neu füllte.

Darejan rutschte noch ein Stück näher, brach einen Brocken Brot ab – mit ihren gefesselten Händen ein mühsames Unterfangen – und hielt es ihm hin. »Iss!«

Langsam wandte sein Blick sich ihr zu. Seine Augen waren vollkommen klar. Ein gefährliches Glitzern war in ihren Tiefen. Einen Moment starrte er das Brot an, als sei es etwas Ekelhaftes, doch schließlich nahm er den Bissen aus ihren Fingern. Warm streiften seine Lippen ihre Haut, *hielten sie zwischen den Zähnen fest, leckte die letzten süßen Reste ab und knurrte leise, als sie sich befreien wollte.* Hastig zog Darejan die Hand zurück. Schlagartig war ihre Kehle eng. Er neigte den Kopf, während er kaute und schluckte. Seine Brauen hatten sich zusammengezogen, seine Edelsteintätowierungen blitzten.

Ihre Hand zitterte, als sie das nächste Stück abbrach und ihm reichte. Hinter ihrer Stirn nistete wieder Schmerz. Abermals berührte sein Mund ihre Finger. Beinah hätte sie vergessen, loszulassen. Gelächter vom Feuer her ließ sie zusammenzucken. Hastig wandte sie den Blick ab, konzentrierte sich auf das Brot und darauf, ihm den nächsten Bissen hinzuhalten. Er nahm ihn mit dem gleichen Widerwillen wie zuvor, schüttelte aber den Kopf, als sie einen neuen abbrechen wollte, nickte stattdessen in Richtung des Wasserschlauchs. »Gib mir zu trinken!«

Darejan zögerte, riss dann aber ein weiteres Stück ab, hob es an seinen Mund. »Iss noch ...«

Brüsk drehte er das Gesicht weg. »Nein! Gib mir zu trinken!«, verlangte er erneut. Einen Moment sah sie ihn an, dann griff sie nach dem Wasserschlauch und löste mühsam den Korken. Sie konnte ihn kaum zum Essen zwingen, wenn er nicht wollte. Ungeschickt erhob sie sich auf die Knie und hielt ihm die Öffnung an die Lippen. Er trank mit der Gier eines Verdurstenden. Silberne Rinnsale flossen über sein Kinn, seinen Hals hinab. Gebannt folgte sie den glitzernden Tropfen mit den Augen, beobachtete die Bewegung seiner Kehle, als er schluckte – und ertappte sich bei dem Gedanken, wie es wohl sein würde, ihm die Nässe von der Haut zu küssen, die feuchte Kühle zu schmecken und darunter, *warm und samtig ...*

Sie schrak zurück, ein Schwall Wasser ergoss sich über sein Gesicht, er verschluckte sich, musste husten.

»Willst du mich ersäufen, Hexe?«, stieß er böse hervor, als er endlich wieder atmen konnte, und holte sie so endgültig in die Wirklichkeit zurück. Darejan zerbiss die Antwort zwischen den Zähnen, nicht sicher, ob ihre Stimme ihr tatsächlich gehorchen würde. Stattdessen ließ sie sich auf die Fersen zurücksinken, kehrte ihm den Rücken und verzehrte den Rest von Brot und Wasser selbst. Tief in ihrem Inneren zitterte etwas.

Am Feuer hatten sich die Männer in ihre Decken gewickelt. Nur einer, der mit den Kratzern im Gesicht, war noch wach und blickte von Zeit zu Zeit zu ihnen herüber. Darejan rollte sich zusammen, wandte sich von ihm ab. Verstohlen drehte sie die Handgelenke gegeneinander, versuchte den Knoten mit den Zähnen zu erreichen. Erfolglos. Für die Dauer mehrere Atemzüge presste sie die Lider aufeinander, kämpfte die Verzweiflung nieder, die sie mit einem Mal würgte. Dann holte sie ein paar Mal tief Luft, bemühte sich ruhig zu werden, und konzentrierte sich auf ihre Magie. Sie hatte sie in der Gasse für einen kurzen Augenblick gespürt, kurz bevor einer der Männer sie niedergeschlagen hatte. Es war nicht mehr als ein Hauch gewesen, und doch hatte sie sie gespürt. Sie stieß den Atem aus, konzentrierte sich wieder, stellte sich vor, wie unsichtbare Finger die Knoten lockerten, lösten – nichts geschah. Die nächtliche Kälte kroch über den Boden, in ihre Glieder, ließ sie frösteln. Darejan beachtete sie nicht, versuchte es abermals. Wieder ohne Erfolg.

»Hexe!« Etwas stieß leicht gegen ihre Schulter. »Hexe!« Sie blinzelte, begriff, dass sie gemeint war, und hob den Kopf. Ihre Augen begegneten den silbernen des Verrückten. Er sah davon ab, sie noch einmal zu treten, nickte ihr stattdessen auffordernd zu. »Komm her!« Als sie ihn verständnislos anschaute, knurrte er: »Du frierst, mir ist kalt! Rutsch rüber, dann können wir uns wenigstens gegenseitig wärmen.« Er sprach gedämpft, aber dennoch laut genug, dass der Mann am Feuer sich wachsam aufrichtete. Darejan zögerte. Seine Augen zogen sich zu wütenden Schlitzen zusammen. »Verdammt! Tu, was ich sage! Komm her!« Dieses Mal zischte er die Worte nur hervor.

Unter dem misstrauischen Blick ihres Bewachers tat sie schließlich, was er verlangte. Mit gefesselten Händen und Füßen zu schlafen, war unangenehm genug. Sie zögerte, als sie ihn erreicht hatte. Sein Mund verzog sich in bösem Spott.

»Nur keine falsche Scham, Hexe. Ich bin ganz der deine. Mach es dir bequem.« Das Verlangen, ihn zu schlagen, war einen Moment lang beinah übermächtig. Fren hatte recht gehabt. Er war arrogant und unverschämt. Ohne auf seine beißenden Worte einzugehen, rutschte sie noch näher, schmiegte sich an ihn und lehnte den Kopf gegen seine Schulter. Sein Körper war warm. Zu warm, beinah fiebrig. Er roch nach Wein und Schweiß – und nach Felsen und Wind. Warum war ihr das nicht schon früher aufgefallen? Der Mann am Feuer sah noch einige Zeit zu ihnen her, entspannte sich dann aber wieder. Darejan schloss die Augen. Das gleichmäßige Heben und Senken der festen Brust unter ihrer Wange war das Letzte, was sie spürte, ehe sie einschlief.

Die Reiter kamen mit dem Einbruch der Dunkelheit. Söldner und blasshäutige Korun mit leeren, toten Augen. Ein grau gewandeter Krieger auf einem mächtigen, fahlen Streitross führte sie an. Kälte umgab ihn. In dem tödlichen Schweigen eines Spuks fielen sie über das Dorf und seine Bewohner her. Der Mond hatte seinen Zenit noch nicht erreicht, als sie wieder verschwanden. Sie ließen nur brennende Hütten und Wehklagen zurück.

25

Kühl strich der Wind über ihre Schultern, zupfte an ihrem Haar. Sie schmiegte sich enger an die Brust, die ihr als Kissen diente. Auf der zu dunklem Gold gebräunten Haut waren die Wasserdiamanten getrocknet, aber der Geschmack von Salz war immer noch auf ihr. Mit der Hand wischte sie ein wenig silbrigweißen Sand fort, der unter ihrer Wange kratzte, und kuschelte sich enger an. Still lauschte sie auf den ruhigen, kraftvollen Herzschlag, der sich mit dem Donnern mischte, mit dem sich das Meer an den Kalkfelsen brach, die ein kurzes Stück zu ihrer Linken in den Feuer und Schatten gefärbten Himmel aufragten. Weit draußen verwandelte die untergehende Sonne das Wasser in einen Spiegel aus flammendem Gold. Über ihr kehrten Kehlmöwen kreischend zu ihren Nestern in dem rissigen Felsen zurück, um es sich für die Nacht bequem zu machen. »Ich muss gehen«, murmelte sie schläfrig, ohne sich weiter zu bewegen. Sie mochte die friedliche Geborgenheit noch nicht aufgeben. Ein sandiger Arm legte sich um ihre Schultern, zog sie besitzergreifend näher. »Es ist noch Zeit. Lass sie die Tore ruhig schließen. Du weißt, dass es kein Problem ist, dich auch danach in die Stadt zurückzubringen.« Ein Ruck schreckte Darejan auf. In ihrem Kopf pochte jener vage Schmerz. Sie blinzelte, es gelang ihr kaum, in die Wirklichkeit zurückzufinden – der Traum war verloren –, doch als sie verwirrt den Kopf zu heben versuchte, drückte das Kinn des Verrückten auf ihren Scheitel. Sein gehauchtes »Nicht bewegen!« ließ sie erstarren und endgültig zu sich kommen. Die Muskeln unter ihrer Wange waren zum Zerreißen gespannt, er atmete flach und abgehackt. Sie konnte spüren, wie er sich ein kleines Stück vornüberbeugte, sein Körper spannte sich noch mehr, ein neuerlicher Ruck und er stieß langsam die angehaltene Luft aus. Einen Augenblick später berührte etwas ihren Rücken. Um ein Haar hätte sie vor Schreck aufgeschrien, hätte eine Hand sich nicht im gleichen Moment über ihren Mund gelegt. »Still, Hexe!« Wieder waren die Worte nur ein Wispern. Schlagartig wurde ihr klar, was das alles bedeutete, und sie versuchte ihm mit einem Nicken zu sagen, dass sie verstanden hatte. Er zögerte merklich, doch dann verschwand die Hand wieder. Etwas zupfte an ihren Handgelenken. Die Riemen lockerten sich, fielen ab. Mit schmerzhaftem Kribbeln floss das Blut in ihre Finger zurück. Sie biss die Zähne zusammen. »Den Rest musst du selbst tun, Hexe!« Ganz vorsichtig wagte Darejan es, den Kopf zu drehen. Seine ganze Aufmerksamkeit galt den Männern beim Feuer. Sie zog die Beine ein Stück an. Selbst das leise Schleifen von Stoff auf Stoff erschien ihr unerträglich laut. Ihre Finger fanden den Strick, der ihre Knöchel zusammenschnürte, tasteten nach dem Knoten. Endlich gab er nach. Sie schüttelte ihre Fessel ab, bereit, aufzuspringen und loszurennen. Doch sie wurde niedergehalten.

»Langsam! Ganz langsam! – Und kein Geräusch!« Der Verrückte sprach, ohne die Augen von ihren Häschern zu wenden. Erneut legte seine Hand sich gegen ihren Rücken. Vorsichtig schob er sich an dem Baum empor, zog sie mit sich. Darejan hielt sich an seinen Schultern fest, um nicht zu fallen. Endlich standen sie aufrecht, verharrten in angespannter Reglosigkeit.

Die Männer am Feuer rührten sich nicht. Sogar der, der offenbar Wache halten sollte, schlief.

»Komm, Hexe! Und pass auf mit den Ästen.« Noch immer gönnte er ihr keinen Blick. Seine Hand glitt an ihrem Arm abwärts, schloss sich um ihre. Schritt für Schritt wich er zwischen die Bäume zurück. Erst als die Dunkelheit sie vollkommen verschluckt hatte, drehte er sich um und ging schneller, ohne sie loszulassen. Er begann zu rennen, als der Lichtschein nicht mehr zu sehen war.

Sie prallte hart gegen seinen Rücken, als er jählings stehen blieb. Ein Schatten bewegte sich vor ihnen. Darejan merkte, wie der Verrückte sich duckte, dann trat die Gestalt aus der Schwärze in einen Fleck aus Mondlicht und Edelsteintätowierungen blitzten auf. Erschrocken hielt sie die Luft an. Der Jarhaal! Es brauchte nur einen Ruf ...

»Ich hätte euch beinah nicht gefunden.« Seine Stimme klang atemlos. »Wenn ihr euch nur ein klein wenig länger geduldet hättet, wäre das nicht nötig gewesen.« Er machte eine knappe Geste in ihre Richtung, die Darejan nicht verstand. »Kâl-Teiréen.« In diesem einen Wort schwang mehr Respekt mit, als sie jemals zuvor gehört hatte. Er hob kurz die Hand zur Stirn, dann schien er angestrengt in die Dunkelheit hinter ihnen zu blicken, ganz so, als würde er nach etwas suchen. Offenbar konnte er es nicht entdecken, denn nach einem kaum merklichen Zögern zuckte er leicht die Schultern und winkte ihnen, ihm zu folgen. »Kommt! Wir werden erwartet.«

Zu ihrer Verblüffung schien der Verrückte tatsächlich mit ihm gehen zu wollen. Darejan hielt ihn am Arm fest. »Das ist eine Falle! Er ist einer von ihnen.«

Beide Männer drehten sich zu ihr um. Ihre Missbilligung lag schwer in der Luft. Der Verrückte schüttelte ihre Hand ab, packte sie seinerseits und zog sie mit sich. »Sei still und komm, Hexe!«, war alles, was er sagte. Darejan hatte keine andere Wahl, als sich zu fügen, wollte sie nicht allein zurückbleiben oder es riskieren, den Rest der Männer auf ihre Spur zu setzen.

Eine ganze Weile ging es in der nächtlichen Stille zwischen den Bäumen hindurch. Zuweilen schuhute ein Nachtvogel oder ein Rascheln im Unterholz verriet, dass sie nicht gänzlich allein waren, doch die meiste Zeit war nur das leise Geräusch ihrer eigenen Schritte zu hören. Schließlich blieb Nakeen am Rand einer Lichtung neben einem gespaltenen Baum stehen und pfiff leise. Einen Moment geschah gar nichts, dann bewegte sich etwas auf der anderen Seite und zwei große Schatten traten aus der Dunkelheit. Die CayAdesh! Darejan starrte verblüfft. Doch noch ehe sie etwas sagen konnte, winkte Nakeen sie erneut vorwärts und auf die Rösser zu, die sie mit verhaltenem Wiehern begrüßten.

»Nijaa«, er ging zu der Stute und streichelte ihren Hals, »kann kein doppeltes Gewicht tragen. Allerdings ist sie nicht bereit, die Korun allein auf ihrem Rücken zu dulden. – Aber Zaree wird euch beide kaum spüren.«

Der Hengst trat langsam auf sie zu, streckte die Nüstern vor und schnaubte dem Verrückten gegen die Halsbeuge. Seine Ohren zuckten genießerisch, als er in einer wortlosen Begrüßung unter der Stirnlocke gekrault wurde.

Einen Augenblick später saßen die Männer auf, ohne sich daran zu stören, dass die CayAdesh weder Sattel noch Zaumzeug trugen. Darejan wurde auf den Rücken des Hengstes gezogen, dann wendete Nakeen die Stute auch schon und trieb sie in der Dunkelheit voran. Sie folgten ihm schweigend. Die Hufklauen der Rösser verursachten keinen Laut auf dem weichen Waldboden.

Bis in den Morgen ritten sie ununterbrochen, wobei sie die CayAdesh immer wieder im Schritt gehen ließen, um die Stute zu schonen. Zuweilen hatte Darejan geglaubt, unter den Tritten der Tiere das leise Knirschen von Stein zu hören, einige Male war Wasser unter ihr aufgespritzt und hatte ihre Beine durchnässt. Und obwohl der Boden in der Dunkelheit nicht mehr gewesen war als eine Ansammlung von Schatten, war keines der CayAdesh auch nur einmal gestrauchelt.

Die Sonne tauchte Bäume und Sträucher in ihr erstes blaugoldenes Licht, als Nakeen Nijaa in einer Senke zum Stehen brachte. Darejans Blick glitt über die glatten, dunklen Felsen, die zu zwei Seiten senkrecht aufragten. Links von ihnen wuchsen dicht an dicht Narlbirken in den Himmel, deren gold geäderte Blätter sich sacht bewegten. Ein undurchdringliches Dickicht wucherte um ihre schlanken silbrigen Stämme. In seinen Tiefen zeterte ein Vogel. Die vierte Seite fiel sacht zur Mitte der Senke hin ab und war der einzige Zugang. Unter dem Laubteppich, der den Boden weich bedeckte, raschelte es. Irgendwo bei den Felsen erklang das leise Glucksen von fließendem Wasser.

Vor ihr schwang der Verrückte ein Bein über den Hals des Hengstes und rutschte von seinem Rücken. Als sie sah, dass er wankte, wollte sie sich vorbeugen und nach ihm greifen, doch er hatte bereits die Finger in die Gefiedermähne geschlungen und hielt sich an dem CayAdesh fest. Schnaubend wandte Zaree den Kopf, wieherte leise. Fast hätte Darejan schwören mögen, Sorge in dem Laut zu hören. Ihr Blick fiel auf seine Handgelenke. Unter den Eisenringen waren sie mit dunklem Schorf bedeckt. Plötzlich begriff sie, was Nakeen mit seinem *Wenn ihr euch nur ein klein wenig länger geduldet hättet ...,* gemeint hatte. Er musste so lange gezerrt und gescheuert haben, bis die Haut unter seinen Fesseln zu bluten begonnen hatte. Die Männer hatten ihn mit Lederriemen gefesselt. Leder dehnte sich, wenn es nass wurde – ob von Blut oder von Wasser war dabei gleichgültig. Ihre Augen weiteten sich. Schon als er sie zu sich herübergerufen hatte – vorgeblich, damit sie sich gegenseitig wärmen konnten –, hatte er geplant zu fliehen. Er hatte laut genug gesprochen, dass die Männer am Feuer ihn hören konnten, und so verhindert, dass sie misstrauisch wurden. Nachdem sie sich an ihn geschmiegt hatte, war sie zwischen ihm und dem Lichtschein gewesen und hatte seine verstohlenen Bewegungen vor ihren Blicken verborgen. Aber warum hatte sie selbst dann nichts gemerkt? Hatte er gewartet, bis sie auf seiner Brust eingeschlafen war, und sie war zu erschöpft gewesen, um davon zu erwachen?

Auch Nakeen war abgestiegen und kam zu ihnen herüber. Die Stute folgte ihm dicht auf, blieb aber dann ein paar Schritt entfernt zögerlich stehen. Im Licht glänzten die kupfernen Strähnen in seinem dunklen Haar mit den Edelsteintätowierungen an seiner Stirn um die Wette. Seine hellen grüngoldenen Augen bildeten einen reizvollen Kontrast zu seiner dunkel gebräunten Haut. Er schien sogar ein wenig jünger zu sein als Darejan selbst, und doch hatte irgendein Schmerz harte Linien um seinen Mund gegraben. Wie am Abend zuvor streifte sein Blick sie nur kurz, ehe er zu dem Verrückten ging – und wie in der Nacht schien er für einen Moment nach etwas Ausschau zu halten, hob dann aber wieder die Schultern.

»Wir sind tief im WrenVarohn. Bis hierher wagt sich niemand. Hier können wir ein paar Stunden ausruhen. Dort drüben, zwischen den Felsen, ist eine kleine Quelle. – Zaree und ich gehen unseren Weg zurück, um zu sehen, ob sie uns noch verfolgen und ich eine falsche Spur legen muss.« Jetzt sah er Darejan doch an, bedeutete ihr wortlos abzusteigen. Sie zögerte, blickte zu dem Verrückten hin, doch als er keinen Einspruch erhob, glitt sie gehorsam vom Rücken des Hengstes, damit Nakeen aufsitzen konnte. Einen Augenblick später preschte er aus der Senke heraus und verschwand zwischen den Bäumen.

»Warum vertraust du ihm?« Darejan konnte die Frage nicht länger zurückhalten. Der Verrückte blickte sie an.

»Sie tun es.« Er nickte zu der Stute hin. Die Worte klangen, als sei das alles, was er wissen müsste.

»Aber wenn es stimmt, was er gesagt hat …«

»… hätte er uns nicht hierher geführt und allein zurückgelassen.« Müde schüttelte er den Kopf. »Wir sollten uns ausruhen.«

Noch immer zögernd folgte ihm die CayAdesh-Stute in einigem Abstand, als er sich umwandte und zu dem Felsen hinüber ging. Schweigend sah Darejan ihm nach. Jede seiner Bewegungen sprach von abgrundtiefer Erschöpfung. Im Augenblick schien sein Verstand klar, doch es war nur noch eine Frage der Zeit, bis er wieder im Wahnsinn versinken würde. Am Fuß der Felsen kniete er schwerfällig nieder und beugte sich vor. Offenbar hatte er die Quelle gefunden, von der Nakeen gesprochen hatte. Er trank lange und scheinbar mit der gleichen Gier wie am Abend zuvor. Die Stute stand die ganze Zeit beinah auf Armeslänge neben ihm, den Kopf vorgereckt, ihre ganze Aufmerksamkeit auf ihn konzentriert. Irgendwann begann sie unruhig mit ihrem Federschweif zu schlagen, rührte sich aber ansonsten nicht. Doch als er sich schließlich wieder wankend auf die Beine mühte und die Hand nach ihr ausstreckte, legte sie unvermittelt die Ohren an und wich mit gebleckten Zähnen vor ihm zurück. Mehrere Herzschläge lang stand er vollkommen regungslos, sichtlich erschrocken und verwirrt. Der Stute schien es ebenso zu gehen. Obwohl sie sich von ihm fernhielt, witterte sie angestrengt, streckte immer wieder den Kopf in seine Richtung. Die leisen Laute, die sie ausstieß, klangen beinah verstört. Dennoch legte sie jedes Mal, wenn er auf sie zugehen wollte oder nur die Hand zu ihr hob, die Ohren zurück, schüttelte ihre Mähne und entfernte sich ein Stück weiter. Er war es schließlich, der aufgab und sich im Schatten der Felsen zu Boden sinken ließ. Darejan sah, dass er dabei die Hand gegen die Brust presste. Schon am vergangenen Abend war ihr die unnatürliche Wärme seines Körpers aufgefallen. Eine Wärme, aus der im Laufe der Nacht fiebrige Hitze geworden war.

Die Stute wich ihr aus, als sie die Senke durchquerte, ließ sie aber nicht aus den Augen. Neben dem Verrückten kniete sie sich ins Laub. »Lass mich nach deiner Wunde schauen.«

Einen Moment sah er sie schweigend an. Wie schon so oft war sein Blick voller Misstrauen, doch diesmal war da noch etwas anderes; etwas, das Darejan nicht deuten konnte. Schließlich lehnte er sich gegen den Felsen in seinem Rücken, ließ den Kopf zur Seite sinken und nahm die Hand von der Brust.

Behutsam schob Darejan sein Hemd in die Höhe. Wie sie befürchtet hatte: Der Schnitt war – obwohl er sich geschlossen hatte – feurig rot geschwollen. Schweiß glänzte fahl auf seiner Haut. Sie musterte seine angespannten Züge. Was auch immer Nakeen mit ihnen vorhatte: Im Augenblick hatten sie keine andere Wahl, als darauf zu vertrauen, dass er ihnen tatsächlich helfen wollte.

»Ich werde sehen, ob ich in der Nähe ein paar Kräuter finde, die dir helfen.«

Seine Hand schoss im gleichen Moment vor, als sie aufstehen wollte. Obwohl sein Arm vor Anstrengung zitterte, hatten seine Finger sich wie eine Eisenfessel um ihr Handgelenk gelegt. Einen Herzschlag lang rang Darejan um ihr Gleichgewicht. Fast hätte sie sich auf seiner Brust abgestützt, um nicht zu fallen.

»Warum, Hexe?«, wollte er wissen.

»Warum? – Weil es nicht mehr lange dauert, bis sich der Brand in deiner Wunde festgesetzt …«

Der Ausdruck in seinen Dämonenaugen ließ sie verstummen. Ganz langsam schüttelte er den Kopf, sein Daumen strich verwirrend sanft über die Innenseite ihres Handgelenks. Gebannt verfolgte sie seine Bewegung.

»Das in der Gasse warst du, Hexe.« Sein Ton verriet nichts.

Darejan riss ihren Blick von seinem Daumen los und sah ihn an. »Ich weiß nicht …«

»Einer von ihnen hatte mich. Er war hinter mir. Ich hatte ihn zu spät gesehen.« Er sprach, als habe er ihren Einwand nicht gehört, schüttelte erneut leicht den Kopf, während er an ihr vorbei ins Leere starrte. »Selbst wenn er die Klinge noch gedreht hätte …« Wieder ein Kopfschütteln. Er leckte sich über die Lippen. »Plötzlich jault er, als hätte er sich an glühendem Stahl verbrannt, und wirft sein Schwert fort.« Unvermittelt bohrte sein Blick sich in ihren. »Du warst das, Hexe! – Warum?«

»Weil du der Einzige bist, der mir helfen kann, Réfen und meine Schwester zu retten.« Irgendwie schaffte sie es, ihre Stimme ruhig klingen zu lassen. »Nur du weißt, wie man zur Ordensburg der DúnAnór gelangt.«

Auf seiner Stirn erschienen scharfe Falten. Ein Schweißtropfen rann ihm über die Schläfe, verfing sich in einer Haarsträhne, die an seiner Wange klebte. Darejan hielt den Atem an, als sie das inzwischen so vertraute Flackern in den silbernen Tiefen seiner Augen gewahrte. Unvermittelt gab er ihr Handgelenk frei und schloss die Lider, als sei er mit einem Mal zu müde, um sie weiter anzusehen. Schlaff fiel seine Hand in seinen Schoß.

Einen Moment verharrte Darejan noch schweigend neben ihm, doch dann stand sie auf und machte sich wie schon einmal auf die Suche nach Travankraut und Blauflechte.

Diesmal musste sie um einiges länger suchen, bis sie die Kräuter gefunden hatte. Die Ausbeute, mit der sie in die Senke zurückkehrte, konnte man nur mager nennen.

Die CayAdesh-Stute hatte sich auf einem Lager aus zusammengescharrten Blättern niedergelassen, die Beine unter ihren runden Leib geschlagen und sah ihr schnaubend entgegen, als sie den Hang herabkam. Der Verrückte lag zusammengerollt am Fuß der Felsen. Während ihrer Abwesenheit musste er in einen fiebrigen Dämmerschlaf gesunken sein, aus dem ihm das Erwachen sichtlich schwerfiel. Doch schließlich schien er Darejan zu erkennen, sodass er sich nicht länger mühte, sich in die Höhe zu stemmen. Stattdessen ließ er den Kopf auf die Blätter zurücksinken und lag wieder still. Das leise Seufzen, das sich in seine schweren Atemzüge mischte, klang wie eine Kapitulation.

Vorsichtig drehte Darejan ihn weiter auf den Rücken und schob sein Hemd in die Höhe. Wäre es möglich gewesen, hätte sie schwören mögen, dass die Wunde in noch tieferem Rot glühte und um einiges stärker geschwollen war als zuvor. Sie riss ein Stück von ihrem Kleid ab, wusch den Fetzen in der Quelle, bis er weitestgehend sauber war, und wrang ihn aus. Die Zähne fest zusammengebissen, kniete sie sich dann wieder neben ihn und strich mit dem Daumen unter der flachen Hand fest die Wunde entlang abwärts. Mit einem gellenden Schrei bäumte er sich auf. Seine Hände kamen hoch, wie um nach ihr zu schlagen, krallten sich stattdessen jedoch in den Boden. Hinter sich konnte sie die CayAdesh-Stute wiehern hören. Doch dann endete der Schrei abrupt und er fiel besinnungslos zurück. Ihr Verdacht hatte sich bestätigt. Der Schnitt hatte sich nur oberflächlich geschlossen, ohne in der Tiefe zu heilen. Unter der Haut hatte sich Eiter gebildet, der jetzt übel riechend aus der Wunde hervorquoll, die unter dem Druck ihrer Hand aufgeplatzt war. Sie wischte ihn mit dem feuchten Stofffetzen weg und wiederholte die Prozedur, bis nur noch fahles Wundwasser kam. Das Stöhnen, mit dem sein Kopf sich hinterrücks in den Waldboden presste, verriet ihr, dass der Schmerz ihn sogar in der Bewusstlosigkeit erreichte. Es verebbte erst zu schweren Atemzügen, nachdem sie einen weiteren Fetzen ihres Kleides in der Quelle angefeuchtet und ihm unter besänftigendem Murmel, mit dem sie ihm versprach, dass es fürs Erste vorbei sei, auf den Schnitt gelegt hatte. Darejan hätte die Wunde gerne mit dem ausgelassenen Saft der Travankrautblätter bestrichen, um seine Schmerzen ein wenig zu lindern. Doch es brauchte Wärme, um das gallertartige Mark der fleischigen orangegrünen Blätterstängel in einen dickflüssigen Saft zu verwandeln. – Und sie hatte nicht einmal etwas, um wenigstens Feuer schlagen zu können. Einen Moment beobachtete sie mit einem Gefühl der Hilflosigkeit, wie es bei jedem Heben und Senken seiner Brust gepeinigt um den Mund des Verrückten zuckte, dann griff sie nach einem der Travankrautblätter. Vielleicht konnte sie ihm doch ein klein wenig Erleichterung verschaffen. An der Kante einer Felsnase schlitzte sie den Blätterstängel ein Stück tief auf, teilte ihn mit den Fingernägeln mühsam endgültig der Länge nach und legte die feuchten Innenseiten anstelle des nassen Stoffstreifens behutsam auf die Haut. Noch einmal berührte sie kurz seine Stirn. Sie war brennend heiß. Dass das Fieber sich so schnell und mit solcher Wut wieder in seinem Körper eingenistet hatte, machte ihr Sorgen. Irgendetwas schien ihm jede Widerstandskraft zu rauben, und inzwischen war sie fast davon überzeugt, dass es nicht nur seine Wunde war. Behutsam zog sie das Hemd wieder über seine Brust, ehe sie den Stofffetzen noch einmal in die Quelle tauchte, um ihm sacht das getrocknete Blut von den Handgelenken zu waschen. Die eisernen Ringe schimmerten matt und sie zu berühren weckte in ihr einen unerklärlichen Abscheu.

Schließlich setzte sie sich auf die Fersen zurück und hob die Augen von seinem blassen und zugleich von Fieberflecken geröteten Gesicht. Nur wenige Schritte von ihnen entfernt, stand die CayAdesh-Stute und blickte zu ihr her. Ihre Hufklauen scharrten unwillig Furchen in den Boden, während sie immer wieder schnaubend ihre Federmähne schüttelte. Doch als Darejan die Hand nach ihr ausstreckte und aufstehen wollte, warf das Tier den Kopf auf und trat mit angelegten Ohren rückwärts – nur um sie einen Augenblick später zu spitzen und leise wiehernd zum Rand der Senke hinzutraben. Offenbar hatte sie Nakeen und Zaree gewittert, denn die beiden tauchten nahezu im gleichen Atemzug dort auf. Der Hengst begrüßte seine Gefährtin mit einem zärtlichen Schnaufen, ehe er sich von seinem Reiter auf Darejan zulenken ließ, die sich vom Boden erhob und ihnen entgegenkam.

»Verfolgen sie uns?«, wollte sie bang wissen.

»Ja, aber ich habe dafür gesorgt, dass sie unsere Spur in der falschen Richtung suchen. Trotzdem sollten wir nicht länger hier bleiben als nötig.« Nakeens Blick ging zu dem Verrückten hin.

»Was ist mit ihm?«, fragte er scharf und glitt spürbar misstrauisch von Zarees Rücken, ohne Darejan aus den Augen zu lassen.

»Wundfieber. Er hat einen tiefen Schnitt über die Brust, der sich entzündet hat.« Sie nickte zu dem Hengst hin, über dessen Widerrist zwei Beutel und ein paar Decken hingen. »Habt ihr …«

»Was?« Im ersten Augenblick dachte Darejan, der überraschte Ausruf des Jarhaal hätte ihr gegolten, doch als er sich dann zu den CayAdesh umdrehte, wurde ihr klar, dass sie sich geirrt hatte. »Das … kann nicht …« Er verstummte, starrte einen Moment den Hengst an, der seinen Kopf so energisch auf- und abwarf, dass seine Federmähne flog. Dann sah er zu Nijaa, die sich an die Seite ihres Gefährten drängte, bevor er zu Darejan herumfuhr und sie bei den Schultern packte. »Was habt ihr mit ihm gemacht?«

»Was ich mit ihm … Gar nichts!« Sie stieß seine Hände von sich und wich zurück. »Bei den Sternen, was soll das?«

Nakeen machte einen drohenden Schritt auf sie zu. »Sie sagt, er kann weder sprechen noch verstehen.«

Darum bemüht, ihn nicht zu nahe an sich heranzulassen, trat Darejan einen weiteren Schritt zurück. »Er hat Fieber und er mag vielleicht nicht ganz richtig im Kopf sein, aber er kann durchaus reden, wenn er will, und er versteht sehr gut, was man ihm sagt, sofern er nicht gerade einen seiner Anfälle hat. Was soll der Unsinn?«

Die Art, wie er sie abschätzend musterte, ließ sie noch mehr zurückweichen. Dann wandte er sich erneut zu den CayAdesh um. Seine dunklen Brauen zogen sich zusammen, ein Spiel aus Unglauben und Schrecken glitt über seine Züge. Schließlich blickte er Darejan abermals an. »Sie sagen es beide. Und ich glaube ihnen, auch wenn es eigentlich unmöglich ist: Er kann weder sprechen noch verstehen.« Seine Augen wurden gefährlich schmal. »Ich habe gehört, wie er dich Hexe nannte, Weib! – Wenn du es gewagt hast, Hand an einen KâlTeiréen zu legen ...«

»Ihr könnt mit ... mit ihnen reden?« Mehrere Herzschläge lang sah Darejan die CayAdesh an, zu verblüfft, um zu begreifen, wessen er sie gerade beschuldigt hatte. Doch als es in ihren Verstand gedrungen war, lohte Zorn in ihr auf. »Seid ihr ebenso blödsinnig wie er? Ich habe ihm nichts getan! Er ist verrückt! Verrückt, versteht ihr? – Im Augenblick mag er euch durchaus vernünftig erscheinen, aber gewöhnlich begreift er kaum, was um ihn herum vorgeht ...«

»Das erklärt nicht, warum er sie nicht mehr hören kann. Selbst im Wahnsinn kann einer aus dem Volk der Jarhaal die CayAdesh in seinem Geist hören. Und ein KâlTeiréen ...« Nakeen schüttelte den Kopf. Zu schnell, als dass sie ihm hätte ausweichen können, war er auf sie zugetreten und hatte sie gepackt. »Es gibt nur eine Möglichkeit, jemandem wie ihm sein Geburtsrecht zu nehmen, und das ist dunkle Magie. – Was hast du ihm angetan?«

»Nichts! Beim Licht der Sterne, nichts habe ich ihm angetan. Er war schon verrückt, als ich ihn zum ersten Mal gesehen habe. Und ich wusste bis eben nicht, dass er noch auf eine andere Art sprechen oder hören können sollte, als ich es auch tue.«

»Und warum nannte er dich dann Hexe?«

»Weil ich eine bin! Ich habe keine Ahnung, woher er es weiß, denn ich hatte meine Gabe bereits verloren, bevor ich ihm begegnet bin. – Verdammt, lasst mich los!«

Den Mund zu einem harten Strich verzogen, starrte er sie einen Moment bedrohlich an, ehe der Blick des Jarhaal zu den Baumwipfeln schweifte. Seine Stirn hatte sich in scharfe Falten gelegt, als er sich ihr wieder zuwandte. Eben schien er sie loslassen zu wollen, doch stattdessen packte er sie grob im Nacken. Die Spitze seines Dolches presste sich von unten gegen ihr Kinn und zwang ihren Kopf zurück. Darejan umklammerte mit beiden Händen sein Handgelenk, versuchte es niederzudrücken und hielt sich zugleich daran fest, um nicht zu fallen.

»Ich will Antworten, Hexe! Und du bereust es, solltest du lügen.« Der Druck verstärkte sich. »Wo ist er?«

»Wer?«, brachte sie mühsam gegen die Klingenspitze hervor.

Ein Ruck an ihrem Nacken kostete sie beinah das Gleichgewicht. Ihre Finger schlossen sich fester.

»Tu das nicht, Hexe! Ich warne dich! – Wo ist sein Seelengefährte? Rede!«

»Seelengefährte?« *Weiches Gefieder. Mächtige Schwingen, die sie mit jedem Schlag höher trugen. Ein Schrei, der an den eines Adlers erinnerte.* Schmerz pochte plötzlich wieder hinter ihrer Stirn.

»Willst du tatsächlich behaupten, du weißt nicht, dass er«, sein Kopf wies zu dem Verrückten hin, »ein KâlTeiréen ist? Und dass nur der Tod einen KâlTeiréen von seinem Seelengefährten ...« Er brach ab, als hätten seine eigenen Worte gerade etwas für ihn selbst zu einer schrecklichen Gewissheit werden lassen, an das er bisher nicht den Hauch eines Gedankens verschwendet hatte. Ein dünner, scharfer Schmerz entlockte Darejan ein hilfloses Japsen. Hatte der Druck der Klinge für einen kurzen Augenblick des Erschreckens nachgelassen, so bohrte sich deren Spitze jetzt abermals in ihre Haut. Sie versuchte, ihr auszuweichen. »Mörderin!«

»Nein! Ich ...« *Eine grau gefiederte Kehle. Das Blitzen eines Dolches. Ein Schrei, der wie abgeschnitten endete. Blut! So viel Blut. Ein gellendes »Nein!«. Heulen, das zu Gelächter wurde.* In ihrem Kopf verwandelte der Schmerz sich in rot glühende Qual. »Ich bin keine Mörderin«, presste sie mühsam zwischen zusammengebissenen Zähnen hervor. »Ich war es nicht!« Sie hoffte, dass er den Zweifel in ihrer Stimme nicht bemerkte.

Eine ganze Zeit hörte sie nur ihre eigenen zitternden Atemzüge. Das Schweigen war beinah unerträglich geworden, als Nakeen endlich wieder sprach.

»Er ist also tatsächlich tot?« Seine Stimme klang dumpf.

»Ja.« Schluchzend rang sie nach Luft. *Ein klaffender Schnitt. Blut, das graues Gefieder dunkel färbte. So viel Blut.*

Der Schmerz an ihrem Hals wurde beißender, als er den Druck erneut verstärkte. »Wenn du es nicht warst, woher weißt du es dann?«

Darejan glaubte, eine warme Linie ihre Kehle hinabrinnen zu fühlen. »Sie haben es mir gesagt!« Die Lüge kam ohne Zögern über ihre Lippen. Er würde ihr niemals glauben, wenn sie sagte, dass sie es einfach wusste, ohne auch nur zu ahnen woher.

»Wer ›sie‹?«

»Die Leute, die ihn«, nur mit den Augen wies sie auf den Verrückten, »aus dem Kerker befreit haben.« Bitterer Speichel hatte sich in ihrem Mund gesammelt. Sie schluckte ihn unter. Die Bewegung schien die Klingenspitze noch tiefer in ihre Haut zu zwingen. Abermals musterte Nakeen sie eine schiere Ewigkeit schweigend. Dann senkte er zu ihrer Verblüffung den Dolch und ließ sie nach einem weiteren Moment sogar los. Hastig brachte Darejan sich aus seiner Reichweite, presste die Hand an ihre Kehle. Als sie sie fortnahm, klebte tatsächlich Blut daran. Für einige Herzschläge starrte sie auf ihre rot verschmierten Finger, ehe sie den Jarhaal ansah. »Heißt das, du glaubst mir?«

»Nein, das heißt es nicht. Aber bevor ich darüber entscheide, will ich die ganze Geschichte hören. – Und dazu ist später noch Zeit.« Er schob den Dolch in die Scheide an seinem Gürtel, wandte sich Zaree zu und zog die Beutel und Decken vom Rücken des Hengstes, nur um dann wortlos zur Quelle zu stapfen. Dort ließ er seine Last in die Blätter fallen und ging neben dem Verrückten in die Knie. Darejan sah, wie seine Augen über die Travankrautblätter und Blauflechtenstängel glitten, die sie auf einen flachen Stein gelegt hatte, ehe er sich über den anderen beugte und sein Hemd anhob, um sich die Wunde anzusehen.

Stumm beobachtete sie ihn aus sicherer Entfernung, tat aber dennoch einen Schritt rückwärts, als er ihr einen unwilligen Blick über die Schulter zu warf.

»Steh nicht da und gaff. Bring mir den Wasserschlauch und die Decken!«, fuhr er sie an und drehte sich wieder um.

Darejan bedachte seinen Rücken mit einem wütenden Blick, wühlte dann aber in den Beuteln, bis sie den Lederschlauch gefunden hatte, und brachte ihm das Verlangte. Mit einem Knurren nahm er ihr die Decken ab und hüllte den Verrückten erstaunlich behutsam darin ein. Schließlich riss er ihr unwirsch den Wasserschlauch aus der Hand, beugte sich über den anderen und versuchte ihn unter beruhigendem und zugleich ermunterndem Murmeln zumindest soweit aus seiner Bewusstlosigkeit zu wecken, um ihm ein wenig Wasser einflößen zu können. Erfolglos. Nach einiger Zeit hielt er in seinen Bemühungen inne und drehte sich halb zu ihr um.

»Er braucht etwas Anständiges zu essen, bevor wir aufbrechen. In den Beuteln findest du Fleisch, Brot und ein wenig Gemüse. Mach dich nützlich, Korun«, wies er sie an.

Darejan biss für einen Moment die Zähne zusammen. »Ich kann nicht kochen«, erklärte sie ihm dann, was ihr einen verblüfften Blick einbrachte.

»Dann mach Feuer. Oder nein, besser doch nicht! Wahrscheinlich lässt du den ganzen Wald in Flammen aufgehen und führst Sorgral und seine Kumpane direkt zu uns.« Sein Blick glitt am Fuß der Felsen entlang. Mit einem Nicken wies er schließlich auf eine Kuhle. »Da drüben! Scharr das Laub beiseite, such ein paar größere Steine und leg sie außen herum. Um alles andere kümmere ich mich.« Damit zog er die Decke noch einmal fester um die Schultern des Verrückten, stand auf und ging zu der Seite der Senke hinüber, an der die Narlbirken in ihrem undurchdringlichen Dickicht in die Höhe strebten. Darejan tat, was er befohlen hatte, und schaute ihm angespannt entgegen, als er dann mit einem Arm voller trockener Zweige und Äste zurückkam. Doch er schenkte ihr keinerlei Beachtung. Wenig später knisterte ein kleines Feuer in der Kuhle, das kaum groß genug gewesen wäre, um sich die Hände daran zu wärmen. Nakeen hatte sich abermals neben den Verrückten gekniet und bemühte sich einmal mehr, ihm Wasser einzuflößen, aber auch dieses Mal blieb sein Versuch fruchtlos. Als er zu Darejan zurückkehrte, hielt er nicht nur den Wasserschlauch in den Händen, sondern zudem die Kräuter, die sie auf dem Stein hatte liegenlassen. Sie beobachtete ihn weiter misstrauisch, während er sich auf der anderen Seite des Feuers niederließ.

»Du hast die Travankrautblätter und Blauflechtenstängel gesucht, während ich fort war?« Er reichte ihr beides, noch immer ohne sie anzusehen.

»Ja. Sie haben schon zuvor geholfen, wenn es ihm so schlecht ging.« Mit erzwungenem Gleichmut nahm sie ihm die Kräuter über die immer gieriger über die Äste leckenden Flammen hinweg aus der Hand. »Hast du außer etwas zu essen auch einen Becher oder eine Schale mitgebracht? Dann könnte ich ihm Blauflechtentee gegen das Fieber kochen.«

Nickend erhob Nakeen sich, holte die Beutel ans Feuer und suchte darin herum. Verblüfft verfolgte Darejan, wie nicht nur ein Becher und eine hölzerne Schale zum Vorschein kamen, sondern obendrein auch ein kleiner Kessel und ein langstieliger Schöpflöffel. Beinah hätte sie ihn gefragt, woher er alles hatte. Sie schluckte die Frage unter, als er ihr Schale und Becher reichte, aufstand, zu der Quelle hinüberging, wo er den Kessel mit Wasser füllte und ihr sich dann erneut schweigend gegenübersetzte, nachdem er ihn über das Feuer gestellt hatte. Noch immer wortlos verfolgte er, wie sie die Travankrautblätter in die Schale hineinlegte und sie dann dicht neben die Flammen stellte. In seinem Schweigen lag eine seltsame Trauer.

Er brach es erst, als wenig später das Wasser im Kessel zu brodeln begann und Darejan vorsichtig etwas davon in den hölzernen Becher goss, in den sie bereits einige Blauflechtenstängel gegeben hatte.

»Ich habe noch nie gehört, dass es einer überlebt hätte.« Verwirrend leise sprach er in das Knistern der Flammen hinein.

Die Brauen zusammengezogen sah Darejan ihn an. »Auch wenn der Schnitt tief und entzündet ist, bedeutet das noch nicht ...«

»Du hast tatsächlich keine Ahnung, was, Weib?«, unterbrach er sie mit einem bitteren Schnauben. »Ich meine nicht die Wunde. Auch wenn sie es möglicherweise beschleunigt.« Er blickte zu dem Verrückten hin, der noch immer reglos im Schutz der Felsen lag. »Ein KâlTeiréen überlebt den Tod seines Seelengefährten gewöhnlich nicht.«

Erschrocken starrte sie ihn an. »Heißt das ...«

Seine grüngoldenen Augen kehrten zu ihr zurück. »Ja.« Er klaubte einige Lassrenknollen aus einem der Beutel und warf sie ihr zu. »Zieh die Schalfäden ab.«

»Aber ... Weshalb ...?« Darejans Finger bewegten sich wie von selbst, während sie gehorsam die Nägel unter die faserige Haut der Knollen schob und sie Stück für Stück löste. Sofort machte gelber Saft ihre Finger klebrig und ein scharfwürziger Geruch stieg ihr in die Nase. Nakeen hatte sich eine Handvoll Drajomwurzeln gegriffen, um sie mit seinem Dolch sauber zu schaben. Ihre Frage ließ ihn innehalten und aufschauen.

»Weshalb? – Auch wenn du es vielleicht nicht begreifen kannst, Korun: Die KâlTeiréen sind eins mit ihren Seelengefährten. Zwei Wesen, zwei Willen, zwei Herzen, zwei Seelen – die einander so nah sind als wären sie eins. Schmerz, Trauer, Freude – sie teilen alles. Jeder kennt die Gedanken des anderen, weiß um sein Innerstes.« Einen Moment beobachtete er die Flammen, ehe er weitersprach. »Und jetzt stell dir vor, wie es sich anfühlen muss, wenn dieses Band zerbrochen wird. Wahrscheinlich ist es, als würde dir dein Innerstes entzweigerissen. – Aber dieser Schmerz ist vermutlich nichts im Vergleich mit der Leere, die der Tod einer der beiden Seelen in der anderen zurücklassen muss, und dem Gefühl, dass ein Teil des eigenen Selbst, der eigenen Seele gestorben ist.« Seine Augen glitten erneut zu dem Verrückten. »Sie sind wie zwei Seiten einer Münze. – Die eine gibt es ohne die andere nicht.« Er wandte sich wieder den Wurzeln zu. Mit leisem Schrappschrappschrapp fuhr seine Klinge über die rötlichbraune Haut.

»Wie schnell ... wie lange leben sie noch, bis sie beschließen, dass sie sterben wollen?«, fragte Darejan und zupfte weiter an den Schalfäden der Lassrenknolle in ihrer Hand.

»Sie beschließen nicht, dass sie sterben wollen. – Sie entscheiden, dass sie nicht mehr leben wollen.« Darejan schnaubte ob dieser Haarspalterei, verbiss sich jedoch die Bemerkung, die sie schon auf der Zunge hatte, und ließ den Jarhaal weitersprechen. »Wie schnell sie ihrem Seelengefährten über die TellElâhr folgen, kann niemand genau sagen. Meist verlassen sie Adreshaal oder ihre Geshreen binnen zwei, manchmal auch nur einen Tages«, beantwortete er dann ihre Frage. Unter seiner Decke regte der Verrückte sich mit einem leisen Ächzen, nur um gleich darauf wieder stillzuliegen. Nakeen sah zu ihm hinüber. »Nur von den DúnAnór sagt man, dass sie den Schmerz des Verlustes ein wenig länger ertragen, wenn sie noch eine Pflicht für den Orden zu erfüllen haben. Erst dann steigen sie in die GônTheyraan«, murmelte er mit einem leisen Seufzen.

»Du weißt von den DúnAnór?« Verblüfft blickte Darejan ihn an.

Die Edelsteintätowierungen über seiner Braue blitzten, als er sich ihr wieder zuwandte. »Natürlich. Früher, in der Hohen Zeit der DúnAnór, entstammten viele Krieger des Ordens meinem Volk. Es war eine Ehre, zur Klinge erwählt zu werden, auch wenn es bedeutete, dass man seine Geshreen und die Bergsteppen verlassen musste.«

»Dann weißt du auch, wo ihre Ordensburg liegt?« Sie hielt den Atem an, während sie auf seine Antwort wartete.

Er schwieg mehrere Momente, in denen er sie ergründlich musterte. »Warum willst du das wissen?«, fragte er schließlich.

Darejan gab seinen Blick zurück. War das alles vielleicht nur eine List, mit der er sie in Sicherheit wiegen wollte, um das Halsgeld, das Seloran auf sie ausgesetzt hatte, allein einstreichen zu können? – Aber wenn er ihnen tatsächlich helfen wollte? Sie blickte zu dem Verrückten hinüber. Seine Hände scharrten im Fieberschlaf unruhig durch die Blätterschicht des Bodens, lagen für einen schweren Atemzug still, bewegten sich weiter, als würden sie etwas suchen. Allein würde es ihr niemals gelingen, ihn zu der Ordensburg der DúnAnór zu schaffen. Sie brauchte Nakeens Hilfe.

»Ich will ihn nach Hause bringen«, erklärte sie und schaute ihn wieder an.

In dem Blick, mit dem er ihren erwiderte, stand Verwirrung. »Du willst ihn nach Hause bringen, weißt aber nicht, wo das ist?« Er strich sich mit dem Handrücken eine Haarsträhne aus der Stirn. »Vielleicht wäre jetzt der Zeitpunkt gekommen, mir die ganze Geschichte zu erzählen, Korun«, meinte er kopfschüttelnd und begann die geputzten Drajomwurzeln in den Topf zu schnippeln, aus dem heiße Dampfschwaden emportanzten.

Das Misstrauen war mit einem Schlag zurück. »Und wer sagt mir, dass du kein falsches Spiel mit uns treibst, *Jarhaal*? Immerhin warst du bei diesen Kerlen, die uns an … an Königin Seloran verkaufen wollten.«

Ärgerlich zog er die Brauen zusammen. »Allein kommst du nicht weit, *Korun*. Du brauchst meine Hilfe!« Es schien, als hätte er zuvor ihre Gedanken gelesen. Mit einem herrischen Wink forderte er die geschälten Lassrenknollen von ihr, schnitt sie in Stücke und warf sie zu den Drajomwurzeln ins brodelnde Wasser. Ein Streifen Rauchfleisch folgte ihnen. Alles wurde mit dem hölzernen Schöpflöffel umgerührt, dann wischte Nakeen seinen Dolch an einigen Blättern sauber und blickte sie auffordernd an.

Anstelle einer Antwort presste Darejan störrisch die Lippen zusammen. Über das Feuer hinweg starrten sie einander an.

»In Ordnung, Korun«, brach Nakeen schließlich das Schweigen. »Vertrauen gegen Vertrauen. – Ich erzähle dir alles, damit du siehst, dass du mir vertrauen kannst. – Vor etwas mehr als zwei Dutzend Mondläufen stahlen irgendwelche Bastarde drei CayAdesh, die meiner Obhut anvertraut waren, von einer der Bergweiden. Deshalb wurde ich von meiner Geshreen ausgestoßen. Aber nach dem Gesetz meines Volkes hätte ich zurückkehren dürfen, wenn ich sie gefunden und nach Hause gebracht hätte. Bis vor fünf Mondläufen habe ich sie gesucht.« Mit beiden Händen fuhr er sich durchs Haar. »Ich habe sogar die Kerle aufgespürt, die sie gestohlen hatten – nur um erfahren zu müssen, dass Niraal, Gijraa und Asree sich so sehr gewehrt hatten, dass diese Schweine sie getötet haben.« Seine Stimme wurde bitter. »Ich weiß nicht, ob du das verstehen kannst, Korun, aber von seiner Geshreen getrennt zu sein und die Bergsteppen niemals wiedersehen zu dürfen, ist für einen aus meinem Volk schlimmer als der Tod.« Er versetzte einem Ast einen Tritt, sodass er tiefer ins Feuer rutschte. »Eine ganze Zeit habe ich nach einer Möglichkeit gesucht, mich zu bewähren, damit ich wieder in Gnaden zurückkehren dürfte. Es gab keine. Als Erstes verlor ich die Hoffnung, dann meinen Stolz. Wenn jemand mir Arbeit gab, habe ich sogar für einen Hungerlohn geschuftet. Wenn nicht, habe ich gestohlen, um mir wenigstens etwas zu essen kaufen zu können. – Dann habe ich in einer Schenke gehört, wie Sorgral seinen Kumpanen erzählte, er habe von einem Söldner, der im Dienst der Korun-Königin stand, erfahren, dass sie ein Halsgeld von vierhundert Goldkahren auf eine Korun mit schwarzsilbernem Haar und dunklen blaugrün schillernden Augen ausgesetzt hat. Und dass sie weitere fünfhundert Goldkahren für einen Jarhaal zahlen würde, der mit der schwarzhaarigen Korun reiste. – Einen Jarhaal, der nicht nur über der Braue Edelsteintätowierungen hätte, sondern auch das Ohrläppchen hinauf.« Sein Blick ging zu dem Verrückten hinüber, der wieder still unter den Decken lag. »Es war mir gleichgültig, warum sie ihn suchen ließ, warum er unverletzt zu ihr gebracht werden sollte oder warum sie das Halsgeld verdoppelte, falls man ihn vor dem nächsten Seelenmond fand und nach Kahel schaffte. Er war ein KâlTeiréen. Wenn ich ihm half, würde er vielleicht für mich sprechen und meine Geshreen würde mich wieder aufnehmen.« Er sah Darejan über das Feuer hinweg an. »Ich überzeugte Sorgral davon, dass es einen Jarhaal braucht, um einen Jarhaal zu fangen, und schloss mich ihm und seinen Männern an. In Rokan erfuhren wir von einer der Torwachen, dass ihr in der Stadt wart. Im *Lachenden Pfeiffer* entdeckten wir das Pferd mit dem Brandzeichen der Garde der Korun. Herauszufinden, dass ihr zum Haus der Karten gegangen wart, war nicht schwer. Den Rest kennst du. – Und jetzt: Vertrauen gegen Vertrauen. Lass mich deine Geschichte hören.« Aufmerksam blickte er zu ihr herüber.

Darejan wich seinen Augen aus, schaute stattdessen zu Nijaa und Zaree hinüber, die sich in ein paar Schritt Entfernung auf einem Blätterbett niedergelassen hatten und aneinanderschmiegten. »Und was war mit ihnen?«, wollte sie anstelle einer Antwort wissen.

»Zufall. Ich wusste nicht, dass sie auf dem Pferdemarkt verkauft werden sollten, aber ich hätte die Sonne über den Bergen angehalten, um sie zu befreien.« Er nickte zu dem Verrückten hin. »Er war allerdings schneller. – Ich warte auf deine Geschichte«, verlangte er dann erneut.

Da sie wohl tatsächlich keine andere Wahl hatte, stieß sie einen unhörbaren Seufzer aus und berichtete ihm davon, wie Réfen sie mit der Warnung *Die Grauen suchen den Jarhaal* zu Kajlan geschickt hatte und wie sie immer tiefer in alles hineingezogen worden war, nur um sich schließlich allein mit dem Verrückten zu finden. Sie erzählte ihm, dass sie ihn zur Ordensburg der DúnAnór bringen wollte, in der Hoffnung, dass diese Krieger wussten, wie man Ahorens Seele wieder in einen Seelenstein bannen konnte. Dass Seloran ihre Schwester war und der Verrückte sie des Mordes an jemandem bezichtigte, von dem er selbst nicht wusste, wer es war, verschwieg sie Nakeen.

Als sie geendet hatte, starrte er noch eine Weile stumm in die Flammen.

»Jenseits der weißen Ebene, ShaAdon,
geschützt von Erde und Feuer, zwischen Luft und Wasser,
reckt der CordánDún, Horst der Klingen,
seine mächtigen Türme vor dem Sonnenaufgang.
In den GônCaidur, Bergen der Ewigkeit, liegt er,
Tor zur BanOseren, Klippe des Anbeginns.
Ewiger Wächter des Schwarzen Flusses, KaîKadin,
und der Brücke der Toten, TellElâhr,
blickt er über den Schwarzen See, SúrKadin, Spiegel
des Nichts
in die Welt der Toten«,

skandierte er dann halblaut, ohne Darejan anzusehen.

Sie benötigte mehrere Herzschläge, bis sie begriff: »Du weißt also tatsächlich, wo diese Ordensburg ist!«

»Nein!« Erst jetzt hob Nakeen den Blick.

»Nein? Aber ...«

»Niemand weiß, wo der CordánDún liegt«, unterbrach er Darejan unwirsch.

»Gerade eben hast du doch noch gesagt, er liege jenseits dieser weißen Ebene, in den Bergen der Ewigkeit«, beharrte sie störrisch.

»Verdammt, Korun, begreif es endlich!«, fuhr er so zornig auf, dass Darejan unwillkürlich zurückschreckte. »Niemand außer den DúnAnór selbst weiß, wo der Horst der Klingen versteckt liegt. Kein Gelehrter könnte dir sagen, wo sich die ShaAdon befindet, oder die GônCaidur, oder die BanOseren. Sie alle haben schon einmal von diesen Orten gehört – in Liedern und Legenden. Ebenso ist es mit der TellElâhr und dem SúrKadin. Kein Lebender hat sie jemals gesehen – und weder du noch ich können die Toten befragen.« Mit geballten Fäusten hatte er sich vorgebeugt. Jetzt öffneten seine Hände sich allmählich wieder und er nickte zu dem Verrückten hin. »Warum fragst du ihn nicht nach dem Weg? Er muss ihn kennen.«

Darejan schloss die Augen und atmete ein paar Mal tief ein und aus, bis sie sicher war, dass sie Nakeen nicht anschreien würde, ehe sie ihm antwortete. »Vielleicht begreifst *du* endlich, dass er verrückt ist. – Natürlich habe ich ihn gefragt. Er bekam einen seiner Anfälle und starrte danach nur noch dumpf vor sich hin. Er ist der Letzte, der mir sagen kann, wo diese verfluchte Ordensburg ist.«

»Und obwohl du noch nicht einmal weißt, in welche Richtung du gehen musst, schleppst du ihn in diesem Zustand quer durch Oreádon?« Nakeens Stimme klang, als wisse er nicht, ob er vielleicht auch an *ihrem* Verstand zweifeln solle.

Darum bemüht, ihren allmählich immer höher brodelnden Ärger im Zaum zu halten, griff sie nach dem Becher mit den Blauflechtenstängeln und schnupperte daran, ehe sie erklärte: »Ich weiß, in welche Richtung ich gehen muss.«

»Ach? Und woher?«

»Von einem Nekromanten in Kahel. Er sagte, die Ordensburg der DúnAnór befände sich an einem Ort mit dem Namen GônCaidur, der weit im Osten liegen solle.« Mit spitzen Fingern schickte sie sich an, die Blauflechtenstängel aus dem Becher zu fischen, hielt dann aber nachdenklich inne. »Kennst du die GônAdon?«, fragte sie nach einem Moment und schaute zu Nakeen hinüber.

»Die Weißen Berge? Natürlich. Sie liegen hinter dem WrenTedan, im Osten von ...« Er verstummte und Darejan nickte, während sie den letzten Stängel von ihren Fingern schnippte, die Schale mit den Travankrautblättern ergriff und aufstand. »Du meinst, die Weiße Ebene könnte sich in der Nähe der GônAdon befinden?« Zweifelnd sah er zu ihr auf.

»Es wäre doch möglich, oder? Sie liegen im Osten. Die Ordensburg soll sich im Osten befinden, hinter einer ›Weißen Ebene‹ ...«

»Und die Sonne geht im Osten auf.«

Verständnislos blickte sie ihn an.

»... reckt der CordánDún seine mächtigen Türme vor dem Sonnenaufgang ...«, zitierte er anstelle einer Erklärung, und Darejan begriff, was er meinte.

»Es passt alles zusammen«, nickte sie erneut, ehe sie zu dem

Verrückten hinüberging und sich neben ihn kniete. Nakeen erhob sich ebenfalls vom Feuer und folgte ihr.

Ohne ihn zu beachten, stellte sie den Blauflechtentee und die Schale mit dem Blättersanft neben den Verrückten auf den Boden. Dann beugte sie sich über ihn. Ein leiser, wimmernder Protestlaut drang aus seiner Kehle, als ihr Schatten auf sein Gesicht fiel, seine Lider bebten, hoben sich aber nicht. Unter beruhigendem Murmeln zog Darejan die Decke von seinen Schultern und entblößte seine Brust. Seine Finger zuckten zwischen den Blättern. Ihre Hoffnung, die aufgeschnittenen Travankrautblätter hätten vielleicht schon ein wenig gegen die Entzündung geholfen, schwand, als sie sie abhob und die Wunde darunter zum Vorschein kam. Sie war noch immer rot, heiß und geschwollen. Nakeen beugte sich über ihre Schulter. Die Atemzüge des Verrückten wurden hastiger, abgehackter.

»Geht es ihm besser?« Seine Frage ließ Darejan mit den Fingern in dem warmen, ausgelassenen Saft der Travankrautblätter innehalten und den Kopf schütteln. Nakeen stieß ein Zischen aus. »Wir können nicht ewig hierbleiben!«, beantwortete er ihren verständnislosen Blick.

»Weshalb? Du hast doch gesagt, dass du sie auf eine falsche Spur geführt hast.«

»Das habe ich. Aber vielleicht haben sie die richtige trotzdem wiedergefunden. Wir sollten es nicht darauf ankommen lassen und unseren Vorsprung nutzen, solange wir können.« Die Sonne blitzte in seinen Edelsteintätowierungen, als sein Blick rasch über die Felsen und Bäume wanderte, ehe er zu ihr zurückkehrte. »Und außerdem, Korun: Wir sind im WrenVarohn, dem Wald der Tränen. Es ist nicht klug, hier länger an einem Ort zu bleiben – vor allem nicht nach Einbruch der Dunkelheit. Noch nie soll jemand eine Nacht hier mit gesundem Verstand überlebt haben.«

»Und dann bringst du uns hierher?«, entsetzt schnappte Darejan nach Luft. »Hast du nicht gewusst, dass ...«

»Nein, habe ich nicht«, fuhr Nakeen ihr scharf dazwischen, ohne sie zu Ende sprechen zu lassen. »Hätte ich gewusst, dass er zu krank ist, um nach ein paar Stunden Ruhe weiterzureiten, hätte ich ein anderes Versteck gesucht – oder hätte euch zumindest nicht so tief in den WrenVarohn geführt.« Einen Moment maßen sie sich mit wütenden Blicken.

»Weißt du wenigstens, warum noch niemand eine Nacht hier mit gesundem Verstand überlebt hat?« Sie beugte sich erneut über den Verrückten, um ihm den Travankrautblättersaft auf die Wunde zu streichen. Unter ihrer Berührung schauderte er zusammen, hob in einer fahrigen Bewegung die Hände, als wolle er sich gegen sie wehren.

Nakeen zuckte die Schultern. »Es soll hier einmal eine entsetzliche Schlacht stattgefunden haben, lange bevor es den Wald selbst gab. Man sagt, die Seelen der Krieger, die dabei den Tod gefunden haben, sind immer noch hier und machen Jagd auf jeden, der sich bei Nacht in ihrem Wald aufhält. Ob das wahr ist, kann ich nicht sagen. Alles, was ich weiß ist, dass niemand, der eine Nacht in diesem Wald überlebte, noch genug Verstand hatte, um anderen davon zu berichten, was ihm wirklich begegnet ist.« Er kauerte sich neben sie, umfasste locker die Handgelenke des Verrückten und drückte sie zu Boden – nur um verblüfft härter zupacken zu müssen, als der sich unvermittelt mit einem gurgelnden Schrei gegen seinen Griff wehrte. Doch als Nakeens Hände sich fester schlossen, wurde der Schrei zu einem fürchterlichen Heulen, die fahrige Gegenwehr zu einem wütenden Toben. Hatte er bis eben schwach und teilnahmslos unter der Decke gelegen, so kämpfte er nun mit geradezu übermenschlichen Kräften gegen Nakeen. Sein gellendes Heulen wurde zu einem schweren Keuchen, das sich mit dem überraschten Nakeens mischte. Ein heftiger Stoß beförderte Darejan ins Laub, ihre Finger schrammten schmerzhaft über Stein. Irgendwie bekam der Verrückte eine Hand frei, sein Hieb streifte Nakeen nur an der Kehle, genügte aber, ihn mit einem abgehackten, würgenden Laut hintübertaumeln zu lassen. Für einen kurzen Moment schien er zu verblüfft, um mehr zu tun, als den anderen anzustarren, während er zugleich würgend nach Luft rang. Keinen Lidschlag später war der Verrückte auch schon über ihm, legte ihm die Hände um den Hals und drückte zu, wobei er verworrenes Zeug hervorstieß, aus dem nur ein einziges Wort verständlich war, das er beständig wiederholte: »Nein!«

Zu Darejans Entsetzen schien Nakeen nichts gegen den Verrückten ausrichten zu können. Seine Rechte tastete hektisch durch das Laub, während er mit der Linken an seinen Fingern zerrte, in dem Versuch sie zu lockern. Verzweifelt versuchte er sich herumzuwerfen, krallte nach den Augen des Verrückten. Der riss den Kopf zurück, drückte weiter zu und fletschte knurrend wie ein Tier die Zähne. Dieser grauenvolle, unmenschliche Laut weckte Darejan aus ihrer Erstarrung. Ihr Blick zuckte auf der Suche nach einer Waffe umher, blieb an einem etwa faustgroßen Stein hängen. Sie packte ihn, kam auf die Füße. Nur zwei Schritt trennten sie von den Männern. Doch als sie den Stein hob, zögerte sie. Seloran! Was, wenn sie dem Verrückten unbeabsichtigt den Schädel einschlug? Als habe er sie neben sich gespürt, fuhr sein Kopf herum. Für nicht mehr als einen

Wimpernschlag begegnete sie seinem silbernen Blick und begriff, dass sie zu lange gezögert hatte. Mit gefährlicher Schnelligkeit war er auf den Beinen. Seine Hände schlangen sich in der gleichen mörderischen Absicht um ihre Kehle, wie sie es bei Nakeen getan hatten. Darejan schlug zu. Für den Bruchteil eines Atemzugs starrte er sie an. Dann löste sein Griff sich, seine Augen wurden trüb und er brach zusammen. *Der Körper eines Mannes reglos am Boden. Gestalten, die sich über ihn beugten. Ihn grob herumzerrten. Der Schrei eines Adlers in der Dunkelheit. Mondlicht, das kunstvolle Linien aus Edelsteinen blitzen ließ. Ein dumpfes Stöhnen. Stimmen, die einen fremdartigen Dialekt sprachen. Hartes Gelächter.* Der Stein polterte aus Darejans Hand. Ihr Kopf pochte. Sie wich zurück. Neben ihr taumelte Nakeen noch immer keuchend auf die Beine, eine Hand an der misshandelten Kehle. Er sagte etwas, doch die Worte erreichten Darejan nicht. Erst als er sie bei den Schultern packte und schüttelte, irrte ihr Blick zu ihm.

»Wolltest du ihn umbringen?«, herrschte er sie an.

Zorn vertrieb den letzten Rest Benommenheit aus ihrem Geist. »*Er* hätte *dich* beinah umgebracht! – Glaubst du mir jetzt, dass er verrückt und gefährlich ist? Wir müssen ihn fesseln, damit so etwas nicht noch einmal geschieht«, brachte sie nach einem weiteren Moment endlich hervor. Mit schmalen Augen musterte er sie, sah dann auf den Verrückten hinab.

»Heißt das, er hat schon mal jemanden angegriffen?«

Darejan nickte, während Nakeen sich neben ihn kniete und ihn auf die Seite drehte. »Einmal. Als er auf das Schiff gebracht werden sollte, mit dem wir aus Kahel geflohen sind. Ohne Grund ist er auf Noren, einen der Männer, die ihn aus dem Kerker befreit haben, losgegangen, als der ihm die Hände fesseln wollte ...« Der Umstand, dass Nakeen abrupt den Kopf hob und sie in einer Mischung aus Schrecken und Begreifen ansah, ließ sie innehalten. »Was ist?«

»Verdammt, Korun, muss ich es dir tatsächlich erklären? Du hast doch gerade selbst gesagt, dass er erst einmal jemanden ohne Grund angegriffen hat: als man ihn fesseln wollte. Und eben wurde er auch erst dann wild, als ich versucht habe, seine Hände niederzuhalten.« Er blickte erneut auf den Verrückten hinab, schüttelte den Kopf. Darejan glaubte ihn etwas wie »Armer Kerl!« murmeln zu hören, ehe er sie wieder ansah. »Denk doch nach, Korun! Man hat ihn in Ketten gelegt und gefoltert. Und wenn sein Geist tatsächlich verwirrt ist, obendrein noch das Fieber, die Wunde ... Er hat uns vielleicht mit diesen Grauen Kriegern verwechselt und dachte, wir wollten ihm wieder Fesseln anlegen und ihn wieder foltern. Deshalb hat er sich gegen uns gewehrt ...«

Zweifelnd schaute sie an Nakeen vorbei zu dem Verrückten. Bisher hatte sie nie danach gefragt, warum er etwas tat. Sein Geist war wirr. Mehr gab es nicht zu wissen. Und doch ... könnte Nakeen recht haben. Auch als sie den Eiter aus der Wunde gedrückt und ihm Schmerzen bereitet hatte, waren seine Hände in die Höhe gekommen, als wolle er nach ihr schlagen, doch stattdessen hatte er die Finger in den Boden gekrallt. Sie beobachtete, wie Nakeen sich über den Verrückten beugte und durch dessen Haar tastete, um herauszufinden, welchen Schaden sie mit dem Stein angerichtet hatte. Schließlich stieß er gepresst den Atem aus und sah wieder zu ihr auf. »Wahrscheinlich ist es am besten, wenn wir es ihm einfach nur bequem machen und abwarten, bis er zu sich kommt. – So wie du zugeschlagen hast, könnte das ein bisschen dauern. Er hat jetzt schon eine Beule, so groß wie ein Steinsängerei. Zumindest blutet er nicht und der Knochen ist scheinbar auch heil geblieben. Aber der Schnitt über der Brust muss versorgt werden. Er glüht immer noch vor Fieber.«

Darejan warf einen Blick zu der Stelle, an der sie zuvor die Schale mit dem Travankrautblättersaft und den Becher abgestellt hatte, und verzog den Mund. Beides war umgestoßen. Der Blauflechtentee war im Laub versickert, nur auf dem Holz der Schale glänzte noch ein wenig des ausgelassenen Saftes. Rasch stellte Darejan sie in die Waagerechte, um zumindest den verbliebenen Rest zu retten. Dann half sie Nakeen, dem Verrückten in der Nähe des Feuers aus Blättern und Decke ein Lager herzurichten und ihn darauf zu betten. Während der Jarhaal einen Tuchfetzen in der Quelle anfeuchtete, mit dem er die Folgen von Darejans Hieb ein wenig zu mildern hoffte, strich sie behutsam auf die Wunde, was von dem Travankrautblättersaft übrig geblieben war. Unter ihren Händen hob und senkte sich die fieberheiße Brust in schwachen, stöhnenden Atemzügen, doch ansonsten lag der Verrückte vollkommen reglos. Er rührte sich noch nicht einmal dann, als Nakeen seinen Kopf anhob und das nasse Tuch auf die geschwollene Stelle legte. Einen Moment betrachtete er seine bleichen Züge, dann stand er brüsk auf und ging zum Feuer hinüber. Darejan folgte ihm, setzte sich ihm gegenüber und beobachtete, wie er in dem sanft vor sich hin blubbernden Kesselinhalt rührte, von dem inzwischen ein verlockender Duft aufstieg. Sie sah auf, als die CayAdesh-Rösser langsam herankamen. Nijaa trat hinter Nakeen, ohne ihre goldenen Augen von Darejan zu wenden, und blies ihm sanft gegen den Nacken, während Zaree sich mit unruhig spielenden Ohren dem Verrückten näherte, der reglos unter den Decken lag. Der Hengst schnupperte wachsam an ihm, schnaubte dann und schaute in Nakeens Richtung. Ein paar Atemzüge lang erwiderte der den Blick des CayAdesh schweigend, wobei er die Stute gedankenverloren unter ihrer Federmähne kraulte. Erst als Zaree einige Male den Kopf schüttelte und auch Nijaa wie zur Antwort ein leises Wiehern hören ließ, wurde Darejan klar, was da vor sich ging.

»Du kannst tatsächlich mit ihnen reden?«, wagte sie zu fragen, als Nakeen schließlich wieder zu ihr sah.

Als Antwort verzog er nur abfällig den Mund.

»Was ... was haben sie gesagt?«

Seine Finger verharrten unter Nijaas Mähne. Sie stupste ihn an. Nakeen seufzte leise.

»Sie sagen, dass er leidet, weil etwas entsetzlich Böses seinen Seelenbruder ermordet, ihn berührt und sein Innerstes zerrissen hat. Sie fürchten sich davor, und es erschreckt sie, dass er nicht mit ihnen sprechen kann. Oder sie versteht. Zaree ist außerdem wütend, dass es jemand gewagt hat, so etwas einem KâlTeiréen anzutun, und Nijaa hat Angst, dass dieses Böse auch ihrem ungeborenen Fohlen Schaden zufügen könnte.«

»Und sie ... sie reden in Wörtern und Sätzen wie wir?«

»Nein! Es sind eher Bilder und Gefühle, die sie übermitteln. Nur die KâlTeiréen ›sprechen‹ tatsächlich miteinander, so wie du und ich«, erklärte er ungeduldig und klaubte ein Stück Drajomwurzeln aus dem Laub, das ihm zuvor heruntergefallen sein musste. Er reichte es der CayAdesh-Stute über die Schulter, ehe er sich vorbeugte, um in den Kessel zu spähen. Erneut rührte er um, dann nickte er. »Wir können essen, Korun. Wo hast du die Schale, die ich dir gegeben hatte?«, erkundigte er sich und fischte eine zweite aus den Tiefen des Beutels. Wortlos stand

Darejan auf, ging dorthin, wo sie die Schale hatte liegen lassen, hob sie auf und reinigte sie sorgfältig in der kleinen Quelle von den Resten des Travankrautblättersaftes, ehe sie zu Nakeen zurückkehrte. Der füllte sie ihr schweigend und sie ließ sich wieder ihm gegenüber am Feuer nieder.

Der Eintopf schmeckte noch besser, als er roch. Das Scharfwürzige der Lassrenknollen und Salzige des Trockenfleisches wurde durch den rahmartigen Geschmack der Drajomwurzeln verfeinert und zugleich gemildert. Zusammen mit dem dunklen, kräftigen Brot, das sie als Löffelersatz benutzten, war das Ganze geradezu köstlich, und Darejan musste sich zwingen, ihre Portion nicht hinunterzuschlingen.

Irgendwann zwischen zwei Bissen entdeckte sie, dass die Augen des Verrückten offen waren. Sie machte Nakeen darauf aufmerksam und er schöpfte rasch frischen Eintopf in seine Schale, erhob sich und kniete sich neben den anderen.

»Hier! Ihr müsst essen, KâlTeiréen!« Auffordernd hielt er ihm das Gefäß hin, doch der verzog unwillig das Gesicht, während er sich schwerfällig auf einen Ellbogen hochstemmte und etwas murmelte, das Darejan nicht verstehen konnte, worauf Nakeen ihm den Wasserschlauch reichte. Der Verrückte trank so gierig, dass ihm glitzernde Rinnsale über Kinn und Hals rannen. Schließlich gab er Nakeen das Wasser zurück und setzte sich mit dessen Hilfe mühsam endgültig auf. Beinah sofort schien ihm schwindlig zu werden. Stöhnend vergrub er den Kopf in den Händen, tastete vorsichtig nach der Stelle an seinem Schädel, an der der Schmerz wohl saß. Er fand sie. Es war die Stelle, an der Darejan ihn mit dem Stein getroffen hatte.

»Was ist passiert?«, fragte er ächzend und sah blinzelnd auf.

»Du wolltest Nakeen umbringen«, erklärte Darejan ihm unwillig und in einem schärferen Tonfall als beabsichtig. »Ich musste dich bewusstlos schlagen!«

Seine Augen wanderten von einem zum anderen. Seine Züge wurden böse.

»Lügnerin! Warum sollte ich das tun? Ich glaube eher, dass du dieses Mal mich ermorden wolltest.«

Mit einem wütenden Zischen stieß Darejan die Luft aus und schaute Nakeen in einem stummen Glaubst-du-mir-jetzt-dass-er-verrückt-ist!-Blick an.

Doch der betrachtete sie plötzlich wieder auf jene drohend abschätzige Art, mit der er sie angesehen hatte, als er ihr seinen Dolch unter den Kiefer gedrückt hatte. »Dieses Mal?«, erkundigte er sich gefährlich leise. Er wandte sich dem Verrückten zu. »Wen hat sie zuvor ermordet? Euren KâlTeiréen?«

Die silbernen Augen wandten sich ihm zu, huschten keinen Herzschlag später jedoch unruhig davon, glitten über das Feuer, die beiden CayAdesh, zuckten über die Bäume und Felsen. Die dunklen Brauen zogen sich zusammen. »Ich …« Er leckte sich über die Lippen. Seine Züge verzerrten sich in stummer Qual. Er presste die Fäuste gegen die Schläfen. »Ich weiß es nicht«, brach es mit einem Stöhnen aus ihm heraus. »Ich weiß es nicht.« Die Worte endeten in einem Wimmern. Darejan konnte sehen, wie es in den Tiefen seiner Augen flackerte und sich dann jene verhangene Leere in ihnen ausbreitete, die sie nur zu gut kannte. Fassungslos beobachtete Nakeen, wie der Verrückte die Arme um sich selbst schlang und sich vornüberkrümmte. Er öffnete den Mund, um etwas zu sagen, schloss ihn aber gleich wieder.

»Glaubst du mir jetzt, dass er verrückt ist?« Darejan wunderte sich selbst über die Bitterkeit in ihrem Ton, während sie aufstand und um das Feuer herum zu der zusammengesunkenen Gestalt ging. Unter beruhigendem Murmeln brachte sie den Verrückten dazu, sich auf die Decken zurückzulegen, und schlug eine über ihn. Seine Finger zuckten fiebrig über den Stoff, zupften an seinem Rand, gruben sich in seine Falten. Ihre Hände hielten sie auf, bis sie zur Ruhe kamen. Als sie sich aufrichtete und Nakeen ansah, starrte der sie noch immer entsetzt an. Er schüttelte den Kopf. Wieder und wieder. »Felsen und Wind«, war alles, was er nach einigen weiteren bebenden Atemzügen herausbrachte.

Darejan verzog den Mund und kehrte auf ihre Seite des Feuers zurück. Ein dumpfes Schweigen legte sich über sie.

Irgendwann schien Nakeen die Stille nicht mehr ertragen zu können. Er murmelte etwas, das nach: »Ich will sichergehen, dass Sorgral und seine Männer unsere Spuren nicht wiedergefunden haben«, klang, schwang sich auf Zarees Rücken und verschwand zwischen den Bäumen. Eine kleine Weile blickte Darejan müde in die Flammen. Nachdem ihr Kopf das erste Mal auf ihre Brust gesunken und sie vom Rand des Schlafes aufgeschreckt war, stand sie auf und ging hinüber zur Quelle, um die beiden Schalen zu säubern und den Becher neu zu füllen, um dem Verrückten erneut etwas Blauflechtentee zu kochen. Als sie ans Feuer zurückkam, hatte Nijaa sich neben ihn gelegt. Scheinbar war die tröstliche Nähe der CayAdesh-Stute selbst in seinem verwirrten Zustand in seinen Geist gedrungen, denn er hatte sich an sie geschmiegt. Seine Hände lagen still auf den Decken, eine hatte er halb unter seine Wange geschoben. Er wirkte auf eine seltsame Art friedlich. Sie stellte den Becher ans Feuer und legte die letzten Travankrautblätter in eine der Schalen, die sie dicht daneben platzierte. Als das Wasser schließlich zu dampfen begann, gab sie ein paar Blauflechtenstängel hinein und wartete, bis der Sud durchgezogen war. Am Boden der Schale hatte sich inzwischen ein glänzender See Travankrautblättersaft gesammelt. Schließlich ging sie mit beidem zu dem Verrückten hinüber. Die CayAdesh-Stute beäugte sie zwar angespannt, schlug unruhig mit dem Federschweif und legte warnend die Ohren zurück, doch sie blieb neben ihm liegen. Darejan drehte ihn ein wenig mehr zur Seite, damit sie die Wunde besser erreichen konnte, und schob sein Hemd in die Höhe. Er stöhnte leise, während sie den Travankrautsaft auftrug, und seine Hände zuckten wieder auf der Decke, aber er wehrte sich nicht. Unter Nijaas wachsamem Blick gelang es ihr dann sogar, ihm den Becher Blauflechtentee einzuflößen. Wie in jener Nacht in der Dierenzeder öffneten seine Augen sich, während er trank, einen kleinen Spalt und sahen sie ratlos, verhangen und voller Schatten an. Und wie damals schlossen seine Lider sich nach einem Moment wieder und er sank zurück in seine seltsame Benommenheit. Nijaas Schnauben ließ sie aufschauen. Die Stute streckte ihr mit aufgestellten Ohren die Nüstern entgegen. Wieder ließ sie ein Schnaufen hören, und Darejan begriff, nahm das wortlose Friedensangebot an und streckte langsam die Hand aus, um ihren Hals zu streicheln. Ihr Gefiederfell fühlte sich an wie eine Mischung aus Basalasamt und Sarinseide. Weich und glatt und dennoch zugleich ein wenig rau. Gehorsam nahm sie die Hand wieder zurück, als die Stute nach ein paar Augenblicken mit einem Schnauben den Kopf schüttelte und sich ihrer Berührung entzog. Mit einem seltsamen Gefühl des Bedauerns in der Kehle kehrte Darejan mit Schale und Becher zum Feuer zurück und ließ sich daran nieder. Die Arme um die angezogenen Beine gelegt, machte sie sich daran zu warten.

27

Als eine Hand sich um ihre Schulter schloss, schreckte sie mit einem Schrei in die Höhe und schlug nach dem Angreifer. Fluchend packte Nakeen ihre Handgelenke und hielt sie fest. Erst als ihr klar wurde, wie tief die Sonne schon auf der zweiten Hälfte ihrer Bahn stand, erkannte sie, dass sie eingeschlafen sein musste. Nijaa stand eng an Zaree gedrängt und schlug unruhig mit dem Schweif.

Schuldbewusst und verschlafen fuhr sie sich übers Gesicht. Blätter hingen in ihrem Haar. Das Feuer war zu einer dünnen Rauchsäule heruntergebrannt, die sich träge in den Himmel wand. »Ich ... Es tut mir leid. Ist alles in Ordnung?«

»Nein.« Nakeen war auf der anderen Seite der Feuerstelle dabei, Blätter und Erde fortzuscharren, bis er eine kleine Kuhle gegraben hatte, in die er die Reste ihres Mahles kippte, ehe er Erde und Blätter wieder darüber verteilte. Er warf ihr den Topf zu. »Spül ihn an der Quelle sauber, aber hinterlass keine Spuren. Und beeil dich!«, befahl er ihr, während er schon die Beutel heranzog und sich daran machte, Schalen und Becher und die Reste des Proviants hineinzustopfen.

»Was ist passiert? Haben die Kerle unsere Spur gefunden?«

»Nein, ich glaube noch nicht. Aber sie haben angefangen, den Wald abzusuchen. Außerdem konnte ich Torel nirgends entdecken. Ich habe ein schlechtes Gefühl bei der Sache. Irgendetwas stimmt nicht. Wir verschwinden von hier.«

»Und wo willst du hin?«

»Tiefer in den WrenVarohn hinein. Lass uns hoffen, dass sie zu abergläubig sind, um uns zu folgen, falls sie unsere Spuren doch finden. – Der Kessel! Nun mach schon!«

Darejan gehorchte hastig. Die Beutel wurden über Nijaas Rücken geworfen, Nakeen füllte noch einmal den Wasserschlauch, dann kniete er sich neben den Verrückten und weckte ihn behutsam. Es dauerte eine Weile, bis er endlich die Augen öffnete. Unter beruhigendem Murmeln zog Nakeen ihn auf die Beine und bedeutete Darejan, die Decken zusammenzurollen. Wieder tat sie, was er verlangte, und legte sie über Nijaa, während Nakeen sich weiter um den Verrückten kümmerte. Er wirkte benommen, aber nicht mehr so verwirrt wie zuvor. Widerstandslos ließ er sich zu Zaree führen und stieg dann gehorsam auf den Rücken des Hengstes. Mit halb geschlossenen Augen hockte er zusammengesunken auf dem CayAdesh, eine Hand auf dessen Widerrist abgestützt, die Finger der anderen locker in dessen Gefiedermähne geschlungen. Nakeen blickte einen Moment lang zweifelnd zu ihm auf, dann sah er mit zusammengepressten Lippen zu Darejan, ehe er sich abwandte und Zaree die Senke hinaufführte. Darejan folgte ihnen in den Spuren des Hengstes. Nijaa bildete den Abschluss.

Während Nakeen sie immer tiefer in den WrenVarohn hineinführte, senkte sich die Sonne rasch hinter den Bäumen, und Darejan erkannte, dass sie länger geschlafen hatte, als sie gedacht hatte. Ihr rotgoldenes Licht tauchte die Blätter und Nadeln der Narlbirken und Cinjantannen in ein warmes Farbenspiel. Kletterranken wanden sich an ihnen zwischen dunklen Moospolstern und tellerförmig aus der Rinde wachsenden Pilzen empor. Ein paar Mal reckte eine uralte Dierenzeder zwischen ihnen ihre Zweige in einen Himmel, der sich allmählich rot zu färben begann. Warm strich ein sanfter Windzug durch das Unterholz und brachte es zum Rascheln. In den Wipfeln tschilpten und keckerten Vögel unsichtbar um die Wette.

Schließlich wandelte sich das Licht zuerst zu fahlem Violett, das schnell zu tiefem Purpur wurde. Die Nacht breitete sich zwischen den Bäumen aus und brachte eine seltsame Kälte mit sich. Plötzlich war es vollkommen still. Selbst der Wind hatte sich gelegt. Die einzigen Geräusche schienen ihre Schritte zu sein und das wilde Pochen ihres Herzens, das Darejans Blut in ihren Ohren rauschen ließ. Fahle Nebelschlieren krochen über den Boden und zauberten matt schimmernde Wassertropfen auf Blätter und Stämme.

Vor ihr war Nakeen stehen geblieben. Unruhig und wachsam zugleich blickte er sich um. Neben ihm scharrte Zaree mit seinen Hufklauen über den Boden und schlug mit dem Federschweif. Nijaa schnaubte leise und trat näher an Darejan heran.

»Weiter!« Das Wort klang gepresst. Seine Stimme hallte zu laut in der gespenstischen Stille. Die Hand auf der Schulter des CayAdesh-Hengstes setzte er sich wieder in Bewegung. Darejan beeilte sich, ihm dicht zu folgen. Sie spürte Nijaas Atem warm in ihrem Nacken. Laub und Nadeln raschelten unter ihren Füßen. Manchmal brach ein Zweig mit einem trockenen Knacken. Der Nebel wallte allmählich höher, schmiegte sich um Baumstämme und Äste, schillerte und wirbelte zwischen den Blättern. Kleine Flammen tanzten in ihm hoch über dem Boden, blaufahle Feuer, manche nicht größer als ein Funke. Nijaa schnaubte neben ihr. Die Flammen kamen näher, wichen zurück, versteckten sich hinter Blättern, lugten wieder hervor.

Lockten.

Lockten.

Sie streckte die Hand aus, folgte ihnen.

Folgte ihnen.

Bahnte sich einen Weg durch Gestrüpp hindurch. Dornen rissen an ihrem Kleid, stachen in ihre Arme. Sie stolperte auf eine Lichtung. Weit, weit entfernt klang ein Wiehern in der Dunkelheit. Ein Funke zuckte auf sie zu, fiel auf ihre Handfläche. Kälte biss zu, betäubte ihre Hand, ihren Arm, kroch weiter. Winzige rote Perlen traten aus ihrer Haut. Fasziniert beobachtete sie, wie sie sich zu einer kleinen Lache sammelten, wie der Funke sich in ihr niederließ. Das Rot verschwand, während der Funke zu einer Flamme wurde. Er wirbelte davon, machte einem anderen Platz. Sie kicherte, drehte sich um sich selbst. Eine Wolke aus Funken tanzte um sie herum, Schatten und Schemen. Das Raunen des Windes war zurückgekehrt. Es klang wie Gelächter und Flüstern, das Klirren von Waffen, Schreie und Stöhnen. Das zu einem überschnappenden Kreischen wurde. Die Flammen stoben auseinander. Darejan stolperte, fiel auf die Knie, spürte Geröll und Äste unter sich. Um sie her peitschte ein Sturm die Wipfel der Bäume. Ihre Arme waren mit einem Firnis aus Blut bedeckt. Neben ihr stützte Nakeen sich schwer atmend an einem toten Stamm ab, um nicht wie sie auf die Knie zu fallen. An seinem Hals und auf seinem Gesicht glänzte Blut.

Vor ihnen gebärdete Zaree sich wie ein Schlachtross vor einem Feind. Er wieherte, schnaubte, tänzelte, stampfte, keilte aus und stieg, fletschte die Zähne und schüttelte seine Federmähne. Auf seinem Rücken saß der DúnAnór hoch aufgerichtet und beinah vollkommen regungslos. Auf der anderen Seite der Lichtung drängten sich die Flammen und Funken. Schatten und Schemen, die sich krümmten und wanden. Ein hohes Wimmern war in der Luft und schmerzte in den Ohren. Darejan kam auf die Füße und stolperte zu Nakeen hinüber. Der starrte ihr mit entsetzensweiten Augen entgegen. Eine Bewegung hinter ihnen ließ beide herumfahren. Nijaa blickte sie an. In ihrer Mähne hingen Zweige, Dornen und Kletten. Die Stute bließ ihnen ihren warmen Atem entgegen.

Und dann starb mit einem Mal jeder Laut. Silbernes Mondlicht tanzte zwischen den Bäumen hindurch. Zaree stand still mitten auf der Lichtung, den Hals elegant gebeugt. Seine Federmähne floss von seinem Nacken über seine Schultern. Ein sanfter Wind spielte mit ihr und zupfte an seinem erhobenen Schweif. Die Funken und Flammen hingen reglos im glitzernden Nebel, nur noch ein fahles Flackern, das nun langsam zu Boden glitt. Schatten und Schemen, die auf die Knie sanken, sich tief verneigten.

»Geht!« Einen Augenblick lang schien das Wort in der Lautlosigkeit zu hallen. Auf Darejans Haut kroch ein Schaudern entlang. Um ein Haar hätte sie aufgeschrien, als Nakeen sie am Arm packte und mit sich zog, hinter Nijaa her, die mit ruhigen Schritten am Rand der Lichtung entlangging und sie dann durch ein Dickicht führte. Hinter ihr knackte ein Zweig und sie blickte sich hastig um. Zaree und sein Reiter folgten ihnen langsam in einigem Abstand. Über ihnen schuhute ein Nachtvogel. Ein zweiter antwortete. In den Büschen erwachte Zirpen und leises Rascheln.

Erst an einem Bach blieb Nijaa stehen und senkte den Kopf um zu saufen, als wäre nichts geschehen.

»Wascht euch das Blut ab!« In der Stimme des DúnAnór schwang immer noch ein Hauch jener Macht mit, die Darejan auf der Lichtung gespürt hatte. »Sie werden uns nicht mehr folgen. Aber es gibt noch andere wie sie in diesem Wald.« Sein Ton wurde müde und dumpf vor Trauer. »Zu viele.«

»Was war das?« Sie kniete sich neben Nakeen, der schon dabei war, sich das inzwischen beinah getrocknete Blut abzuwaschen.

»AnórAtâr, Seelenfeuer. Verfluchte Seelen, denen es verwehrt ist, über die TellElâhr zu wandeln, oder zumindest in den Schleier zu gehen. Sie sind in diesem Wald gefangen und zornig darüber«, antwortete er leise und blickte in die Richtung zurück, aus der sie gekommen waren.

»Sind sie der Grund für die entsetzlichen Dinge, die man sich über den WrenVarohn erzählt?« Nakeen hatte sich das Hemd über den Kopf gezogen und benutzte es nun, um sich abzutrocknen.

Die silbernen Augen wandten sich ihm zu. Das Mondlicht ließ sie glitzern. »Ja.«

»Was hast du getan, um sie ... zu verjagen?« Der Jarhaal trat neben Zaree und legte dem Hengst die Hand auf die Schulter.

Für einen langen Atemzug sah der DúnAnór auf ihn hinab. Selbst von ihrem Platz am Bach aus konnte Darejan die tiefen Falten sehen, die mit einem Mal seine Stirn zerschnitten. »Ich weiß es nicht«, murmelte er dann mit brechender Stimme. Seine Schultern sanken herab, und es war, als hätte ihn von einem Atemzug auf den anderen jeder Funken Kraft verlassen.

Es war schon dunkel, als die Reiter über das Dorf herfielen. Reglos und schweigend beobachtete ihr grau gewandeter Anführer vom Rücken seines mächtigen Streitrosses aus, wie seine Krieger gegen Männer kämpften, die keine andere Waffe besaßen als Mistgabeln und Dreschflegel. Wen sie nicht erschlugen, trieben sie zusammen wie Schlachtvieh. Flammen züngelten gegen den Nachthimmel, als sie das Dorf wieder verließen. In den Ruinen blieben nur Frauen, Kinder und Alte zurück. Selbst die Leichen der Männer nahmen sie mit sich.

Ein kalter Wind war allmählich aufgekommen und immer stärker geworden, je weiter die Nacht voranschritt. Zuerst war er nicht mehr gewesen als ein Hauch – inzwischen fegte er raschelnd durch die Blätter der Bäume. Sie hatten gerade einen Geröllhang erklommen, als Zaree unvermittelt stehen blieb und witternd den Kopf in den Wind reckte. Einen Augenblick später stieß er ein scharfes Schnauben aus und blickte mit peitschendem Federschweif zu Nakeen, der hinter ihm den Hang hinaufgeklettert war. Der Jarhaal blieb ebenso abrupt stehen wie der Hengst, lauschte mit angehaltenem Atem und stieß einen scharfen Fluch aus. Als Darejan neben ihm anlangte, sah sie ihn fragend an. Doch ehe er etwas sagen konnte, trug eine Böe die Geräusche auch zu ihr. Die schweren Tritte von Pferdehufen, unter denen auf dem Boden liegende Äste zerbrachen, die Rufe von Männern – und das Kläffen von Hunden. Nijaa ließ ein ängstliches Wiehern hören. Auf Zarees Rücken hob jetzt auch der Verrückte den Kopf. Die letzten Stunden hatte er zusammengesunken auf dem Hengst gesessen, eine Hand in die Federmähne geklammert, die andere auf den Widerrist gestützt, offenbar von den gleichmäßigen Tritten des Tieres in einen erschöpften Halbschlaf gelullt. Doch nun schien er von einem auf den anderen Atemzug überraschend wachsam.

»Hier entlang!« Nakeen griff nach Zarees Stirnlocke, um ihn weiter über den Geröllhang zu führen, als ein leises »Nein!« ihn innehalten und zu dem Verrückten emporblicken ließ. »Kâl-Teiréen?«, fragte er vorsichtig und trat neben die Schulter des Hengstes.

»Vorhin sind wir durch einen Bach gekommen. Wir gehen zurück und folgen ihm. Im Wasser verlieren die Hunde unsere Witterung und wir hinterlassen keine Spuren mehr.« Obwohl in seiner Stimme noch immer Erschöpfung mitklang, war sein Tonfall vollkommen ruhig. Zu Darejans Schrecken schien Nakeen über seine Worte nachzudenken.

»Der Bach führte nach Süden«, wandte er schließlich ein.

Selbst in den nächtlichen Schatten konnte Darejan sehen, wie ein kurzes, arrogantes Lächeln um den Mund des Verrückten zuckte. »Dann sollten wir hoffen, dass sie annehmen, wir wären weiter nach Osten geflohen. – Mit ein bisschen Glück können wir vielleicht in ihren Rücken gelangen und hinter ihnen vorbeigehen, ohne dass sie es merken.«

Ein Grinsen erschien auch auf Nakeens Lippen. Aber es verschwand schlagartig wieder, als der Verrückte das Bein über Zarees Hals schwang und zu Boden glitt. Eine knappe Geste verhinderte seinen Protest.

»Ich weiß. Aber mit meinem zusätzlichen Gewicht auf seinem Rücken hinterlassen seine Klauen zu tiefe Abdrücke. So merken sie in der Dunkelheit möglicherweise nicht, dass wir auf unserer eigenen Spur zurückgegangen sind, sollten sie unsere Fährte doch finden.« Unwillig schob er den Kopf des Hengstes beiseite, als der ihm schnaubend die Nüstern gegen den Hals stieß. »Es geht mir gut genug, dass ich ein Stück weit mit euch mithalten kann. – Gehen wir!« Er begann, den Abhang wieder hinunterzustapfen. Zaree blieb dicht an seiner Seite. Doch als auch Nakeen ihnen folgen wollte, packte Darejan ihn am Arm.

»Wie kannst du ihm so einfach die Führung überlassen? Hast du schon vergessen: Er ist verrückt! Verrückt!«, zischte sie und grub die Finger fester in seine Muskeln.

»Verrückt oder nicht, im Augenblick scheint sein Verstand weitestgehend klar zu sein. Und was er sagt, macht Sinn. Warum sollten wir also nicht auf den Rat des erfahreneren Kriegers vertrauen?« Mit einem Ruck befreite er sich aus ihrem Griff.

»Des erfahreneren Kriegers? Er kann nicht viel älter sein als du oder ich.«

»Jetzt hast du etwas vergessen, Korun: Er ist ein DúnAnór. – Aber wenn du meinst, es besser zu wissen, kannst du ja hier bleiben.« Er ließ sie stehen und eilte Nijaa hinterher, die ihrem Gefährten und dem Verrückten dichtauf folgte und eben von der nächtlichen Schwärze verschluckt wurde. Einen Moment starrte Darejan ihnen nach, dann hastete sie ihm hinterher, ehe auch er in der Dunkelheit zwischen den Bäumen verschwunden war.

Im Windschatten des Hanges waren die Geräusche ihrer Verfolger nicht mehr zu hören. Dennoch hasteten sie möglichst lautlos durch den Wald.

Das Plätschern rasch fließenden Wassers und ein deutliches Spritzen verkündeten schließlich, dass sie den Bachlauf erreicht hatten. Einen Augenblick später stand auch Darejan bis über die Knie in kalter Nässe und versuchte, auf den glitschigen Steinen Halt zu finden. Vor ihr stapften Zaree und der Verrückte durch die fahl glitzernde wirbelnde Oberfläche den Wasserlauf abwärts. Hinter sich hörte sie Nijaa hell schnauben, und gleich darauf Nakeens beschwichtigendes Murmeln, ehe er ihr »Geh weiter, Korun!« befahl.

Der Bachlauf teilte den Wald wie eine kleine Schneise. Mondlicht fiel zwischen den Baumwipfeln hindurch und verwandelte das Wasser in tanzendes Silber. Vereinzelt gluckste es über dem beständigen Gurgeln und Rauschen, wenn ein Fisch in der Strömung gestanden hatte und hastig wieder abtauchte. Ein umgestürzter Baumstamm lag quer über den Bach, halb überspült, und musste mühsam überklettert werden.

Je länger sie dem Bachlauf folgten, umso tiefer wurde das Wasser. Inzwischen reichte es Darejan bis zur Hälfte der Oberschenkel und machte jeden Schritt doppelt mühsam. Vor ihr kämpfte der Verrückte sich immer noch voran, doch inzwischen hatte er beide Hände in Zarees Federmähne geschlossen. Mehrfach war er bereits gestürzt und wäre vermutlich untergegangen, hätte er sich nicht an dem Hengst festgehalten. Seine angestrengten Atemzüge klangen über dem Rauschen des Baches bis zu ihr.

Außer den Geräuschen, die sie selbst verursachten, und dem gelegentlichen Schrei eines Nachtvogels war es still. Beinah wollten sie schon aufatmen, als plötzlich erschreckend nahe ein Ruf erklang. Einen Augenblick später zerschnitt der klagende Ton eines Horns die Dunkelheit und gleich darauf kam auch das Kläffen der Hunde unerbittlich näher. Hinter Darejan knurrte Nakeen einen besonders bildhaften Fluch, während vor ihr der Verrückte Zaree mit einem erschöpften Seufzen einen Schlag auf den Hals gab, woraufhin der Hengst schneller durch das Wasser trabte und ihn mitzog. Rasch folgte Darejan ihnen, wobei sie sich Nijaas keuchendem Schnauben und dem scharfen Stechen in ihrer eigenen Seite nur zu bewusst war.

Sosehr sie sich auch vorwärtsmühten, die Stimmen ihrer Verfolger und das Bellen der Hunde kam unaufhaltsam näher. Es konnte nicht mehr lange dauern und sie würden sie stellen. Vor ihr stürzte der Verrückte immer häufiger. Ein paar Mal war er schon unter Wasser geraten, obwohl er sich noch immer an die Mähne des CayAdesh-Hengstes klammerte. Allmählich schien sich die Dunkelheit um sie herum zu lichten. Wahrscheinlich würde bald die Sonne aufgehen, und spätestens dann war es um sie geschehen, wenn nicht irgendein Wunder sie rettete.

Sie hatten gerade einen zweiten schmalen Bachlauf passiert, der in den größeren, dem sie folgten, einmündete, als ein leiser Ruf Nakeens sie stehen bleiben und sich umwenden ließ. Die Züge des Verrückten schimmerten geisterhaft fahl und schweißbedeckt. Er hielt die Hand auf die Wunde gepresst. Jeder seiner keuchenden Atemzüge kündete von Schmerz.

»Wir trennen uns.« Auch Nakeen sprach voll erschöpfter Atemlosigkeit. »Ihr geht mit Nijaa hier hinauf. Zaree und ich folgen dem Bachlauf weiter, verlassen ihn an einer geeigneten Stelle und locken sie so auf eine falsche Fährte.«

Für einen langen Moment blickte der Verrückte das schmalere, geröllige Bachbett entlang. Auch hier wuchsen Bäume und Büsche beinah bis ins Wasser hinein, doch schlossen sich die Äste hoch über ihm zu einer düsteren Kuppel, sodass es schon nach wenigen Schritten in absoluter Schwärze verschwand. Langsam schüttelte er den Kopf. »Nein! Nimm du Zaree und Nijaa mit dir. Geht ihr dort hinauf. Noch ist unser Vorsprung groß genug, dass ihr ihnen entkommen könnt«, befahl er matt.

»Aber ...«

Ein neuerliches Kopfschütteln beendete Nakeens Widerspruch. Mit dem Kinn wies er auf Darejan. »Sie und mich wollen sie lebend. Auch wenn sie uns fangen, werden sie uns nichts tun. Aber an dir und den CayAdesh sind sie nicht interessiert.

Euch werden sie töten.« Müde stieß er sich von Zarees Seite ab und trat auf Nakeen zu, legte ihm die Hand auf die Schulter. »Sei nicht töricht! Du kannst ihr Leben retten, wenn ihr jetzt geht«, beschwor er ihn eindringlich. »Bring sie in Sicherheit. Bring sie nach Hause zurück!«

Einen Augenblick schien Nakeen widersprechen zu wollen, doch dann schluckte er nur hart. Der Klang des Horns ließ sie alle drei zusammenzucken. Nijaa wieherte leise.

»Geh! Bring sie fort! Beeil dich!«, drängte der Verrückte abermals und schob Nakeen zu dem schmaleren Bachbett hin. Der zögerte kurz, als wolle er etwas sagen, stattdessen nickte er nur und schickte sich wortlos an, das Geröllbett hinaufzuklettern.

Nijaa machte einen Schritt auf ihn zu, stieß einen hellen Laut aus und rieb ihre samtigen Nüstern an seiner unverletzten Schulter.

»Du willst doch, dass dein Fohlen diese Welt zum ersten Mal an einem sicheren Ort sieht, oder? Also geh!« Er gab der Cay-Adesh-Stute einen Klaps auf den Hals, um sie hinter Nakeen herzuschicken. »Geh!«, befahl er noch einmal. Sie drängte sich ein letztes Mal gegen ihn, dann gehorchte sie und folgte Nakeen, der am Rand der Dunkelheit unter den Bäumen auf sie wartete. Das Wasser rann wie eine Flut aus silbernen Tropfen aus ihrem Gefiederfell. Auch Zaree schien es zu widerstreben, mit Nakeen zu gehen. Unwillig schlug er mit dem Kopf, als der Verrückte auf ihn zutrat. Doch er stand mit der Reglosigkeit einer Statue, als er ihm mit der flachen Hand über die Stirn rieb. »Du auch! Geh! Sie ist deine Gefährtin! Du musst sie beschützen! Und Nakeen wird deine Kraft brauchen! Geh!«

Wie zur Antwort schnaubte der Hengst gegen seine Schulter, dann trabte er hinter Nijaa und dem Jarhaal her, in die Finsternis zwischen den Bäumen hinein. Erneut klang das Horn durch die Nacht, erneut näher als zuvor, und die hellen Augen des Verrückten richteten sich auf Darejan. Schließlich drehte er sich um und watete weiter mühsam den Bachlauf abwärts. Einen Moment starrte sie ihm nach, die Kehle seltsam eng, dann trieb sie das Kläffen der Hunde und die deutlich zu hörenden Stimmen ihrer Verfolger hinter ihm her. Schon nach wenigen Schritten hatte sie ihn eingeholt und legte sich seinen Arm um die Schultern. Im ersten Augenblick wollte er sie unwillig von sich stoßen, sah dann aber offenbar ein, dass er ohne ihre Hilfe nicht schnell genug vorankommen würde, und lehnte sich schwer auf Darejan. Gemeinsam kämpften sie sich in der allmählich nachlassenden Schwärze durch das Wasser. Doch es war, als hätten sich böse Mächte gegen sie verschworen. Der Bachlauf wurde immer tiefer. Löcher lauerten zwischen dem Geröll und den glitschigen Steinbrocken in seinem Bett. Immer häufiger hingen Äste tief auf das Wasser herab, die sie zwangen, sich unter ihnen hindurchzuducken. Darejan merkte, wie die Kräfte des Verrückten weiter nachließen. Und jetzt, da er NaKeen und die CayAdesh in Sicherheit hoffte, schien auch seine Entschlossenheit mehr und mehr zu schwinden. Wieder und wieder stürzte er, und mit jedem Mal brauchte Darejan länger, um ihn zurück auf die Beine und vorwärts zu zerren. Das beständige Rauschen und Murmeln des Baches genügte nicht, um die Geräusche zu übertönen, mit denen sie sich vorwärtsbewegten. Die Stimmen und das Gebell der Hunde kamen unaufhaltsam näher. Ein paar Mal hatte sie geglaubt, zwischen den Bäumen und Büschen oben am Rand der Böschung huschende Bewegungen erkennen zu können.

Das Wasser reichte ihnen inzwischen bis knapp unter die Rippen, als die Uferböschung plötzlich zurück wich und der Bach sich in einen kleinen Teich ergoss. Etwas Großes verschwand mit einem deutlich vernehmbaren Glucksen in seiner Tiefe und hinterließ sich träge ausbreitende Wellenkreise, die die dünnen, tief herabhängenden Blattzweige einer Gruppe Sissraweiden, die ein Stück vom Ufer entfernt im Wasser standen, auf dem schimmernden Spiegel zum Tanzen brachten. Goldrohrkolben reckten sich daneben auf ihren gut daumendicken Stängeln zwischen leise raschelndem Schilfgras aus dem matten Glitzern empor und schwangen sacht hin und her. Rechts von ihnen bestand der Rand des Teiches nur aus Schwärze und Schatten, die sich tief unter den Wipfeln krumm gewachsener roter Cinjantannen duckten. Auf der gegenüberliegenden Seite hatte der Bach Äste und Zweige zu einem Damm angeschwemmt, der ihn hier zu dem kleinen Teich staute und über den das Wasser plätschernd hinweg gurgelte. Ein leises Zirpen hing in der Luft. Wieder war das Glucksen zu hören, diesmal kam es von rechts. Wellen schwappten gegen sie. Dann erklang erneut das Horn, und Darejan hielt den Atem an, denn der Laut kam von der gegenüberliegenden Teichseite. Wie zur Antwort schwoll das Kläffen hinter ihnen an. Angst ballte sich in ihrer Brust zusammen. Hier gab es nichts außer den Sissraweiden, um sie vor den Blicken ihrer Verfolger zu verbergen. Aber dort würden die Männer mit tödlicher Sicherheit zuerst suchen. Ihr Blick irrte zu der Dunkelheit unter den Cinjantannen. Vielleicht konnten sie den Teich auf dieser Seite umgehen und sich beim Damm verstecken. Eine andere Möglichkeit gab es nicht. Wieder schnitt das Horn durch die Dämmerung, trieb sie voran. Sie fasste die Hand des Verrückten fester und zog ihn in den Teich hinein. Gerade hatten sie die Schatten der Cinjantannen erreicht, als mehrere Hunde mit lautem Platschen und Spritzen aus dem Bachlauf brachen und in den Teich sprangen. Empört schreiend flatterte ein Vogel aus dem Schilf auf. Bemüht, möglichst wenig Wellen und noch weniger Geräusche zu machen, ließ Darejan sich bis zum Kinn ins Wasser sinken und bewegte sich mit dem Verrückten tiefer in die Dunkelheit hinein. Unter ihren Füßen stieg das Ufer als sandiger Schlick langsam an. Noch bot ihnen das Wasser Deckung, aber wenn sie sich weiter daraus hervorwagten, konnten die Hunde sie vielleicht wittern. Direkt an ihrem Ohr keuchten die Atemzüge des Verrückten. Graues Licht breitete sich aus, verwandelte die Männer, die hinter den Hunden den Bachlauf herabkamen, in Schemen und Gestalten. In ihren Händen konnte sie Spieße und Schwerter erkennen. Einer der Kerle wies über den Teich. »Sie müssen hier sein! Sucht alles ab!«, hallte sein Befehl bis zu ihnen her. Mit leisem Glucksen schlug das Wasser gegen das Ufer hinter ihnen. Auf der anderen Seite stocherten ihre Verfolger mit Spießen und Schwertern im Schilf herum, suchten unter der Oberfläche. Ein paar Mal schlugen Schwertklingen dumpf in Holz. Dann gaben einige der Männer die Suche bei den Sissraweiden auf und kamen quer durch den Teich auf sie zu. Darejan blickte angestrengt in die Finsternis hinter sich. Blaugrauer Meidenfarn bedeckte den Boden unter den Cinjantannen. Seine großen, fächerartigen Blätter hingen über die scheinbar senkrecht aufragende Uferböschung hinter ihnen und tauchten ihre Spitzen ins Wasser. Die mit schimmeligem Moos bedeckte Rinde eines abgestorbenen Baumstammes blitzte unter ihnen hervor. Am Bachlauf stöberten die Hunde das Ufer entlang. Ihr Kläffen war zu einem aufgeregten Japsen geworden. Die Männer kamen immer näher. Nur noch ein kurzes Stück und sie würden sie unweigerlich entdecken. Sie brauchte zwei Schwimmstöße, um den Verrückten näher an den abgestorbenen Baum zu schleppen. Wieder glucksten die Wellen hohl unter den Fächerblättern. Sie langte unter seinem Arm hindurch, hielt sich an der schmierigen Rinde fest und tastete mit der freien Hand unter dem Meidenfarn herum. Ihr Handrücken schrammte über Erde, berührte aber kein Wasser. Vorsichtig streckte sie die Füße unter dem Stamm zum Ufer hin. Zuerst spürte sie keinen Widerstand, doch als sie sich tiefer unter den Baum schob, ertastete sie sacht ansteigenden Schlick. Hinter dem abgestorbenen Stamm schien ein Hohlraum zu sein, doch wie groß er war, vermochte sie nicht zu sagen. Noch einmal blickte sie zu ihren Verfolgern hin. Die Kerle mussten sie jeden Moment entdecken. Sie hatte keine andere Wahl. Selbst für Erklärungen blieb keine Zeit. Entschlossen legte sie dem Verrückten die Hand auf den Kopf und drückte ihn mit aller Kraft unter Wasser und unter dem Baum hindurch, dann tauchte sie selbst hinterher. Darauf gefasst, ihm den Mund zuhalten zu müssen, kam sie direkt neben ihm auf der anderen Seite wieder hoch. Doch obwohl sein Atem schwer ging, wirkte er nicht überrascht. Offenbar hatte er sie beobachtet und begriffen, was sie vorhatte.

»Was war das?«, erklang die Stimme eines Mannes von der anderen Seite der Farnfächer.

»Es kam von da drüben!«

Angespannt spähte Darejan durch die Blätter. Die Männer waren kaum mehr als drei oder vier Armlängen entfernt. Erschrocken schob sie sich von dem Baumstamm zurück, tiefer in den kleinen Hohlraum, prallte aber schon nach kaum mehr als einer Spanne mit dem Kopf gegen Erde. Die Spieße vorgereckt, wateten die Kerle näher heran. Darejan zog die Beine an, machte sich so klein wie möglich, während sie sich gleichzeitig an dem moderigen Baum vor sich festhielt, um nicht unterzugehen. Die Höhlung war nicht tiefer als die Hälfte einer Armlänge, kaum mehr als doppelt so lang und gerade hoch genug, um bis zum Kinn auftauchen zu können. Das Holz war auf dieser Seite schmierig und mit Schimmel und teigig grauen Pilzen bedeckt, über die Wasserwanzen huschten. Wellen schwappten vor ihrem Versteck auf, suchten sich ihren Weg unter dem Baumstamm hindurch und schlugen ihnen in Mund und Nase. Die Männer hatten den Schatten unter den Cinjantannen beinah durchquert. Der Vordere hob den Spieß, stocherte im Meidenfarn herum. Die Klinge durchdrang die fleischigen Blätter mit deutlichem Ratschen, bohrte sich in die Erde, schrammte über Wurzeln.

Von der Dammseite her erklang das Klirren von Sattelzeug. Die Hufe massiger Schlachtrösser polterten auf dem angeschwemmten Holz. Knacken und Ächzen hallte zwischen den Bäumen. Wasser spritzte, als die Reiter ihre mächtigen fahlen Rösser in den Teich hineintrieben. Einen entsetzten Augenblick lang glaubte Darejan, ihre Sinne würden ihr einen Streich spielen, als sie die weiß glitzernde Schicht sah, die sich um die gewaltigen grauen Pferde herum auf der Oberfläche bildete und die bei jedem ihrer Schritte leise knirschend wieder zerbarst. Doch als die Kälte auch den Stamm vor ihr mit Reif überwucherte und ihr Atem zu fahlem Dampf wurde, erkannte sie, dass es tatsächlich Eis war, das sich allmählich über den Teich ausbreitete.

Ein schwacher Laut, halb Schluchzen, halb Stöhnen kam von dem Verrückten neben ihr und ließ sie zu ihm hinsehen. Er starrte die Reiter an, seine Züge eine Maske vollkommenen

Grauens. Die Finger hatte er so fest in das morsche Holz des Baumes gekrallt, dass Blut unter seinen Nägeln stand. Dann stockte sein Keuchen und seine aufgerissenen Augen weiteten sich noch mehr. Darejan folgte seinem Blick, der unbeirrt auf die beiden Grauen Krieger gerichtet war, und vergaß ihrerseits zu atmen. Wie an jenem Tag am Strand am Fuß der BanNasrag hatten sie die Köpfe gewandt und schienen direkt zu ihnen herzusehen. Furcht stakste auf unzähligen dünnen Beinchen durch Darejans Adern. Die Krieger durften sie nicht entdeckt haben! Wenn die Grauen nun auch noch sie und den Verrückten gefangen nahmen, wäre alles umsonst gewesen. Darejan presste die Lippen zu einem verzweifelten Strich zusammen. Das durfte nicht geschehen. Réfen ... Seloran ...

Beinah gleichzeitig zogen die Grauen Krieger ihre fahlen Rösser herum, trieben sie auf sie zu. Unwillkürlich entwich Darejans Kehle ein ängstliches Keuchen. Die ersten Morgensonnenstrahlen spiegelten sich golden blitzend auf dem Teich, tanzten über die Schwerter ihrer Verfolger. *Der Schrei eines Mannes. Eine Klinge, die mit einem Scheppern in der Dunkelheit aufschlug. Magie, die ihre Kraft verzehrte.* In jener Gasse in Rokan war ihre Macht für einen kurzen Augenblick zu ihr zurückgekehrt. Sie hatte sie nicht mit Absicht gerufen, und dennoch ... Sie bohrte die Nägel in die Handflächen, bemühte sich, die Angst zurückzudrängen. Das Eis breitete sich aus, kroch über den Baumstamm. Ein bitterer Geruch hing über dem Wasser. Sie versuchte, all das nicht mehr in ihre Sinne zu lassen. Die fahlen Streitrösser wieherten. Nur allmählich glaubte sie, ihre Magie zu spüren, doch sie war nicht mehr als das schwache Glitzern in der Tiefe eines Brunnens.

Um ein Haar hätte sie geschluchzt, als das Schimmern ihrer

Magie aus der Tiefe emporstieg. Langsam nur, fast widerwillig, und doch gehorchte es ihr. Sie öffnete die Hände, ließ die Macht auf den Teich hinausfließen, verwob sie zu einer unsichtbaren Wand aus Bäumen, verrottetem Holz, Blättern und Wasser, die dem Betrachter vorgaukelte, dass da nichts anderes war. Ihr Atem wurde schmerzhaft. Sie zwang ein wenig mehr Magie aus der Tiefe des Brunnens herauf. Auf seinem Boden war nur noch ein feuchter Schimmer. Ein Ruf erklang, gleich darauf ein zweiter. Patschend kam ein Mann den Bachlauf herunter.

»Wir haben ihre Spuren gefunden! Ein Stück den Bach hinauf! Sie können noch nicht weit sein!«, brüllte er quer über den Teich.

Neben Darejan krallte der Verrückte die Finger noch fester in das morsche Holz. Die Borke brach, kleine Stücke glucksten ins Wasser.

Die Grauen Krieger brachten ihre Rösser zum Stehen, wandten die unter den Helmen verborgenen Gesichter dem Mann zu. Auch der letzte Rest Feuchtigkeit schwand, als Darejan das stumme Flehen in ihre Magie wob, sie mochten den Mann glauben, den Teich verlassen und dieser anderen Spur folgen. Ihr Atem wurde zu einem Zittern, das sich über ihren ganzen Körper ausbreitete. In ihrem Kopf pochte es. Ein Streifen Sonnenlicht verwandelte die Oberfläche des Sees in Gold. Die fahlen Pferde scheuten zurück. Licht tanzte über das Wasser, verirrte sich bis in ihr Versteck. Darejan erstarrte, als die Grauen Krieger wieder in ihre Richtung sahen. »Nein!« Das Wort entwich ihr als hilfloser Hauch. Tiefe Risse fraßen sich in den Grund des Brunnens. Etwas Eisiges, Ekelerregendes strich über ihr Gewebe aus Schatten und Macht, zerrte daran. Sie grub die Zähne in die Lippe, schmeckte Blut, kämpfte darum, es aufrecht zu halten, nur ein kleines bisschen länger. Magie verbrannte ihre Adern, sog ihr die Kraft aus den Gliedern. Keuchend tastete Darejan nach einem Halt. Um sie her wurde die Welt trüb, verschwamm vor ihrem Blick. Die Grauen setzten sich in Bewegung, nicht mehr als konturlose Schatten vor dunklem Wabern. Sie hörte noch das Gischten des Teiches unter den Hufen der fahlen Streitrösser, dann schlugen Wasser und Finsternis über ihr zusammen.

Hände, die sie packten, in die Höhe zogen. *Eine Stimme, rau und brüchig: »Schafft sie in den Palast! Beide!«* Unsanft wurde sie vorwärtsgeschleppt. Sie konnte sich nicht aus Kälte und Dunkelheit befreien, nicht atmen, nicht atmen. Hart schlug sie auf stacheligen Boden. Schmerz presste ihre Brust zusammen. Selbst um die Augen zu öffnen, fehlte ihr die Kraft. Etwas hatte ihre Knochen in Qual verwandelt und jede Faser ihres Wesens schrie. Ein Wimmern war in ihrer Kehle. Sie versuchte sich zu bewegen ... Schmerz brandete über sie hinweg und drohte ihren Geist wieder in die Finsternis zu stoßen. *Schreie! Gellende Schreie, wie durch unzählige Mauern gedämpft.* Angst kroch eisig ihren Nacken hinauf, nistet sich in ihrem Inneren ein. Als es ihr endlich gelang, die Augen aufzuschlagen, war die Welt um sie her verschwommen und voller Schatten. Einer war direkt über ihr. *Seloran beugt sich über sie. Eine Stimme in ihrem Kopf.* Vergiss ihn! *Klauen gruben sich in ihren Verstand, zerrissen ihn, zerrten an ihm.* Der Schatten näherte sich ihr. Darejan hörte jemanden schreien. Eine Hand presste sich auf ihren Mund, nahm ihr den Atem. Sie bäumte sich auf, wollte gegen den Schatten kämpfen. Schwäche schlug über ihr zusammen und spülte sie zurück in Dunkelheit.

Irgendwann zwitscherte in der Ferne ein Vogel. Wärme koste eine Hälfte ihres Gesichts und ihren Nacken. Darejan blinzelte, bemühte sich, ihre Sinne aus der trüben Benommenheit zu befreien, die noch immer wie eine schwere Decke über ihr lag. Verwirrt starrte sie auf stoppelige Grashalme, die direkt vor ihrem Auge im Sonnenlicht emporsprossen und sich in ihre Wange bohrten. Ihren ganzen Arm hinauf spürte sie ein Pochen. Nur langsam begriff sie, dass die Qual, die in der Tiefe ihrer Knochen brannte, der Nachhall der von ihr beschworenen Magie war. Für einen zitternden Atemzug schloss sie die Lider, versuchte einen Rest ihrer Macht in ihrem Inneren zu spüren, aber da war nichts außer Leere. Etwas saß würgend in ihrer Kehle. Darejan zuckte zusammen, als ein Schatten auf sie fiel. Riss die Augen auf. Der Verrückte starrte auf sie hinab, schweigend.

Sie schaffte es, das Gesicht aus dem Gras zu heben. »Was ist passiert?« Auf ihrer Zunge war ein saurer Geschmack. »Die Grauen Krieger ...« Schwerfällig versuchte sie, sich weiter in die Höhe zu stemmen. Es gelang ihr erst nach dem zweiten Versuch. Ein Vogel beäugte sie von seinem Ast aus und flog dann davon. Hinter ihr ragte der silberne Stamm der Narlbirke in den Morgenhimmel. Sie ließ sich dagegen sinken, erwiderte den Blick des Verrückten. Seine Augen waren erschreckend klar.

»Was ist ...«, setzte sie noch einmal an.

»Ich weiß nicht, was du getan hast oder wie, Hexe, aber du hast verhindert, dass die Grauen uns in die Finger bekommen haben«, unterbrach er sie unwillig.

Darejan räusperte sich. »Was ist passiert?«

Seine Brauen zogen sich zusammen. In einer müden Bewegung rieb er sich über die Stirn. »Ich hätte jeden Schwur geleistet, dass sie genau wussten, wo wir waren. Dann kam dieser Kerl den Bachlauf herunter und brüllte, sie hätten unsere Spuren gefunden.« Er presste die Lippen zu einem Strich zusammen, blickte ins Leere. »Und sie folgen ihm.« Als könne er es immer noch nicht glauben, schüttelte er den Kopf. »Und dann bist du untergegangen.« Er sah zu ihr her.

»Nakeen …?« Sie begriff einen Herzschlag zu spät, dass die Frage nach dem jungen Jarhaal ein Fehler war. Von einem Lidschlag auf den anderen stand Zorn in seinen silbernen Dämonenaugen. Und noch etwas anderes. Brüsk wandte er sich ab und ging zu dem kleinen Bachlauf, der in ein paar Schritt Entfernung leise dahingluckerte. Darejan schaute ihm nach. Und für einen kurzen Moment glaubte sie, einen Blick auf den Krieger zu erhaschen, der er früher einmal gewesen sein mochte. Den Rücken gerade, die Schultern zurückgenommen und den Kopf stolz erhoben. Am Wasser ließ er sich auf die Knie sinken und beugte sich vor. Seine Schultern sanken herab und sein Rücken krümmte sich. Schlagartig war er wieder der Mann, den sie kannte: verrückt, krank und erschöpft.

Die Spuren, die ihre Verfolger entdeckt hatten, mussten von Nakeen und den CayAdesh-Rössern stammen. Vermutlich hatte er sie absichtlich hinterlassen, um ihnen mehr Zeit zu verschaffen und die Männer in die falsche Richtung zu locken. Und nun gab er sich offenbar die Schuld dafür, dass der junge Jarhaal sein Leben für sie riskiert hatte.

»Er ist ihnen entkommen! Bestimmt!« Darejan konnte nicht sagen, wen sie zu beruhigen versuchte: sich selbst oder den Mann am Bach.

Für einen kurzen Moment wandten seine Silberaugen sich ihr zu, dann kehrte er ihr abrupt erneut den Rücken, beugte sich über das Wasser des Bachlaufs und starrte reglos und stumm hinein.

Darejan seufzte lautlos und sah sie sich um. Narlbirken und

Cinjantannen reckten sich in den Himmel. Der Boden war geröllig und mit einem zerfressenen Teppich aus kurzem, struppigem Gras bedeckt. Abgebrochene Halme hingen an ihrem Kleid und in ihrem Haar. Der nasse Stoff klebte ihr kalt auf dem Leib und der wispernder Wind, der durch die Bäume strich, ließ sie frieren. Ihr Arm schmerzte vom Handgelenk bis zum Ellbogen hinauf, ihr Ärmel war zerrissen und rot gefleckt. Vorsichtig zupfte sie ihn von ihrer Haut. Als sie den Schaden sah, zog sich ihr Magen zusammen. Ihr Unterarm war von oben bis unten aufgeschürft. Dreck und getrocknetes Blut klebten auf der Wunde und die feine Haut ihrer Unterarmflosse wies ein paar noch immer leicht blutende Risse auf, die bösartig brannten. Die Stirn in Falten gelegt, schaute sie zu dem Verrückten hin. Sie erinnerte sich an das unbestimmte Gefühl, getragen zu werden, an schwere, keuchende Atemzüge direkt an ihrem Ohr und Schmerz, wenn sie hart auf den Boden schlug. Irgendwie hatte er es trotz seiner eigenen Schwäche geschafft, sie bis hierher zu schleppen. Offenbar war er ein paar Mal mit ihr zusammen gestürzt. Dabei musste sie sich den Arm verletzt haben.

Langsam und unter dem Protest ihres erschöpften Körpers schob sie sich an dem Stamm der Narlbirke in ihrem Rücken in die Höhe. Das kalte Wasser des Baches würde den Schmerz in ihrem Arm lindern und zudem den Dreck aus der Wunde spülen. Mit unsicheren Schritten ging sie zu dem Verrückten hinüber, ließ sich ein kurzes Stück neben ihm am Ufer nieder. Er sah nicht auf, starrte weiter schweigend in das klare Wasser. Glitzernde Kiesel bedeckten den Boden seines Bettes. Ein grünsilberner Fisch stand beinah reglos in der Strömung, schoss aber davon, als Darejan den Arm ins Wasser senkte. Seine Kälte betäubte den Schmerz sofort. Gänsehaut kroch bis zu ihrer Schulter. Doch sie ließ den Arm, wo er war, und wusch vorsichtig Blut und Dreck ab. Zu ihrer Erleichterung stellte sie fest, dass es schlimmer ausgesehen hatte, als es tatsächlich war. Die Risse würden noch einige Tage wehtun, aber sie würden auch ohne behandelt zu werden heilen.

»Wo sind wir?«, wagte sie irgendwann in die Stille hinein zu fragen. Der Verrückte reagierte nicht. Darejan musterte ihn von der Seite, konnte aber nicht sagen, ob er ihr nicht antworten wollte oder ob er in die Teilnahmslosigkeit seines Wahnsinns zurückgeglitten war.

»Ich erinnere mich an einen Mann. Er hatte dunkles Haar. Und Narben – hier!«, murmelte er so unvermittelt, dass sie erschrak. Ohne den Blick aus dem Wasser zu nehmen, fuhr er sich mit drei Fingern an der Halsseite schräg abwärts in Richtung Kehle. »Und hier!« Bedächtig wiederholte er die Bewegung an der anderen Seite seines Halses. Er hatte die Kiemennarben nachgezeichnet, die jeder Korun hatte. Etwas, das von den Ursprüngen ihres Volkes übrig geblieben war. »Und hier.« Seine Fingerspitze zog eine unsichtbare Linie von seinem Kiefergelenk bis beinah zur Spitze seines Kinns.

»Ja!« Darejan nickte und hob den Arm aus dem Wasser. »Als Junge ist Réfen vom Pferd gefallen und hat sich den Kiefer an dieser Stelle aufgerissen.«

»Seine Augen waren grau und zugleich braun. Seltsam schillernd.« Er presste die Lider zusammen und rieb sich die Schläfe.

»Das ist Réfen!«, bestätigte sie verwirrt. – Warum sprach er ausgerechnet jetzt von Réfen?

»Nein!« Langsam schüttelte er den Kopf. »Nein! Da war eine Stimme, sie nannte ihn …« Die Linien auf seiner Stirn vertieften sich. »Hauptmann …?«

Wieder nickte Darejan. »Réfen ist der Hauptmann der Garde. – Er ist der Mann, der dich im Kerker gefunden hat. Er hat geholfen, dich zu befreien, und wurde dabei gefangen genommen. – Also kennst du ihn doch!«

»Nein!« Abermals schüttelte er den Kopf, heftiger diesmal. »Ich kenne ihn nicht. Aber ... ich erinnere mich an ihn. ... An ihn und ... an Kälte ... und Schmerz.« Er schwankte jetzt ruckhaft vor und zurück, vor und zurück.

»Was soll das heißen: Du kennst ihn nicht, aber du erinnerst dich an ihn?«, wollte Darejan unsicher und ungeduldig zugleich wissen. Er schien sie überhaupt nicht zu hören.

»Ich ... ich habe mit ihm gekämpft.« Die Worte kamen immer hastiger, atemloser. Etwas in seinem Tonfall jagte ihr ein Schaudern über den Nacken. »Ein Messer ... Ich wollte ihn töten ... Nein! ... Ich wollte ... wollte, dass er mich ... tötet.« Seine Stimme verebbte.

Er hatte die Finger in seinen wirren Schopf gekrallt, schüttelte erneut den Kopf, wieder und wieder, bis er mit einem Heulen die Fäuste ins Wasser hieb, dass es hoch aufspritzte. »Ich erinnere mich nicht! An nichts! An gar nichts!«, schrie er mit überkippender Stimme, sprang jäh auf, taumelte vornüber, fing sich im letzten Moment, patschte durch den Bach und stolperte auf der anderen Seite zwischen den Bäumen davon. Einige Atemzüge starrte Darejan ihm entsetzt hinterher, dann rannte sie ihm nach.

Sie fand ihn schon nach kaum hundert Schritten. Er kauerte vor einer knorrigen Cinjantanne, hatte die Stirn gegen die Rinde gepresst und hieb immer wieder mit den Fäusten auf den Stamm ein. Seine Fingerknöchel waren aufgerissen und bluteten. Darejan kniete sich hinter ihn, ohne ihn zu berühren, und versuchte zu verstehen, was er zwischen scheinbar zusammengebissenen Zähnen hervorstieß. Es gelang ihr nicht.

»Was meinst du damit? Du kannst dich an nichts erinnern«, fragte sie schließlich in sein Keuchen und Murmeln hinein.

Er fuhr so abrupt zu ihr herum, dass sie zurückzuckte. »Bist du blöd oder taub? Was kann man da nicht begreifen, Hexe?«, brüllte er sie an. Seine Hände schlossen sich schmerzhaft um ihre Arme. »Ich meine genau das, was ich sage: Ich kann mich an nichts erinnern! An gar nichts! Noch nicht einmal an meinen Namen.« Er schüttelte sie bei jedem Wort. In seinen Augen brannte Wut, doch tief darunter glaubte Darejan auch Verzweiflung zu sehen. Bevor sie etwas sagen konnte, stieß er sie mit einer solchen Gewalt von sich, dass sie fiel und hart auf dem Rücken landete. Bestürzt verfolgte sie, wie er aufsprang. Doch dieses Mal entfernte er sich nur ein paar zornige Schritte von ihr, ehe er mit gesenktem Kopf und geballten Fäusten schwer atmend wieder stehen blieb. »In meinem Schädel ist nichts! Nichts! Nichts außer Schmerz und Leere.« Er presste die Hände gegen die Schläfen, stieß die Worte keuchend hervor. »Und jedes Mal, wenn ich versuche, mich zu erinnern, verwischt die Welt, dann bin ich an einem nebligen Ort voller Qual, aus dem kein Weg hinausführt.« Die Wut war aus seiner Stimme gewichen. Mit einem Stöhnen brach er in die Knie, krümmte sich vornüber und schlang die Arme um sich.

Darejan starrte ihn fassungslos an. Er hatte sein Gedächtnis verloren, wusste noch nicht einmal mehr seinen eigenen Namen? War das der Grund für seinen Wahnsinn? Wie konnte ein Mensch so etwas ertragen? Zu leben, ohne zu wissen, wer er war.

Ein langer Atemzug ließ Darejan aufsehen. Der Verrückte hatte den Kopf gehoben.

»Wir müssen weiter. Dass Nakeen uns ein wenig Zeit erkauft hat, bedeutet nicht, dass sie nicht wieder nach uns suchen werden.« Seine Stimme klang rau, müde. Wankend und sichtlich erschöpft stemmte er sich vom Boden hoch

»Wohin gehen wir?«, wagte Darejan zu fragen und stand ebenfalls auf. Ihre geschundenen Glieder protestierten schmerzhaft.

»Dorthin, wo du die ganze Zeit über hinwillst. Zu den GônCaidur.«

»Dann weißt du, wo die Ordensburg der DúnAnór ist?«

Seine Brauen zogen sich ärgerlich zusammen. »Nein! Aber du behauptest, die GônCaidur lägen im Osten. Also gehen wir in diese Richtung.« Mit gefährlicher Langsamkeit trat er vor sie. »Eines solltest du niemals vergessen, Hexe: Ich schulde dir nichts, und ich habe nicht vor, dir zu helfen. Wir haben nur den gleichen Weg, weil diese DúnAnór mir vielleicht sagen können, wer ich bin. Wenn wir dort angekommen sind, werde ich alles tun, damit du deiner gerechten Strafe nicht entgehst.«

»Meiner gerechten …«. Hatte sie bis eben fast so etwas wie Mitleid für ihn empfunden, trat Zorn an seine Stelle. Sie ballte die Fäuste. »Wie kannst du dir so sicher sein, dass ich jemanden ermordet habe, wenn du dich an nichts mehr erinnern kannst, wie du behauptest.«

Er stellte sich so dicht vor sie, dass Darejan unwillkürlich die Hände gegen seine Brust stemmte, um ihn von sich fernzuhalten. Für einen Herzschlag zuckte Schmerz um seinen Mund, da sie unabsichtlich seine Wunde berührt hatte, dann packte er ihre Handgelenke. »Weil es das Einzige ist, woran ich mich noch erinnere: ein dunkler Singsang. Ich kann mich nicht bewegen. Dann unsäglicher Schmerz und du, wie du die Arme in die Höhe reißt, etwas schreist, das ich nicht verstehen kann. Und im gleichen Moment ... übersteigt der Schmerz die Grenze des Vorstellbaren ... zerreißt mich ... etwas in mir. ... Ich spüre ... spüre, wie jemand stirbt ... und ich sterbe ...« Sein Griff wurde härter, seine Fingernägel bohrten sich in Darejans Haut. Sie grub sich vor Schmerz die Zähne in die Unterlippe. Er presste die Lider gequält zusammen, senkte den Kopf, dass seine Stirn beinah ihre berührte. »Du hast ihn umgebracht! Mörderin!«, zischte er heiser und gab sie unvermittelt frei.

Rasch brachte Darejan sich aus seiner Reichweite. Seine Hände hatten feuerrote Male auf ihren Gelenken hinterlassen, seine Fingernägel blutige Halbmonde in ihre Haut gebohrt. Sie rieb die schmerzenden Stellen.

»Ich schwöre dir, ich habe niemanden getötet!« Es gelang ihr nicht, das Zittern aus ihrer Stimme zu verbannen. Die Schürfwunde an ihrem Arm schien in Flammen zu stehen.

»Mörderin!«, wiederholte er nur durch zusammengebissene Zähne.

Sie wich weiter zurück. »Wenn du meinst, mir nichts zu schulden, was ist dann mit Réfen und Noren und den anderen, die für dich ihr Leben riskiert haben? Allein ihretwegen ...«

Sein Blick brachte sie zum Schweigen. »Allein ihretwegen werde ich dich zuerst mit den DúnAnór reden lassen.« Ein Lächeln zuckte um seinen Mund, das ihr die Kehle zuschnürte. »Erst wenn du deine Geschäfte mit ihnen erledigt hast, werde ich ihnen sagen, dass du eine Mörderin bist.« Er trat zurück, fuhr mit beiden Händen durch sein noch immer nasses Haar. »Wir haben genug Zeit mit Geschwätz verloren. Komm!«

»Warte!« Eben wollte er sich abwenden, als Darejans Ruf ihn innehalten ließ. »Auch wenn du dich nicht an deinen Namen erinnern kannst: Wie soll ich dich nennen?«

Er schnaubte. »Nenn mich, wie du willst. Solange du nicht weiter behauptest, ich wäre dein schwachsinniger Halbbruder, ist es mir gleichgültig.«

»Fren hatte recht. Du bist ein arroganter Mistkerl.« Wie lange mochte sein Verstand schon so klar sein, dass er begriff, was um ihn herum vorging?

»Dieser Fren scheint mich gekannt zu haben. Du hättest dich mit ihm ausführlicher über mich unterhalten sollen. Dann wärst du vielleicht auch nützlich für mich.«

Darejan versuchte ihren Ärger zu zügeln. Es gelang ihr nicht. »Kijen! Ich werde dich Kijen nennen. So hieß einer der Hunde meines Vaters. Es war eine bösartige, bissige Bestie. Mein Vater hat ihn nur deshalb nicht totschlagen lassen, weil er ihn auf einer Jagd vor einem wild gewordenen Gep-Eber gerettet hat.«

Anstelle einer Antwort ließ er nur wieder jenes verächtliche Schnauben hören, ehe er sich endgültig abwandte und zwischen den ausladenden Ästen der Cinjantannen davonging. Darejan eilte ihm mit einem unterdrückten Fluch nach. Ob es ihr gefiel oder nicht, er hatte recht: Sie brauchte ihn.

Sechzehn Dörfer in sieben Tagen. Sie haben nichts zurückgelassen als Schutt und Asche. Nur ein paar Frauen, Kinder und Alte sind davongekommen. Die Männer haben sie mitgenommen. Sogar ihre Leichen. Immer berichten die Überlebenden das Gleiche: eine Gruppe Söldner und bleiche Korun mit toten Augen, die auch dann noch weiterkämpfen, wenn sie Wunden davongetragen haben, die sie eigentlich schon in den Schleier geschickt haben sollten. Sie kommen mit der Dunkelheit. Ein grau gewandeter Krieger, dessen Gesicht unter einem seltsamen Helm verborgen ist, führt sie auf einem mächtigen, fahlen Streitross an. Aus Nabrod hört man dasselbe. Der Große Rat von Siard hat uns um Hilfe gebeten. Wir können nicht länger auf die Rückkehr der Prinzessin und ihrer Anaren warten. Wir müssen etwas unternehmen, meine Königin. Jetzt!«

31

Sie gingen noch immer unablässig ostwärts.

Bis zum Mittag waren sie nur mühsam vorangekommen, obwohl der WrenVarohn sich ein wenig gelichtet und sie nur kurz Rast gemacht hatten. Die wenigen essbaren Beeren, die Darejan unterwegs gefunden hatte, hatte der Verrückte stets verschmäht, sich aber bei jeder Gelegenheit mit der Gier eines Verdurstenden den Bauch mit Wasser gefüllt.

Je weiter die Sonne über den Himmel wanderte, umso schleppender wurden seine Schritte. Er stolperte immer wieder. Darejans Angebot, sich auf sie zu stützen, wies er mit barschen Worten zurück. Als sie sich dennoch unter seinen Arm schieben wollte, stieß er sie so grob von sich, dass sie schmerzhaft gegen einen Baum prallte. Daraufhin hielt sie sich von ihm fern.

Während die Sonne allmählich tiefer sank, machte sich auch sein Fieber wieder mit seiner ganzen Wucht bemerkbar. Schweiß rann ihm in dünnen Rinnsalen über Gesicht und Hals und klebte ihm das zerrissene Hemd auf Brust und Rücken, wo sich dunkle Flecken bildeten. Immer wieder blieb er schwer atmend stehen, stapfte aber jedes Mal rasch weiter, wenn Darejan ihm zu nahe kam. Hatte er den ganzen Tag die Führung übernommen, so fiel er jetzt immer mehr zurück. Als sich die Dämmerung über den Horizont legte und die ersten Schatten sich zwischen den Bäumen einnisteten, wurden seine Augen nach und nach stumpf und trüb. Verwirrt beobachtete sie, wie er immer wieder den Kopf schüttelte, die Finger in den filzigen Schopf grub, ganz so, als würde er gegen irgendetwas ankämpfen. Erst als sie erneut einen Blick in seine Augen erhaschte und dort das inzwischen so vertraute Flackern gewahrte, begriff sie: Es war die Benommenheit des Fiebers, gegen die er sich vergeblich zur Wehr setzte. Als Darejan dieses Mal seine Hand ergriff, ließ er es teilnahmslos geschehen und sich von ihr weiterziehen.

Aus Angst, in der Nacht vielleicht doch noch von den Grauen Kriegern und ihren anderen Verfolgern aufgespürt zu werden, suchte Darejan mit dem Verrückten unter den ausladenden Zweigen einer Gruppe Cinjantannen Schutz, die sich zusammen mit einem schier undurchdringlichen Dornengestrüpp an den Fuß eines kleinen Hanges schmiegten. Er wehrte sich nicht, als sie ihn an einem der Tannenstämme auf den Boden drückte und sein Hemd anhob, um seine Wunde zu versorgen. Wie am Tag zuvor war der Schnitt rot und geschwollen.

Fahle Nebelschlieren trieben über die Ebene, auf der sie stand. Soweit ihr Blick reichte, war kein Baum oder Strauch, der ihr hätte Schutz bieten können. Unhörbar gellten Schreie von irgendwoher. Dumpf, voller Qual. Die Schreie eines Mannes und zugleich vieler. Schreie unendlicher Seelenpein, die Schreie Sterbender, das Klirren von Waffen. Und zwischen allem wieder jenes Wispern. *Vergiss ihn!* Die Worte nisteten in ihrem Verstand wie bitteres Gift. Mit einem hilflosen Wimmern krallte sie die Finger in ihr Bett aus Cinjantannennadeln, spürte, wie Dornen sich in ihre Haut gruben. Lippen aus Eis strichen über ihre, hinterließen eine Spur aus geronnener Kälte ihre Kehle hinab. *Du gehörst mir!* Sie schrie, raffte sich auf, floh über das nachtfeuchte Gras der Ebene, gefangen in den Dornen des Gestrüpps, das sie unerbittlich festhielt. Blut sickerte aus unzähligen Kratzern über ihre Arme, aufgesogen vom Nebel, ehe es über ihre Haut rinnen konnte. Nur aus dem Augenwinkel sah sie das Schimmern eines Schwertes im roten Licht des Seelenmondes. Sie riss den Kopf herum, doch wo vermeintlich die Klinge war, befand sich nur ein Nebelstreif. Ein Mann hob hinter ihrer Schulter eine Kriegsaxt. Von seinem Arm hing ein zerschlagener Schild. Darejan schrie, wollte sich zu ihm umdrehen, doch wieder war da nichts als Nebel. In ihren Ohren dröhnte ihr Herzschlag unter dem Stöhnen und Flüstern unzähliger Stimmen. Nebel floss über die Ebene dahin, verdichtete sich zu Schleiern und Schatten, trieb davon. Eine Bewegung, wieder nur aus dem Augenwinkel gesehen. Eine Hand streckte sich nach ihr aus, nur noch zerfetztes Fleisch. Sie warf sich vorwärts, riss sich voller Grauen aus den Dornenfesseln frei, entging dem Griff nur knapp, stolperte, fiel durch eisig wispernde Nebelschlieren, stürzte auf Hände und Knie. Heiß und rot rann es über ihre Arme. Gierig leckte der Nebel über ihre Haut, lebendig gewordene Kälte, tastende Finger. Darejan keuchte vor Entsetzen. Stöhnen und Seufzen antwortete um sie herum. Sie versuchte, auf die Füße zu kommen. Etwas hielt sie fest. Angst und Verzweiflung brachen als gellender Schrei über ihre Lippen, mischte sich mit einem zweiten, hell und wild, wie aus der Kehle eines Adlers. Mit einem Schlag war es still. Der Nebel wich zurück, trieb wispernd über die Ebene. Noch immer benommen vor Grauen, hob Darejan den Blick. In der blutigen Dunkelheit stand ein Mann, nur ein paar Schritt neben ihr, unendlich weit entfernt, den Kopf noch in dem Schrei in den Nacken gelegt, den er in den Himmel geschickt hatte. Nicht mehr als ein Schatten unter Schatten. Flüsternd und seufzend kroch der Nebel auf ihn zu, streckten sich Hände flehend nach ihm aus. Dann senkte er den Kopf, sah zu ihr her. Der Seelenmond verwandelte seine Augen in rotes Silber. Im gleichen Atemzug schloss sich der Kreis der Nebelschemen um ihn.

»Nein!« Darejans Schrei hallte unter der vollen Mondscheibe wider, ehe die Dunkelheit sie verschlang.

32

Schweigend beobachtete er, wie das blutige Rund des Mondes dem Scheitelpunkt seiner Bahn zustrebte. Einer seiner BôrNadár trat heran und verneigte sich. Alles war bereit. Mit einem Wink bedeutete er seinem grau gewandeten Diener, dass er an seinen Platz zurückkehren konnte. Dann zwang er den Körper der Korunkönigin dazu, sich zu bewegen. Zorn über dieses unzulängliche Gefäß brodelte in ihm auf, als er sich mit schlurfenden Schritten vorwärtsmühte. Er hatte angenommen, ihre Magie würde seine Kraft für eine Weile bewahren, doch es verging schneller, als er erwartet hatte. Schon seit Tagen konnte er den Hunger, der in ihm brannte, nicht mehr mit dem Leben der Sterblichen stillen, selbst wenn er sich der jungen und starken Krieger bediente. Und noch immer hatten weder seine Söldner noch die BôrNadár den DúnAnór zurückgebracht. Er presste die ehemals vollen, weichen Lippen Königin Selorans zu einem schmalen Strich zusammen und spürte, wie ihre pergamenten gewordene Haut aufriss und Blut hervorsickerte. Selbst den Kopfgeldjägern war er entkommen. Mit Prinzessin Darejan. Doch er kannte ihr Ziel. – Allerdings würde es dort keine Hilfe für sie geben. Nicht mehr. Das bittere Lächeln stahl sich ungebeten auf die Lippen der Korun-Königin. Auch er war vor all den Sonnenläufen dorthin zurückgekehrt, nachdem er

Ileyran – seine Leyraan – verloren hatte. Angefleht hatte er sie damals, jeden einzelnen von ihnen. Selbst die, die nicht im Inneren Kreis der Klingen standen. Sie hatten ihm ihre Hilfe verweigert, ihm sogar verboten, ihrer Seele den Weg zurück über die TellElâhr zu weisen. Herzlose Brut! Selbst Kartanen hatte ihn fortgeschickt und ihm gesagt, er verstünde seinen Schmerz und seine Verzweiflung, doch er müsse es akzeptieren. Und das obwohl dieser verbohrte Korunnarr Leyraans Bruder war. Sie hatten die Qual nicht gespürt, hatten nicht begreifen können, wie es war, einen Teil seiner selbst zu verlieren. Leyraan war seine Nekromantia gewesen. Und seine Liebe. – Und er hatte sie verloren. Weil er versagt hatte! Also hatte er die alten, verbotenen Wege allein beschritten und sich jene mit Gewalt gefügig gemacht, deren Wissen er benötigte, um Rache zu nehmen. Sie hatten ihn aus dem Kreis der Klingen verstoßen. Männer, die er Freunde genannt hatte, die zu ihm aufgesehen hatten, hatten ihn gejagt wie einen tollwütigen Hund. Ihn über den Rand der RánAnór gehetzt und seinen zerschmetterten Körper einfach zum Sterben liegen lassen. Selbst NurJesh, sein Seelengefährte, hatte sich von ihm abgewandt. Um ihn an die DúnAnór zu verraten! Um ihnen zu sagen, dass er ihre Grausamkeit überlebt hatte. Seine Fingernägel kratzten über den Stein der Janansteinbrüstung. Er hatte ihn getötet, hatte auch diese Pein ertragen, diese Leere, und war trotz der Schwäche seines zerstörten, sterbenden Körpers auf die andere Seite des Schleiers gegangen, um die Mächte zu beschwören, die ihm sein Liebstes wiedergeben konnten.

Er blinzelte ein paar Mal gegen das Licht des Vollmonds an, als ein Funke tief in seinem Inneren sich zu erinnern versuchte. Aber unter diesen Mächten hatte sich etwas verborgen ...

Etwas, das stärker war ... Ein Kichern stieg seine Kehle empor und erstickte den Funken. Etwas, das die Leere in seiner Seele und seinem Geist ausgefüllt hatte. Das seinen sterbenden Körper mit neuem, unheiligen Leben erfüllt hatte. Das den Schmerz und den Verlust unbedeutend werden ließ. Das Kichern steigerte sich zu schrillem Gelächter. Er war damals zurückgekommen und hatte Rache genommen. Und obwohl sie seine Seele in den KonAmàr gebannt hatten, war er ihrem unzulänglichen Gefängnis entkommen. Jetzt war er der, den sie alle fürchteten. Bald würde er der Letzte sein, der die alten Geheimnisse kannte. Und der Letzte der DúnAnór!

Sein Gelächter wurde zu einem Keuchen. Und auch die kleine Hexenprinzessin würde ihren Zweck erfüllen. Doch zuerst galt es heute Nacht die Macht des Seelenmonds zu nutzen, ehe er seinen Zenit überschritten hatte.

Er schlurfte an den Hecken entlang, tiefer in den Siebengarten hinein. Der Duft der Mondlinden lag in der Nachtluft. Leyraan hatte den Geruch der violetten Blütendolden geliebt.

Hinter einem steinernen Bogen, der sich über einem Durchgang zwischen den Hecken spannte, öffnete sich der geharkte Pfad zu einem annähernd runden Platz, auf dessen hellem Kiesgrund ein neunzackiger Stern aus rotem Jernitkristall im Licht des Seelenmonds glitzerte. An seinen Spitzen brannten Feuer, deren fahlblaue Flammen ohne einen Laut Kräuter und Holz verzehrten. Ein schwerer, bitterer Geruch hatte den Duft der Mondlilien verdrängt.

Außerhalb des Sterns warteten drei seiner BôrNadár und ein halbes Dutzend seiner niederen Sklaven. Zwei Männer lagen gefesselt am Boden. Den einen hatten ein paar seiner Söldner vor vier Tagen nach Kahel zurückgebracht. Der andere ... Er biss die Zähne zusammen. Hauptmann Réfen hatte erstaunlicherweise seinen BôrNadár getrotzt. Doch er hatte letztendlich von dem Schmuggler erfahren, was er hatte erfahren wollen. Jetzt kannte er die Namen jener, die es gewagt hatten, dabei zu helfen, den DúnAnór aus Kahel fortzuschaffen. Jeder einzelne von ihnen würde es bereuen. Er zwang den Körper der Korunkönigin, sich ein wenig weiter aufzurichten, und näherte sich den beiden Gefangenen.

Der Hauptmann starrte ihm mit hasserfülltem Blick entgegen, doch seine gepressten Atemzüge verrieten seine Angst. Es entging ihm nicht, dass die graubraunen Augen immer wieder zu einem seiner niederen Sklaven zuckten. Vor den Männern blieb er stehen. Er lächelte auf den Hauptmann der Garde hinunter. »Wie ich sehe, erkennt ihr ihn. Er war einer eurer Männer, nicht wahr? Naria war sein Name, wenn ich mich recht erinnere. Oh, verzeiht, wie dumm von mir zu vergessen, dass ihr ja schon seit einiger Zeit im Kerker seid. Ihr wisst ja gar nicht, dass er irgendwann einfach verschwunden ist. So wie die meisten eurer Leute.« Ein wenig schwerfällig kniete er neben dem Krieger nieder. »Euer Freund – wie war sein Name doch gleich? Ach ja, Noren – wird sein Schicksal als einer meiner Sklaven teilen.« Er beugte sich näher zu dem Krieger heran. So nah, dass die Lippen der Königin beinah seine berührten. »Für euch habe ich etwas anderes vorgesehen. Erinnert ihr euch? Ich habe euch versprochen, dass ich eine ganz besondere Verwendung für euch habe, sollte ich den DúnAnór tatsächlich nicht bis heute Nacht zurückbekommen.« Er richtete sich ein klein wenig auf. »Ich hoffe, ihr werdet euch der Ehre bewusst sein, die euch zuteilwerden wird.« Mit der Hilfe eines seiner Diener zwang er den Körper Königin Selorans endgültig wieder auf die Beine.

»Geduldet euch nur noch eine kleine Weile.« Er gönnte dem Hauptmann ein letztes, höhnisches Grinsen, ehe er sich abwandte und gemessen ins Innere des Sterns trat.

Im Zentrum der neun Zacken wand der Schmuggler sich schwach in seinen Fesseln. Gemächlich ging er an ihm vorbei und nahm seinen Platz ein, wie es das Ritual verlangte. Dann hob er langsam die Hände dem Seelenmond entgegen und begann die alten Gesänge zu skandieren, die die Seele eines Menschen aus seinem Körper trieben. Kälte verdrängte die Wärme der Nacht. Der Mann zuckte, bäumte sich auf. Seine Schreie gellten in den Himmel, wandelten sich zu einem Kreischen. Wind riss an den Gewändern der BôrNadár. An den Spitzen der neun Zacken färbten sich die Flammen von einem Lidschlag auf den anderen schwarz. Das Kreischen endete jäh, der Körper lag still. Der Wind erstarb zu einem Flüstern. Er sang weiter, rief die Seele, die er für dieses Gefäß gewählt hatte. Von irgendwoher erklang leises Wimmern. Nebel stieg aus den Linien des Sterns auf, wirbelte, verdichtete sich und senkte sich auf den Körper herab. Die Glieder zuckten, bewegten sich, der Mann erhob sich. Seine leeren Augen richteten sich auf seinen Herrn. Eine Geste genügte und sein neuer Diener verließ in stummem Gehorsam den Stern. Langsam wandte er sich um, blickte den Hauptmann der Garde mit einem dünnen, höhnischen Lächeln an. Der Krieger starrte voller Grauen zurück. Er nickte den beiden BôrNadár zu, die neben ihm standen. »Bringt ihn her!«

Seine grau gewandeten Diener packten den Gefangenen und zerrten ihn mit sich, so verzweifelt er sich auch wehrte. In der Mitte des Sterns zwangen sie ihn rücklings zu Boden. Noch immer lächelnd trat Ahoren heran und begann eine uralte und verbotene Magie zu weben.

»*Was tust du?*« »*Dich ansehen.*« »*Ich muss zurück.*« »*Schlaf weiter! Die Sonne ist noch nicht aufgegangen.*« »*Wenn sie merken …*« »*Das werden sie nicht. Wenn die Sonne aufgeht, bist du zurück. Versprochen!*« Ein Lächeln glitt über ihre Lippen. In einem Gefühl wohliger Geborgenheit rekelte Darejan sich, doch ihr zufriedenes Seufzen wurde zu einem Stöhnen, als vager Schmerz durch ihre Arme und Beine zuckte. Mit einem Ruck öffnete sie die Augen. Der Verrückte beugte sich über sie, starrte sie mit beängstigender Eindringlichkeit an, ein Flackern in den Tiefen seiner Dämonenaugen. Zwischen seinen zusammengezogenen Brauen stand eine scharfe Falte, während das Morgenlicht mit den Schatten im Inneren des Dickichts über seine Edelsteintätowierungen tanzte. Mit einer Hand stützte er sich neben ihrem Kopf auf dem Boden ab, die Finger der anderen waren in ihr Haar geschlungen, rieben es zwischen sich. Dann gaben sie es frei, glitten ihren Hals abwärts, über ihre Schulter. Langsam neigte er sich tiefer zu ihr. Sie spürte sein Knie zwischen ihren Oberschenkeln, das andere drückte gegen ihre Hüfte. Darejan hielt den Atem an, lag in benommenem Schrecken erstarrt unter ihm. Seine schwieligen Finger streichelten über ihr Schlüsselbein, erkundeten die Kuhle unter ihrer Kehle. Flüssige Hitze rann in ihrem Inneren zusammen. Die Falte zwischen seinen Brauen vertiefte sich, sein Blick wanderte weiter abwärts. Plötzlich war sie sich der unzähligen Risse in ihrem Kleid nur zu bewusst. Kühl strich der Morgenwind durch sie hindurch und über ihre Haut. Seine Silberaugen kehrten zu ihr zurück, im ersten Licht voller Schatten, die das Glitzern der Sodijansplitter in ihnen verschlangen. Er beugte sich weiter zu ihr. Als sein Atem ihren Mund streifte, erwachte sie schlagartig aus ihrer Starre. Ihre Hand traf seine Wange mit einem hallenden Klatschen. Gleichzeitig riss sie das Knie hoch, stieß es ihm in die Rippen, beförderte ihn von sich herunter und in das Dornengebüsch neben ihr. Sein überraschter Schrei ging in dem ärgerlichen Flügelrauschen und Tschilpen unter, mit dem eine Schar Vögel daraus aufflatterten. Rasch kroch Darejan rücklings von ihm fort. Er blinzelte, als habe sie ihn jählings aus dem Schlaf gerissen, starrte sie dann ärgerlich an, eine Hand an der Wange, auf der sich ihre Finger als feuriges Mal abzeichneten.

»Bist du übergeschnappt, Hexe? Was soll das?«, fuhr er sie an und rieb sich das Gesicht.

»Was das soll? Du wolltest mich küssen, Mistkerl!« Wütend funkelte Darejan ihn an.

»Ich? Dich küssen? Nicht mal im Fieber würde mir so etwas einfallen! Du *bist* übergeschnappt!« Er befreite sich aus den Dornen.

»Und warum hast du dann eben über mir gekniet?«

»Ich habe nicht ...«

»Betatscht hast du mich!« Sie warf ihm eine Handvoll Cinjantannennadeln an den Kopf.

»Du bist die Verrückte von uns beiden!«

»Wenn du so etwas noch einmal wagst, wirst du eine volle Harmonie höher singen, als du es jetzt tust.«

»Woher willst du wissen, dass ich überhaupt singen kann?«, höhnte er dagegen und stieß dieses verächtliche Schnauben aus, für das sie ihn am liebsten umgebracht hätte.

»Weil ich es gehört habe«, fauchte sie zurück.

Er war über ihr, noch ehe ihr selbst bewusst wurde, was sie da gerade gesagt hatte.

»Wann?« Seine Finger gruben sich hart in ihre mit unzähligen Kratzern überzogenen Arme.

»Ich … Ich weiß nicht«, stammelte Darejan verwirrt und zugleich erschrocken. Als sie ihm die Worte wütend entgegengeschleudert hatte, war sie sich sicher gewesen. Doch jetzt … jetzt konnte sie sich nicht daran erinnern, seine Stimme jemals anders als rau und erschöpft gehört zu haben.

»Lügnerin! Wann?!«, verlangte er noch einmal zu wissen, schüttelte sie grob.

»Ich weiß nicht!« Keuchend stemmte sie sich gegen seine Brust.

»Lügnerische Hexe! Sag es mir!« Er packte noch fester zu, zerrte sie näher zu sich heran. In seinen Augen flackerte Raserei. Angst nahm ihr die Luft. »Sag es!«, brüllte er sie an und schüttelte sie erneut.

»Ich weiß es nicht!« Sie wand sich in seinem Griff, kam nicht frei.

»Sag es!« Seine Stimme kippte zu einem wahnsinnigen Heulen! »Sag es mir!« Zu ihrer Verblüffung waren die Worte plötzlich nur noch ein leises Flehen. Seine Finger legten sich um ihre Kehle, massierten sie sacht. Darejan bog den Kopf zurück, soweit sie konnte, schluckte gegen den kaum spürbaren Druck seiner Hand an.

»Ich weiß es nicht!« Ihre Stimme bebte.

In den Tiefen seiner Augen war wieder jenes Flackern. Seine Atemzüge wurden schwerer, wandelten sich zu einem Schluchzen. Herzschlag um Herzschlag starrte er sie an, unverwandt, dann löste sein Griff sich langsam, verschwand gänzlich. Seine Augen waren wieder blicklos und leer, sein Verstand fort. Sein Kopf lehnte sich schwer an ihre Schulter, sein Atem fast eine warme Liebkosung auf ihrer Haut. Darejan hielt ihn eine ganze Weile schweigend fest. *Fahlschimmernde Schleier. Bleiche Fäden. Die über ihre Glieder krochen. Sich um sie legten.* Eine unbestimmte Angst wand sich ihren Rücken hinauf, nistete sich in ihrem Bauch ein, verwandelte sich mit jedem Herzschlag mehr in Grauen, ohne dass sie gewusst hätte weshalb. Sie mussten fort! Weg hier! Plötzlich gab es keinen anderen Gedanken mehr. Der Verrückte wehrte sich nicht, als sie ihn auf die Füße und hinter sich her aus ihrem Dickichtversteck zerrte. Jenseits seines Schattens fiel das Licht der Morgensonne ungehindert auf die unzähligen Kratzer, die ihre Arme überzogen. Am vergangenen Abend waren sie noch nicht da gewesen. Etwas war in der Nacht geschehen. Aber sie konnte sich nicht daran erinnern. Ein Albtraum? Hatte sie im Schlaf um sich geschlagen und war in die Dornen geraten? Niemals! Der Schmerz hätte sie wecken müssen. Mit dem Gefühl jetzt, am helllichten Tag in einem Albtraum gefangen zu sein, zog sie ihn zwischen den Bäumen hindurch hastig vorwärts. Und auch als ihre Seite seit schieren Ewigkeiten bei jedem Atemzug unter schmerzhaften Stichen brannte, wagte sie erst, stehen zu bleiben, als das Grauen in ihrem Inneren endlich vergangen war.

Einige Stunden später, die Sonne hatte ihren Zenit bereits überschritten, erwachte auch der Verrückte wieder aus seiner Teilnahmslosigkeit. Nach ihrer kopflosen Flucht hatte Darejan schließlich den Bachlauf wiedergefunden, dem sie die meiste Zeit gefolgt waren, und hatte sich erschöpft an seinen sanft abfallenden Uferhang gesetzt. Gehorsam hatte er sich neben ihr auf dem Boden niedergelassen und war fast sofort in ein müdes Dahindämmern gesunken. Doch als sie wenig später nach seiner Wunde hatte sehen wollen, hatte er sie zurückgestoßen und sie böse angeherrscht, sie solle die Finger von ihm lassen. Den Rest des Tages hatte er wieder die Führung übernommen, bis ihn wie am Abend zuvor das Fieber einholte und es erneut Darejan überlassen blieb, ein Versteck für die Nacht zu finden.

34

Der Lärm des Kampfes hallte weit durch das nächtliche Tal. Schreie gellten. Die kleine Schar Krieger donnerten auf ihren hochbeinigen Ragon über die Felder, dem brennenden Dorf entgegen. Sie waren auf dem Weg nach Isârra gewesen, von ihrer Königin zurück in die Hauptstadt beordert, da die Korun ihre Klauen nach Nabrod und Siard ausstreckten und auch ihren Grenzen immer näher kamen. Doch sie hatten ihre Reise unterbrochen, nachdem sie am Mittag westlich von hier das zerstörte Dorf entdeckt hatten.

Mit furchterregendem Kampfgeheul fielen die Krieger den Söldnern und Korun in den Rücken, obwohl sie wussten, dass sie weder das Dorf noch seine Bewohner würden retten können. Blut hatte den Boden dunkel gefärbt. Kaum einer der Männer stand noch auf seinen Beinen und kämpfte um sein Leben. Nur einer von ihnen war kein Bauer, der mit einem Dreschflegel oder einem Pferdegeschirr um sich schlug. In seiner Hand glänzte eine Schwertklinge. Ein ockerfarbenes Juwel schimmerte im Licht der Feuer in ihrem Knauf, dunkelrote Einschlüsse flammten darin. Sein Hemd war über der Schulter zerfetzt. Blut rann über dunkle Runenlinien auf seiner Haut und dennoch hielt er drei Kriegern stand. Hinter ihm lag verkrümmt der Körper einer Frau. Ihr Gewand im Blau und Silber der Tracht der Nekromanten war rot gefärbt. Unter ihr begraben war der Körper eines Kindes. Dann war plötzlich ein ganz in Grau gekleideter Reiter hinter dem Krieger. Eine Klinge fuhr in seinen Rücken, durch seine Brust. Sie waren noch zu weit entfernt, um es zu verhindern.

Die letzten beiden Tage hatte es nahezu ununterbrochen geregnet. Der Hohlweg, dem sie folgten, hatte sich in zähen Schlamm verwandelt, der unter jedem Schritt schmatzte.

Darejan rieb sich fröstelnd die Arme und warf einen kurzen Blick über die Schulter zu dem Verrückten hin, der hinter ihr schweigend durch den Matsch stapfte. Sein Blick war abwesend, ohne jedoch diese stumpfe Leere darin. Es schien Darejan vielmehr, als würde er seinen Geist ziellos umherstreifen lassen, darauf bedacht, nicht ins Grübeln zu verfallen. Etwas, das mit beängstigender Regelmäßigkeit einen seiner Anfälle auszulösen schien. Von dem wenigen, das sie an Beeren und essbaren Wurzeln in den vergangenen Tagen gefunden hatten, hatte er kaum etwas angerührt. Unter seinen Augen und den inzwischen scharf hervortretenden Wangenknochen standen Schatten, die langsam tiefer wurden. Jedes Mal, wenn er ihr erlaubte, sich um seine Wunde zu kümmern, die noch immer nicht heilen wollte, hatte sie den Eindruck, als könne sie seine Rippen unter der Haut ein wenig mehr spüren.

Eben wollte sie sich schon wieder umwenden, als er den Kopf hob, von einem Lidschlag auf den anderen angespannt und wachsam.

»Was ist?«, wagte sie zu fragen, nachdem sie einen Moment

lang lauschend den Atem angehalten hatte, doch seine erhobene Hand gebot ihr Schweigen. Zwischen seinen Brauen erschien eine scharfe Falte.

»Reiter!«, zischte er nach einem weiteren Augenblick. »Runter vom Weg!«

Jetzt hörte Darejan den leisen, aber allmählich immer lauter werdenden Hufschlag auch. Erschrocken sah sie sich um. Es gab nur eine Möglichkeit, um den Hohlweg zu verlassen: die Böschungen hinauf. Auf der linken Seite ragte der Hang beinah senkrecht auf. Rechts von ihnen stieg er sacht an und war von dichtem Gesträuch überwuchert.

»Mach schon, Hexe!« Er versetzte ihr einen unwilligen Stoß. Darejan biss die Zähne zusammen und begann durch das Gestrüpp den Hang hinaufzuhasten. Zweige und verborgene Dornen hakten sich in ihr Kleid und verfingen sich in ihrem Haar. Ein kurzer Blick zeigte ihr, dass es ihm nicht besser ging. Die Ärmel seines Hemdes waren fast bis zu dem Ellbogen zerfetzt. Auf dem Hohlweg patschten Hufe laut durch Wasser und Schlamm. Darejan glaubte sogar, das leise Klirren von Waffen zu hören. Neben ihr stieß der Verrückte einen lästerlichen Fluch zwischen zusammengebissenen Zähnen hervor. Sie unterdrückte ein Stöhnen, als sie den Grund dafür entdeckte. In dem Dickicht hatten sie eine deutlich sichtbare Spur aus niedergetretenen und geknickten Zweigen den Hang hinauf hinterlassen.

Mit einem gezischten »Leise, Hexe! Lauf!« packte er sie im gleichen Moment, in dem am Ende des Weges mehrere Reiter in Sicht kamen, am Arm und versetzte ihr einen Schubs, der sie taumelnd zwischen die Bäume beförderte. Darum bemüht, keinen Laut zu verursachen, rannte sie los.

Sie waren noch immer in Sichtweite der Böschung, als Stimmen laut wurden. Darejan riskierte einen hastigen Blick über die Schulter. Gerade erschien der erste Reiter über dem Rand des Hanges, entdeckte sie, stieß einen bellenden Ruf aus und preschte hinter ihnen her. Sie versuchte schneller zu laufen, stolperte jedoch, taumelte noch ein paar Schritt weiter, getragen von ihrem eigenen Schwung, und stürzte. Eine Hand packte sie, zerrte sie unsanft wieder in die Höhe und stieß sie so hart vorwärts, dass sie um ein Haar gleich wieder hingeschlagen wäre. Nur mit Mühe gelang es ihr, sich an einem Baum abzufangen.

»Lauf!«, fuhr der Verrückte sie einmal mehr an. Sie kam nicht mehr dazu, ihm zu gehorchen. Der Reiter hatte sie eingeholt. Ein halbes Dutzend weiterer war nur ein kurzes Stück hinter ihm. Es waren dunkelhäutige Männer, die auf hochbeinigen Ragon saßen. Die zottigen Mähnenkrägen um die Hälse der Tiere hoben sich dunkel von ihrem goldbraun gesprenkelten Fell ab. Mit einem wilden Brüllen hatte der vordere der Reiter seinen Säbel emporgerissen. Der Verrückte zuckte mit einem Knurren herum. Darejan hörte sich selbst aufschreien, als die gebogene Klinge auf ihn herabblitzte. Doch statt der Waffe auszuweichen, bewegte er sich auf den Reiter zu. Der bis eben noch tödliche Hieb ging über ihn hinweg, er packte den Arm des Mannes, ehe der ihn wieder in die Höhe bringen konnte, und zerrte ihn in der gleichen Bewegung vom Rücken seines Reittieres herab. Mit einem erschrockenen Fauchen brach das Ragon zur Seite hin aus, während sein Herr krachend auf den Boden schlug. Er versuchte noch, wieder hochzukommen, als der Verrückte ihm schon den Handballen in einer harten Bewegung von unten gegen die Nase stieß. Ein leises, aber deutliches Knacken erklang und der Mann sackte mit einem Röcheln leblos zurück. Blut strömte über sein Gesicht. Von den anderen Reitern kam ein mehrstimmiger Aufschrei. Mit plötzlich gefährlicher Geschmeidigkeit richtete der Verrückte sich auf, den Säbel des Toten in der Hand.

»Verschwinde!«, herrschte er Darejan erneut an, ohne ihr auch nur einen Blick zu gönnen. Sie stieß sich von dem Baum ab, an den sie sich die ganze Zeit mit dem Rücken gepresst hatte und rannte. Hinter ihr prallte Stahl schrill auf Stahl. Die Reiter hatten ihn erreicht. Unabsichtlich verlangsamte sie ihre Schritte. Ein Schrei erklang, halb Schmerz, halb Überraschung und Zorn. Sie blieb stehen, drehte sich zögernd um. Die Reiter hatten ihn mit ihren Ragon eingekreist. Einer von ihnen presste die Hand auf eine blutende Wunde im Oberschenkel. Keiner der Männer schenkte ihr auch nur einen Hauch seiner Aufmerksamkeit. Sie bewegten sich langsam, so als würden sie auf etwas warten. Es war der Verrückte, der sich mit überraschender Plötzlichkeit auf einen Reiter zu seiner Linken warf. Ihre Klingen trafen aufeinander. Brüllend drangen auch die anderen Krieger auf ihn ein. Darejan presste die Hand auf den Mund, als sie sah, wie er sich unter einem Säbel wegduckte, sodass der Schlag um ein Haar einen zweiten Reiter getroffen hätte. Ein Ragon scheute fauchend vor ihm zurück, als er unvermittelt direkt vor ihm auftauchte, brachte seinen Herrn zwischen den Verrückten und den Säbel eines weiteren Kriegers, der seine Waffe fluchend keine Handbreit über der Schulter seines Kameraden abfing. Die Reiter mochten den Vorteil der höheren Position vom Rücken ihrer Reittiere aus haben und deutlich in der Überzahl sein, doch er nutzte den Umstand, dass sie mit ihren Ragon mehr Platz brauchten und damit weniger wendig waren, gnadenlos zu seinem eigenen Vorteil. Mehrere Augenblicke vollführten die Männer diesen ungleichen Tanz mit klirrenden Waffen, dann bellte einer der Reiter einen Befehl und die Krieger zogen sich zu einem lockeren Kreis zurück. Gemächlich stiegen zwei von ihnen aus den Sätteln und trieben ihre Ragon mit einem Schlag auf die Flanke davon. Das Grinsen auf ihren Gesichtern, während sie sich langsam um ihn herum bewegten und ihm dabei allmählich immer näher kamen, verhieß nichts Gutes. Dann drangen sie unvermittelt auf ihn ein. Und während er ihre Hiebe mit dem Säbel ihres toten Kameraden parierte, griff einer der Reiter ihn gleichzeitig von hinten an. Im allerletzten Moment schaffte er es, dem Ragon mit einem hastigen Schritt und einer Drehung auszuweichen, die ihn beinah sein Gleichgewicht gekostet hätte und ihn gefährlich nahe an die beiden Krieger zu Fuß heran brachte. War das Klirren der Säbelhiebe bis eben mit deutlichen Unterbrechungen erklungen, so hatte es sich jetzt in ein andauerndes, schrilles Dröhnen verwandelt. Die Krieger am Boden deckten ihn unablässig mit harten, schnellen Hieben ein. Und während der eine ihn zwang, seine Klinge zu senken, um einen Streich abzufangen, der auf seinen Bauch oder seine Beine zielte, fuhr der Säbel des anderen auf seinen Kopf und die Schultern zu. Jedes Mal brachte er irgendwie das Kunststück zu Wege, die Hiebe zu parieren oder zumindest abzublocken. Gelegentlich gelang es ihm sogar, selbst einen Schlag anzubringen. Doch auch die Reiter griffen ihn wieder und wieder von hinten an, zwangen ihn, sich ihnen zuzuwenden, um eine Attacke von oben abzuwehren, und drängten ihn noch näher an seine beiden Gegner heran. Nur ein oder zwei Mal war es ihm bisher gelungen, dem angreifenden Ragon auszuweichen und gleichzeitig Abstand zwischen sich und die Krieger am Boden zu bringen. Darejan presste die Hand fester gegen den Mund.

Selbst von ihrem Platz aus, halb verborgen hinter einem Baum, konnte sie sehen, dass seine Atemzüge allmählich immer abgehackter kamen. Der Plan der Krieger ging auf. Es war nur noch eine Frage der Zeit, dann würden seine Kräfte nachlassen und er würde dem Hagel aus Hieben nicht mehr standhalten können. Schon jetzt schien er sich vor manchen Schlägen wegzuducken, anstatt sie mit seiner Klinge abzufangen. Erneut trieb einer der Reiter sein Ragon vorwärts. So wie er es auf den Verrückten zulenkte, blieb ihm nur eine Möglichkeit auszuweichen. Mit einem fürchterlichen Gebrüll riss der Reiter seinen Säbel in die Höhe. Sie sah, wie er halb zu ihm herumfuhr, einen Schritt zur Seite machte, und wie im gleichen Augenblick ein zweiter Reiter seinem Ragon schweigend die Fersen in die Seite hieb und es in seinem Rücken genau dorthin trieb, wohin er ausweichen würde.

Darejan schrie gellend. Köpfe flogen in ihre Richtung. Einer der Männer brüllte etwas, ein anderer riss sein Tier herum und kam auf sie zugepprescht. Darejan machte zwei erschrockene Schritte rückwärts, sah gerade noch, wie der Verrückte zur Seite hechtete und die beiden Reiter gegeneinander krachten, dann drehte sie sich um und rannte. Hinter ihr klirrten die Säbel erneut aufeinander. Ein abgerissener Schrei erklang. Ohne sich umzudrehen, hetzte sie weiter. Das Geräusch der Hufe kam näher. Abrupt warf sie sich zur Seite, tauchte unter einigen tief hängenden Zweigen hindurch und hörte einen wütenden Fluch. Für ein paar mühsame Atemzüge klang der Hufschlag etwas gedämpfter, dann wurde er wieder lauter. Darejan schlug zwischen den Bäumen Haken wie ein verschrecktes Nassrel und dennoch war der Reiter plötzlich neben ihr. Nur aus dem Augenwinkel sah sie, wie er sich im Sattel zu ihr beugte, versuchte, ihm auszuweichen. Mit der Hand erwischte er sie am Arm. Ein Ruck. Dann wurde sie in die Höhe gerissen. Keinen Lidschlag später landete sie bäuchlings so hart vor ihm auf dem Hals des Ragon, dass es ihr die Luft aus den Lungen trieb. Der Krieger wendete sein Reittier, galoppierte zu seinen Kameraden zurück. Bei jedem Schritt bohrte sich der wulstige Sattelbug in ihren Bauch. Ihr Mund füllte sich mit Galle und in ihrer Kehle schien plötzlich der sauer gewordene Rest ihres mageren Frühstücks aus Beeren zu sitzen. Sie würgte ihn an seinen Platz zurück, während sie versuchte, sich zu befreien. Ein Hieb traf sie brutal in den Nacken. Alles um sie her schrumpfte zu grauen Schlieren. Ihre Gegenwehr erlahmte. Doch sie schrie erneut, als das Ragon unter ihr zum Stehen kam und sie einen Stoß bekam, der sie kopfüber von seinem Rücken beförderte. Hart prallte sie auf den Boden und blieb benommen liegen, bis sie jemand unsanft auf die Knie zerrte. Sie blinzelte zu den Männern auf, die sie umstanden. Ihre Haut hatte die beinah schwarze Farbe von uraltem poliertem Rildenholz. Lederne Harnische umspannten ihre breiten Schultern, während kunstvoll ineinanderverzahnte Eisenplättchen ihre muskulösen Oberarme und Schenkel schützten. Ihre Schädel waren auf der einen Seite vollkommen kahl und glänzten wie poliert, während die andere von dickem schwarzem Haar bedeckt war, das zu unzähligen Zöpfen geflochten war. Darejan krallte die Finger in ihr Kleid, damit die Männer ihr Beben nicht sahen. Einerseits war sie erleichtert, dass es nicht die Grauen Krieger und die Söldner waren, die sie gestellt hatten. Zugleich aber saß eine andere Art von Angst in ihrer Kehle. Die Reiter-Krieger der Isârden waren bekannt und gefürchtet. Doch gewöhnlich waren sie in den großen Steppen im Südosten von Sijernen zu Hause. Was taten sie hier? Sie wagte einen hastigen Blick zu dem Verrückten hin, der ein kleines Stück von ihr entfernt ebenfalls auf den Knien lag. Seine Brust hob und senkte sich in keuchenden Atemzügen. Schweiß sammelte sich in schweren Tropfen über seinen Brauen und lief ihm in fahlen Rinnsalen an den Schläfen abwärts. Er zitterte am ganzen Körper. Seine Augen waren weit aufgerissen. Einer der Krieger stand neben ihm, hatte ihm die Säbelklinge unter das Kinn gelegt und drückte seinen Kopf schier unmöglich weit in den Nacken, sodass er direkt in den Himmel blicken musste. Ein zweiter Isârde befand sich schräg hinter ihm. Er hatte ihm die Spitze seiner Waffe zwischen die Schulterblätter gesetzt und verhinderte, dass er der Klinge an seiner Kehle auswich.

Die drei übrigen Krieger saßen noch immer auf den Rücken ihrer hochbeinigen Ragon und musterten sie in kaltem Schweigen, bis einer von ihnen sein Reittier noch näher an Darejan und den Verrückten heran trieb. Auf dem Leder seines Brustharnischs waren mit Kupfer zwei parallele Linien eingepunzt, die ihn wohl als Anführer der Männer kennzeichneten. Mit einem dunklen Fauchen schüttelte sein Ragon den Kopf und kaute auf dem eisernen Gebiss in seinem Maul. Ein kurzer Zug an den Zügeln und es stand still. Die hellen braunen, nahezu goldenen Augen des Kriegers streifte Darejan nur voller Verachtung, ehe sie sich auf den Verrückten hefteten und er sich im Sattel vorbeugte.

»Sieh an, was haben wir denn da aufgescheucht? Ein Jarhaal, der mit einer Korun reist? In diesen Zeiten? Was habt ihr wohl hier zu suchen?« Anstatt auf eine Antwort zu warten, richtete er sich wieder auf und nickte seinen Gefährten zu. »Fesselt sie! Wir nehmen sie mit. Niéne wird sie verhören wollen.«

»Der Hund hat Jerre umgebracht, Oqwen. Lass uns ihn und seine Korunhure gleich hier aufhängen.« Der Mann, der die Klinge gegen die Kehle des Verrückten hielt, verstärkte bei seinen Worten den Druck. Darejan sah, wie sich ein feiner roter Tropfen an der Schneide bildete, einen Moment wie unschlüssig an der Kante verharrte und dann abwärtsrann, um einen dunklen Fleck auf dem zerschlissenen Hemdstoff zu hinterlassen. Zustimmendes Gemurmel wurde laut, das auf ein Zeichen Oqwens jedoch wieder verstummte.

»Nein, Siére. Wir bringen sie zu Niéne. Aufhängen können wir sie später immer noch. Vorwärts!«

Diesmal gehorchten die Krieger ohne erneuten Widerspruch. Ein weiterer Mann saß ab und fesselte ihnen unsanft die Hände auf den Rücken. Als er dabei die eisernen Ringe an den Handgelenken des Verrückten bemerkte, rief er seinem Anführer etwas zu, das Darejan nicht verstand. Der trieb sein Ragon einen Schritt weiter heran und lehnte sich über den Hals seines Reittieres vor, um sich die Eisen seinerseits anzusehen. In einer Mischung aus Neugierde und Spott blickte er dann auf den Verrückten hinab. »Offenbar hast du Übung darin, in Schwierigkeiten zu geraten«, meinte er geradezu gutmütig. »Verrate mir, was du getan hast, dass man dich für gefährlich genug hielt, um dich in Eisen zu legen, Kerl!« Störrisches Schweigen antwortete ihm. Ein kaltes Grinsen erschien auf seinem Gesicht. »Wie du meinst«, zuckte der Mann die Schultern. »Niéne wird dich schon zum Reden bringen.« Er bedeutete Siére, seine Klinge von der Kehle des Verrückten zu nehmen, und wandte sein Ragon ab. Wortlos schob der Krieger seinen Säbel in die mit bunten Quasten verzierte Scheide an seinem Gürtel und spuckte noch einmal verächtlich vor ihnen aus, ehe er zu dem toten

Jerre hinüberging. Zusammen mit einem anderen Isârden wickelte er den Leichnam in eine Decke und zurrte ihn auf dem Rücken seines Ragon fest. Wenig später waren die Männer zum Abmarsch bereit. Sie zerrten ihre gefesselten Gefangenen grob auf die Füße und schwangen sich in die Sättel ihrer Reittiere.

Hilflos blickte Darejan zu dem Verrückten. Er starrte dumpf vor sich hin, die Kiefer so fest zusammengepresst, dass ein Muskel an seiner Wange zuckte. Doch als einer der Isârden ihm den Stiefel zwischen die Schultern setzte und ihn vorwärtsstieß, setzte er sich schweigend in Bewegung. Auch Darejan erhielt einen unsanften Stoß in den Rücken. Die Reiter nahmen sie in die Mitte und führten sie zwischen den Bäumen hindurch, zurück Richtung Hohlweg. Die schlanken Leiber der Ragon um sie herum versperrten ihnen wirkungsvoll jeden Fluchtweg.

Obwohl die Krieger ihre Reittiere nur im Schritt gehen ließen, war das Tempo scharf genug, um in Darejans Beinen binnen kurzer Zeit ein unangenehmes Ziehen zu wecken und ihre Atemzüge hastig und flach werden zu lassen. Ein paar Mal war sie bereits gestolpert, doch ihre Bewacher ließen nicht zu, dass sie langsamer wurde. Im Gegenteil: Fiel sie zurück, bekam sie einen groben Stoß, sodass sie nicht selten ein paar Schritt vorwärtstaumelte und beinah stürzte. Zu allem Überfluss war auch die Wolkendecke aufgerissen, sodass die Sonne warm auf sie herabbrannte, die Nässe von Boden und Blättern trocknete und die Luft schwer und schwül werden ließ und ihre Kehle vor Durst rau machte. Immer wieder blickte Darejan zu dem Verrückten hin. Die Lider über seinen silbernen Dämonenaugen hielt er halb geschlossen. Schweiß rann ihm übers Gesicht, färbte den Stoff seines Hemdes dunkel und klebte es ihm auf die Haut. Seine Lippen waren zu einem schmalen Strich aufeinandergepresst, die Kiefer hatte er noch immer zusammengebissen. Wahrscheinlich war es nichts anderes als Stolz und Sturheit, die ihn auf den Beinen hielten. – Wie bisher ging es beständig nach Osten.

Es war schon weit nach Mittag, als der Hohlweg sich auf der einen Seite zu einem sanft abfallenden Tal hin öffnete. Auf der anderen Seite war die mit Gras, Gestrüpp und Nesseln bewachsene Böschung, von Wind und Regen glatt geschliffenen, senkrecht aufragenden Felsen gewichen. Oberhalb von ihnen reckten sich noch immer dicht an dicht Cinjantannen und Narlbirken. Ein unbefestigter Pfad führte in das Tal hinab. An seinem Ende lag ein kleines Dorf. Oder das, was ein Feuer davon übrig gelassen hatte: rauchende Ruinen.

Die Isârden wechselten Blicke, dann ein Nicken Oqwens und zwei der Krieger galoppierten in das Tal hinab. Die übrigen warteten schweigend. Erschöpft sank Darejan auf die Knie, dankbar für die Rast. Neben ihr sackte auch der Verrückte zu Boden.

Schon nach erstaunlich kurzer Zeit kamen die beiden Reiter zurück. Ihr schweigendes Kopfschütteln konnte nur eines bedeuten: Es gab keine Überlebenden, und wenn doch, hatten sie das Dorf bereits verlassen. Die hasserfüllten Blicke, mit denen die Krieger Darejan und den Verrückten bedachten, ließen sie trotz der Wärme zittern. Unter Flüchen und Verwünschungen wurden sie schließlich wieder auf die Beine und vorwärts getrieben.

Doch je weiter der Tag voranschritt, umso häufiger stolperte sie und fiel auf die Knie. Auch der Verrückte taumelte wieder und wieder. Dass die Krieger ihnen am späten Nachmittag ein paar Schluck Wasser gaben, half nichts. Sie kamen immer langsamer voran, bis Oqwen irgendwann mit einem Fluch sein Reittier zum Stehen brachte und einem seiner Männer befahl, Darejan zu sich in den Sattel zu nehmen, während zwei andere dem Verrückten auf den Rücken des Ragon helfen mussten, das bereits Jerres toten Körper trug. Sie sah gerade noch, wie er über dem Leichnam vornübersank, dann ergab sich auch Darejan der Erschöpfung und schloss die Augen. Wo auch immer die Isârden sie hinbringen mochten, es war ihr gleich. Im Moment zählte nur, dass sie nicht mehr laufen musste.

Sie musste vor Müdigkeit eingeschlafen sein, denn sie bemerkte die Stimmen um sich her erst, als sie unsanft aus dem Sattel gezerrt wurde und haltlos zu Boden stürzte. Sie prallte gegen etwas Weiches. Ein keuchendes Stöhnen erklang dicht neben ihrem Ohr, und als sie es endlich schaffte, die Augen zu öffnen, entdeckte sie, dass sie gegen den Verrückten gefallen war. Die Sonne musste schon vor einer ganzen Weile untergegangen sein, denn der Himmel hatte sich in sternenbesetzte Schwärze verwandelt. Ein kühler Wind strich durch die weit auseinanderstehenden Bäume, die als düstere Schatten in ihn hinaufragten. Schwacher Feuerschein flackerte über sie hinweg. Schwerfällig kämpfte Darejan sich auf die Knie. Um sie her standen Frauen, die ihre Kinder an sich zogen. Alte stützten sich auf Krücken oder hielten sich an Jüngeren fest. Manche hatten die dunkle Haut der Isârden, andere schienen zum Volk der Siard zu gehören. Männer oder junge Burschen waren kaum unter ihnen. In allen Gesichtern stand Hass.

»Korunhure!«, zischte ein alter Mann und schüttelte die Faust.

»Was habt ihr mit meinem Penan gemacht?«, wollte eine Frau

wütend wissen. Etwas traf Darejan mit Wucht an der Schulter. Sie keuchte vor Schmerz. Hinter ihr kam der Verrückte mühsam auf die Beine und musste sich hastig wegdrehen, sonst hätte ein Klumpen Erde ihn an der Stirn getroffen.

»Wo habt ihr die Leiche meines Sohnes hingeschafft?« Ein Stein schlug hart gegen ihre Brust und nahm Darejan den Atem. Immer mehr Stimmen brüllten durcheinander. Anklagen und Schmähungen. Wieder prallte etwas schmerzhaft gegen ihre Schulter.

»Aufhören!« Das Wort schnitt durch das Geschrei der Leute. Oqwen schob sich zwischen den aufgebrachten Menschen hindurch und winkte seinen Männern. »Schafft die beiden hier weg, ehe sie sie in Stücke reißen. Ich suche Niéne.« Die Krieger gehorchten wortlos, packten Darejan und den Verrückten, ohne auf die wütenden Proteste der Frauen und Alten zu achten, und schleppten sie an den Rand des kümmerlichen Lagers, wo sie sie zu Boden stießen und sich schweigend neben ihnen aufbauten, die Hände unmissverständlich an den Säbeln.

Für eine ganze Weile lag Darejan still und beobachtete angespannt, wie die Leute auf Oqwen einzureden schienen. Was auch immer er ihnen antwortete, es brachte sie dazu, ihre Mordgedanken zumindest vorerst fallen zu lassen und zu den dürftigen Feuern zurückzukehren, die zwischen den Bäumen brannten. Der Krieger nickte ihren Bewachern noch einmal zu, ehe er ebenfalls davonging.

Erst jetzt wagte sie es, sich vorsichtig aufzusetzen und genauer umzuschauen. Die Menschen, die sie im Licht der Flammen sehen konnte, wirkten müde und verzweifelt. Einige saßen reglos an den Feuern oder an Bäume gelehnt und starrten teilnahmslos vor sich hin, andere gingen umher, als suchten sie nach etwas oder jemandem. Ihre Kleider waren zerrissen und zu einem Großteil angesengt. Sie schienen nicht mehr zu besitzen als das, was sie am Leib trugen. Decken oder halb zerrissene Umhänge, die über in den Boden gerammte Äste geworfen worden waren, boten notdürftigen Schutz vor Regen und Nachtwind. Ein paar Frauen und Kinder drängten sich darunter zusammen, um sich gegenseitig zu wärmen. Irgendwo weinte schwach ein Säugling. Auch jetzt konnte Darejan kaum Männer und junge Burschen unter ihnen ausmachen. Waren das die Bewohner des niedergebrannten Dorfes, an dem sie am Nachmittag vorbeigekommen waren? Aber wie konnte es so viele sein? Sie drehte die Handgelenke in ihren Fesseln und versuchte, es sich auf dem feuchten Boden ein wenig bequemer zu machen. Erfolglos. Müde bettete sie den Kopf auf die Knie. Ihr blieb nichts anderes übrig, als abzuwarten. Hinter sich konnte sie das leise Stöhnen des Verrückten hören, der offenbar wie sie selbst nach einer Haltung suchte, die es ihm erlaubte, sich ein wenig zu entspannen.

Als sich einige Zeit später Schritte näherten, blickte sie auf. Oqwen kam durch die Nacht auf sie zu. Er war allein.

»Niéne ist nicht hier. Einer der Bauern hat wohl behauptet, er wisse, wo sich diese Bestien verstecken, und jetzt sind die anderen auf die Jagd gegangen. Sie haben außer den Verletzten nur drei Mann zurückgelassen«, teilte er seinen Krieger mit. Seine hellen Augen wandten sich im Dunkeln den Gefangenen zu. »Eine kleine Gnadenfrist für euch. Aber keine Sorge. Bis zum Morgengrauen sind sie zurück. Dann wird Niéne sich eurer annehmen. Und ihr tätet gut daran, dann zu reden.« Er wandte sich wieder seinen Männern zu. »Ich schicke euch eines der Dorfmädchen mit etwas zu essen. Später werden Siére und ich euch ablösen.«

Die Krieger bestätigte seine Worte mit einem Nicken und Oqwen ging wieder davon. Erschöpft und verzweifelt ließ Darejan den Kopf zurück auf die Knie sinken. Den leisen Schritten, die sich zusammen mit dem flackernden Schein einer Fackel einige Zeit später näherten, schenkte sie keine Beachtung. Bis das Krachen von zerberstendem Ton und ein erschrockenes Keuchen sie auffahren ließ. Ein kurzes Stück von ihnen entfernt stand ein hellblondes Mädchen. Zu seinen Füßen lagen die Scherben einer Schüssel, deren Inhalt jetzt im Gras verspritzt war, und starrte über Darejan hinweg auf den Verrückten. Dann machte es auf dem Absatz kehrt und rannte lauthals »Mirija! Mirija!« schreiend davon. Offenbar vollkommen verwirrt, starrten die beiden Krieger dem auf- und abtanzenden Licht seiner Fackel hinterher. Ein scharfer Ruf erklang. Leise, unverständliche Wortfetzen drangen zu ihnen her. Einen Moment später näherten sich schnelle Schritte durch die nächtliche Dunkelheit. Darejan erkannte Oqwen. In der Hand trug er eine Fackel, deren Schein sein Gesicht beleuchtete. Der Ausdruck darin kündete von kaum verhohlener Wut und ließ Darejan zusammenzucken. Doch er sah sie noch nicht einmal an. Stattdessen trat er an ihr vorbei. Sie hörte, wie er einen Fluch ausstieß, und drehte sich mühsam um. Oqwen hatte sich über den Verrückten gebeugt, der auf der Seite lag. Das Hemd war ihm irgendwann halb von der Schulter geglitten und entblößte einige Spannen seiner Runentätowierungen. Wie jeden Abend hatte ihn das Fieber heimgesucht und ließ zusammen mit dem kalten Nachtwind eine Gänsehaut auf seinem Körper wachsen. Seine Augen waren trüb, und dennoch hatte er es offenbar irgendwie geschafft, den Nebel seines Wahnsinns in Schach zu halten. Die Art, wie er das Kinn gesenkt hielt, die Brauen zusammengezogen hatte und den Blick des Isârden-Kriegers erwiderte, kündete nur zu deutlich von Trotz – und davon, dass er scheinbar ebenso wenig verstand wie Darejan, was eigentlich vor sich ging. Einen Moment lang starrten die beiden Männer einander an, dann rammte Oqwen die Fackel neben sich in den Boden und zog mit einer scharfen Bewegung seinen Dolch aus der Scheide an seinem Gürtel.

Darejans entsetzten Schrei beantwortete er mit einem wütenden Knurren, ehe er sich weiter über den Verrückten beugte, ihn an der Schulter packte, mit dem Gesicht zum Boden drehte und die Schneide zwischen seine Handgelenke stieß.

»Verdammt sollt ihr sein! Warum habt ihr euch nicht zu erkennen gegeben? Sind die Zeiten schon so schlecht, dass die Klingen der Seelen den Isârden nicht mehr trauen?«, grollte Oqwen und riss den Dolch mit einem Ruck zwischen den Stricken hindurch. Von den Fesseln befreit, fielen die Arme des Verrückten auseinander. Unwirsch half der Krieger ihm, sich aufzusetzen, ehe er sich zu Darejan beugte, um auch ihre Fesseln zu durchschneiden. »Ich hätte euch bis morgen früh so liegen lassen, wenn die Kleine eure Tätowierungen nicht gesehen hätte. Niéne hätte meinen Kopf dafür gefordert.« Mit einem neuerlichen Fluch richtete er sich auf und schob die Waffe in die Scheide zurück.

Verständnislos blinzelte Darejan zu dem Krieger empor, bis sie ihre beiden Bewacher »DúnAnór« keuchen hörte und begriff. Oqwen hatte offenbar erkannt, dass der Verrückte seine Hilfe mehr benötigte als sie, denn er fasste ihn wortlos am Arm und hielt ihn fest, nachdem er sich endlich auf die Beine gekämpft hatte und sein Hemd über der Schulter zurechtzog. Dass der Mann an seiner Seite vor Fieber brannte, konnte ihm ebenso wenig entgehen wie der Umstand, dass er sich offenbar nur mit Mühe aufrechthalten konnte. Er wartete, bis auch Darejan aufgestanden war, dann bückte er sich, ohne den Verrückten loszulassen, zog die Fackel aus dem Boden und nickte in die Richtung, aus der er gekommen war. »Kommt! Am Feuer meiner Männer können wir ungestört reden. Ihr müsst hungrig sein.«

Ohne ein weiteres Wort führte er sie quer durch das Lager. Im Schein eines Feuers blickte Siére ihnen verblüfft entgegen, doch als Oqwen etwas zu ihm sagte, von dem Darejan nur »DúnAnór« verstand, weiteten seine Augen sich. Auf ein Zeichen seines Anführers stand er rasch auf und verschwand in der Dunkelheit, an deren Rand die Ragon der Krieger sich als schwarze Schemen bewegten. Schweigend bedeutete Oqwen ihnen, sich auf die Decken zu setzen, die neben den Sätteln der Isârden auf dem Boden ausgebreitet waren, während er die Fackel ins Feuer stieß, sich daneben kniete und dünne Suppe aus einem Topf, der darüber hing, in eine Holzschale schöpfte. »Etwas anderes kann ich euch nicht bieten«, erklärte er bedauernd und wollte die Schale zusammen mit einem Brocken Brot dem Verrückten geben, doch der lehnte mit einem stummen Kopfschütteln ab. Oqwen runzelte zwar die Stirn, reichte beides dann aber an Darejan weiter, die langsam zu essen begann. Der Krieger zögerte, musterte den Verrückten mit schmalem Blick. »Bier?«, bot er ihm dann an. Er wollte schon nach einem Lederschlauch greifen, der neben einem der Sättel lag, als der erneut den Kopf schüttelte.

»Wasser. Wenn ihr habt.« Die Stimme des Verrückten klang rau.

Oqwens Brauen zogen sich noch mehr zusammen, doch er nickte und bellte einen Befehl in die Dunkelheit jenseits des Feuerscheins, der mit einem Ruf beantwortet wurde. Dann ließ er sich ihnen gegenüber auf seiner Decke nieder und musterte sie. Einen langen Moment war nichts anderes zu hören als das Knacken und Knistern der Flammen. »Also, warum habt ihr euch nicht zu erkennen gegeben?«, fragte er schließlich in die Stille hinein.

Langsam hob der Verrückte den Blick aus dem Feuer, in das er während des Schweigens hineingestarrt hatte. »Woher hätte ich wissen sollen, dass ich euch trauen kann?«

Der Krieger schnaubte. »Die Isârden ehren die DúnAnór schon seit der Zeit vor den Seelenkriegen. Warum sollte sich daran etwas geändert haben? Aber ich gebe zu, dass ich niemals angenommen hätte, eine Korun könnte ...« Er sah zu Darejan hin und breitete in einer ergebenen Geste die Hände aus. »Wie auch immer. Was geschehen ist, ist geschehen.«

»Und was ist geschehen?« Der Verrückte nickte zu den Feuern hin, ehe er Oqwen wieder ansah.

Für einen Moment presste der Krieger die Lippen zusammen, ehe er antwortete. »Ein Haufen Söldner überfällt zusammen mit einer Bande Korun die Dörfer der Umgegend. Wie lange das schon geht, weiß keiner genau. Es muss an der Grenze zum Reich der Korun angefangen haben und breitet sich aus wie ein Waldfeuer. Sie kommen bei Nacht wie böse Geister. Jeden Mann und jeden Burschen, der in der Lage ist, eine Waffe zu führen, nehmen sie mit. Sogar die Toten. Wer ihnen von den Frauen, Alten und Kindern in die Hände fällt, den erschlagen sie. Die Dörfer brennen sie nieder.« Er ballte in kaum beherrschtem Zorn die Fäuste. »Eigentlich wurde unser Trupp nach Issra zurückbefohlen. Aber wir wurden Zeuge, wie diese Bestien eines der Dörfer überfallen haben. Seitdem sind wir hinter ihnen her. Manchmal überleben ein paar, die sich uns dann anschließen, in der Hoffnung, wir könnten sie beschützen.« Kopfschüttelnd ließ er den Blick über die Feuer gleiten und öffnete mit sichtlicher Mühe allmählich die Hände. »Wenn ich ehrlich bin, sind sie für uns nur hinderlich. Ohne sie hätten wir die Ungeheuer vielleicht schon aufgerieben. So jedoch ... Aber wir können sie wohl kaum einfach ihrem Schicksal überlassen.« Er schaute den Verrückten wieder an. »Ein Teil von uns ist immer auf der Suche nach Spuren.« Ein freudloses Lächeln zuckte um seinen Mund. »Stattdessen haben wir heute euch gefunden.«

»Der Tod eures Kameraden tut mir leid«, murmelte der Verrückte leise und sah in die Flammen.

Oqwen nickte. »Es sind in den letzten Tagen viele gute Männer gestorben. Jerre war einer von ihnen. Ebenso wie eure beiden Schwertbrüder.«

Der Kopf des Verrückten ruckte in die Höhe. »Meine beiden ...« Sein Blick huschte umher, als suche er die Männer, von denen eben die Rede gewesen war, kehrte dann aber rasch zu dem Krieger zurück. Er schlang die Arme um seine Mitte. Darejan war das Zittern nicht entgangen, das ihn für einen Lidschlag befallen hatte, und sie stellte hastig die Schale auf den Boden. Die Art, wie der Isârde ihn musterte, zeigte mehr als deutlich, dass auch er es bemerkt hatte. »Ja. Zwei Krieger der DúnAnór. Sie wurden erschlagen, als sie sich den Bestien entgegenstellten, die das Dorf überfielen, in dem sie die Nacht verbrachten. Auch ihre Nekromanten wurden ermordet.« Sein Blick glitt rasch über die abgerissene Erscheinung des Verrückten. »Sie sollen auf der Suche nach einem der ihren gewesen sein, der vor mehr als einem Vollmond verschwunden ist.« In seinem Tonfall schwang deutlich die unausgesprochene Frage *Bist du der, den sie gesucht haben?* mit. Allerdings schien er gar keine Antwort erwartet zu haben, denn er sprach mit einem Kopfschütteln weiter. »Den Jüngeren der beiden töteten die Korun, als er versuchte, ein paar Kinder in Sicherheit zu bringen. Seinen Leichnam nahmen sie ebenso mit wie die der anderen Männer. Der andere erlitt eine tödliche Wunde, als er seine Nekromantia verteidigte.« Mit einer bedauernden Geste hob er die Hand. »Wir kamen zu spät. Euer Schwertbruder sah noch den Sonnenaufgang, dann ging auch er durch den Schleier. Wir mussten ihm schwören, dass wir seinen Leichnam umgehend verbrennen und anschließend seine Asche zusammen mit seinem Schwert dem KaîNejra oder einem anderen tiefen und reißenden Fluss, der ins Meer mündet, übergeben würden.«

Der Verrückte nahm seine Worte mit einem Nicken hin. »Habt ihr seinen Wünschen schon entsprochen?«, fragte er nach einem Augenblick schließlich rau. »Ich würde ... ich würde sein Schwert gerne sehen.«

Für einen Moment schien Oqwen von seiner Bitte überrascht, doch dann erhob er sich, griff sich einen Scheit aus dem Feuer als Fackel und bedeutete ihnen, ihm zu folgen. Er führte sie nur ein paar Schritte durch die Dunkelheit, bis zu einer Lederplane, die über den Ast einer Narlbirke geworfen war. Ein einfaches Deckenlager war in ihrem Schutz hergerichtet, Satteltaschen und mehrere Beutel lagen daneben zusammengeschoben. Der Krieger stieß die Fackel davor in den weichen Boden, duckte sich hinein und schlug ein schweres geöltes Tuch beiseite, unter dem ein tönerner Krug, der mit Leder und Wachs verschlossen war, und ein längliches Bündel zum Vorschein kamen. Mit einer wortlosen Geste trat er dann beiseite und beobachtete, wie der Verrückte langsam in die Knie sank und den Packen vom Boden aufnahm. Für mehrere Augenblicke saß er nahezu reglos, die Hände so fest um die Reste der angesengten Decke gelegt, dass seine Knöchel weiß hervortraten. Schließlich wickelte er den Stoff ab und brachte mit jeder Lage ein wenig mehr von einem herrlichen Eineinhalbhänder zum Vorschein. Zuerst wurde ein mit hellem Leder und gezwirntem Gold- und Silberdraht umwickelter Griff sichtbar, in dessen Knauf ein ockerfarbenes Juwel eingesetzt war. Dunkelrote Einschlüsse loderten im Flammenschein in ihm. Dann erschien die kunstvoll gewundene Parierstange. Schließlich befreite er die Klinge aus der Decke und Darejan holte tief Luft. Das Licht der Fackel fing sich auf glänzendem Stahl, von dem sich dunkel die Blutkehle abhob. Ineinander verschlungene Runen schimmerten grau in ihr. Für einen zitternden Atemzug schloss Darejan die Augen. Sie hatte eine ganz ähnliche Waffe schon einmal gesehen, verborgen unter einer losen Steinplatte, zusammen mit den Bruchstücken jenes Steines, den Fren »KonAmàr« genannt hatte. Und wie diese hier war auch jene andere geflammt gewesen und hatte keine Fehlschärfe besessen. Das Schwert eines DúnAnór. Sie öffnete die Augen und starrte auf den Verrückten hinab. *Sein* Schwert!

Ein scharfes Atemholen Oqwens direkt neben ihr riss sie aus ihrer Erstarrung, und sie erschrak, als sie sah, dass Blut zwischen den Fingern des Verrückten hervorquoll, die sich um die Schneide geschlossen hatten. Ohne darüber nachzudenken, ob es sich um ein Ritual der DúnAnór handelte, packte sie seine Hand, um sie aufzubiegen. Es schien ewig zu dauern, bis sein Griff nachgab, sie ihm die Waffe entwinden und Oqwen übergeben konnte, der sie respektvoll entgegennahm. Einen Moment fürchtete Darejan, er sei wieder in die dumpfe Teilnahmslosigkeit seines Wahnsinns hinübergeglitten. Er zitterte, als sei sein Fieber unvermittelt in mörderische Höhen geschossen. Doch als sie ein Knäuel Leinen, das Oqwen aus einem Beutel hervorgezerrt hatte, auf seine Handfläche und die Finger drückte, um die Blutung zu stoppen, war seine Haut kälter als Eis. Mit einem schmerzerfüllten Atemzug erwachte er aus seiner Benommenheit, ließ es aber geschehen, dass sie ihn verband. Allerdings hatte sie kaum den Knoten geknüpft, der die Stoffstreifen an ihrem Platz halten sollte, da entriss er ihr seine Hand und nahm dem Isârden das Schwert wieder ab. Mit behutsamer Ehrfurcht schlug er es erneut in die Decke ein und legte es neben den versiegelten Krug zurück.

»Klinge?« Das Wort klang wie eine Frage und ließ alle drei sich umwenden. Keiner von ihnen hatte bemerkt, wie eine junge Frau herangekommen war. Ihr Kleid war ebenso angesengt und rußfleckig wie die Gewänder der anderen Flüchtlinge, dennoch glaubte Darejan im Licht der Fackel auf seinem ehemals wohl hellblauen Stoff Stickereien erkennen zu können. Dunkle, beinah mitternachtsblaue, ineinander verschlungene Symbole, die sie unwillkürlich an die Runenlinien erinnerten, die in Brust und Rücken des Verrückten gestochen waren. Die Frau stand keinen Schritt von ihnen entfernt. Aufmerksam glitten ihre graubraunen Augen zuerst über Darejan, dann den Verrückten. Ihre Züge verrieten ihre Unsicherheit. Unter ihrer Musterung richtet der Verrückte sich langsam auf und duckte sich unter der Plane heraus. Die samtigen Augen der jungen Frau waren seinen Bewegungen gefolgt, huschten nun noch einmal zu Darejan, ehe sie sich schließlich auf sein Gesicht richteten. Sie versuchte ein scheues Lächeln. Neben ihr stand das blonde Mädchen von zuvor.

»Ich wollte Lisjar nicht glauben, als sie sagte, dass ihr ... Ich habe nicht gewusst ... Ich habe noch nie gehört, dass eine Korun ...« Sie sah zu Darejan und verstummte sichtlich verlegen. »Ich bitte um Verzeihung, Klinge, ich wollte nicht ungebührlich erscheinen«, murmelte sie, während sie in einen perfekten Knicks sank, aus dem sie sich mit noch immer brennenden Wangen anmutig wieder aufrichtete. Als sie den Verrückten dieses Mal ansah, war sie ruhig und gefasst. »Ich bin Mirija, Schülerin des Nekromanten Sorejde. Ich entbiete euch anstelle meines Meisters meinen Gruß.« Ihre Stimme wankte bei ihren letzten Worten bedenklich. Abermals kehrte die bedrückende Stille zurück. Je länger sie andauerte, umso deutlicher wurde der Ausdruck von Verzweiflung in Mirijas Gesicht. Wären nicht alle Augen auf sie gerichtet gewesen, hätte Darejan dem Verrückten den Ellbogen in die Rippen gestoßen, um ihn dazu zu bringen, *irgendetwas* zu sagen. Sah er denn nicht, dass Mirija ganz offensichtlich auf eine Reaktion wartete?

»Was ist mit deinem Meister geschehen, dass du mich an seiner statt begrüßt, Adepta?«, fragte er schließlich verblüffend sanft.

Sofort schossen dem Mädchen die Tränen in die Augen und erstickten ihre Stimme. »Er wurde erschlagen ... wie eure beiden Schwertbrüder.« Sie schaute kurz auf das Bündel, in dessen Inneren sich das Schwert verbarg. Als sie den Verrückten wieder ansah, hatte sie ihre Finger ineinandergekrallt. »Ich ... ich brauche eure Hilfe, Klinge!«, flüsterte sie flehend und trat einen Schritt vor.

»Meine Hilfe?« Die Edelsteintätowierungen blitzten, als seine Brauen sich verblüfft zusammenzogen.

»Ja, eure Hilfe«, nickte die junge Frau schnell. »Bitte!« Ihre

Hand schloss sich um seine. »Bitte! Ihr müsst mit mir kommen und Siran helfen.« Sie versuchte, ihn mit sich zu ziehen, hielt dann aber inne, als ihr klar zu werden schien, was sie sich da herausnahm. »Bitte!«, flehte sie noch einmal, jedoch ohne ihn loszulassen.

Oqwen hatte sich nach der Fackel gebückt, jetzt berührte er Mirija mit einem Brummen an der Schulter. »Siehst du nicht, dass die Klinge erschöpft ist? Lass ihm heute Nacht, um sich auszuruhen. Es war ein harter Tag ...«

»Nein!« Störrisch schüttelte die junge Frau den Kopf. »Siran bleiben nur noch ein paar Stunden. Bis zum Morgen ist es zu spät.« Ihr Blick richtet sich erneut auf den Verrückten. »Bitte! Ihr habt den Schwur geleistet! Kommt mit und helft ihr!« Sie zog noch einmal an seiner Hand und diesmal fügte er sich zu ihrer offensichtlichen Erleichterung mit einem Nicken.

»Geh voraus, Adepta.« In seiner Stimme war so viel Müdigkeit, dass Darejan für einen Moment glaubte, die Schülerin des Nekromanten hätte Mitleid mit ihm. Doch sie zögerte nur einen Atemzug, ehe sie sich umdrehte und ihnen den Weg wies. Oqwen folgte ihnen schweigend, die Fackel in der einen Hand, die andere deutlich sichtbar am Griff seines Säbels, wie zur Warnung für jeden, der es noch nicht gehört haben mochte, dass die beiden Fremden nicht mehr länger Gefangene waren.

Und während Mirija sie mit schnellen Schritten zwischen den Lagerfeuern hindurchführte, kam ganz allmählich ein Murmeln auf. Nur zwei Worte, die von Mund zu Mund gingen: »Nekromantia« und »DúnAnór«. Sie wurden mit so viel Ehrfurcht ausgesprochen, dass ein Schauder Darejans Rücken hinabrann.

Neben einer alten Frau, die ein Mädchen von nicht mehr als neun oder zehn Jahresläufen in ihren Armen wiegte, blieb die Schülerin des Nekromanten schließlich stehen. Der Körper der Kleinen war in eine Decke gewickelt und lag vollkommen schlaff über dem Schoß der Alten. Das Licht der Fackel glänzte in seinen weit aufgerissenen Augen. Leer starrten sie ins Nichts. Auch als Mirija neben den beiden niederkniete und dem Mädchen fest über den Kopf strich, ja sogar mit den Fingern dicht vor seinem Gesicht schnippte, blieben seine Züge absolut reglos. »Seitdem unser Dorf überfallen wurde, ist die Kleine so. Ich glaube, etwas entsetzlich Böses hat sie berührt und ihre Seele in den Schleier gestoßen.« Ihr Blick richtete sich flehend auf den Verrückten, huschte zu Darejan, kehrte zu ihm zurück. »Ihr müsst ihr helfen! Wenn ihre Seele noch länger im Schleier bleibt, wird sie für immer dort gefangen sein.« Sie umklammerte seine Hand. »Bitte, Klinge! Helft ihr! Bitte!«

Erstaunt stellte Darejan fest, dass der Blick, den der Verrückte ihr über den Kopf der jungen Frau hinweg zuwarf, voller Hilflosigkeit war.

»Bitte, Herr!« Auch die Alte sah jetzt mit tränenverhangenen Augen zu ihm auf. »Sie ist alles, was mir von meiner Tochter geblieben ist. Und sie ist doch noch so klein.«

Anstelle einer Antwort entzog der Verrückte Mirija seine Hand und wich einen Schritt zurück. Etwas im Gesicht der jungen Adepta veränderte sich, erlosch. Es schien, als hätte er mit dieser einfachen Bewegung ihre Welt niedergerissen und alles in den Staub getreten, woran sie jemals geglaubt hatte. Er öffnete den Mund, um etwas zu sagen, schloss ihn aber sogleich wieder, angesichts der Tränen, die mit einem Mal in Mirijas Augen standen.

»Es ist eure Pflicht. Ihr habt den Schwur getan«, flüsterte sie erstickt. Plötzlich glänzte Silber auf ihren Wangen.

Für einen schier endlosen Moment starrte er die junge Frau an. Seine Hände schlossen sich an seinen Seiten zu zitternden Fäusten, öffneten sich, schlossen sich abermals, verkrampften sich. Auf dem Leinen um seine Linke zeigten sich erste Flecken. Um sie her war es grabesstill. Sein Blick huschte über die Gestalten an den Feuern, kehrte zu den leeren Zügen des Mädchens zurück, suchte den notdürftigen Unterschlupf, der den versiegelten Krug und das Schwert barg. Langsam holte er Atem, ehe er kaum merklich nickte.

»Was auch immer in meiner Macht stehen mag: Ich werde es tun«, sagte er leise, ohne die Augen aus der Dunkelheit zu lösen.

Ganz offensichtlich erleichtert, wischte Mirija sich das Gesicht ab und stand schnell auf. »Ich werde alles vorbereiten«, versprach sie hastig und sah abermals auch Darejan an. Nur langsam wandte der DúnAnór den Blick zu der Schülerin des toten Nekromanten. Sein neuerliches Nicken war nur die Andeutung einer Bewegung. Und doch genügte es, um ihn unversehens wanken zu lassen. Oqwen, der die ganze Zeit schweigend hinter ihm gestanden hatte, packte ihn am Arm.

»Wenn alles vorbereitet ist, schick jemanden zu meinem Feuer. Wir warten dort«, knurrte er die junge Frau an und schob den DúnAnór, ohne auf eine Antwort Mirijas zu warten, durch die respektvoll zurückweichenden Menschen. Wortlos schlüpfte Darejan auf die andere Seite des Verrückten.

Erst als sie das Feuer der Isârden-Krieger fast erreicht hatten und er sicher war, dass die Flüchtlinge ihn nicht mehr hören konnten, sprach Oqwen erneut.

»Ihr seid erschöpft und krank. – Nein, versucht nicht, es zu leugnen. Ich merke doch, dass ihr vor Fieber brennt. – Pflicht hin oder her: Lasst die Seele der Kleinen im Schleier. Dieser

Wahnsinn, den ihr da vorhabt, kann nicht gut gehen. Und ihr seid wichtiger als irgendein Bauernkind.«

Abrupt blieb der DúnAnór stehen. Oqwen merkte es zu spät und hätte ihn beinah umgerissen. »Warum sollte mein Leben wertvoller sein als das des Mädchens?«, fragte er leise und sanft. Doch unter der Sanftheit war etwas in seiner Stimme, das Darejan unwillkürlich den Atem anhalten ließ.

Dem Isârden war es offenbar auch nicht entgangen, denn als er sich zu ihm umwandte, wirkte er angespannt wie ein Mann, der sich auf einen Kampf vorbereitet. Für mehrere endlos scheinende Momente maßen sie einander. Schließlich stieß Oqwen ein Zischen aus. »Ehrenhaft, pflichttreu und starrsinnig. Immer im Sinne der alten Schwüre. Wie alle DúnAnór. Jedes Wort, mit dem ich versuchen würde, euch umzustimmen, wäre verschwendeter Atem.« Er knurrte. »Gerüchte gehen um, die sagen, es gäbe nur noch wenige Klingen. Ich fürchte fast, sie sind wahr. Und vermutlich aus genau diesem Grund!« Mit einem gereizten Brummen zog er den DúnAnór weiter. »Kommt schon! Zumindest könnt ihr euch noch ein wenig ausruhen und etwas essen.«

Am Feuer der Isârden saßen die beiden Krieger, die sie zuvor bewacht hatten. Doch auf eine kurze Geste ihres Anführers erhoben sie sich und verschwanden in der Dunkelheit. Oqwen schob den DúnAnór auf eine der Decken. Die Bewegungen, mit denen er eine Schale mit Suppe füllte und sie ihm dann zusammen mit einem Kanten Brot reichte, sprachen nur zu deutlich von seinem mühsam unterdrückten Ärger. »Esst!«, befahl er brüsk. »Ich lasse euch allein, bis es so weit ist.« Er sah Darejan an, die sich ebenfalls auf einer Decke niedergelassen hatte, und wies mit dem Kopf auf den DúnAnór. »Redet ihr noch einmal mit ihm. Vielleicht hört er ja auf euch!« Damit wandte er sich ab und stapfte in der Finsternis jenseits des Feuerscheins davon. Darejan starrte ihm hinterher. Etwas, das verzweifeltem Gelächter am nächsten kam, kroch ihre Kehle empor. Sie schluckte es unter.

Auch der Verrückte hatte Oqwen nachgesehen, nun senkte er den Blick auf die Schale in seinen Händen. Er musterte den Inhalt, als würde allein der Anblick ihm Übelkeit bereiten, dann stellte er sie beiseite und schaute still ins Feuer.

Eine kleine Ewigkeit beobachtete Darejan schweigend, wie sich die Flammen in seinen silbernen Augen spiegelten und die Sodijan-Splitter in ihnen zu glitzerndem Leben erweckten, bis er mit erschreckender Abruptheit die Ellbogen auf die Knie stützte und den Kopf in den Händen vergrub. Sie betrachtete ihn stumm, wie lange, konnte sie nicht sagen. Als sie die Stille schließlich brach, klang ihre Stimme viel zu laut über dem Knistern des Feuers.

»Er hat recht. Das kannst du nicht tun!«

Er fuhr sich mit beiden Händen durch seine filzige Mähne, ehe er den Kopf hob und sie ansah. »Sag mir nicht, was ich tun kann, Hexe.« Jedes Wort klang feindselig.

»Du weißt doch gar nicht, was ...«

Sein bitteres Gelächter brachte sie zum Schweigen. »Hast du Angst, dass mir etwas zustößt und dann deine feinen Pläne ruiniert sind?«, höhnte er böse. Er beugte sich vor. Darejan wich vor dem Ausdruck in seinen Augen zurück. »Etwas in mir erinnert sich daran, wie man kämpft. Es wird sich auch daran erinnern, was ich tun muss, um diesem Kind zu helfen.« Erneut fuhr er sich mit der Hand durchs Haar. »Du wirst mich nicht daran hindern!«

Darejan ballte die Fäuste und schob das Kinn vor. »Und was, wenn nicht? Warum musst ausgerechnet du es sein, der dieses Wagnis eingeht? Du bist krank und erschöpft. Dein Verstand ...« Unwillig wedelte sie mit der Hand, ehe er sie erneut unterbrechen konnte. »Dieses Mädchen, Mirija, war der Lehrling eines Nekromanten, sie könnte es ebenso versuchen.«

Er schnaubte. »Eben weil sie nur der Lehrling eines Nekromanten war, kann sie es nicht tun. Sie ist noch zu schwach. Wahrscheinlich ist sie niemals zuvor in den Schleier gegangen. Sie wäre in ihm ebenso verloren wie die Kleine.«

»Das kannst du nicht wissen. Und außerdem: Wie kannst du so sicher sein, dass du es schaffst, sie zurückzuholen?«

»Ein Nekromant kann nicht weit genug in den Schleier hinein – nicht so weit wie eine Klinge der Seelen. Sie haben in ihm keine Macht.« Er legte den Kopf in den Nacken und blickte zum nachtschwarzen Himmel empor. »Es ist meine Pflicht, es zumindest zu versuchen!«

»Deine Pflicht? Und was ist, wenn diese Pflicht auch noch den letzten Rest deiner Kraft aufzehrt? Was ist, wenn sie dich tötet?«

Seine Dämonenaugen kehrten zu ihr zurück. Einen Moment hing drückendes Schweigen zwischen ihnen, bis er langsam den Atem ausstieß und mit einem seltsam müden »Dann soll es so sein, Hexe!« aufstand und davonging. Darejan starrte ihm selbst dann noch nach, als er schon in der Dunkelheit verschwunden war. Schließlich war sie es, die das Gesicht in den Händen vergrub.

Ein leises Räuspern ließ Darejan irgendwann aufblicken. Das Mädchen mit den blonden Haaren, Lisjar, stand am Rand des Feuerscheins und sah sie scheu an.

»Es ist alles bereit. Sie warten auf euch. Ich soll euch zu ihnen bringen«, brachte es schließlich schüchtern hervor und machte einen Knicks. Verwundert darüber, dass sie bei diesem Wahnsinn zugegen sein sollte, ließ Darejan die Arme sinken und stand steif auf. Das Mädchen knickste erneut und ging rasch vor ihr her.

Es führte sie an den Feuern der Flüchtlinge vorbei, ein kurzes Stück weit in den Wald hinein, bis zu einer Stelle, an der die Bäume etwas weiter auseinanderstanden. Der Boden war mit Blättern bedeckt, die leise im Windhauch raschelten. Jemand hatte mehrere Fackeln in den Boden gerammt, die alles in unruhiges Licht tauchten. Am Fuß eines der Bäume kniete Mirija vor einer flachen hölzernen Schale, die bis zum Rand mit Wasser gefüllt war. In ihrer Mitte erhob sich über die dunkel schimmernde Oberfläche ein Kegel zusammengepresster Erde, auf der eine Handvoll dünner Zweige lagen, die die junge Frau gerade anzünden wollte. Ein kleines Kästchen aus hellem Stein stand neben ihr.

Das Mädchen ging zu ihr und flüsterte ihr etwas zu, worauf sie den Kopf hob und mit einem Nicken kurz zu Darejan herüberblickte, ehe sie sich wieder den letzten Vorbereitungen widmete.

In respektvollem Abstand zu Mirija drängten sich ein paar Frauen und alte Männer zusammen. Einer von ihnen hielt die Kleine im Arm, deren Seele im Schleier gefangen war. Sie blickten immer wieder zu Oqwen hin, der mit einigen seiner Krieger am Rand der kleinen Lichtung stand und alles beobachtete. Der Ausdruck des Isârden ließ keinen Zweifel daran, was er von alldem hier hielt.

Etwas abseits entdeckte Darejan schließlich auch den Dún-

Anór. Er stand bewegungslos zwischen den Bäumen – und hob ruckartig den Kopf, als Mirija ihm »Es ist alles bereit« zurief. Ein letztes Zögern, dann kam er langsam herüber, ließ sich mit untergeschlagenen Beinen zwischen der wassergefüllten Schale und dem Baum nieder und setzte sich mit dem Rücken bequem an dessen Stamm. Die junge Frau drehte sich schweigend um, nickte zu den Dorfbewohnern hin. Der Mann trug den wie leblos über seinen Armen hängenden Körper des Mädchens zu ihnen her. Behutsam legte er die Kleine auf den Schoß des DúnAnór und half ihm, sie gegen seine Brust zu lehnen, ehe er ihr noch einmal über den Kopf strich und sich nach einer respektvollen Verbeugung zurückzog. Ein Wink Mirijas brachte die Dorfbewohner dazu, sich noch weiter zu entfernen. Dann bedeutete sie Darejan, sich ihm gegenüber auf die andere Seite der hölzernen Schale zu knien, griff in das Kästchen und streute daraus etwas in die sanft brennenden Flammen, das wie ein Gemisch aus getrockneten und zerstoßenen Blättern und Samen aussah. Es knisterte leise, dann stieg eine dünne Rauchspirale auf. Mit einem Mal hing der würzige Geruch von warmer, feuchter Erde in der Luft, durchdrungen von einem schweren und zugleich feinen Duft, der Darejan unerklärlicherweise an das Spiel von Licht und Dunkelheit kurz nach einem Sonnenaufgang im Sommer erinnerte. Das Letzte, was sie hörte, waren Mirijas zögernde Schritte, als sich die junge Frau ein kleines Stück zurückzog. Dann war es abgesehen von dem leisen Knistern der Flammen zwischen den Zweigen still. Nur ihre eigenen Atemzüge, die des DúnAnór und der Kleinen waren von Zeit zu Zeit darüber zu hören. Schweigend und angespannt saß Darejan auf dem ihr zugewiesenen Platz und wartete. Das Feuer warf Schatten auf die Züge des Mädchens; Schatten, die sich in denen des DúnAnór zu spiegeln schienen. Er hatte seine Finger mit denen der Kleinen verschränkt, die Arme locker um sie gelegt. Ihr dunkelblonder Kopf ruhte vertrauensvoll an seiner Schulter. Seine Dämonenaugen hielten Darejans Blick fest. Und dann, ganz langsam, verloren sie ihren Fokus. Schatten mischten sich unter das Silber, wandten sich träge um die Sodijansplitter, weckten ein Lodern und Wirbeln in ihren Tiefen. Unter dem zerrissenen Hemd hob und senkte seine Brust sich in allmählich immer größer werdenden Abständen. Mit jedem Atemzug wurden seine Augen glasiger. Es schien, als sähe er plötzlich etwas anderes, etwas, das jenseits dessen lag, was für ihre eigenen Sinne bestimmt war. Kälte kroch über ihren Nacken. Sie wagte einen raschen Blick zu Mirija hin und entdeckte, dass die sie noch immer mit gerunzelter Stirn anschaute.

Der Wind raunte, trug das Knistern des Feuers zusammen mit tanzenden Funken und wirbelndem Rauch in den Nachthimmel hinauf. Und dann war da plötzlich beinah unhörbarer Gesang über seinem Wispern, der allmählich lauter wurde. Er traf Darejan mit der sanften Kühle eines Sommerregens am Ende eines heißen Tages und der Gewalt eines Gewittersturmes, unter dessen Macht sich die Bäume neigten. Sie sah gerade noch, wie Mirija die Augen aufriss und nach Luft schnappte, als sie sich schon wieder zu dem DúnAnór umwandte. Seine Lider waren jetzt geschlossen. Das Mädchen lag still in seinen Armen. Darejans Mund war mit einem Mal wie ausgedörrt. Sie hatte seine Stimme noch nie anders als rau und erschöpft gehört, doch nun ... Sein Lied war Locken und Schmeicheln. Das Versprechen von Schutz und Geborgenheit, gewoben aus Tönen und Macht. Nur eine Melodie, die sich wie das Knistern eines Feuers mit dem Wind in die Höhe schwang, oder wie das Glucksen von Wasser in der Lautlosigkeit der Erde verrann, bis sie kaum mehr als eine Ahnung war, gerade jenseits dessen, was ein Ohr zu hören vermochte. Da waren keine Worte, keine Sprache, nur dieses Lied. Nur dieses Lied, das die Seele der Kleinen aus den Tiefen des Schleiers hervorlockte und in ihren Körper zurückrief. Und mit jedem Ton versank auch Darejan mehr in der Macht seiner Stimme. Ein Teil in ihr wollte seinem Locken folgen, sich in die Geborgenheit schmiegen, die sein Lied versprach. Und doch wusste dieser Teil auch, dass jenes Lied nicht für sie bestimmt war. *Ein Lied für jede Seele, für jede Not. Nicht eines wäre jemals gleich.* Ein kühler Hauch strich über ihren Nacken, Wellenkreise glitzerten auf dem Wasser der Schale, feiner Nebel quoll aus ihm empor, mischte sich mit dem Rauch, der von den Flammen aufstieg, wand sich um ihn, tanzte mit ihm, bis er zu Boden sank und sich zu grauem Schimmern verdichtete. Glitzernd wallte er höher, verwandelte sich in einen trüben Schleier, der alles verschlang. Darejan glaubte Bewegung und Schatten in ihm und zugleich hinter ihm zu erkennen. Nicht mehr als eine Ahnung, die zu Dunst verging, wenn sie genauer hinsah. Einer der Schatten drehte sich zu ihr um, hob ihr flehend die Hände entgegen. Sie waren blutig zerschnitten. Etwas zog sie vorwärts. Näher. Näher. Eine einzige Spanne noch und sie hätte mehr ausmachen können als nur eine Silhouette. Ein großer, dunkler Schemen breitete seine mächtigen Schwingen aus. Ein Schrei wie der eines Adlers gellte in den Schleiern. Mit einem Keuchen riss Darejan die Augen auf. Der Nebel war auf den Boden zurückgesunken. Schmerz pochte in ihrem Kopf, dieses Mal nur wie weit entfernt. Sie blinzelte. Wie viel Zeit war vergangen, ohne dass sie es bemerkt hatte? Stunden? Es war noch immer Nacht. Die Brust des Mädchens hob sich in einem tiefen Atemzug. Ein Seufzen entwich seinen Lippen. Ein Lächeln lag jetzt auf ihnen. Die Stimme des DúnAnór wand sich rein und klar weiter in die Höhe, rief und lockte. Jeder Ton eine Liebkosung. Nicht einer bebte oder brach. Etwas hatte sich um Darejans Herz gelegt und drückte es mit aller Gewalt zusammen. Es wollte ihr kaum gelingen zu atmen. Die Zeit gefror und verflog zur Ewigkeit. Das Mädchen regte sich, tat einen weiteren, tiefen Atemzug. Und noch einen. Darejan blinzelte, sog scharf die Luft ein. Sie hätte nicht zu sagen vermocht, wie lange sie unter der Macht seiner Stimme reglos dagesessen hatte. Eine seltsame Wehmut hatte sich in ihrer Brust festgesetzt, ein vager Schmerz, der sich zu einer unerklärlichen Sehnsucht wandelte, als ihr bewusst wurde, dass das Lied des DúnAnór verklungen war. Die Zweige glommen nur noch sacht vor sich hin. Das Wasser stand still und dunkel in der Schale, ein feines Band aus Erde trieb auf ihm. Die Kleine regte sich schwach an der Schulter des DúnAnór, als erwache sie aus einem tiefen Schlaf. Langsam schlug sie die Augen auf.

»Mama?«, flüsterte das Mädchen fragend und hob verwirrt den Kopf. Die Hände des DúnAnór fielen schlaff herab, als es seine Finger aus ihnen löste. Mit einem Aufschrei stürzte die alte Frau vor, riss sie aus seinem Schoß in ihre Arme. Auch die anderen Dorfbewohner waren herangekommen, umringten das Mädchen und die Frau. Einigen liefen Tränen über die Gesichter und auch Darejan spürte die Nässe auf ihren Wangen. Sie begegnete Mirijas Blick. Noch immer musterte die sie mit schmalen Augen, die Stirn von Falten durchfurcht. Ein erschrockener Schrei ließ beide herumfahren. Die Freude der Dorfbewohner war Bestürzung gewichen. Sie starrten auf den Dún-

Anór, der ohne einen Laut zur Seite gesunken war und nun reglos im Gras lag. Seine Augen standen offen. Blicklos.

Hastig sprang Darejan auf, doch Mirija hatte ihn noch vor ihr erreicht und kniete sich an seine Seite. Ihre Hände berührten bebend sein Gesicht, legten sich auf seine Brust. Etwas wie ein schluchzendes Stöhnen drang aus ihrer Kehle. Über die Schulter hinweg sah sie Darejan voll hilflosem Entsetzen an. »Wie konntest du nur!«, schüttelte sie den Kopf, dann wurde sie auch schon von Oqwen zur Seite geschoben. Der Isârde fluchte, winkte seine Männer herbei.

Darejan wurde angerempelt, beiseitegestoßen. Aufgebrachte und zugleich verständnislose Blicke trafen sie. Mit einem seltsamen Gefühl der Benommenheit beobachtete sie, wie die Krieger den schlaffen Körper des DúnAnór aufhoben. Sein Arm fiel herab, seine Hand schlug so hart gegen das Bein eines Mannes, dass der ein Zischen ausstieß. Doch der DúnAnór hing weiter still in ihrem Griff.

»Vorsicht!« – »Stützt seinen Kopf!« – »Ich hab ihn.« – »Er ist eiskalt.« – »Beeilt euch«, hörte sie die Stimmen der Krieger. Abermals traf sie ein fassungsloser Blick Mirijas. Dann machte die junge Frau kehrt und hastete den Männern hinterher. Nur allmählich wich Darejans Benommenheit Begreifen. Irgendetwas wurde ihr vorgeworfen. Sie schaute zu den anderen Frauen hinüber, die sich um Siran und ihre Großmutter geschart hatten und sie geradezu angewidert ansahen. Eine spuckte verächtlich aus. Darejan wandte sich abrupt ab und eilte Mirija und den Kriegern nach.

Sie hatten den DúnAnór zu dem Deckenlager unter der Lederplane getragen. Mirija kniete neben ihm. Gerade hüllte sie ihn in einen Umhang, den einer der Isârden ihr reichte. Der andere war damit beschäftigt, so nah bei dem unzulänglichen Unterschlupf wie nur möglich ein Feuer zu entzünden. Hoch über ihnen stand ein abnehmender Mond, dessen blutroter Schein etwas in Darejan weckte, das sich wie Angst anfühlte. Zögernd trat sie näher. Sie hörte leise Mirijas Stimme, ohne zu verstehen, was sie sagte. Oqwen antwortete ein wenig lauter. Einer seiner Männer drehte sich um. Um ein Haar wäre er mit Darejan zusammengeprallt. Er bedachte sie mit einem abfälligen Blick, drängte sie mit einem verächtlich hervorgestoßenen »Aus dem Weg, Korun!« grob beiseite und hastete davon.

Mirija hob eben mit einem fragenden Ausdruck auf dem Gesicht den Kopf, doch kaum hatte sie Darejan erkannt, malte sich Zorn auf ihren Zügen.

»Was willst du hier? Hast du nicht schon genug angerichtet?« Die junge Frau sprang auf, vertrat ihr den Weg. »Verschwinde!«

Oqwen erhob sich hinter ihr.

»Angerichtet?« Darejans Stimme schwankte zwischen Verwirrung und Ärger. »Ich habe nichts getan.«

»Ja, genau! Du hast nichts getan! Nichts!«, fauchte Mirija sie an. Sie machte einen weiteren drohenden Schritt auf Darejan zu. Mit einer scharfen Geste wies sie auf den reglos unter dem Umhang liegenden DúnAnór. »Er hätte niemals allein in den Schleier gehen dürfen. Wie konntest du ihn nur im Stich lassen? Als seine Nekromantia war es deine Aufgabe, ihn zu halten.«

»Als seine ...«, setzte Darejan entgeistert an, doch Mirijan redete schon aufgebracht weiter.

»Vor allem, da du wusstest, *wie* er sie in ihren Körper zurückholen würde. Du hättest ihn aufhalten und ihm den Weg zurückzeigen müssen, als du gemerkt hast, dass er sich zu tief in den Schleier gewagt hat. Du hättest ...«

»Ich bin keine Nekromantia«, unterbrach Darejan die Worte der jungen Frau heftig. Jetzt ergab alles einen Sinn. Neben ihr zischte Oqwen etwas Unverständliches.

Mirija starrte sie wie vom Donner gerührt an. »Du ... Was?« Ihr Ärger wandelte sich zu Verwirrung, aus der Schrecken wurde. »Du bist keine ...«, stammelte sie bestürzt. Ihre weit aufgerissenen Augen huschten zu dem DúnAnór hinüber, kehrten zu Darejan zurück. »Aber warum ...? Weshalb hat er dann ...?«

Einer der Isârden riss die Schülerin des Nekromanten aus ihrer Fassungslosigkeit, als er mit einem deutlichen Räuspern herantrat und schnell ein paar halblaute Worte mit Oqwen wechselte. Der Krieger hob den Kopf, um über Mirija und Darejan hinwegzublicken. Sein »Kümmert euch um die Klinge. Ich bin gleich zurück«, war eindeutig ein Befehl, dann nickte er dem Mann zu und folgte ihm. Die junge Frau schaute ihm überrascht nach, streifte Darejan noch einmal mit einem kurzen, beklommenen Blick, ehe sie sich neben den reglosen Körper kniete und den Mantel höher unter sein Kinn zog.

Darejan zögerte, kauerte sich dann aber neben sie. »Kann ich etwas tun?«

Für einen Moment sah Mirija sie mit ihren graubraunen Augen nur an, und Darejan rechnete schon fast damit, sie würde sie erneut fortschicken, doch dann nickte sie zum oberen Ende des Deckenlagers hin. »Nimm seinen Kopf in deinen Schoß. Auch wenn du nicht seine Nekromantia bist, kennt er dich als Einzige von uns länger als nur ein paar Stunden. Vielleicht hilft es, wenn er dich in seiner Nähe spürt.« Die junge Frau senkte den Blick. »Sofern überhaupt noch ein Funke seiner Seele in seinem Körper zurückgeblieben ist, der irgendetwas spüren kann«, murmelte sie, mehr zu sich selbst.

Schweigend setzte Darejan sich hin und hob den Kopf des DúnAnór auf ihre Knie. Ihre Fingerspitzen berührten seine Stirn. Die Haut war eiskalt und hatte beinah die weiße Farbe von Salzwachs. Im unsteten Schein des kleinen Feuers wirkten seine Edelsteintätowierungen dunkel und tot. Plötzlich saß etwas würgend in ihrer Kehle. Genau so hatte ihr Vater ausgesehen, nachdem sein Herz einfach aufgehört hatte zu schlagen. »Wird er sterben?«, hörte sie sich selbst fragen und erschrak über den verlorenen Klang ihrer Stimme.

Mirijas Hände hielten auf dem Mantel inne und sie schaute auf. »Ich weiß es nicht«, gestand sie leise. »Mein Meister hat mich gelehrt, dass eine Seele, die aus einem lebenden Körper gerissen wird und länger als drei Tage im Schleier gefangen ist, den Weg nicht mehr aus den Schatten heraus und zurück in ihren Körper finden kann. Und dass nach dieser Frist auch der Körper zu vergehen beginnt.« Ein Ausdruck hilfloser Qual trat in ihre Augen. »Ich weiß nicht, wie viel Zeit einem DúnAnór bleibt, der die Seelen mit seinem Lied aus dem Schleier zurückholt. Er muss ungleich tiefer in die Grenze zwischen dem Reich der Lebenden und der Toten als jeder andere.« Sie zögerte, strich sich eine Haarsträhne zurück, die ihr nicht in die Stirn hing, und blickte Darejan dann erneut an. »Ich wollte … Ich …« Abermals strich sie dieselbe Strähne zurück. »Vielleicht sollten wir ihm seine Kleider ausziehen. Sie sind so … so …« Unbehaglich sog sie die Lippe zwischen die Zähne.

»Verdreckt?«, half Darejan ihr nach einem Moment aus der Verlegenheit. Mirija senkte den Blick auf ihre Hände und nickte.

»Es wäre für ihn vielleicht angenehmer, wenn ... wenn er ohne ... Die Decken sind sauber.« Mirija klang, als wolle sie Darejans Einverständnis für das, was sie vorhatte. So, als habe sie irgendetwas auf den lächerlichen Gedanken gebracht, sie und der Verrückte könnten ein Paar sein.

»Natürlich«, nickte sie und wollte aufstehen, um der jungen Frau zu helfen, doch die winkte entschieden ab und übernahm es allein, ihm die schlammverkrusteten Stiefel und auch die mit getrockneten Matschspitzern überzogenen Hosen aus dunklem Jindraleder auszuziehen, da sie darauf bestand, dass Darejan ihren Platz nicht einen Moment lang verließ. Nach und nach kamen seine langen, schlanken Beine zum Vorschein, der harte, flache Bauch. Und scharf herausstehende Hüftknochen, über die Mirija in schamhafter Hast die Decken wieder emporzog. Darejan schloss für einen Moment die Lider. Was auch immer dieser Mann früher an überflüssigem Fleisch am Leib gehabt haben mochte, jetzt bestand er nur noch aus Muskeln, Sehnen, Haut und Knochen. Als sie die Augen wieder öffnete, schob Mirija ihm gerade das Hemd in die Höhe. Unter der Haut zeichneten sich deutlich seine Rippen ab. Obwohl sie die Wunde auf seiner Brust immer wieder versorgt hatte und der Anblick ihr vertraut war, weckte er ein Gefühl von Schuld in Darejan. Unwillkürlich fragte sie sich, woher er in den letzten Tagen die Kraft genommen hatte, einen Fuß vor den anderen zu setzen.

Die ganze Zeit über hatte er sich nicht geregt. Nur die flachen Atemzüge, unter denen seine Brust sich mit entsetzlicher Langsamkeit hob und senkte, verrieten, dass er noch am Leben war. Und auch jetzt, als Darejan behutsam seinen Oberkörper stützte, damit Mirija ihm das Hemd endgültig ausziehen konnte, rührte er sich nicht. Die Schülerin des Nekromanten hatte die zerschlissene Adeshwolle gerade weit genug in die Höhe geschoben, um sie ihm über den Kopf und die Schultern streifen zu können, da sog sie in einem entsetzten Keuchen den Atem ein.

»Ihr gütigen Seelen«, brach es aus ihr heraus, »wer hat das getan?« Mit weit aufgerissenen Augen starrte sie auf die sichtlich entzündete Narbe quer über der linken Seite seiner Brust. Die ockerfarbenen Runenlinien hoben sich scharf von der bleichen Haut ab. In einer beinah beschützenden Geste legte Mirija ihre Hand behutsam darauf. Der Anblick versetzte Darejan einen Stich. »Sie haben seine Seelenrune zerstört«, murmelte die junge Frau und bemühte sich offenbar, ein Schaudern zu unterdrücken. »Sie haben die Magie zerstört, die ihn beschützen sollte. Er hätte niemals in den Schleier gehen dürfen. Er hat nichts mehr, was ihn vor den Seelen und den RónAnór schützen kann.« Sie fuhr sich mit der Hand über die Augen. »Wer hat ihm das angetan?«

»Königin Seloran und ihre Grauen Krieger.« Die Worte hinterließen einen fauligen Geschmack auf Darejans Zunge.

Mirijas Blick zuckte empor. »Ihre Grauen ... Aber ...« Auf dem Gesicht der jungen Frau stand mit einem Mal Entsetzen.

»Dann war es tatsächlich das, was der andere DúnAnór uns zu sagen versuchte, ehe er starb. Die BôrNadár sind zurückgekehrt. Jemand hat die Schrecken der Seelenkriege aus dem Schleier befreit.«

Darejan und Mirija fuhren erschrocken zu der Stimme herum, die unvermittelt hinter ihnen erklang.

Eine Frau, deren dunkle Hautfarbe, ihr kunstvoll geflochtenes Haar und der lederne Harnisch sie als Kriegerin der Isârden auswies, beugte sich halb in den notdürftigen Unterschlupf. Neben ihr stand Oqwen mit unbewegter Miene.

»Wer seid ihr?«, brachte Darejan nach einem Moment schließlich hervor.

»Niéne, Kommandantin der Anaren von Jellnên.« Unter zusammengezogenen Brauen heraus musterte die Isârde sie scharf, dann wanderten ihre hellen, goldenen Augen zu der reglosen Gestalt unter den Decken. Ihr Blick fiel auf seine Brust. »Oqwen, heißes Wasser!«, wies sie den Krieger an, griff sich einen brennenden Ast aus dem Feuer, scheuchte Mirija mit einer knappen Geste ein Stück beiseite und glitt mit gefährlicher Geschmeidigkeit zu ihnen unter die Plane, während er davonhastete.

»Aber wenn sie wieder umgehen, ... dann bedeutet das, jemand hat ...« Erst jetzt schien Mirija sich von ihrem Schrecken erholt und ihre Stimme wiedergefunden zu haben. Doch sie verstummte, ohne den Satz zu beenden. Plötzlich zitterte sie am ganzen Leib.

»... Ahorens verfluchte Seele aus dem KonAmàr befreit«, tat die Kriegerin es mit einem Nicken an ihrer Stelle. »Nur er hat die Macht dazu, die Seelen der BôrNadár aus dem Schleier zurückzurufen und sie sich gefügig zu machen, damit sie seine Schattenlegionen anführen.« Sie drückte Darejan die einfache Fackel in die Hand und beugte sich über den reglosen Körper des DúnAnór. Ein Schauder durchrann sie, kaum dass sie ihn berührt hatte. Für einen Herzschlag schien sie zu erstarren, doch dann lösten ihre angespannten Schultern sich und sie untersuchte schweigend seine Wunde. »Gib mir den Lederbeutel, der rechts hinter dir liegt, Mädchen«, befahl sie Mirija, ohne den Blick von der Brust des DúnAnór zu nehmen.

Doch die saß vor Entsetzen wie erstarrt. »Dann haben die Krieger, die unser Dorf überfallen haben, die Toten und die

Männer nur mitgenommen, um aus ihnen seine Schattenlegionen wiedererstehen zu lassen?« Sie schaute zuerst Darejan und dann die Isârden-Kriegerin an, ihr graubrauner Blick dunkel vor Furcht.

»Welchen anderen Grund sollte es sonst dafür geben, Mädchen? Wenn Ahoren zurückgekehrt ist, wird er das beenden wollen, was er damals begonnen hat und woran ihn die Dún-Anór gehindert haben. Er wird Oreádon ein zweites Mal mit Krieg überziehen. Und wie damals werden seine Krieger nicht zu töten sein, da sie schon tot sind.« Für einen langen Moment war nur das Knistern des Feuers zu hören. »Der Beutel, Mädchen.«

Dieses Mal reichte Mirija der Isârde das Gewünschte, die den Beutel mit wenigen Griffen aufschnürte. In seinem Inneren klackten mehrere Tongefäße aneinander. Die Kriegerin wählte zwei von ihnen aus, zögerte, nahm dann zusammen mit einem steinernen Mörser ein drittes heraus und machte sich schweigend daran, die getrockneten Kräuter aus den Gefäßen zu zerstoßen.

»Was ist das?« Darejan erkannte den harzigen Geruch von Aynraute, doch die beiden anderen waren darunter nicht mehr zu unterscheiden.

»Aynraute, Blauklee und Sildknoten.« Die Isârden-Kriegerin hielt in ihrem Tun keinen Atemzug inne.

Schweigend beobachtete Darejan, wie der Stößel die Kräuter zu einen hellbraunen Pulver zerrieb. Selbst in getrocknetem Zustand war ihre Heilkraft weitaus größer als die von Travankrautblättersaft.

Nach einem Moment richteten sich die goldenen Augen der Kriegerin auf sie.

»Warum hat er nicht gesagt, dass seine Seelenrune zerstört ist, als die Adepta im Namen seiner Schwüre von ihm verlangt hat, in den Schleier zu gehen? Auch von einer Klinge kann man nicht erwarten, diese Gefahren auf sich zu nehmen und sich ohne Schutz in die Welt der Seelen zu wagen.«

Darejan zögerte. Sie würde es nicht ewig verbergen können. »Weil er es nicht wusste«, sagte sie endlich und legte behutsam die Hand auf die Stirn des Verrückten.

»Nicht wusste?« Auf Niénes Zügen malte sich Unverständnis. Ihre gehobene Braue war eine stumme Aufforderung an Darejan, ihre Worte zu erklären.

Langsam holte Darejan Atem. »Er hat sein Gedächtnis verloren. Er kann sich noch nicht einmal mehr an seinen eigenen Namen erinnern. Geschweige denn an irgendetwas, das mit seinem früheren Leben zu tun hat.«

Ungläubig musterte die Kriegerin zuerst Darejan, dann ging ihr Blick wieder zu dem DúnAnór. »Und doch wusste er offensichtlich sehr genau, wie er Sirans Seele aus dem Schleier rufen konnte, nach dem, was ich gehört habe.«

Ein freudloses Lächeln verzog Darejans Mund. »Ja, offensichtlich. Ganz wie er gehofft hat. Aber er hat sich *offensichtlich* nicht an genug erinnert, um zu wissen, dass er es nicht mit den zerstörten Runen hätte tun dürfen. Oder allein.« Ihre Finger kämmten sacht durch das schmutzige Haar auf ihrem Schoß. »Manchmal weiß er Dinge einfach. Als wir angegriffen wurden, hat er sich daran erinnert, wie man mit einem Schwert umgeht ... Aber normalerweise ...« Sie schüttelte den Kopf. »Er war im Kerker von Kahel. Er wurde nächtelang gefoltert. Darüber hat er sein Gedächtnis verloren – und wahrscheinlich auch seinen Verstand.«

Niénes Blick verdüsterte sich. »Auf dieser Seite des Schleiers haben nur der Großmeister und die AritAnór das Recht, eine Klinge zur Verantwortung zu ziehen. So wurde es nach den Seelenkriegen in den Verträgen der LegênTarês festgeschrieben. Was hat man ihm vorgeworfen?« Die Kriegerin stippte die Fingerspitze in das Gemisch aus Kräutern und kostete davon. »Und eine andere Frage, die sich mir stellt: Wenn es die Königin der Korun ist, die die alten Gesetze nicht mehr achtet und die sich, wie es scheint, mit Ahoren eingelassen hat, wieso haben meine Männer dann eine Korun mit einer verletzten Klinge der Seelen aufgegriffen?«, überlegte sie laut, während sie ein paar Unzen mehr aus einem blaulasierten Tongefäß in den Mörser gab und sie mit dem Stößel zerrieb.

Darejan zögerte ein paar Herzschläge, ehe sie antwortete. »Es hieß, er sei ein Spion der Nordreiche, aber ein Freund von mir fand heraus, dass das nur ein Vorwand war, um ihn einzusperren und zu foltern. Als er dabei geholfen hat, ihn zu befreien, wurde mein Freund selbst gefangen genommen. Er hat mich geschickt, um auch die anderen, die daran beteiligt waren, zu warnen, dass die Königin ganz Kahel nach ihm absuchen ließ.« Ihre Finger strichen sanft über die kalte Stirn des DúnAnór, bis ihr klar wurde, was sie da tat, und sie ihre Hand zwang stillzuliegen. »Die Männer, die ihn aus Kahel fortbrachten und ihm helfen wollten, zur Ordensburg der DúnAnór zurückzukehren, wurden am Fuß der BanNasrag von Söldnern getötet, die in Königin Selorans Dienst stehen.«

Die Braue der Kriegerin hob sich erneut. »Und seitdem seid ihr allein auf der Flucht und versucht, den CordánDún zu erreichen?«

»Ja.«

»Das erklärt vieles.« Sie nickte Oqwen dankend zu, der mit einer Schüssel dampfenden Wassers herangekommen war, die er ihr jetzt reichte. »Rufe die Krieger zusammen. Es gibt einiges, das sie erfahren müssen. Ich komme ans Feuer, sobald ich hier fertig bin«, befahl sie ihm, woraufhin er sich knapp vor ihr verneigte und wieder ging. Sie gab ein paar Tropfen Wasser zu den zerstoßenen Kräutern und begann, alles zu einem zähen Brei zu verrühren. Ihr Blick kehrte zu Darejan zurück. »Es erklärt aber nicht, warum sein KâlTeiréen nicht bei ihm ist.« Hinter ihr schnappte Mirija überrascht nach Luft. Die Kriegerin bedachte sie mit einem Blick über die Schulter. »Im Gegensatz zu dir sind mir die Edelsteintätowierungen an seinem Ohrläppchen nicht entgangen.« Sie sah Darejan wieder an. »Nun?«

Mächtige Schwingen, die sich mit einem scharfen Laut entfalteten. Der wilde Schrei eines Adlers. Ein goldenes Raubvogelauge, das ihrem Blick begegnete. Darejan schluckte mühsam. »Er ist tot«, sagte sie leise und hörte, wie die Isârde scharf den Atem einsog.

»Ist auch das ein Frevel, für den sich die Königin der Korun verantworten muss?« Wie es schien, war die Kriegerin endlich mit der Beschaffenheit der dunklen Paste zufrieden, denn sie stellte den Mörser beiseite und beugte sich über den DúnAnór. Mit erstaunlichem Geschick öffnete sie seine Narbe, wie Darejan es auch schon so oft getan hatte, und wusch sie mit heißem Wasser, ehe sie den Kräuterbrei behutsam darauf verteilte.

Zögernd nickte Darejan. *Blut, das aus einer grau gefiederten Kehle rann.* »Ich weiß es nicht genau«, gestand sie dann, während sie beobachtete, wie Niéne die Wunde mit einem sauberen Tuch verband und die Decken über die Schultern des DúnAnór zog. »Wo habt ihr das gelernt?«, fragte sie, als die Kriegerin sich schließlich aufrichtete.

Die Isârde bedachte sie mit einem erstaunlich nachsichtigen Lächeln. »Ein Krieger zu sein, bedeutet in meinem Volk nicht, dass man nicht auch über andere Fähigkeiten verfügen kann. Und ich diene nicht nur meiner Königin.«

Ehe Darejan fragen konnte, was Niéne damit meinte, fiel ein Schatten auf sie und ließ sie aufblicken. Oqwen und einer seiner Männer standen vor dem Feuer und balancierten etwas zwischen sich.

»Wir bringen die heißen Steine, um die die Adepta gebeten hat.«

Fragend blickte die Kriegerin Mirija an, die die Männer hastig anwies, die Steine in Tücher zu wickeln, den größten an die Füße des DúnAnór zu legen und die kleineren um ihn herum unter die Decken zu schieben.

Die Krieger gehorchten wortlos, dann ließen sie sie wieder allein. Doch dieses Mal schloss Niéne sich ihnen an. Ihr »Ruft, wenn ihr etwas braucht!« klang wie ein Befehl. Und wie schon mehrfach lag ihr Blick scharf auf Darejan, ehe sie ihr die Fackel aus der Hand nahm und den anderen Kriegern folgte.

Einen Moment schaute sie den Isârden hinterher. Als sie sich wieder umdrehte, war Mirija gerade dabei, einen Mantel, den sie wohl zwischen den Beuteln hinter sich gefunden hatte, zusätzlich zu den Decken und dem Umhang über den DúnAnór zu breiten.

»Wird das nicht zu viel?«, erkundigte Darejan sich zweifelnd. Unter den Decken musste es durch die Hitze der Steine unerträglich sein, auch wenn er sich noch immer nicht regte oder einen Laut des Protestes von sich gab.

Mirija schüttelte entschieden den Kopf. »Wird eine Seele aus einem lebendigen Körper gerissen, nistet sich die Kälte des

Schleiers an ihrer Stelle in ihm ein«, erklärte sie. »Es ist wichtig, dass man jemanden in seinem Zustand warm hält. Und je tiefer eine Seele im Schleier verloren ist, um so wärmer muss es sein. Außerdem ist es wichtig, dafür zu sorgen, dass der Körper etwas spürt, damit auch die Seele spürt, dass da noch etwas ist, in das sie zurückkehren kann und sich nicht immer tiefer in den Schleier verirrt. Wäre eine von uns seine Nekromantia, würde sie sich zu ihm legen und ihn ...«, Röte kroch ihren Hals hinauf. »... nun, ihn wärmen eben. Aber so ...« Sie zupfte verlegen an einem Faden, der aus dem Mantelstoff hervorstand.

»Warum tust du das?« Darejans Frage ließ die junge Frau aufsehen.

»Was?«

»Du sorgst dich um ihn.«

Verwirrt runzelte Mirija die Stirn. »Tust du das nicht?«

Darejan zögerte, blickte auf den DúnAnór hinab. Seine Augen hatten sich geöffnet, doch sie starrten nur leer ins Nichts. Behutsam schloss sie ihm die Lider wieder, ließ ihre Hand auf seinem Gesicht liegen. Sie spürte seine Wimpern auf ihrer Haut. Die Kälte, die von ihm ausging, schien sich auch auf sie ausdehnen zu wollen. Noch nicht einmal die Hitze der Steine um ihn herum schien auch nur einen Hauch Wärme in seine Glieder zu bringen.

»Ein Nekromant aus Kahel sagte, die DúnAnór hätten Menschen zu ihren Sklaven gemacht und Unschuldige gejagt und ermordet. Er sagte, sie würden sich anmaßen, über andere zu richten, und nannte sie ›Seelenhenker‹.« *Er sagte, dass man ihn vielleicht geschickt hat, um meine Schwester zu ermorden.*

Die Falten auf Mirijas Stirn vertieften sich ärgerlich. »Der Kerl kann kein Nekromant sein, wenn er solche Dinge behauptet. ›Seelenhenker‹ nannten vor langer Zeit jene Nekromanten die DúnAnór, die sich gegen die Seelen der Lebenden und Toten versündigt hatten. Sie waren es, die von den DúnAnór gejagt und hingerichtet wurden. Und nur sie! Keine Klinge hätte jemals die Hand gegen einen Unschuldigen erhoben. Oder einen Menschen zu ihrem Sklaven gemacht.« Mit einem Schnauben ließ sie von dem Faden ab und stopfte die Decken fester um den leblosen Körper herum.

Darejan beobachtete sie stumm dabei. Wie passte das mit der Angst und dem Abscheu zusammen, mit dem Fren über die Klingen der Seelen gesprochen hatte? Wie passte dieser ruppige, arrogante Mann, dessen Kopf schwer in ihrem Schoß lag, zu den scheinbar so ehrenhaften DúnAnór? Sie presste die Hand gegen die Stirn, versuchte den vagen Schmerz fortzureiben, der sich wieder bemerkbar machte. Irgendetwas an alldem war falsch. Musste falsch sein. Hinter ihr knackte das Holz in den Flammen. In der Stille klang das Geräusch wie ein Peitschenschlag.

»Ist alles in Ordnung mit dir?« Mirijas besorgte Frage ließ sie zu ihr hinübersehen.

»Nur Kopfschmerzen. Sie werden wieder vergehen.«

Die Schülerin des Nekromanten nickte, blickte sie aber weiter verlegen von unten herauf an. »Du weißt nicht viel über die DúnAnór, oder?«, fragte sie schließlich.

»Nur das, was Fren mir gesagt hat«, gestand Darejan nach einem Zögern.

»Fren?«

»Der Nekromant, von dem ich dir eben erzählt habe.«

Etwas wie Ärger huschte über das Gesicht der jungen Frau. »Der Kerl, der Lügen über sie verbreitet«, schnaubte sie.

Ein paar Herzschläge lang betrachtete Darejan die Züge des Verrückten. »Was weißt du über sie?«, fragte sie dann.

»Die DúnAnór?« Den Kopf zur Seite geneigt, blickte Mirija sie an.

Darejan nickte. »Haben sie die gleichen Fähigkeiten wie Nekromanten?«

»Nein. Ihre Gabe ist anders als die eines Nekromanten. Und ungleich gefährlicher. Sie können eine Seele nur aus dem Schleier zurückführen und ihr den Weg in ihren *eigenen* Körper zeigen. Ein Nekromant dagegen ist in der Lage, eine Seele in jeden Körper zu bannen, auch wenn es nicht der eigene ist. Die meisten können eine Seele nur für eine kurze Spanne in einem ›Gefäß‹, wie man einen fremden Körper nennt, halten. Gewöhnlich allerhöchstens für die Spanne zwischen Sonnenuntergang und Sonnenaufgang. Nur wenige waren in früheren Zeiten mächtig genug, einer Seele über diese Frist hinaus einen Körper zu geben. Ahoren Nesáeen war einer von ihnen. Er allein schaffte es, die Seelen so lange in ein Gefäß zu bannen, wie es *ihm* beliebte.« Sie schauderte und musste sich räuspern, ehe sie weitersprach. »Viele Nekromanten überlassen ihren Körper den Seelen als Gefäß, wenn es unbedingt nötig ist und kein anderes Gefäß oder der eigene Körper der Seele vorhanden ist. Aber sie tun so etwas niemals allein. Die Gefahr ist zu groß, dass anstelle der gerufenen Seele etwas anderes, Böses aus dem Schleier kommt. Etwas, das sich in dem Gefäß einnistet und Unheil anrichtet. Während der Seelenkriege und in der Zeit danach war es sogar verboten, so etwas zu tun, ohne dass eine Klinge anwesend war.« Ihr Blick richtete sich auf das blasse Gesicht des DúnAnór. »Ein Nekromant kann nur ein kurzes Stück in den Schleier hinein und auch nur für eine sehr begrenzte Zeit. Wenn er sich zu weit von seinem Rand entfernt, ist die Gefahr unendlich groß, dass er sich in ihm verliert. Eine Klinge kann weiter in den Schleier, ihn sogar durchqueren und auf seine andere Seite gelangen. Mein Meister sagte, eine wahre Klinge sei in der Lage, auf ›den Pfaden der Toten‹ zu wandeln. Aber sie tun es nur, wenn ihnen keine andere Wahl bleibt, denn es gibt unter den Toten einige, die die Lebenden hassen. Und auch in der Welt auf der anderen Seite des Schleiers haftet den DúnAnór immer noch die Kraft des Lebens an. Diese finsteren Seelen gieren so sehr nach dem Leben und der Kraft, die ein DúnAnór in sich trägt, dass sie versuchen würden, sich von ihm zu ›nähren‹, um vielleicht wieder stark genug zu werden und durch den Schleier in unsere Welt zurückkehren zu können. Deshalb geht eine Klinge auch niemals allein in das Reich jenseits des Schleiers.«

»Aber wenn die DúnAnór den Schleier durchqueren können, um in diese Welt der Toten gelangen zu können, warum hat er sich dann darin verloren?« Darejan strich mit der Hand über die kalte Stirn des Verrückten.

»Stell dir eine Welt vor, die vollständig in dichten Nebel getaucht ist. So dicht, dass du kaum zwei Schritt weit sehen kannst. So hat mein Meister mir den Schleier beschrieben. Auch eine Klinge geht darin zwangsläufig in die Irre, wenn sie den Rand aus den Augen verliert.« Mit einer verlegenen Geste schob sie eine Haarsträhne hinter ihr Ohr. »Weißt du noch, was ich dir vorhin sagte, als ich noch dachte, du seist seine Nekromantia? Dass es deine Aufgabe gewesen wäre, ihn zu halten?« Darejan nickte und sie sprach weiter. »Gewöhnlich erwählt jeder DúnAnór gleich nach seiner Initiation und der Aufnahme in den Kreis der Klingen einen Nekromanten, mit dem er dann immer verbunden bleibt. Wenn der DúnAnór nun besonders tief in den Schleier geht, begleitet sein Nekromant ihn ein Stück und wartet dann an der Stelle auf ihn, an der sie sich trennen. Er ist es, der dem DúnAnór später den Weg zurückweist. Wie ein ... nun, eine Art Leuchtfeuer. Außerdem ist es die Aufgabe des Nekromanten, dafür zu sorgen, dass er sich nicht zu tief in den Schleier hineinwagt, und ihn nötigenfalls daran zu hindern.«

»Wie das?«

»Ein DúnAnór und *sein* Nekromant sind so eng miteinander verbunden, dass sie im Geist miteinander sprechen können. Mein Meister sagte, dass eine Klinge und ihr Nekromant gewöhnlich durch mehr als nur ihre Schwüre miteinander verbunden sind. Dass sie ... nun ja, dass sie ihr Leben und ihr Bett miteinander teilen.« Sie errötete verlegen, doch zugleich war für einen kurzen Moment eine leise Sehnsucht in ihrer Stimme gewesen. Die Schülerin des toten Nekromanten räusperte sich, ehe sie weitersprach. »Nur eine Klinge, die ihrem Nekromanten absolut und bedingungslos vertraut, kann so tief in den Schleier hineingehen, wie sie vielleicht manchmal muss, oder ihn sogar durchqueren.«

»Aber warum ist ihre Gabe dann gefährlicher als die eines Nekromanten?«

Darejans Frage ließ Mirija für einen Herzschlag die Stirn runzeln, doch dann malte sich Begreifen auf ihrem Gesicht und sie nickte, als sie sich an ihre Worte von zuvor erinnerte. »Weil ein DúnAnór nicht nur Macht über die Seelen der Toten hat, sondern auch über die der Lebenden.« Dass Darejan erschrocken die Augen aufriss, entging ihr nicht. Rasch schüttelte sie den Kopf. »Keine Klinge würde ihre Gabe jemals gegen einen Unschuldigen einsetzen.«

Darejan schnappte nach Luft. »Bedeutet dass, sie können den

Geist eines Menschen beeinflussen? Oder vielleicht sogar die Seele eines Menschen aus seinem Körper zwingen?«

»Die Mächtigsten unter ihnen, ja«, bestätigte Mirija leise.

Voller Entsetzen schloss Darejan die Augen. Wahrscheinlich sollte sie froh sein, dass der Verrückte in seinem Wahnsinn nicht versucht hatte, eben das bei ihr zu tun. Nach einiger Zeit hob sie die Lider wieder und sah Mirija an. »Weißt du, wo sich ihre Ordensburg befindet?«

Dass die junge Frau abermals den Kopf schüttelte, weckte ein Gefühl der Verzweiflung in Darejans Inneren. »Niemand außer den DúnAnór und ihren Nekromanten wissen, wo der Horst der Klingen liegt. Er soll sich zwischen den BanOseren und der ShaAdon in den GônKador befinden.«

»In den GônKador?« Überrascht runzelte Darejan die Stirn. »Fren sagte, sie befände sich in den GônCaidur.«

Mirija lächelte. »Das ist ihr alter Name. Im Laufe der Zeit wurde er nach und nach zu GônKador. Es ist erstaunlich, dass dieser Fren ihn kannte, denn die Klingen hüten das Geheimnis des Cordán gewöhnlich sehr gut.«

»Warum das denn? So achtungsvoll, wie ihn«, sie nickte auf den DúnAnór hinab, »jeder hier behandelt hat, sollten sie nichts zu fürchten haben. Und wenn niemand weiß, wie man sie finden kann, wie erfahren sie dann, dass man ihre Hilfe benötigt? Wie können jene zu ihnen gelangen, die sich ihnen anschließen wollen?«

Das Lächeln der jungen Frau vertiefte sich. »Du weißt wirklich nichts über sie. – Man schließt sich den DúnAnór nicht an. Sie wählen diejenigen aus, die sie in die Kreise der Klingen aufnehmen wollen. Mein Meister sagte, sie erfahren es von den AritAnór, wenn es irgendwo jemanden gibt, dem das Schicksal einer Klinge bestimmt ist. Dann wird einer aus dem Inneren Kreis geschickt, um diese Person zu prüfen und sie gegebenenfalls in den Horst zu bringen. Da der oder die Auserwählte sein ganzes vorheriges Leben aufgeben muss, liegt die letzte Entscheidung jedoch immer bei ihm. Die DúnAnór zwingen niemanden.«

»Wer sind diese *AritAnór?*«

Mirija sah sie verblüfft an. »Kennst du denn gar keine der alten Legenden?« Sie schüttelte über so viel Unwissenheit den Kopf. »Man nennt sie auch Seelenweber. In den Legenden heißt es, sie seien geheimnisvolle, wunderschön und zugleich schrecklich aussehende Frauen, die aus dem Nichts den Schicksalsfaden eines jeden Lebewesens spinnen. Sie würden über ihn wachen und ihn zusammen mit all den anderen zu einem prachtvollen Teppich verweben. Man sagt, sie seien die Töchter des Wächters der Seelen. Wer sie ansieht, stirbt. Allein die DúnAnór wagen sich in ihre Nähe, und auch nur jene unter ihnen, die von ihnen mit Namen gerufen werden, und selbst sie richten niemals den Blick direkt auf sie. Von ihnen erfahren die Klingen, wenn ihre Dienste irgendwo gebraucht werden.

Und nicht jedes Volk bringt den DúnAnór so viel Achtung entgegen wie die Isârden. Viele fürchten sie, andere haben sich von ihnen abgewandt und sie vergessen. So wie die Korun. Und das, obwohl Kartanen Lìr Hairál, der Ahnherr des Königsgeschlechts, zur Zeit der Seelenkriege eine Klinge des Inneren Kreises war. Von seiner Schwester Ileyran wird berichtet, sie sei eine äußerst mächtige Nekromantia gewesen und zudem eine wunderschöne Frau. Kartanen war es, den sie noch vor Ahorens endgültigem Fall zum Hüter des KonAmàr bestimmt hatten. Und obwohl er sich nach dem grausamen Tod seiner Schwester mit dem Orden überwarf, blieb er der erwählte Hüter und nahm den Stein mit sich, als er schließlich fortging.«

Darejan beugte sich vor. »Was ist geschehen?«, fragte sie angespannt.

»Das weiß niemand so genau. Die Klinge, mit der Ileyran Lìran Hairál verbunden war, soll abtrünnig geworden sein und sie auf bestialische Art getötet haben. Offenbar forderte Kartanen Vergeltung, die ihm jedoch versagt wurde.« Sie strich sich eine Haarsträhne hinters Ohr. »In alten Erzählungen gibt es ein paar Andeutungen, dass Ileyrans Klinge Ahoren selbst gewesen sei, aber das würde bedeuten, dass auch er einmal ein DúnAnór war, und so etwas ist einfach unvorstellbar.« Mit einem Kopfschütteln verwarf sie den Gedanken und blickte Darejan wieder an. »Sicher ist nur, dass Kartanen eine der Klingen war, die ihre Macht opferten, um Ahorens Seele in den KonAmàr zu bannen.« Mit einem Seufzen blickte sie auf die reglose Gestalt unter den Decken. »Nur wenige DúnAnór überlebten die Seelenkriege. Doch einige Zeit später kam böses Gerede über sie auf. Man munkelte über dunkle Seelenhexerei, die sie zusammen mit einigen mächtigen Nekromanten praktizieren würden, die sich ihnen angeschlossen hätten, und plötzlich vergaßen die großen Völker Oreádons, dass sie ihnen gegen Ahorens BôrNadár und seine Schattenlegionen beigestanden hatten, ohne jemals ihre eigenen Toten aufgerechnet zu haben. Sie wandten sich gegen die DúnAnór. Viele starben durch Heimtücke, andere wurden auf Scheiterhaufen geschleppt und verbrannt. Die letzten von ihnen zogen sich in den CordánDún zurück. Nur mit den Isârden und mit einigen Bergvölkern wie den Zonan, den Jarhaal und einigen Kriegerclans der Jerden, die sich während der Seelenkriege Ahoren bis zum Ende widersetzt und mit denen sie

Seite an Seite gekämpft hatten, blieben sie verbunden. Mit der Zeit wurden sie für alle anderen zu einer Legende aus vergangenen Tagen.« Sie presste die Handflächen gegeneinander. »Ich weiß nicht, was werden soll, wenn Niéne recht hat und Ahorens Seele tatsächlich aus dem KonAmàr befreit wurde. Wenn er die BôrNadár wirklich aus dem Schleier zurückgerufen hat und seine Schattenlegionen neu erschafft. Wenn es wahrhaftig nur noch so wenige Klingen der Seelen gibt, wie mein Meister gesagt hat ... Was wird, wenn es ihm gelingt, Oreádon dieses Mal vollständig zu unterwerfen?« Verzweifelt blickte sie Darejan an. Doch die hatte keine Antwort auf ihre Frage.

Der lautlose Schrei einer Seele ließ den alten Nekromanten aufschrecken. Ein Schaudern kroch durch seine Glieder. Er kannte diese Seele. So schnell es die Gicht in seinen Beinen erlaubte, hastete er die Treppe hinunter, zu der Kammer seines Schülers, und stieß die Tür auf. Kälte schlug ihm entgegen. Schwaches Mondlicht badete die Straßen Rokans in seinem silbernen Licht und fiel durch das Fenster herein. Der Junge lag in seinem Bett. Ein dunkler Fleck breitete sich rasch auf dem Kissen unter ihm aus. Blut rann aus seiner aufgerissenen Brust. Seine gebrochenen Augen starrten seinen Meister an. Dann stand ein Schatten vor dem alten Mann. Ein Laut des Entsetzens wurde zu einem Gurgeln, als der Mund des Grauen Kriegers sich über den des Nekromanten legte, während seine Finger zwischen die Rippen des Alten stießen und nach seinem Herz griffen.

37

Noch immer benommen nach der durchwachten Nacht und den Strapazen des vorangegangenen Tages, nickte Darejan nur kurz, als Mirija am Morgen durch einen Krieger von ihrer Seite gerufen wurde. Allein mit dem DúnAnór, an dessen Zustand sich seit dem gestrigen Abend nichts geändert hatte, beugte sie sich vornüber, lehnte ihre Stirn gegen seine, schloss die brennenden Augen und versuchte zu begreifen, warum dieses Gefühl der Hilflosigkeit, das sie bei seinem Anblick empfand, beinah wie ein körperlicher Schmerz in ihrem Inneren brannte.

Ein Räuspern in ihrem Rücken ließ sie sich hastig wieder aufrichten und umsehen. Niéne stand hinter ihr und musterte sie mit unergründlichem Blick. »Meine Männer bereiten eine Bahre für ihn vor. Wir nehmen euch mit nach Issra. Dort seid ihr fürs Erste sicher.«

Für einen Moment blinzelte Darejan die Kriegerin verwirrt an. »Er kann nicht …«

Mit einer scharfen Geste brachte die Isârde sie zum Schweigen. »Wir werden euch bestimmt nicht zurücklassen, während diese Bestien die Dörfer der Umgegend heimsuchen«, beschied sie ihr und hielt Darejan ein Bündel entgegen. »Hier sind saubere Kleider für euch. Ich kann nicht zulassen, dass ihr wie eine

Bettlerin herumlauft. Immerhin gehört ihr zu ihm.« Mit dem Kinn wies sie auf den DúnAnór. Als Darejan nicht schnell genug reagierte, drückte Niéne ihr die Kleidungsstücke in die Arme. »Nun macht schon! Ich verbinde seine Wunde neu, dann wollen wir aufbrechen. Etwas zu essen bekommt ihr später.« Noch immer seltsam verwirrt, kroch Darejan steif unter der Lederplane hervor und suchte sich ein Gebüsch, das sie vor neugierigen Blicken verbergen würde. Als sie wenig später wieder dahinter hervorkam, ihr Kleid als unordentliches Bündel vor die Brust gepresst, musste sie feststellen, dass die Isârden tatsächlich schon zum Aufbruch bereit waren. Die Flüchtlinge standen in kleinen Gruppen beisammen, ihre wenigen Habseligkeiten in den Armen oder über der Schulter. Eben schnürte ein Krieger die Lederplane zusammen, die ihnen Schutz geboten hatte. Der DúnAnór lag auf einer Bahre aus Riemen und Decken. Mirija kniete wieder neben ihm und sah auf, als Darejan herankam.

Offenbar hatte die Kriegerin nicht nur seine Wunde frisch verbunden, sondern ihm obendrein auch noch ein Hemd übergezogen. Mochten die Sterne wissen, von wem es stammte. Sein Haar glänzte feucht. Mirija oder Niéne mussten es mit einem nassen Kamm entwirrt haben. Im dunstigen Morgenlicht erinnerte es sie erneut an das Gefieder eines Kellfalken. Es schien jede Farbnuance zu enthalten, die es zwischen tiefem Schwarz und dunklem Braun gab. Dazwischen schimmerten einzelne hellere Fäden, die ockern oder elfenbeinern glänzten. Wimpern und Brauen wirkten auf seiner blassen Haut noch dunkler als gewöhnlich. Neben der Bahre blieb sie stehen und erwiderte Mirijas Lächeln. Die junge Frau nahm Darejan ihr Kleid aus den Armen. »Ich gebe es Alira aus meinem Dorf. Sie wird es für dich waschen, wenn wir später Rast machen«, versprach sie und neigte den Kopf in Richtung des DúnAnór. »Sie hat auch schon seine Sachen zum Saubermachen. Allerdings ist sein Hemd so zerschlissen, dass es eigentlich nur noch zum Wischlumpen taugt. Schade um die schöne Adeshwolle.« Sie wich einen Schritt zurück und zog Darejan mit sich, als vier Isârden-Krieger die Bahre vom Boden aufhoben. An den Stangen waren breite Lederriemen festgemacht, die sich die Männer über die Schultern schlangen, um sie bequemer tragen zu können. Die Hand des DúnAnór war bei der Erschütterung unter der Decke hervorgeglitten und hing jetzt schlaff über den Rand. Darejan wollte sie wieder unter die Tücher zurückschieben, doch sie zögerte. Man hätte meinen können, er sei bereits für seine Bestattung aufgebahrt, damit Freunde und Familie von ihm Abschied nehmen könnten. Er wirkte so still, so verloren. Das Gefühl seiner Finger, die kalt und leblos in ihren lagen, weckte plötzlich den Drang in ihr, ihn nicht loszulassen. So als könne sie dadurch, dass sie seine Hand in ihrer hielt, verhindern, dass er sich unbemerkt endgültig aus dem Leben stahl.

Das Geräusch von Hufen ließ sie aufblicken. Neben ihr stand Oqwen und hielt zwei Ragon am Zügel. Er streckte ihr die des kleineren Tieres entgegen.

»Ich nehme an, ihr könnt reiten, Korun.«

Einen Moment zögerte sie, doch dann schüttelte sie den Kopf und trat näher an die Bahre. »Nein, danke. Ich bleibe bei ihm.« Ihre Hand schloss sich fester um die des Verrückten. Eine der Brauen des Kriegers hob sich. Er musterte sie etliche Herzschläge lang mit unergründlichem Blick, dann nickte er und schwang sich auf den Rücken seines Ragon.

»Wie ihr wollt, Korun«, brummte er, wendete das Tier und ritt davon. Das zweite führte er am Zügel hinter sich her. Ein

Ruf erklang und der kleine Zug aus Flüchtlingen und Kriegern setzte sich langsam in Bewegung.

Wie Niéne ihr versprochen hatte, brachte ihr einige Zeit später einer der Krieger etwas zu essen. Sie verzehrte den Kanten Brot, während sie neben der Bahre herstapfte, lehnte aber das angebotene Bier mit einem höflichen Kopfschütteln ab.

Die Stunden verrannen nur zäh. Ein paar Mal öffneten sich die Augen des DúnAnór, ohne dass Leben in sie zurückgekehrt wäre. Jedes Mal war es Darejan, die ihm die Lider sanft wieder schloss, und mit jedem Mal wurde das Gefühl der Verzweiflung in ihr stärker. Er würde nicht aufwachen.

Die Krieger, die die Bahre trugen, wechselten sich mit den anderen Isârden alle paar Stunden ab. Während sich die einen die Riemen über die Schultern schlangen, stiegen die anderen in die Sättel der Ragon und galoppierten voraus, um den Weg vor ihnen zu erkunden, oder nahmen die Plätze ihrer Kameraden entlang der Schar Flüchtlinge ein, um sie nötigenfalls vor einem Angriff beschützen zu können. Dabei hielten sich immer vier oder fünf von ihnen in direkter Nähe der Bahre auf und ließen wachsam die Blicke schweifen.

Einige Zeit vor Mittag kamen die ausgeschickten Späher zurück. Bei ihnen war ein knappes Dutzend zerlumpter Gestalten. Frauen, Alte und Kinder. In dieser Nacht hatten die Söldner zusammen mit den Korun zwei weitere Dörfer überfallen und in Schutt und Asche gelegt.

Unter den Flüchtlingen waren dieses Mal auch ein paar junge Burschen, die es irgendwie geschafft hatten, den Angreifern zu entkommen. Einer von ihnen bemerkte Darejan und spuckte mit einem verächtlich gezischten »Korunhure« vor ihr aus. Er hatte den Mund noch nicht geschlossen, da hatte einer der Krieger ihn schon am Kragen gepackt, ihm eine schallende Ohrfeige verpasst und ihm zornig geraten, auf sein Mundwerk zu achten, wenn er »von der Frau des DúnAnór« sprach. Die geforderte Entschuldigung brachte der Junge in erschrockenem Stammeln hinter sich, ehe er hastig davonstolperte.

Mit einem traurigen Lächeln blickte Darejan auf den Verrückten. Er würde ihr den Kopf abreißen, wenn er erfuhr, dass man sie für seine Frau hielt und sie den Irrtum nicht sofort aufgeklärt hatte. Allerdings musste er wieder aufwachen, um es zu erfahren. Ihr Lächeln erlosch. Doch nach einem Augenblick verscheuchte sie die trostlosen Gedanken. Drei Tage blieben ihm, um den Weg aus dem Schleier herauszufinden, hatte Mirija gesagt. Sie hatte kein Recht, ihn nach noch nicht einmal einem aufzugeben.

Doch die Verzweiflung kehrte mit all ihrer Wucht zurück, als sie während der Mittagsrast versuchten, ihm ein paar Schluck Wasser einzuflößen. Erfolglos. Stattdessen wäre er um ein Haar daran erstickt. Wie sollten sie es schaffen, ihn drei Tagen am Leben zu halten, wenn sie noch nicht einmal ein wenig Flüssigkeit seine Kehle hinunterzwingen konnten? Er war zu erschöpft, um selbst diese kurze Frist gänzlich ohne Nahrung und Wasser zu überstehen.

Ihr wurde erst bewusst, dass Oqwen sie bei ihren fruchtlosen Bemühungen beobachtet haben musste, als er sich nach einem kurzen Wortwechsel mit Niéne – während dem er mehrmals in ihre Richtung nickte – auf sein Ragon schwang und im Wald verschwand. Er war noch nicht zurück, als die Kriegerin wenig später den Weitermarsch befahl. Erst am späten Nachmittag holte er sie wieder ein und bedeutete den Männern, die die Bahre trugen, stehen zu bleiben, während er geschmeidig aus dem Sattel glitt. Verwundert bemerkte Darejan einige rote Pusteln auf seinem Gesicht und seinen Händen, als er auf sie zukam und ein Stück Leder von einer Tonschale löste, die er bereits auf dem Rücken seines Ragon vorsichtig auf seinem Schoß balanciert hatte. Sie riss die Augen auf, als sie erkannte, was unter dem Leder verborgen gewesen war: Mehrere wie Rubine glitzernde Bienenwaben, um die sich ein kleiner See süß duftenden roten Honigs gebildet hatte, lagen in der Tonschale.

»Steinrosenhonig«, erklärte er mit einem Unterton von Ungeduld in der Stimme und nickte zur Bahre hin. »Vielleicht hilft er, ihn ein wenig länger bei Kräften zu halten.«

»Danke! Ich danke euch!« Darejan nahm ihm behutsam die Schale aus den Händen. Steinrosenhonig war eine Köstlichkeit, die nicht leicht zu bekommen war. Und die kleinen schwarzen Krainbienen, die ihn herstellten, verteidigten ihre Waben gewöhnlich erbittert. Auf einen Wink des Kriegers setzten die Männer die Bahre behutsam auf dem Boden ab. Darejan kniete sich daneben, stellte die Schale vorsichtig ins Gras und tauchte den Finger in den Honigsee. Goldenrote Tropfen hingen daran, als sie ihn wieder herausnahm. Träge, aber unaufhaltsam rannen sie ihre Haut hinab zu ihrer Fingerspitze. Hastig brachte sie ihren Finger an den Mund des DúnAnór und ließ die Tropfen zwischen seine leicht geöffneten Lippen fallen. Einer verfehlte sein Ziel und malte eine rot und golden glitzernde Spur aus seinem Mundwinkel heraus über die Wange in Richtung Ohr. Darejan fing ihn auf, strich ihn zurück zwischen seine Lippen. Erneut tauchte sie den Finger in den Honig, träufelte ihn in seinen Mund. Und wartete. Doch wie zuvor schluckte er nicht.

Oqwens Hand an ihrem Arm hinderte sie daran, noch einmal die Finger in die goldenrote Süße zu tauchen. »Lasst es für jetzt gut sein. Ihr könnt es später noch einmal versuchen«, sagte er leise.

Ein paar Herzschläge lang wollte Darejan protestieren, doch dann nickte sie schwach und trat zurück, damit die Isârden-Krieger die Bahre wieder aufnehmen und sie weitergehen konnten. Achtsam breitete sie das Leder über die Tonschale und folgte ihnen.

Als die Sonne sich hinter die Wipfel der Bäume senkte und der Himmel sich allmählich rot zu färben begann, befahl Niéne einigen ihrer Männer, sich auf die Suche nach einem Lagerplatz für die Nacht zu machen. – Es dauerte nicht lange, bis Siére zurückkam, um zu melden, dass er eine geeignete Stelle gefunden hatte: eine Senke, die an zwei Seiten von dichtem Dorngestrüpp eingefasst war und an deren dritter Seite ein schmaler Bach durch sein flaches Bett gluckerte.

Aus der gestern nur behelfsmäßig über einen Ast geworfenen Lederplane errichteten die Krieger dieses Mal ein bisschen abseits der rasch zusammengetragenen Feuer einen einfachen, nach einer Seite offenen Unterstand, der genug Platz für ein schmales Lager und ein wenig Raum zum Sitzen bot. Als die Männer den DúnAnór dann auf die Decken betteten, brannte davor bereits ein kleines Feuer. Müde setzte Darejan sich an das obere Ende des Lagers und bettete seinen Kopf wie in der vergangenen Nacht in ihren Schoß. Mirija stellte die Schale mit dem Steinrosenhonig in ihre Reichweite und ging, um ihnen etwas zu essen zu holen und die Krieger zu bitten, ihnen abermals ein paar heiße Steine zu bringen.

Sie war noch nicht lange fort, als Niéne sich zu Darejan unter die Plane duckte. Wie schon mehrmals zuvor ruhte der Blick der

Isârden-Kriegerin durchdringend auf ihr, ehe er zu dem Dún-Anór weiterwanderte, der unverändert reglos zwischen den Decken lag. Schweigend nickte sie Darejan einen Gruß zu, dann ließ sie sich neben seinem Lager nieder, stellte die Schale des Mörsers neben sich, in der ein dunkler Brei schimmerte, und schlug die Decken zurück, um nach der entzündeten Narbe zu sehen. Geschickt entfernte sie den Verband und begutachtete die noch immer geschwollene Linie auf seiner Brust eingehend.

»Heilt sie jetzt endlich?« Auch Darejan beugte sich ein wenig vor, um besser sehen zu können.

»Es scheint so.« Niéne sah auf, während sie nach der Mörserschale griff. »Aber solche Wunden, bei denen nicht nur Fleisch, sondern auch Magie zerstört wurde, heilen nur schwer. Manche sogar nie. Eine wie ihr sollte das wissen.« Behutsam verteilte sie den zähen Balsam auf der geschwollenen Narbe und breitete ein sauberes Tuch darüber, ehe sie den Verband wieder anlegte.

»Eine wie ich?« Unbehagen stakste auf kalten Beinen Darejans Nacken hinauf.

»Eine wie ihr«, bestätigte die Isârden-Kriegerin und richtete ihre hellen goldenen Augen scharf auf Darejan, während sie wie nachdenklich den Kopf zur Seite neigte. »Wisst ihr, da ist etwas, das ich mir nicht erklären kann: Wenn die Königin der Korun hinter alldem steht, wie kommt es dann, dass ihre Schwester hier vor mir sitzt?«

»Woher …?«

Das Erschrecken, das über Darejans Züge huschte, entlockte ihr ein Lächeln. »Woher ich euch kenne? Wir sind uns vor einigen Jahresläufen schon einmal flüchtig begegnet. Ich gehörte zum Gefolge meiner Königin, als sie in Kahel zu Gast war. Ihr standet neben dem Thron eurer Schwester, als sie uns willkommen hieß.« Sie beugte sich vor. »Nun frage ich mich natürlich, was das zu bedeuten hat, dass ich euch hier antreffe, zusammen mit einer Klinge der Seelen, die euren eigenen Worten zufolge im Kerker von Kahel gefangen gehalten wurde.«

»Wenn ihr befürchtet, ich könnte für meine Schwester spionieren, dann irrt ihr euch.« Darejan straffte die Schultern. »Ich versuche, einem Freund das Leben zu retten. Nicht mehr, aber auch nicht weniger.«

Lachend richtete Niéne sich wieder auf. »Ich denke nicht, dass ihr eine Spionin seid. Für diesen Dienst würde eure Schwester euch nicht benutzen.« Ihre Augen wurden schmal. »Aber ich frage mich, welchen Nutzen ihr für uns haben könntet. Was meint ihr, wärt ihr eurer Schwester wohl wert?«

Darejan stieß die Luft aus. »Vierhundert Goldkahren, wenn ihr es genau wissen wollt. Aber ehe ihr Seloran eine Nachricht zukommen lasst, solltet ihr eines bedenken: Sie weiß, dass er«, sie neigte den Kopf zu dem DúnAnór hin, »bei mir ist. Und für ihn zahlt sie einhundert Goldkahren mehr. Aber wenn euch das noch nicht genug zu denken gibt, dann vielleicht der Umstand, dass sie das Halsgeld für ihn verdoppelt, wenn man ihn ihr vor dem nächsten Seelenmond nach Kahel bringt.«

Niéne schwieg, musterte sie unter einer gehobenen Braue heraus. Dann zog sich ihr Mundwinkel in leisem Spott empor und sie stand auf. »Ich werde darüber nachdenken. Betrachtet euch solange als mein Gast und seid unbesorgt: Vorerst wird niemand erfahren, wer ihr seid.« Sie schickte sich an, den Unterstand zu verlassen, doch Darejans »Wartet!« ließ sie innehalten und sich noch einmal umwenden.

»Seit wann wisst ihr, wer ich bin?«

Das leicht spöttische Lächeln kehrte auf Niénes Lippen zurück. »Ich wusste es nicht mit Sicherheit, bis der Schrecken auf eurem Gesicht eben euch verraten hat. Aber schon letzte Nacht, als ich euch zum ersten Mal sah, kamt ihr mir bekannt vor. Allerdings brachte ich das zerlumpte Geschöpf nicht mit der Schwester der Königin zusammen. Ich habe euch heute den Tag über beobachtet und auch meine Männer befragt. Einer von ihnen hörte gestern Nacht zufällig, wie die Klinge euch ›Hexe‹ nannte. Und da es ein offenes Geheimnis ist, dass ihr und eure Schwester Hexen seid, kam mir der Verdacht, den ihr mir gerade bestätigt habt.«

»Nachdem euer Mann hörte, wie er mich ›Hexe‹ nannte, wird ihm auch nicht entgangen sein, in welchem Ton er das tat. Wahrscheinlich seid ihr zu dem Schluss gekommen, dass er und ich kein ... nun, kein Paar sind. Im Gegenteil.«

»Das, was der Krieger mir berichtete, brachte mich zu diesem Schluss. Das ist wahr.«

»Und warum lasst ihr dann alle in dem Glauben?«

Niénes Lächeln vertiefte sich. »Was, glaubt ihr, schützt euch besser davor, von diesen Menschen, die wegen einer Bande Korun alles verloren haben, erschlagen zu werden? Denkt darüber nach. – Ich wünsche euch eine gute Nacht, Darejan, Prinzessin der Korun.« Sie deutete eine Verbeugung an und ging.

Darejan erwachte erst aus ihrer Benommenheit, als Mirija mit zwei Schalen Suppe, Brot und einem Wasserschlauch zurückkam. Das Lächeln, mit dem sie sich bei der jungen Frau bedankte, war kaum mehr als eine Andeutung.

Sie aßen schweigend und hatten ihr Mahl noch nicht beendet, als Oqwen und ein weiterer Krieger ihnen die heißen Steine brachten. Wie in der Nacht zuvor wurden sie in Tücher gewickelt und um den reglosen Körper des DúnAnór unter die Decke geschoben. Und wie in der Nacht zuvor zeigte er keinerlei Reaktion. Darejan strich ihm noch einige Male den süßen roten Honig auf die Zunge. Vergeblich. Er lag einfach nur still und bewegungslos da. Einzig seine flachen Atemzüge zeugten davon, dass das Leben noch nicht gänzlich aus seinem Körper gewichen war.

Es musste schon nach Mitternacht sein, als Mirija sich schließlich ihrer Müdigkeit ergab, sich gähnend zusammenrollte und gleich darauf eingeschlafen war. Darejan beobachtete schweigend die Schatten, die das Feuer auf die Züge des Verrückten malte und die in einem Moment Nase, Wangenknochen und Kinn scharf und hart hervortreten ließen und in einem anderen die tiefen Linien und Falten glätteten und sein Gesicht weicher und jünger erscheinen ließen. Und verletzlicher. Stumm verfolgte sie das Schattenspiel und fragte sich dabei, was sie tun sollte, wenn er den Weg zurück aus dem Schleier in seinen Körper nicht mehr fand. Wie schon am Morgen beugte sie sich über ihn und ließ ihre Stirn leicht gegen seiner ruhen. Die Kälte, die von ihm ausging, biss in ihre Haut. Sie schloss die Lider und versuchte, die Hoffnungslosigkeit niederzukämpfen. Er war nicht mehr als ein Mittel zum Zweck! Er hasste sie! Verdammt sollte er sein, starrsinniger, arroganter Mistkerl, der er war.

»Bleib bei mir«, flüsterte sie, ohne sich ihrer Worte tatsächlich bewusst zu sein.

Das Geräusch von Schritten und das Schaben von Leder auf Leder schreckte Darejan am Morgen auf. Auf der anderen Seite des niedergebrannten Feuers standen einige Isârden und nickten ihr grüßend zu, während Oqwen sich zu ihr herabbeugte. Darejan rutschte ein Stück zur Seite, damit die Krieger den DúnAnór auf die Bahre legen konnten.

Auch heute brachte Oqwen ihr ein Ragon. Erneut lehnte Darejan ab. Doch sie bereute ihre Entscheidung kurz nach der Mittagsrast. Bereits in der ersten Hälfte des Tages schienen ihre Beine mit jedem Schritt schwerer zu werden. Selbst nachdem sie sich während der Mittagsstunden hatte ausruhen können, fühlte sie sich, als ob sie unsichtbare Ketten trug. Sie war für jede der kurzen Pausen dankbar, die Oqwen immer wieder befahl, damit sie dem DúnAnór den Steinrosenhonig auf die Zunge träufeln konnte.

Es war schon später Nachmittag, als sie sich vollkommen überraschend vor dem Krieger im Sattel seines Ragon wiederfand. Sein Arm lag um ihre Mitte und sie lehnte schwer an seiner Schulter. Sie hatte nicht einmal mitbekommen, wie sie dorthin gekommen war. Doch als sie sich aufrichten wollte, zog er sie fester an sich.

»Sitzt still!«, knurrte er und verlagerte sein Gewicht hinter ihr.

»Lasst mich runter! Ich kann laufen.« Darejan versuchte erfolglos, einen Arm von sich zu schieben.

»Ja, natürlich, Korun«, spottete er an ihrem Ohr. »Und nach wie vielen Schritten, glaubt ihr, versucht ihr dieses Mal, eure Nase in die Erde zu bohren? Verratet es mir, damit ich mit meinen Männern wetten kann.«

»Ich bin gefallen?«, fragte sie erschrocken.

»Nein. Ich konnte euch gerade noch festhalten. Aber wie es scheint, wart ihr so müde, dass ihr im Gehen eingeschlafen seid. Sonst würdet ihr euch daran erinnern, dass Mirija im letzten Moment den Steinrosenhonig gerettet hat und ich euch vor mich in den Sattel gehoben habe.«

»Es tut mir leid.« Sie spürte, wie sie rot anlief.

Oqwen brummte zur Antwort nur und beugte sich im Sattel ein wenig zur Seite. Erst jetzt bemerkte Darejan, dass sie direkt neben Mirija ritten, die ihren Platz neben der Bahre eingenommen hatte. Vom Rücken des Ragon aus hätte man meinen können, die Krieger trügen einen Toten zwischen sich. Hinter ihr setzte Oqwen sich wieder gerade und hielt ihr etwas hin. Es war eine der rubinglitzernden Honigwaben.

»Esst! Ihr braucht es ebenso wie er, um bei Kräften zu bleiben«, befahl er barsch. Doch das unhörbare Seufzen, das seinen Worten folgte und das Darejan nur in ihrem Rücken spürte, verriet ihr, dass auch er mehr und mehr die Hoffnung verlor, der DúnAnór könnte den Weg zurück aus dem Schleier finden. Gehorsam nahm sie ihm die Wabe aus der Hand, ehe sie einen Moment die Augen schloss, bis das plötzliche Brennen hinter ihren Lidern nachgelassen hatte. Honig perlte ihr über die Finger und sie leckte ihn hastig ab.

Schweigen herrschte im Großen Rat von Siard. Niemand wagte den grau gewandeten Krieger anzusehen, der mit der Dunkelheit gekommen war. Ein unheimlicher Bote der Korun. Die Nachricht, die er in kaltem Schweigen überbracht hatte, lag vor ihnen. Entlang der Grenze brannten die Dörfer und Städte. Sie hatten keine Wahl.

Drei weitere Dörfer. Nicht mehr als ein halbes Dutzend hatten den Angriff dieses Mal überlebt. Darejan lehnte den Kopf gegen den Stamm in ihrem Rücken und blickte zur fahlen Sichel des allmählich wieder zunehmenden Mondes empor. Gelegentlich flüsterte ein Windhauch zwischen den Zweigen und raschelte mit ihrem Laub. Knapp einen Schritt neben ihr brannte ein Feuer. Vermutlich hatte sie es Oqwen zu verdanken, dass ihr Unterschlupf für diese Nacht so errichtet war, dass sie sich mit dem Rücken an den Stamm einer schlanken Narlbirke lehnen konnte, um so selbst ein wenig ausruhen zu können. Wie immer lag der Kopf des DúnAnór schwer in ihrem Schoß. Sacht strich sie über seine Stirn und kämmte durch sein Haar, während ihr Blick müde zwischen den Feuern umherwanderte. In der Schale war der goldenrote See Steinrosenhonig zu einer kleinen Pfütze zusammengeschmolzen, die im Licht des Feuers schwarz glänzte. Wie schon so oft an diesem Tag tauchte sie die Finger hinein und schob sie dann rasch zwischen die Lippen des DúnAnór. Schritte, die langsam näher kamen, ließen sie aufsehen. Auf der anderen Seite des Feuers war Mirija stehen geblieben, eine flache Schale in den Händen, und schaute auf sie hinab.

»Ich werde es versuchen«, sagte sie leise, aber bestimmt.

Darejan glaubte ein Zittern in ihrer Stimme zu hören. Alarmiert fragte sie: »Was versuchen?«

»Ihn aus dem Schleier zurückzuholen.« Die Schülerin des toten Nekromanten kam um das Feuer herum und stellte die Schale behutsam neben dem DúnAnór auf den Boden. Sie war bis zum Rand mit Wasser gefüllt. Ein Kegel aus Erde erhob sich aus seiner Mitte.

»Das kannst du nicht tun!«

Als habe sie sie nicht gehört, brach Mirija von den Zweigen des kleinen Holzvorrats, den Siére neben das Feuer gelegt hatte, ein paar dünne Äste ab und schichtete sie vorsichtig auf die Spitze des Erdkegels. Darejan ergriff ihr Handgelenk. »Mirija, das kannst du nicht tun!«, wiederholte sie eindringlich.

»Ich muss es zumindest versuchen«, murmelte die junge Frau und starrte auf das schwarz glänzende Wasser.

»Mirija ...«

Ihr Blick zuckte in die Höhe. In ihren Augen glitzerten Tränen. »Verstehst du denn nicht?«, brach es mit einem Schluchzen aus ihr heraus. »Es ist meine Schuld, dass er im Schleier gefangen ist. Meine Schuld!«

»Nein!« Hastig schüttelte Darejan den Kopf. »Nein, das ist es nicht. Es war seine Pflicht.«

»Nein! Nicht mit der zerstörten Seelenrune! Dass er es geschafft hat, Sirans Seele zurückzubringen, ist schon ein Wunder. Ich hätte ihn niemals dazu drängen dürfen! Auch nicht im Namen seiner Schwüre! Es ist allein meine Schuld!« Mirijas Worte erstickten beinah in ihren Tränen.

»Du wusstest nichts von der zerstörten Seelenrune.«

»Aber ich konnte sehen, wie erschöpft er war. Als ich seine Hand in meinen hielt, konnte ich fühlen, dass er Fieber hatte.« Bitter schüttelte sie den Kopf und wischte sich mit dem Handrücken über die Augen. »Aber ich war selbstsüchtig. Ich konnte nichts für Siran tun, er jedoch schon.« Ihre Schultern sanken herab. »Siran ist die Tochter meines Bruders. Ihn haben sie mitgenommen und seine Frau erschlagen. Ich wollte, dass wenigstens sie am Leben bleibt«, gestand sie leise und blickte Darejan elend an. »Ich kann nicht tatenlos zusehen, wie die Zeit verstreicht.« Einen langen Augenblick war nur das Knacken des Feuers zu hören. »Verstehst du denn nicht? Es ist auch meine Pflicht zu tun, was ich kann, um ihm den Weg zurück zu zeigen.« Mirijas Worte klangen wie ein Flehen in die Stille hinein.

Darejan sah auf den DúnAnór hinab, betrachtete seine so hager gewordenen Züge, beobachtete, wie seine Brust sich unter den entsetzlich matten Atemzügen kaum hob und senkte. Schließlich nickte sie. »Sag mir, wie ich dir helfen kann!«

Für einen Lidschlag schaute Mirija sie überrascht an, doch dann schüttelte sie mit einem schwachen Lächeln den Kopf. »Bleib einfach bei ihm. Und sorge dafür, dass Niéne oder Oqwen nichts unternehmen, ehe das Feuer auf der Erde erloschen ist.«

»Heißt das, sie wissen nicht, was du tun willst?«

Die junge Frau schüttelte nur erneut den Kopf und entzündete mit einem brennenden Holzstück die Zweige, die sie auf der Spitze des Erdkegels aufeinandergeschichtet hatte. Knisternd züngelten die Flammen über sie hinweg, während Mirija aus einer Tasche ihres Kleides das kleine Kästchen hervorzog. Wie schon einmal beobachtete Darejan schweigend, wie sie es öffnete und aus ihm das Gemisch aus getrockneten und zerstoßenen Blättern und Samen ins Feuer streute. Mit einem leisen

Knistern stieg eine dünne Rauchspirale aus ihm empor und abermals hing der würzige Geruch in der Luft.

Mirija lächelte ihr noch einmal zu, dann setzte sie sich auf der anderen Seite der Schale zurecht, legte die Hände locker auf die Knie und atmete langsam ein und aus. Die Geräusche, die von den anderen Feuern herüberdrangen, klangen in Darejans Ohren nach und nach, als kämen sie nur noch aus weiter Ferne. Eine seltsame, beinah greifbare Stille legte sich über sie. Die kleinen Flammen spiegelten sich auf dem Wasser, warfen unruhige Schatten auf das Gesicht der jungen Frau. Ihre Lippen bewegten sich lautlos und unablässig. Darejan konnte sehen, wie ihr Blick allmählich unscharf wurde, Schatten in ihre graubraunen Augen traten und ihre Lider langsam herabsanken. Dann war nur noch das leise Zischen der Flammen zu hören. Ein Knacken schickte einen Wirbel aus Funken in den Nachthimmel hinauf. Der Wind raunte, kühl fuhr er unter Darejans Haar, strich über ihren Nacken hinweg. Glitzernde Wellenkreise wiegten sich auf dem Wasser der Schale. Feiner Nebel stieg von ihm empor, verwob sich mit dem Rauch, der von den brennenden Zweigen aufstieg, tanzte mit ihm vor dem schwarzen Nachthimmel, bis er auf den Boden zurücksank und zu einem grauen Schimmern wurde, das immer höher wallte, bis es zu einem trüben Schleier wurde, der alles verschlang, und Darejan stand inmitten seiner grauen Leere. Kälte legte sich über ihre Haut, ließ den Nebel zu Myriaden winziger Tropfen gerinnen, die wie Diamantsplitter glitzerten. Schatten bewegten sich um sie her. Schemen, die zu Gestalten wurden, die ziellos umherzuwandern schienen. Männer, Frauen. Manche nicht mehr als ein vergehender Hauch, andere so wirklich, als würde man bei einer Berührung mehr spüren als nur Kälte und Nichts. Tote, leblose Augen streiften sie, glitten über sie hinweg. Ein leises Flüstern hing in der nebligen Leere, vermischte sich mit einem hohen Klagen. Darejan folgte dem Laut durch die grauen Schatten. Mit jedem Schritt wurde er deutlicher. Zuweilen reckten krummgewachsene Bäume ihre kahlen Äste aus dem Dunst. Moos und Flechten hingen von ihnen herab, bewegten sich, ohne dass ein Lufthauch über sie strich. Die Kälte kroch Herzschlag um Herzschlag tiefer in ihre Adern. Unter ihren Füßen knirschte Geröll. Die Schemen um sie her drehten sich zu ihr um. Hass stand in ihren Blicken. Sie zischten Unverständliches. Das Klagen wurde lauter. Ein rauer Gesang. Die Stimme zerbrach über den Tönen. Heiser vor Erschöpfung. So viel verzweifeltes Elend und Hoffnungslosigkeit war in ihr, dass Mitleid Darejan zu ersticken drohte. Der Nebel driftete vor ihren Schritten auseinander. Er lag auf den Knien, wiegte sich vor und zurück. Sein leiser Klagegesang war nur noch ein Krächzen. Vor ihm waren glitzernde Scherben verteilt. Scherben, wie sie von einem zerschlagenen Kelch stammen mochten. Seine Hände wanderte ziellos über sie, hinterließen dunkle Schmieren auf ihnen, fügten ein paar zusammen, tasteten blind nach den nächsten, während die vorherigen bereits von Neuem auseinanderfielen. Wieder. Wieder. Wieder. Seine Stimme kippte und verzerrte sich, brach über einem Schluchzen. Darejan machte einen weiteren Schritt auf ihn zu. Er hob das Gesicht, sah sie an. Seine silbernen Augen flehten. Er streckte ihr die Hände entgegen. Sie waren blutig zerschnitten. Scherben glitzerten in ihnen. »Hilf mir, Rejaan!« Die Worte wehten zu ihr her, verzerrt und rau vom endlosen Klagen. Ein dunkler Schatten breitete seine mächtigen Schwingen aus, der Schrei eines Adlers gellte in ihren Ohren. Sie wankte zurück. Der Nebel wallte höher. Geheul und Zischen. Schmerz in ihrem Kopf, der sich wie Klauen in ihren Geist bohrte. *Selorans Stimme. Das Brennen von Magie. Vergiss ihn!* Die Schatten kicherten, kamen näher. Gelächter! Stimmen! Stimmen! *Er wird euch nichts tun. Habt keine Angst! – Die Sonne ist noch nicht aufgegangen! – Es ist vorbei! Wir werden uns nicht mehr sehen! – Lass sie ruhig die Tore schließen. Wir bringen dich nach Hause. – Ich habe versprochen, nicht danach zu fragen, wo du zu Hause bist. – Es ist vorbei! – Vergiss ihn! – Er wird dich nicht von seinem Rücken fallen lassen. Halt dich einfach nur fest. – Vergiss ihn! – Wir werden uns nicht mehr sehen! – Halt dich einfach nur fest! – Vergiss ihn!* Sie schlang die Arme um den Kopf. Schmerz machte sie blind. Einer der Schatten stand vor ihr, drehte sich um. Silberne Augen. »Du bist schuld! Du hast ihn umgebracht! Mörderin!« Hände umfingen ihr Gesicht. Klebrig feuchte Wärme. Blut! Dazwischen scharfkantige Scherben, die in ihre Haut schnitten. »Mörderin!« – »Hilf mir!« Ein rauer, brechender Klagegesang. Der Nebel wallte höher. Darejan wollte sich mit aller Kraft losreißen. Sie stolperte rückwärts, versuchte die Hände von ihrem Gesicht zu lösen und schrie, schrie, schrie ...

Sie schrie noch immer, als das Knistern eines Feuers in ihre Sinne drang. Ein zweiter Schrei mischte sich mit ihrem, ungleich gellender, ungleich qualvoller. Ein einziges Wort: »Cjar!« Die Stimme zerbrach. Darejan riss die Augen auf, starrte in die weit aufgerissenen des DúnAnór. Schatten brodelten in ihnen. *Schatten, die sich auf einer Lichtung vor den Mauern von Kahel sammelten. Schatten, die über silbergraues Gefieder tanzten. Die mächtigen Schwingen bewegten sich mit einem leisen Rascheln der langen Schwungfedern, während der Adlerkopf sich ein Stück zur Seite neigte. »Du hast doch gesagt, du wolltest es versuchen. Jetzt zier dich nicht!« Er schob sie einen weiteren Schritt vorwärts. Sie stemmte sich gegen seine Hände. Warm schien die Sonne auf sie herab. In den Zweigen der Bäume, die die lang gestreckte Lichtung vor neugierigen Blicken schützten, flüsterte eine sanfte Brise. In der Ferne donnerte das Meer gegen die weißen Kalkfelsen des Kliffs. Die Luft schmeckte nach Salz.*

»*Aber ich ... doch nicht so. Ich dachte, mit einem Sattel ...*«

Ein heiseres Grollen drang aus der silbergefiederten Brust. Noch vor ein paar Tagen wäre sie bei diesem Laut vor Schreck erstarrt, doch jetzt spürte sie, wie Röte in ihr Gesicht kroch, wusste sie doch inzwischen, dass es ein belustigtes Kichern war.

»*Sattel?*« *Sein Lachen vibrierte an ihrem Rücken, als er sie an sich zog und die Arme von hinten um sie legte. Sie schmiegte sich an ihn und erschauderte, als sein Atem ihr Ohr streifte.* »*CjarDar ist ein ChaiDren. Hast du das vergessen? Niemand legt einem wie ihm einen Sattel auf. Zumindest niemand, der bei gesundem Verstand ist und an seinem Leben und seinen einzelnen Körperteilen hängt.*«

»*Du auch nicht?*«, *fragte sie zaghaft und beäugte das herrliche Geschöpf, das halb Adler, halb Pferd war und das nur noch wenige Schritt von ihnen entfernt in Sonnenlicht und Schatten getaucht vor ihnen stand und geduldig wartete. Der gewaltige Schnabel schimmerte wie poliertes Gold und die feinen Flaumfedern an seinem Ansatz und um die im Gefieder verborgenen Ohren erinnerten sie an frisch gefallenen Schnee. Seine messerscharfen Raubvogelfänge hinterließen dunkle Furchen im Gras.*

»*Ich auch nicht. – Aber ich gebe zu, dass ich es einmal versucht habe. Und danach nie wieder. Cjar ließ mich sogar gewähren, aber kaum saß ich auf seinem Rücken, trug er mich auf die Spitze der Njaruun, der Himmelsnadel, dem höchsten Gipfel, den es in den GônTheyraan gibt. Ganz oben ist ein kleines Plateau, vielleicht zwei auf zwei Schritt, von dem es keinen Weg herunter gibt, weil die Felsen senkrecht in die Tiefe fallen. Dort hat er mich von seinem Rücken geschüttelt und den Sattel vor meinen Augen zerfetzt. Dabei sagte er mir Dinge, an die ich mich gar nicht erinnern will. Und dann ließ er mich da oben allein.«* Er lachte leise, seine Lippen streiften ihren Nacken. *»Berge und Wind, ich bin fast gestorben vor Angst. Ich glaube, ich habe mich in der ganzen Zeit keine Spanne von der Mitte des Plateaus wegbewegt. Um mich herum nur senkrecht abfallende Felswände. In die* Tiefe *fallende Felswände. Dabei musste man mir normalerweise bereits die Augen verbinden, wenn es über eine Brücke ging.«*

»Du? Höhenangst?« Über die Schulter schaute sie ihn an.

»Und wie. Mir wurde früher schon schlecht, wenn ich nur auf einen Schemel steigen musste.« Er drehte sie endgültig zu sich um, ohne sie aus seinem Armen zu lassen. In seinen silbernen Augen stand ein undeutbares Glitzern, während er sie aufmerksam ansah. *»Hast du Angst?«,* fragte er dann leise. Die Zähne in die Lippe gegraben, nickte sie und schüttelte den Kopf. Um seinen Mund zuckte es vor mühsam unterdrücktem Gelächter. *»Das musst du nicht.«* Für einen Moment sah er über sie hinweg. Sein Blick wurde für kaum mehr als ein, zwei Atemzüge seltsam unscharf, wie stets, wenn er im Geist mit seinem Seelenbruder sprach, und sie stellte fest, dass sie sich an diese stummen Unterhaltungen noch immer nicht gewöhnt hatte. Als er sie wieder anschaute, nistete der Hauch eines Grinsens in seinen Mundwinkeln. *»Er wird dich nicht von seinem Rücken fallen lassen. Halt dich einfach nur fest.«* Seine Hände strichen sanft und warm über ihren Rücken. Er beugte sich zu ihr, lehnte seine Stirn sacht gegen ihre, wie er es schon so oft getan hatte. *»Dir wird nichts geschehen. Versprochen.«* Eben wollte sie die Arme um seinen Nacken legen, da packte er sie

um die Mitte und hob sie in die Höhe. Ehe sie einen klaren Gedanken fassen konnte, saß sie auf Cjars Rücken. Ihr erschrockener Schrei wurde zu einem Keuchen. Sie klammerte sich an dem weichen Halsgefieder fest. Schaute auf diesen hinterhältigen Kerl hinab, der ihren Blick grinsend erwiderte. In der Sonne glitzerten die Edelsteintätowierungen über und in seiner Braue. Diese kurze, wortlose Unterhaltung! Sie hatten es abgesprochen. Der eine lullte sie mit schönen Reden ein, während der andere sich anschlich. Sie verfluchte sie beide und wurde ausgelacht. Cjar wandte den Kopf, ein goldenes Raubvogelauge zwinkerte ihr zu. Sie senkte den Kopf und ließ ihr Haar vor ihr Gesicht fallen, damit keiner der beiden das Lächeln auf ihren Lippen sah, während sie scheinbar ergeben seufzte.

Noch immer grinsend trat er näher heran und zeigte ihr, wie sie ihre Beine am besten um Cjars Körper legte, damit sie seinen mächtigen Schwingen nicht zu nahe kam. »Press die Knie fest an seinen Leib. Und hab keine Angst. Wen ein ChaiDren nicht von seinem Rücken fallen lassen will, der fällt nicht.« Seine Hände verharrten länger an ihrem Bein als nötig, während er sie noch einmal prüfend ansah, als wolle er ihr doch noch die Möglichkeit lassen, Nein zu sagen. Doch als sie schwieg, erschien das Grinsen wieder auf seinen Lippen, und er machte einen Schritt zurück. Kurz nur war sein Blick erneut seltsam unscharf, dann trat Cjar auch schon vorwärts. Seine Muskeln spannten sich und er stieß sich mit einem geschmeidigen Sprung vom Boden ab. Es brauchte nur drei kraftvolle Flügelschläge, dann lag die Erde schon weit unter ihnen. Der Wind peitschte an ihr vorbei und riss ihr den Atem von den Lippen. Sie klammerte die Finger fester in den seidigen Flaum an seinem Hals. Die mächtigen Schwingen trugen sie mit jedem Schlag höher und höher. Der Wald huschte unter ihrem Schatten dahin.

Cjar breitete die Flügel aus und ging in einen ruhigen Gleitflug. Hatte sie sich bisher krampfhaft an ihm festgehalten, so entspannte sie sich nun allmählich. Cjar hatte es offenbar gespürt, denn seine Schwingen trugen sie noch einmal höher, ehe er sich in einen sanften Bogen legte und auf die Klippen und das Meer dahinter zuhielt. Grau silbern gefleckte Kehlmöwen kreischten empört und stoben vor ihnen auseinander. Die See lag unter ihnen wie ein glitzernder Spiegel. Ihr Jauchzen mischte sich mit Cjars Adlerschrei, als sie darüber hinwegglitten, so tief, dass seine Klauen die Oberfläche streiften. Erneut trugen die mächtigen Schwingen sie mit anmutigen Schlägen höher, direkt der Sonne entgegen. Kalt und klar strich die salzige Luft über ihr Gesicht und trieb ihr die Tränen in die Augen. Sie lehnte sich weiter vor, duckte sich in den Schutz des eleganten Halses. Dann legte der ChaiDren sich über einen Flügel zur Seite und flog in einem weiten Bogen zurück. Sonnenfische schossen in ihrem Schatten aus dem Wasser und verschwanden wieder in den silbernen Wellen. In der Ferne glänzten die Mauern von Kahel. Sie passierten die Klippen und folgten dem Fluss, landeinwärts. Ein Rudel Hirsche floh in den Schatten des Waldes, während Cjar nach und nach tiefer glitt und schließlich auf der Lichtung zur Erde zurückkehrte. Er wartete schon ungeduldig, streckte ihr die Hände entgegen, stellte sie wieder auf den Boden.

»*Es war wundervoll! Unbeschreiblich schön …*« *Sie plapperte, sie merkte es selbst und konnte doch nichts dagegen tun. Ein zärtlicher Kuss beendete es, tief und warm. Er vergrub die Hände in ihrem Haar, zog sie noch näher an sich. Wie zur Antwort auf eine unausgesprochene Frage schlang sie die Arme um seine Mitte und schmiegte sich enger an ihn, ließ sich auf ein Bett aus Sonne und Moos ziehen. Nach der Kälte so hoch oben war ihr die Wärme seiner Umarmung mehr als willkommen.*

Sie bekam keine Luft mehr und zitterte am ganzen Körper. Die Kälte schien nicht aus ihren Gliedern weichen zu wollen. Oqwen hatte sich über sie gebeugt, hielt sie fest. Hinter ihm ragte Niéne auf, die eine schluchzende Mirija zu beruhigen versuchte. Ein Ring aus Isârden-Kriegern drängte flüsternde Gestalten zurück. Der Nebel war verschwunden. Still und dunkel stand das Wasser in der Schale, ein dünner Schleier aus Erde trieb auf ihm. Die Zweige glommen nur noch sacht vor sich hin. Ihr Hals war rau und selbst das Schlucken war schmerzhaft. Der DúnAnór lag reglos in Siéres Armen. Seine Augen waren fest geschlossen, doch sein Atem kam in keuchenden Stößen. Sie konnte den Blick nicht von seinem Gesicht lösen. In ihrem Geist gab es nur einen Gedanken: Sie hatte ihn gekannt! Noch bevor all das begonnen hatte, hatte sie ihn gekannt! Ihn und seinen Seelenbruder, CjarDar, den ChaiDren mit dem herrlichen grauen Gefieder, den goldenen Augen, dem scharfen Schnabel und den noch schärferen Raubvogelfängen. Wie konnte das sein? Wie hatte sie all das vergessen können? Oder war das alles nur Einbildung? Sie schlang die Arme um ihren Kopf. Über ihr stieß Oqwen etwas aus, das wie ein Fluch klang, während er seinen Griff ein wenig lockerte. Darejan schloss die Augen und drückte die Fäuste gegen ihre Schläfen, hinter denen ein grausames Pochen saß. Zusammen mit seltsam verschwommenen Bildern, wie lange vergessene Erinnerungen. Was hatte das zu bedeuten? Da waren Schatten in einem grauen Nichts. Eine raue, gebrochene Stimme. Silberne Augen, die sie ansahen. Abrupt hob sie den Kopf aus den Armen und schaute zu dem DúnAnór hin. Siére hatte ihn zurückgebettet und die Decken wieder über ihn gezogen. Darejan schüttelte Oqwens Hände ab, kroch zu ihm hinüber, zog seinen Oberkörper auf ihren Schoß und barg seinen Kopf an ihrer Brust, ohne die verblüfften Blicken der Krieger zu beachten. Sein Atem ging wieder langsamer. Sie hatte ihn gekannt! Nein, da war viel mehr gewesen. Aber das war doch nicht möglich. Man konnte einen Menschen doch nicht so vollständig vergessen. Wenn sie nur wüsste, was geschehen war! Wenn sie sich doch nur erinnern könnte!

Das Gewicht einer Decke, die um ihre Schultern gelegt wurde, ließ sie den Kopf heben. Niéne kniete neben ihr und musterte sie eindringlich. Oqwen, Mirija und all die anderen waren fort. Sie waren allein.

»Was ist passiert?«, murmelte Darejan schwach. »*Was ist passiert?*« Die Worte hallten in ihrem Geist. *Ein bequemes Nest aus Decken in einer sandigen, windgeschützten Stelle zwischen den Klippen am Strand von Kahel. Eben noch hatten sie sich in der Wärme aneinandergeschmiegt und faul die Möwen in den Felsen beobachtet, als er plötzlich den Kopf hob, der Blick unscharf und lauschend, nur um im nächsten Lidschlag mit einem Fluch aufzuspringen.*

»Was ist passiert?« Erschrocken setzte sie sich auf.

»Eine Frau. Im Meer. Sie ertrinkt.« Er schüttelte endgültig die Decken ab und sprintete zum Wasser hinunter. Sie kämpfte sich ebenfalls aus ihrem Nest frei, folgte ihm, sah gerade noch, wie er ins Meer hineinrannte und dann mit einem flachen Hechtsprung unter den Wellen verschwand. Hinter der Brandung tauchte er wieder auf, schwamm mit langen Zügen weiter hinaus, bis er abrupt untertauchte. Cjars Schatten glitt über sie hinweg. Sein Schrei gellte über dem Kreischen der Möwen. Draußen auf dem Meer erschien sein dunkler Schopf, verschwand erneut, kam wieder an die Oberfläche. Cjar schrie. Er schwamm ein paar Stöße weiter, tauchte abermals unter. Und als er dieses Mal über den Wellen erschien,

war er nicht mehr allein. Angespannt beobachtete sie, wie er sich zurück ans Ufer mühte und eilte ihm entgegen. In den Uferwellen fiel er auf die Knie. Hastig fasste sie mit zu und half ihm, das Bündel aus Stoff und schlaffen Glieder auf den Strand zu schaffen, wo er mit seiner Last in den Sand sank. Noch immer keuchend schob er langes, strähnig braunes Haar aus einem bleichen Gesicht. Die abgehärmten Züge einer Frau kamen zum Vorschein.

»Ayina«, erkannte sie erstaunt.

Er blickte auf. »Du kennst sie?« Schimmernde Tropfen suchte sich ihren Weg über Gesicht und Hals abwärts und glitzerten mit den Edelsteinlinien über seiner Braue um die Wette. Über ihnen zog Cjar seine Kreise.

»Ja. Das ist die verrückte Ayina. Atmet sie?«

»Nein. Hol eine unserer Decken.« Sie sah gerade noch, wie er sich über die Frau beugte, ehe sie gehorchte. Als sie gleich darauf zurückkehrte, lag Ayina hustend und würgend und Wasser spuckend über seinem Arm. Ein verblichenes Band lugte zwischen ihren zur Faust geballten Fingern hervor. Er wartete, bis die schwachen, keuchenden Atemzüge sich ein wenig beruhigt hatten, dann nahm er ihr die Decke ab.

»Weißt du, wo sie zu Hause ist?«, fragte er, während er die zitternde Frau darin einhüllte.

Sie nickte. »Sie hat hier am Strand eine Hütte.«

Mit Ayina auf den Armen stand er auf. »Zeig mir, wo. Sie braucht Ruhe und muss aus ihren nassen Sachen raus.«

Ayinas Hütte war eine alte, halb verfallene Kate, die sich in den Schutz eines Felsens und einiger Dünen duckte. Reisig war zwischen zwei krüppeligen Windflüchtern zu einem notdürftigen Schutz gegen den Seewind geflochten. Eine fleckige Decke ersetzte die Tür, in der Kammer dahinter war nicht mehr als eine Kochstel-

le, ein einfaches Bett, Tisch und Hocker. In einer Kiepe lagen Treibholz und Reisig. Ein schmales Fenster sorgte für ein wenig Licht. Das andere war mit Lumpen ausgestopft.

Nach einem raschen Blick durch den Raum legte er Ayina aufs Bett, zögerte dann aber.

Sanft schob sie ihn beiseite. »Ich ziehe sie aus. Mach du Feuer!«

Ein kurzes Lächeln, dann wandte er sich der Kochstelle zu. Wenig später prasselten Flammen zwischen dem Treibholz und auch die Frau lag unter trockenen Decken. In einer Truhe am Kopfende des Bettes hatte sie ein sauberes Hemd gefunden. Er blickte auf die abgehärmten Züge hinab. »Warum nennt man sie die verrückte Ayina?«

»Weil sie verrückt ist. Ihr Mann ist bei einem Sturm auf See geblieben. Seitdem ist sie jeden Tag stundenlang am Strand und wartet auf ihn. Sie lässt gewöhnlich niemanden in ihre Nähe. Normalerweise kichert und murmelt sie die ganze Zeit vor sich hin. Ein paar Fischer haben behauptet, sie hätten sie auch schon mit ihrem toten Mann reden gehört.« Sie sah zu dem schmalen Fenster, hinter dem die Sonne rasch tiefer sank. Sein Blick war ihrem gefolgt, nun wurde er für einen Lidschlag abwesend, ehe er sich wieder auf sie richtete.

»Du solltest gehen, ehe es zu spät wird und sie die Tore schließen. CjarDar bringt dich nach Hause.« Er verzog die Lippen, als sie den Mund öffnete, um zu widersprechen. »Er begleitet dich, soweit du es ihm erlaubst«, schränkte er seufzend ein und trat näher heran. Warm lehnte seine Stirn sich gegen ihre. »Ich habe versprochen, nicht danach zu fragen, wo du zu Hause bist. Ich stehe zu meinem Wort. Ich werde warten, bis du es mir erzählst, weil du es so willst.«

Sie biss die Zähne zusammen. Mit ein paar wenigen Worten schaffte er es, dass sie sich schuldig fühlte. Aber was wusste sie schon von ihm? Es war besser so. »*Und was ist mit dir?*«, *fragte sie nach einem Augenblick des Schweigens.*

»*Ich bleibe hier. Sie sollte heute Nacht nicht allein sein.*«

Ein Laut vor der Hütte verriet Cjars Anwesenheit.

»*Sehen wir uns morgen?*« *Sie verschränkte ihre Finger mit seinen.*

»*Ich werde da sein*«, *versprach er.*

Ein zärtlicher Kuss zum Abschied, der nach Salzwasser schmeckte, dann schlüpfte sie durch den Vorhang nach draußen.

Am Morgen kam sie zurück. Ein Korb mit Brot, Butter, Gemüse und einem Stück Fleisch im Arm. Doch die Hütte war verlassen. Sie ließ den Korb auf dem Tisch zurück und machte sich auf die Suche. Hinter den Dünen entdeckte sie schließlich eine Spur im Sand, die vor einem Geröllpfad endete, der in die Klippen hinaufführte. Und hoch auf den Kalkfelsen über Kahel fand sie ihn und Ayina schließlich. Sie standen mit ineinander verschränkten Händen direkt am Rand des Kliffs. Zwischen ihren Fingern flatterte ein verblichenes Band. Der Wind spielte an den zerrissenen Kleidern der Frau und trug seine Stimme über die Felsen bis zu ihr her. Sanft und dunkel hob sie sich in den Wind hinauf, eine Melodie, die von Trauer und Verlust erzählte. Ein wortloses Lied, das davon sprach, dass Loslassen nicht Vergessen war. Töne, in denen eine Macht schwang, die sie an ihren Platz bannte und zugleich näher heranzog. Die eine unerklärliche Sehnsucht in ihr weckte und ein Schaudern ihren Rücken emporkriechen ließ. Selbst die Möwen schwiegen. Das Band wehte mit dem Wind davon. Zwischen dem Tosen der Brandung glaubte sie, ein Lachen zu hören.

Die Melodie verklang und mit einem Mal konnte sie wieder atmen. Etwas krallte sich schmerzhaft in ihr Inneres, als sie sah, wie er Ayina in die Arme nahm und ihren Kopf an seiner Brust barg. Ein abgerissenes Schluchzen drang bis zu ihr. Sie ballte die Hände zu Fäusten. Als Ayina sich schließlich mit dem Ärmel übers Gesicht fuhr und von ihm löste, hatten ihre Nägel sich schmerzhaft in ihre Handflächen gebohrt. Doch als die Frau den schmalen Klippenpfad entlang auf sie zukam, war der Wahnsinn, der ihre Züge immer zu einer Maske verzerrt hatte, aus ihnen verschwunden. Zurückgeblieben waren vom Weinen rote Augen und Trauer. Mit einem Knicks und einem Murmeln, das sie nicht verstand, lief Ayina an ihr vorbei. Für mehrere Atemzüge konnte sie ihr nur verblüfft nachstarren, doch als sie sich wieder umdrehte, entdeckte sie, dass er zu ihr herüberblickte. Dicht neben ihm stand CjarDar. Mit dem unerklärlichen Gefühl, bei etwas Verbotenem ertappt worden zu sein, ging sie zu ihnen hinüber. Er war bleich. Die dunklen Schatten unter seinen Silberaugen kündeten von Müdigkeit. Die Hand, die er ihr entgegenstreckte, war erschreckend kalt. Ohne darüber nachzudenken, ergriff sie auch noch seine zweite und rieb sie zwischen ihren.

»*Was ist geschehen?*«

»*Ihr Mann ist in jenem Sturm ertrunken, aber ihre Liebe hielt ihn im Schleier gefangen und er konnte nicht über die TellElâhr gehen. Er wollte, dass sie ihn loslässt und er endlich seinen Frieden finden kann, dass sie selbst wieder lebt und glücklich wird. – Sie hat geglaubt, er wolle sie zu sich rufen, und als er sie nicht holen kam, ging sie ins Wasser.*« *Er schüttelte den Kopf. Die kleine Bewegung hätte ihn beinah sein Gleichgewicht gekostet. Schwer lehnte er sich an CjarDars Schulter.* »*Es hätte nicht mehr lange gedauert und seine Liebe hätte sich in Hass verkehrt. Ich habe ihr geholfen, ihn gehen zu lassen. Jetzt haben sie beide ihren Frieden.*«

Ihre Hände verharrten. Mit großen Augen starrte sie ihn an. »*Wer bist du?*«

Er zuckte die Schultern. »*Nur jemand mit einer besonderen Gabe.*«

Zitternd holte sie Atem.

»Hört ihr mich?« Die Stimme der Kriegerin ließ Darejan aufschrecken und benommen nicken. Niéne musterte sie ein paar Herzschläge lang mit schmalen Augen, ehe sie fortfuhr. »Erinnert ihr euch nicht mehr?«, sie sprach erstaunlich sanft, obwohl es klang, als hätte sie ihr diese Frage schon einmal gestellt. »Mirija, die närrische Gans, hat versucht, in den Schleier zu gehen, um die Klinge zurückzuholen. Sie sagt, sie hat es gerade mal in seinen Rand geschafft. Ihr jedoch habt dagesessen, reglos, mit leerem Blick, die Augen aufgerissen. Beinah volle drei Stunden. Da sie sich nicht erklären konnte, was geschehen war, hat sie mich und Oqwen geholt. Wir haben nicht gewagt, euch zu wecken. Und dann seid ihr um euch schlagend aufgewacht. Ihr habt etwas geschrien. Immer wieder. Aber wir konnten es nicht verstehen.« Ihr goldener Blick richtete sich auf den DúnAnór. »Beinah im gleichen Herzschlag schießt auch er in die Höhe, schreit, starrt euch mit aufgerissenen Augen an und kippt wieder um, als habe der Blitz ihn getroffen. Dabei keucht er wie ein Ragon, das man stundenlang in sengender Hitze zum Galopp gezwungen hat. Aber nachdem sein Atem sich wieder beruhigt hat, liegt er genauso leblos da wie zuvor.« Einen Moment lang beobachtete die Kriegerin schweigend Darejans Hände, die abwesend die Stirn des DúnAnór streichelten, ehe sie sie wieder ansah. »Auch wenn ihr keine Nekromantia seid, bin ich sicher, dass eigentlich ihr im Schleier wart. Was auch immer dort geschehen ist, irgendwie habt ihr ihn gefunden und ihm den Weg zurück gezeigt. Jetzt ist es an ihm, diesem Weg weiter zu folgen. Wir können wie zuvor nur warten.« Sie wandte sich dem Feuer zu und legte neues Holz in seine Flammen, die sofort begierig darüberleckten.

»Cjar.«

»Was?« Überrascht blickte sie Darejan an.

»Das war, was er geschrien hat: Cjar. Es war der Name seines Seelenbruders.«

Cjar, der es liebte, in der Sonne hoch auf den Klippen zu dösen. Cjar, der eine Schwäche für Schwarzsalme hatte. Roh. Sie starrte in die Flammen. *In den Klippen von Kahel. Eine fast unzugängliche Bucht.* Ihr Lieblingsplatz, den niemand kannte, an dem niemand sie störte. *Sie war den schmalen Pfad zwischen den Klippen hinabgeklettert. Doch als sie sich zwischen den letzten Felsen hindurchzwängte, entdeckte sie die Kreatur, halb Adler, halb Pferd. Zwischen ihren schimmernden Raubvogelklauen lag der glänzende Körper eines großen Schwarzsalms. Der gebogene Schnabel hatte bereits tiefe Löcher in den Körper des Fisches gerissen. Jetzt hob die Kreatur den Kopf. Ein goldenes Adlerauge maß sie lange. Mit einem Rascheln entfalteten sich die mächtigen Schwingen. Sie stolperte mit einem erschrockenen Keuchen zurück.*

»Er wird euch nichts tun. Habt keine Angst!« Die Stimme erklang hinter ihr und ließ sie herumfahren. Zwischen den Klippen erhob sich ein Mann aus dem Sand. Er bewegte sich mit einer gelassenen Eleganz, die sie unwillkürlich an Réf erinnerte. Treibholz war in einer Kuhle aufgeschichtet, wartete darauf, angezündet zu werden. Daneben lagen Satteltaschen und Wasserschlauch. Und ein Schwert. Die Sonne fing sich in einem ockerfarbenen Edelstein, der in den Knauf eingelassen war. Er machte einen Schritt auf sie zu, stieß dabei wie versehentlich einen wollenen Reitermantel über die Waffe. Sie wich vor ihm zurück. Die Hände beschwichtigend ausgestreckt, blieb er stehen. In und über seiner Braue blitzte es. Sie erkannte die glitzernden Linien von Edelsteintätowierungen. Einer aus dem Volk der Jarhaal.

»Wer seid ihr? Was wollt ihr hier?« Ihr Blick huschte zwischen dem Mann und der Kreatur hin und her.

»Wir wollen euch nichts Böses«, versicherte er, ohne ihre Frage tatsächlich zu beantworten. Seine hellen Augen musterten sie eingehend. Sie schluckte, als sie den dunklen Ring um das von grünvioletten Flecken durchsetzte Silber seiner Pupille bemerkte. Dämonenaugen.

Mit einiger Mühe riss sie den Blick von ihm los, deutete auf das Wesen. *»Was ist das für ein Vieh?«*

»Kein Vieh. Ein ChaiDren. Sein Name ist CjarDar.« Seine Augen wurden für die Dauer eines Lidschlags leer, dann glitt ein Lächeln über seine Lippen. *»Und er ist kein ›Es‹, sondern ein ›Er‹.«* In einer Bewegung, die er schon unzählige Male gemacht haben musste, hakte er das Haar hinter ein Ohrläppchen. Auch hier glitzerten goldene Edelsteinlinien. *»Er ist mein Seelenbruder.«*

»KâlTeiréen.« Von ihnen sprachen Legenden.

Die Kreatur – der ChaiDren – schüttelte seine Schwingen und scharrte mit einer Klaue im Sand. Sie wich zurück.

»Verzeiht, aber er ist hungrig …«

»Ich wollte nicht stören.« Sie machte hastig einen weiteren Schritt zurück, stieß gegen die Felsen. Wenn sie beabsichtigt hatte, dies nicht wie eine Flucht aussehen zu lassen, so war sie gerade gescheitert.

»Wartet!« Eben hatte sie nach dem ersten Tritt getastet, als seine Stimme sie zurückhielt. *»Seid ihr aus Kahel?«*

»Ja.« Sie ließ die Hand sinken, nickte zögernd.

»Könnt ihr mir sagen, welches das nächstgelegene Tor ist? Und wie ich von dort ins Jewan-Viertel komme?«

»Was wollt ihr dort?«

»Jemanden besuchen.« In seinem Ton klang milde Belustigung.

»Allerdings ... Wenn ihr jetzt nach Kahel zurückkehren wollt, könnte ich euch begleiten.«

»Nein!« Das Wort kam heftiger über ihre Lippen, als sie beabsichtigt hatte.

»Nein?« Verblüfft hob er die Brauen. *»Nein, ihr wollt jetzt nicht nach Kahel zurück, oder nein, ihr wollt nicht, dass ich euch begleite ...«* Begreifen malte sich in seinen Zügen. *»Ich verstehe. Eurer Kleidung nach zu urteilen, seid ihr wahrscheinlich die Tochter eines wohlhabenden Bürgers, und mit mir, einem Fremden aus einem der nördlichen Völker, gesehen zu werden, könnte euren Ruf gefährden. Verzeiht. Das lag nicht in meiner Absicht.«* Er verneigte sich leicht. *»Wollt ihr dann so freundlich sein und mir erklären, wie ich ins Jewan-Viertel komme?«*

Im Feuer barst ein Ast mit einem lauten Knall und ließ Darejan zusammenzucken. Neben ihr musterte Niéne sie unter gerunzelten Brauen heraus, ehe sie sich schließlich erhob.

»Vielleicht ist es das Beste, wenn ich euch mit ihm allein lasse. Ruft, wenn sein Zustand sich ändert oder ihr etwas braucht«, sagte sie, nachdem sie einen Augenblick nachdenklich auf sie hinabgesehen hatte. Offenbar erwartete sie keine Antwort, denn sie wandte sich ab und ging zu dem Feuer der Isârden hinüber.

Einen Moment blickte Darejan ihr über die knisternden Flammen hinweg nach, dann kehrte ihr Blick zu dem Gesicht des Mannes in ihrem Schoß zurück. Still beobachtete sie das Zucken der Schatten auf seinen Zügen, hoffte in ihnen die Antworten auf ihre Fragen zu finden. Es war, als hätte jemand unvermittelt eine Tür in ihrem Geist aufgerissen, von der sie zuvor nicht gewusst hatte, dass es sie überhaupt gab. Nur ein schwacher Lichtschein fiel in die Dunkelheit hinter dieser Tür. Nur ein paar Spannen weit. Nicht genug, um zu erkennen, was sich noch dahinter verbarg.

Sie beugte sich über ihn, lehnte ihre Stirn gegen seine. »Wach auf! Bitte, wach auf und hilf mir, mich an dich zu erinnern!«, flüsterte sie und schloss die Augen, lauschte auf das Zischen und Knacken des Feuers. Wie lange sie so dasaß, konnte sie nicht abschätzen. Sie fror, obwohl die Nacht warm war. Und auch die Hitze der Flammen reichte nicht aus, die Kälte in ihrem Inneren endgültig zu vertreiben. Irgendwann räumte sie die heißen Steine auf der einen Seite des DúnAnór fort und legte sich unter der Decke neben ihn. Den Kopf auf seine Schulter zu betten, fühlte sich entsetzlich vertraut an. Ihre Hand schmiegte sich wie von selbst auf seine Brust, die sich unter ruhigen, gleichmäßigen Atemzügen dehnte. Sein Körper war auch nicht länger kalt. Wärme schien nach und nach in seine Glieder zurückzukehren. Die Kälte in ihrem Inneren erschien Darejan jetzt beinah erträglich.

Sacht strich sie den Verband über seiner Brust glatt, folgte versonnen mit den Fingern den dunklen Linien, die darunter hervorkamen, und wusste plötzlich, dass sie das nicht zum ersten Mal tat.

Der Sand unter ihr war warm. Das harte Dünengras raschelte im Wind. Ihre Fingerspitzen zeichneten sacht die ockernen Runenlinien auf seiner Brust nach, bis seine Hand sie aufhielt.

»Du spielst mit dem Feuer, Hexe.« Die Worte klangen gepresst. Für einen Herzschlag hielt sie den Atem an, wie jedes Mal, wenn er ohne es zu ahnen der Wahrheit über sie so nahe kam. Mit möglichst unschuldigem Blick hob sie den Kopf von seiner Schulter.

»Tue ich das?«

Er knurrte. »Ja. Und wenn du nicht damit aufhörst, bin ich nicht mehr für das verantwortlich, was ich dann mit dir tue.«

Mit einem herausfordernden Lächeln legte sie die Wange zurück auf seine warme Haut und folgte den Runenlinien abwärts.

Sie zwang sich dazu, ihre Hand auf seiner Brust stillzuhalten, presste die Lider zusammen und versuchte verzweifelt, mehr Licht durch die Tür in ihrem Geist fallen zu lassen.

Als sie am Morgen erwachte, ruhte ihr Kopf auf der Schulter des DúnAnór. Seine Augen waren geöffnet, und obwohl sie noch immer ins Nichts starrten, waren sie dennoch nicht mehr länger leer und ohne Leben. Vielmehr schien es Darejan, als würden sie sich bemühen, durch die grauen Nebel des Schleiers hindurch die Schatten der Wirklichkeit wahrzunehmen. Doch dann senkten sich seine Lider wieder, und sie konnte nur mit Mühe die Welle der Verzweiflung zurückdrängen, die über ihr zusammenzubrechen drohte. Er kam zurück. Auch wenn er immer noch zu tief im Schleier gefangen war, um tatsächlich zu erwachen.

Sie schloss die Augen. In ihrem Kopf saß jener vertraute, dumpfe Schmerz. Die wenigen Stunden Schlaf hatten ihr keine Erholung gebracht. Düstere Träume hatten sie gequält, in denen silberne Augen sie zornig und zugleich voller Qual anstarrten. Träume, die so wirklich schienen, dass sie beinah die Decken zurückgeschlagen und nach Blut auf seinen Händen gesucht hätte. Träume, in denen eine Stimme von Vergessen raunte, während eine andere sie Mörderin hieß und sie im selben Atemzug um Hilfe anflehte. Bilder, verwaschen und trüb, trieben am Rand ihres Bewusstseins, ohne dass sie sie hätte festhalten können.

Müde setzte sie sich auf und blickte in das Gesicht des Dún-

Anór. Sie kannte seinen Namen. Sie kannte ihn mit absoluter Gewissheit. Und doch gelang es ihr nicht, sich an ihn zu erinnern. Sosehr sie sich auch bemühte. Im Gegenteil. Je mehr sie es versuchte, umso mehr entzog er sich ihr. Genau wie die Bilder aus ihren Träumen. Vielleicht war es besser, einfach abzuwarten und die Erinnerungen nicht zurückzwingen zu wollen. Vielleicht würden sie dann von selbst zurückkommen. So wie in der vergangenen Nacht.

Mit beiden Händen strich sie sich das wirre Haar zurück und zog die Schale mit dem Steinrosenhonig heran, die noch immer am gleichen Platz wie am Abend stand. Sie tauchte ihre Finger in den Honig und schob sie dann dem DúnAnór zwischen die Lippen. Sein Mund war warm. Ein Knoten ballte sich heiß in ihrem Inneren zusammen. *Warm schlossen sich seine Lippen um ihren Finger, während er ihr das klebrig süße Kirschbeerenmus von der Spitze leckte, ohne dabei den Blick aus ihren Augen zu lösen. Ihr Herz klopfte irgendwo in ihrer Kehle. Sie stippte den Finger erneut in das rote Mus, wollte ihn selbst ablecken. Seine Hand, die sich fest und sanft zugleich um ihr Gelenk schloss, hinderte sie daran, zog ihren Finger erneut zu seinem Mund. Warum ihre Lippen ihm folgten und sich auf seine legten, wusste sie nicht. Wie sie halb unter ihn geraten war, während sie sich küssten, konnte sie auch nicht mehr sagen. Sie wusste nur, dass es sich richtig anfühlte, ebenso wie ihre Hände unter sein Hemd zu schieben und die Wärme seiner Brust an ihren Handflächen zu spüren.*

»*Ich denke, das ist kein guter Einfall*«, *murmelte er nach einer viel zu kurzen Zeit in rauem Bedauern.*

Um ein Haar hätte sie vor Enttäuschung gestöhnt. Stattdessen malte sie mit den Fingerspitzen unter dem Hemd Schnörkel auf seine Haut. »*Dann hör auf zu denken.*«

Rasch hielt er ihre Hand fest. »Rejaan, bitte.« Es klang, als hätte er Schmerzen. »Wenn du damit weitermachst, werde ich wirklich aufhören zu denken. Und ich glaube nicht, dass deine Familie besonders erbaut darüber wäre, wenn irgendein dahergelaufener Fremder dich entehrt.«

»Was meine Familie will, interessiert mich nicht. Ich entscheide, wen ich liebe.« Sie nutzte den Umstand aus, dass er eine Hand brauchte, um sich neben ihr abzustützen, und strich mit ihrer freien Hand über seinen harten Bauch abwärts. Mit einem Keuchen holte er Luft und spannte seine Muskeln. »Rejaan.« Diesmal klang das Kosewort, das er aus ihrem Namen gemacht hatte, wie ein Flehen. »Das kann nicht gut gehen. Du bist die Tochter eines angesehenen Bürgers und ich …« Er verstummte mit einem Kopfschütteln.

»Würde es etwas ändern, wenn ich dir sage, dass mein Vater weder ein angesehener Bürger noch ein reicher Kaufmann ist?«, erkundigte sie sich und schob ihre Hand seinen Rücken hinauf bis zu seinen Schultern.

»Noch schlimmer. Dann ist er bestimmt ein Adeliger.« Er beugte sich zu ihr herab und lehnte seine Stirn gegen ihre. »Rejaan, es ist nicht …«

Sie reckte sich ein wenig, bis sie seine Lippen mit ihren erreichen konnte. »Mein Vater ist der König«, flüsterte sie an seinem Mund. Er erstarrte mitten im Kuss und sie hätte sich selbst ohrfeigen mögen. Sie drängte sich enger an ihn. »Würde eine Prinzessin der Korun sich allein in den Dünen herumtreiben, du Dummkopf?«

Er zögerte, dann entspannte er sich langsam, hob den Kopf, um auf sie hinunterzublicken. »Bist du sicher, dass du das willst?«, fragte er leise. Sie hatte seine Stimme noch nie zittern gehört.

»Ja.«

Seine Augen forschten in ihren, dann trat ein Glitzern in sie und er ließ ihre Hand los. »Dann tu mit mir, was du willst.«

Sie küsste ihn, bis sie selbst keinen Atem mehr hatte. Als sein Mund an ihrer Kehle abwärtsglitt, erinnerte sie sich an etwas, jemanden.

»Wo ist Cjar?«

Er lachte an ihrem Hals. »Wir sind zwar Seelenbrüder, aber das bedeutet nicht, dass wir zwangsläufig alles miteinander teilen. Und jetzt vergiss Cjar.«

Sie hatte Cjar vergessen. Und wenig später auch den Rest der Welt.

Der Knoten barst und sie konnte endlose Herzschläge lang nicht atmen. Mit einer ruckhaften Bewegung zog sie den Finger zwischen seinen Lippen hervor. Ihre Hand zitterte. Das war nicht möglich! Nein! Ihre Erinnerungen trogen sie! Mussten sie trügen. So etwas hätte sie niemals vergessen können! Niemals! Sie war eine Prinzessin der Korun. Sie hätte nie ... Eine Prinzessin der Korun hätte auch niemals allein an den Strand hinuntergehen dürfen. Sie biss sich auf die Lippe. Hatte sich etwas in ihm an jenem Morgen im Wald, zwischen Wachen und Schlafen, daran erinnert, wie sie sich geliebt hatten? Hatte er deshalb versucht, sie zu küssen? Hätte er sich vielleicht an noch mehr erinnert, wenn sie es zugelassen hätte? Mit einem Gefühl der Benommenheit starrte sie auf ihn hinab, sah das leichte Zucken seiner Kehle, als er schwach schluckte. Das konnte nicht sein! *»Ich entscheide, wen ich liebe.«* Die Worte hallten in ihrem Kopf wider. Er? Bei den Sternen! Sie schlug die Hände vors Gesicht.

In dieser Haltung fand Niéne sie, als sie wenig später kam, um ihr zu sagen, dass alles zum Aufbruch bereit sei. Die Hand der Kriegerin auf ihrer Schulter ließ Darejan abrupt den Kopf heben.

Niéne musterte sie eindringlich, wie schon so oft. »Ist alles in Ordnung?«, fragte sie dann.

Irgendwie brachte sie ein »Ja« zuwege, obwohl alles in ihr »Nein!« schrie. Sie hörte Niéne wie durch mehrere Lagen nassen Stoffs hindurch, als die Kriegerin ihr mitteilte, dass die Entzündung sich merklich gebessert hatte, und bemerkte, wie sie nach einem Zögern davonging, und glaubte zu hören, wie sie Mirija davonscheuchte. Sie ließ es widerspruchslos geschehen, dass Oqwen sie zu sich auf sein Ragon nahm, und sah stumm zu, wie die Isârden den DúnAnór auf die Bahre hoben. Alles um sie her war seltsam unwirklich – so als hätte die Welt abgesehen von dem Mann auf der Bahre aufgehört zu existieren. – Und während sie das Funkeln der allmählich höher steigenden Sonne in seinen Edelsteintätowierungen beobachtete, war es, als würden die Teile eines Arrin-Spieles eines nach dem anderen an ihren Platz fallen ...

Sie erinnerte sich daran, wie sie ihn zum zweiten Mal in den Straßen von Kahel getroffen hatte, allein, ohne seinen Seelenbruder, und wie sie ihn in eine Seitengasse gezerrt und ihn beschuldigt hatte, sie zu verfolgen, und dass ein belustigtes Glitzern in seinen Augen gewesen war, kaum dass sie mit ihrer Tirade zu Ende war.

Sie erinnerte sich daran, wie sie ihn unvermutet auf den Stufen der alten Bibliothek gesehen hatte, während er mit einem der Archivare darüber gestritten hatte, ob man ihm – einem Fremden – Zutritt zu den Alten Schriften gewähren sollte.

Sie erinnerte sich daran, wie sie ihn an ihrem Lieblingsplatz am Strand wiedergetroffen hatte, mit einem bis auf den Knochen aufgeschlitzten Knöchel, weil er bei Ebbe draußen auf dem Riff gewesen war, um Blauhandkrabben, Silbermuscheln und

Salzläufereier zu suchen und dabei von den scharfkantigen Korallenfelsen abgerutscht war, und wie sie zusammen mit Cjar seine beachtliche Beute verspeist hatten. Sie erinnerte sich daran, wie sie zuerst in verlegener Einsilbigkeit an dem kleinen Treibholzfeuer gesessen hatten und dann doch irgendwann das Eis gebrochen war und sie festgestellt hatte, dass sie das kurze, verschmitzte Lächeln mochte, das immer wieder um seinen Mund zuckte, dass sie es mochte, wie er sie durch eine Bemerkung zu einem abfälligen Schnauben reizen oder sie einfach nur zum Lachen bringen konnte. Sie erinnerte sich daran, dass sie es genossen hatte, von ihm nur als Darejan gesehen zu werden. Ein Korunmädchen, das er für die Tochter eines wohlhabenden Handwerkers oder Händlers hielt, das sich wahrscheinlich verbotenerweise fortgeschlichen hatte und am Strand herumtrieb. Sie erinnerte sich an den Ausdruck in seinen Augen, als er sich wackelig vom Boden hochgestemmt hatte, um sich von ihr zu verabschieden, nachdem sie ihm gesagt hatte, dass sie gehen müsste. Und sie erinnerte sich an sein »Sehen wir uns wieder? Morgen? Hier?«. Und daran, dass sie niemals hätte »Nein« sagen können.

Sie erinnerte sich, dass sie sich wiedergesehen hatten, heimlich, am Strand, und dass sie ihm nicht erzählt hatte, wer sie war, weil sie Angst davor hatte, was geschehen würde, wenn er erfuhr, dass sie die Schwester der Königin war; dass er nur ihren Namen kannte, Darejan, aus dem er schon nach wenigen Tagen Rejaan gemacht hatte, und dass sie es liebte, ihn in jener weichen, singenden Betonung seines Volkes ausgesprochen zu hören; dass er ihr versprochen hatte, nicht nach ihrem vollen Namen zu fragen, bis sie es ihm sagte, weil sie es so wollte.

Sie erinnerte sich an seine Wut, als er von dem alten Cay-

Adesh-Hengst erfahren hatte, der nach dem Tod der beiden anderen Tiere einsam auf seiner Weide stand, und wie sie ihn einen Tag später selbst wütend zur Rede gestellt hatte, nachdem der Hengst in der Nacht scheinbar spurlos verschwunden war. Sie erinnerte sich daran, wie sie ihn einen Dieb genannt hatte, wie er sie mit schmalen Augen angesehen und in bösem Hohn entgegnet hatte, dass wohl eher die, die den CayAdesh-Hengst vor langer Zeit nach Kahel gebracht hatten, die Diebe waren. Sie hatte ihm ins Gesicht geschlagen und war davongelaufen.

Sie erinnerte sich daran, dass sie zu Briga und Nian seinetwegen unausstehlich gewesen war, dass sie immer wieder vor der kleinen, versteckten Pforte in der äußeren Mauer des Siebengartens gestanden hatte und zu ihm gehen und mit ihm reden wollte, und dass sie immer wieder davor zurückgeschreckt war, aus Angst, er könne vielleicht nicht da sein.

Sie erinnerte sich an so viele Kleinigkeiten ... nur nicht an eines: seinen Namen.

Ein scharfer Ruf und das leichte Aufbäumen, mit den Oqwen sein Ragon abrupt zum Stehen brachte, schreckten Darejan irgendwann auf. Verwirrt blinzelte sie gegen die Sonne und begriff nur allmählich, dass es schon beinah Mittag war. Erst als der Krieger hinter ihr vom Rücken seines Reittieres glitt und rasch an die Bahre des DúnAnór trat, wurde ihr bewusst, dass der Ruf von einem der Isârden gekommen war, die das Gebilde zwischen sich trugen. Hastig rutschte sie ebenfalls aus dem Sattel und drängte sich neben Oqwen, auf dessen Wink die anderen Krieger die Trage gerade vorsichtig auf dem Boden absetzten. Ihr Herz saß plötzlich in ihrem Hals, als sie sah, dass die silbernen Augen des DúnAnór weit offen standen. Sie huschten unruhig umher. Seine Hände waren krampfhaft um die Holme der Bahre geklammert, und er atmete in abgehackten, keuchenden Zügen, die sich erst beruhigten, als Oqwen sich direkt über ihn beugte. Sie sah, wie er ein paar Mal verwirrt blinzelte und sich mit der Zunge über die trockenen Lippen fuhr, ehe sein Blick sich endgültig auf den Isârden-Krieger heftete.

»Was ist passiert?« Seine Stimme klang heiser, als habe er stundenlang geschrien.

Oqwen legte ihm die Hand auf die Schulter. »Ihr wart im Schleier gefangen. Gestern Nacht haben Mirija und euer Korun-Mädchen es geschafft, euch den Weg zurück in unsere Welt zu zeigen. Ihr habt bis eben gebraucht, um wieder zu erwachen«, erklärte er in beruhigendem Ton.

Die Brauen des DúnAnór zogen sich zusammen. Seine Edelsteintätowierungen glitzerten. »Im Schleier? Ich …« Er versuchte sich aufzusetzen, doch er schaffte es erst, als der Krieger ihm die Hand reichte. »Und das Mädchen?«

»Der Kleinen geht es gut. Auch wenn ich es nicht für möglich gehalten habe, habt ihr diesen Wahnsinn zustande gebracht. Aber viel wichtiger ist, wie es euch geht! Wie fühlt ihr euch?«

In einer etwas unsicheren Geste fuhr der DúnAnór sich durchs Haar und zuckte zusammen, als die Bewegung die Narbe auf seiner Brust spannte. »Ein wenig verwirrt. Und müde, als hätte ich tagelang geschlafen.«

Oqwen lachte. »Nun, wenn man es genau nimmt, habt ihr das tatsächlich getan.« Er richtete sich weiter auf. »Wie ist es? Fühlt ihr euch imstande, euch auf dem Rücken eines Ragon zu halten?«, erkundigte er sich und musterte ihn aufmerksam.

Der DúnAnór verzog das Gesicht. »Ich denke, eure Männer haben mich lange genug zwischen sich getragen wie eine Leiche. Gebt mir ein Ragon.« Er räusperte sich rau. »Und vielleicht habt ihr nicht nur ein Reittier für mich, sondern auch ein paar Schluck Wasser.«

»Natürlich.« Der Isârde gab einem seiner Krieger ein Zeichen, der sich beeilte, den Wasserschlauch von seinem Sattel zu lösen und ihm zu reichen. »Wir konnten die letzten Tage kaum mehr in euch hineinzwingen als ein paar Tropfen Honig. Ihr werdet auch etwas essen wollen?« Die Stirn in scharfe Falten gelegt, beobachtete er, wie der DúnAnór so gierig trank, dass ihm glitzernde Rinnsale übers Kinn liefen. Mit einem Kopfschütteln nahm er den Wasserschlauch gerade lange genug von den Lippen, dass er zwischen keuchenden Atemzügen »Das ist nicht nötig. Ich bin nicht hungrig« hervorstoßen konnte.

Die Falten auf Oqwens Stirn vertieften sich.

»Seid ihr sicher?«

Dieses Mal nickte der DúnAnór, ohne den Schlauch abzusetzen. Hinter ihm tauschten die Krieger befremdete Blicke, sagten aber nichts. Sie schwiegen auch, als er den Wasserschlauch schließlich zurückgab und sich mit Oqwens Hilfe unter der Decke hervor auf die Füße mühte. Kaum stand er jedoch aufrecht, wankte er auch schon wieder gefährlich. Der Isârde packte ihn rasch am Arm, während Darejan ihn von der anderen Seite stützte. Doch sie konnten nicht verhindern, dass er auf die Knie fiel. Er erstarrte unter Darejans Berührung, bis er langsam den Kopf wandte. Einen Moment lang blickte er sie mit einer seltsamen Eindringlichkeit unverwandt an, ehe seine Augen schmal wurden und er den Atem mit ein Zischen hervorpresste, das beinah wie ein feindseliges »Du!« klang. Dann riss er sich von ihr los und stieß sie zurück. »Lass mich zufrieden!«

Darejan taumelte, blinzelte. *Lass mich zufrieden!* Sie stand mit einem Mal wieder am Strand von Kahel. *Den ganzen Nachmittag hatte sie hier auf ihn gewartet. Stunde um Stunde, während die Möwen über ihr kreischend ihre Kreise zogen. Die Sonne war nur noch ein schmaler roter Bogen, der das Meer in einen feurigen Spiegel verwandelte. Eben gerade hatte sie aufgeben und in den Palast zurückkehren wollen, als er plötzlich zwischen den Felsen stand. Der Ausdruck in seinem Gesicht verhinderte, dass sie ihm entgegenlief und ihm um den Hals fiel. Langsam kam er heran, blieb dann aber in einigen Schritten Entfernung stehen und schaute sie wortlos an. In seinen Augen glaubte sie eine Mischung aus Schmerz und Zorn zu sehen, doch dann presste er die Lippen zu einem harten Strich zusammen und sein Blick wurde kalt und abweisend.*

»Wann hättest du mir gesagt, dass du Königin Selorans Schwester bist?«, wollte er nach einem Moment wissen.

Der Boden unter ihr schien plötzlich nachzugeben.

»Ich ...«, setzte sie hilflos an, doch eine brüske Geste hieß sie schweigen.

»Ich will es gar nicht wissen. Und es ist mir auch egal. Es ist vorbei! Wir werden uns nicht mehr sehen!« Er drehte sich um und ging davon.

Fassungslos starrte sie auf seinen Rücken, die hochgezogenen Schultern, die geballten Fäuste. »Nein!« Sie rannte ihm nach, hielt ihn am Arm fest.

Er schüttelte ihre Hand grob ab und stieß sie zurück. »Lass mich zufrieden!«

»Das kannst du nicht tun!« Ihre Stimme war kaum mehr als ein verzweifeltes Flüstern.

»Warum nicht? Weil ich mit dir geschlafen habe? Du warst nicht die Erste und du wirst nicht die Letzte sein. Mehr war da nicht.« Jedes Wort war wie eine Ohrfeige.

»*Ich liebe dich!*«

»*Aber ich dich nicht.*« *Für einen Lidschlag war erneut jener Ausdruck von Schmerz und Zorn in seinen Augen, doch dann war er auch schon wieder fort und sie sah nur noch Kälte in seinem Blick.*

»*Es hat nichts bedeutet! Gar nichts!*«

»*Das ... das glaube ich dir nicht.*«

»*Es ist aus.*« *Abermals ließ er sie stehen und begann, die Felsen hinaufzuklettern.*

Sie stand da, starrte ihm hinterher, bis ihre Sicht verschwamm und es heiß über ihre Wangen rann. Da waren Schmerz und Hilflosigkeit gewesen, doch seine verächtlichen Worte hatten etwas anderes in ihr geweckt.

»*Ich hasse dich!*« *Zuerst flüsterte sie es nur. Doch dann schrie sie ihm hinterher:* »*Ich hasse dich! Hörst du mich, du Mistkerl? Ich hasse dich! Und ich will dich nie wiedersehen!*«

Er hatte den schmalen Pfad oben in den Klippen erreicht und drehte sich zu ihr um. »*Dann ist es ja gut*«*, wehte der Wind seine Stimme zu ihr herab. Über ihr kreischte eine Kehlmöwe. Trotzig wischte sie sich die Tränen von den Wangen, starrte zu ihm hinauf. Einen Moment zu lang erwiderte er ihren Blick, bis sein Mund sich zu einem bitteren halben Lächeln verzog. Sie glaubte ihn* »*Leb wohl, Rejaan*« *murmeln zu hören, doch dann hatte er sich schon abgewandt und war hinter einer Felsnase verschwunden. Ein paar gepresste Atemzüge lang stand sie noch da, die Augen unverwandt auf die Stelle gerichtet, an der er verschwunden war, in der ihr selbst unverständlichen Hoffnung, er würde zurückkommen. Doch er kam nicht zurück.*

Sie blinzelte, starrte die Männer an, der DúnAnór zwischen ihnen, noch immer halb auf den Knien, und plötzlich war da eine andere Erinnerung.

Eine schmale Gasse im Jewan-Viertel von Kahel. Der Mond übergoss die Straßensteine mit seinem roten Licht und tauchte die Seiten, nahe der Hauswände, in tiefe Schwärze. Schatten bewegten sich darin. Sie presste sich gegen die Mauer in ihrem Rücken und hielt den Atem an. Schritte näherten sich, zusammen mit dem leisen Scharren von Klauen auf Stein. Ein kaum hörbares Schaben erklang in der Dunkelheit, ein leises Rascheln. Die Schritte schienen zu stocken, kamen dann aber weiter näher. Wachsam und zugleich gelassen bogen sie um die letzte Häuserecke, Cjar und er. Sie hatten sie beinah erreicht, als mehrere Gestalten sich aus der Schwärze bei den Mauern lösten. Mondlicht floss über gezogene Klingen, ließ sie aussehen, als hätte man sie in Blut getaucht. Cjar stieß ein drohendes Grollen aus, blieb aber zusammen mit seinem Seelenbruder stehen. Als sich die Schwerter der Männer auf die beiden richteten, hielt sie den Atem an.

»Was wollt ihr von uns, Nachbarn? Geld? Ich besitze nicht viel, aber ihr könnt es meinetwegen haben. Wir wollen keinen Ärger.« Seine Stimme klang ruhig und klar zwischen den Hauswänden. Cjar klapperte ärgerlich mit dem Schnabel und hackte nach einem der Männer, der sich hastig ein Stück zurückzog.

Einer der Schatten lachte schnarrend. »Tja, Nachbar«, er sprach mit dem harten Akzent der Soldlinge, die seit einiger Zeit im Palast ein- und ausgingen und unter Selorans persönlichem Befehl standen, und gab dem Wort einen höhnischen Klang: »Dein Geld nehmen wir gern, aber das reicht uns nicht. Du und dein Vieh, ihr werdet uns begleiten.«

Das Grollen aus Cjars Brust war lauter und deutlich bedrohlicher als zuvor.

»Unglücklicherweise haben wir heute Nacht schon eine Verabredung. Ihr werdet auf unsere Gesellschaft verzichten müssen.« Er

klang vollkommen gelassen, doch als er einen Schritt vorwärtstrat, hoben sich die Waffen und zwangen ihn, stehen zu bleiben.

Der Anführer der Soldlinge knurrte gereizt: »Deine Scherze werden dir schon noch vergehen, Jarhaal. Du kommst mit!«

»Und wohin?«

»Das geht dich nichts an.«

»Auf wessen Befehl?«

Der Soldling schien einen Moment verwirrt, doch dann knurrte er erneut. »Neugieriges Kerlchen, eh? Meinetwegen: Königin Seloran hat Sehnsucht nach dir.«

Seloran? Was wollte Seloran von ihm? Warum schickte sie ihm jemanden hinterher? Und warum irgendwelche Söldner und nicht die Garde? Was hatte er getan?

Von einem Lidschlag auf den nächsten änderte seine Haltung sich zu angespannter Wachsamkeit. Cjar stieß einen Schrei aus, der sie in ihrem Versteck zusammenzucken und den Atem anhalten ließ. Die Männer wichen zurück.

»Sagt der Königin«, *er gab dem Wort einen seltsamen Klang,* »dass sie ...«

»Sag es ihr selbst! Du kommst mit.« *Auf ein Zeichen ihres Anführers schlossen die Soldlinge den Kreis enger.*

»Nein!«

Gelächter kam kurz auf, dann drangen die Männer auf ihn ein. In ihrem Versteck presste sie die Hand auf den Mund. Sie wusste, dass er gewöhnlich nur einen Dolch bei sich trug. Sein Schwert hatte sie in all den Tagen nicht wiedergesehen. Doch schon einen Herzschlag später hallte das Klirren von Stahl zwischen den Hauswänden wider. Waren die Soldlinge bis eben noch davon überzeugt gewesen, leichtes Spiel zu haben, so hatte er sie innerhalb dieser kurzen Zeit eines Besseren belehrt. Einer ihrer Kum-

pane lag leblos am Boden. Sein Schwert glänzte in der Hand ihres Opfers. Ein zweiter kauerte wimmernd in sicherer Entfernung an einer Hauswand und umklammerte seine von einem Schnabelhieb zerfetzte Schulter. Ein anderer war einer von Cjars Klauen zu nah gekommen. Blut quoll aus seinem Oberschenkel. Ein Befehl ihres Anführers und die Männer stürzten sich abermals auf sie. Er empfing sie mit halb erhobenem Schwert. Parierte, wich aus, schlug zurück und griff seinerseits an. Cjar schrie erneut voller Zorn und gleichzeitig ärgerlich, und sie erkannte, dass die Gasse zu eng für ihn war, seine Flügel behinderten ihn mehr, als sie ihm halfen, während er mit Klauen und Schnabel kämpfte. Ein weiterer Mann fiel leblos zu Boden. Irgendwo in der Gasse schloss sich ein Fensterladen mit einem Krachen. Das Klirren dauerte an. Den Soldlingen gelang es irgendwie, Cjar und ihn auseinanderzudrängen. Dann war plötzlich eine Bewegung hinter ihm. Eine Schwertklinge blitzte im Mondlicht. Er sah den Schlag nicht, der ihn hinterrücks traf. Darejan riss die Hand zu spät in die Höhe. Mit einem dumpfen Stöhnen fiel er schwer zu Boden. Jäh endete das Klirren der Schwerter. Cjar fuhr herum. Sein wilder Schrei zerriss die Stille. Ihr eigener ging darin unter. Sie machte einen Schritt aus den Schatten heraus. Ein goldenes Raubvogelauge heftete sich auf sie. Sie glaubte, Enttäuschung und Zorn darin zu sehen. Sie wankte, taumelte von den Soldlingen unbemerkt in den Schatten der Hauswand zurück. Mit einem scharfen Laut entfalteten sich seine mächtigen Schwingen, soweit es ihm die Mauern erlaubten, er stieg halb auf die Hinterbeine, eine Vorderklaue hob sich beschützend über seinen reglos am Boden liegenden Seelenbruder. Der Anführer der Soldlinge gab seinen verbliebenen Männern einen Befehl. Plötzlich zischten Seile durch die Dunkelheit. Mit peitschenden Schwingen bäumte Cjar sich erneut auf, duck-

te sich unter den Schlingen weg, fuhr mit einem Schrei auf einen der Kerle los, der sich zu nahe herangewagt hatte. Ihr Anführer nutzte die Gelegenheit, packte den besinnungslosen Mann am Boden, zerrte ihn grob herum und hielt ihm ein Messer unters Kinn.

»*Wenn du nicht Ruhe gibst, Bestie, schneid' ich ihm die Kehle durch.*«

Die Drohung und die dünne rote Linie auf der Haut seines Seelenbruders ließ Cjar erstarren. Er legte die Schwingen an und wich den Seilen nicht mehr aus, als sie abermals über ihn geworfen wurden. Sein klagender Schrei hallte in der Dunkelheit. Auch seinem Seelenbruder wurden die Hände gefesselt. Dann wurde er von zwei der Kerle rau auf die Beine gezerrt. Das Mondlicht ließ die kunstvollen Edelsteinlinien an seiner Stirn blutig rot blitzen, ehe sein Kopf auf seine Brust fiel. Sie glaubte, sein Stöhnen über den Stimmen der Männer zu hören, die sich in ihrem fremdartigen, harten Dialekt unter Gelächter zu ihrer Tat beglückwünschten.

Ihr Anführer gebot ihnen scharf Ruhe. »*Schaffen wir sie zum Gôn Barrá. Wir müssen uns beeilen! Sie will ihn in dieser verfluchte Höhle haben, bevor der Mond in seinem Zenit steht.*«

Die Hand an ihre Kehle gepresst, wankte sie zurück, bis sie gegen den warmen Leib eines Ragon stieß. Die Männer starrten sie in sichtlicher Verwirrung an. Sie war dabei gewesen, als Selorans Söldner ihn und Cjar gefangen genommen hatten. Ein entsetzter Laut kam aus ihrer Kehle. Es war alles ihre Schuld! Allein ihre Schuld! Sie tauchte unter dem Hals des Ragon hindurch und rannte blindlings zwischen den Bäumen davon. Hinter sich hörte sie noch Oqwens überraschten Schrei, mit dem er sie zurückzurufen versuchte, doch sie stürmte weiter, ohne sich ein einziges Mal umzudrehen.

Erst als der Schmerz in ihrer Brust sie zum Stehenbleiben

zwang, sank sie gegen den Stamm einer Narlbirke, klammerte sich mit beiden Händen an ihm fest und presste die Stirn mit fest geschlossenen Augen gegen das Holz. Sie war für all das verantwortlich. Für Cjars Tod. Für das, was man ihm angetan hatte. Dafür, dass er sein Gedächtnis verloren hatte und sein Geist nun verwirrt war. Sie! Nur sie allein. Schluchzend wischte sie sich mit dem Handrücken über die Augen, um die Tränen zurückzudrängen, und versuchte, ruhiger zu atmen. Sie war in dieser Gasse dabei gewesen. Und sie hatte nichts, gar nichts getan, um ihm und Cjar zu helfen. Dafür gab es nur eine Erklärung; konnte es nur eine Erklärung geben: *Sie* hatte ihn verraten. Sie hatte sich an ihm dafür, dass er sie verletzt hatte, gerächt und ihn *verraten!* Und dann hatte sie die Söldner zu ihm geführt. Warum sollte sie sonst dabei gewesen sein? Warum sollte sie sonst tatenlos zugesehen haben? Sie rutschte am Stamm der Narlbirke entlang zu Boden und schlang die Arme um sich. Sie war schuld! Verzweifelt presste sie die Stirn auf die Knie und schloss erneut die Augen. Plötzlich wollte sie nicht mehr wissen, was noch in ihren Erinnerungen verborgen war. Welche Rolle sie bei dem gespielt hatte, was in dieser Höhle in den GônBarrá geschehen war. Am Ende war sie es gewesen, die … Sie presste die Lider fester zusammen und weigerte sich, den Gedanken weiterzudenken; *wollte* sich gar nicht mehr erinnern.

Beinah war sie dankbar dafür, dass in diesem Moment Schritte hinter ihr laut wurden. Hastig hob sie den Kopf und fuhr sich mit der Hand noch einmal über die Augen, um auch die letzten Tränenspuren auszulöschen, ehe sie sich umdrehte. Oqwen blieb ein kurzes Stück entfernt stehen und musterte sie. Dann streckte er ihr die Hand hin, um ihr vom Boden aufzuhelfen. »Kommt! Wir müssen weiter, sonst bleiben wir zu weit hinter den anderen zurück.« Zu ihrer überraschenden Flucht von zuvor sagte er nichts. Sie folgte ihm widerspruchslos zurück zu den anderen Isârden. Die Art, wie die Krieger ihr entgegensahen, kündete deutlich von ihrer Verwirrung, doch wie Oqwen schwiegen sie. Von der Bahre war nichts mehr zu sehen. Wahrscheinlich hatten die Männer sie in ihre Bestandteile zerlegt und die Decken hinter ihre Sättel geschnallt. Die beiden Holme hingen an der Seite eines der Ragon. Wie die anderen blickte auch der DúnAnór Oqwen und ihr entgegen. Er trug wieder seine Hosen und Stiefel, wo auch immer er sie herhaben mochte. Doch im Gegensatz zu den Kriegern wirkte er angespannt und abweisend. Unwillkürlich ging Darejan langsamer. Ihr Herz pochte wild in ihrer Kehle. Bedeutete das ... Sie schluckte. Bedeutete das, dass er sich wieder erinnerte? Sein Gesichtsausdruck verriet nichts.

Doch als sie die Männer erreicht hatten und Oqwen sie in seine Richtung schob, trat er einen Schritt zurück.

»Sie kann mit euch reiten«, wehrte er ab.

Erstaunt blickte Oqwen ihn an. Seine Miene verlangte deutlich nach einer Erklärung.

Der DúnAnór schüttelte nur den Kopf. »Haltet sie mir einfach vom Leib.«

Darejan zog die Schultern hoch. Plötzlich war die Angst, er könnte sich tatsächlich erinnert haben, beinah übermächtig. Aber sie musste Gewissheit haben. »Was habe ich jetzt wieder getan?«, fragte sie und versuchte die Verzweiflung in ihrer Stimme wie Trotz klingen zu lassen. Seine Augen wurden schmal, dann trat er direkt vor sie.

»Du bist am Leben.« Er sprach so leise, dass die Isârden ihn unmöglich verstehen konnten. Dann beugte er sich ein Stück weiter vor. »Mörderin.« Sein Atem streifte ihr Ohr.

Darejan schluckte die Verzweiflung unter. Sie musste es wissen. »Heißt das, du erinnerst dich wieder daran, wen ich umgebracht haben soll?«, fragte sie ebenso leise.

Für einen ewigen Herzschlag starrte er ihr in die Augen. »Nein. Aber ich weiß, was ich fühle.«

Eine Welle der Erleichterung schwappte über sie hinweg. Und gleichzeitig stieg ein bitteres Gefühl der Schuld in ihr auf, weil sie dankbar dafür war, dass sein Gedächtnis noch immer nicht zurückgekehrt war.

»Ich bin froh, dass du wieder aufgewacht bist.« Sie war sich nur zu bewusst, dass ihre Stimme bebte.

Sein Mund verzog sich. »Ja, welch ein Glück für dich. Was hätten die DúnAnór wohl gesagt, wenn du mich in diesem Zustand zu ihnen gebracht hättest.« Er neigte den Kopf ein kleines Stück. »Andererseits ist es auch verdammtes Pech, dass ich aufgewacht bin, wie? Mörderin.«

Darejan trat mit einem tiefen Atemzug und geballten Fäusten einen Schritt zurück. Sie mied seinen Blick, grub die Zähne in die Lippen und schwieg. Erst als er sich mit einem verächtlichen Schnauben abwandte und zu dem Ragon ging, das die Männer ihm scheinbar überlassen hatten, sah sie wieder in seine Richtung. Und beobachtete dann stumm, wie er sich mit Hilfe eines Kriegers sichtlich mühsam in den Sattel zog, und ballte die Fäuste ein wenig fester. Ihre Fingernägel gruben sich in ihre Handfläche. Oqwens Hand auf ihrer Schulter ließ sie sich zu dem Isárden umdrehen. Sie protestierte nicht, als er sie auf den Rücken seines Ragon hob, hinter ihr aufsaß und seinen Männern das Zeichen gab weiterzureiten.

»Ahoren hat Kahel verlassen.«

Bei Garwons Worten hob Kajlan den Kopf. Ihre einstmals dunkelbraunen langen Locken waren nun zu einem fahlen Blond gebleicht und reichten ihr nur noch bis zum Kinn. Sie wurde als Hochverräterin gesucht. Der Krieger war direkt an der Tür stehen geblieben, ließ den Blick wachsam durch den Raum gleiten und musterte die Männer, die an den Tischen saßen. Sie konnte sein Verhalten sehr gut verstehen. Auch in ihrem Kopf meldete sich noch immer eine warnende Stimme, wenn sie mit ihm oder einem seiner Freunde zu tun hatte. Aber in den letzten beiden Vollmonden hatte sich in Kahel viel verändert. Die Loyalität der königlichen Garde hatte sich merklich verschoben. Sie galt jetzt mit Réfen einem Mann, der des Hochverrats angeklagt war, und – zumindest nach dem, was Kajlan vermutete – im Kerker des Jisteren-Palastes gefangen gehalten wurde. Und einer Prinzessin, die scheinbar spurlos verschwunden war.

Von den Gardisten, die eines Nachts auf der Suche nach ihr unversehens in der Lagunenstadt aufgetaucht waren und deren »Besuche« bei ihren Leuten erst geendet hatten, als Kajlan sich bereit erklärt hatte, sich mit ihnen zu treffen, waren nur noch Borda, Tellwe und Garwon übrig. Naria war kurz nach Réfens

Gefangennahme verschwunden und offenbar wie so viele andere verhaftet und der dunklen Hexerei beschuldigt worden. Ein Schicksal, das in diesen Tagen jeden ereilte, der auch nur über den Hauch einer magischen Begabung verfügte oder aus einer Familie stammte, in der es einmal einen Nekromanten gegeben hatte. Die Frauen, Alten und Kinder starben auf dem Scheiterhaufen, Männer und junge Burschen verschwanden einfach. Zuweilen fand man ihre Leichen, die Haut unnatürlich grau und runzlig, mit hervortretenden Wangenknochen, über denen die Augen viel zu tief eingesunken waren. Mit Gesichtern, die zu angsterfüllten Fratzen verzerrt, und Mündern, die in einem stummen Schrei weit aufgerissen waren. Die jüngeren von ihnen waren manchmal so ausgetrocknet, dass ihre Glieder brachen wie dürre Äste und einfach zu Staub zerfielen. So wie bei Fren.

Andere sah man wieder. Aber dann starrten ihre Augen leer und tot vor sich hin. Sie bewegten sich hölzern wie Marionetten an den Fäden eines schlechten Puppenspielers. Sie sprachen nicht und erkannten niemanden. Sie gehorchten nur willenlos den Befehlen der Grauen Krieger, die sich inzwischen auch bei Tag zeigten. Und wenn einer dieser Befehle lautete, einen Menschen zu töten, den sie früher geliebt hatten, dann taten sie es.

Naria war einer von ihnen. Er hatte die Fackel in Sinarans Scheiterhaufen gestoßen.

Ledan war gestorben, als er versucht hatte, die Familie eines Schmieds aus dessen brennendem Haus zu retten, das ein paar Soldlinge in Brand gesteckt hatten, weil der Mann sich geweigert hatte, ihnen neue Schwerter zu verkaufen.

»Was soll das heißen, er hat die Stadt verlassen?« Kajlan bedeutete einem ihrer Männer, Garwon seinen Platz neben ihr am Tisch zu überlassen, und der Krieger setzte sich. Niemand hier sprach noch von Königin Seloran, da sie alle wussten, dass ihr Körper nur mehr eine Hülle für Ahorens Seele war.

»Das was ich sage. Mit etwa einem Dutzend seiner Grauen Krieger und einem Trupp seiner Marionetten ist er kurz nach Sonnenuntergang an Bord eines der königlichen Schiffe gegangen, das dann auch sofort ausgelaufen ist.« Er rieb sich mit einer Hand den Nacken. »Dein Bruder Noren war bei ihnen«, fügte er nach einem Moment des Zögerns hinzu.

Kajlan spannte sich. »War er ein Gefangener?« Ein paar Tage vor dem letzten Seelenmond war Noren von einer Gruppe Soldlinge schwer bewacht in die Stadt gebracht worden. Von den anderen Männern, die Kahel mit ihm zusammen an Bord der *Mondtänzerin* verlassen hatten, hieß es, sie seien getötet worden. Von Prinzessin Darejan und dem DúnAnór fehlte jede Spur. Offenbar war es ihnen gelungen zu entkommen. Zumindest hoffte sie das.

Garwon schüttelte den Kopf. »Nein. Er war wie Naria«, antwortete er mit Bedauern in der Stimme.

Für mehrere Augenblicke war es vollkommen still im Raum. Dann fluchte einer der Männer und plötzlich schienen alle aus ihrer Erstarrung zu erwachen.

Auch Kajlan holte tief Atem. »Und was ist mit Réfen?«, fragte sie schließlich.

»Noch immer kein Zeichen. Die Garde darf die untere Ebene der Kerker nicht mehr betreten und die Soldlinge reden noch nicht einmal für Geld. Ihre Angst, zu einer Marionette gemacht zu werden, ist zu groß. Es wäre durchaus möglich, dass er immer noch da unten in Ketten liegt.«

»Und wir können nichts tun? Auch jetzt nicht, nachdem Ahoren fort ist?«

»Der Palast wird dennoch gut bewacht. Es wäre Wahnsinn, etwas zu unternehmen. Vor allem, da wir immer noch nicht wissen, wo er den Hauptmann tatsächlich gefangen halten lässt.«

»Aber wir können uns doch nicht bis in alle Ewigkeit verkriechen wie die Breldratten und nur abwarten.« Abrupt schob sie ihren Stuhl zurück, stand auf, trat an das mit Tüchern verhängte Fenster und spähte angespannt hinaus. In den letzten Tagen hatte sie keine Nacht zweimal am gleichen Ort geschlafen und sich selten mehr als ein paar Stunden irgendwo aufgehalten.

Garwon musterte sie. »Nein, das können wir nicht«, stimmte er nach einem Moment zu. Kajlan drehte sich mit gehobenen Brauen zu ihm um.

Aus Rücksicht auf den DúnAnór ließen die Krieger ihre Ragon in einem gemächlichen Schritt gehen. Darejan ertappte sich immer wieder dabei, wie sie verstohlen zu ihm hinsah. Auch jetzt, da er erwacht war, wollten die tiefen Schatten unter seinen Augen nicht weichen. Die meiste Zeit saß er zusammengesunken im Sattel und blickte abwesend vor sich hin. Wenn einer der Krieger näher an ihn heranritt, fuhr er auf. Sprach der Mann ihn dann an, gab vage, ausweichende Antworten, so als hätte er kaum die Hälfte von dem verstanden, was zu ihm gesagt worden war.

Am späten Nachmittag holten sie die anderen schließlich ein. Offenbar hatte Niéne beschlossen, hier, am Fuße eines flachen Hanges, das Lager für die Nacht zu errichten und auf sie zu warten. Als sie zwischen den kleinen Feuern hindurchritten, an denen die Flüchtlinge bereits wieder beieinandersaßen, erwachte ein Raunen, das mit jedem Schritt, den die Ragon machten, lauter zu werden schien.

Oqwen führte sie zielstrebig an den Rand des Lagers, wo die Isárden sie in einem lockeren Halbkreis erwarteten. Niéne kam ihnen entgegen und trat neben das Ragon des DúnAnór. Die Hand im dunklen Mähnenkragen des Tieres blickte sie zu ihm empor.

»Es tut in dieser Stunde gut zu sehen, dass ihr den Weg aus dem Schleier zurückgefunden habt, Klinge. Seid willkommen an unserem Feuer«, begrüßte sie ihn mit einer angedeuteten Verbeugung, die eigentlich nur ein erstaunlich huldvolles Neigen des Kopfes war.

Einen Moment blickte er mit zusammengezogenen Brauen wortlos auf sie hinab. Seine silbernen Augen forschten in ihrem Gesicht, als suche er etwas, das ihm helfen könnte, sich an sie zu erinnern.

»Ich danke für das Willkommen, aber ...«, er zögerte, »wer seid ihr?«

Die Kriegerin lachte gepresst. »Natürlich! Verzeiht! Ihr wart schon im Schleier gefangen, als wir einander das erste Mal begegneten. Ich bin Niéne, die Kommandantin der Anaren von Jellnên – Euer Korun-Mädchen ...«

Dieses Wort genügte, um die Verwunderung auf seinen Zügen in einen Ausdruck der Feindseligkeit zu verwandeln. »Sie ist nicht mein ...«, setzte er abweisend an, doch ein Zischen aus der Kehle der Kriegerin ließ ihn verstummen. »Sie ist die Frau, der ihr es zu verdanken habt, dass ihr nicht mehr im Schleier gefangen seid und euer Körper kein lebender Leichnam ohne Seele ist.« Sie sprach so leise, dass ihre Worte vermutlich kaum weiter als ein oder zwei Schritt zu verstehen waren, doch in ihrem Ton war eine Schärfe, die Darejan noch nie darin gehört hatte. Sie spürte den Blick des DúnAnór auf sich und wandte ihren hastig ab. Niéne war näher herangetreten und hatte die Hand an den Sattel des Ragon gelegt. »Es geht mich nichts an, was zwischen euch ist. Aber wenn ihr nur einen Funken Ehre im Leib habt, werdet ihr es für jetzt begraben und sie mit einem Mindestmaß an Achtung behandeln, wenn ihr ihr schon keine Freundlichkeit entgegenbringen könnt. Haben wir uns verstanden, Klinge?«

Für einen Moment presste er die Lippen zu einem Strich zusammen. »Verstanden«, nickte er dann knapp.

Die Härte in dem Gesicht der Kriegerin verschwand. »Gut.« Sie trat zurück. »Ihr seht müde aus. Sitzt ab und kommt ans Feuer. Wir müssen besprechen, was wir als Nächstes tun.« Damit wandte sie sich endgültig ab und schritt auf die kleine Feuerstelle zu, um die sich ihre Männer geschart hatten. Im Vorübergehen nickte sie Darejan zu, die gerade mit Oqwens Hilfe ebenfalls aus dem Sattel glitt. Sofort spürte sie, wie ihr das Blut brennend in die Wangen schoss, und senkte rasch den Kopf. Die Geste, mit der Niéne sie zum Feuer winkte, galt dem DúnAnór und ihr. Sie setzte sich an den Platz, der ihr zugewiesen wurde, und einen Herzschlag später tat er es ihr widerstrebend nach. Mit einer Bewegung bedeutete die Isârde auch Oqwen, sich zu setzen, den Rest ihrer Krieger schickte sie mit einem schlichten »Ich will bis auf Weiteres nicht gestört werden« fort, ehe sie selbst sich mit gekreuzten Beinen am Feuer niederließ.

Mehrere Augenblicke musterte sie Darejan und den DúnAnór eindringlich, ehe sie ihre Aufmerksamkeit ganz auf ihn richtete.

»Ich weiß, dass ihr euer Gedächtnis verloren habt, Klinge«, begann sie ohne Umschweife. Oqwens überraschtes Atemholen beachtete sie nicht.

Der DúnAnór saß für einen Lidschlag vollkommen reglos, dann zuckten seine Dämonenaugen wütend zu Darejan. Ehe er etwas sagen konnte, sprach Niéne schon wieder.

»Ja, sie hat es mir gesagt. Aber sie hatte keine andere Wahl. Mirija war dabei, als sie es mir sagte, aber das Mädchen wird schweigen. Von meinen Männern wird es keiner außer Oqwen erfahren, wenn ihr es nicht wünscht.« Sie nickte zu Darejan hin. »Eure Begleiterin sagte, dass ihr auf dem Weg zum CordánDún wart, als meine Krieger euch aufgegriffen haben. Ursprünglich wollte ich euch mit nach Issra nehmen. Aber inzwischen würdet ihr auch dort nicht mehr sicher sein.« Ihre Schultern sanken ein Stück herab, als sie zu Oqwen sah. »Parrde hat uns vor etwas mehr als einer Stunde hier gefunden. – Ein Glück, dass er ein so guter Fährtenleser ist. – Siard hat sich den Korun und damit Ahoren ergeben. Sie werden den geforderten Blutzoll zahlen, in der Hoffnung, so zu verhindern, dass *alle* abgeschlachtet werden. Als die Königin ihn uns vor zwei Tagen entgegenschickte, brannten die beiden Wallstädte. Er war einer der Letzten, der die Stadt verließ, ehe die Tore Issras geschlossen wurden. Es ist möglich, dass die BôrNadár mit Ahorens Schattenlegionen bereits vor den Mauern stehen. – Oder zumindest mit dem, was er davon schon wieder erschaffen hat.«

Oqwen hatte sich bei ihren Worten halb erhoben. »Wo ist er?«

Auf einen Wink seiner Anführerin sank er widerwillig auf den Boden zurück.

»Dein Brudersohn ist unverletzt«, beruhigte sie ihn. »Er ist nur vollkommen erschöpft und hat sein Ragon beinah zu Schanden geritten. Er hat etwas gegessen und liegt jetzt wahrscheinlich irgendwo und schläft. Siére ist bei ihm. Er wird mir sofort eine Nachricht schicken, wenn Parrde aufwacht.« Sie wandte sich wieder dem DúnAnór zu. »Auch wenn ihr euch nicht mehr an eure Vergangenheit erinnern könnt, so versteht ihr sicherlich, dass es im Augenblick nicht zum Besten steht. Wie es scheint, hat Ahorens Seele es tatsächlich geschafft, sich aus seinem Gefängnis zu befreien. Er hat seine BôrNadár aus dem Schleier zurückgerufen und steht kurz davor, Oreádon wie schon einmal mit seinen Schattenlegionen in Blut und Tränen zu ertränken. Während wir hier reden, muss meine Königin vielleicht gerade mit viel zu wenigen Kriegern unsere Hauptstadt verteidigen. Meine Anaren und ich könnten an ihrer Seite kämpfen, wenn wir uns nicht der Flüchtlinge angenommen hätten.« Bitter schüttelte sie den Kopf. »Aber vielleicht wären wir dann auch wie sie machtlos in Issra eingeschlossen und würden umsonst auf Hilfe hoffen. Eine Hilfe, die wir ihnen jetzt vielleicht bringen können – und ihr!« Die Ellbogen auf den Knien und die Finger steif ineinander verschränkt, beugte sie sich vor. »Ich bitte euch, morgen früh euren Weg zum CordánDún fortzusetzen und eure Schwertbrüder im Namen von Niéne, der Kommandantin der Anaren und zweiten Prinzessin von Issra, um die gleiche Hilfe zu bitten, wie die DúnAnór sie den Isârden und den anderen freien Völkern Oreádons schon einmal gewährt haben, Klinge.« Ihre Worte klangen so feierlich, dass Darejan den Eindruck hatte, sie seien schon vor langer Zeit festgeschrieben worden. Der DúnAnór starrte sie an, als hätte sie ihm gerade einen Kübel Eiswasser übergegossen. Als ihr das Schweigen zu lange dauerte, runzelte die Kriegerin die Stirn.

»Nun, wie ist eure Antwort, Klinge?« Die Ungeduld war deutlich in ihrem Tonfall zu hören.

»Wenn sie euch gesagt hat, dass ich mich nicht erinnern kann«, er warf Darejan einen giftigen Blick zu, »dann ist euch auch bekannt, dass ich nicht weiß, wo sich der CórdanDún befindet.« Seine Worte klangen gepresst.

Niéne neigte den Kopf. »Das hat sie mir gesagt, ja. Aber sie sagte auch, dass ihr manchmal Dinge einfach ›wisst‹. Wir haben keine andere Wahl, als darauf zu vertrauen, dass ihr euch auch an den Weg zum CórdanDún erinnern werdet, wenn es so weit ist.«

»Wie stellt ihr euch das vor, ich habe nicht ...«

Die Isârde hieß ihn mit einer Geste zu schweigen. »Ich habe mit Mirija gesprochen. Sie weiß, wo sich der CórdanDún befinden soll. Sie wird euch begleiten und euch helfen, so gut sie kann.«

»Aber den eigentlichen Weg dorthin kennt sie nicht, oder?« Seine Stimme klang bitter. Er hielt den Blick starr ins Feuer gerichtet. »Und was geschieht, wenn ich mich trotz allem nicht erinnere?«

Niéne schnaubte. »›Was‹, ›wenn‹, ›aber‹. Das sind die Worte eines Feiglings. Meine Männer sprachen von einem Krieger, der fünf von ihnen getrotzt hat, obwohl er verletzt und erschöpft war. Bedauerlich, dass die Seele dieses Mannes offenbar noch immer im Schleier gefangen ist.« Unwillig schüttelte sie den Kopf. »Aber bitte! Bleibt hier bei den Flüchtlingen und bejammert euer grausames Schicksal. Morgen früh werden ein paar meiner Männer zusammen mit Mirija zur ShaAdon aufbrechen, in der Hoffnung, dass das Mädchen den Weg zum CórdanDún irgendwie findet. Ich habe keine andere Wahl.« Sie stand brüsk auf und wandte sich zum Gehen.

»Wartet!«

Unwillig drehte sie sich zu ihm um. »Was wollt ihr noch?«

»Was geschieht, wenn ich mich trotz allem nicht erinnere?«

Die Kriegerin zuckte die Schultern. »Dann habt ihr es zumindest versucht.« Schweigend blickte sie ihn an. Schließlich breitete er ergeben die Hände aus. »Eure Krieger und ich haben das gleiche Ziel. Ob ich hierbleibe oder mit ihnen reite, ist einerlei.« Seltsam müde sah er zu Niéne auf. »Ich weiß nicht, ob ich mich an den Weg zum CórdanDún erinnern werde, aber ich kann es zumindest versuchen.«

Über ihre Lippen huschte ein schiefes Lächeln. »Morgen bei Sonnenaufgang brecht ihr auf. Oqwen und drei meiner Männer werden euch begleiten. Ruht euch bis dahin aus.« Sie blickte ihren Stellvertreter an. »Oqwen, ich überlasse es dir, wen du mitnehmen willst. Bereite alles vor.«

Der nickte. »Was wird aus den Flüchtlingen?«

»Wir können uns nicht länger um sie kümmern. Sie bleiben hier oder ziehen weiter und versuchen sich vor den BôrNadár und Ahorens Schattenlegionen zu verstecken.«

»Und ihr? Ihr seid zu wenige, um allein nach Issra zu reiten und Ahorens Schergen in den Rücken zu fallen.« Der Isârde versuchte gar nicht, seine Sorge zu verbergen.

Niéne grinste freudlos. »Das werden wir auch nicht. Ich habe Boten zu den Grenzposten geschickt und sie nach Issra befohlen. Wir werden jeden Mann an die Waffen holen, der in der Lage ist, eine zu führen. Und wenn ich Rebellen und Aufständische aus ihren Höhlen zerren muss, werde ich das tun. Ich bin keine Närrin, die mit zwanzig Mann zweihundert in den Rücken fällt oder gar zweitausend. Das solltest du wissen.« Sie nickte dem DúnAnór zu, ehe sie mit langen Schritten davonging.

Oqwen sah ihr einen Moment nach, dann erhob er sich ebenfalls und ließ sie allein.

Unbehagliches Schweigen breitete sich zwischen Darejan und dem DúnAnór aus. Bis er es schließlich brach.

»Ist es wahr?« Er stellte die Frage, ohne sie anzusehen.

»Was?«

»Warst du wirklich im Schleier und hast mich zurückgebracht?«

»Ja.«

Das Schweigen kam zurück. Dehnte sich aus.

»Warum?«, wollte er schließlich in die Stille hinein wissen.

»Warum was?«

»Warum hast du es getan? Du weißt, was ich tun werde, wenn wir diesen CórdanDún tatsächlich erreichen. Wenn du mich im Schleier …«

»Habe ich aber nicht!«, fiel sie ihm ärgerlich ins Wort. »Oder wäre es dir tatsächlich lieber gewesen, ich hätte dich dort gelassen?«

Er sah sie an und plötzlich wusste sie, dass sie gerade die falsche Frage gestellt hatte. Hastig stand sie auf und ging davon, ehe er antworten konnte.

42

Am Morgen wurde Darejan von dem verhaltenen Brummen der Ragon und mehreren Stimmen geweckt. Müde grub sie sich unter ihrer Decke hervor, setzte sich auf und rieb sich übers Gesicht. Ein paar Schritt entfernt stand Niéne und sprach mit einigen alten Männern und Frauen, bei denen es sich offenbar um eine Art Abordnung der Flüchtlinge handelte. Hinter ihr waren die übrigen Isârden dabei, ihre Reittiere zu satteln und alles für den Aufbruch bereit zu machen. Auch wenn sie die Worte nicht verstehen konnte, so verrieten der Tonfall und die Gesten der Alten dennoch, was dort vor sich ging. Sie baten Niéne, sie nicht einfach zurückzulassen. Doch die Art, wie die Kriegerin den Kopf schüttelte, war nicht misszuverstehen.

Vorsichtig sah Darejan zu dem DúnAnór hin, der mit der Hand in dem braungrau gesträhnten Mähnenkragen seines Ragon dastand und Niéne ebenfalls lauschte. Obwohl seine Haut ihre leichenhafte Blässe verloren hatte, lagen die Schatten noch immer bläulich und dunkel unter seinen Augen. Er wirkte müde. In der Nacht hatte er sich murmelnd und stöhnend unter seinen Decken herumgeworfen. Zuweilen hatte sie über das halb heruntergebrannte Feuer hinweg ein voller Angst und Flehen hervorgestoßenes »Nein« gehört, dann hatten seine Hände durch die Luft geschlagen, als versuche er sich gegen einen unsichtbaren Peiniger zu wehren. Jedes Mal war sie dann aufgestanden, hatte sich leise neben ihn gekniet und seine keuchenden Atemzüge waren tatsächlich ruhiger geworden, während sie ihm mit der Hand sacht über die kalte Stirn strich. So, wie er jetzt zu ihr herübersah, war nichts davon in seine Träume gedrungen.

Sie wandte ihren Blick hastig ab, als Niénes Stimme verstummte. Die Kriegerin schaute zu ihr her, dann nickte sie ihren Männern zu und kam herüber.

Mit einem gemurmelten »Auf ein Wort« ging sie an Darejan vorbei zu dem erloschenen Feuer zurück. Verwundert folgte sie ihr. Die Kriegerin kniete sich neben die Feuerstelle, nahm aus einem Beutel einen halben Laib Brot, brach ein Stück davon ab und reichte es ihr, mit einem Neigen des Kopfes, das ihr bedeutete, sich zu ihr zu setzen.

»Wir müssen uns über die Klinge unterhalten«, sagte sie und vergewisserte sich durch einen raschen Blick in die Runde, dass niemand nah genug war, um sie hören zu können.

Fragend sah Darejan sie an, während sie ein Stück Brot abriss und sich in den Mund steckte.

»Oqwen sagte mir, dass er gestern Abend nichts gegessen hat. Und auch heute Morgen nicht«, begann Niéne schließlich. »Wie lange geht das schon so?«

Für einen Moment war sie verblüfft, dann würgte sie den Bissen hinunter und zog nachdenklich die Brauen zusammen. Dass er überhaupt nicht mehr essen wollte, hatte erst an jenem Abend begonnen, als er in den Schleier gegangen war, um die Seele des Mädchens zurückzuholen. Doch auch in den Tagen zuvor hatte er nur mit allergrößtem Widerwillen etwas hinuntergewürgt – eigentlich hatte sie schon vom ersten Moment an den Eindruck gehabt, dass er immer gegen ein Gefühl der Übelkeit ankämpfte, sich zum Essen zwingen musste. Schon damals in der Schmugglerhöhle vor Kahel und auch später in Rokan.

Als sie die Frage der Kriegerin entsprechend beantwortete, nickte diese, als hätte sie ihr einen Verdacht bestätigt.

»Glaubt ihr, es hat etwas damit zu tun, dass sein Seelenbruder getötet wurde?«, fragte sie dann ihrerseits und legte das Stück Brot beiseite. Sie hatte plötzlich keinen Hunger mehr.

Abermals nickte Niéne. »*Auch eine Seele kann verbluten*«, sagt man bei meinem Volk. Und welche Wunde könnte schlimmer sein als eine, die zurückbleibt, wenn jemandem etwas entrissen wird, das so eng mit dem eigenen Selbst verbunden war? Eine solche Wunde wird sich nicht schließen wie eine gewöhnliche Verletzung. Sie blutet weiter, still und unbemerkt. Bis es vorbei ist.« Sie sah zu dem DúnAnór hin, der gerade mit Oqwen sprach. Der Krieger hatte einen Isârden-Säbel mit Scheide und Waffengehenk in den Händen, die er ihm entgegenhielt.

Darejan folgte ihrem Blick. »Ein Jarhaal, der uns half, einer Bande Kopfgeldjäger zu entkommen, sagte, dass ein KâlTeiréen den Tod seines Seelenbruders gewöhnlich nicht überlebt. Dass nur die DúnAnór den Verlust ein wenig länger ertragen können.«

Niénes Augen kehrten zu ihr zurück. »So heißt es, ja. Aber was bedeutet *ein wenig länger*? Einen Vollmond? Zwei? Vielleicht drei? Und ihm hat man nicht nur seinen Seelenbruder genommen, sondern auch seinen eigenen Geist verletzt und seine Seele zerrissen. Obendrein war er fast zwei Tage und Nächte im Schleier gefangen, und wenn man ihn berührt, könnte man meinen, ein Teil von ihm sei immer noch dort.«

Verblüfft hob Darejan den Kopf. »Wäre das denn möglich?«

»Vielleicht. Der Schleier birgt eine ganz eigene Magie. Was sie alles zu bewirken vermag, weiß außer den AritAnór vermutlich kein Geschöpf. Wahrscheinlich kennt auch nur der Wächter der Seelen selbst all seine Geheimnisse und das ganze Ausmaß seiner Macht.« Die Kriegerin musterte sie. »Warum fragt ihr?«

Darejan zögerte einen Atemzug, ehe sie antwortete. »Als er mir sagte, dass er sich an nichts aus seinem früheren Leben erinnern kann, da ... Er sagte, wenn er versuchen würde, sich zu erinnern, dann sei er plötzlich an einem nebligen Ort, von dem er nicht entkommen könne. Ein Ort voller Kälte und Schmerz und es würde ihn immer tiefer in den Nebel dieses Ortes hineinziehen.« Sie senkte den Blick auf ihre Hände, ehe sie weitersprach. »Als Mirija ihn zurückholen wollte, da war ich auch an diesem Ort. Es ist alles verschwommen, nur kurze Bilder, wie wenn ein Blitz bei einem Gewitter in der Nacht für einen Lidschlag den Himmel erhellt. Aber ich habe ihn gesehen. Er lag auf den Knien ...« Sie schloss die Augen und presste die Hände gegen die Schläfen, als jener pochende Schmerz wieder hinter ihrer Stirn erwachte. »Seine Hände waren zerschnitten und blutig ... Splitter steckten in ihnen ... waren um ihn herum verteilt ... er hat versucht, sie wieder zusammenzusetzen ... zu einem Kelch oder einer Schale ... aber er konnte es nicht. Sie sind immer wieder ... auseinandergebrochen.« *Hilf mir, Rejaan. – Du hast ihn umgebracht! Mörderin!* »Und dann stand er plötzlich vor mir. So als gäbe es ihn zwei Mal.« Sie schauderte unwillkürlich und sah auf. Niéne musterte sie noch immer auf die gleiche durchdringende Art wie zuvor.

»In den Tempeln von Jellnên gibt es einige sehr alte Schriften. In den ältesten wird von der Seele, dem Selbst eines Menschen, oft als einem Kelch gesprochen, dem SôrnAnúr. Er birgt das, was ihn ausmacht in sich, sein Wesen, seine Erinnerungen, seine Macht, alles. Und zugleich *ist* er all das.

Es heißt, dass die mächtigsten Klingen aus dem Inneren Kreis und der Großmeister selbst dazu fähig waren, in den Geist eines Menschen einzudringen und diesen Kelch wieder zusammenzufügen – oder ihn zu zerschmettern.« Die Kriegerin neigte den Kopf. »Euch ist klar, was das, was ihr gesehen habt, bedeutet?«

Darejan nickte. »Er versucht, seine Seele zu heilen, und schafft es nicht. Und ein Teil von ihm ist tatsächlich immer noch dort gefangen.« Sie sah einen Moment lang zu Oqwen und dem Dún-Anór hinüber, der den Säbel aus der Scheide gezogen hat und die Klinge mit dem Blick eines Fachmanns begutachtete.

»Was können wir tun?«, fragte sie dann und blickte die Kriegerin wieder an.

»In einer anderen Zeit, unter anderen Umständen und mit der Hilfe seiner Schwertbrüder und eines Menschen, den er liebt, und wenn sein Seelenbruder noch am Leben wäre, könnte es ihm vielleicht gelingen, seinen Kelch zu heilen. Aber so ...« Niéne breitete bedauernd die Hände aus. »Ich fürchte, wir können nichts tun. Nichts, außer ihm und uns ein wenig Zeit zu erkaufen.«

Der Kloß saß plötzlich würgend in Darejans Kehle. »Das heißt, er ...« Sie konnte das Wort nicht aussprechen.

»... stirbt.« Die Kriegerin tat es an ihrer Stelle.

»Woher wollt ihr das wissen? Wie könnt ihr so sicher sein!« Darejans Stimme klang selbst in ihren eigenen Ohren schrill.

»Erinnert ihr euch, dass ich euch sagte, dass ich nicht nur meiner Königin diene und dass ich nicht nur eine Kriegerin bin? In meiner Familie verfügen die Frauen über die Gabe, zuweilen Dinge zu sehen und zu spüren, die anderen verborgen bleiben. Meine Gabe war nicht stark genug, um mich zu einer Shanèdan zu machen, wie die Priester-Magier meines Volkes genannt werden. Aber meine Familie machte es zur Bedingung, dass ich dennoch lernte, diese Gabe zu kontrollieren, ehe sie mir erlaubte, meinem Herzen zu folgen und die Künste der Krieger zu erlernen. – Wie auch immer.« Sie hob die Schultern, ehe sie fortfuhr. »Manchmal, wenn sie besonders stark ist, kann ich Magie ›spüren‹, wenn ich einen Menschen berühre. So wie bei ihm. Damals dachte ich, es sei, weil er im Schleier gefangen war, aber als ich heute Morgen seine Wunde neu verband, war es immer noch da.« Sie neigte den Kopf in die Richtung des DúnAnór, der gerade das Waffengehenk mit dem Säbel umlegte und auf seiner Hüfte zurechtrückte. »Er wurde von einer dunklen, verderbten Magie berührt. Sie verhindert, dass das, was er verloren hat, zurückkommen kann. Sie vergiftet und tötet seine Seele qualvoll und unaufhaltsam. Zu nichts anderem ist sie geschaffen. Aber da ist noch eine andere Art von Magie. Es fühlt sich an, wie ein mächtiger Bannzauber, dessen ganze Kraft in einem einzigen Augenblick aufgezehrt wurde. Nun sind nur noch ein paar vage Spuren davon übrig, wie Asche, die man sich versehentlich auf die Haut gerieben hat. Sie lässt nicht zu, dass seine Seele zurückkehren kann, zugleich scheint es aber, als habe sie bisher verhindert, dass jene andere verderbte Magie ihr Werk endgültig vollbringt. Doch sie schwindet. Und mit ihr sein Leben.« Ihre Augen wurden schmal, während sie Darejan wortlos musterte. »Gebt mir eure Hand«, sagte sie dann und streckte ihr ihre eigene entgegen. Darejan zögerte, tat dann aber, was die Kriegerin verlangt hatte. Einen Moment lang saß Niéne vollkommen reglos da, ehe sie leise zu sprechen begann. »Auch an eurem Geist spüre ich die gleiche, dunkle und verderbte Magie. Weniger stark, weniger zerstörerisch, aber sie ist da. Und sie hat euch etwas genommen. Was, kann ich euch nicht sagen. Ich spüre nur, dass es mit ihm zu tun hat.« *Vergiss ihn! Magie brannte in ihren Gliedern. Die Kissen und Decken ihres Bettes. Sie konnte sich nicht losreißen, hatte noch nicht einmal mehr die Kraft, sich zu bewegen. Seloran, die sich über sie beugte. Seloran, deren Hände sich an ihre Schläfen pressten. Seloran, die zu ihr sprach. Mit einer kalten, verzerrten Stimme. Eine Stimme, die in ihrem Kopf widerhallte. Vergiss ihn! Magie grub sich mit reißenden Klauen in ihren Verstand, qualvoll und plündernd. Wühlte in ihrem Gedächtnis, bis sie gefunden hatte, was sie suchte, und ihre Erinnerungen unter Schmerz begrub. Sie schrie, wehrte sich, wollte es nicht zulassen, schrie den Namen des einzigen Menschen, der ihr helfen konnte. Schrie, bis sie selbst dazu zu schwach war und ihre Stimme versagte.*

Keuchend fuhr Darejan zurück und entriss Niéne ihre Hand. Sie starrte die Kriegerin an, ohne sie tatsächlich zu sehen. Seloran hatte ihr das angetan. Nein, nicht Seloran. Ahoren. Er war im Körper ihrer Schwester gewesen. Er hatte ihre eigenen Erinnerungen vor ihr verborgen. Sie unter Schmerz begraben, weil er zu schwach war, sie ihr endgültig zu nehmen. Ihre Erinnerungen an *ihn!* Sie sah hinüber zu dem DúnAnór. Es war, als hätte er ihren Blick gespürt, denn er wandte den Kopf und schaute zu ihr her. Sie hatte ihn geliebt. Ihre Lippen formten lautlos ein Wort. Seinen Namen. Er war da. Gerade außerhalb ihrer Gedanken. Wenn sie sich nur ein klein wenig mehr bemühte, würde sie ihn laut aussprechen können. Sich wieder an ihn erinnern … Der Schmerz schlug mit der Wucht einer Winterflut über ihr zusammen und begrub das, was eben noch so trügerisch nah gewesen war, erneut unter sich. Der Laut, der aus ihrer Kehle kam, war halb Klagen, halb Schrei. Hände packten ihre Schultern, schüttelten sie. Eine Stimme rief einen Namen. Ihren Namen. Darejan hob den Kopf und erkannte Niéne. Die Kriegerin musterte sie besorgt, ließ sie aber los, als sie sah, dass es ihr so weit gut ging.

Schritte näherten sich, blieben jedoch stehen, als die Isârde die Hand hob. Ihre hellen goldenen Augen forschten noch immer in Darejans Gesicht.

»Ist alles in Ordnung mit euch?«, vergewisserte sie sich leise und musterte sie noch einmal eindringlich.

Darejan nickte schwach. In ihrem Kopf war noch immer ein dumpfer Nachhall jenes Schmerzes, der ihr seinen Namen wieder entrissen hatte. Niéne presste die Lippen zu einem harten Strich zusammen. »Da ist etwas, das ihr wissen müsst«, sagte sie nach einem angespannten Atemzug. »Diese zweite, andere Magie. Ich habe sie auch in euch gespürt. Es ist eure eigene.« Darejan starrte sie an, als habe die Kriegerin ihr unversehens einen Dolch in den Bauch gestoßen. Plötzlich weigerten sich ihre Lungen, Luft zu holen. Dann war es doch wahr! Das Einzige, woran er sich bruchstückhaft erinnerte, und es war die Wahrheit. Sie war in jener Höhle unter dem GônBarrá gewesen und sie hatte ihre Magie gegen ihn benutzt. Dann hatte sie tatsächlich Cjar umgebracht und er nannte sie zu Recht eine Mörderin. Mochten die Sterne ihr vergeben, was war noch in ihren Erinnerungen verborgen? Was hatte sie ihm noch angetan?

Ein Brennen in ihrer Brust zwang sie zum Atmen. Hinter ihr erklang ein Räuspern und Niénes Augen lösten sich von ihrem Gesicht.

»Wir sind zum Aufbruch bereit«, hörte sie Oqwens leise Stimme. Die Kriegerin nickte und seine Schritte entfernten sich wieder.

»Es ist Zeit.« Sie maß Darejan mit einem langen Blick, dann zog sie einen kleinen Lederbeutel mit einem schmalen Schulterriemen heran, öffnete ihn und zeigte ihr seinen Inhalt. Zwei glasierte, wohl verschlossene Tongefäße und ein Leinensäckchen befanden sich darin, zusammen mit ein paar Tuchstreifen.

Niéne wies auf das größere, blaue der Gefäße. »Das Gemisch aus Aynraute, Blauklee und Sildknoten, mit dem ich seine Wunde behandelt habe. Nehmt so viel davon, wie auf eure Handfläche passt, und gebt ein wenig Wasser dazu, bis ihr einen zähen Brei habt, der sich leicht verstreichen lässt. Am besten tragt ihr ihn zwei Mal am Tag auf.« Ihre Finger legten sich auf das zweite Gefäß, das in einem dunklen Grün lasiert war. »Grob gemahlene Grimflechtenwolle. Kocht ihm aus einem halben Hohlfinger davon morgens einen Tee. Er wird ihm helfen, den Tag besser zu überstehen und ihn vielleicht ein bisschen länger bei Kräften halten.« Darejan verzog den Mund zu einem freudlosen Lächeln. Sie kannte Grimflechtenwolle und ihre Wirkung. Ein Tee aus mehr als einem halben Hohlfinger und er würde auch die Nacht hindurch wach sein. Offenbar war ihr Gesichtsausdruck Niéne nicht entgangen, denn sie nickte ihr mit einem ganz ähnlichen Lächeln zu, dann deutet sie auf den Beutel. »Jollkleeblätter.«

Darejan zuckte zusammen. »Das ist nicht euer Ernst.«

Langsam stieß die Kriegerin den Atem aus. »Nein. Aber Oqwen hat mir erzählt, dass er sich heute Nacht im Schlaf ruhelos herumgeworfen und in seinen Albträumen um sich geschlagen hat. Und dass ihr immer wieder aufgestanden seid und ihn beruhigt habt. Vielleicht kommt der Zeitpunkt, an dem er euch für ein paar Stunden Schlaf *ohne* Träume dankbar sein wird. Und möglicherweise braucht auch ihr einmal eine Nacht, in der euer Schlaf ungestört ist.«

»Ich glaube nicht ...«

Niéne hob die Hand und schüttelte gleichzeitig den Kopf. »Es wird eure und auch seine Entscheidung sein. Aber ich will euch zumindest die Möglichkeit dazu bieten.« Sie verschloss den Beutel und reichte ihn Darejan. Dann stand sie auf und ging zu der kleinen Gruppe Krieger hinüber, die schon bei ihren Ragon warteten und bei denen auch Mirija mit einem Bündel in den Armen stand. Darejan folgte ihr.

Außer Oqwen erwarteten sie noch drei weitere Isârden bei den Tieren. Einer von ihnen war Siére, der zweite war bei den Männern gewesen, die sie gefangen genommen hatten, und der dritte war jener Krieger, der dem jungen Kerl, der sie als »Korunhure« beschimpft hatte, eine Ohrfeige verpasst hatte. Niéne stellte sie ihr als Ferde und Lurden vor. Dann bellte sie einen Befehl, und gleich darauf kam ein junger Bursche angerannt, der ein graubraun gesprenkeltes Ragon am Zügel hinter sich herzog. Sichtlich überrascht sah Oqwen seine Kommandantin an, die seinen Blick grinsend erwiderte.

»Dein Brudersohn reitet mit dir und deinen Männern«, ordnete sie an. »Er wird euch nützlicher sein als uns.«

Das also war Parrde, der Bote, der Niéne die Nachrichten aus Issra überbracht hatte. Darejan betrachtete den Jungen genauer. Er schien kaum alt genug zu sein, um den ersten Flaum auf den Wangen zu haben, und doch galt er bei den Isârden schon als erwachsen genug, um ein Schwert führen zu dürfen. Wie bei den anderen Kriegern war sein Kopf auf einer Seite rasiert und er trug sein Haar zu unzähligen dünnen Zöpfen geflochten.

Seine hellen braunen Augen wirkten ein wenig zu groß für sein Gesicht, wodurch er jung und verletzlich aussah. Er verbeugte sich respektvoll vor dem DúnAnór, der schweigend neben seinem Ragon stand und alles beobachtet, dann nickte er Darejan höflich zu und murmelte einen Gruß. Oqwen schien über den Umstand, dass sein Brudersohn ihren Trupp begleiten sollte, erleichtert und zugleich unangenehm berührt. Doch Niéne gab ihm keine Möglichkeit Einwände vorzubringen, sondern befahl ihm unverzüglich aufzubrechen.

Ohne dass es eines Wortes bedurft hätte, formierten sich die Krieger um sie. Oqwen übernahm die Spitze, und während Siére und Lurden zu beiden Seiten des DúnAnór ritten, nahmen Ferde und Parrde sie und Mirija, die hinter ihr auf ihrem Ragon saß, in ihre Mitte. Darejan warf einen raschen Blick über die Schulter. Niéne sah ihnen nach und hob die Hand zum Gruß. Darejan erwiderte die Geste, dann wandte die Kriegerin sich um und ging zu den übrigen Isârden zurück, die sie schon mit fertig gesattelten Ragon erwarteten.

»Das ist die ShaAdon?« Hinter Darejan beugte Mirija sich auf dem Rücken ihres Ragon zur Seite und spähte an ihr vorbei zu dem weißen Felsmassiv, das senkrecht vor ihnen aufragte. »Aber das sind ja Berge.«

»Es sind Tafelberge.« Parrde zügelte sein Reittier eine Armlänge neben ihnen und lächelte die junge Frau an. Sein Ragon kaute auf seinem Gebiss und scharrte mit den Hufen auf dem laubbedeckten Boden. »Hat man die Felswand erst einmal hinter sich gelassen, steht man auf einer Ebene, die sich bis zu den GônKador erstreckt.« Er wies nach vorne. »Siehst du den Schatten, dort hinten über der Ebene, der im Dunst verborgen ist? Das sind die GônKador, die Berge der Ewigkeit. Hinter ihnen sollen sich die Klippen des Anbeginns befinden und in ihnen liegt ...« Der junge Krieger verstummte, als sein Blick Mirijas begegnete. Schlagartig färbten seine Ohrläppchen sich tiefrot. Er räusperte sich angestrengt. »Naja, in ihnen soll der Zugang zum Reich der Toten liegen. Aber das weißt du bestimmt schon alles. Immerhin warst du die Schülerin eines Nekromanten«, beendete er seine Erklärungen ein wenig lahm und vermied es, sie noch einmal anzusehen. Dadurch bemerkte er den leicht verträumten Ausdruck auf ihrem Gesicht nicht, der von aufsteigender Röte verdrängt wurde. Hastig setzte sie sich auf dem

Rücken des Ragon zurecht und Darejan kämpfte ein Lächeln nieder. Schon am ersten Tag hatte es zwischen den beiden begonnen. Verstohlene Blicke, verlegenes Lächeln und gerötete Gesichter. Dass die anderen Isârden dem jungen Mann inzwischen ungefragt gute Ratschläge erteilten, wie er Mirijas Aufmerksamkeit und schließlich ihr Herz gewinnen könnte, war auch nicht unbedingt hilfreich.

»Und nun?« Oqwens scheinbar harmlose Frage lenkte Darejans Aufmerksamkeit auf die beiden Reiter vor ihnen. Der Isârden-Krieger hatte sein Ragon am Waldrand zum Stehen gebracht. Sein Blick, der eben noch über das kleine Stück Ebene vor ihnen gewandert war, richtete sich auf den Mann an seiner Seite. Der DúnAnór schwieg. Er starrte auf die helle Wand aus Stein, die sich dort vor ihnen auftürmte. Seine Schultern waren hochgezogen, sein ganzer Körper gespannt. Unter ihm scharrte das Ragon fauchend mit den Hufen. Er schien es nicht zu merken. Um sie herum warteten die anderen Krieger ebenso wie ihr Anführer auf eine Antwort.

»Ich weiß es nicht«, kam sie schließlich leise.

Einer der Isârden sagte etwas, das wie ein Fluch klang. Oqwen stieß ein Schnaufen aus, drehte sich im Sattel um und sah zu Mirija zurück. »Wie ist es mit euch, Adepta? Könnt ihr mir sagen, in welche Richtung wir weiter müssen?«

Die junge Frau zuckte hinter Darejan zusammen. Als sie nicht antwortete, zogen Oqwens Brauen sich zusammen.

»Nun, Adepta?« In seiner Stimme war die Ungeduld deutlich zu hören.

»Ich weiß es auch nicht«, flüsterte Mirija nach einem weiteren hilflosen Zögern.

Dieses Mal war das Schnaufen des Kriegers ein deutliches

Seufzen. »Heute ist es ohnehin zu spät, um weiterzureiten. Besser, wir bleiben für die Nacht hier am Waldrand. Dort draußen würde man ein Feuer zu weit sehen. Vielleicht fällt uns bis morgen früh etwas ein. – Absitzen!«

Keiner seiner Männer widersprach, während sie seinem Beispiel folgten und aus den Sätteln glitten. Auch Darejan stand schon neben ihrem Ragon, als sie bemerkte, dass der DúnAnór Oqwens Befehl nicht gefolgt war. Er starrte noch immer unverwandt zu der Felswand hin. Die Krieger warfen ihrem Anführer fragende Blicke zu, aber der bedeutete ihnen nach einem Moment, ihre Tiere abzusatteln und ein Lager für die Nacht zu errichten. Keiner von ihnen war schnell genug, als der DúnAnór seinem Ragon unvermittelt die Schenkel gegen den Leib drückte und auf die Ebene hinausgaloppierte, gerade auf die Felswand zu. Siére erholte sich zuerst von seiner Überraschung, warf sich auf den nackten Rücken seines eigenen Tieres und preschte dem DúnAnór hinterher. Ein Ruf Oqwens verhinderte, dass die anderen Krieger es ihm nachtaten. »Ein Mann genügt, um die Klinge im Auge zu behalten. Wir werden nicht hinter ihm herjagen, wie hinter einem Verbrecher«, beantwortete er ihre Einwände, noch ehe sie sie aussprechen konnten. Die Männer tauschten zwar irritierte Blicke, kümmerten sich dann aber um die Ragon und das Lager. Parrde führte Darejans und Mirijas Reittier auf einen Wink Oqwens davon, um es zu versorgen. Mirija wies der Krieger an, Steine für eine Feuerstelle zu suchen, und die junge Frau hastete gehorsam davon. Einen Moment lang musterte er Darejan, ehe er sich zu den ShaAdon umwandte.

»War es die richtige Entscheidung?«, fragte er, wobei er nur kurz aus dem Augenwinkel zu ihr herübersah.

Sie wusste, was er meinte, und nickte.

»Gut. Denn wenn ihm etwas zustößt, weiß ich nicht, wie wir den CordánDún finden sollen.«

Siére kam zurück, als die Sonne die weiße Felswand mit Feuer überzog. Die fragenden Blicke seiner Kameraden beantwortete er mit einem Kopfschütteln, während er absaß. »Er braucht niemanden, der auf ihn aufpasst. Es sei denn, einer von euch möchte ihm dabei zusehen, wie er an den Felsen entlangreitet. Immer nur hin und her.« Er blickte Oqwen an. »Spätestens wenn die Sonne untergegangen ist und man nichts mehr erkennen kann, kommt er wieder hierher. Verlass dich drauf.«

Der Schein ihres Lagerfeuers tanzte bereits über die Baumstämme, als der DúnAnór zurückkehrte. Er stand so plötzlich zwischen den Schatten, dass Siére, Ferde und Parrde aufgesprungen waren und nach ihren Schwertern gegriffen hatten, ehe sie ihn erkannten. Das Hemd klebte ihm auf der Haut, er wankte leicht. Seine Züge wirkten vor Erschöpfung nahezu grau. Und dennoch war in seinen Dämonenaugen ein seltsames Glitzern, das Darejan unwillkürlich schaudern ließ. Er nickte Lurden dankbar zu, als der ihm sein schweißbedecktes Ragon abnahm und das Tier davonführte. Mit langsamen, müden Bewegungen ging er um das Feuer herum und blieb vor Oqwen stehen, ohne einen der anderen zu beachten.

»Ich brauche eure Hilfe.« Seine Stimme war rau, und ein Unterton, der nach Verzweiflung klang, schwang in ihr.

»Was immer ihr wollt, sofern es in meiner Macht steht, Klinge.« Der Krieger erhob sich. Und riss verblüfft die Augen auf, als sein Gegenüber den Säbel aus der Scheide zog und die Spitze auf seine Brust richtete.

»Kämpft mit mir!«

»Seid ihr verrückt geworden?« Ärgerlich schüttelte Oqwen den Kopf. »Warum sollte ich das tun?« Er wollte die Waffe beiseiteschlagen, doch die Säbelspitze hob sich sogar ein wenig höher, zielte jetzt auf seine Kehle.

»Kämpft mit mir!«, verlangte der DúnAnór erneut. Um ihn herum erhoben sich die anderen Isârden langsam. Ihre Hände legten sich auf die Griffe ihrer eigenen Waffen. Oqwen zischte ein Wort und sie ließen sie sichtlich widerstrebend wieder sinken.

»Ich werde nicht mit euch kämpfen. Gebt den Säbel her!«, forderte er entschieden. »Ihr seid völlig erschöpft und könnt nicht mehr klar denken.«

Der Säbel zitterte in der Hand des DúnAnór. »Das ist es ja gerade.« Die Verzweiflung war jetzt deutlich in seiner Stimme zu hören. »Ich kann noch immer *zu* klar denken.« Die Spitze der Klinge senkte sich dem Boden zu, als sei sie plötzlich zu schwer geworden. »Ich versuche, mich zu erinnern, aber ich kann nicht.« Er schüttelte den Kopf und wankte so gefährlich, dass Oqwen ihn am Arm packte. Der Blick, mit dem er den Isârden ansah, war blankes Flehen. »Manchmal, wenn mein Geist leer ist oder auf etwas gänzlich anderes konzentriert, weiß ich Dinge einfach. Sie sind plötzlich da. Deshalb will ich, dass ihr mit mir kämpft. – Verdammt, helft mir! Helft mir, *nicht* zu denken, damit ich mich *erinnern* kann.«

Mit einem Mal war nur noch das Knacken des Feuers zu hören. Die Krieger starrten ihn in fassungslosem Schweigen an.

Angespannt sah Darejan zu, wie der DúnAnór aus ihrem Kreis heraustrat, die Säbelscheide von seiner Hüfte löste und achtlos ins Gras fallen ließ. Oqwen zog seine eigene Waffe aus ihrer Hülle und folgte ihm ein kleines Stück zwischen die Bäume, zu einem Platz, an dem die Stämme weiter voneinander entfernt standen. Wie die anderen war auch Darejan aufgestanden und beobachtete hilflos, wie die beiden Männer einander langsam umkreisten. Die Säbel klirrten in den ersten Schlägen gegeneinander, doch schon nach ein paar Hieben mehr stieß der DúnAnór ein wütendes Heulen aus.

»Verdammt sollt ihr sein, Isârde! Kämpft mit mir, als wolltet ihr mich töten!«, drang seine Stimme bis zu ihnen herüber. Was Oqwen ihm antwortete, konnte Darejan nicht verstehen, aber die Klingen trafen um einiges härter und schneller zusammen, als sie ein weiteres Mal aufeinander losgingen. Sie ballte die Hände zu Fäusten und öffnete sie unruhig wieder, während sie zusah, wie Angriff und Parade, Finte und Stoß und wieder Parade auf Angriff und wieder Angriff in einem gefährlichen Tanz aufeinanderfolgten. Sie hörte das Pfeifen, wenn Schläge vorbeigingen, das helle Schaben von Stahl auf Stahl, wenn die Säbel aneinander abglitten, die gemurmelten Kommentare der anderen Krieger, die Anerkennung in ihren Worten, die dem DúnAnór galt, obwohl Oqwen ihm gegenüber von Anfang an im Vorteil war. Sie sah, wie die Bewegungen des DúnAnór langsamer, hölzerner wurden, sah, wie er immer öfter strauchelte, sich im letzten Moment fing und Oqwens Schläge mit Not parierte.

Wann sich etwas im Rhythmus dieses tödlichen Tanzes änderte, wusste sie später nicht mehr zu sagen. Aber irgendwann begannen Wortfetzen zu ihnen herzuwehen. Sie glaubte zu sehen, wie Oqwens Augen sich weiteten, er für einen Moment so verblüfft war, dass ein Hieb beinahe seine Schulter getroffen hätte. Das Gesicht des DúnAnór hatte sich zu einer Maske aus Qual verzerrt. Er hielt den Säbel mit beiden Händen, drosch schier blind auf Oqwen ein. Der Krieger parierte, wich aus und lauschte offenbar angestrengt auf die Worte, die sein Gegner hervorkeuchte. Dann war es mit einem Mal vorbei. Der DúnAnór fiel auf die Knie. Der Säbel entglitt ihm, er krallte die Hände in sein Haar, ohne auch nur den Versuch zu unternehmen, Oqwens Waffe aufzuhalten, die sich seitlich in seinen Hals graben musste. Darejan hörte Mirija neben sich aufschreien und rannte schon auf die beiden Krieger zu. Die Klinge kam direkt unter seinem Ohr zum Stillstand, er krümmte sich, dann kippte er vornüber und lag reglos im Gras. Oqwen hatte seine eigene Waffe fortgeworfen, kniete sich eben neben den DúnAnór und drehte ihn auf den Rücken, als Darejan sie erreichte. Das Erste, was sie sah, war das Blut, das sein Gesicht bedeckte. Doch ehe sie etwas sagen konnte, packte der Isârde sie am Handgelenk und zwang sie, ihn anzusehen.

»Nasenbluten.« Er schüttelte ihre Hand, bis er sicher war, dass sie begriff, was er sagte. »Versteht ihr, er ist nicht verletzt. Er hat Nasenbluten von der Anstrengung.«

Benommen nickte sie. »Kaltes Wasser«, murmelte sie. Hinter ihr stürmte jemand davon, während sie den DúnAnór mit Oqwens Hilfe aufrichtete, damit das Blut ungehindert fließen konnte. Sein Kopf sackte auf seine Brust. Sie glaubte, ein Stöhnen zu hören, und lehnte ihn leicht vornübergebeugt an ihre Schulter, zwängte ihre Finger zwischen seine Lippen, damit er durch den Mund atmete. Mirija kam mit einem nassen Tuch angerannt, das sie ihm hastig in den Nacken legte. Über ihren Kopf hinweg gab Oqwen Befehle, die schweigend befolgt wurden. Als das Blut versiegte, trugen die Krieger den DúnAnór zum Feuer hinüber, wo sie ihn behutsam auf ein paar Decken legten. Sie halfen Darejan, ihm das rotfleckige Hemd auszuziehen und es ihm möglichst bequem zu machen, ehe sie sich respektvoll ein wenig zurückzogen. Darejan hob wie schon so oft seinen Kopf auf ihren Schoß und legte ihm das kalte, feuchte Tuch erneut in den Nacken. Die Narbe auf seiner Brust war gerötet, wie immer am Ende eines Tages, wenn er seinen erschöpften Körper bis an die Grenzen getrieben hatte. Unter dem Brei aus Aynraute, Blauklee und Sildknoten hatte sie sich in eine fahle, runzelige Linie verwandelt, die die Runenlinien deutlich sichtbar zerschnitt. Mirija hielt ihr eine Schale mit Wasser und half ihr, ihn von den letzten Blutresten zu säubern, ehe sie ihm die Decke über die Schultern zogen. Sie sah auf, als sie Oqwen neben sich bemerkte.

»Hat er sich erinnert?« Sie erschrak selbst über die Bitterkeit in ihrem Ton.

Der Krieger nickte. »Ja. Und ich bete darum, dass ich ihm niemals wieder in einem Kampf gegenübertreten muss. So etwas habe ich noch nie erlebt, und ich will es auch nie wieder erleben«, murmelte er ehrfürchtig. »Zum Schluss hat er nicht nur mit mir gekämpft, sondern auch mit der Qual in seinem Kopf.« Erschreckend behutsam strich er eine Falte über der Brust des DúnAnór glatt. »Kümmert euch gut um ihn. Er hat alles gegeben, was er konnte, und noch mehr.« Er blickte zu seinen Männern empor. »Ihr werdet bei eurer Ehre und eurem Blut schwören, dass das, was ihr jetzt hören werdet, niemals an die Ohren anderer dringen wird.«

Einer nach dem anderen gelobten die Krieger mit einem gemurmelten »Bei meiner Ehre und meinem Blut: Ich schwöre« Stillschweigen.

Er wartete, bis auch Darejan und Mirija die Worte wiederholt hatten, dann nickte er. »Wir suchen keinen Weg auf die

ShaAdon hinauf, sondern einen, der unter ihr hindurchführt«, teilte er den Männern mit. Seine erhobene Hand beendete ihr erstauntes Gemurmel. »Wir müssen nach einer Felsspalte Ausschau halten. Sie ist gerade groß genug, dass ein Karren und vielleicht noch ein Reiter nebeneinander hindurchpassen. Sie dürfte ziemlich schwer zu finden sein, da die Felsen an ihrem Eingang einander überschneiden, sodass man ihn wahrscheinlich auf den ersten Blick nicht sehen kann. Achtet auf dünne Felsnadeln, die ein klein wenig vorgelagert sind.« Oqwen zögerte, schaute auf den DúnAnór hinab, der still unter den Decken lag. »Ehe er zusammenbrach, sagte er noch etwas, das wie Mittagsfeuer und Schreie klang, aber ich kann nicht erklären, was er damit meinte. Allerdings wäre es denkbar, dass der Zugang zum CordánDún nicht nur gut verborgen, sondern auch gesichert ist. Wir müssen also äußerst wachsam sein.« Er sah seine Krieger wieder an. »Morgen früh, bei Sonnenaufgang sind wir an den Felsen und beginnen mit der Suche. Einer von uns bleibt mit den beiden Frauen und der Klinge hier. Wir werden sie erst nachholen, wenn wir den Eingang gefunden haben.« Die Männer bekundeten nickend ihre Zustimmung und zogen sich dann auf die andere Seite des Feuers zurück. Auch Oqwen erhob sich und ging zu seinen Decken hinüber. Und nachdem sie die junge Frau gebeten hatte, ihr noch einmal die Schale mit frischem Wasser zu füllen und den Wasserschlauch zusammen mit einem Becher in ihrer Reichweite zu lassen, schickte Darejan auch Mirija zu Bett. Das Feuer war schon weit heruntergebrannt, als sie merkte, wie der DúnAnór aus der Bewusstlosigkeit in den Schlaf hinüberglitt. Sie feuchtete das Tuch in seinem Nacken noch einmal an, dann bettete sie seinen Kopf sanft auf eine zusammengefaltete Decke und legte sich neben ihn. Die

Hand auf seiner Brust lauschte sie seinen ruhigen Atemzügen, bis sie selbst einschlief. Zum ersten Mal, seit sie zum Cordán-Dún aufgebrochen waren, wurde er nicht von Albträumen gequält. Selbst dazu war er zu erschöpft.

Es war noch früh am Morgen, als er sich am nächsten Tag allmählich wieder zu regen begann. In Laufe der Nacht hatte er sich halb zur Seite gerollt und die Arme unter den Decken hervorgezogen, sodass er nicht mehr länger wie aufgebahrt dagelegen hatte. Als seine Finger sich fahrig auf dem Tuch zu bewegen begannen, setzte Darejan sich neben ihn und wartete schweigend. Schließlich hob er mit einem schwachen Stöhnen die Hand an die Stirn und wälzte sich schwerfällig auf den Rücken. Einen Moment lang presste er die geschlossenen Lider fester aufeinander, ehe er sie blinzelnd öffnete. Sein Blick war trüb, doch dann klärte er sich langsam und er wandte den Kopf. Als er Darejan neben sich entdeckte, zogen seine Augen sich leicht zusammen … einen Herzschlag später weiteten sie sich wieder und er setzte sich ruckartig auf. Zumindest versuchte er es, doch Darejans Hand auf seiner Brust und seine eigene Schwäche ließen ihn wieder zurückfallen. Ärgerlich sah er sie ein paar schwere Atemzüge lang an, dann jedoch glättete sich seine Stirn und sein Blick wanderte zu den Baumwipfeln hinauf.

»Habe ich mich erinnert?«, fragte er irgendwann leise und rieb sich die Schläfe.

»Ja.« Darejan nahm die Hand von seiner Brust. »Oqwen und seine Männer haben sich bei Sonnenaufgang auf die Suche nach der Spalte gemacht, die du ihm beschrieben hast.« Mit einem Lächeln stand sie auf. »Seit letzter Nacht bist du für sie endgültig zum Helden geworden.«

»Helden?« Verwundert ließ er den Arm sinken und schaute sie an.

»Ja, Helden. Bleib liegen. Ich bringe dir etwas zu essen.« Ohne auf sein »Ich habe keinen Hunger!« zu achten, ging sie zum Feuer und füllte eine Schale aus dem Topf, der darüber brodelte. Als sie sich umdrehte, bemerkte sie den Blick, mit dem er sie beobachtete. Auf diese Art hatte er sie in den letzten Tagen immer wieder angesehen. Seltsam eindringlich, grübelnd und zugleich gedankenverloren. Und mit leisem Bedauern. Sie hatte es ohne zu fragen hingenommen. Ebenso wie den Umstand, dass er sie beinah mit widerwilligem Respekt behandelte. Die Schale in den Händen kniete sie sich wieder neben ihn. Er sah auf wie ertappt, blinzelte ein paar Mal, dann musterte er den Inhalt argwöhnisch.

»Was ist das?«, wollte er wissen, während er sich auf einen Ellbogen hochstemmte.

»Nassrel-Brühe. Lurden ist ein begnadeter Jäger. Nachdem das Los auf ihn gefallen ist, hier auf dich, Mirija und mich aufpassen zu müssen, kam ihm der Einfall, sich in der Nähe ein wenig umzusehen, ob er uns nicht etwas anderes als Brot, harten Käse und Rauchfleisch auf den Tisch bringen könnte.« Sie hielt ihm die Schale hin. »Iss!«, ein listiges Lächeln zuckte in ihren Mundwinkeln. »Oder soll ich dich füttern?« Mit dieser Drohung hatte Oqwen es geschafft, ihn bei jeder Rast wenigstens zu ein paar Bissen Brot zu zwingen.

Er knurrte sie an, setzte sich aber endgültig auf und nahm ihr die Schüssel ab.

»Wo sind Lurden und Mirija?« Einen Moment starrte er auf die klare, dunkle Brühe hinab, dann verzog er das Gesicht und gab sie ihr zurück. »Nein. Ich kann nicht.«

Darejan runzelte die Stirn und musterte ihn besorgt. »Versuch es wenigstens. Oder willst du ein Stück Fleisch?«

»Nein!« Plötzlich sah er aus, als hätte sie ihm etwas absolut Ekelerregendes angeboten.

»Warum?«

Mürrisch sah er sie aus dem Augenwinkel an. »Warum was?«

»Warum willst du nichts essen? Das geht schon fast einen Vollmond so, dass du nur trinkst und kaum einen Bissen Brot zu dir nimmst. Von Fleisch wollen wir gar nicht erst reden. Du musst doch hungrig sein? So wirst du niemals wieder zu Kräften kommen.« Sie wusste, wie sie sich anhörte, und biss sich auf die Lippe.

Einen Moment sah er sie weiter an, dann rieb er sich mit beiden Händen übers Gesicht. »Weil mir allein bei dem Gedanken an Essen übel wird. Weil sich mir bei dem Geruch von Fleisch, Brot oder Käse, oder was auch immer, die Eingeweide zusammenziehen und mir die Galle in der Kehle sitzt. Ich habe nur Durst, und Wasser ist zum Glück das Einzige, auf das mein Magen nicht so heftig reagiert.« Wieder sah er sie von der Seite an. »Zufrieden?«

Darejan widerstand nur schwer der Versuchung, ihm die Hand auf den Arm zu legen. »Und Brühe geht auch nicht?«

»Nein.«

»Weißt du, warum das so ist?« Sie stellte die Schale beiseite.

Seine Antwort war ein Kopfschütteln. »Warum erzähle ich dir das eigentlich?« Er bedachte sie mit einem ärgerlichen Blick.

»Weil du es irgendwann jemandem erzählen musstest und weil ich gefragt habe?«, schlug sie vor und erntete ein aufgebrachtes Schnauben, während er die Decken von sich schob und sich anschickte aufzustehen. Er schaffte es erst, als Darejan ihm half. Den besorgten Blick, mit dem sie seine schwankende Gestalt musterte, erwiderte er mit starrsinnig vorgeschobenem Kinn, bis sie ihn losließ und zurücktrat. Noch immer leicht unsicher auf den Beinen sah er sich um.

»Also, wo sind Lurden und Mirija?«, wiederholte er seine Frage von zuvor.

Darejan hob die Schale vom Boden auf. »Lurden wollte die Ragon an einer Quelle in der Nähe tränken und anschließend hier in Rufweite sein Jagdglück noch einmal versuchen. Und Mirija ...« Sie hob leicht die Schultern. »Mirija wollte allein sein und ist zum Waldrand hinübergegangen. – Ich glaube, sie hat Angst.«

»Angst?« Der DúnAnór neigte den Kopf.

»Ja, Angst. Ich nehme an, sie hat ihr Leben lang davon geträumt, die Ordensburg der DúnAnór einmal mit eigenen Augen sehen zu dürfen und vielleicht sogar zur Nekromantia einer Klinge der Seelen erwählt zu werden, und jetzt geht zumindest ein Teil ihrer Träume unter solchen Vorzeichen in Erfüllung. Wahrscheinlich fürchtet sie sich davor, etwas falsch zu machen oder einfach als unwürdig angesehen und wieder nach Hause geschickt zu werden.«

»Das würde niemand tun.«

Jetzt legte Darejan den Kopf schief. »Sicher?«

Er schwieg, und sie spürte sein Unbehagen, weil er sich solcher Dinge nicht sicher sein *konnte,* ehe er sein Gedächtnis nicht zurückerlangt hatte. Nach einem Moment des Schweigens räusperte er sich.

»Wo ist diese Quelle, von der du gesprochen hast?«, fragte er und kämmte sich mit den Fingern das Haar zurück.

»Da entlang!« Sie wies in die entsprechende Richtung. »Aber ich habe hier auch Wasser.«

»Nein. Ich will mich waschen. Außerdem brauche ich ein bisschen Bewegung. Oqwen hat einen Schlag wie ein Stier. Mir tut jeder Knochen weh.« Als sie den Mund öffnete, um etwas zu sagen, hob er die Hand. »Keine Angst, ich gehe nur bis zur Quelle«, versprach er, dann wandte er sich ab und schwankte zwischen den Bäumen davon.

Darejan schaute ihm nach. Die Sonne brachte seinen zerzausten Schopf zum Schimmern. Warum fiel ihr erst jetzt auf, wie viele helle Strähnen darin waren? Hatte sie das wirklich vergessen können? Oder war es ihr damals nicht aufgefallen? Sie verdrängte den Gedanken und ging mit der Schale zum Feuer zurück, wo sie die unberührte Suppe in den Topf zurückgoss, die Schale säuberte, mit Wasser füllte und sie dicht neben die Flammen stellte, um es anzuwärmen. Aus ihrem Beutel holte sie das blaue Tongefäß mit dem getrockneten Gemisch aus Aynraute, Blauklee und Sildknoten und schüttete ein wenig davon in eine zweite Schale. Wenn er zurückkam, würde der Kräuterbrei fertig sein und vielleicht würde sie ihn heute einmal ohne das übliche Gemurre seinerseits auf seine Narbe streichen können. Sie schob ein paar frische Äste ins Feuer, gab die ersten Wassertropfen zu dem Gemisch und begann es zu verrühren. Ein paar kleine Klumpen hatten sich gebildet. Sie strich sie an der Schalenwand glatt. Der Gedanke war plötzlich da. Ein Wort. Nein, kein Wort. Ein Name. Mit einem Mal zitterten ihre Hände. *Sein* Name! Ohne sich dessen bewusst zu sein, stellte sie die Schale beiseite und stand auf. Das kurze Stück vom Feuer zu den ersten Bäumen legte sie noch langsam zurück. Auf dem Weg zur Quelle rannte sie.

Er kniete am Rand des Wassers, hatte ihr den Rücken zugewandt und schien sie nicht bemerkt zu haben. Sein Blick war starr auf die glitzernde Oberfläche gerichtet. Eine Hand am Stamm einer Narlbirke abgestützt, blieb sie stehen. Ihr Herz schlug wild in ihrer Kehle.

»Javreen.« Ihre Stimme gehorchte ihr kaum.

Er rührte sich nicht. Vielleicht hatte er sie nicht gehört.

»Javreen«, wiederholte sie, lauter diesmal.

Er hob den Kopf, als würde er auf etwas lauschen, dann drehte er sich noch auf den Knien halb zu ihr um. Der Ausdruck auf seinem Gesicht ließ ihr Herz an seinen Platz zurückfallen wie einen Stein. Er erinnerte sich nicht.

Hastig stieß sie sich von dem Baum ab und ging auf ihn zu.

»Was ist denn?« Sichtlich verwundert stand er auf und kam ihr entgegen.

»Javreen. Das ist dein Name.« Direkt vor ihm blieb sie stehen.

Er machte einen Schritt zurück, starrte sie an. Die Falte zwischen seinen Brauen vertiefte sich. »Was …?«

»Verstehst du denn nicht, du …«

»Warte!« Mit einer Geste und einem Kopfschütteln brachte er sie zum Schweigen. »Was soll das heißen, das ist mein Name. Wie … Wieso …« Erneut schüttelte er den Kopf, fuhr sich mit beiden Händen durchs Haar. »Wie kommst du darauf, dass ich ›Javreen‹ heiße?«

»Weil es so ist! Ich weiß, es klingt seltsam, aber du musst mir glauben. Ich habe mich eben wieder an ihn erinnert und …«

»Moment!« Er machte einen weiteren Schritt rückwärts. »Willst du behaupten, du hättest meinen Namen die ganze Zeit gewusst und hättest dich nur nicht an ihn erinnern können? Und eben gerade wäre er dir wieder eingefallen?«

»Ja!« Darejan nickte. »Ist das nicht wunderbar? Endlich …«

»Wunderbar?« Er klang, als würde er ersticken. Erst jetzt bemerkte sie, dass er am ganzen Körper zitterte und die Hände zu Fäusten geballt hatte.

»Was ist?« Jetzt wich sie vor ihm zurück.

»Was ist?« Seine Stimme war ein Zischen. In seinen Augen kämpfte Wut mit Schmerz. Die Wut gewann. »Was ist?« Die Worte kippten. »Findest du das amüsant? Denkst du ernsthaft, ich glaube dir auch nur ein Wort davon, dass du wie ich deine Erinnerung verloren hattest und dass du dich erst jetzt wieder an meinen Namen erinnert hast? Denkst du das tatsächlich?«, fuhr er sie an. »Wie überaus günstig, dass es dir ausgerechnet jetzt wieder eingefallen ist, wie?« Er lachte höhnisch, doch als er weitersprach, war sein Ton bitter. »Warum? Warum tust du das?« Angewidert blickte er sie an. »Was hast du wirklich dabei gedacht?«

»Ich hatte ihn vergessen! Und bis vor ein paar Tagen wusste ich selbst nicht, dass ich ihn kannte. Dann konnte ich mich wieder daran erinnern, nur dein Name selbst wollte mir nicht einfallen. Ich hatte ihn wirklich vergessen. Glaub mir!«

»Und warum hast du mir zumindest *das* dann nicht schon früher gesagt?« Mit einem Mal klang er müde.

»Hättest du mir denn geglaubt?«, fragte sie schwach.

Leise und bitter lachte er. »Aber du erwartest, dass ich dir jetzt glaube.« Er schüttelte den Kopf. »Weißt du, ich habe auf dem Ritt hierher über all das nachgedacht und ich hätte …« Mit einer enttäuschten Geste schnitt er sich selbst das Wort ab. »Was soll das jetzt noch? Es ist egal.« Sein feindseliger Blick trieb sie noch weiter zurück. »Ich muss deine Gesellschaft noch einen, höchstens zwei Tage ertragen, Hexe. Sieh zu, dass du dich in dieser Zeit von mir fernhältst.« Damit drängte er sich an ihr vorbei und ging zum Lager zurück. Darejan starrte ihm wie betäubt hinterher. Hatte sie tatsächlich erwartet, dass er ihr glaubte? Ihr Sterne, sie hatte ihn verraten. Er mochte sich vielleicht nicht daran erinnern, aber *sie* tat es. Sie presste die Handflächen gegeneinander, blickte zu den Baumwipfeln hinauf. Wenn er ihr seinen eigenen Namen nicht glaubte, was würde erst geschehen, wenn sie ihm all das erzählte, woran sie sich inzwischen noch erinnerte? Vielleicht hätte sie es ihm sagen sollen, bevor sie hierher aufgebrochen waren. Aber der Ausdruck in seinen Augen, als sie ihn gefragt hatte, ob es ihm lieber gewesen wäre, wenn sei ihn im Schleier gelassen hätte ... Allein der Gedanke daran ließ sie schaudern.

Ein Ruf vom Lager her zwang sie zurückzugehen. Sie erreichte die Lichtung zwischen den Bäumen, als Ferde gerade vom Rücken seines Ragon stieg. »... sollten nicht lange auf sich warten lassen«, hörte sie ihn zu Lurden sagen, der die Zügel des Tieres hielt. »Ich habe Parrde zu ihnen geschickt, als wir die Spalte gefunden hatten.« Er schüttelte den Kopf, als sei er über seinen und Parrdes Erfolg noch immer erstaunt. »Sie liegt ungefähr eine Stunde von hier in nördlicher Richtung. Wir sind zwei Mal daran vorbeigeritten, und wir hätten sie auch beim dritten Mal nicht gesehen, wenn sich nicht gerade, als wir davor waren, eine Wolke vor die Sonne geschoben hätte und den Schattenfall verändert hat.« Über die Schulter blickte er zu dem DúnAnór hin, der schweigend neben dem Feuer stand. »Die alten Geschichten stimmen. Nur wer den Weg zum Horst der Klingen kennt, kann ihn beschreiben.«

Der DúnAnór hob den Kopf, sein Blick streifte Darejan in flüchtiger Kälte, als er von Feuer aufsah und zu den beiden Isârden hin. »Werdet ihr die Spalte denn wieder finden?«

Ferde grinste, während er sein Ragon an den Rand der Lichtung führte und dann zurückkam. »Ja. Jetzt weiß ich, wonach ich suchen muss.« Sein Blick fiel auf den Topf mit seinem brodelnden Inhalt. Genießerisch sog er den Duft ein, doch als er sich darüberbeugte, runzelte er flüchtig die Stirn. »Brühe? Wessen Einfall war denn das?«, brummte er mehr zu sich selbst, füllte sich jedoch eine Schale. Dass er auf dem Grund des Topfes auch Fleisch fand, schien ihn ein wenig zu besänftigen.

Wenig später tauchten auch Siére und Oqwen zwischen den Bäumen auf. Parrde kam ein Stück hinter ihnen. Mirija saß vor ihm im Sattel. Die Männer stiegen von ihren Ragon. Oqwen warf einen Blick auf den Topf, bedachte Lurden mit einem Grinsen und einem Nicken und befahl, alles zusammenzupacken, damit sie unverzüglich aufbrechen konnten. Die Krieger gehorchten, doch irgendwie gelang es ihnen, den Topf zu leeren, ehe sie auch ihn verstauten.

Darejans Versuch, den noch leidlich warmen Kräuterbrei auf die Narbe des DúnAnór zu streichen, wurde von ihm mit einigen barschen, abweisenden Worten zunichtegemacht. Dass er sie einfach stehen ließ, blieb keinem der Isárden verborgen.

Schließlich verließen sie den WrenAdrén und ritten in nördliche Richtung. Dieses Mal übernahm Ferde die Führung. Die Sonne ließ die Haut der Isárden in der dunklen Farbe von uraltem poliertem Rildenholz schimmern.

Wie schon die letzten Tage saß Mirija hinter Darejan im Sattel. Den ganzen Weg bis zu der verborgenen Spalte im Fels spürte sie immer wieder den Blick des DúnAnór auf sich, voller Schmerz und Unsicherheit. Jedes Mal, wenn sie versuchte, seine Augen mit ihren festzuhalten, wandte er sich brüsk ab.

Als sie die GônAdon erreichten, führte Ferde sie am Fuß der weiß schimmernden Steilwand entlang, bis er endlich sein Ragon zum Stehen brachte und auf die Felsen wies. Während er und Parrde ein wissendes Grinsen tauschten, blickten die anderen Isârden mehrere Momente suchend auf die Bergseite, bis eine der in unregelmäßigen Abständen über den Himmel ziehenden Wolken sich für einen kurzen Moment vor die Sonne schob und die Krieger überrascht die Augen aufrissen. Denn erst als die Schatten über die weißen Felsen glitten, sah man, dass sie an einer Stelle tiefer waren. Hier öffnete sich eine Spalte in der senkrechten Wand, – die jedoch schon nach wenigen Schritten zu enden schien. Aber was wie eine Sackgasse aussah, waren tatsächlich zwei direkt aufeinanderfolgende scharfe Kehren, die sich um eine natürliche Felsmauer wanden. Dahinter lag der eigentliche Weg, der unter den GônAdon hindurchführte. Beinah wie der Dorn einer Sonnenuhr ragte eine dünne Felsnadel über dem Zugang schräg in den Himmel – und warf einen schmalen, kaum sichtbaren Schatten.

Oqwen bedachte Ferde und Parrde mit einem anerkennenden Nicken, dann drehte er sich im Sattel zu dem DúnAnór um, der seltsam angespannt immer wieder zur Sonne blickte.

»Stimmt etwas nicht, Klinge?« Bei seiner Frage zuckte der zusammen. Auf seiner Stirn standen scharfe Falten. Doch dann presste er die Lippen zu einem Strich zusammen und schüttelte den Kopf.

»Gut.« Der Anführer der Krieger setzte sich zufrieden im Sattel zurecht, ehe er seinem Ragon die Fersen in die Flanken stupste und es in die Spalte hinein und um die Felsmauer herum gehen ließ. Von einem Lidschlag auf den anderen war er wie von dem Gestein verschluckt. Ein letztes Zögern und ein Blick zum Himmel hinauf, dann trieb der DúnAnór sein Tier hinter ihm her. Die anderen folgten ihm.

Die Kristalladern, die die Berge durchzogen, tauchten den Weg in fahlweißes, beinah grelles Licht, das durch die Felsdecke hindurch fiel. Die Wände hatten genug Abstand, sodass sie bequem nebeneinanderreiten konnten. Auch ein Karren hätte hier mühelos entlanggeführt werden können. Gelegentlich spannte sich eine von weißem Glitzern durchzogene Felssäule zwischen dem Boden und der zerklüfteten Decke. Die Luft war trocken und warm und stickig und schmeckte schal. Nur das Geräusch, das die Hufe der Ragon auf dem weißen, sandartigen Grund machten, durchbrach die Stille. Zuweilen klirrte Zaumzeug. In langsamem Schritt ging es in den natürlichen Stollen hinein, und obwohl alles in fast schmerzhafte Helligkeit getaucht war, pochte Darejans Herz hart gegen ihre Rippen, wenn sie an die Massen an Fels und Gestein dachte, die sich über ihrem Kopf türmten. Unruhig ließ sie den Blick über die Felswände und Decke wandern. Sie waren rau und gänzlich unbehauen und von unzähligen leuchtenden Kristalladern durchzogen, die das Sonnenlicht auf der Ebene hoch über ihnen einfingen und in die Tiefe der Felsen leiteten. Und mit jedem Schritt tiefer in den Berg hinein wurde es wärmer. Binnen kürzester Zeit rann ihnen der Schweiß in kleinen Rinnsalen über den Körper. Auch der Blick des DúnAnór glitt über die glitzernden Wände und Decken, doch in seinen Bewegungen lag eine seltsame Anspannung. Darejan kannte diesen Ausdruck in seinen Augen, die Bewegung, mit der er sich immer wieder mit den Fingerspitzen die Schläfen rieb. Er versuchte, sich an etwas zu erinnern, und schaffte es nicht.

Sie waren noch nicht all zu weit gekommen, als Oqwen sein Ragon zum Stehen brachte und den Boden nachdenklich betrachtete.

»Was ist?« Siére, der schräg hinter ihm geritten war, zügelte sein Reittier ebenfalls. Auch die anderen kamen zu einem Halt.

Der Anführer der Isârden wies auf etwas, das im sandigen Grund zu sehen war. »Hufspuren. Sie stammen von Pferden. Es muss ein ganzer Trupp Reiter gewesen sein. Sie sind in die gleiche Richtung wie wir gegangen und es kann noch nicht zu lange her sein. Das Seltsame ist, dass sie nur an ein paar wenigen Stellen zu sehen sind. Als wäre ein Windstoß über sie hinweggefegt und hätte sie verwischt.«

Siére lachte spöttisch. »Hier geht kein Wind, der irgendwelche Spuren verwischen könnte. Wahrscheinlich ein Trupp Klingen, die zum CordánDún zurückgekehrt sind. Wer sonst sollte diesen Weg noch kennen?« Mit der Hand wischte er sich den Schweiß von der Stirn. »Verdammt, hier ist es heiß wie in einem Feuerofen.«

Der Kopf des DúnAnór flog zu ihm herum. Mehrere Herzschläge lang starrte er den Krieger mit weit aufgerissenen Augen an, dann entfuhr ihm ein Laut des Entsetzens. »Mittagsfeuer!« Das Wort war nur ein Keuchen. »Raus hier!«

»Was?« Oqwen sah ihn an, als hätte er den Verstand verloren.

Doch anstelle einer Antwort wiederholte der DúnAnór nur drängend: »Raus hier!«, zerrte sein Ragon so grob herum, dass es mit einem Knurren halb auf die Hinterhand stieg, schlug ihm die Fersen in die Flanken und trieb es in wildem Galopp den Weg zurück. Oqwen fluchte, gab seinen Kriegern jedoch ein Zeichen, ihm zu folgen, und preschte selbst hinter dem DúnAnór her.

Sie hatten kaum mehr als die Hälfte der Strecke zum Stolleneingang hinter sich gebracht, als das Knistern und Zischen begann. Plötzlich schmeckte die Luft bitter. Hitze senkte sich mit mörderischem Gewicht auf sie herab. Die Ragon keuchten bei jedem Galoppsprung stärker. Die Felsen um sie herum begannen zu stöhnen, das Licht wurde greller, schmerzte jetzt in den Augen. Das Knistern steigerte sich zu einem Fauchen. Darejan wagte einen Blick über die Schulter zurück. Eine gleißende Wand aus weißem Feuer wälzte sich den Stollen entlang, träge und doch unaufhaltsam. Die Rufe der Isârden sagten ihr, dass auch sie die Gefahr erkannt hatten. Sie duckte sich tiefer über den Hals ihres Ragon, trieb es vorwärts. Mirija klammerte sich angsterfüllt an sie. Abermals sah sie zurück. Der Schrei erklang vor ihr und mischte sich mit dem Brüllen eines Ragon. Es gelang ihr gerade noch, sich wieder umzudrehen, ehe ihr eigenes Tier schon zu einem verzweifelten Sprung über Lurden und sein gestürztes Ragon ansetzte. Mit einem harten Schlag kamen sie auf der anderen Seite des Kriegers auf. Darejas Ragon brüllte auf, stolperte und stürzte dann ebenfalls. Sie hörte noch Mirijas Schrei, ehe sie gegen die weiß glitzernde Felswand schlug. Schmerz zuckte durch ihren Kopf, ihren Rücken hinunter. Plötzlich schrumpfte das Gleißen um sie herum zu den grauen wabernden Wänden eines immer enger werdenden Ganges. Sie glaubte Rufe und das Geräusch von Hufen zu hören. Bewegungen waren um sie herum, Hände packten sie, ihre Finger streiften einen zotteligen Mähnenkragen, das Ragon unter ihr tänzelte mit panischem Fauchen, stieg halb auf die Hinterbeine. Jemand brüllte einen Befehl und das Tier jagte zusammen mit den anderen Ragon los. Noch immer benommen klammerte sie sich an den Reiter, vor dem sie im Sattel saß. Sie musste sein Gesicht nicht sehen, oder die eisernen Ringe um seine Handgelenke, um zu wissen, wer es war. Das Ragon keuchte unter ihrem doppelten Gewicht, stolperte, wurde wieder aufgerichtet. Er schrie dem Tier irgendetwas zu und seine Galoppsprünge wurden noch einmal ein wenig länger. Die gleißende Wand streckte sich nach ihnen aus. Im gleichen Moment erreichten sie den Stollenausgang. Sie stoben vor der Hitze auseinander wie ein Rudel Hirsche, auf der Flucht vor der Hundemeute.

Als Darejan wieder klar denken konnte und der Schmerz in ihrem Kopf nachließ, hatten die Männer die Ragon in sicherem Abstand zu den Felsen zum Stehen gebracht. Sie keuchten ebenso wie die Tiere, die mit gesenkten Köpfen und am ganzen Körper zitternd dastanden. Außer den Spuren, die sie auf dem weichen Boden hinterlassen hatten, wies nichts mehr auf ihre wilde Flucht hin.

Hinter ihr war der DúnAnór vom Rücken des Ragon gerutscht und hockte auf dem Boden. Darejans Beine zitterten noch immer, als es ihr endlich gelang, selbst abzusteigen. Mirija sank gerade vom Rücken eines anderen Tieres in Parrdes Arme. Offenbar hatte Lurden sich nach ihrem Sturz in den Sattel ihres eigenen Ragon geschwungen. Eben gerade ging der Krieger zusammen mit Ferde zu einem Ragon hin, das auf drei Beinen vor Angst fauchend umherhumpelte.

Oqwen war ebenfalls abgesessen und kam herüber.

»Warum habt ihr davon nichts gesagt?« Wütend packte er den DúnAnór am Hemd und zerrte ihn halb zu sich in die Höhe. »Ihr habt uns beinah in den sicheren Tod geführt.«

»Es tut mir leid, ich …« Er unternahm noch nicht einmal den Versuch, sich zu wehren.

Der Krieger stieß ihn so hart von sich, dass er rücklings zu Boden stürzte und liegen blieb. »Leid?« Der Isârde brüllte wie ein Stier. »Einer meiner Männer und die beiden Frauen wären beinah getötet worden! Und alles, was ihr dazu zu sagen habt, ist: ›Es tut mir leid.‹«

»Hört auf!« Darejan trat zwischen die Männer.

Mit geballten Fäusten funkelte Oqwen sie an. »Warum hat er uns nicht gewarnt?«, verlangte er von ihr zu erfahren.

»Weil er sich nicht daran erinnern konnte.« Sie bemühte sich, ruhig zu klingen.

»Und wieso konnte er uns dann doch im letzten Moment warnen?« Seine Hand wischte durch die Luft, als sie antworten wollte, und brachte sie zum Schweigen. Er kämpfte sichtlich mit seinem Zorn, während er um einiges gefasster weitersprach. »Ich will es nicht wissen.« Er schaute erneut auf den DúnAnór, der die Arme um sich selbst geschlungen hatte. »Alles, was ich wissen will, ist: Was war das? Wird es sich wiederholen? Und: Was erwartet uns noch in diesem Stollen?« Der Isârde beugte sich zu ihm hinab. »Antwortet mir!«, verlangte er scharf.

Die silbernen Augen zuckten zu Oqwen, huschten dann zu dem Stolleneingang mit der Felsnadel und weiter zur Sonne, die über ihnen in ihrem Zenit stand, ehe sie zu dem Krieger zurückkehrten. Darejan sah das Flackern in ihren Tiefen, ehe er den Kopf senkte und die Hände gegen die Schläfen presste.

»Mittagsfeuer.« Das Wort kam wie ein Stöhnen über seine Lippen. »Es hat ... etwas mit den Kristalladern und der Sonne zu tun. Es ... es entsteht, wenn ... ich glaube, wenn die Sonne ... im Zenit steht.« Seine Atemzüge hatten sich in ein abgehacktes Keuchen verwandelt.

»Bedeutet das, man kann nur nachts ungefährdet hindurchreiten?«

»Ja. Nein.« Er krallte die Finger in sein Haar. »Ich bin mir nicht sicher.«

Oqwen presste die Kiefer aufeinander, beugte sich zu ihm, packte ihn an der Schulter und zwang den anderen, ihn anzusehen. »Was ist noch in diesem Stollen? Ihr müsst Euch erinnern! Was ist da noch?«

Ein Zittern durchrann den DúnAnór. Darejan sah die Qual in seinen Augen, das Flackern in ihren Tiefen ... Der Krieger hatte recht: Sie mussten wissen, was sie noch unter der Sha-Adon erwartete.

»Was ist da noch?«, fragte Oqwen erneut, sehr viel schärfer dieses Mal, und packte den Mann am Boden fester.

Der schüttelte den Kopf. »Ich weiß es nicht. – Ich weiß es nicht.« Er stieß die Worte wieder und wieder hervor, bis sie zu einem gellenden Schrei wurden und er sich mit einem gepeinigten Keuchen vornüberkrümmte. Oqwen hatte ihn losgelassen und wich jetzt verblüfft zurück, als der DúnAnór unvermittelt aufsprang, ihn beiseitestieß, ein paar unsichere Schritte von ihnen fort und gegen das Ragon stolperte, das mit einem erschrockenen Fauchen den Kopf aufwarf. Die Finger in den Mähnenkragen des Tieres geklammert, stand er dann schwer atmend neben ihm und drückte die Stirn gegen dessen von Schweiß dunkles Fell. Der Krieger starrte verständnislos auf seinen bebenden Rücken.

»Ich weiß es nicht.« Die Stimme des DúnAnór klang in der Stille erschreckend hilflos. »Gebt mir ein wenig Zeit.«

Oqwen knurrte ärgerlich. »Wir versuchen es noch einmal, wenn die Sonne untergeht. Vielleicht könnt ihr mir dann sagen, was ich wissen will.«

Der DúnAnór nickte schweigend gegen den Hals des Ragon. Einen Moment betrachtete der Isârde ihn mit einem gereizten Blick, dann ging er zu seinen Männern hinüber.

Ein gepresstes »Du auch, Hexe! Verschwinde!«, brachte Darejan dazu, Oqwen zu folgen.

Bis zum Sonnenuntergang blieb die Stimmung angespannt. Die Isârden kümmerten sich um die Ragon, die zwar verängstigt, aber, abgesehen von Lurdens Tier, alle unverletzt waren. Außer blauen Flecken und ein paar schmerzhaften Schürfwunden hatten auch ihre Reiter den Zwischenfall unbeschadet überstanden. Auf Oqwens Befehl hin mieden die Krieger den Dún-Anór, der entweder reglos vor dem verborgenen Eingang des Stollens saß und vor sich hin starrte oder einige Male für längere Zeit darin verschwand. Als er einmal beängstigend lange in seinem Inneren blieb, folgte Darejan ihm. Sie fand ihn ein paar Dutzend Schritte weit drinnen, wo er vor der Wand stand, die Stirn gegen eine glitzernde Kristallader gelehnt und unruhig mit den Fingern über die Felsen fuhr. Wieder und wieder und wieder. Die Worte, die er abgehackt hervorstieß, konnte sie nicht verstehen, und nachdem sie ihn eine kurze Weile still beobachtet hatte, ließ sie ihn wieder allein, ohne dass er ihre Anwesenheit bemerkt hätte.

Die untergehende Sonne tauchte den Himmel und die Felsen der ShaAdon in Flammen, als Oqwen seinen Männern schließlich befahl aufzubrechen. Sie führten die Ragon in den Stollen hinein. Fahles Licht, von Rot und Orange durchzogen, erwartete sie unter den Felsen. Die Luft war kühler als noch vor wenigen Stunden, aber immer noch schal und trocken. Das ängstliche Schnauben der Ragon hallte von den Wänden wider und mehr als einer unter den Kriegern sah sich angespannt um und umfasste die Zügel seines Tieres fester.

Ein kurzes Stück im Inneren des Stollens erwartete sie der

DúnAnór. Er hatte ihnen den Rücken zugekehrt, hob aber ganz leicht den Kopf, als er sie herankommen hörte.

»Nun?« Oqwen trat neben ihn. »Was erwartet uns noch in diesem Stollen?«

Der DúnAnór blickte weiter starr gerade aus. »Da sind Kristalle. Sehr dünn, fast nicht zu sehen. Sie dürfen sich nicht bewegen. Mehr kann ich euch nicht sagen.« Jedes Wort klang abweisend und zugleich seltsam dumpf.

»Wo sind diese Kristalle?«, forschte der Anführer der Isârden weiter.

Über einem bitteren Lächeln blickten ihn die silbernen Dämonenaugen kurz an, ehe er in den Stollen hinein nickte. »Irgendwo dort hinten.«

Oqwen knurrte, reichte ihm die Zügel seines Ragon und winkte Darejan herbei. »Eines der Tiere lahmt, deshalb reitet sie mit euch«, teilte er ihm mit und ging zu seinem eigenen Ragon hinüber. Einen Moment lang schaute der DúnAnór sie mit dieser nur zu vertrauten Feindseligkeit an. – Doch zugleich stand pure Erschöpfung in seinem Blick. Schließlich zuckte er die Schultern. »Bald ist es vorbei«, murmelte er und klang dabei so müde, dass Darejan sich nicht sicher war, was er meinte. Ohne ein weiteres Wort half er ihr auf den Rücken des Ragon und saß selbst auf.

Wie schon einmal übernahm Oqwen die Spitze des Trupps, dicht gefolgt von Siére und dem DúnAnór mit Darejan vor sich im Sattel, hinter dem Lurden und schließlich Parrde kamen, der Mirija bei sich auf dem Ragon hatte. An seiner Seite führte Ferde das lahmende Tier am Zügel neben seinem eigenen her.

Als das fahl orange Licht um sie her sich in Ocker verwandelte, das schnell zu einem tiefen Violett wurde, entzündeten die

Krieger einen Teil der Fackeln, die sie in den Nachmittagsstunden aus trockenen Flechten und kräftigen Ästen gefertigt hatten. Und während das Licht, das durch die Kristalladern unter die ShaAdon fiel, sich zu einem dunklen Glitzern wandelte, erhellten nun die knisternden Flammen der Fackeln den Stollen.

Oqwen führte sie in einem schnellen Schritt vorwärts. Binnen kurzer Zeit hatten sie die Stelle hinter sich gelassen, an der sie bei ihrem ersten Versuch aus dem Stollen geflohen waren. Dennoch lag die Anspannung der Krieger weiter wie etwas Greifbares über ihnen.

In den Felswänden um sie her schimmerten die Kristalladern nach und nach in der schwarzblauen Farbe der Mitternacht. Das weiße Gestein verwandelte sich immer mehr in glatte, spiegelnde Flächen, die das Licht der Fackeln unruhig zurückwarfen. Zuweilen scheute eines der Tiere vor der plötzlichen Bewegung seines eigenen Spiegelbilds. Jenseits der Felsdecke musste der Mond seinen Zenit bereits wieder überschritten haben.

Darejan war irgendwann in einen leichten Halbschlaf gesunken, aus dem sie aufschreckte, als der DúnAnór sein Ragon abrupt zum Stehen brachte und sich wachsam umsah. Sofort befahl Oqwen seinen Männern mit einer knappen Handbewegung anzuhalten.

»Was ist?« – *Was ist?* – *Was ist?* – Obwohl der Krieger leise gesprochen hatte, hallten seine Worte von den Kristallwänden wider. Doch anstatt leiser zu werden, wurden sie lauter, und plötzlich schien es, als würden sie von unzähligen Echos wiederholt, die sie mit jedem *Was ist?* zu einem schmerzhaften, in den Ohren dröhnenden Lärm steigerten. Ein Lärm, der die Ragon erschrocken schnauben und knurren ließ. Und auch diese Geräusche hallten von den Wänden wider. Darejan schlang die

Arme um den Kopf, in dem verzweifelten Versuch, den Krach zu dämpfen.

Hinter ihr im Sattel brachte der DúnAnór sein Reittier mit Händen und Knien mühsam zumindest so weit zur Ruhe, dass er es wenden und in dem Tunnel ein Stück zurückreiten und so den qualvollen Lärm hinter sich lassen konnte.

In einiger Entfernung zügelte er sein Ragon erneut. Die Stille, die sie umgab, war reinstes Balsam für ihr geschundenes Gehör.

»Was war das?« Oqwen verhielt sein Reittier neben ihnen.

Der DúnAnór schüttelte den Kopf. »Ich weiß nicht, wie es heißt, aber ich glaube, ich erinnere mich daran, wie es funktioniert. Vor uns sind Kristalle, die bei dem geringsten Geräusch zu schwingen beginnen. Sie sind wie ein endloses Echo, das sich immer weiter steigert.«

»Und wie kommen wir jetzt an diesem Krach vorbei, ohne dass uns nach kurzer Zeit das Blut aus den Ohren läuft?«

»Irgendwie klingt es nach einer gewissen Zeit aus, wenn keine neuen Geräusche dazukommen. Glaube ich.« Darejan musste sich nicht umdrehen, um zu merken, wie er sich mit den Fingerspitzen die Schläfe rieb.

»*Glaubt ihr.*« Der Anführer der Isârden klang gereizt. »Also gut. Wir werden warten. Und dann versuchen wir es noch einmal.« Er sah sich im Kreis seiner Männer um. »Ihr wisst, was das bedeutet: kein Laut. Am besten führen wir die Ragon, damit wir sie absolut ruhig halten können. Zurrt die Steigbügel fest, und auch sonst alles, was in irgendeiner Form ein Geräusch verursachen könnte.«

Die Fackeln waren heruntergebrannt und neue angezündet worden, als Oqwen schließlich das Zeichen zum Aufbruch gab. Jedes Stück Metall, das irgendwie klirren oder klingeln könnte, war festgebunden oder zumindest mit etwas gepolstert worden. Die Krieger hatten sogar die Hufe der Ragon mit Deckenfetzen umwickelt, um ihre Tritte zu dämpfen. Schon weit vor der Stelle, an der sie beim letzten Mal das Echo überrascht hatte, verfielen sie in angespanntes Schweigen.

Schritt für Schritt bewegten sie sich den Stollen entlang. Glitzernde dünne Kristallfäden hingen von der Decke. Manche schwangen lose hin und her, andere waren mit dem Boden verwachsen und trugen hauchdünne, flache Kristallscheiben, die im Schein der Fackel wie Regenbögen schillerten und den Stollen in ein märchenhaftes Farbenspiel verwandelten. Doch es waren diese Kristallscheiben, um die sie, so gut es ihnen möglich war, einen Bogen machten, damit noch nicht einmal ein Lufthauch sie zum Schwingen bringen konnte.

Erst als die glitzernden Kristallfäden erneut weißen, von funkelnden Kristalladern durchzogenen Felssäulen gewichen waren, wagte Darejan wieder tiefer zu atmen. Den Kriegern schien es ebenso zu gehen, und selbst die Ragon spürten offenbar, dass die Anspannung von ihren Reitern abfiel, denn einige ließen ein Schnauben hören, das beinah erleichtert klang. Sie tänzelten fast ein wenig übermütig, als sie wieder in die Sättel stiegen und weiterritten.

Das Licht in den Kristalladern begann allmählich von tiefem dunklem Blau zu Violett zu wechseln, das bereits erste Spuren von Kupfer in sich trug, als aus dem weißen Felsen schwarzes, glänzendes und zugleich raues Gestein wurde. Knirschendes Geröll ersetzte den sandigen Boden unter den Hufen der Ragon. Das Knacken ihrer Tritte hallte von den Wänden wider.

Sie mussten die ShaAdon hinter sich gelassen und die GônCaidur erreicht haben.

Der Stollen mündete irgendwann in einer weiten Höhle, durch deren entfernten Schlund ihnen mattes Sonnenlicht entgegenschien. Dahinter öffnete sich ein von hohen schwarzen Felswänden umschlossener mächtiger Talkessel. So düster und bedrohlich die natürlichen Mauern wirken mochten, so schön und friedlich war das, was sie beschützten. Korn wiegte seine goldenen Ären im ersten Sonnenlicht auf weitläufigen Feldern. Das Grün saftiger Wiesen wechselte sich mit den Schatten ab, die unter den Baumkronen der sorgfältig angelegten Obstgärten herrschten. Dazwischen standen große und kleine Gehöfte, um die sich Ställe und Scheunen scharten. Auf der rechten Seite des Talkessels schmiegte ein Wald sich an seinen Hängen entlang. Morgendlicher Nebel rekelte sich zwischen den Bäumen. Der See an seinem Rand wurde von einem kleinen Fluss gespeist, der irgendwo in den Felswänden entsprang. An seinem Ufer stand ein langbeiniger Vogel und starrte, wohl auf der Jagd nach seinem Frühstück, ins Wasser. Tau glitzerte überall. Ein breiter Weg führte in weiten Bögen durch die Felder und Wiesen hindurch zur andern Seite des Talkessels. Und dort, hoch auf dem Kamm der schwarzen Felsen, reckte der CordánDún seine Türme majestätisch in den Morgenhimmel. Seine mächtigen Mauern kündeten davon, dass er erbaut worden war, um zu bewachen und zu schützen, und doch fehlte ihm die düstere Trutzigkeit, die Darejan gewöhnlich von dieser Art Burgen kannte. Als der DúnAnór sein Ragon zum Stehen brachte und sie zu Siére hinüberreichte, wehrte sie sich nicht dagegen. Langsam ritt er aus der Höhle heraus ins dunstige Licht. Nach ein paar Schritten verhielt er sein Reittier wieder und sah sich um, zögernd und auf eine seltsame Art wachsam. Um sie her war nur das leise Zirpen der letzten Nachtgrillen zu hören. Langsam ließ er das Ragon weitergehen. Kreischend flatterte eine Schar schwarzer Vögel aus dem hohen Gras auf, das den Weg säumte. Mit einem erschrockenen Fauchen stieg sein Ragon auf die Hinterbeine, fügte sich dann aber dem Schenkeldruck seines Reiters und ging erneut voran, nur um wieder zum Stehen gebracht zu werden. Mehrere Herzschläge lang starrte der DúnAnór ins Gras, dann glitt sein Blick über die Häuser und Felder, richtete sich schließlich auf den CordánDún. Und plötzlich stand Schrecken auf seinem Gesicht. Er hieb dem Ragon die Absätze in die Flanken und jagte den Weg hinunter. Die Isârden tauschten verwirrte Blicke. Oqwen trieb sein Reittier vorwärts, bis zu der Stelle, an der der DúnAnór ins Gras gestarrt hatte. Er fluchte und die anderen Krieger folgten ihm alarmiert. Zwischen den Halmen lag der Kadaver eines großen graubraunen Hundes. Mit einem hellen Fleck über dem Auge sah er aus, als würde er noch im Tod fragend eine Braue heben. Er war mit einem Schwert erschlagen worden. Ohne dass es eines Wortes bedurft hätte, rissen die Isârden ihre Ragon herum und donnerten dem DúnAnór hinterher. Auf den CordánDún zu. Nichts rührte sich in dem Talkessel.

Das Fell der Ragon war dunkel vor Schweiß, als die Krieger schließlich am Ende des Weges in den Schatten der mächtigen schwarzen Mauern eintauchten. Ein kleines Kastell war auf einer Felszinne vor der eigentlichen Burg erbaut worden. Seine Tore standen offen, sodass sie ungehindert die schweren Fallgatter und die steinerne Brücke passieren konnten, die sich über eine tiefe Felsspalte spannte. In dem halbrunden Innenhof dahinter war es still. Die Sonne stand noch zu tief, um die Dunkelheit und die morgendlichen Schatten zu vertreiben. Eine seltsame Kälte war zu spüren. Das Ragon des DúnAnór lief mit verhängten Zügeln unruhig fauchend vor den Stufen zum Burghaus hin und her. Breite Treppen führten zu beiden Seiten an ihm vorbei zu einem weitaus mächtigeren und älteren Gebäude, das sich, ganz aus schwarzem Stein erbaut und von zwei massigen Warttürmen flankiert, dunkel und drohend hinter ihm aufreckte. Die Stufen zur Linken stieg der DúnAnór eben hinauf. Bei jedem Schritt zögerte er und sah sich um.

Oqwen gab seinen Männern ein Zeichen und sie saßen am Fuß der Treppen ab. Auch Darejan und Mirija glitten von den Rücken der Ragon, während die Krieger ihre Säbel zogen und wachsam die Blicke über die Mauern gleiten ließen. Zu beiden

Seiten des Tores führten steinerne Stufen zu den Wehrgängen empor. Niemand war zu sehen.

Auf der Treppe bückte sich der DúnAnór nach etwas, das auf einer der Stufen gelegen hatte. Selbst auf die kurze Entfernung erkannte Darejan, dass es ein eleganter Eineinhalbhänder war. Er sah auf das Schwert, dann glitten seine Augen durch den Hof, wanderten über das Burghaus und das düstere Gebäude dahinter. Nichts regte sich.

Die Waffe in der Hand stieg der DúnAnór die Stufen weiter hinauf. Mit pochendem Herzen folgte Darejan ihm zusammen mit den Isârden. Sie holten ihn ein, als er das schmale, zweiflügelige Portal am Ende der Treppe aufstieß. Die schweren Türhälften schwangen in einen kleinen Vorraum auf. Eine hing schief in ihren Angeln und schabte knirschend über den aus dunklen Platten gefügten Steinboden. Als der Laut verhallt war, klangen ihre Atemzüge unnatürlich laut in der Stille. Gegenüber des Portals öffnete sich ein geschwungener Türbogen in einen hohen Bogengang, der sich über zwei Stockwerke erhob und von massigen schwarzen Pfeilern getragen wurde. Und obwohl über allem frühmorgendliche Schatten lagen und in den Ecken noch die Dunkelheit nistete, waren die prächtigen Wandteppiche und Wappenbanner an den Säulen deutlich zu erkennen. Einige waren alt und verblichen, andere neu und von kräftigen, leuchtenden Farben. Auf einem erkannte Darejan die Meereswoge mit dem Schwert, die seit den ersten Tagen das Wappen der Könige von Kahel war. Sie schluckte beklommen. Die Korun mochten sich von den DúnAnór abgewandt und sie vergessen haben, doch die DúnAnór erinnerten sich der Korun noch immer. Das Murmeln der Isârden sagte ihr, dass auch sie die Banner entdeckt und ihre Bedeutung begriffen hatten. Hier hingen die Zeugen eines Bundes, der in längst vergangenen Zeiten geschlossen worden war. Und der in manchen Fällen schon lange nicht mehr geachtet wurde.

Auf den Längsseiten des mächtigen Gewölbes führten Stufen zu einer steinernen Galerie. Kunstvoll gehauene, hüfthohe Säulen aus Stein, die auf den ersten Blick wie Tiere oder blütengeschmückte Büsche aussahen, trugen dort oben einen polierten Handlauf aus dunklem Stein. In den beiden kleineren Seitengewölben unter der Galerie lauerten an den Wänden entlang und in den Ecken tiefe Schatten. Nur ihre Schritte hallten unter der hohen Decke wider, während sie weiter in den Bogengang hineingingen.

Sie hatten sein Ende fast erreicht, als der DúnAnór plötzlich mit einem Keuchen vorwärtshastete, nur um schon nach wenigen Schritten neben einer der letzten Säulen des Gewölbes auf die Knie zu sinken. Alarmiert folgten ihm die anderen. Mirija stieß einen entsetzten Schrei aus, als sie die Kriegerin sah, die da verkrümmt in einer bereits getrockneten Lache lag. Das silberblonde Haar der Frau war zu einem langen Zopf geflochten, der ihr über die Schulter hing. Die Muschelsplitter darin verrieten, dass sie aus einem der Kriegerclans der Jerden stammte. Auf der linken Seite war ihr schwarzes Hemd von einem Schwerthieb quer über die Brust zerfetzt. Darunter klaffte eine grauenvolle Wunde. Die ockernen Runenlinien der DúnAnór stachen von ihrer fahlen Haut ab. Ihre dunklen Augen waren gebrochen. Ihr Schwert war aus ihrer leblosen Hand und die zwei breiten Stufen hinabgerutscht, die in eine mächtige Halle hinunterführten. Auf dem schwarzen Mosaikboden wanden sich goldene, ineinander verschlungene Runenmuster, halb verdeckt von den Leichen von Männern,

Frauen und Kindern. Einen Augenblick lang starrte Darejan fassungslos auf dieses Bild des Grauens, die Hand vor den Mund gepresst. Manche waren in Schwarz gekleidet wie die Kriegerin, andere trugen die einfachen Gewänder von Bauern oder Handwerkern. Doch durch die Risse in ihren Hemden hindurch schimmerten stets die Runentätowierungen der DúnAnór. Und jeder der Männer und Frauen hielt noch im Tod ein Schwert umklammert.

Dunkle, noch nicht ganz getrocknete Lachen bedeckten das Gold und Schwarz des Fußbodens. Unter ihnen waren vier Kreise unterschiedlicher Größe zu erkennen, in deren Mitte sich ein weiteres, rundes Symbol befand, das zugleich auch das Zentrum der Runenlinien bildete. Die Leiche eines der schwarz gewandten Krieger lag halb darüber. Eine enge Hose steckte in hohen Stiefeln. Ein breiter Gürtel raffte ein lose fallendes Hemd mit weiten Ärmeln um seine Mitte. Eine leere Schwertscheide hing an seiner Seite, fast gänzlich verborgen unter einer langen Robe. Er hatte die schmalen, eleganten Gesichtszüge eines Jerden. Wie bei der Kriegerin war sein Haar zu einem langen Zopf geflochten und mit Muschelsplittern geschmückt. Auch unter seiner Hand lag noch sein Schwert.

Mit einem Schaudern riss Darejan ihren Blick von ihm los und sah zu dem Mann, der neben ihr stand. Seine silbernen Augen glitten durch den Raum, fassungslos und voller Grauen. Zögernd machte er einen Schritt vorwärts, noch einen, stieg die Stufen hinab und vorsichtig über die Leiche eines Mannes hinweg, dann über die einer jungen Frau. Wie ein Schlafwandler bewegte er sich langsam durch die mächtige Halle. Sein Blick huschte von einem Toten zum anderen. Zuweilen kniete er neben einem nieder und streckte die Hand nach ihm aus. Doch er zog sie jedes Mal wieder zurück, ohne ihn tatsächlich zu berühren.

Sie sah, wie Oqwen den Kopf schüttelte. »Das ist sinnlos. Wer auch immer das war: Sie haben keinen am Leben gelassen«, hörte sie den Anführer der Isârden murmeln. Selbst in seiner Stimme war Entsetzen.

Darejan beobachtete stumm, wie der DúnAnór sich weiter zwischen den Leichen bewegte. Ob er Oqwens Worte gehört hatte, wusste sie nicht. Diese Menschen waren seine Hoffnung gewesen. Sie ballte die Hände zu Fäusten und bemühte sich, trotz der Enge in ihrer Brust zu atmen. Sie konnten ihm nicht mehr helfen. Und auch ihr nicht.

Als die Hand des Kriegers sich um ihren Arm legte und er sie entschieden die Stufen in die Halle hinabzog, blickte sie ihn überrascht an.

Mit dem Kinn wies er auf den DúnAnór. »Bleibt in seiner Nähe. Das hier könnte auch eine Falle sein.« Er gab seinen Männern ein Zeichen, die sich daraufhin in einem lockeren Halbkreis um sie herum verteilten, während er angespannt mit ihr durch die Toten zu dem DúnAnór schritt. Eine seltsame Kälte hing wie unsichtbarer Nebel in der Halle.

»Hier können wir nichts mehr tun, Klinge. Ich respektiere euren Schmerz, aber vielleicht sind die, die das getan haben noch hier. Lasst uns von diesem Ort verschwinden, solange wir es noch können.«

Der DúnAnór schien ihn nicht zu hören. Er kniete neben dem Krieger im Zentrum des Kreises, doch sein Blick hing auf etwas im hinteren Teil der Halle. Flache Stufen führten zu einer niederen Empore hinauf. Auch auf ihnen lagen Leichen. Etwas wie ein Ratstisch schien sich in den Schatten zu verbergen. Und dann entdeckte Darejan die Gestalt, die dort in gespenstischer Bewegungslosigkeit im grauen Halblicht saß.

Die tiefrote Sarinseide ihres Gewandes umfloss ihre Füße wie ein See aus Blut. Lange, weite Ärmel hingen über die Lehnen des Stuhles bis auf den Boden herab. Ihre Haut schimmerte selbst in den Schatten wie helles, poliertes Perlmut und betonte weich ihre eleganten Wangenknochen. Ein seltsames Feuer brannte in ihren dunkelblau schillernden Augen, während sie sich mit einem unergründlichen Zug um die Lippen vorwärtsneigte und zuerst Darejan und dann den DúnAnór ansah ...

»Seloran.« Darejans Stimme versagte.

Oqwen warf ihr einen schnellen Blick zu, dann zischte er einen Befehl und seine Krieger schlossen den Kreis um sie enger.

Königin Selorans Mund verzog sich zu einem Lächeln, das sie schaudern ließ.

»Willkommen im CordánDún, meine Liebe. Ich hatte euch früher erwartet.« Die Worte waren voller kaltem Hohn und klangen zugleich rau und brüchig. Die dunklen Augen richteten sich auf Oqwen. »Ich hätte wissen müssen, dass die Isârden auch diesmal die Kettenhunde der DúnAnór sein würden.« Aus dem Mund der Königin kam ein ärgerliches Schnalzen. »Deinesgleichen war schon einmal ein Dorn in meinem Fleisch, Isârde. Es wird mir ein Vergnügen sein, dich und deine Männer zu denen zu schicken, die es vor dir gewagt haben, sich mir in den Weg zu stellen. Legt die Waffen weg und meine Diener werden euch einen nicht allzu qualvollen Tod bereiten.«

Zur Antwort hoben die Isârden ihre Säbel. Und fuhren herum, als eine Gruppe bleicher Korun lautlos auf der Treppe hinter ihnen erschienen. Ihre toten Augen starrten sie seelenlos an, während sie sich langsam und mit steifen Bewegungen näherten und sie einkreisten. Auf der Empore traten sechs grau gewandete Krieger aus den Schatten hervor. Ihre Gesichter waren unter ihren Helmen nicht zu erkennen. Weißer Reif bildete sich auf den Blutlachen vor der Treppe.

Mit einem Keuchen zuckte der DúnAnór vor den BôrNadár zurück. Das Schwert entglitt seiner Hand und fiel mit einem misstönenden Scheppern zu Boden. Das heisere Gelächter, das über die Lippen Königin Selorans drang, hallte im Saal wider. Der schlanke Körper lehnte sich auf seinem Sitz ein wenig zur Seite, während Ahoren mit einem gelangweilten Wink die BôrNadár vorwärts befahl. Die Hand war zu einer runzeligen Klaue gekrümmt. »Bringt mir das Gefäß und die Korun unverletzt. Und lasst die kleine Nekromantia am Leben. Für sie habe ich auch noch Verwendung. Die anderen gehören euch.«

Die Grauen Krieger verneigten sich gleichzeitig. Ihre weiten Gewänder umwehten sie, während sie im Gleichtakt die Stufen hinabstiegen und ihre Schwerter zogen. Schneidende Kälte kroch in die Halle hinab. Als hätten sie einen lautlosen Befehl erhalten, setzten sich auch die Korun in Bewegung.

Hinter Darejan stieß der DúnAnór einen Laut aus, der mehr nach einem verletzten Tier als einem Menschen klang. Er machte einen Schritt zurück, stieß gegen eine der Leichen, stolperte und brach in die Knie. Mit einem schrillen Klagen krümmte er sich zusammen und vergrub den Kopf in den Armen.

Oqwen zischte einen Fluch, dann waren die Grauen Krieger und die Korun heran. Er brüllte: »Schützt die Klinge!«, dann erfüllt das Klirren von Stahl die Halle. Einen Atemzug lang stand Darejan wie gelähmt. Ihr Blick hing auf dem schönen Gesicht ihrer Schwester, auf dem ein Lächeln voll kalter Grausamkeit lag. Sie riss ihn los und beugte sich zu dem DúnAnór hinab, packte ihn an den Schultern, schüttelte ihn, bis er den Kopf hob und sie stumpf ansah. Seine Lippen bewegten sich unablässig, doch kein vernünftiger Laut kam über sie. Als sie ihn losließ, sank er wieder in sich zusammen. Der Anblick der Grauen Krieger musste seinen Verstand tiefer als jemals zuvor in den Schleier zurückgestoßen haben. Darejan packte das Schwert, das ihm entglitten war, und richtete sich auf, gerade als Ferde mit einem gurgelnden Laut zu Boden stürzte, von der Waffe eines der BôrNadár hingestreckt. Sie hörte Mirija schrill schreien, als ein Korun sie von hinten packte und an sich zog. Parrde stürmte mit erhobenem Säbel auf sie zu, seine Klinge fuhr über die Schülerin des Nekromanten hinweg in die Schulter des Korun, der kurz wankte. Nur um dann sein eigenes Schwert mit einer solchen Wucht auf den jungen Isârden herabzucken zu lassen, dass der den Schlag nur mit Mühe parieren konnte und gezwungen war, sich auf die Knie fallen zu lassen. Ein zweiter Korun war mit einem Mal hinter ihm und hob das Schwert, um es Parrde in den Rücken zu stoßen. Darejan brüllte eine Warnung und warf sich vorwärts, um den Korun aufzuhalten. Die Dún-Anór-Klinge grub sich in seine Schulter, doch der Krieger zögerte kaum, ehe er sich von seinem Opfer ab- und ihr zuwandte. Schaudernd packte sie das Schwert mit beiden Händen. Der Korun hätte tot sein müssen, oder zumindest schwer verletzt. Stattdessen drang er jetzt mit wuchtigen Schlägen auf sie ein, dass sie hastig zurückweichen musste, bis es ihr gelang, sich unter einem Hieb hindurchzuducken. Für einen kurzen Augenblick war seine Seite ungeschützt und sie nutzte ihre Chance. Die Runenklinge fuhr zwischen seine Rippen, doch auch jetzt schien der Krieger es gar nicht zu spüren. Mit einem hilflosen Schrei zerrte sie ihr Schwert aus seinem Körper und zielte auf seinen Hals, doch eine Faust legte sich um ihre Hand und riss sie zurück. Kälte fuhr durch ihre Knochen und lähmte ihren Arm bis zur Schulter hinauf. Sie schrie qualvoll, das Schwert fiel scheppernd zu Boden. Einer der Grauen Krieger hatte sie gepackt und zog sie mit sich. Der Schmerz der Kälte fraß sich durch ihre Adern, nahm ihr die Luft. Sie sah, wie Siére einen anderen Korun mit seinem Säbel zurückstieß und einen Schlag abfing, der um ein Haar Oqwen niedergestreckt hätte, ehe ein Schwert seinen Rücken durchdrang und er mit einem beinah überraschten Ausdruck in den Augen auf die Spitze blickte, die aus seiner Brust ragte. Ein Arm legte sich um ihre Mitte und plötzlich konnte sie ihre Beine in der Kälte nicht mehr spüren. Mirijas Schrei steigerte sich zu einem Kreischen, als Parrde tot zu Boden stürzte. Lurden lag nur ein paar Schritte neben ihm und starrte mit gebrochenen Augen zur Decke. Fast im gleichen Moment drang ein Schwert in Oqwens Nacken und auch der Anführer der Isârden brach leblos zusammen.

Der Arm, der um ihre Mitte gelegen hatte, gab sie frei. Die Stufen bohrten sich hart in ihren Rücken, als sie daraufffiel, doch der Schmerz durchdrang die Kälte, die ihre Glieder gefühllos machte, kaum. In ihren Ohren rauschte das Blut. Über ihren eigenen keuchenden Atemzügen hörte sie Mirijas Schreie zu einem Wimmern verebben. Vor ihren Augen schwammen Schatten, die langsam wieder zu Gestalten wurden. Die Korun hatten sich zu den Wänden und dem Eingang der Halle hin zurückgezogen. Eben näherten sich zwei der Grauen Krieger dem DúnAnór, der noch immer auf dem Boden kauerte und – im Nebel seines Wahnsinns gefangen – blind und taub für die Schrecken um ihn herum war. Doch als die BôrNadár ihn packten und auf die Füße zerrten, war es, als würde er mit einem

Schlag aus einem Albtraum erwachen – seine Schreie gellten unter dem Deckengewölbe, während er sich in wildem Entsetzen wehrte. Die beiden BôrNadár schafften es nicht, ihn zu bändigen. Ein Wink befahl den anderen, ihnen zu helfen. In blinder Verzweiflung schlug der DúnAnór um sich. Einer der Grauen Krieger taumelte zurück. Doch dann wurden die Schreie des DúnAnór zu einem Keuchen, seine Bewegungen schwächer, und die BôrNadár rangen ihn zu Boden. Keine Armlänge von ihm entfernt, lag die Leiche des schwarz gewandten Kriegers über dem Zentrum der Runen. Seine gebrochenen Augen schienen den DúnAnór anzustarren. Dessen keuchende Atemzüge stockten für einen kurzen Moment, dann bäumte er sich unter den Händen, die ihn niederhielten, noch einmal auf, und schrie so gellend, dass selbst die Gestalt auf der Empore zusammenzuckte. Dann fiel sein Kopf zur Seite und seine Augen waren ebenso leer wie die des Toten.

Als die BôrNadár ihn dieses Mal in die Höhe zerrten, regte er sich nicht. Es war, als würden sie einen Leichnam quer durch die Halle zum Ratstisch schleifen. Sie gehorchten dem knappen Wink und setzten ihn auf den Stuhl am Kopfende. Sein Kopf sank gegen die hohe Lehne und rollte auf seine Schulter. Zwei der Grauen Krieger stellten sich hinter ihm auf.

Ein weiterer Wink und einer der BôrNadár hob Mirija vom Boden auf. Die junge Frau stieß ein Wimmern aus und erschlaffte in seinem Griff. Ungerührt trug er sie zur Empore.

Als einer auch auf Darejan zukam, schaffte sie es irgendwie, wankend aufzustehen. Sie würde alles tun, um zu verhindern, dass eines dieser Ungeheuer sie abermals berührte. Mühsam taumelte sie die drei Stufen zur Empore hinauf. Die zur Klaue verkrümmte Hand, die einmal ihrer Schwester gehört hatte, wies auf einen weiteren der hochlehnigen Stühle. Kraftlos sank sie darauf. Sie hielt den Blick gesenkt, starrte auf das Schwarz und Gold und Rot auf dem Boden der Halle, und fragte sich seltsam gleichgültig, wann die Sonne begonnen hatte, die Dunkelheit und die Schatten aus ihr zu vertreiben.

Ein Schaudern kroch über ihren Nacken, als Selorans Körper schwerfällig auf sie zugeschlurft kam. Die tiefrote Sarinseide ihres Gewandes raschelte bei jedem Schritt. Mehr als jemals zuvor erinnerte die Farbe Darejan an Blut.

Das Gesicht ihrer Schwester verzog sich, als sie ins Licht trat. Ihre Züge hatten einen guten Teil ihrer Schönheit eingebüßt und wirkten seltsam eingefallen. Der helle Perlmutton ihrer Haut war zu einem stumpfen Grau geworden. Ihre Augen waren von dunklen Schatten umgeben, unter denen sich ihre Wangenknochen abzeichneten. Dann beugte sie sich zu ihr hinab und Darejan presste sich gegen die lederbespannte Lehne in ihrem Rücken.

»Ich wusste, dass du ihn hierher bringen würdest. Immerhin war es der einzige Ort, an den du mit ihm gehen konntest. Es will mir so scheinen, als sei ich dir schon wieder zu Dank verpflichtet.«

»Schon ... Schon wieder?«

»Aber ja. Ich hätte damals nie erfahren, dass er in der Stadt ist, wenn du es mir nicht gesagt hättest. Oh, du warst so wütend, als du zu mir gekommen bist. Wütend, weil er dir einfach einen Tritt versetzt hat, wie einer räudigen Hündin, als er deiner überdrüssig war.« Die gekrümmten Finger spielten mit ihrem Haar, während die blauen Augen ihrer Schwester in ihren forschten. »War er ein guter Liebhaber?« Darejan wandte das Gesicht ab, kämpfte mit den Tränen. Sie hatte Javreen also tatsächlich verraten. Die runzlige Klauenhand strich über ihre Wange. Sie biss die Zähne zusammen, um nicht vor Ekel zu schreien. »Du bist ebenso schön, wie Ileyran es war.« Die Stimme, die aus Selorans Mund kam, klang hohl. »Du wirst ein angemessenes Gefäß für sie sein.«

»Gefäß?« Sie brachte das Wort nur als entsetztes Keuchen hervor.

Die Lippen ihrer Schwester wurden zu einem Lächeln verzogen. »Natürlich. Oder warum sonst sollte ich auch auf dich ein Halsgeld ausgesetzt haben?« Die Finger streichelten ihre Kehle. »Eigentlich wollte ich ihr den Körper deiner Schwester geben, aber als es so weit war, blieb mir nichts anderes, als ihn selbst zu nehmen. Sie war eine so willige Helferin, deine Schwester. Sie wusste nicht, was sie in Händen hielt, als sie den KonAmàr zum ersten Mal berührte. Und als ich dann in ihren Träumen zu ihr kam, hieß sie mich freudig willkommen. Auch ohne einen Körper konnte ich ihr Vergnügen bereiten. Ich musste nicht mehr tun, als die Sehnsucht nach ihrem Traumliebsten zu schüren, und sie gehörte mir. Sie war eine so herrlich willige Komplizin, bei meiner Rache. So willig und dumm. Sie hat mir jedes Wort geglaubt, als ich ihr von dem grausamen Unrecht erzählte, das die DúnAnór mir angetan hatten. Und wie gern sie mir helfen wollte.« Die Finger verharrten kalt auf ihrer Haut. »Auch zu dir bin ich in deinen Träumen gekommen. Erinnerst du dich? Aber du hast dich gewehrt. Und das, obwohl ich deinen Geist schon mit meinem berührt hatte.« Darejan saß vor Grauen wie gelähmt. Selbst wenn sie gewollt hätte, sie hätte keinen Laut zustande gebracht. »Hab keine Angst, kleine Prinzessin. Wenn ich erst einmal aus diesem verrottenden Körper heraus bin, werde ich auch wieder über meine alte Macht verfügen. Dann wird es schnell gehen, deinen Körper zu einem geeigneten Gefäß für meine Leyraan zu machen. Du wirst nicht lange leiden. Nicht so wie er.« Die dunkelblauen Augen ihrer Schwester richteten sich auf den DúnAnór, der noch immer leblos an der Lehne seines Stuhles lag. Das Schillern in ihnen war trüb geworden, nur das seltsame Feuer brannte noch in dem Blau. Seloran richtete sich auf und schlurfte zu ihm hinüber. Nein, nicht Seloran! Ahoren! Darejan grub die Fingernägel in ihre Handfläche, bis es schmerzte. Sie weigerte sich, dieses ... Ding noch länger als ihre Schwester anzusehen.

Ahoren fasste den DúnAnór am Kinn und drehte sein Gesicht ins Licht.

»Schau ihn dir an. Ist er nicht ein hübscher Bursche? Ein passender Körper für den Prinzgemahl der nächsten Korunkönigin.«

»Was ... Was soll das heißen?«

»Nun, meine Kleine, das bedeutet, dass Prinzessin Darejan nach dem Tod ihrer Schwester den Thron von Kahel besteigen wird. Mit dem Kriegerfürsten an ihrer Seite, den sie nach dem Willen ihrer Schwester heiraten sollte. Was sie nach einer angemessenen Trauerfrist auch tun wird.« Sein leises Gelächter ließ eine Gänsehaut über Darejans Arme kriechen. »In deinem Körper wird Ileyran ihren rechtmäßigen Platz als Königin der Korun einnehmen. Und an meiner Seite wird sie über ganz Oreádon herrschen.« Beinah verträumt betrachtete er die reglosen Züge des DúnAnór. »Seine Gabe ist stark, wie es sich für einen aus dem Inneren Kreis gehört. Ein wahrer Seelensänger. Er hat sich lange gewehrt. Ah, so viel Schmerz«. Verzückt seufzte Ahoren. »Ich war wie er, damals.« Hasserfüllt blickte er auf die Leichen in der Halle. »Ehe *sie* sich gegen mich gestellt haben.«

Er sah zu Darejan herüber. »Ja, meine Liebe, ich war einer von ihnen. Eine Klinge des Inneren Kreises. Ich sollte ihr nächster Großmeister werden.« Er wandte sich wieder dem DúnAnór zu, fuhr mit den Fingern über dessen Edelsteintätowierungen. »Auch ich war ein KâlTeiréen, aber NurJesh hat mich verraten.«

»Tut es endlich.«

Ahoren ließ den DúnAnór los, dessen Kopf einfach zur Seite sank, und drehte sich voll milder Verwunderung zu ihr um. »Was soll ich tun?«

»Das, was ... was auch immer ihr mit uns vorhabt.« Darejan klammerte sich an die Armlehnen ihres Stuhles und wünschte, ihre Stimme würde nicht so sehr zittern. Zu ihrer Verblüffung lachte Ahoren.

»Du wirst dich noch ein wenig gedulden müssen, kleine Prinzessin. Ein wirklich dauerhafter Wechsel kann nur unter einem Seelenmond vollzogen werden. Und bis dahin ...« Mühsam kam er wieder herüber und beugte sich zu ihr. Plötzlich wünschte Darejan sich, in dem dunklen Leder in ihrem Rücken versinken zu können. »Nun, bis dahin betrachte dich als meinen Gast. Alles, was du zu tun hast, ist hier auf deinem Stuhl zu sitzen und zu warten, bis die Sonne wieder untergeht.« Er tätschelte ihren Arm, richtete sich auf und kehrte zu seinem eigenen Platz zurück, auf dem er sich schwerfällig niederließ. Einen langen Moment starrte Darejan ihn fassungslos an. Nur allmählich begriff ihr Verstand, dass er genau das meinte, was er gesagt hatte. Sie sollte hier sitzen und auf ihren Tod warten. Eine Fluchtmöglichkeit gab es nicht. Zwar befand sich hinter dem Stuhl des DúnAnór eine Tür, doch sie würde niemals an den beiden Grauen Krieger vorbeikommen, die davor standen. Zudem wusste sie nicht, ob die Tür verschlossen war, geschweige denn, wohin sie führte. Und selbst wenn sie es schaffen würde: Wohin sollte sie gehen? Es gab hier niemanden mehr, den sie um Hilfe bitten konnte. Und sie konnte Mirija nicht im Stich lassen, die wie ein achtlos in die Ecke geworfenes Bündel hinter dem Ratstisch an der Wand lag. Sie sah zu dem DúnAnór. Auch ihn konnte sie nicht im Stich lassen. Ihn nicht. Niemals.

Darejan senkte den Blick auf ihre Hände und sehnte den Abend herbei, damit es endlich vorbei sein würde.

Wie zum Hohn verrannen die Stunden in qualvoller Langsamkeit. Zuerst hatte Darejan dumpf die Wanderung der Sonne auf dem Mosaik der Halle verfolgt, doch als das Licht schließlich grell und unbarmherzig auf die Leichen der Ermordeten fiel und all die Kleinigkeiten enthüllte, die zuvor gnädig verborgen gewesen waren, wandte sie sich ab und starrte stattdessen auf die mit uraltem Rildenholz getäfelte Wand hinter dem Ratstisch. Oqwen. Siére. Lurden. Parrde … Und die bösartige Stimme in ihrem Kopf wiederholte auch jetzt wieder, wie sie es schon die ganze Zeit tat, dass ihr Tod letztlich nur *ihre* Schuld war. Und sie schaffte es einfach nicht, sie zum Schweigen zu bringen.

Irgendwann konnte sie auch den Anblick der schimmernden schwarzen Maserung nicht mehr ertragen, zog die Füße auf den Sitz ihres Stuhles, schlang die Arme um die Beine, bettete den Kopf auf die Knie und beobachtete den Staub, der im Sonnenlicht über der Empore tanzte. Immer wieder blickte sie zu dem DúnAnór hin, doch der saß die ganze Zeit so vollkommen reglos, dass man hätte glauben können, es sei bereits kein Leben mehr in ihm. Nur manchmal konnte sie hören, wie er ein wenig tiefer Atem holte. Dann durchrann ihn ein Zittern, und seine Finger umklammerten die Lehnen, auf denen seine Arme lagen, für einen kurzen Augenblick so fest, dass die Sehnen auf seinen Handrücken hervortraten. Aber schon einen Moment später erschlaffte er wieder und saß erneut vollkommen reglos. Vielleicht war es ja eine Gnade, dass er endgültig nicht mehr begriff, was um ihn herum geschah.

Irgendwann war auch Mirija wieder zu sich gekommen. Nun hockte sie zusammengekauert an der Wand und beobachtete alles mit vor Entsetzen weit aufgerissenen Augen. Nur gelegentlich hatte Darejan sie leise wimmern hören, ein Laut, der in der grabesähnlichen Stille umso verlorener klang. Nichts außer dem Staub und den Sonnenstrahlen bewegte sich. Die BôrNadár schienen zu grauen Schatten erstarrt zu sein, die es irgendwie schafften, dem Licht zu trotzten, während die Korun wie vergessene Marionetten an den Seiten der Halle standen. Selbst der Körper ihrer Schwester saß reglos auf ihrem Stuhl. Wie eine seelenlose Hülle, die immer mehr in sich zusammensank, je weiter die Sonne durch die Halle und über die Stufen zur Empore hinaufkroch. Es war, als sei Darejan bei lebendigem Leib in einem Mausoleum voller Toter eingeschlossen worden.

Es war gegen Mittag, als sich eine leise Unruhe unter den Korun auszubreiten schien. Das Scharren von Füßen und das Schaben von Stoff auf Stein drang zu ihr. Vereinzelt klirrte auch Stahl. Die BôrNadár hatten ihren Platz hinter dem DúnAnór aufgegeben. Die Sonne tauchte diesen Teil der Empore in ihr goldenes Licht und brachte die Edelsteinlinien über und in seiner Braue zum Funkeln. Darejans Rücken schmerzte vom langen, nahezu reglos Dasitzen. Zugleich ringelte Schweiß ihr Haar am Nacken und klebte ihr schwarzsilberne Strähnen auf den Hals. Doch sie hatte der Sonne gar nicht ausweichen wollen ... Es hatte so allmählich begonnen, dass Darejan es zuerst gar nicht bemerkt hatte. Dann jedoch hatte sie nicht nur die Wärme auf ihrer Haut gespürt, sondern tief in ihrem Inneren auch das unmerkliche Beben einer uralten Macht. Und während ihr nach und nach der Schweiß in feinen Tropfen über den Nacken perlte, spürte sie die Magie immer stärker, die hier in den Boden geschrieben war. Bis sie mit einem Mal noch etwas anderes fühlte: ihre eigene, versiegte Magie, die sich tief in ihr wieder zu regen begann, so als gäbe es an diesem Ort Mächte, die sie mit der Zeit zu neuem Leben erwecken könnten. Aber auch wenn sie viel zu schwach war, um ihr von Nutzen zu sein, so hatte es doch etwas seltsam Tröstliches, sie wieder zu fühlen. Verstohlen blickte sie zu Ahoren hin, ob auch er das leise Beben der Magie gespürt hatte, und erschrak. Die Schönheit war endgültig aus den Zügen ihrer Schwester gewichen. Die Haut war grau und brüchig wie altes Pergament. Die Augen lagen tief in den Höhlen und waren von dunklen Schatten umgeben. Nase, Kiefer und Wangenknochen traten wie in einem Totenschädel hervor, während die Wangen eingesunken waren.

Als habe er ihren Blick bemerkt, hob er den Kopf und sah sie an. Die ehemals blauen Augen hatten sich mit einem grauen Schleier überzogen. Das halbe Lächeln, zu dem sich der Mund verzog, ließ die rissig gewordenen Lippen bluten. Er schien aufstehen zu wollen, sank aber wieder zurück.

»Bringt mir das Mädchen«, befahl er mit heiserer Stimme.

Einer der Grauen Krieger setzte sich schweigend in Bewegung. Mirija schrie, als er sie packte und dicht vor seinen Herrn schleppte, der sich nun doch aus seinem Stuhl gestemmt hatte. Der Schrei verstummte zu einem ängstlichen Keuchen. Sie wand sich im Griff des BôrNadár, der ihr die Arme auf den Rücken gedreht hatte, erstarrte jedoch wie ein Nassrel unter dem

Blick eines Wolfes, als Ahoren eine zur Klaue gekrümmte Hand in ihren Nacken schob. Ihre Atemzüge verwandelten sich in ein hohes Wimmern. Ahoren beugte sich vor, presste seine rissigen Lippen auf Mirijas und sie begann wieder zu schreien.

»Nein! Was tut ihr da?« Auch Darejan war aufgesprungen, doch einer der Grauen Krieger vertrat ihr den Weg und packte sie an der Schulter. Die eisige Kälte seines Griffes ließ sie stöhnen, dann wurde sie hart in ihren Stuhl zurückgestoßen. Hilflos sah sie mit an, wie Mirijas Körper im Griff des BôrNadár zuckte, während Ahorens Mund ihre Schreie erstickte. Wie ihre Augen schließlich glasig wurden und ihre Schreie zu einem Stöhnen. Das jäh abbrach, als Ahoren die Lippen sichtlich widerstrebend von ihren nahm und sich von ihr löste. Wie sie unvermittelt zusammensank, wie eine Marionette, deren Fäden man durchschnitten hatte. Ihre Züge hatten jede Farbe verloren. Matt und strähnig hing ihr das Haar in die Augen, die unter bläulich verfärbten Lidern tief eingesunken waren. Ihr Mund war rot von dem Blut, das auf Ahorens Lippen gewesen war. Dann drehte sich der Körper ihrer Schwester zu ihr um und Darejan presste sich ächzend gegen die Lehne ihres Stuhles. In Selorans Gesicht schimmerte die Haut wieder wie helles Perlmutt. Die Augen schillerten erneut in einem dunklen Blau. Die Schatten waren verschwunden und die Knochen traten nicht mehr so scharf hervor. Ahoren wischte sich die letzten Spuren seines Blutes von den weichen Lippen. Während er Darejan ansah, nickte er dem BôrNadár zu, der Mirijas schlaffen Körper wieder an der Wand zu Boden fallen ließ.

Sie drängte das lähmende Entsetzen zurück, wollte aufstehen und zu der jungen Frau hinüber, doch erneut wurde sie von dem Grauen Krieger auf ihren Platz zurückgestoßen.

Das Lächeln, mit dem Ahoren sie bedachte, ließ ihr den Atem stocken.

»Du kannst unbesorgt sein, meine Liebe. Es geht ihr gut.« Seine Stimme hatte ihre raue Brüchigkeit verloren.

»Gut?«, echote Darejan bebend. Ihr Blick ging zwischen Mirijas reglosem Körper und Ahoren hin und her. »Was seid ihr nur für ein Ungeheuer.«

»Tststs.« Sie wurde mit einem tadelnden Kopfschütteln bedacht. »Auch ich muss mich nähren. Und wo ist letztendlich der Unterschied zwischen einem Tier und einem Menschen?«

Die Verachtung in seinen Worten machte Darejan sprachlos. Sie wandte das Gesicht ab, starrte auf einen Astknoten in der Täfelung hinter dem Ratstisch und versuchte nur noch an das Schimmern des Holzes zu denken, damit das Grauen nicht endgültig in ihren Verstand kroch. Sie zuckte zusammen, als einer der Korun neben sie trat und ein Speisebrett auf den Tisch stellte.

»Verzeih mir, meine Liebe. Ich bin ein schlechter Gastgeber. Ich speise hier und lasse dich zusehen. Du musst hungrig sein. Immerhin ist Mittag schon vorbei.« Ahorens Stimme erreichte Darejan wie durch dichten Nebel. Sie konnte nur den Korun anstarren.

»Noren?«, fragte sie erschüttert. Seine Augen gingen ins Nichts.

»Ah, ich sehe, du erinnerst dich an ihn. Nachdem er mir zuerst solche Schwierigkeiten bereitet hat, ist er jetzt ein äußerst williger Diener.« Ahoren lachte leise. »Wie noch der ein oder andere deiner Freunde.«

Darejan fuhr herum und ließ den Blick über die anderen Korun gleiten, voller Angst, sie könnte Réfen unter ihnen entdecken. Mit einem Gefühl hilfloser Dankbarkeit stieß sie die Luft aus, als dem nicht so war.

Eine Handbewegung schickte Noren zu den übrigen Korun zurück. Seine Bewegungen waren ungelenk und schleppend, während er durch die Sonne schlurfte. Hatte sich auch der BôrNadár, der sie auf ihren Stuhl gestoßen hatte, weniger fließend bewegt?

»Iss, meine Liebe.« Die Worte waren Schmeicheln und Befehl zugleich. Nur widerstrebend wandte sie sich dem Speisebrett zu – dunkles Brot, Käse, kaltes Huhn, sogar ein Stück Pastete. Daneben ein Krug mit Bier und ein Becher. Der Käse war angelaufen und glänzte. Das Huhn und die Pastete waren trocken geworden. Jemand hatte von dem Brot ein Stück abgebrochen und es noch einmal in zwei kleinere Brocken geteilt. Saure Galle füllte ihren Mund. Das hier war das Mahl eines anderen. Unwillkürlich huschten ihre Augen zu den Leichen der DúnAnór. Auch ohne es zu kosten, wusste sie, dass das Bier abgestanden sein würde. Sie schob das Speisebrett von sich.

»Du bist nicht hungrig? Oder sagt dir die Küche des Großmeisters nicht zu? Erstaunlich.« Durch die geheuchelte Sorge war der Hohn zu hören.

Darejan schwieg und blickte auf ihre Hände, die sie auf ihrem Schoß ineinandergeschlungen hatte.

Ahoren stieß ein übertriebenes Seufzen aus und nickte zu dem DúnAnór hin, der noch immer leblos in seinem Stuhl lehnte. »Nun, wenn du nichts möchtest, dann kannst du ihm zumindest zu trinken geben.« Ihr Zögern entlockte ihm ein Lächeln. »Auch in diesem Zustand wird er das Bier gerne nehmen, glaub mir, kleine Prinzessin. Der Durst wird immer quälender, je länger es dauert. Ich weiß es. Ich habe es selbst gespürt, nachdem ich NurJesh getötet habe.« In einer halb gleichgültigen, halb bedauernden Bewegung zuckte er die Schultern, doch etwas in seiner Stimme hatte sich verändert. »Ich musste es tun, auch wenn er mein Seelenbruder war, verstehst du. Er sagte, die Trauer um Ileyran hätte meinen Geist verwirrt und ich dürfe nicht versuchen, sie zurückzuholen. Er sagte, er wolle mich vor mir selbst beschützen und meine Schwertbrüder würden mir helfen, wenn ich nur zu ihnen ginge. Er wollte mich an sie verraten, weißt du. Also habe ich ihn getötet, ehe er es tun konnte.« Der Tonfall seiner Stimme ließ Darejan schaudern. »Ich erinnere mich an die Qual, die in meinem Geist war, nachdem ich ihn getötet hatte. Sie vergeht nicht. Es ist, als sei die eigene Seele entzweigerissen. Es ist wie eine Wunde, die nicht aufhört zu bluten und die man selbst immer wieder aufreißt, weil die Seele nicht aufhören kann, nach ihrer anderen Hälfte zu suchen.« Er beugte sich auf seinem Stuhl vor. »Man kann nichts dagegen tun. Die Seele verblutet einfach. Man sehnt das Ende herbei, weil man jenseits des Schleiers wieder eins ist. Weil dort der andere Teil der eigenen Seele ist und wartet. Wenn die Seele sich erst einmal dazu entschlossen hat, dass sie gehen will, folgt der Körper ihr in diesem Wunsch. Man kann nichts mehr essen. Nur der Durst, der bleibt. Und man kann ihn nicht stillen. Es geht nicht. Und er wird immer schlimmer. Immer schlimmer.«

Darejan starrte zu der Gestalt hinüber, die sich auf der anderen Seite der Empore in den Schatten vor- und zurückwiegte. Ein Teil von ihr empfand Mitleid, doch das galt nicht dem wahnsinnigen Ungeheuer dort drüben, sondern dem Mann, der dieses Ungeheuer früher einmal gewesen war.

Sie wich dem Blick dieser blauschillernden Augen aus und

sah auf ihre Hände. Als der Körper ihrer Schwester sich ruckartig aufrichtete und zu ihr herüberkam, drückte sie sich fester in ihren Stuhl. In der zur Klaue gekrümmten Hand lag ein nussgroßer gelblicher Kristall, von dem Darejan nicht sagen konnte, woher Ahoren ihn so plötzlich hatte. Er ließ ihn in den Becher auf dem Speisebrett fallen und zog sich dann wieder auf seinen Platz zurück.

»Was ... was ist das?«, wagte sie nach einem Moment zu fragen.

»Gift.« Darejan holte entsetzt Atem, doch Ahoren winkte gleichgültig ab. »Nur keine Angst, meine Liebe. Es wird ihn nicht töten. Ich bin kein Narr und füge dem von mir erwählten Gefäß dauerhaften Schaden zu. Was glaubst du, warum ich ihn in Kahel nicht mit gewöhnlichen Bandeisen fesseln ließ? Sie können so hässliche Narben hinterlassen. Der Schmerz wird nur die letzten Überreste, die vielleicht noch von seiner Seele zurückgeblieben sind, aus seinem Körper treiben. Es dauert ein bisschen, bis es zu wirken beginnt, deshalb kannst du es ihm auch jetzt schon mit dem Bier geben.«

Schaudernd blickte sie auf den Becher. »Warum wollt ihr ihn in den letzten Stunden auch noch mit Gift quälen? Seht ihr denn nicht, dass er keine Gefahr mehr ist?«

»Es geht nicht um ihn, oder darum, dass er mir noch gefährlich werden könnte, dummes Ding. Ein gereinigtes Gefäß zu übernehmen, kostet mich nur sehr viel weniger Kraft. Und du solltest mir dankbar sein. Je mehr Kraft ich nach dem Wechsel noch habe, umso schneller habe ich auch aus dir ein geeignetes Gefäß gemacht. Du wirst weniger leiden.« Er gab einem der Grauen Krieger einen Wink. Der trat vor und füllte den Becher mit Bier. »Willst du ihm nun zu trinken geben, oder soll ich meinem Diener befehlen, es ihm in den Schlund zu schütten?«, erkundigte er sich mit zur Seite geneigtem Kopf.

Darejans Hand bebte, als sie langsam aufstand und den Becher ergriff. »Werdet ihr mich auch zwingen, es zu trinken?«, fragte sie schwach.

Ahoren lachte. »Aber nein, meine Liebe. Deine Seele sitzt stark und fest in deinem Körper. Um sie aus ihrem Heim zu vertreiben, bräuchte es mehr als eine Dosis. Und außerdem wirkt das Gift auf euch Korun im Gegensatz zu den Jarhaal tödlich. Ich habe es ausprobiert.«

Sie musste sich zwingen, die beiden Schritte zu der leblosen Gestalt des DúnAnór zu machen. Sein Kopf war nach vorne und zur Seite gesunken. Das Haar hing ihm halb in die Stirn und verdeckte seine Edelsteintätowierungen. Sanft strich sie es zurück, während sie sich über ihn beugte und den Becher an seine Lippen setzte.

»Verzeih mir«, flüsterte sie leise.

Seine Augen öffneten sich in dem Moment, als ihr Schatten auf sein Gesicht fiel und sie ihn vor Ahoren und seinen BôrNadár verbarg. Sein Blick war vollkommen klar. Um ein Haar hätte sie aufgeschrien und wäre zurückgewichen. Ihr Herz klopfte plötzlich laut in ihren Ohren. Er wusste, was um ihn herum vorging.

Vorsichtig nahm sie den Becher von seinen Lippen. Er presste sie weiter fest aufeinander, und Darejan erkannte, dass er ihr bedeuten wollte, still zu sein. Noch ehe sie wusste, wie sie ihm sagen konnte, dass sie verstanden hatte, zuckten seine Augen zur Seite. Zuerst begriff sie nicht, was er von ihr wollte. Bis ihr Blick auf die Tür fiel. Sie stand einen Spaltbreit offen. Ihr Mund wurde trocken. War Noren durch diese Tür gekommen, als er ihr etwas zu essen gebracht hatte? Wusste der DúnAnór, dass sie offen war, oder wollte er das von ihr erfahren? Da ihr nichts anderes einfiel, formte sie mit den Lippen ein stummes »Ja« und gleich darauf ebenso lautlos »Mirija«. Einen Herzschlag lang schien er den Atem anzuhalten, er schloss die Lider, um sie gleich wieder zu öffnen und nur mit den Augen zu verneinen. In wortlosem Protest drückte sie die Hand auf seine Brust und erstarrte, als sich hinter ihr Schritte näherten. Sie spürte, wie er sich anspannte. Der Schatten eines BôrNadár fiel auf sie. Darejan stand wie gelähmt, unfähig, einen klaren Gedanken zu fassen. Eine Hand fiel kalt auf ihre Schulter, zog sie wankend herum. Vergiftetes Bier schwappte und rann ihr über die Finger. Sie spürte die Bewegung hinter sich, als der DúnAnór aus seiner Reglosigkeit erwachte. Der Graue Krieger stutzte nur den Bruchteil eines Lidschlags, dann streckte er schon die zweite Hand nach ihr aus. Darejan schrie, schleuderte ihm den Becher entgegen und riss sich zugleich mit einem hastigen Schritt los. Beinah wäre sie über den Stuhl gestürzt, doch der war plötzlich nicht mehr da. Sie hörte Ahorens Brüllen, ein Scharren und dann ein Krachen wie von berstendem Holz, wurde am Arm gepackt und vorwärtsgezerrt. Ein Stoß beförderte sie durch die Tür und eine schmale Treppe hinunter gegen eine Mauer bei einem Absatz, an dem die Stufen die Richtung änderten. Ein dicker Wandteppich dämpfte ihren Aufprall. Über ihr krachte die Tür zu, während gleichzeitig etwas Schweres wuchtig von der anderen Seite dagegenschlug.

»Hilf mir, verdammt!«, brüllte der DúnAnór von oben. Die Tür bebte unter einem weiteren Schlag, klaffte sogar kurz einen Spaltbreit auf, obwohl er mit seinem ganzen Gewicht dagegen hielt.

»Was ist mit Mirija? Wir können sie nicht zurücklassen.« Darejan sah sich hektisch um.

»Für den Moment ist sie sicher!«

»Sicher?« Sie fuhr zu ihm herum. Wieder krachte etwas gegen die Tür.

»Ja! Er kann nicht noch mehr von ihrem Leben nehmen, ohne sie zu töten. Und er braucht sie, um sich *danach* zu nähren.« Er stemmte sich mit der Schulter dagegen, das Gesicht vor Schmerz und Anstrengung verzogen. »Mach schon! Gib mir etwas, um die Tür zu blockieren.«

Erneut blickte sie um sich. Da war nichts! Nichts außer dem Wandteppich und der war kaum dazu geeignet ... Das Spannholz! Manchmal wurden besonders schwere Wandteppiche an ihrem oberen Ende, über ein Rundholz geschlungen, damit sie glatt hingen. Sie sah nach oben. Da war es. Hastig packte sie den Teppich und zerrte an ihm. Nur widerwillig gab er nach, doch dann stürzte er in einer Staubwolke auf sie herab. Hustend und keuchend befreite sie das Spannholz und brachte es dem DúnAnór, der es mit aller Kraft unter den Türgriff rammte und auf der obersten Stufe verkeilte. Zögernd wich er dann von der Tür zurück. Ein weiterer Schlag traf sie, ließ sie erzittern. Das Spannholz ächzte, hielt aber.

»Hier entlang!« Der DúnAnór packte ihre Hand.

Sie stemmte sich gegen ihn. »Ich lasse Mirija nicht hier.«

Er zischte ein paar Worte, die sie nicht verstand. »Was willst du machen? Zurückgehen? Glaub mir! Im Augenblick ist sie vor ihm sicher. Er wird ihr nichts tun. Komm schon!« Er zog sie mit sich, über den Wandteppich hinweg.

»Wo gehen wir hin?«, fragte sie, während sie noch über Teppichfalten stolperte.

»Spar dir deinen Atem. Wir müssen quer durch den Cordán.«
Ohne sie anzusehen, zerrte er sie hinter sich her, die Stufen hinunter. Über ihnen donnerten Schläge wuchtig gegen Holz. Sie hatten nach mehreren Windungen gerade eine zweite Tür erreicht, die in einen kleinen Korridor führte, als es am anderen Ende der Treppe dumpf krachte. Gleichzeitig rissen sie die Köpfe hoch und blickten die Stufen zurück. Schritte wurden laut, Ahoren brüllte Befehle. Der DúnAnór stieß einen Fluch aus und zog sie den Korridor entlang. Ein weicher Teppich schluckte ihre Schritte. Durch hohe Fenster fiel Sonnenlicht in den Gang und ließ die kunstvoll geschnitzte Täfelung an den Wänden schimmern. Türen säumten den Korridor. Er riss sie wahllos auf, während er weiter stürmte, ihre Hand fest in seiner. Hinter den meisten lagen Wohnräume. Darejan konnte im Vorbeirennen nur flüchtig hineinsehen, dennoch erkannte sie, dass manche mit einer gewissen Pracht eingerichtet waren, andere eher schlicht und nüchtern. Hinter ein paar der Türen führten Stufen in ein anderes Stockwerk hinauf oder hinab. Eine von ihnen hasteten sie hinunter. Jedoch nur, um auf dem nächsten Absatz in einen weiteren Korridor abzubiegen und auf dessen gegenüberliegender Seite eine andere Treppe nach oben zu flüchten.

Nach der vierten Treppe – oder war es die fünfte? – bekam Darejan keine Luft mehr. In ihrer Seite wühlte ein Dolch. Auch der DúnAnór keuchte neben ihr und nahm inzwischen auch nicht mehr zwei Stufen auf einmal. Ein paar Mal hatte er sie am Anfang eines Korridors stehen lassen und hatte einen guten Teil seiner Türen aufgestoßen. Manchmal hatte er die Tür, durch die sie weitergelaufen waren, offen gelassen, manchmal hatte er sie wieder geschlossen. Ob es ihm gelang, Ahoren und seine BôrNadár so zumindest für eine kurze Zeit zu täuschen, konnte Darejan nicht sagen. Immer wieder hatten sie die Geräusche von Schritten gehört. Einige Male auf den Treppen nur wenig über ihnen.

Inzwischen war ihr auch klar geworden, dass er es absolut ernst gemeint hatte, als er sagte, sie müssten quer durch den Horst der Klingen. Offenbar war ein Teil seiner Erinnerung zurückgekehrt. Zumindest führte er sie mit traumwandlerischer Sicherheit durch Korridore, Gemächerfluchten, einmal sogar durch das Labyrinth einer riesigen Bibliothek und über unzählige Treppen hinauf und hinab. Doch als er Darejan durch die Tür zu einem länglichen Raum schubste, sie schnell schloss und obendrein mit einem schweren Balken von innen sicherte, wurde ihr klar, dass er sich doch verlaufen hatte. Es gab keinen zweiten Ausgang. Er hatte sie in eine Sackgasse geführt. Wenn die BôrNadár sie hier fanden, saßen sie hoffnungslos in der Falle.

Die Frage danach, wo sie waren, erübrigte sich. An einer Längsseite des Raumes war ein knappes Dutzend schlanker Schwerter sauber in einem an der Wand verankerten Holzgestell aufgereiht, das Platz für mindestens noch einmal doppelt so viele bot. Sonnenlicht fiel durch vier schmale, hohe Fenster und ließ ihren Stahl schimmern. Dunkel hoben sich die ineinander verschlungenen Runenlinien von ihm ab. Nur die ockernen Edelsteine, die Darejan an den Griffen der anderen DúnAnór-Schwerter gesehen hatte, fehlten. In der Mitte des Raumes stand ein grober Arbeitstisch. An den Kanten seiner zerkratzten Platte klafften Scharten. Zusammengerollte Lederhäute und einfache Leinentücher lagen darauf. Dazwischen standen Holzschalen mit flachen Schleifsteinen und mit Leder verschlossene Tonkrüge, die wahrscheinlich mit jenem rötlichen Öl gefüllt waren, mit dem Schwertklingen gepflegt wurden. Einige dreibeinige Hocker waren unter den Tisch und aus dem Weg geschoben.

Sie wollte gerade eines der Schwerter aus dem Gestell an der Wand nehmen, als der DúnAnór sich hinter ihr von der Tür abstieß, an der er bis eben gelehnt und mühsam nach Atem gerungen hatte.

»Lass es, wo es ist. Sie sind nutzlos«, sagte er und ging an ihr vorbei tiefer in den Raum hinein.

»Wieso? Sie tragen doch schon die Runen.« Sie folgte ihm am Tisch entlang.

»Ja, aber sie sind noch nicht genannt.« Er bewegte die Schultern und rieb sich die Brust, als würde ihn die Narbe schmerzen.

»Genannt?«

»Sie wurden weder an eine Klinge übergeben noch tragen sie einen Anoranit. Nur mit diesen Steinen im Knauf können sie Ahorens Kreaturen Schaden zufügen. Sie«, seine Hand wies auf die Schwerter, »richten bei den ElâhrTirIdrayn ebenso viel Schaden an wie jedes gewöhnliche Schwert. Gar keinen.«

»Den Elâhr-was?«

»Den ElâhrTirIdrayn, den ›Toten, die nicht leben‹. Wisst ihr Korun denn wirklich gar nichts?« Sie wurde mit einem abfälligen Blick bedacht, während er den schweren Wandteppich an der Schmalseite des Raumes anhob, die Tür öffnete, die dahinter zum Vorschein kam, und den kleineren Raum betrat, der sich auf ihrer anderen Seite befand. Darejans Erleichterung darüber, dass sie anscheinend doch nicht in einer Sackgasse gefangen waren, schwand schlagartig wieder. Offensichtlich gab es hier endgültig nur eine Tür – und an den Wänden war nichts, hinter dem sich eine weitere verbergen konnte. Hohe, schmale Fenster sorgten auch hier für Helligkeit. Unter einem stand eine Polsterbank. Die scharfe Erwiderung, die sie bereits auf der Zunge hatte, war vergessen, als sie ihm in den Raum folgte. Alles hier erinnerte sie an Meister Fanerens Laboratorium in Kahel: Tiegel, Töpfchen, Phiolen und kleine Fläschchen waren auf einem Wandbord ordentlich aufgereiht. Ein Tisch aus Gedanholz stand in der Mitte. Seine zerschrammte Platte wies dunkle Flecken auf. Auf ihm drängten sich Mörser und Schalen neben einer kleinen Balkenwaage aus Kupfer. Ein Knäuel aus Schnüren und Dochten lag dazwischen. In einer von kunstvoll behauenen Steinen eingefassten, mannshohen Nische lehnte auf einem aus der Mauer vorstehenden Wandstein ein Schwert auf der Spitze seiner Klinge. Es war kürzer als die in der Waffenkammer, aber auch in seiner Blutkehle waren die Runenlinien zu erkennen. In seinem Knauf saß ein matter Edelstein, der so alt und zerkratzt war, dass er mehr grau als ockerfarben wirkte.

Der DúnAnór durchquerte den Raum. In einer beinah unbewussten Geste berührte er mit zwei Fingern den Edelstein im Knauf des Schwertes, ehe er ein geschnitztes Holzkästchen von einem Bord nahm. Seltsamerweise zitterten seine Hände dabei.

»Du erinnerst dich wieder, nicht wahr?«

Vorsichtig stellte er das Kästchen auf den Tisch. Über die Länge des Laboratoriums hinweg schaute er Darejan an. In seinen Zügen lag eine Härte, die sie noch nie darin gesehen hatte.

»Ja, ich erinnere mich wieder«, nickte er schließlich langsam. »Zumindest, was das hier angeht.« Seine Handbewegung umfasste den Raum und den gesamten CordánDún. »Aber alles andere ...« Er schüttelte den Kopf. »An alles andere erinnere ich mich immer noch nicht.«

Darejan bemühte sich, ihre Enttäuschung zu verbergen, während sie ihm weiter in den Raum folgte. Auf der anderen Seite des Tisches blieb sie stehen. »Seit wann?«

»Ich weiß es nicht genau. Das Erste, woran ich mich vage erinnere, sind die toten Augen unseres Großmeisters, in die ich schaue. Danach muss ich bewusstlos gewesen sein, denn als Nächstes sitze ich auf einem Stuhl am Versammlungstisch und höre Ahoren davon reden, dass er auch ein KâlTeiréen gewesen sei. Und dass sein Seelenbruder ihn verraten hätte.« Er schob Mörser und Schalen auf dem Tisch zusammen und zog einen kleinen Dreifuß mit einer Feuerplatte zu sich heran.

»Was tun wir jetzt?« Darejan schloss die Finger um die Tischkante.

»Wir?« Sein Mundwinkel hob sich in einem spöttischen Lächeln. »Ich werde das Einzige tun, was mir bleibt: Ich gehe in die Welt jenseits des Schleiers und bitte den Wächter der Seelen um einen KonAmàr. Und dann werde ich dafür sorgen, dass Ahorens Seele wieder gebannt wird. Dieses Mal für immer. Und danach …« Für einen Moment ging sein Blick aus dem Fenster und ein fast sehnsüchtiges Lächeln glitt über seine Züge. »Danach werde ich frei sein«, sagte er so leise, dass Darejan die Worte kaum verstand. Sie umklammerte die Tischkante fester. Ein Ruck ging durch seine Gestalt. Er sah sie ärgerlich an, als sei sie gerade Zeuge von etwas geworden, das nicht für sie bestimmt gewesen war. Dann wandte er sich brüsk um und betrachtete die Töpfchen, Phiolen und kleine Fläschchen auf dem Wandbord.

»Ich will dir helfen!«

»Du?« Nach einem letzten Zögern wählte er zwei Phiolen und ein gelb lasiertes Töpfchen aus und stellte sie auf den Tisch. Aus einem geflochtenen kleinen Korb nahm er ein leeres Fläschchen aus geschliffenem Glas und legte es dazu. »Du kannst mir nicht helfen. Wenn du dich nützlich machen willst, dann halt den Mund. Ich muss mich konzentrieren.« Er bewegte unruhig die Finger, schloss sie zur Faust, öffnete sie wieder und rieb sie gegeneinander, während er die Gefäße auf dem Bord noch einmal musterte. Er nahm zwei weitere Tiegel und eine Phiole herunter. Abrupt sah er sie an. »Oder noch besser: Geh zur Tür und versuch, mich rechtzeitig zu warnen, wenn Ahoren mit seinen Dienern kommt.«

»Glaubst du, sie werden uns finden?«

Erneut verzog sein Mund sich zu jenem schiefen Lächeln. »Früher oder später wird er hier auftauchen. Aber ich baue darauf, dass er für den Moment glaubt, mein Geist sei noch zu verwirrt, um mich daran zu erinnern, wie ich ihn zur Strecke bringen kann. Und dass er sich von all den offenen Türen täuschen und uns in den anderen Teilen des Cordán suchen lässt. Und jetzt sei endlich still.«

Er richtete seine Aufmerksamkeit auf den Tisch und wog rasch kleine Mengen von den Inhalten der Phiolen, der Tiegel und des Töpfchens ab und gab sie in eine kupferne Schale. Darejan bewachte die Tür zum Laboratorium, doch ihr Blick hing die meiste Zeit auf ihm. Seine Lippen bewegten sich unablässig, als müsse er sich die Rezeptur vorsagen, nach der er die Zutaten zusammenmischte. Ein paar Mal zögerte er, gab dann einen Tropfen oder ein oder zwei Kristallkörner mehr in das Gefäß. Schließlich stellte er die Schale über den Dreifuß und entzündete unter ihr ein kleines Feuer. Es zischte und knisterte, eine dünne weiße Rauchspirale stieg aus dem Gefäß auf. Er rührte den Inhalt mit einem Kupferstab um, stellte die Schale nach einem Moment auf einen Rost und öffnete behutsam das geschnitzte Holzkästchen. In seinem Inneren lag eine schmale Phiole aus dunklem Glas. Vorsichtig löste er den Korken. Sofort hing der erdige Geruch von Ussrain in der Luft. Darejan sah ihn erschrocken an. Es gab kaum ein stärkeres und zugleich selteneres Gift. Allein die Berührung damit war gefährlich.

»Was tust du da?«

Er schrak bei ihren Worten zusammen und zischte einen Fluch, dann bedachte er sie mit einem bösen Blick. »Du sollst den Mund halten, habe ich gesagt.«

»Was tust du da?« beharrte sie störrisch. »Weißt du eigentlich, dass nur vier Tropfen davon absolut tödlich sind?«

»Deshalb brauche ich ja auch nur drei.«

»Was? Bist du wahnsinnig?«

Mit schmalen Augen sah er sie an. »Was glaubst du eigentlich, wie man in das Reich jenseits des Schleiers gelangt?«

Darejan schluckte. »Aber als du die Seele des Mädchens zurückgeholt hast ...«

»Es geht dieses Mal aber nicht nur darum, eine Seele zurückzurufen. Es geht darum, einen KonAmàr mit herüberzubringen«, knurrte er sie an. »Und jetzt sei still.«

Darejan hielt den Atem an, während er Tropfen für Tropfen des dunklen Öls in die Schale fallen ließ. Der Geruch veränderte sich, wurde säuerlich. Darejan machte beinahe einen Satz, als etwas mit Wucht gegen die Tür zur Waffenkammer schlug. Auch der DúnAnór sah auf. Rasch verkorkte er die Phiole mit dem Ussrain und legte sie in das Kästchen zurück. Nachdem er den Inhalt der Schale noch einmal behutsam umgerührt hatte, nahm er das leere Fläschchen und ein dünnes Glasröhrchen zur

Hand. Erneut krachte es an der Tür zur Waffenkammer. Mit äußerster Vorsicht gab er den Inhalt der Schale Unze für Unze mit dem Röhrchen in das nicht mehr als daumengroße Fläschchen hinein. Ein weiterer Schlag ließ die Tür erbeben. Sorgfältig verkorkte er das Fläschchen, knotete ein Stück Schnur aus dem Knäuel darum und band die Enden zu einer Schlinge, die er sich über den Kopf streifte. Der nächste Schlag traf die Tür. Diesmal knarrte der Balken protestierend. Darejans Augen huschten zwischen ihm und der Tür hin und her.

»Was jetzt?« In ihrer Stimme war ein Zittern.

Anstelle einer Antwort durchmaß er mit langen Schritten rasch das Laboratorium. Wieder krachte etwas gegen die Tür der Waffenkammer. Der Balken knackte und brach. Er schloss gerade die Tür zum Laboratorium, als die der Waffenkammer aufflog und die BôrNadár den Raum betraten.

»Der Tisch!«, befahl er erschreckend ruhig, während er noch die Riegel zuschob. Darejan gehorchte und stemmte sich eilig gegen das schwere Möbel. Es bewegte sich erst, als er ihr half. Jetzt erbebte auch die Tür des Laboratoriums unter wuchtigen Hieben. Ängstlich sah Darejan sich um. Schrie, als der Türriegel brach. Die Tischbeine knarrten auf dem Boden. Der DúnAnór knurrte etwas Unverständliches. Erst jetzt bemerkte sie, dass er das alte Schwert aus der Nische genommen hatte und mit den Fingern über den oberen Bogen des Steinkranzes fuhr, der sie einfasste. Dann hatte er offenbar gefunden, was er suchte. Ein fester Druck, es knackte vernehmlich, und Darejan begriff, weshalb er die ganze Zeit so ruhig geblieben war: In der Nische war ein Geheimgang verborgen. Die Wand bewegte sich scharrend etwa eine halbe Handbreit – und kam mit einem scharfen Kratzen zum Stillstand. Er stemmte sich fester dagegen, das Kratzen erklang erneut, doch die Wand bewegte sich nicht. An seiner Wange zuckte ein Muskel.

Die Tür des Laboratoriums erbebte unter einem neuerlichen Hieb, der Tisch schabte über den Boden. Gleichzeitig fuhren sie herum. Wieder ein Schlag, der Tisch gab weiter nach und die Tür öffnete sich einen Spaltbreit.

Der DúnAnór gab seine Versuche, die Geheimtür doch noch zu öffnen, mit einem Laut, halb Fluch, halb Stöhnen, auf und wandte sich ihr zu. »Das Fenster!«, befahl er und fasste das Schwert fester. Die Kälte der BôrNadár drang zu ihnen herein, und Darejan konnte sehen, dass er plötzlich wieder zitterte.

Hastig kletterte sie auf die Polsterbank unter dem Fenster. Es war mit einem einfachen Haken verschlossen. Sein Holz hatte sich ein wenig verzogen, und es brauchte einen kräftigen Ruck, ehe es aufschwang. Sie wagte einen Blick hinaus und keuchte. Unterhalb der Brüstung ging es senkrecht in die Tiefe. Der CordánDún war auf dem Rand eines mächtigen Felskraters erbaut, der einen riesigen See umschloss. Nebelschwaden trieben träge auf ihm dahin. Das absolut schwarze Wasser glänzte wie ein dunkler Spiegel. Sie schluckte, drehte sich hilflos zu dem DúnAnór um. Er war nur einen Schritt hinter ihr, als im selben Moment der Tisch endgültig nachgab und die Tür gegen die Wand flog. Der erste der BôrNadár drängte herein. Mit einem Schrei warf der DúnAnór sich ihm entgegen. Seine Klinge empfing den Grauen Krieger mit einem hohen Schlag, der in seine Schulter fuhr. Hatten die Säbel der Isárden weder die Korun noch einen der BôrNadár in irgendeiner Weise aufhalten können, so stieß der Graue jetzt ein Heulen aus, das ihr schier das Blut gerinnen ließ. Er taumelte, stolperte zurück und stieß gegen die beiden anderen

Grauen Krieger, die hinter ihm durch die Tür zu gelangen versuchten.

Der DúnAnór nutzte die kurze Gnadenfrist und kam zu ihr auf die Polsterbank.

»Spring!«, befahl er, noch immer halb Ahorens Dienern zugewandt, das Schwert abwehrbereit gehoben.

Darejan nahm allen Mut zusammen und gehorchte. Und trotzdem schrie sie, bis eisiges Wasser über ihr zusammenschlug und den Laut erstickte. Gleich darauf durchbrach etwas neben ihr die schwarze Oberfläche. Sie wollte nach oben schwimmen, doch sie wurde gepackt und weiter in die Tiefe gezogen. Eine Kaskade aus Luftblasen trieb an ihr vorbei. Sie glitzerten in den Sonnenstrahlen, die durch die Oberfläche brachen und die Schwärze des Wassers mit einem Hauch von Gold durchtränkten. Erschrocken blickte sie in die Tiefe. Der DúnAnór war unter ihr. Mit einer Hand hielt er das Schwert umklammert, die andere lag an ihrem Bein und verhinderte, dass sie auftauchte. Als er sah, dass er ihre Aufmerksamkeit hatte, wies er zur Seite, dorthin, wo das Wasser von einer lichtlosen Schwärze war. Darejan verstand. Sie mussten auftauchen. Allerdings am besten an einer Stelle, an der man sie nicht sofort sehen würde.

Unter der Oberfläche schwamm sie in die Schwärze hinein. Das Wasser war so kalt, dass es sich wie flüssiges Eis auf der Haut anfühlte, und vertrieb jedes Gefühl aus ihren Gliedern. Als ihre Lungen zu brennen begannen, tauchte sie langsam auf. Nur noch ein paar Schwimmstöße entfernt, ragte das schwarze Gestein des Felskraters senkrecht in den Himmel. Sie ließ den Kopf gerade lange genug über der Oberfläche, um Luft zu holen, dann tauchte sie wieder und schwamm bis zu den Felsen hin. Neben ihr erschien der Kopf des DúnAnór. Er legte den

Finger auf die Lippen, dann blickte er angestrengt die Felswand zu den Mauern des CordánDún empor. Auch Darejan lauschte angespannt, während sie am ganzen Körper vor Kälte zitternd Wasser trat. Kein Laut war von oben zu hören. Als er sie schließlich wieder ansah, waren seine Lippen blau angelaufen und er zitterte ebenso sehr wie sie selbst. Eine wortlose Geste bedeutete ihr, ihm zu folgen, dann verschwand er wieder unter der Oberfläche. Darejan hielt sich dicht bei ihm, während er sie direkt an den scharfkantigen Kraterfelsen entlangführte.

47

Er konnte tauchen und schwimmen, beides sogar erstaunlich gut. Vor allem, wenn man bedachte, dass er ein Schwert blank unter den Gürtel geschoben hatte. Aber nachdem er sie an einer sandigen, vom CordánDún nur schwer einsehbaren Stelle aus dem kalten Wasser heraus und in die schwarzen Felsen hinaufgelotst hatte, entwickelte er das Geschick einer zweibeinigen Bergziege. Er fand Tritte an Stellen, an denen Darejan niemals gesucht hätte, und führte sie über Fußpfade, die hinter ihr wieder zu verschwinden schienen.

Obwohl er ihr gegenüber nur vage »Wir brauchen ein Versteck« geäußert hatte, schien er ganz genau zu wissen, wohin er sie führte. Dass sie diesen Ort erreicht hatten, begriff ihr von Kälte benommener Verstand erst, als er ihr zum zweiten Mal sagte, sie könne sich setzen. Sie ließ sich dort, wo sie stand, bibbernd und zähneklappernd in den feinen schwarzen Sand fallen. Dabei verschaffte es ihr eine gewisse Genugtuung zu sehen, dass er ebenso sehr zitterte wie sie selbst. Die Sonne war bereits hinter den Bergrücken des Kraters versunken. Das Licht wandelte sich allmählich von Orange zu Purpur.

Sie sah überrascht auf, als der DúnAnór ein paar dünne Zweige vor sie fallen ließ und sich dann daran machte, sie übereinanderzuschichten. Als er schließlich aus einem kleinen Lederbeutel einen trockenen Schwefelstein zutage förderte, wurde ihr klar, dass er diesen kleinen Felskessel tatsächlich nicht zufällig ausgesucht hatte. Er musste früher oft hierhergekommen sein. Die Wolldecke, die sie neben einem der Felsen entdeckte, bestätigte ihren Verdacht. Ein steiler Pfad war offenbar der einzige Zugang von den höher gelegenen Klippen aus, während zum See hin eine schmale Öffnung zwischen den auf dieser Seite nur halbschritt hohen Felsen zu einer halbrunden Bucht hinabführte. Selbst auf den Knien hatte sie einen freien Blick über das dunkle Wasser.

Einen Augenblick mühte er sich mit dem Schwefelstein, doch seine Hände zitterten zu sehr, als dass es ihm gelungen wäre, auch nur einen einzigen Funken zu schlagen. Benommen beobachtete sie ihn eine kleine Weile dabei, dann streckte Darejan ohne zu überlegen die Hand aus. Im Moment gab es nichts, was sie sich mehr wünschte als Wärme. Die Magie regte sich in ihrem Inneren. Zwar widerwillig, wie ein Graubär, den man aus dem Winterschlaf weckte, und nur, um sofort wieder zu versinken, doch ein kleines Flämmchen züngelte an einem Ast und wurde langsam größer. Der DúnAnór starrte auf die brennenden Zweige, dann hob sein Blick sich zu ihr und wurde schmal.

»Kannst du das noch einmal tun?«, erkundigte er sich angespannt.

Sie schüttelte den Kopf und streckte ihre Hände der Wärme entgegen. »Wahrscheinlich nicht. Zumindest im Moment nicht. Meine Magie ist noch schwach. Sie kehrt gerade erst wieder zu mir zurück.«

Unwillig presste er die Lippen zu einem Strich zusammen. »Wenn deine Magie nur schwach ist, solltest du sie für wichtigere Dinge aufsparen. Sie hätte für uns nützlich sein können.«

»Wofür?«

Er rieb seine Finger über dem Feuer, dann breitete er die Decke aus und legte das Schwert daneben. »Um eine Leiche zu verbrennen.«

Darejan riss die Augen auf. »Eine ... Wessen Leiche?«

»Meine.« Das Wort kam so gleichgültig über seine Lippen, als spräche er vom Wetter.

Für mehrere Augenblicke konnte sie ihn nur anstarren. Mit untergeschlagenen Beinen setzte er sich auf die Decke, zog das Fläschchen unter dem Hemd hervor und drehte es in den Händen. Das Glas blitzte im Feuerschein. Die Art, wie er sie schließlich wieder ansah, ließ sie schaudern.

»Du hast gesagt, du wolltest mir helfen. Nun, es gibt eine Möglichkeit.« Er hielt das Fläschchen ein wenig in die Höhe. »Das hier wird mich in einen Zustand zwischen Leben und Tod versetzen. Nichts und niemand kann mich wecken, da meine Seele nicht in meinem Körper sein wird.« Versonnen betrachtete er das Glitzern des Glases einen Atemzug lang, ehe er sie wieder ansah. »Ich glaube nicht, dass Ahoren oder seine Diener uns hier finden können. Sollte es doch geschehen, musst du mich töten und meine Leiche für ihn unbrauchbar machen.« Darejan starrte ihn nur weiter mit aufgerissenen Augen an. Ärgerlich zogen seine Brauen sich zusammen. »Verstehst du, was ich sage? Mein Seelenbruder ist tot. Ich gehe freiwillig in den Schleier. Du musst verhindern, dass er meinen Körper deshalb als Gefäß benutzen kann. Schlag mir meinetwegen den Kopf ab. Das Schwert ist zwar alt, aber immer noch scharf. Falls deine Magie allerdings stark genug sein sollte, dann will ich, dass du meine Leiche verbrennst. Hast du mich verstanden?«

»Das ... das kann ich nicht.«

»Du musst! Wenn du es nicht tust, war alles umsonst. Denk an deine Freunde. Deinen Freund Réfen. Du schuldest es ihnen.«

»Nein, ich ...«

»Doch!« Er beugte sich vor und ergriff ihr Handgelenk. »Du kannst es tun, und du wirst es tun, wenn es nötig ist.« Sein Blick hatte etwas Zwingendes, als er ihr in die Augen sah. »Du kannst und du wirst«, wiederholte er beschwörend.

»Nein.« Kopfschüttelnd wand sie ihre Hand frei und schaute beiseite. »Nein, niemals! Ich kann nicht ...«

Sie konnte spüren, dass er sie weiter musterte, doch dann stieß er ein Seufzen aus, löste den Korken aus dem Fläschchen, setzte es an die Lippen und trank. Die Wirkung schien nahezu sofort einzusetzen. Er sank zur Seite. Erfolglos versuchte er sich noch mit der Hand abzustützen. Sein Arm knickte weg und er fiel auf die Decke zurück. Ein kurzes Zittern durchrann seinen Körper, während er sich für mehrere Augenblicke verkrampfte. Erschrocken sprang Darejan auf und umrundete das Feuer, doch er bewegte sich schon nicht mehr, als sie sich neben ihn kniete.

Sie starrte auf seine reglose Gestalt. Wenn er noch atmete, so konnte sie es zumindest nicht mehr erkennen. Seine Haut war von einem Moment auf den anderen kalt und wächsern geworden. Das kleine Fläschchen war seinen Fingern entglitten. Behutsam hob sie es auf. Ein paar Tropfen waren in den Sand gelaufen. Im Licht der Flammen glitzerte das geschliffene Glas. Sein Inhalt schimmerte dunkel und ölig darin. Mit zusammengebissenen Zähnen betrachtete sie seine bleichen Züge. Wie konnte er nur von ihr verlangen, dass sie ihn tötete, wenn Ahorens Diener sie hier fanden? Sie drehte ihn behutsam auf den Rücken und schlug die Decke um ihn. Seine Kleider waren noch immer klatschnass. Sacht strich sie ihm einige dunkle Strähnen zurück, die auf seiner Stirn klebten. Mirija hatte gesagt, dass auch ein DúnAnór niemals allein in das Reich jenseits des Schleiers ging. Ihr Blick kehrte zu dem glitzernden Glas in ihrer Hand zurück. Wie viel davon war nötig, um jenen Zustand zwischen Leben und Tod herbeizuführen, in dem er jetzt lag? War zu viel tödlich? Sie biss die Zähne zusammen, sah erneut auf seine ruhigen, gelösten Züge. So friedlich hatte er in all den Tagen niemals ausgesehen. Mit einer beinah trotzigen Bewegung setzte sie das Fläschchen an die Lippen und trank. Warm und leicht säuerlich rann es ihre Kehle hinunter und weckte ein kaltes Kribbeln in ihrem Bauch ... Unvermittelt fiel ihr das Atmen schwer. Die Welt um sie herum wurde trüb, verzerrte sich zu Schatten. Das Fläschchen entglitt ihren gefühllosen Fingern. Alles um sie her wankte. Sie fiel neben ihn. Ihr Kopf schlug auf seine kalte Schulter. Ihre Hand fand seine, umschloss sie. Ihre Brust brannte. Sie bekam keine Luft. Panik schwemmte über sie hinweg. Sie klammerte sich an ihn ... Dunkelheit legte sich über Darejans Geist und sie stand an Rand des SúrKadin. Doch aus dem riesigen schwarzen See war ein Fluss geworden, dessen tiefdunkles Wasser bewegungslos dahinströmte. Trübes, düsteres Halblicht warf scharfe Schatten. Alles um sie her war grau, so als gäbe es hier keine Farben.

Verwirrt sah sie sich um. Da waren die Felsen, die ihr Versteck schützten. Das schwarz glänzende Wasser spülte ohne ein Rauschen auf den schwarzen Sand der kleinen Bucht hinauf, in den sie beinah fingerbreit einsank. Dort, wo zerklüftetes Gestein bis direkt ans Wasser geragt hatte, war jetzt ein breites Ufer, das sich bis in die Endlosigkeit zu erstrecken schien. Sie war allein. Über dem Felskamm stieg gerade der Vollmond in den Himmel. In einiger Entfernung glaubte sie, Schatten am Wasser entlanggehen oder einfach nur dastehen zu sehen. Nebelschlieren trieben über den Schwarzen Fluss. Sie blickte über ihn hinweg, zu den Felsen auf seiner anderen Seite. Doch dort, wo sich die Silhouette des CordánDún vor dem Nachthimmel abzeichnen sollte, war ... nichts. Bis sich aus den fahlgrauen Schwaden, die über das spiegelnde Wasser wehten, der Bogen einer Brücke schälte, die sich über den gesamten KaíKadin zu spannen schien und zugleich in einer Wand aus Nebel verschwand, die sie war. Darejan schluckte und starrte auf die Tell-Elâhr, die Brücke der Toten. Dies war der Übergang ins Jenseitsreich. Wo sonst sollte sie Javreen finden, wenn nicht dort, nachdem er den neuen KonAmàr vom Hüter der Seelen selbst erbitten musste. – Auch wenn die Vorstellung, ihm dorthin zu folgen, ihr die Kehle zuschnürte: Sie hatte keine andere Wahl. Allerdings würde sie ihn nie einholen – geschweige denn finden –, wenn sie nur hier herumstand. Und ohne ihn war sie hier verloren. Die Hände zu Fäusten geballt, verdrängte sie den Gedanken und setzte sich in Bewegung – und erschrak, als der fahle schwarze Bogen unvermittelt so nah vor ihr aufragte, dass sie den Strom von Menschen sehen konnte, der sich über ihn bewegte. Nur wenige gingen Hand in Hand. Die meisten waren allein. Und dann betrat auch Darejan die schwarzen glatten Brückensteine. Gesichter wandten sich ihr zu. Augen richteten sich auf sie, musterten sie. Eine Frau, die ein kleines Mädchen an der Hand hielt, lächelte ihr zu. Sie versuchte zurückzulächeln. Es gelang ihr nicht. Beklommen ging sie zwischen den Menschen weiter. Fahle, graue Flammen züngelten auf der Brückenmauer und tauchten alles in Schatten. Ihr Blick glitt immer wieder verstohlen und ängstlich über die Gesichter um sie her. Sie konnte Javreen nirgends entdecken und mit jedem Schritt näherte sie sich mehr der Wand aus Nebel. Und dann sah sie die Bestie auf der Mauer hocken. Im gleichen Moment schwang der Echsenschädel mit der schmalen Schnauze auf dem geschuppten Schlangenhals herum. Schwarz glänzende Klauen gruben sich in die Steine, die unter ihrer Gewalt Risse bekamen. Augen, in denen sich jedes Licht verlor, starrten sie an. Diese Kreatur wusste, dass sie nicht hierher gehörte! Unwillkürlich machte sie einen Schritt zurück. Die Bestie breitete mit einem Schnappen ihre federlosen Schwingen aus. Ihr Schrei gellte ohrenbetäubend durch die Stille, dann stieß sie sich von ihrem Sitz auf der Mauer ab. Darejan warf sich herum und rannte in die Richtung, aus der sie gekommen war. Um sie her hatte sich ein Zischen und Wispern erhoben. Plötzlich schien der Boden unter ihren Füßen in Nebel zu ertrinken. Sie glitt aus, stürzte auf Hände und Knie, hörte die Bestie über sich kreischen, wollte einen Blick hinter sich werfen, während sie sich aufrappelte, und prallte mit voller Wucht gegen eine harte Brust. Ein ängstliches Keuchen entfuhr ihr, sie hob den Blick und schaute in ein paar silberne Dämonenaugen, die sie wütend anfunkelten. Noch ehe sie etwas sagen konnte, packte er ihre Hand, drehte sich um und ging ohne Hast mit ihr über die Brücke zurück zum Ufer. Hinter ihnen kreischte die Bestie erneut, doch als sie sich erschrocken umsehen wollte, hinderten sie ein Ruck an ihrer Hand und ein gezischtes »Nicht zurückschauen!« daran. Ohne sie loszulassen oder seinen Schritt zu beschleunigen, trat er von der Brücke herunter und ging ein kurzes Stück am Strand entlang, bis er ein paar schwarze Felsen erreicht hatte. Ein abgehacktes Keuchen entfuhr ihr, als er sie hinter sich stieß und sie zwischen ihm und dem rauen Stein gefangen saß.

»Was hast du hier zu suchen, Rejaan?«, herrschte er sie an und funkelte sie genauso wütend an wie eben auf der Brücke.

»Ich wollte dir helfen.« Sie stockte, holte ein paar Mal zitternd Atem. »Du ... Du hast mich gerade Rejaan genannt. Heißt das, du erinnerst dich wieder?«, brach es dann aus ihr heraus.

Heißt das, du erinnerst dich wieder? Es war über ihn hereingebrochen wie ein Unwetter in den Bergen, kaum dass er auf dem schwarzen Strand des KaîKadin die Augen geöffnet hatte. Eine Flut aus Bildern und Gefühlen, die seinen Verstand fast unter sich begraben hatten. Sie hatten den Schmerz neu angefacht – und die Sehnsucht.

Javreen verdrängte die Gedanken daran und fuhr sich heftig mit beiden Händen durchs Haar. »Ja. Nein, nicht an alles. Aber das hat nichts damit zu tun, was du hier zu suchen hast.«

»Mirija hat gesagt, dass auch die Klingen der Seelen nicht allein in die Welt jenseits des Schleiers gehen. Und deshalb …« Darejan hatte einen Schritt auf ihn zu gemacht, wollte ihn anscheinend umarmen, doch der Ausdruck in seinem Gesicht hielt sie von ihm fern.

Er kämpfte den Wunsch nieder, sie an sich zu ziehen, und ließ stattdessen seinem Ärger über ihre Unvernunft freien Lauf. »Närrin! Glaubst du wirklich, du könntest mir hier helfen? Du weißt nichts von dieser Welt. Du hast noch nicht einmal im Ansatz die Gabe einer Nekromantia. Der RónAnór musste dich überhaupt nicht sehen, um dich finden zu können. Du bist wie ein Leuchtfeuer an Leben. Du … ach, verdammt. Wie viel hast du von dem Gift getrunken?«

Darejan räusperte sich. »Den ganzen Rest«, gab sie zerknirscht zu.

»Den ganzen ... Herrlich! Du weißt, wie du jemanden in den Wahnsinn treiben kannst.« Ärgerlich schüttelte er den Kopf. Diese starrsinnige kleine Korun! Wenn er sich nur ein klein wenig an sie erinnert hätte, wäre ihm schon früher klar gewesen, dass er sie nie hätte allein lassen dürfen. Mit einem Knurren rieb er sich den Nacken. »Also gut, es ist wohl nicht zu ändern. Du wirst bei mir bleiben müssen. Nachdem sie wissen, dass du hier bist, werden die RónAnór nach dir suchen. Aber ab jetzt gilt: Ganz egal, was ich sage, du tust es! Sofort und ohne Fragen zu stellen. Verstanden?«

Darejan nickte, zögerte, kam dann doch nahe genug, um ihre Hand in seine schieben zu können. Einen Moment blickte er irritiert auf ihre ineinander verschlungenen Finger. Die Berührung fühlte sich so vertraut an, dass seine Brust sich zusammenzog. Dieses Mal hätte er den Kampf mit sich selbst um ein Haar verloren und sie in seine Arme gerissen. Stattdessen sah er sie unter gerunzelten Brauen heraus eindringlich an. »Es gibt hier zwei Regeln, die du befolgen musst, ganz gleich, was geschieht. Du darfst niemals zurückschauen. Niemals! Wer zurückschaut, der verliert seinen Weg und kann das Reich jenseits des Schleiers nicht mehr verlassen. Und: Du darfst niemals vor etwas davonlaufen. Egal, was es ist. Läufst du davon, erregst du seine Aufmerksamkeit nur noch mehr und es wird dich jagen und stellen. Hast du das begriffen?«

»Und wenn mich doch etwas verfolgt?« Sie klang unsicher.

Sofort bedauerte er seinen scharfen Ton. »Dreh dich um und geh in die andere Richtung. Langsam und ohne Eile. Mach keine hastigen Bewegungen. Und dann such dir ein Versteck, in dem du abwartest, bis es fort ist.« Sein Blick glitt noch einmal über sie. »Komm! Nachdem du die RónAnór aufgescheucht hast, können wir nicht mehr über die TellElâhr gehen. Das heißt, wir müssen unser Glück auf dem KaîKadin versuchen.« Er wollte sich umdrehen, aber die Art, wie sie ihre Finger vertrauensvoll und zärtlich in seine schmiegte, hielt ihn zurück. Dass er in ihre Augen sah, war ein Fehler. Fast grob vergrub er die Hände in ihr Haar, zog sie dicht an sich und küsste sie tief und mit einem verzweifelten Hunger. Erst als sie beide keine Luft mehr hatten, löste er die Lippen von ihren. »Wie konnte ich dich nur vergessen, Rejaan?«, flüsterte er und lehnte die Stirn leicht gegen ihre. Seine Finger streichelten ihren Nacken. Ihre Haut fühlte sich wie Seide an. »Es tut mir so leid. Verzeih mir …«

Darejan verschloss ihm den Mund mit ihrem, er gab nach und zwang sich erst nach ein paar Herzschlägen dazu, sie von sich zu schieben.

»Wir müssen gehen. Unsere Zeit hier ist ohnehin nur knapp bemessen.« Er nahm ihre Hand in seine und wollte sich abwenden.

»Ich muss dir etwas sagen.« Darejan hielt ihn fest. Verwundert stellte er fest, dass sie zitterte. Sie öffnete den Mund, schloss ihn dann wieder. Er wartete, beobachtete, wie sie ein paar Mal hart schluckte.

»Ich habe dich verraten.« Die Worte brachen so schnell aus ihr heraus, dass er im ersten Moment dachte, er hätte sie nicht richtig verstanden. Dennoch saß plötzlich ein Zittern in seinem Magen. *Schmerz, der ihn aus seinem Körper treibt; jedes Mal ein wenig länger. – Bis nichts bleibt. Nichts außer Qual und Grauen.* Er biss die Zähne zusammen, um der Qual der Erinnerung zu begegnen, und zog die Brauen zusammen. »Verraten? Was …?«

Sie fasste ihn mit beiden Händen. »Ich war in der Gasse, als Selorans Söldner dich und Cjar gefangen genommen haben ...«

»Aber ...?«

»Verstehst du denn nicht?«, drängte sie. »Durch mich hat Seloran – und damit Ahoren – erfahren, dass ein DúnAnór in Kahel ist! Dass *du* in der Stadt bist!« Sie schloss ihre Hände fester um seine. »Und ich war in der Höhle unter dem GônBarrá. Ich war dabei, als Seloran Ahoren aus dem KonAmàr befreite und ihm *deinen* Körper geben wollte. Ich war dabei, als Cjar ...« Sie wandte das Gesicht ab.

Langsam trat er zurück und entzog ihr seine Hände. Ihre Arme fielen schwer herab. *Vertrautes Willkommen. In das sich unendliches Bedauern mischt.* **Bruder ...** *Ein Teil seiner Seele und doch nicht seine.* Seine Finger krallten sich in sein Haar. *Ein Schatten. Sein Schrei gellt aus einer fremden Kehle. Im Fackellicht glänzt ein Dolch. Ein gellendes »Nein!«. Die Gestalt einer Frau. Schmerz, der durch seinen Hals fährt. Ihn in zähes Grau reißt.*

Die Qual war plötzlich wieder da. Flutete erneut über ihn hinweg. Sollte sie ihn tatsächlich an Ahoren verraten haben? Hatte sie vielleicht sogar wirklich mehr getan als nur das? Die verworrenen Fragmente der Bilder, die in seinen Erinnerungen waren ... Es sprach so viel dafür. War das hier vielleicht nur eine List? Half sie in Wahrheit Ahoren? Nein! Nein, das konnte nicht sein. Oder? Er machte einen weiteren Schritt zurück. Der Gedanke war grausamer, als es der Schmerz war, den die Erinnerung mit sich brachte. »Ich kann mich an viele Dinge noch immer nicht erinnern«, sagte er in die Stille hinein, als die Qual in seiner Brust ihm endlich wieder erlaubte, Luft zu holen, und ließ die Hand sinken. »Ich weiß, dass ich vergessen habe zu atmen, als ich dich zum allerersten Mal sah. Dabei warst du über Cjar so erschrocken, dass du mich gar nicht bemerkt hast. Ich weiß, dass wir uns in dieser kleinen Bucht am Strand zwischen den Klippen immer wieder getroffen haben. Und ich weiß, dass wir uns dort geliebt haben. Nicht nur einmal. Ich weiß, dass ich dachte, die Welt bricht unter mir auseinander, als ich herausfand, dass meine Darejan ein Kindeskind von Kartanen Lìr Hairál ist und die Schwester der derzeitigen Hüterin. Ich weiß, dass wir uns gestritten haben und ich dir mit Absicht sehr wehgetan habe.

Aber an das, was in dieser Höhle geschehen ist, kann ich mich noch immer nicht erinnern. Alles, was ich weiß, ist, dass Cjar starb und mich in diesen alles verzehrenden Schmerz zurückgestoßen hat und dass ich lieber mit ihm gestorben wäre. Und ich weiß, dass du da warst. Das ist alles.

Ich weiß nicht, was du getan hast. Ob du mich tatsächlich verraten hast. Ich weiß es nicht.« Er versuchte den Schmerz aus seinen Worten zu verdrängen.

Darejan schlang die Arme um ihre Mitte und biss sich auf die Lippe. »Und jetzt?« Ihre Stimme klang entsetzlich verloren. Sie zuckte zusammen, als Javreen mit den Händen über ihre Schultern strich, weil sie nicht bemerkt hatte, dass er lautlos vor sie getreten war. Etwas in ihm zog sich schmerzlich zusammen. War es möglich?

»Jetzt habe ich eine Pflicht für meinen Orden zu erfüllen. Und was danach ist ...« Er blickte über das Wasser des Flusses zur TellElâhr hin, die sich als Schatten hinter den Nebeln abzeichnete. Seine Brust dehnte sich unter einem langsamen Atemzug. »Was danach ist, wird sich zeigen.« Entschlossen fasste er ihre Hand. »Komm. Wir brauchen ein Boot, um über den KaîKadin zu kommen. Und leider trägt der Schwarze Fluss nur ein einziges.« Er zog sie aus dem Schutz der Felsen heraus und ging mit langen Schritten am Ufer entlang, ihre Hand noch immer fest in seiner.

Der Sand unter ihren Füßen war weich, doch so kalt, dass seine Kälte selbst durch das Leder seiner Stiefel drang. Ihre Schritte verursachten nicht das geringste Knirschen. Die schwarzen Wellen des Flusses spülten ohne ein Rauschen das Ufer hinauf. Er war schon mehr als einmal hier gewesen, doch die Kälte, das graue Dämmerlicht, das keine Farben zuließ, und die entsetzliche Trostlosigkeit, die jeden hier durchdrang, überraschten ihn stets aufs Neue.

Schweigend führte er Darejan am Wasser entlang. Ruhig, ohne Hast, obwohl er wusste, dass jeden Augenblick mehr von der Kälte dieser Welt den Weg hinüber in ihre lebenden Körper fand und ihren Schaden anrichtete, wie ein schleichendes, langsam wirkendes Gift. Doch sich hier mit übertriebener Hast zu bewegen, würde bedeuten, nicht nur die Aufmerksamkeit der RónAnór auf sich zu ziehen, sondern auch die von Mächten, denen selbst er nichts mehr entgegenzusetzen hatte, nachdem die Rune über seinem Herzen zerstört war.

Gelegentlich kamen sie an Männern und Frauen vorbei, die reglos am Strand oder in den Ausläufern der Felsen standen und unverwandt auf das schwarze Wasser hinausblickten. Einig waren nicht mehr als Schatten, durch die man den Sand und das Gestein sehen konnte. Andere wirkten, als seien sie noch immer aus Fleisch und Blut. Zuweilen ging eine einsame Gestalt langsam zwischen ihnen hindurch, nur um dann von einem Moment zum nächsten reglos zu verharren. Nichts an ihnen bewegte sich. Je weiter sie gingen, umso mehr dieser Gestalten säumten das Ufer. Kein Laut war zu hören.

Darejan hatte seine Hand immer fester umklammert und sich enger an ihn gedrängt.

»Wer ist das?«, fragte sie schließlich leise. Mehr als ein Flüstern wagte sie offenbar nicht.

»Man nennt sie ›die Wartenden‹.« Ruhig ging er weiter. »Es sind Seelen, die noch nicht über die TellElâhr gehen können oder gehen wollen, weil sie noch etwas zu erledigen haben.« Auch er sprach gedämpft. Sein Blick glitt kurz über die Männer und Frauen, er vermied es jedoch, ihnen direkt in die Augen zu sehen. »Manchmal kommen die Seelen Ermordeter hierher, um auf die Seele ihres Mörders zu warten. Manche wollen nicht mehr, als ihm seine Tat vergeben, andere erhoffen sich Rache. Und dann gibt es auch solche, die hier auf die Seele eines Menschen warten, den sie lieben, dem es aber nicht erlaubt sein wird, selbst über die TellElâhr zu gehen. Sie wollen ihm Mut machen und ihm sagen, dass sie trotz allem auf ihn warten und dass er nicht vergessen ist. Und sehr, sehr selten, wenn die Liebe stark genug ist, steigen diese Seelen mit der ihrer oder ihres Liebsten in KaîRón Boot und begleiten sie in das Reich jenseits des KaîKadin, um ihr dort bei ihren Prüfungen beizustehen und vielleicht vor dem Wächter der Seelen um Gnade für ihn oder sie zu bitten.

Manchmal stehen hier auch die Seelen von Kindern, die vor ihren Eltern durch den Schleier gerufen wurden. Wenn ihre Mütter oder Väter über dem Schmerz verzweifeln und den Verstand verlieren, oder sich sogar das Leben nehmen, warten sie manchmal hier auf sie und führen sie von hier aus über die TellElâhr. Und KaîRón, der Flusswächter, der eigentlich unbestechlich sein soll, lässt sie gewähren.« Er schaute über das Wasser. »Man sagt, dass der Fluss, – und auch der See, als der er in der

Welt der Lebenden erscheint – aus den Tränen von unschuldig ermordeten Kindern entstanden ist. Vielleicht lässt er deswegen zu, dass sie jene zu sich holen, die sie lieben.«

Er spürte, wie sie ein Schaudern durchrann. »Woher wissen die Seelen, wann sie hierherkommen müssen? Und warum kommen sie ausgerechnet hierher?«

Langsam sah er sie wieder an. »Sie wissen es einfach. Und hier in der Nähe ist die Stelle, an der KaîRón mit seinem Boot darauf wartete, die Seelen jener über den KaîKadin überzusetzen, die die TellElâhr nicht überqueren dürfen, weil sie noch eine Schuld zu verbüßen haben.«

Ihre Hand in seiner zitterte. »Was erwartet sie auf der anderen Seite?«

»Kälte, ewiges Halbdunkel, Trostlosigkeit, Einsamkeit. Es ist ein wenig wie im Schleier, doch dort lauern Kreaturen und Mächte, denen man besser nicht begegnet. Dort hält der Wächter der Seelen Hof und Gericht. Nur wer es schafft, bis zu ihm zu gelangen, erwirbt sich das Recht, von ihm erneut geprüft zu werden. Er entscheidet, ob die vor ihm stehende Seele in das Reich jenseits der TellElâhr gehen darf oder ob ihre Schuld noch nicht gebüßt ist.«

»Warst du schon einmal dort?« Bei dem Gedanken, an einen Ort gehen zu müssen, der dem Schleier ähnelte, bebte ihre Stimme.

»Drei Mal. Aber jedes Mal entweder mit dem Großmeister oder einer anderen Klinge aus dem Inneren Kreis. Und jedes Mal waren wir vom Wächter der Seelen gerufen worden.« Jetzt alleine, nur mit Darejan und ohne die Erlaubnis des Wächters, dort hinzugehen, flößte ihm mehr Angst ein, als er jemals für möglich gehalten hatte.

»Und was ist jenseits der TellElâhr?«

»Ich weiß es nicht. Die DúnAnór sagen, dass es für jeden anders und dennoch für alle auch wieder gleich ist«, gab er nach einem kurzen Zögern zu. »Bei meinem Volk glaubt man, dass es dort majestätische Berge gibt, an deren Hängen sich saftige Weiden erstrecken, auf denen stolze CayAdesh-Herden umherstreifen. Die Sonne wärmt den ganzen Tag und die Nächte sind kühl und dennoch angenehm. Es gibt keinen Winter mit Hunger und Kälte und keinen Sommer mit Dürre und Hitze. Wer in den Felsen einen Fehltritt tut, stürzt nicht zu Tode. Jeder, den du liebst und kennst, ist dort. Es gibt keinen Zwist zwischen den Geshreen und jeder Streit kann ohne Gewalt beigelegt werden.« Er neigte den Kopf ein wenig und sah sie an. »Früher dachte ich, dass es dort entsetzlich langweilig sein muss.« Früher, ja. Früher war er jung und dumm gewesen. Seit er zu den DúnAnór gegangen war, hatte er sich manchmal nach diesem Frieden gesehnt. Und nun gab es in seinem Herzen nichts anderes mehr als diese Sehnsucht. Neben ihm schauderte Darejan bei seinen Worten. Rasch schmiegte sie den Kopf gegen seine Schulter und drängte sich enger an ihn. Er blieb stehen und nahm sie behutsam in den Arm. Die Wärme, die diese einfache Geste in seinem Inneren erweckte, überraschte ihn. Ein trauriges Lächeln glitt über seine Lippen. Wie es schien, gab es da doch noch etwas anderes in seinem Herzen. Nach einem Moment löste er sich mit schmerzhaftem Bedauern aus dieser Wärme und zog sie weiter.

Doch schon kurze Zeit später blieb er erneut stehen, als ein Band aus Nebel den Sand vor ihnen unter seinem fahlen Schimmern begrub. Wachsam blickte er in die Felsen hinauf. Auch dort oben zeichneten sich Gestalten ab. Nur dass sie sich unruhig und zugleich seltsam ziellos bewegten. Als würden sie etwas suchen. Vielleicht hatte Darejan gespürt, wie er sich bei ihrem Anblick anspannte, denn sie trat näher an ihn heran.

»Was ist?«

Er stieß ein leises Zischen aus. »Der Schleier breitet sich aus. Das sind die Seelen jener Männer, die Ahoren aus ihren Körpern vertrieben hat, um seine ElâhrTirIdrayn zu schaffen. Für sie gibt es hier noch keinen Platz. Die RónAnór werden hierherkommen und sie jagen.«

»Aber wenn es hier keinen Platz für sie gibt, wo sollen sie hin?«

»Sie können nirgendwohin. Das ist ja das Grausame, das Ahoren ihnen antut. Aus der Welt der Lebenden hat er sie vertrieben, aber die Welt der Toten ist ihnen verwehrt, weil sie noch nicht tot sind. Ihnen bleibt nur das Entsetzen des Schleiers, und auch das können sie nicht für lange Zeit ertragen, weil sie eigentlich auch dort nicht hingehören. – Komm. Wir müssen uns beeilen.« Er umfasste ihre Hand fester und führte sie näher an das Wasser heran, um den träge dahintreibenden Nebelschwaden auszuweichen. Auch auf dieser Seite des Schleiers wollte er nicht mit ihm in Berührung kommen. Zu lange war ein Teil seiner Seele in ihm gefangen gewesen.

Die Wellen schwappten um ihre Füße, während er Darejan rasch vorwärtszog. Immer wieder blickte er in die Felsen hinauf. Der Nebel bedeckte beinah den gesamten Hang und in ihm bewegten sich unzählige ruhelose Schatten.

Hinter einer kleinen Landzunge, die ins Wasser ragte, schob er Darejan schließlich erneut in den Schutz einiger Felsen. In ihrem Schatten verborgen deutete er in die kleine Bucht, die sich dahinter öffnete und auf deren spiegelglattem Wasser ruhig ein flacher Nachen trieb. Eine lange Stake ragte über den

Bug hinaus. Ein kleines Stück den Sand hinauf saß eine in einen weiten Mantel gehüllte Gestalt an einem Feuer, das mit seltsam graublauer Flamme brannte. Die Kapuze hatte sie über den Kopf gezogen, dennoch schien sie übers Wasser zu blicken.

»Dort liegt unser Boot.«

Darejan spähte über das schwarze Gestein hinweg. »Wird der Fährmann es uns so einfach leihen?«, fragte sie in dem gleichen Flüsterton, in dem auch er gesprochen hatte.

Javreen wäre beinah in Gelächter ausgebrochen. Er unterdrückte den Laut nur mit Mühe. Sie ahnte offensichtlich noch nicht einmal, wer da saß, geschweige denn, was er zu tun beabsichtigte. »KaîRón verleiht sein Boot nicht«, erklärte er ihr leise – und sah, wie ihre Augen sich weiteten, Begreifen in ihrem Blick aufflammte. Einen Moment starrte sie ihn mit offenem Mund an. »Du meinst, das ist ... Und du willst ...« Sie räusperte sich und beugte sich vor. »Das ist KaîRón, der Fährmann der Toten, und du willst sein Boot *stehlen*?«, zischte sie.

»Der Schwarze Fluss trägt nur dieses eine Boot. Was sollen wir deiner Meinung nach ansonsten tun? Schwimmen?«, zischte er zurück.

»Ihn fragen, ob er uns übersetzt!«

Um ein Haar hätte er jetzt doch gelacht. »KaîRón setzt nur die Toten über, und zu denen zählen wir noch nicht! Wir haben keine andere Wahl!«

Darejan schnaufte und bedachte ihn mit einem schmalen Blick aus ihren dunklen, blaugrün schillernden Augen. Es verblüffte ihn ein wenig, dass er ihre Farbe an diesem Ort erkennen konnte. »Und wie willst du das anstellen?«, fragte sie noch immer zischend.

Er bedeutete ihr, ihm zum Wasser zu folgen.

49

Als er einige Zeit später lautlos zum Ufer zurückschwamm, waren seine Glieder so kalt, dass er sie kaum noch spürte. Sie waren im Schutz der Felszunge ein Stück weit hinausgeschwommen, bis sie sicher sein konnten, dass die Gestalt am Ufer sie unter den dahintreibenden Nebelschwaden nicht mehr bemerken würde. Dann hatte er sich auf den Weg zurück gemacht, direkt auf KaîRón und das Boot zu, langsam und darum bemüht, keine Wellen zu verursachen. Eigentlich hatte Rejaan ihn begleiten wollen, doch er hatte sie davon überzeugen können, dass ein einzelner Schwimmer weniger leicht entdeckt wurde. Nun wartete sie dort draußen auf ihn. Und wenn ihr nur halb so kalt war wie ihm, sollte er sich beeilen.

Dass die Bucht bis weit ins Wasser hinaus flach auslief, machte es ihm nicht unbedingt leichter. Er war noch etliche Schritt vom Ufer entfernt, als seine Knie zum ersten Mal auf Sand stießen. Ihm blieb nichts anderes, als die Hände in den weichen Boden zu graben und sich so weiter an das Ufer heranzuziehen. Dabei war er darauf bedacht, dass sich das Boot zwischen ihm und KaîRón befand, sodass die schwarzen Planken ihm Deckung boten. Und dennoch hatte er die ganze Zeit das Gefühl, als würde der Wächter des Flusses und Fährmann der Toten zu ihm herüberblicken. Das Gefühl verstärkte sich, als er den Bug des Bootes erreicht hatte. Ein raues, von schwarzen Algen behangenes Tau war um den Bugsteven geknotet und führte zum Ufer hin. Es hing locker durch und tauchte immer wieder in das schwarz spiegelnde Wasser. Doch um es zu lösen, musste er sich ein Stück aus dem Wasser recken und seine Deckung aufgeben. Seine Finger waren vor Kälte steif und gefühllos. Einen Augenblick fummelte er nutzlos an dem Knoten herum, dann schaffte er es, die erste Schlinge zu lockern. Das Boot schaukelte stärker auf der bis eben glatten Oberfläche. Wellen spülten höher auf den Strand. Verbissen machte er weiter. Die zweite Schlinge löste sich, das Tau glitt ab und fiel ins Wasser. Ein hastiger Blick zum Ufer hin offenbarte ihm, dass KaîRón den Kopf gehoben hatte. Und obwohl seine Augen unter der Kapuze verborgen waren, schienen sie auf Javreen gerichtet zu sein. Im nächsten Lidschlag stand der Wächter des Flusses direkt am Wasser, ohne dass er sich bewegt hätte. Wie lauschend neigte KaîRón den Kopf. Eine schlanke, halb in einem weiten Ärmel verborgene Hand hob sich. Schmerz wie ein Messer aus Eis schnitt in seine Brust, dort, wo die zerstörte Rune über seinem Herzen war, grub sich tiefer. Er krümmte sich mit einem Schrei, wäre beinah vornüber ins Wasser gekippt. Draußen auf dem Fluss erklang ein leises Plätschern. Vielleicht Rejaan, die seinen Schrei gehört hatte. Der Schmerz verschwand so schnell, wie er gekommen war. Zurück blieb ein kaltes Brennen.

›*Sie haben gesagt, du würdest kommen, als ich sie übersetzte. Sie warten auf dich.*‹

Eine Stimme direkt in seinem Kopf, die ihn lähmte. So unvermutet, seit er mit der Leere nach Cjars Tod leben musste. Dabei klang sie weder bedrohlich noch unangenehm. Doch dass sie vollkommen ohne jedes Gefühl war, ließ seinen Mund trocken werden. Mit einem Ruck hob er den Kopf. Schwerfällig stand er aus dem Wasser auf, hielt sich am Bootsrand fest. Der Nachen legte sich unter seinem Gewicht bedenklich zur Seite. Die Stake schabte über das Holz, stieß gegen seine Hand. Er packte sie, gab seinen schwankenden Halt auf und hielt sie wie eine Zerda vor sich, jene kurze Jagdlanze, mit der er schon als Kind umzugehen gelernt hatte.

»Wer hat gesagt, ich würde kommen?« Seine Stimme klang viel zu rau.

›*Du kennst ihre Namen. Jene, die wie du die Runen tragen. Sie sagten, jener eine käme. Der, den sie die Windklinge nennen. Der sein Geburtsrecht aufgegeben hat, um den Seelen zu dienen. Er würde kommen, um zu tun, was schon einmal getan wurde. Sie warten auf dich.*‹

»Nein! Du kannst sie nicht übergesetzt haben. Sie müssen über die TellElâhr gegangen sein! Sie hatten das Recht dazu.« Er umklammerte die Stake fester.

KaîRón neigte den Kopf ein wenig mehr. Fahler Nebel trieb hinter ihm über die Bucht. Gestalten bewegten sich in ihm. ›*Sie haben ihr Recht verwirkt, denn sie haben zugelassen, dass* er *zurückkam.*‹

»Es war nicht ihre Schuld!«

›*Wessen Schuld es war, ist ohne Bedeutung. Sie haben es zugelassen und damit ihre Schwüre gebrochen. Bis* er *erneut gebannt ist, bleibt ihnen der Weg in das Reich jenseits der TellElâhr verwehrt.*‹ KaîRón machte eine Geste nach der Stake hin. ›*Was du vorhast, kann ich nicht gestatten.*‹

»Dann setz uns über!«

›*Ich setze nur die Toten über. Komm ans Ufer zurück.*‹

»Ich muss zum Wächter der Seelen. Du weißt, dass es für

mich allein keinen anderen Weg hinüber gibt.« Die Stake zerrte an seinem Griff, wie ein Hund an der Leine, der zu seinem Herrn zurückkehren will. Der Nebel hinter dem Fährmann hatte sich zu silbrig grauem Schimmern verdichtet.

›*Auch um deinetwillen dürfen die Gesetze dieser Welt nicht gebrochen werden. Du wurdest nicht gerufen! Komm ans Ufer zurück.*‹

Javreen packte die Ruderstange fester und zwang seine vor Kälte gefühllosen Beine über den Bootsrand. Der Schmerz grub sich erneut in seine Brust, wühlte mit eisigen Fingern nach seinem Herzen. Ein Schrei erstickte in seiner Kehle. Er konnte nicht mehr atmen. Unsanft schlugen ihm die schwarzen Planken entgegen. Das Boot schaukelte heftig unter ihm. Verbissen klammerte er sich an der Stake fest, die wütend in seinen Händen bebte. Für einen kurzen Augenblick glaubte er ein Heulen in seinem Geist zu hören, dann war der Schmerz mit einem Schlag wieder jenem kalten Brennen von zuvor gewichen. Gierig sog er die eisig schmeckende Luft ein, umklammerte den Bootsrand mit einer Hand und hievte sich auf die Knie. Die Stake lag still in seiner Hand. Hatte KaîRón sich entschlossen, doch Gnade zu zeigen? Hastig sah er zum Ufer hin. Der Nebel hatte das Wasser erreicht. Die Seelen darin sahen zu ihm her. Zwei von ihnen hatten die dunkle Gestalt KaîRóns zu Boden gerungen. Eine davon richtete sich halb auf, drehte sich zu ihm um. Ein Korun mit einer Narbe am Kiefer. *Kälte. Der Griff eines Dolches in seiner Hand. Seine eigene Stimme, die brüchig* »*Töte mich!*« *flüstert.*

Auch die zweite hob jetzt den Kopf. Ebenso ein Korun wie der andere. Hoch gewachsen. Eine dunkle Strähne hing ihm in die Stirn. Seine Züge hatten beinah etwas Jungenhaftes. »*Ganz ruhig. Ihr seid in Sicherheit. Wir haben euch aus dem Kerker befreit. Niemand wird euch etwas tun.«* Eine Faust, die schmerzhaft sein Kinn trifft. *»Ich will euch nichts Böses. Ihr könnt mir vertrauen, Freund.«*

Der erste der beiden hob die Hand zu einem schweigenden Gruß. Javreen stemmte sich endgültig auf die Füße, erwiderte die Geste genauso wortlos. Dann stieß er die Ruderstange ins Wasser und lenkte das Boot rasch vom Strand fort. Dieses Mal fügte die Stake sich seinem Willen.

Er zog Darejan näher am Ufer aus dem Wasser, als er erwartet hatte. Sie musste ihm entgegen ihrer Abmachung nachgeschwommen sein. Eine ganze Weile saß sie zitternd und zähneklappernd in einer schwarz glänzenden Pfütze am Bug und beobachtete ihn dabei, wie er die Ruderstange gleichmäßig Hand über Hand aus dem Wasser zog und sie auf dieselbe Weise langsam wieder eintauchte. Irgendwann gab sie ihren Platz auf und kauerte sich am Heck zu seinen Füßen zusammen. Sie sprachen lange Zeit nicht, während das Boot lautlos über den Fluss glitt. Einige Male setzte Javreen an, um ihr zu erzählen, wer ihm am Ufer des Kaî Kadin geholfen hatte, doch er stieß die Luft jedes Mal wieder aus, ohne etwas gesagt zu haben.

Es war Darejan, die schließlich das Schweigen brach. »Der Mond ist kaum weiter gewandert. Wie spät es wohl sein mag?« Ihre Stimme klang gespenstisch über dem Wasser des Schwarzen Flusses.

»Zeit hat hier keine Bedeutung. Für die Seelen ist an diesem Ort ebenso eine Ewigkeit vergangen wie ein Augenblick. Nur wir empfinden sie noch, weil wir noch nicht tot und damit nach wie vor an sie gebunden sind.« Javreen hielt die Stake im Wasser fest. Nebelwirbel tanzten über die Wellen, die er damit verursachte, und vermischten sich mit dem feinen grauen Dunst, der seit Kurzem über der schwarzen Oberfläche trieb. Es gab hier nichts, was ihm den Weg ans andere Ufer hätte weisen können. Er konnte sich nur auf sein Gefühl verlassen. Und den vagen Verdacht, dass das Boot unter ihnen ein ebenso seltsames Eigenleben in sich trug wie die Ruderstange in seinen Händen.

»Der Mond wird weiterwandern. Langsamer, als wir es erwarten, aber er wird seinen Zenit erreichen. Und bis dahin wird er sich rot färben. Heute Nacht wird ein Seelenmond am Himmel stehen. Spätestens dann müssen wir zurück in der Welt der Lebenden sein.«

Sie löste ihre Arme ein wenig von ihren angezogenen Beinen und sah zu ihm auf. »Warum?«

»Wenn es mir gelingt, Ahorens Seele dann in den KonAmàr zu zwingen, wird er sich ohne fremde Hilfe nicht wieder befreien können. Ein Wechsel, der unter einem Seelenmond vollzogen wird, ist der einzige, der wirklich dauerhaft ist.«

»Deshalb wollte er auch bis heute Nacht warten, ehe er ... ehe ...« Sie stockte.

»Ja«, beantwortete er, was sie nicht hatte aussprechen können. Einen Moment blickte er auf sie hinab und fragte sich erneut, ob er ihr trauen konnte. Er wollte ihr trauen, wollte es von ganzem Herzen. Aber es stand zu viel auf dem Spiel, dass er es sich erlauben konnte, nur auf sein Herz zu hören, wenn sein Verstand noch Zweifel hegte. Wenn sie *selbst* glaubte, ihn verraten zu haben.

Darejan hatte die Arme wieder fester um ihre Beine geschlungen und schaute auf das schwarz spiegelnde Wasser. Einige Augenblicke wartete Javreen darauf, dass sie noch etwas sagen würde, doch als sie schwieg, sprach er. »Ich verstehe nicht, warum du dich auch nicht erinnern konntest. Zumindest nicht an mich und Cjar.«

In einer zögerlichen Bewegung strich sie sich das nasse Haar über die Schulter zurück, ehe sie zu ihm aufsah. »Ich erinnere mich daran, dass ich in meinem Zimmer war. Seloran saß neben mir auf dem Bett. Ich war zu schwach, mich zu bewegen. In meinem Kopf war eine Stimme, die mir *Vergiss ihn!* befahl. Dann war da nur noch Schmerz.« Nachdenklich neigte sie den Kopf. »Ich weiß nicht genau, wie es möglich war, aber ich glaube, Ahoren hat mir meine Erinnerungen an dich genommen. Oder es zumindest versucht. Sie kamen erst wieder, nachdem ich irgendwie an Mirijas Stelle in den Schleier geraten bin, als sie versucht hat, dich daraus zurückzuholen.«

»Warum hast du mir nichts davon erzählt?« Er ließ die Stange erneut im Wasser und wischte sich die kalten Hände nacheinander an seinem nassklammen Hemd ab. Die zerstörte Rune über seinem Herzen brannte kalt.

»Ich weiß nicht. Vielleicht ... Vielleicht weil ich es selbst nicht glauben konnte? Vielleicht hatte ich auch Angst, dass du mir nicht glauben würdest. Wieso hättest du es auch tun sollen?«, fröstelnd rieb sie sich die Schultern. »Du warst immer so wütend und feindselig ... Du hättest mir ohne Beweise niemals geglaubt. Vor allem, da du dachtest, ich sei eine Mörderin.« Sie wandte das Gesicht ab. »Was ich ja offenbar bin.«

Er hätte gerne etwas dagegen gesagt, ihr irgendwie widersprochen, doch er schwieg. Solange er sich nicht an das erinnern konnte, was wirklich geschehen war, würde jedes Wort hohl und ohne Bedeutung sein.

Für eine ganze Weile kehrte das Schweigen schwer und kalt zurück. Fahler, undurchdringlicher Nebel hatte sich über der dunklen Oberfläche ausgebreitet. Angespannt ließ Javreen die Ruderstange in das Wasser eintauchen und holte sie wieder daraus empor. Zuweilen glaubte er, trügerische Schatten in dem bleichen Grau zu sehen. Doch wenn der Bug des Bootes durch den Nebel schnitt, teilte er sich, und dort, wo eben noch ein Schatten gewesen war, lag das Wasser schwarz und glatt vor ihnen. Er war noch nie auf diesem Weg auf die andere Seite des KaîKadin gelangt, aber er war sich sicher, dass das andere Ufer nicht mehr allzu weit entfernt sein konnte.

»Javreen?« Darejans Stimme klang leise und verloren.

»Hm?«

»Du ... Am Strand, als wir uns vor alldem zum letzten Mal gesehen haben, hast du gesagt, es ... es hätte nichts bedeutet. Das was ... was zwischen uns war. Erinnerst du dich daran?«

Langsam holte er Luft und umfasste die Stake fester. »Ja«, antwortete er dann.

»War das die Wahrheit?«

»Nein.« Er hätte sich gerne zu ihr hinuntergebeugt und sie berührt oder in den Arm genommen, doch er wagte es nicht, den Blick einen Lidschlag von dem Grau zu wenden. »Es hat mir alles bedeutet.«

»Warum hast du es dann gesagt?«

»Ich wollte dir wehtun. Ich wollte, dass du im Zorn an mich denkst, damit unsere Trennung für dich weniger schmerzhaft ist.«

»Aber warum? Warum das alles? Ich dachte du ... du würdest mich lieben.«

»Ich habe dich geliebt. Und ich tue es noch immer. Aber ... es durfte nicht sein.« Der fragende Blick, mit dem sie ihn ansah, ließ ihn nach Worten suchen. »Man hat mich geschickt, um demjenigen Einhalt zu gebieten, der an Ahorens Gefängnis rührte. Auch ihn zu töten, wenn es sein musste. Alles, was ich wusste, war, dass es ein Nachfahre des ersten Hüters, Kartanen Lìr Hairál, sein musste. Aber der sagte sich nach den Seelenkriegern von den DúnAnór los und ging zu seinem Volk zurück. Und dann fand ich heraus, dass er der Ahnherr des herrschenden Königsgeschlechts der Korun war. Das erklärte, warum die Korun die Rechte der DúnAnór, die nach den Seelenkriegen in den Verträgen der LegênTarês festgeschrieben worden waren, nicht anerkannten, warum sie sie geradezu *vergessen* hatten. Es bedeutete aber auch, dass ich es mit niemand Geringerem zu tun hatte als der Königin selbst. Einen Bürger oder auch nur einen Adeligen hätte ich stillschweigend zur Verantwortung ziehen können. Aber die Königin konnte ich nicht einfach richten. Zumindest nicht ohne mich zu vergewissern, dass es einen Erben gab.« Er stieß ein bitteres Schnauben aus. »Den gab es. Sie hatte eine jüngere Schwester mit Namen Darejan.« Einen Moment lang schwieg er, dann holte er langsam Atem. »So oder so hätte ich dir wehtun müssen. Ich sollte der Henker deiner Schwester sein. Wie hätte ich bei dir bleiben können? Ich hatte gar keine andere Wahl, als meinen Auftrag auszuführen und dann fortzugehen. Und ich dachte, eine Trennung wäre für dich leichter, wenn du mich hassen und nicht lieben würdest. Cjar war derselben Meinung. Und es hat funktioniert. So gut, dass du zu deiner Schwester und damit zu Ahoren gelaufen bist und meinen Kopf gefordert hast.« Er senkte die Ruderstange ins Wasser und holte sie wieder empor. »Warum hast du mir nicht gesagt, dass du die Schwester der Königin bist?«

»Weil es nicht wichtig war. Zumindest nicht für mich. Ich hatte Angst, dass du dich genauso verhältst wie alle anderen, wenn du es erfährst. Aber du hast es erfahren.« Sie schwieg einen Moment, ehe sie »Hätte es etwas geändert, wenn ich es dir gesagt hätte?« fragte.

»Vielleicht.« Er hob die Schultern. »Ich weiß es nicht. Wahrscheinlich ...«

Die Ruderstange schabte über Fels. Im gleichen Augenblick schlug etwas gegen das Boot. Darejan schrie erschrocken und klammerte sich an den Bootsrand. Javreen hatte Mühe, sein Gleichgewicht zu halten. Dann war es wieder still.

»Was ... was war das?« Darejan hatte sich auf die Knie aufgerichtet und spähte in den Nebel.

»Wir sind nah am Ufer, und das bedeutet, hier gibt es Dinge, über die ich eigentlich nicht nachdenken möchte.«

»Dinge? Was für Dinge?« Erneut glitt ihr Blick angespannt durch das trübe Grau um sie herum.

»Kreaturen, die nur existieren, um die Seelen, die auf dieser Seite des KaîKadin ihr Dasein fristen müssen, daran zu hindern, den Fluss zu überqueren. Und sie zu jagen und zu quälen.«

Sie zuckte sichtlich zusammen, als der Rumpf des Bootes über Sand und Felsen schabte, und es schließlich still lag. Noch mehr jedoch erschrak sie, als er sich neben sie kniete und bei den Schultern fasste. »Ganz egal, was geschieht. Du musst immer in meiner Nähe bleiben und tun, was ich dir sage, so sinnlos es dir auch erscheinen mag. Auf dieser Seite des KaîKadin gibt es Seelen, die für immer hier gefangen sind, weil sie so abgrundtief böse sind, dass sie jedes Recht auf Erbarmen verwirkt haben. Manche von ihnen kennen nur ein Ziel: einen Weg zurück in die Welt der Lebenden zu finden. Sie sind die eigentliche Gefahr für uns. Das Leben, das wir in uns tragen, wird sie anlocken wie eine Flamme die Motten. Und sie werden alles tun, um sich von ihm zu nähren.« Ihre blaugrün schillernden Augen schauten ihn einen Moment voller Entsetzen an, dann nickte sie.

Er hielt ihren Blick noch einen Herzschlag mit seinem fest, dann ließ er sie los und stieg über den Bootsrand in das flache Wasser. Sofort biss eisige Kälte durch seine Stiefel. Der Nebel wirbelte um seine Beine, während er angestrengt lauschte. Außer ihren angespannten Atemzügen war kein Laut zu hören. Die Stake abermals wie eine Lanze in der Hand, watete er über groben Kies und Steine zum Ufer hinauf, das Boot neben sich. Bei jedem Schritt sah er sich wachsam um. Je weiter er sich dem Ufer näherte, umso undurchdringlicher wurde der Nebel, bis er Javreen so sehr an den Schleier erinnerte, dass jeder Muskel in seinem Körper sich in dumpfer Angst verkrampfte. Der Bug stieß mit lautem Kratzen auf den Strand und lag still. Darejan kletterte ebenfalls aus dem Boot und versuchte ihm zu helfen, es höher auf das flache, steinige Ufer hinaufzuziehen. Doch selbst mit vereinten Kräften gelang es ihnen nicht. Es war, als hätte der Nachen einen eigenen Willen und zudem die Macht, ihn durchzusetzen. Auch die Ruderstange in seiner Hand bebete und ruckte in seinem Griff, bis er sie ins Boot zurücklegte. Javreen verfluchte sich nicht zum ersten Mal selbst dafür, dass er nicht versucht hatte, die alte Klinge aus dem Cordán mit in die Welt jenseits des Schleiers zu nehmen. Doch das Gift hatte so rasch gewirkt, dass er keinen klaren Gedanken mehr hatte fassen können. Schon mehrfach hatte er sich gefragt, ob er bei seiner Zubereitung nicht vielleicht irgendeinen Fehler gemacht hatte. Er biss die Zähne zusammen und verdrängte den Gedanken. Selbst wenn, wäre das derzeit sein geringstes Problem. Seit er das Ufer auf dieser Seite des KaîKadin betreten hatte, war da ein Gefühl, als würde er beobachtet. Eine ... Präsenz ... Eine Seele, die um seine herumzustreichen schien. Gerade am Rand dessen, was er spüren konnte, und dennoch knapp außerhalb seines Geistes ... Zudem grub sich das kalte Brennen der zerstörten Rune über seinem Herzen immer tiefer in seine Brust und erinnerte ihn erbarmungslos daran, dass die Magie erloschen war, die ihn in dieser Welt hätte beschützen sollen. Wie alt und abgenutzt das Schwert auch sein mochte, das vor unendlich langer Zeit die erste Klinge der Seelen geführt hatte: Es trug einen Anoranit im Knauf und hätte ihm hier gute Dienste leisten können. So blieben ihm nur seine bloßen Hände und sein Verstand. Er warf einen schnellen Blick zu der fahlen Mondscheibe, die sich inzwischen von dem Felskamm der BanOseren gelöst hatte, dann wandte er sich zu Darejan um, die fröstelnd neben ihm stand und in den Nebel blickte. Er wusste nicht, wohin sie gehen mussten. Hier entschied der Wächter der Seelen, was geschah. Aber je tiefer sie in sein Reich eindrangen, umso eher war er gezwungen zu handeln. Er konnte es nicht dulden, dass sie – die sie noch zu den Lebenden zählten – hier waren.

»Lass uns gehen.«

Sie ergriff die Hand, die er ihr entgegenstreckte, offenbar nur zu gerne. Doch als er sie vom Ufer fortführen wollte, zögerte sie und blickte zu dem Boot, das lautlos auf den dunklen Wellen trieb.

»Es wird nicht mehr da sein, wenn wir zurückkommen, oder?«

»Ich fürchte, nicht. Aber wenn wir haben, was wir wollen, wird der Weg zurück einfacher.« Er drückte noch einmal ihre Hand und ging dann mit ihr in die fahle Trübe des Nebels hinein.

Der flache Strand aus Kies und groben Steinen begann schon nach wenigen Schritten langsam anzusteigen, wurde nachgiebig und zäh, als wären sie unvermittelt in einen Sumpf geraten.

Alles war unter einer Schicht fahlsilbernem Weiß verborgen, das träge um ihre Füße wirbelte und sich nur selten genug öffnete, um zu offenbaren, was sich tatsächlich unter ihr befand. Und wenn sie es dann tat, glänzten da nur Morast und schwarze flache Tümpel, auf deren Oberfläche lautlos Luftblasen zerplatzten. Nur manchmal reckte schwarzes Schilfgras seine dünnen, feucht glänzenden Halme aus dem Grau und warnte sie, ehe sie den ersten Schritt in ölig schimmerndes Wasser gemacht hatten und es eisig ihre Stiefel durchdrang. Zuweilen streckten schief gewachsene Bäume ihre knotigen, krummen Äste aus dem Nebel heraus. Flechten und Moose hingen von ihnen herab und bewegten sich von Zeit zu Zeit in einem nicht zu spürenden Luftzug. In klaffenden Spalten in dem schwarzen Holz wucherten Pilze. Die Welt um sie her hatte jede Schattierung von Grau. Andere Farben gab es nicht. Eine seltsame klamme Kälte hing in der faulig schmeckenden Luft. Es war vollkommen still. Selbst das Geräusch ihrer eigenen Schritte wurde vom Nebel verschluckt.

Immer wieder tauchten unvermittelt Gestalten vor ihnen aus dem Dunst auf. Einige standen einfach nur reglos da, während andere leise klagend umherwanderten. Einmal kniete ein junger Mann an einem der Tümpel und versuchte mit bloßen Händen unter Schluchzen, das schwarze tote Wasser herauszuschöpfen. Ein sinnloses Unterfangen, denn es lief sofort durch schmale Rinnen, die es bereits in den Morast gewaschen hatte, in ihn zurück. Auf der anderer Seite stand eine zierliche junge Frau und sah ihm voller Trauer bei seinem verzweifelten Tun zu. In ihrem Haar hingen Schilfgras und Morast. Ihre Kleider klebten ihr nass auf der Haut, und ihr sanft gerundeter Leib kündete davon, dass sie ein Kind erwartet hatte. Der junge Mann schien sie nicht zu bemerken, doch die Frau hob den Blick und sah sie an. Javreen zog Rejaan hastig an den beiden vorbei.

»Nicht!« Im allerletzten Moment konnte er verhindern, dass sie sich nach ihnen umsah.

Sie zuckte unter seinem Zischen zusammen. »Was haben die beiden getan?«

»Sie hat nichts getan. Er ist der, der seine Schuld zu büßen hat. Aber was er getan hat, kann ich dir nicht sagen. Wahrscheinlich hat er sie umgebracht. Vielleicht aus Eifersucht ertränkt. Und da sie ein unschuldiges Leben in sich trug, wiegt seine Tat ungleich schwerer. Komm weiter!«

»Ist das seine Strafe? Den Tümpel mit bloßen Händen ausschöpfen?«

»Vermutlich.« Er zog sie vorwärts. Die Art, wie sie sich gegen seine Hand stemmte, erinnerte ihn an ein Fohlen, das sich gegen den Führstrick wehrte.

»Er wird es so niemals schaffen«, stellte sie voller Mitleid fest.

»Vielleicht doch, wenn der Wächter der Seelen der Meinung ist, dass er genug gelitten hat. Aber es ist weder deine noch meine Aufgabe, ihm das zu sagen. Komm endlich! Es ist nicht gut, sich zu lange in der Nähe solcher Seelen aufzuhalten. Vor allem nicht für uns.«

»Warum nicht?«

Mit ihren hartnäckigen Fragen erinnerte sie ihn an die beiden Novizen, die zwei Vollmonde, bevor er nach Kahel aufgebrochen war, in den Horst gekommen waren. Er blieb stehen und wartete, bis sie neben ihm war, damit er sich nicht umdrehen musste. Der Wunsch, zurückzusehen und den Blick wachsam durch den Nebel gleiten zu lassen, wurde mit jedem Schritt zwingender. Vor allem, da dieses Gefühl jener Präsenz am Rand seines Geistes immer stärker wurde. Ein paar Mal hatte er geglaubt, sie deutlicher zu spüren, sie zu erkennen. Sie war ihm in diesen kurzen Augenblicken so vertraut erschienen, dass der Schmerz, der in diesen winzigen Momenten durch sein Inneres gefahren war, ihm beinah die Tränen in die Augen getrieben hatte. Doch diese Seele konnte nicht hier sein. Einmal mehr schüttelte er diesen Gedanken ab und sah Rejaan an.

»Die Seelen hier sind gefangen in einer Welt voller Hoffnungslosigkeit und Trauer, ohne zu wissen, ob sie jemals aus ihr erlöst werden. Das Leben, so wie wir es noch in uns tragen, in ihrer Nähe spüren zu müssen, steigert ihre Qual noch weiter.« Begreifen trat in Rejaans Blick, und er sprach nicht weiter, sondern nickte nur schweigend und setzte seinen Weg fort. Beinah wäre er in den nächsten Tümpel getreten, doch er bemerkte gerade noch die schmalen Grashalme, die ihre Spitzen aus dem Nebel reckten. Er folgte ihnen um das Wasserloch herum. Eine heftige Bewegung unter seiner Oberfläche ließ ihn und auch Rejaan unwillkürlich einen hastigen Schritt zur Seite machen. Einen kurzen Moment wirbelte der Nebel auf und gab die Sicht auf etwas in der Tiefe frei, das schwärzer war als das Wasser selbst, dann legte sich das Grau wieder über den Tümpel und verbarg ihn erneut vor ihren Blicken.

Javreen führte Rejaan rasch weiter. Ein seltsames Gefühl hatte ihn beschlichen … Was auch immer in diesem Wasserloch sein mochte: Es war gefährlich. Er wusste nicht, was es war oder ob es sie bemerkt hatte, aber er wollte nicht hier warten, um es herauszufinden. Dass auch jene andere Präsenz wieder um seinen

Geist strich, machte es nicht besser. Die Hand fest um seine gelegt, hielt sich Rejaan dicht an seiner Seite.

Unter den grauen Wirbeln wurde aus dem weichen Morast nach und nach Erde und Geröll. Raue Felsen ragten aus dem Nebel empor, manche von dunklen Flechten überzogen, auf denen das bleiche Wogen zu schimmernden Wasserperlen geronnen war. Einige Zeit später blieb er abrupt inmitten des fahlen Waberns stehen und blickte angestrengt in das trübe Grau vor ihnen. Jäh hämmerte sein Herz schmerzhaft gegen seine Rippen. Seine plötzliche Anspannung war Rejaan nicht entgangen.

»Was ist?« Sie trat näher an ihn heran und spähte in den Nebel vor ihnen.

Behutsam machte er sich von ihr frei. »Warte hier!« Seine Stimme wollte ihm kaum gehorchen. Ohne auf ihren fragenden Blick zu reagieren, ging er langsam weiter. Wo bisher harte Erde und Geröll gewesen waren, glaubte er nun glatten Stein unter den Füßen zu spüren.

Sie drehten sich zu ihm um, als er den äußersten der Kreise erreicht hatte. Würgender Schmerz war in seiner Brust und in seiner Kehle. Eine Geste winkte ihn vorwärts. Er gehorchte, setzte zögernd einen Fuß vor den anderen. Sie nickten ihm zu, während er an ihnen vorbeischritt. Manch einer hob grüßend die Hand, andere lächelten ihn an. Alle waren sie hier. Nicht einer war Ahoren und seinen BôrNadár entkommen. Noch nicht einmal Ildre und Esira, die ihren Vater in Cytern besucht hatten, um ihm mitzuteilen, dass er Großvater werden sollte. Im Stillen hatten sie gehofft, diese Nachricht würde helfen, um den alten Mann Ildre ein wenig gewogener zu stimmen. Esira winkte ihm zu und schmiegte sich fester in den Arm ihres Gemahls. Wenigstens sie hatte ihm die Sache mit den Kühen verziehen.

Neun.

Sieben.

Fünf.

Drei. Im Innersten der Kreise blieb er stehen. Dort, wo seit zwei Jahresläufen sein Platz war.

Ihm schräg gegenüber nickte Yagren, die Fürstentochter aus einem Kriegerclan der Jerden, einen Gruß. In dem langen Zopf, zu dem sie ihr silberblondes Haar geflochten hatte, schimmerten Muschelsplitter. Ihr Hemd war noch immer über der linken Seite ihrer Brust zerfetzt, doch die Haut darunter war unverletzt, ihre Runen unversehrt. Neben ihr stand Cedn, ihr Nekromant, und legte im Willkommen der Saln die Hand auf die Brust. Sein dunkles Haar war zu einem lockeren Rossschweif zusammengefasst und wurde an den Schläfen schon von Silber durchzogen, obwohl er nur wenig älter war als Javreen. Er war es, der die Parierstangen und Griffe für die Schwerter nach den Wünschen des jeweiligen DúnAnór gefertigt hatte. Es gab kaum einen begnadeteren Künstler als ihn, obwohl er unter den Dieben von Bogaèln aufgewachsen war. Nach den Kastengesetzen der Jerden hätte er so weit unter Yagren gestanden, dass sie ihm noch nicht einmal erlaubt hätte, ihre Stiefel zu holen, und doch war er der Vater ihrer beiden Töchter. Er hatte Javreen auch gelehrt, unwillige Schlösser ohne Schlüssel zu öffnen.

Auf der anderen Seite hob Lihre die Hand zum Gruß. Der hochgewachsene Isârde konnte Stoffe herstellen, die in den herrlichsten Farben leuchteten, und war ein Schwertkämpfer, dem nur der Großmeister das Wasser reichen konnte. Er hatte ihm gezeigt, wie man einem Gegner das Schwert aus der Hand nahm, wenn die Spitze schon auf der eigenen Brust saß. Asrén neben ihm vermochte es, selbst die wütendste Seele zu besänftigen. Niemand, der den breitschultrigen Steinmetz aus dem Volk der Zonara zum ersten Mal sah, konnte glauben, dass sich hinter dem rauen Äußeren ein freundliches Herz verbarg. Gewöhnlich trugen beide eine genannte Klinge an der Seite, doch Lihre war in das Schwarz der DúnAnór gekleidet und Asrén in das Blau der Nekromanten.

Sein Blick begegnete dem dunkelbraunen des Kriegers, der neben einer zierlichen Frau im Zentrum des Kreises stand. Sein Haar war wie Yagrens zu einem Zopf geflochten und mit Muschelsplittern geschmückt. Eine lange Robe bewegte sich in den Nebelschlieren sacht um seine Stiefel und ließ den Mann, der früher nur ein einfacher Schmied aus einem Kriegerclan der Jerden gewesen war, größer erscheinen. Er war es, der die Klingen schuf, sie nannte und ihrem Träger übergab. Um seine Lippen schien stets ein Lächeln zu spielen und doch hatte Javreen dieses Lächeln auch schon in Sorge und Erschöpfung erlöschen sehen. Plötzlich ohne Kraft fiel er vor Yelntes, dem Großmeister der DúnAnór, auf ein Knie. Worte des Bedauerns und des Schmerzes hingen in seiner Kehle, ohne dass er sie aussprechen konnte. »Ich habe versagt. Ihr wärt noch am Leben, wenn ich kein solcher Narr gewesen wäre«, brachte er schließlich doch gequält hervor.

»Niemand ist ein Narr, nur weil er seinem Herzen folgt.« Die zierliche Frau, die an der Seite des Jerden gestanden hatte, war vorgetreten und zog ihn nun in die Höhe. Die Kälte ihrer Berührung biss durch sein Hemd. In ihren hellen goldenen Augen lag die gleiche Wärme und Freundlichkeit, die stets in ihnen gewesen war, als sie zu ihm aufsah. Selbst für eine Frau der Ashkar, dem Nomadenvolk, das durch die südlichen Wüsten zog, war sie klein. Doch wer Ansari deshalb für schwach hielt, wurde stets eines Besseren belehrt. Sie war es gewesen, die sich seiner angenommen hatte, als er in der ersten Zeit im CordánDún halb krank vor Heimweh nach seiner Geshreen gewesen war. Sie hatte ihm vor allen anderen Nekromanten gezeigt, wie er seine Gabe einsetzen konnte. Nicht, weil es ihre Aufgabe als Nekromantia des Großmeisters gewesen wäre, sondern weil sie die Mächtigste war. Weil sie erkannte, dass er keinen Nekromanten brauchte, weil er Cjar hatte. Und weil sie als Erste erkannt hatte, dass er ein Seelensänger war.

»Niemand ist ein Narr, nur weil er seinem Herzen folgt«, wiederholte sie mit einem sanften Lächeln. »Das darfst du hier«, ihre Fingerspitzen streiften seine Stirn, »niemals vergessen.« Sie sah kurz dorthin, wo Rejaan wartete. »Ich freue mich für dich, dass du endlich jemanden gefunden hast, mit dem auch CjarDar einverstanden ist. Du warst so lang allein, Javreen. Mit ihr an deiner Seite könnte dir Glück beschieden sein, wenn du es nur annehmen willst.«

Dass er den Kopf schüttelte, ließ Trauer in ihre Augen treten.

»Ich werde nach Hause gehen, in die GônTheyraan. Ich weiß, dass Cjar auf mich wartet. Ich will, dass der Schmerz endet«, sagte er leise. »Aber zuvor werde ich dafür sorgen, dass ihr in das Reich jenseits der TellElâhr gehen könnt. Ich werde für Ahorens Seele einen neuen KonAmàr beschaffen und ihn für alle Ewigkeit bannen. Das schwöre ich dir.« Er hob den Kopf, blickte Yelntes über ihren schwarzen Scheitel hinweg an. »Das schwöre ich euch allen.«

»Daran haben wir nie gezweifelt. Keiner von uns. Doch wir sind nicht wegen Ahoren hier.« Der Großmeister bedachte ihn mit einem Blick voller Bedauern. »Seit der ersten Klinge, Joharin, haben die DúnAnór immer den Seelen der Toten und, wenn es nötig war, auch denen der Lebenden gedient. Nun bist nur noch du übrig, Javreen. – Es ist deine Pflicht, Ahorens Seele erneut in einen KonAmàr zu bannen. Das ist wahr.« Yelntes schien langsam Atem zu holen. »Aber es ist auch deine Pflicht, dafür zu sorgen, dass der Orden der DúnAnór nicht mit dir erlischt.«

Die Worte trafen ihn wie ein Messer mitten in die Brust. »Nein!«, keuchte er entsetzt. »Nein!« Dieses Mal entfuhr es ihm als Schrei. »Das könnt ihr nicht von mir verlangen!« Sein Blick glitt von Yelntes zu Ansari, zuckte weiter zu Yagren und Cedn, Lihre und Asrén. Er drehte sich um sich selbst. In allen Zügen stand Mitleid und Bedauern, und zugleich unbarmherzige Entschlossenheit. Er sah wieder Ansari an. Wortlos nahm sie seine Hände in ihre und drückte sie kurz. Es war, als hätte er unvermittelt in Schnee gefasst. Dann ließ sie ihn los und kehrte an die Seite ihrer Klinge zurück. »Nein! Bitte nicht!« Noch einmal sah er von einem zum anderen. Schweigen beantwortete sein Flehen. Er blickte Yelntes an. »Das könnt ihr nicht verlangen.«

»Wir wissen um deinen Schmerz, Javreen, wir alle. Auch wenn nicht einer von uns ihn in seinem Ausmaß jemals wirklich erfassen könnte.« Der Großmeister hob in einer Geste, die um Verstehen und Verzeihen zugleich bat, die Hände. »Aber du hast auf die Erste Klinge einen Schwur geleistet. Und im Namen dieses Schwures ist es deine Pflicht, dafür zu sorgen, dass die DúnAnór nicht vom Angesicht Oreádons verschwinden. Es tut mir leid, Javreen. Ich verbiete dir, in die GônTheyraan zu gehen.«

»Nein! Ihr wisst, was Cjars Tod für mich bedeutet. Wir sind über unser Leben hinaus verbunden. Ich kann nicht …«

»Du musst leben, und du wirst Wege finden, dies zu tun!«

Die Worte hallten wie ein Fluch in Javreens Ohren. Verzweifelt schüttelte er den Kopf und fiel erneut auf die Knie. »Bitte nicht! Zwingt mich nicht dazu«, flehte er noch einmal.

Von einem Lidschlag auf den nächsten war Yelntes direkt vor ihm. Seine Hand legte sich kalt auf Javreens Schulter. Der Nebel um sie herum schien höher zu steigen. »Auch wenn du es niemals sein wolltest: Du bist jetzt der neue Großmeister.« Es war, als würde die Gestalt des Jerden mit jedem Augenblick mehr verblassen. »Vergib uns, wenn du kannst. Und erinnere dich daran, was ich dich gelehrt habe.« Seine Stimme war nur noch ein Hauch, der verwehte.

Ansari kniete plötzlich vor ihm. Ihre Wange berührte seine so leicht wie Schneeflocken im Winter. »Du hast auf einen Kon-Amàr geschworen. Ehre diesen Schwur. Aber vergiss niemals, dass nicht er eine wahre Klinge macht, sondern das, was in deinem Herzen und in deiner Seele ist«, flüsterte sie direkt an seinem Ohr. Dann war auch sie fort.

Für einen kurzen Moment spürte er auch die anderen noch einmal um sich ... Dann war er allein. Mit einem abgewürgten Schluchzen grub er die Zähne in die Lippen, bis er Blut schmeckte, krallte zugleich die Finger in die Rune auf seiner Brust. Erst als Rejaan sich neben ihn kauerte, hob er den Kopf.

»Das waren *Sie*, nicht wahr?« Ihre Stimme klang ehrfürchtig.

Er holte tief Atem und verbannte den Schmerz in den entlegensten Winkel seiner Seele. »Ja, das waren *Sie*«, bestätigte er dann.

»Was wollten sie von dir?«

»Mich an meine Pflicht erinnern.«

Rejaan schnaubte, dann legte ihre Hand sich warm auf seinen Unterarm. »Ist alles in Ordnung mit dir?«

»Ja.« Er nickte, obwohl seine Seele und sein Herz etwas anderes schrien. »Ja, es ist alles in Ordnung mit mir.« Sie musste nicht wissen, dass die Menschen, denen er am meisten vertraut hatte, ihn gerade zu nie endender Qual verdammt hatten. Doch als er sie ansah, stand deutlich Sorge in ihrem Blick. »Es ist alles in Ordnung«, versicherte er noch einmal, während er aufstand. »Komm weiter.«

»Wie weit ist es noch?« Gehorsam richtete sie sich auf, schob ihre Hand in seine und drückte sie.

»Entfernungen sind hier ebenso bedeutungslos wie die Zeit. Aber wir müssen noch tiefer in das Reich des Wächters der Seelen hinein. Er wird uns finden, wenn es so weit ist.«

»*Er* wird *uns* finden? Aber ich dachte, es wäre umgekehrt.«

Die Verblüffung, mit der sie ihn ansah, entlockte ihm ein müdes Lächeln. »Er ist der Herr dieser Welt. Er entscheidet, wer zu ihm gelangt und wer nicht.«

»Und wenn er nicht will, dass wir zu ihm gelangen?«

»Er will, glaub mir. Dass Ahoren Seelen aus der Welt diesseits des Schleiers befreit und andere, deren Zeit noch nicht gekommen ist, in diese Welt stößt, kann ihm nicht gefallen. Und er braucht uns, um Ahoren Einhalt zu gebieten und seine Seele dorthin zu schicken, wohin sie gehört. Je weiter wir in sein Reich …« Er war plötzlich da. So vertraut! So entsetzlich, grausam vertraut. Seine Gegenwart ließ die Qual in Javreens Geist, seiner Seele und in seinem Herzen brüllend erwachen. Es wollte ihm nicht mehr gelingen zu atmen. Darejans Blick ging an ihm vorbei. Ihre Augen weiteten sich. Er wusste, was sie sah. Silbernes Gefieder, mächtige graue Schwingen, deren Unterseiten heller waren als die oberen. Ein scharf gebogener Schnabel und goldene Raubvogelaugen, in denen eine wache Intelligenz blitzte. Der vordere Teil des Körpers der eines Adlers, der hintere der eines Pferdes. Ein langer, silbern und perlmutt schimmernder Schweif, der an den eines Löwen erinnerte. Raubvogelklauen, die scharf genug waren, einen Feind in Stücke zu reißen. Der Schmerz presste seine Brust noch weiter zusammen. So nah! Er müsste nur die Hand ausstrecken ... nur die Hand ausstrecken. Eine vertraute Berührung in seinem Geist. Ein Schmerz, der seinem glich. Er war da gewesen, seit sie aus dem Boot gestiegen waren.

Darejans Hand bebte in seiner. Auf ihren Wangen schimmerten Tränen. »Cjar«, flüsterte sie.

Seine Brust dehnte sich in einem schluchzenden Atemzug. Er umklammerte ihre Finger so hart, dass er ihr wehtun musste.

»Komm!« Seine Stimme versagte in einem erstickten Krächzen. Er wollte sie vorwärtszerren, doch sie stemmte sich dagegen.

»Javreen! Cjar ist hier!« Sie riss mit solcher Kraft an seiner Hand, dass er stehen bleiben musste. »Willst du nicht ...«

»Nein!« Die Qual brach sich in einem Schrei Bahn. Er sah die Bestürzung in ihrem Gesicht und schüttelte den Kopf. »Komm weiter! Bitte! – Bitte! Oder ich werde mich umdrehen und es wird mir egal sein, wie mich der Wächter dafür büßen lässt, dass ich meine Schwüre breche. – Bitte! Komm weiter!« Sie gab ihren Widerstand auf und folgte ihm. Eine Berührung an den Rändern seines Geistes ließ ihn schluchzen. Er biss die Zähne zusammen, senkte den Kopf. *»Verzeih mir, Bruder. Ich möchte den Schmerz beenden, aber sie erlauben es nicht. Verzeih mir«*, flehte er lautlos. Er erhielt keine Antwort, doch die Berührung zog sich zurück. Und trotzdem wusste Javreen, dass er immer noch da war.

Er merkte, dass er viel zu schnell durch den Nebel hastete,

als es zu spät war. Etwas war über ihm und Rejaan, ehe er reagieren konnte. Er hörte sie noch einen gellenden Schrei ausstoßen, dann hatte es ihn von den Beinen geholt und in den Nebel gezerrt. Das kalte Brennen über seinem Herzen erinnerte ihn höhnisch daran, dass da nichts war, was ihn vor dieser Seelenkreatur schützen konnte. Sie schien es zu wissen, denn sie verbiss sich in seine Schulter. Schmerz verbrannte seine Knochen. Er schrie. Eine dunkle, verdorbene Präsenz hüllte ihn ein, wühlte sich durch seine Haut und sein Schrei steigerte sich zu einem Brüllen, während er spürte, wie sich die Kreatur von seinem Leben nährte. Seine Hand tastete zu seiner Hüfte, ehe er sich erinnerte, dass er dort kein Schwert finden würde. In der Stille war nur Rejaans verzweifeltes Keuchen zu hören. Schwäche rann wie Gift durch seine Adern. Er hatte den Tod herbeigesehnt. Aber nicht so! Wenn die Kreatur mit ihm fertig war, würde sie sich Rejaan holen. Zwei Leben zum Preis von einem. Deshalb hatte sie sich zuerst auf ihn gestürzt. Er krallte die Finger in etwas, das sich wie faules Fleisch anfühlte, zerrte daran und schlug gleichzeitig mit seinem Geist zu. Die Präsenz zuckte, heulte lautlos und riss weiter an seinem Körper und seiner Seele, zehrte gierig von seinem Leben. Er konnte spüren, dass sein Körper ihm bereits nicht mehr gehorchte. Es wäre so einfach. Er musste nur aufhören zu kämpfen. Sich einfach nur ergeben. Rejaans verzweifelter Schrei erreichte ihn nur noch wie aus weiter Ferne. Der Schmerz darin zerriss etwas in seinem Inneren. Mit einem Heulen bäumte er sich auf, hieb noch einmal zu. Eine sanfte Berührung in seinem Geist, eine Kraft, die seine verstärkte. So vertraut! Er schrie erneut und sein Schrei mischte sich mit dem schweigenden Kreischen der Kreatur. Sie zuckte zurück, ließ von ihm ab. Doch sein Geist war noch immer in ihrem, und er vernichtete mit verzweifelter Wucht, was von ihr übrig geblieben war. Dann taumelte er auf die Füße, stolperte, fiel gegen einen aus dem Grau des Nebels aufragenden Felsbrocken. Rejaan und die zweite Seelenkreatur, die sich auf sie gestürzt hatte, waren nicht mehr als eine Bewegung, die das fahle Schimmern aufwirbelte. Aber es war nicht nötig zu sehen, wenn er spüren konnte. Er fand den Geist der zweiten Kreatur, spürte ihre Gier nach Leben. Sie war schwächer als die erste. Wieder war da jene sanfte Berührung an seinem eigenen Geist. Sie trieb ihm ein Schluchzen in die Kehle, während er erneut zuschlug. Die Präsenz bäumte sich auf, kreischte in lautloser Wut und verging. Der Nebel kam zur Ruhe. Mühsam löste er sich von dem Felsen, wankte dorthin, wo er Rejaan vermutete. Im ersten Augenblick zuckte sie vor seinen Händen zurück, doch dann flüchtete sie sich zitternd in seine Arme. Er hielt sie fest, sah über sie hinweg zu der Gestalt, die reglos in dem Grau stand und seinen Blick erwiderte, bis er es nicht mehr ertrug. Behutsam machte er sich von Rejaan los, stand auf und ging zu der Seele hinüber. Die Hand, die er nach ihr ausstreckte, zitterte. Er glaubte, das silberne Gefieder rascheln zu hören, als sich ihm der gebogene Schnabel entgegenstreckte. Sein Blick verschwamm, seine Hand fiel kraftlos herab, während er schluchzend auf die Knie sank. Er rollte sich in der Kälte des Nebels zusammen und weinte und wusste, dass der andere Teil seiner Seele direkt neben ihm war und eine seiner mächtigen Schwingen schützend über ihn gebreitet hatte, und dass es ihm verboten war, ihn zu berühren und dem Schmerz ein Ende zu setzen.

»Er ist fort.« Rejaans Stimme ließ ihn irgendwann die Augen öffnen.

»Ja.« Er presste die Handfläche auf den beißend kalten Boden. Es war ihm bewusst, dass ihre Worte keine Frage waren, dennoch beantwortete er sie. Er hatte gespürt, wie Cjar gegangen war, weil keiner von ihnen die Qual noch länger hatte ertragen können. Und dennoch hatte er seine Gegenwart jeden einzelnen Herzschlag genossen. Dass sie den Schmerz ins Unermessliche gesteigert hatte, war bedeutungslos. Zitternd sog er die Luft ein und setzte sich auf. Seine Brust brannte, als hätte er die ganze Zeit über nicht einen Atemzug getan. Rejaan kniete vor ihm und betrachtete ihn voll Trauer und Mitleid.

»Kannst du aufstehen?« Zaghaft berührte sie seinen Arm.

»Ja.« Er brauchte ihre Hilfe, aber schließlich war es geschafft. Für einen Moment blickte er blind in das Grau des Nebels, erinnerte sich daran, wie Cjars Gegenwart, seine Berührung sich in seinem Geist angefühlt hatte. Dann schloss er die Augen und barg diese Erinnerung in den Tiefen seiner Seele, ehe er den Schmerz zurückdrängte. Von nun an würde es nur noch seine Pflicht geben. Für mehr hatte er keine Kraft.

»Bist du verletzt?« Der Klang von Rejaans Stimme weckte Bedauern in ihm, aber auch dieses Gefühl verdrängte er. Dann erst wurde ihm der Sinn ihrer Worte bewusst, und er blinzelte verwirrt, ohne zu begreifen. Ihre Hände, die sein Hemd über der Schulter zurückschoben, waren warm. Sie holte scharf Atem, und er senkte den Blick auf die Stelle, die sie entblößt hatte. Das Fleisch war schwarz unterlaufen. Eine doppelte Reihe dünner Zähne hatte ihre Abdrücke darin hinterlassen. Er spürte keinen Schmerz. Nur eine leichte Taubheit den Arm hinunter. Die Wunde blutete nicht. Bedächtig holte er noch einmal Luft und straffte sich langsam.

»Nein«, schüttelte er dann den Kopf, um ihre Frage zu beantworten. Die Stirn in Falten gelegt, sah sie von seiner Schulter zu seinem Gesicht und zurück.

»Es ist nicht schlimm. – Was ist mit dir?«, fragte er, ehe sie etwas sagen konnte.

»Nur ein paar Kratzer.« Sie schob den Ärmel in die Höhe, um sie ihm zu zeigen. Da waren tatsächlich nur sechs parallele rote Linien. Eine davon hatte ihre empfindliche Unterarmflosse verletzt. Behutsam strich er mit den Fingern über ihrer Schläfe, um sich zu vergewissern. Nein, die Kreatur hatte nicht mehr Schaden angerichtet.

»Verzeih mir. Es war meine Schuld. Ich hab sie auf uns aufmerksam gemacht«, murmelte er und ließ die Hand an seine Seite zurückfallen.

Sie sagte nichts, berührte nur leicht seinen Arm und schob dann ihre Hand wie so oft zuvor in seine. Javreen war dankbar für die Wärme, die von ihr ausging. Sie half, den Schmerz in Schach zu halten. Er warf einen kurzen Blick zu der Mondscheibe über ihren Köpfen, die sich deutlich vor der Schwärze des Himmels abzeichnete. Sie hatte das erste Viertel ihrer Bahn hinter sich gelassen und ihr fahles weißes Schimmern war einem dunklen Goldton gewichen. Auch Rejaan hatte hinaufgesehen, nun nickte sie und folgte dann schweigend dem leisen Zug seiner Hand, als er sich abwandte und weiterging.

Irgendwann wurde der Boden unter ihren Füßen zu glatten Steinplatten, dann zu flachen Stufen, die mit jedem Tritt steiler emporzuwachsen schienen.

Sie hatten gerade das Ende erreicht, als sie vor ihnen saßen: Zwei mächtige RónAnór, deren dunkle Augen sich auf sie richteten, kaum dass sie die letzte Stufe verlassen hatten. Sofort blieben sie stehen. Rejaan machte einen Schritt näher an ihn heran.

Ihre Hand in seiner war plötzlich kalt und feucht. Die Bestien hockten auf tonnenförmigen, umgestürzten und zertrümmerten Steinsäulen und starrten sie reglos an. Hinter ihnen führte eine doppelte Säulenreihe auf etwas zu, das eine gigantische Halle zu sein schien – von nichts anderem begrenzt als tiefster Schwärze und dichtem, silbern schimmerndem Nebel.

Auch der Boden war mit einer dünnen, grau wirbelnden Schicht bedeckt, doch hier waren unter ihr Mosaike aus schwarzen und weißen Steinplatten und Edelsteinen zu erkennen. Eine der Bestien reckte den dunkel geschuppten Schlangenhals und stieß ein dröhnendes Fauchen aus, wobei sie ihre federlosen Schwingen ein Stück öffnete. Die schwarz glänzenden Klauen traten auf dem fahlweißen Stein der umgekippten Säule hin und her. Ein Stück brach unter ihnen heraus und polterte zu Boden. Für einen Moment wirbelte Nebel auf, sank aber sogleich wieder zurück. Auch das zweite Ungeheuer wandte ihnen den Echsenschädel mit der schmalen Schnauze zu und fauchte in einer deutlichen Aufforderung weiterzugehen.

Javreen drückte Rejaans Hand, während ihm selbst das Herz gegen die Rippen pochte und tat, was die Bestien wollten. Auch wenn er schon einmal hier gewesen war, hatte er doch noch nie dem Wächter der Seelen selbst gegenübergestanden. Nur der Großmeister der DúnAnór war bisher vor den Herrscher über das Jenseitsreich und die Seelen der Toten getreten. Aber niemand anders als der Wächter würde sie am Ende dieses säulenflankierten Weges erwarten.

50

Wie lange sie zwischen den Säulen entlanggingen, konnte Javreen nicht sagen. Sie hätten ein Dutzend passiert haben können oder auch einhundert, als sie sich endlich zu einem Rund öffneten und sie unvermittelt vor dem Wächter der Seelen selbst standen. Er hatte den gleichen Echsenschädel mit der länglichen Schnauze, den gleichen gebogenen Schlangenhals, die gleichen schwarz glänzenden Klauen und die gleichen federlosen Schwingen wie die RónAnór, von denen es in den alten Chroniken hieß, sie seien seine Kinder. Doch er war ungleich größer als sie, und wo sie Bestien glichen, war alles an ihm von einer fürchterlichen Majestät. Schwarze Schuppen, die von einer beinah lichtschluckenden Finsternis waren und doch wie polierter Obsidian schimmerten, bedeckten seinen gesamten Körper vom Kopf bis zum Ende seines langen Echsenschwanzes, den er nachlässig um eine abgebrochene Säule geschlungen hatte. Die riesigen Schwingen lagen dicht an seinem Körper, wie ein Mantel aus geronnenen Schatten. Seine Augen waren von einem tiefen ockerfarbenen Gold und zugleich von tiefster Dunkelheit erfüllt. Er neigte den mächtigen Schädel ein wenig und starrte Javreen mit einem dieser Augen an. Um ein Haar wäre er unter dem Blick des Wächters zurückgewichen.

Die schwarzen Lefzen hoben sich ein wenig und offenbarten Zähne, von denen selbst die kleinsten länger als ein Männerarm waren.

»*Dreist!*«, knurrte der Wächter mit einer Stimme, die in Javreens Kopf war und zugleich den Nebel erbeben ließ. »*Dreist und anmaßend. Was bildest du dir ein, den Schwarzen Fluss zu überqueren, ohne gerufen worden zu sein? Wie kommst du dazu, KaîRóns Boot zu stehlen? Weißt du eigentlich, was du hättest anrichten können, DúnAnór? Und wie kannst du es wagen, sie*«, er schnaubte in Rejaans Richtung, »*mitzubringen? Sie ist weder eine Klinge noch eine Nekromantia der Dún-Anór. Ihre Anwesenheit verletzt jedes Gesetz.*«

Javreen sank auf ein Knie und zog Rejaan mit sich. »Ich hatte keine andere Wahl, Herr. Ich bin hier, um …«

»*Ich weiß, weshalb du hier bist, Javreen Windklinge. So haben die anderen dich doch immer genannt, weil du nur zufrieden warst, wenn du den Wind auf deinem Gesicht spüren konntest. Ich weiß, dass du von mir einen KonAmàr erbitten willst, weil dein Orden versagt hat. Zwei habe ich euch schon überlassen. Warum noch einen dritten? Sag es mir!*«

»Weil Ahoren Oreádon ansonsten wieder mit Blut und Leid überziehen wird. Weil er nicht damit aufhören wird, unschuldige Seelen aus ihren Körpern zu reißen. Weil er nicht aufhören wird, diese Körper den Seelen zu überlassen die er aus deinem Reich befreit, damit sie ihm dienen, Herr.«

Der mächtige Schädel neigte sich ein Stück weiter. »*Ein KonAmàr ist nicht wohlfeil. Welchen Preis bist du bereit zu zahlen?*«

Javreen holte langsam Atem. »Jeden, Herr«, sagte er dann.

»*Auch das Leben deiner Korun?*« Die Worte klangen lauernd.

Neben ihm zuckte Darejan zusammen. Er drückte ihre Hand. Sein Herz hämmerte gegen seine Rippen. »Nein! Verlange, was du willst, außer ihrem Leben. Wenn du auf ein Leben bestehst, nimm meines.«

Der Wächter der Seelen ließ ein Gebrüll hören, das die Säulen erbeben ließ. Erst nach einem entsetzten Atemzug wurde Javreen klar, dass der Herr über die Seelen der Toten lachte. Das Auge aus Gold und Finsternis wandte sich ihm wieder zu. *»Dieses Geschäft würde dir gefallen, wie? Bekommst einen Kon-Amàr von mir und darfst obendrein sterben.«* Der mächtige Schädel neigte sich Rejaan zu, deren Blick groß und bestürzt zwischen ihnen hin- und hergehuscht war und die nun unwillkürlich zurückwich. *»Du musst wissen, Korun-Prinzessin: Er sehnt den Tod herbei. Aber sein Großmeister hat ihm befohlen zu leben, damit die DúnAnór nicht untergehen.«* Der Wächter wandte sich ihm wieder zu. *»Hör mir gut zu, Javreen Windklinge, und vergiss es niemals: Das Schicksal, das die KàlTeiréen im Tod aneinanderbindet, ist dir verwehrt. Die Wunde deiner Seele wird sich schließen, auch wenn sie niemals heilen wird. Du wirst leben, obwohl du deinen Seelenbruder verloren hast. Wagst du es oder versuchst auch nur, deinem Leben ein Ende zu setzen, ehe ich dich für deine letzte Zeit rufe, werde ich dich den Verrat an deinen Schwüren und an den Befehlen deines Großmeisters so schrecklich büßen lassen wie noch nie eine Seele vor dir. Der Weg in das Reich jenseits der TellElàhr wird dir für immer verwehrt bleiben. Hast du verstanden?«*

»Ja, Herr.«

»Was hast du mir dann außer deinem Leben zu bieten?«

Javreen ballte die Fäuste. »Nichts, Herr, und das weißt du.«

»Übertreib es nicht, DúnAnór. Ein gewisses Maß an Dreistigkeit mag ich amüsant finden, aber wenn du die Grenze übertrittst, wird es dir nicht gefallen.« Der Wächter der Seelen hob den mächtigen Schädel. *»Warum sollte ich dir einen KonAmàr überlassen, wenn ich nichts als Gegenleistung erhalte?«*

»Warum verlangt Ihr eine Gegenleistung, wenn er doch dafür sorgen will, dass Ahoren kein Schindluder mehr mit den Seelen treibt, die eigentlich Eurer Obhut unterstehen. Ist das nicht Gegenleistung genug?« Rejaans Stimme kippte fast.

Ihre Kühnheit verschlug Javreen die Sprache. Wie es schien, ging es nicht nur ihm so, denn der Herrn über die Seelen starrte sie ebenso verblüfft an wie er selbst. Das Auge aus Gold und Finsternis musterte sie lange. *Zu* lange für Javreens Geschmack. Plötzlich waren seine Handflächen feucht. Sein »Herr!«, mit dem er die Aufmerksamkeit des Wächters wieder auf sich lenken wollte, blieb jedoch unbeachtet.

»Du hast Mut, Korun-Prinzessin. So wie viele aus deinem Geschlecht vor dir. Kartanen und Ileyran waren nur zwei davon.« Das Auge näherte sich ihr ein wenig, betrachtete sie eingehender. Die Angst und der Wunsch zurückzuweichen standen ihr ins Gesicht geschrieben. Doch sie hob nach einem Moment sogar das Kinn. Aus der Brust des Wächters der Seelen kam ein Grollen, das beinah wie ein Kichern klang. *»Du hast das Herz einer wahren Nekromantia, Korun-Prinzessin. Ich schätze Mut bei denen, die mir dienen. Ich achte ihn. Und ich werde den Mut einer Klinge ehren, die es wagt, den Schwarzen Fluss zu überqueren, um vor mich zu treten, obwohl seine Herzrune zerstört ist.«* Endlich wandte er sich wieder Javreen zu. *»Gut denn, DúnAnór. Da du mir wohl tatsächlich nicht*

mehr zu bieten hast als ein mutiges Herz, lass mich sehen, ob es meiner Achtung wert ist. Bestehst du meine Prüfung, überlasse ich dir einen weiteren KonAmàr. Versagst du, verlasst ihr mein Reich unverrichteter Dinge und du wirst mit ansehen müssen, welche Gräuel Ahoren deinetwegen über Oreádon bringt.«

Er verneigte sich und fragte: »Was muss ich tun, Herr?«

»Zwischen jenen beiden unbeschädigten Säulen zu deiner Rechten befindet sich ein Weg. An seinem Ende findest du den KonAmàr, den du erbeten hast. Du hast nichts weiter zu tun, als dich allem zu stellen, was dir auf diesem Weg begegnet. Dann gehört er dir. Geh! Und vergiss nicht, dass dein Vorhaben nur gelingen kann, wenn der Seelenmond noch in seinem Zenit steht.«

»Und Rejaan …?«

»Deine Korun-Prinzessin wird bei mir bleiben. Nur du kannst dich dem KonAmàr nähern. Versucht sie es, vergeht ihre Seele.« Die mächtigen Flügel entfalteten sich ein wenig. *»Geh! Deine Zeit verrinnt!«*

Noch einmal sah er zu Rejaan hin. Die Vorstellung, sie hier bei dem Wächter der Seelen zurückzulassen, weckte ein Ziehen in seinen Eingeweiden. Doch dann drehte er sich um und ging auf die beiden Säulen zu. Hinter ihnen schien nichts zu sein als Dunkelheit und fahlem Nebel, aber kaum hatte er sie durchschritten, veränderte sich alles um ihn her. Plötzlich war er von Mauern umgeben, die von Reif überzogen waren. Irgendwo in der Ferne donnerte die Brandung gegen Felsen. Die Erinnerung kam mit schmerzhafter Wucht. Er zuckte zurück, doch um seine Handgelenke lagen eiserne Ringe. Ketten, die es ihm unmöglich machten, sich auch nur halb aufzurichten, fesselten ihn an die Mauer. Grauen wuchs in seinem Inneren und schnitt ihm die Luft ab. Er presste die Lider zusammen und ballte die Fäuste, versuchte, die Angst niederzuzwingen. Das Schaben von Stiefeln auf Stein ganz in seiner Nähe. Er riss die Augen wieder auf. In den Schatten erwachten Gestalten, kamen auf ihn zu. Weite graue Gewänder; Helme, die die Gesichter verdeckten und in deren Tiefen er dennoch ihre Augen zu sehen glaubte. Augen, die ihn anstarrten, ihn versengten und gleichzeitig erfrieren ließen. Er zerrte in blinder Panik an seinen Ketten, schrie, bis seine Kehle heiser war. *»Du hast nichts weiter zu tun, als dich allem zu stellen, was dir auf diesem Weg begegnet ... nichts weiter zu tun, als dich allem zu stellen ... allem zu stellen ... allem zu stellen ...«* Die Worte verwandelten sich in höhnisches Kreischen. Die Kälte breitete sich in seinem Gefängnis aus, grub sich in seine Knochen, gefror seinen mühsamen Atem in seiner Brust. Er presste sich gegen die reifüberzogenen Mauern. Die Grauen beugten sich über ihn, versenkten ihre Klauen reißend in seinen Geist, wühlten sich durch sein Selbst, sein Gedächtnis, zerrten seine Gefühle, seine Erinnerungen hervor, und wenn er versuchte, sich an sie zu klammern, zerfetzten sie sie und verkehrten sie zu Gräuel und Qual. Er krümmte sich in dem Sturm aus Angst und Pein zusammen, vergrub den Kopf in den Armen, konnte nicht aufhören zu schreien, während sie weitermachten, immer und immer weiter, immer weiter, bis sie nichts mehr von ihm übrig gelassen hatten.

Nach einer Ewigkeit aus Qual und Entsetzen war da etwas in der Kälte, der Sturm heulte auf, als sich etwas durch ihn hindurchschob. Eine Hand, die sich ihm entgegenstreckte. »Javreen!« Eine Stimme drang vage durch das Brüllen der Pein.

... Ich habe dich verraten. ... verraten ... Ich war dabei, als Seloran Ahoren aus dem KonAmàr befreite und ihm deinen *Körper geben wollte. ... Nein! ... Die Gestalt einer Frau. Schmerz, der durch seinen Hals fährt, ihn in zähes Grau reißt. ... Mörderin!* Mit einem Schrei stieß er die Hand von sich und kauerte sich weiter zusammen. Der Sturm kreischte triumphierend, schlug erneut Qual in seinen Verstand. Eine Frau beugte sich über ihn. Der Name war da und doch bedeutungslos. Sie schüttelte ihn, wurde unter Schreien fortgestoßen, stürzte in den Nebel und kam zu ihm zurück. »Nur du kannst den KonAmàr holen!«

Nur du kannst den KonAmàr holen. Ein Gefühl von Schuld floss durch seinen Geist. Die Qual kroch ihm entgegen, streckte sich nach ihm aus, wie eine grausige Liebhaberin. Er schreckte zurück. Die Frau schluchzte, schüttelte ihn und wurde erneut von ihm zurückgestoßen. Doch diesmal kam sie nicht wieder heran. »Dann muss ich ihn holen.« Sie wischte sich Tränen aus dem Gesicht und ging in die Dunkelheit davon. ***»Nur du kannst dich dem KonAmàr nähern. Versucht sie es, vergeht ihre Seele.«*** *»Dann muss ich ihn holen.«* Der Sturm kreischte um ihn.

»Nein!« Er wusste nicht, ob der Schrei aus seiner Kehle kam oder nur in seinem Geist war. Die Qual schlug ihre Klauen reißend in ihn.

Er bäumte sich auf. Diesmal drang der Schrei tatsächlich über seine Lippen. »Nein!«

»Nein!«, das Wort nur ein gellender Schrei. Schmerz, der durch seinen Hals fährt. Ihn in zähes Grau reißt. Rejaan reißt die Arme empor. Augen im Mondschein glitzernd wie Tau. ***»Der Wind mit dir, Bruder.«*** *Nur ein verwehtes Flüstern. Ein Stoß zwingt ihn zurück in den Schmerz. Ein Grollen überall. Der Schatten greift nach ihm.*

Gleißendes Licht. Wütendes Heulen wird zu Gelächter. Etwas in ihm bricht und vergeht. »**Bruder ... Nein!**« *Schatten auf den Höhlenwänden ... Schatten ...* »*Ich hätte nie von dir erfahren, wenn sie sich nicht bei ihrer Schwester ausgeweint hätte. Sie liebt dich ja so sehr.*« *... Schatten ... Die Flechten und Moos bewachsenen Wände eines Ganges, irgendwo unter der Erde. Runen, die verhindern sollten, dass ein lebendes Wesen jemals findet, was hier verborgen wurde. Seine Hände sind gefesselt, er wird rau vorwärtsgeschleppt, seine Füße schleifen über gerölligen Boden. Ein halbes Dutzend Männer bewegt sich um ihn herum. Söldner. Irgendwo hinter ihm das Geräusch von Cjars Klauen auf Stein. Sein Kopf pocht vor Schmerz, doch in seinen Eingeweiden wühlt eine Qual, die die in seinem Kopf unbedeutend werden lässt. Auf seiner Zunge ist ein saurer Geschmack. Er streckt seinen Geist aus, berührt Cjars. Seine Frage nach dem Wo und Wer wird ohne Zögern beantwortet.* »**Wir sind unter dem GônBarrá. Sie sollen uns zu einer lange vergessenen Höhle tief in seinem Inneren bringen. Dort wird Königin Seloran zu ihnen stoßen.**« *Wellen aus Pein rinnen durch seinen Körper. Jede scheint schlimmer als die vorherige.* »**Gift, Bruder. Während du bewusstlos warst, haben sie dir Gift eingeflößt. Ich konnte es nicht verhindern. Aber sie wollen dich nicht töten.**« *Cjars Stimme bebt vor hilflosem Zorn.* »**Ahoren hat dich als Gefäß für seine Seele ausgewählt.**« *Er kämpft wie besessen gegen die Hände, die ihn vorwärtsschleppen. Cjars Schreie hallen von der Gangdecke wider. Als einer der Söldner ihm einen Dolch an die Kehle hält, versucht er sich gegen die Klinge zu werfen, doch der Mann erkennt seine Absicht zu schnell. Gezischte Flüche, ein Schlag trifft seinen Nacken, schickt ihn in die Bewusstlosigkeit zurück, in der er nichts anderes spürte als die Qual, die das Gift durch seine Eingeweide und Glieder treibt.*

Es ist pure Agonie, die ihn zurückholt. Er liegt rücklings über einem Felsen. Die Höhle wird von Fackeln in unstetes Licht getaucht. Schatten huschen über uralte Runen an den Wänden. Cjar ist hinter ihm. Wütend und verzweifelt. Seine Schwingen sind gefesselt, ebenso seine Beine. Seine eigenen Fesseln sind gelöst, doch die Söldner halten ihn nieder. Eine schlanke Korun beugt sich über ihn. Ihre Haut ist wie poliertes Perlmutt. Elegante Wangenknochen verleihen ihren Zügen eine betörende Anmut. Ihre Augen sind dunkelblau schillernd, und sie starren durch ihn hindurch, wie die einer Schlafwandlerin. Durch den Schmerz hindurch begreift der DúnAnór in ihm, dass sie mehr auch nicht ist. Für eine Seele wie Ahoren ist es leicht, einen Körper für eine kurze Frist zu seinem zu machen, während Geist und Seele des eigentlichen Besitzers in tiefem Schlummer lagen. In der Hand der Frau glänzt ein Dolch. Blut rinnt über seinen Bauch, aus einem Schnitt, der quer über seine linke Brust verläuft. Ein Schnitt, der die Rune über seinem Herzen zerteilt hat. Sie streicht mit den Fingern über seine Rippen und murmelt mit rauer, verzerrter Stimme ein Wort, das ihn sich in blanker Agonie auf dem Fels winden und aus voller Kehle brüllen lässt. Zuerst klammert er sich noch an seinen Körper, doch irgendwann löscht der Schmerz sein Denken, lässt ihn vergessen, wer er ist. Die Pein treibt ihn aus seinem Körper, jedes Mal ein wenig länger. Sie lässt nichts anderes zu außer Qual und Grauen. Und jedes Mal ist da das vertraute Willkommen einer anderen Seele, die ihn in ihren Körper zieht. Das Gefühl unendlichen Bedauerns. Eine Kraft, die seine eigene nährt, die so entsetzlich schnell schwindet wie Schnee an einem Sommertag. »**Bruder …**« *Ein Teil seiner Seele und doch nicht seine. Um ihn her ist ein dunkler Singsang. Zischeln und Gelächter mischen sich mit ihm. Die Frau hält zwei Hälften eines ockernen Edelsteins über ihn. Fügt sie zusammen.*

Ein Schatten hängt unvermittelt an ihnen. Streckt sich nach ihm aus. Dieses Mal ist es der Stein, der über seine Brust streicht. Alles verschlingende Agonie löscht sein Denken und sein Wesen aus. Seine Seele flieht. Sein Schrei entringt sich einer anderen Kehle. Ein Dolch glänzt im Fackellicht in der Hand eines Söldners.

Ein gellendes »Nein!« vom Eingang der Höhle her. Er erkennt Rejaan im gleichen Moment, in dem Schmerz durch seinen Hals fährt, der Cjars Hals ist, und ihn in zähes Grau schleudert, sieht gerade noch, wie sie die Arme emporreißt, während der Schatten schon nach seinem reglos über den Stein gestreckten Körper greift. Ein Grollen lässt die Höhle erbeben. Magie fegt durch sie hindurch. Rejaans Magie.

*»**Der Wind mit dir, Bruder.**« Die Worte sind nur ein verwehtes Flüstern. Nebel schließt sich um ihn. Ein Stoß zwingt ihn zurück in den Schmerz. Gleißendes Licht schlägt ihm entgegen. Rejaans Magie zerreißt ihn. Stößt einen Teil von ihm in den Nebel. Wütendes Heulen hallt unter dem Berg und wird zu Gelächter. Etwas in ihm bricht und vergeht. »**Bruder ... Nein!**«*

»Nein!« Erneut bäumte er sich auf. Grauen und Angst spritzten um ihn empor, wie Wasser an einem Felsen aufgischtet. Er kämpfte sich an die Oberfläche. »Rejaan, nein! Tu's nicht!« Plötzlich waren seine Hände frei. Taumelnd kam er auf die Beine. Die grauen Gestalten wichen knurrend vor ihm zurück, nur um gleich wieder auf ihn einzudringen. Angst rann seinen Nacken hinab, machte seine Atemzüge keuchend und mühsam. Er schloss die Augen, zwang seine Gedanken fort von der Angst, zu dem Gefühl des Windes auf seinem Gesicht, wenn er und Cjar über die Ebenen und Wälder geglitten und Hirschrudel erschrocken unter ihnen davongestoben waren. Die Gesänge und das Gelächter in seiner Geshreen, nachdem sein Großvater und sein Vater ihm die Edelsteintätowierungen eines KâlTeiréen gegeben hatten. Die Wärme eines Feuers auf seiner Haut und das Gefühl von Cjars Gefieder in seinem Rücken. Er hieß die Erinnerungen und den leisen Schmerz, den sie mit sich brachten, willkommen, ließ ihn zu. Dann öffnete er zugleich mit seinen Augen auch seinen Geist für jeden anderen Schmerz und hieß auch ihn willkommen, gestattete ihm, seinen Geist zu durchdringen und zu einem Teil von ihm zu werden. Unabänderlich verwoben mit seinem Sein ...

Gierig sog er die kalte Luft ein. Er stand nur wenige Schritt hinter den beiden unbeschädigten Säulen in silbriger Dunkelheit. Die Grauen Krieger waren verschwunden, und nur ein kurzes Stück von ihm entfernt streckte Rejaan die Hand nach einem ockernen Lodern aus, das auf den hüfthohen Überresten einer Säule ruhte.

»Nicht! Tu's nicht!« Seine Stimme war nur ein heiseres Krächzen, zu leise, als dass sie ihn hätte hören können. Ihm fehlte der Atem zu einem weiteren Schrei. Er zwang seine tauben Beine vorwärts, taumelte auf sie zu. Ihre Fingerspitzen näherten sich unaufhaltsam dem KonAmàr.

Verzweifelt warf er sich nach vorne. »Nein!«

Sie fuhr herum. Starrte ihn an, noch während er gegen sie prallte, weil sein Schwung ihn zu weit trug und er sie beide zu Boden riss. Er schlang die Arme um sie, bemühte sich gleichzeitig, seine abgehackten Atemzüge unter Kontrolle zu bringen, damit er sprechen konnte. »Du hast mich nicht verraten«, keuchte er und stemmte sich auf einen Ellbogen, damit er ihr ins Gesicht blicken konnte. »Du hast niemals meinen Kopf von deiner Schwester gefordert. Du hast dich bei ihr ausgeweint. Ahoren war schon in ihrem Geist, ohne dass sie etwas von seiner ständigen Anwesenheit wusste. Er hörte, was sie hörte. Deshalb wusste er von mir.« Sie musste es erfahren. Jetzt und hier!

Rejaan erstarrte in seinem Arm. »Aber wieso war ich in der Gasse? Und in der Höhle?« Er verstand nicht, warum ihr plötzlich Tränen über die Wangen rannen. Dennoch zog er sie fester an sich.

»Warum du in der Gasse warst, weiß ich nicht. Aber in der Höhle hast du versucht, uns zu helfen. Ich erinnere mich jetzt wieder: Du hast mit deiner Magie verhindert, dass Ahoren in meinen Körper eindringen konnte, nachdem sie meine Seele in Cjars getrieben hatten. Sie wollten ihn töten, solange wir verbunden waren, sodass meine Seele mit ihm in den Schleier gezogen würde. Aber er hat unsere Verbindung im allerletzten Moment zerrissen und mich zurückgestoßen. Er wusste nicht, dass deine Magie verhindern würde, dass meine Seele in meinen eigenen Körper zurückkehren könnte.«

»Also war es doch meine Schuld«, schluchzte sie und wand sich in seinen Armen.

Er hielt sie fester. »Nein! Denn du hast damit auch verhindert, dass Ahoren in meinen Körper gelangen konnte. Und ein Teil meiner Seele hat es ja geschafft zurückzukehren, ehe dein Zauber sich endgültig schloss. Meine Seele wurde nicht ganz in den Schleier gerissen. Es war deine Magie, die mich gerettet hat. Denn wenn Ahorens Seele in meinen Körper hätte eindringen können, hätte ich nicht mehr zurückkehren können.« Selbst den Tränen nahe vor Erleichterung darüber, dass er sich endlich an die Wahrheit erinnern konnte, presste er sein Gesicht gegen ihren Hals. »Du hast mich gerettet, Rejaan.« Zärtlich vergrub er die Finger in ihrem Haar. »Du allein hast mich gerettet.«

Er hätte sie ewig so halten mögen, aber der Seelenmond näherte sich unaufhaltsam seinem Zenit. Mit einem Gefühl des Bedauerns löste er sich von ihr, stand auf und half ihr ebenfalls hoch.

Der KonAmàr loderte und gleißte ihm in dunklem ockerfarbenem Licht entgegen, als er an die zerbrochene Säule herantrat. Langsam und ehrfürchtig nahm er ihn herunter. Noch nie zuvor hatte er einen so absolut makellosen Anoranit gesehen. Sein Inneres war vollkommen klar, ohne jene tiefroten Einschlüsse, die die Steine aufwiesen, die er von den Schwertheften kannte und die ihn jedes Mal an Blut erinnerten. Er funkelte prachtvoller als der kostbarste Diamant. Neben ihm holte Rejaan bewundernd Atem. Das Feuer des KonAmàr erlosch, als er die Hände darum schloss.

»Es gibt keinen größeren Feind als unsere eigene Angst. Und nichts bedarf mehr Mut, als sich diesem Feind zu stellen und ihm den Sieg zu verwehren.« Die Stimme des Wächters der Seelen ließ beide herumfahren. Jäh standen sie wieder vor ihm inmitten des Säulenrundes. *»Du hast dich als meiner Achtung würdig erwiesen, Javreen Windklinge. Und du bist würdig, der neue Großmeister der DúnAnór zu sein.«* Die Lefzen hoben sich ein Stück über den beängstigenden Zähnen. *»Und nicht nur, weil du der Letzte deines Ordens bist.«* Der mächtige Echsenschädel neigte sich herab. Das Auge aus Gold und Finsternis richtete sich glitzernd auf ihn. *»Du hast, weswegen du gekommen bist. Geh!«*

»Ich kenne die alten Schriften, Herr, und ich weiß, dass ich Ahorens Gefäß zerstören muss. Aber es gibt nichts, was ihn daran hindern wird, sich ein anderes Gefäß zu nehmen.« Javreen nickte zu Rejaan hin. »Sie oder mich. Meine Herzrune ist zerstört, die Magie erloschen. Sie hatte niemals einen solchen Schutz. Was verhindert, dass Ahoren sich ...«

»*Dreist!*« Das Grollen, das aus der geschuppten Kehle des Herrn über die Seelen der Toten kam, ließ ihn einen Schritt zurückweichen. »*Erwartest du, dass ich deine Arbeit tue, Dun-Anór? Wie kannst du es wagen ...*«

»Bei allem Respekt, Herr, aber es waren vier Klingen nötig, um Ahorens Seele beim ersten Mal in einen KonAmàr zu bannen. Der Großmeister selbst und die drei des Inneren Kreises. Sie alle haben ihre Macht geopfert. Ich bin allein.«

»*Ob vier oder einer, ist gleich. Der Wille, es zu tun, und der Wille, den Preis für dein Tun zu zahlen, sind alles, was du brauchst. Vernichte das Gefäß, in das Ahorens Seele sich eingenistet hat, und die Macht des KonAmàr wird ihm kein anderes Gefäß gewähren als sich selbst. Und jetzt geh mir aus den Augen.*«

»Warte!« Darejan blickte zu dem Wächter empor, obwohl sein unwilliges Grollen sie sichtlich erbeben ließ. »Herr, Ihr wisst, dass Ahoren den Körper meiner Schwester als Gefäß missbraucht. Und wenn Javreen sie töten muss, um Ahoren in den KonAmàr zu bannen ... Ich bitte Euch: Erlaubt mir, sie von hier fortzuholen, nachdem Ahorens Seele wieder in seinem Gefängnis ist. Ihr habt ihre Seele doch noch ebenso wenig gerufen wie die seiner anderen Opfer.«

»*Ist Dreistigkeit eine ansteckende Krankheit unter euch Sterblichen geworden, Korun-Prinzessin? Woher willst du wissen, welche Seele ich zu mir gerufen habe und welche nicht?*« Der Herr über die Seelen neigte den Kopf und musterte sie eindringlich. »*Doch auch du hast Mut bewiesen. Aber du bittest um eine mächtige Gabe, die dein Mut allein nicht aufwiegt. Für diese Gabe verlange ich einen zusätzlichen Preis.«*

Javreen sah, wie sie angespannt Luft holte, ehe sie nickte. »Nennt den Preis, Herr.«

»Nein. Ich werde diesen Preis einfordern, wann es mir beliebt. Ich will von dir jetzt nur dein Wort, dass du dafür sorgen wirst, dass meine Forderung beglichen wird.«

»Was ... was wird dieser Preis sein?«

Die Lefzen verzogen sich zu etwas, das ein nachsichtiges Lächeln sein mochte. *»Es wird ein Dienst sein, den ich fordere.«*

Hilflos sah sie zu Javreen. Der Gedanke, dem Wächter der Seelen einen Dienst zuzusagen, hinterließ einen bitteren Geschmack auf seiner Zunge. Dennoch hatte sie keine andere Wahl. Er neigte den Kopf und hob die Schultern. Nach einem letzten Zögern nickte sie. »Ich gebe euch mein Wort, Herr.«

Der Wächter der Seelen kräuselte die Lefzen ein wenig mehr, wieder drang das Kicher-Grollen aus seiner Brust. »Nimm, Korun-Prinzessin!« Er schüttelte sich und eine seiner schwarzen Schuppen landete direkt vor Darejan. Hastig bückte sie sich und holte sie nach einem kurzen Tasten aus dem Nebel. Javreen machte einen alarmierten Schritt auf sie zu, als sie unvermittelt die Augen weit aufriss und sich versteifte, doch eine erhobene Klaue des Wächters scheuchte ihn zurück. Widerwillig gehorchte er und einen kurzen Moment später entspannte sie sich zu seiner Erleichterung wieder. Der Herr über die Seelen der Toten beugte den Echsenschädel zu ihr herab. *»Du weißt, was du zu tun hast. Niemand außer dir darf es erfahren. Aber vergiss nicht: Du kannst nur eine Seele damit in ihren Körper zurückrufen, und es muss im Spiegel des Nichts geschehen, solange ein Seelenmond am Himmel steht.«*

»Ich werde es nicht vergessen. Ich danke Euch, Herr.« Sie verneigte sich.

Erneut ließ er ein Kicher-Grollen hören, während er den Kopf hob. *»Geht! Eure Zeit läuft ab. Und ihr werdet bereits erwartet.«*

Hinter ihnen öffnete sich der Nebel zu einem Durchgang in einer nur zu deutlichen Aufforderung. Die schwarzen und weißen Steinplatten schimmerten, als befänden sie sich unter Wasser. Auch Javreen verneigte sich noch einmal vor dem Wächter der Seelen, bevor er sich umwandte und mit Rejaan zusammen den nebelbegrenzten Gang hinunterging. In den fahlen grauen Schleiern waren die Säulen nur als Schatten auszumachen. Schon nach wenigen Schritten erreichten sie Stufen. Es schienen die gleichen zu sein, die sie zuvor emporgestiegen waren, und doch liefen diese nun lang und flach aus. Über die unterste spülte lautlos das schwarze Wasser des KaîKadin. KaîRóns Boot lag still darauf, während die Gestalt des Fährmanns der Toten reglos an seinem Heck stand und ihnen entgegensah.

Ein RónAnór hockte auf den untersten Stufen und ließ ein ungeduldiges Fauchen hören, das von einem bedrohlichen Spannen seiner Schwingen begleitet wurde, als sie zögerten. Mit einem Gefühl bitterer Belustigung stieg Javreen in das Boot und half Rejaan hinein. Eine Geste bedeutete ihnen, sich an den Bug zu setzen, dann stieß KaîRón sein Boot von den Stufen ab und lenkte es schweigend auf den Schwarzen Fluss hinaus.

An dem lichtlosen Himmel stand der Seelenmond schon beinah in seinem Zenit. Unruhig schloss Javreen die Hände fester um den KonAmàr. Bei dem Gedanken, Ahoren und seinen BôrNadár erneut gegenübertreten zu müssen, rumorte eine vage Angst in seinen Eingeweiden. Und auch wenn es nicht mehr jenes lähmende Grauen war, das zuvor seinen Geist beherrscht und nutzlos gemacht hatte, wurden doch seine Handflächen feucht. Er schreckte zusammen, als Rejaan ihre Hand über seine legte, doch als sie sich warm an ihn schmiegte, gelang es ihm, sich allmählich zu entspannen.

»Was wirst du tun, wenn Ahoren gebannt ist?«, fragte sie irgendwann leise.

»Ich werde tun, was mir aufgetragen wurde, und den Orden der DúnAnór wieder aufbauen.« Er beobachtete die Nebelschlieren, die um das Boot herum trieben – und mit jedem seiner Atemzüge dichter zu werden schienen.

»Glaubst du, du könntest das auch von Kahel aus tun?«

Das Gefühl, dass sie nicht mehr weit vom Ufer entfernt sein konnten, war ganz unvermittelt da. Plötzlich war eine seltsame Unruhe in ihm. Das Verlangen aufzustehen und – ja, wohin? – zu gehen, wurde von Herzschlag zu Herzschlag größer. So, als würde ihn etwas vorwärtsziehen.

»Javreen?«

Mühsam riss er den Blick aus dem Nebel los und starrte auf ihre Finger, die sinnlose Schnörkel auf seinen Handrücken malten. In seiner Brust saß ein dumpfes Brennen.

»Was ... was meinst du?« Nur aus dem Augenwinkel glaubte er einen Schatten neben sich zu sehen, der verschwunden war, als er den Blick auf ihn richten wollte. KaîRóns Boot wankte, dann kratzte der Bug über Sand. Nebel schloss sich undurchdringlich um ihn. Er spürte Rejaans Hand nicht mehr auf seiner. Auf seiner Zunge war ein säuerlicher Geschmack. Dann schlug Dunkelheit über ihm zusammen, in der eisige Hände ihn packten, vom Boden hoch und vorwärtszerrten. Er hörte gellende Schreie und der KonAmàr entglitt seinen gefühllosen Fingern.

Die Schreie steigerten sich zu einem Brüllen, kippten, brachen ab, nur um erneut anzusetzen, von Mal zu Mal gellender. Es fiel Darejan schwer, die Augen zu öffnen. Unter ihren Händen war feiner schwarzer Sand. Benommen stemmte sie sich auf einen Ellbogen, setzte sich halb auf. In ihren Gliedern schien noch die Kälte des Reiches jenseits des KaîKadin zu nisten. Eben noch hatte sie am Bug von KaîRóns Boot gesessen, waren Javreens Hände in ihren gewesen. Sie zuckte zusammen, als ein schier unmenschliches Kreischen durch die Luft schnitt, und fuhr endgültig auf. Die Decke neben ihr war zerwühlt, Javreen fort. Feiner, dünner Nebel floss über die Wände des Felskessels, sodass sie für einen kurzen Moment das Gefühl hatte, noch immer nicht ins Reich der Lebenden zurückgekehrt zu sein. Doch nur ein kleines Stück von ihr entfernt glühten die Reste des Feuers, das sie hier entzündet hatten – gerade noch hell genug, um die Gestalten darum erkennen zu können. Ihre Kehle wurde eng. Nur ein paar Schritt von ihr entfernt, lag Mirija am Boden. Die weit aufgerissenen Augen der jungen Frau starrten voller Angst und Wahnsinn ins Leere. Wie graue Schatten ragten zwei BôrNadár vor dem Nachthimmel auf. Einer hielt bei dem schmalen Felsdurchbruch Wache, hinter dem es zu der halbrunden Bucht ging, der andere wartete an der Seite seines Herrn auf Befehle. Selorans Körper war vornübergebeugt. Das tiefrote Seidengewand schlotterte viel zu weit um die dürren Glieder einer Greisin. Wieder erklang jenes entsetzliche Kreischen, und plötzlich begriff Darejan, was es zu bedeuten hatte. Sie kam auf die Füße, stolperte zu den Felsen, hinter denen sich die Bucht öffnete. Niemand hielt sie auf. Schatten bewegten sich dort unten. Knöcheltief schienen sie im schwarzen Wasser zu stehen. Ein dünner Nebelschleier lag darüber. Wann immer er sich für einen Augenblick öffnete, schimmerte es im Licht des Seelenmondes wie Blut. Darejan erkannte vier der BôrNadár und zwischen ihnen Javreen. Das Kreischen begann wieder. Sie sah, wie er sich in den Händen der Grauen Krieger aufbäumte und zuckte und nach einem wie endlos scheinenden Moment erschlaffte und vornübersackte. Im gleichen Moment verstummte das Kreischen, doch sie konnte selbst von hier aus ein Stöhnen und Schluchzen hören. Bis er sich erneut in dem Griff der BôrNadár aufbäumte und schrie. Eine Bewegung neben ihr ließ sie zurückschrecken. Der Graue, der an dem Felsdurchbruch Wache gehalten hatte, stand vor ihr. Er packte sie mit seinen eisigen Händen und stieß sie zum Feuer zurück. Ahoren lächelte sie an. In den eingefallenen Zügen, die früher einmal ihrer Schwester gehört hatten, wirkte es eher wie ein Zähnefletschen. Darejans Herz setzte zwei Schläge aus, als sie sah, was seine zur Klaue gewordenen Finger umklammerten. Der KonAmàr schimmerte zwischen ihnen in einem dunklen ockerfarbenen Feuer.

»Ja, noch kämpft er, dein Liebster. Aber seine Kräfte schwinden. Es wird nicht mehr lange dauern, dann ist er bereit. Und hier wird es mir umso leichter fallen, seinen Körper zu meinem zu machen.« Ahorens Lächeln vertiefte sich. »Wusstest du, dass sich hier, in einer Nacht wie dieser, das Reich der Lebenden und das der Toten überlagern? Unter einem Seelenmond wirken direkt am Rand des KaîKadin die alten Mächte so viel stärker als alles, was sich dein Verstand vorstellen kann. Es können Dinge geschehen, die an jedem anderen Ort, zu jeder anderen Zeit unmöglich sind.« Seine Lippen verzogen sich. Blut schimmerte auf ihnen. »Ich hoffe, dir ist klar, dass du die Schuld an seinen zusätzlichen Qualen trägst, meine Liebe. Wärst du mir beim ersten Mal nicht mit deiner Magie dazwischengefahren, wäre es nicht nötig gewesen, seine Seele zum zweiten Mal aus seinem Körper zu treiben. Und er hätte den Schmerz über den Verlust seines Seelenbruders nicht so lange ertragen müssen.« Erneut gellte ein Schrei auf. Darejan hätte beinah die Hände über die Ohren geschlagen. Zittrig beugte Ahoren sich vor. »Hörst du es? Noch klammert er sich an die Hoffnung, dass ihr dies hier habt.« Seine Klauenfinger spielten im Licht der Glut mit dem Edelstein. Er entglitt ihnen, fiel mit einem dumpfen Laut in den schwarzen Sand. Die dünne, fahle Nebelschicht, die den Boden bedeckte, stob auf. Verzweifelt warf Darejan sich auf ihn, doch eine Hand hielt sie auf, noch ehe sie ihn erreichen konnte. Sie schrie in dem eisigen Griff des BôrNadár ohnmächtig auf, ehe sie mit einem Schluchzen erschlaffte. Als sie sich nicht mehr regte, ließ der Graue sie wieder los und Darejan stürzte auf die Knie.

Ahoren hatte den KonAmàr in beinah komischer Hast wieder aus dem Sand aufgehoben, nun gab er ihm dem BôrNadár.

»Zerstör ihn!«, befahl er mit wutverzerrten Zügen zischend.

»Nein!« Sie wollte aufspringen, den Grauen Krieger daran hindern, doch der zweite BôrNadár hinter ihr drückte sie in den Sand zurück. Sie wand sich in seinem eisigen Griff, schlug um sich und musste doch hilflos mit ansehen, wie der Graue den

Befehl seines Herrn gleichmütig ausführte. Der dunkle ockerfarbene Edelstein zerbarst zwischen seinem Schwert und einem Felsen. Darejans Bewegungen erlahmten. Mit einem Gefühl der Betäubung starrte sie auf die Splitter, die im schwarzen Sand schimmerten. Es war alles umsonst gewesen. Alles!

»Es ist so weit.« Ahoren schaute zu dem schwarzen Firmament über ihnen, an dem der Seelenmond voll und blutrot in seinem Zenit stand. »Gerade zur rechten Zeit!« Auf den Arm des Grauen Kriegers gestützt, der hinter ihr gestanden hatte und auf einen Wink an die Seite seines Herrn getreten war, kam er auf die Füße und schlurfte zu dem Felsdurchbruch. Auf halbem Weg hielt er noch einmal inne. Das Lächeln um seinen Mund ließ Darejan unwillkürlich zurückweichen. Mit gekrümmten Fingern wies er auf den BôrNadár, der immer noch über den Bruchstücken des KonAmàr stand.

»Er wird bei dir bleiben, meine Liebe. Und auf dich aufpassen, so wie es sich für einen Freund gehört.« Schwerfällig drehte er sich halb zu dem Grauen um. »Nimm deinen Helm ab«, befahl er ihm barsch. Der BôrNadár gehorchte. Darejan starrte ihn an.

»Réfen!«, hauchte sie fassungslos.

Aus Selorans Kehle kam ein dünnes Kichern. »Ja, Réfen. Der Hauptmann dient mir gut, meine Liebe. Meinst du nicht auch?«, spottete Ahoren, ehe er sich endgültig abwandte und zwischen den Felsen hindurch zum Strand hinunter verschwand.

Einige Herzschläge konnte Darejan nicht den Blick von Réfens leichenfahlen, leblosen Zügen wenden, dann schüttelte sie das Grauen ab und richtete sich auf die Knie auf. »Réf! Sieh mich an. Bitte! Ich bin es, Darejan.« Es gelang ihr kaum, das Zittern in ihrer Stimme zu beherrschen.

Seine Augen waren eingesunken und glühten, von einer grausamen Macht erfüllt, dunkel und unheimlich in ihren Höhlen. Selbst auf die wenigen Schritt Entfernung sah Darejan, dass kein Leben in ihnen war. Dennoch war sie nicht bereit aufzugeben. Unten in der Bucht hatte ein leiser Gesang eingesetzt. Die gleichen Worte hatte sie schon einmal aus Selorans Mund gehört. Ein gellender Schrei schnitt durch die Nacht. »Réf, du musst mir helfen! Bitte!«, drängte sie und stand langsam auf. Ihre Stimme schwankte stärker als zuvor. Seine Miene blieb leer. Der Schrei steigerte sich zu einem heiseren Brüllen, das sich mit dem immer lauter werdenden Gesang vermischte. Sie machte einen Schritt auf ihn zu. »Hilf mir!«, flehte sie erneut. Ohne ein Wort kam er auf sie zu, packte sie und stieß sie wieder in den Sand. Weder in seinen Augen noch in seinen Zügen hatte sich etwas geregt.

Beinah im gleichen Moment klang ein schauerliches Heulen vom Wasser herauf, unmenschlich und zerrissen. Der Laut brach so jäh ab, dass ihr die darauffolgende Stille umso grausamer erschien. Auch der Gesang war schlagartig verstummt. Für mehrere Herzschläge waren nur Darejans gepresste Atemzüge zu hören, dann näherten sich Schritte von der Bucht herauf. Gleich darauf erschienen Schatten zwischen den Felsen und Javreen passierte den Durchbruch. Sein Hemd war halb heruntergerissen. Das schwarze Wasser des Sees hatte seine Stiefel durchweicht. In seinen Armen trug er das, was Ahoren von Selorans Körper übrig gelassen hatte. Für einen Augenblick war da die verrückte Hoffnung, dass er es irgendwie geschafft hatte, Ahoren und seinen BôrNadár zu entkommen und der dunklen Magie zu entgehen. Doch als sie seinem Blick begegnete, wusste sie, dass dem nicht so war. Aus seinen Augen war jede Wärme gewichen. Ahoren hatte bekommen, was er die ganze Zeit über gewollt hatte. Hinter ihm traten die übrigen fünf Grauen Krieger zwischen den Felsen hervor und verteilten sich schweigend in dem kleinen Kessel. Er ließ Seloran wie ein Bündel Lumpen achtlos zu Boden fallen und ging zu Mirija hinüber. Ihre Schwester atmete, doch ihre Augen waren die einer Toten. Glitzernd rann Speichel aus ihrem Mund. Darejan tastete nach der Schuppe unter ihrem Hemd, während sie Selorans Seele im Stillen versprach, sie zurückzuholen. Ein hohes Greinen ließ sie zu Mirija schauen. Javreen hatte sich neben sie gekniet. Doch erst als er sich über die junge Frau beugte, fiel Darejan auf, wie schwerfällig er sich bewegte, und sie begriff unversehens, was er vorhatte.

»Nein!« Sie wollte aufstehen, doch einer der BôrNadár legte die Hand auf ihre Schulter und hielt sie fest. Schaudernd versuchte sie, sich seinem Griff zu entziehen, doch er gab sie erst frei, als Javreen es ihm mit einer Geste befahl.

»Du bist doch nicht etwa eifersüchtig, meine Liebe?« Das Lächeln, mit dem er sie bedachte, war voll böser Arroganz. »Gedulde dich noch einen Moment, dann bin ich wieder bei Kräften und meine ganze Aufmerksamkeit gehört nur dir allein.«

Darejan konnte nur trocken schlucken. Wie gelähmt beobachtete sie, wie er eine Hand grob in Mirijas Haar versenkte und die junge Frau dann in die Höhe zog. Ihre schwache Gegenwehr beachtete er gar nicht, während er den Mund auf ihren presste. Und wie schon einmal begann sie zu schreien. Ihr Körper verkrampfte sich zitternd in seinem Griff. Seine Lippen erstickten ihre Schreie, sogen sie beinah ebenso gierig ein wie ihre keuchenden Atemzüge. Dann wurden Mirijas Augen glasig, ihre Schreie zu einem röchelnden Stöhnen. Die Hände, die sie gegen seine Brust gepresst hatte, erschlafften und fielen herab. Noch ehe Ahoren sich von ihr löste und sie einen Blick auf das verzerrte Gesicht der jungen Frau werfen konnte, wusste Darejan, dass Mirija tot war. Die Leiche noch immer halb im Arm drehte er sich mit der Geschmeidigkeit eines Raubtieres zu ihr um. In seinen Augen stand eine Gier, die sie schaudern ließ. Langsam stand er auf. Mirijas lebloser Körper fiel verdreht in den Sand, ohne dass er ihm auch nur einen zweiten Blick gegönnt hatte.

»Und nun zu dir, meine Liebe«, gurrte er dunkel und kam auf sie zu. Blindlings wich Darejan vor ihm zurück. Sein leises, höhnisches Gelächter zog ihr die Eingeweide zusammen. Sie kroch weiter zurück.

»Aber, aber, meine Liebe. Du weißt, dass es sinnlos ist. Mach es dir nicht schwerer als unbedingt nötig. Auch dein Liebster hat irgendwann erkannt, dass er sich mir nicht länger widersetzen konnte, und hat sich mir ergeben.« Er hatte sie beinah erreicht. Darejan wich weiter zurück. Ihre Finger streiften die Decke, in die sie Javreens Körper gehüllt hatte, als er unter dem Einfluss des Giftes leblos dagelegen hatte. Darunter war etwas Hartes. Das alte Schwert!

Sie packte den Griff, zerrte es hervor, stand hastig auf und hielt es mit beiden Händen vor sich. »Nein! Rühr mich nicht an!«

Mit einem kalten, überheblichen Lachen gebot Ahoren seinen Dienern zurückzubleiben und trat noch weiter auf sie zu. Die Schwertspitze legte sich auf die weiche Stelle unter seinem Brustbein. In einer nachlässigen Geste breitete er die Hände zur Seite hin aus und kam noch näher. Unter der Klingenspitze zeigten sich träge einige rote Perlen auf seiner Haut. Darejan biss die Zähne zusammen.

»Bleib stehen!«

Er neigte den Kopf ein wenig. Seine Finger streiften ihre Handgelenke, schlossen sich um ihre Hände, ohne dass sie es hätte verhindern können. Ein Schluchzen war in ihrer Kehle. Er würde ihr das Schwert einfach aus den Händen nehmen. Er ... Für den Bruchteil eines Herzschlags weiteten die silbernen Dämonenaugen sich ungläubig, während seine Hände sich im selben Moment fester um ihre legten. Ein harter Ruck. Sie stolperte vorwärts. Die Augen fassungslos aufgerissen, starrte sie auf das Schwert, das jetzt bis zum Heft in Javreens Brust steckte. Ein lautloses Kreischen schien in der Luft zu liegen. Das Grauen und die Wut in seinem Blick wichen bitterer Befriedigung, und sie wusste, welche Seele nun wieder in diesem Körper war. Er wankte, fiel auf die Knie. Darejan folgte der Bewegung. Alles um sie herum war mit einem Schlag vergessen. Dass die BôrNadár alle zur Reglosigkeit erstarrte waren, bemerkte sie kaum. Sie konnte das Schwert nicht loslassen. Der zerkratzte Stein in seinem Knauf gleißte in dunklem ockerfarbenem Feuer, als sei er ein zur Erde gefallener Teil der Sonne. Javreen würgte Blut, hustet, versuchte etwas zu sagen.

Sie hörte sich selbst immer wieder »Nein, nein, nein!« jammern. Seine Hände hatten sich um ihre verkrampft. Sie konnte sehen, wie sein Blick vor Schmerz trüb wurde.

»Zieh es ... raus!« Endlich schaffte er es, die Worte hervorzuzwingen.

»Nein!« In blankem Entsetzen schüttelte sie den Kopf. Sein Blut rann über ihre Hände. »Du stirbst, wenn ich das tue.«

Sein gurgelndes Lachen endete in einem Husten. Darejan schrie, als er sich krümmte, verhinderte irgendwie mit einer Hand, dass er vornüberfiel und sich das Schwert noch tiefer in seine Brust bohren konnte. Er schien kaum noch Luft zu bekommen. Schwer sank er auf die Seite. Seine Finger bewegten sich auf ihren. Sie merkte, dass sie weinte.

»Das werde ich ... ohnehin. Aber wenn du ... mir hilfst, bleibt mir ... noch genug Zeit, ... um den KonAmàr zu ... zerstören.« Er schluckte Blut. »Zieh es raus!«

Sie schüttelte den Kopf und wies auf die Splitter des zerbrochenen Edelsteins. »Er ist nutzlos. Réfen hat ihn auf Ahorens Befehl zerschlagen.«

»Nicht den ... dritten.« Seine Hand führte ihre zum Heft des Schwertes, schloss sie um den blutbeschmierten Edelstein in seinem Knauf. »Drei. ... Der Wächter sagte, ... er habe den DúnAnór ... *drei* überlassen.«

»Du hast es gewusst?«

Er verkrampfte sich. »Gehofft. Ansari sagte, ich hätte ... auf einen KonAmàr ... geschworen. ... Aber erst, ... als ich das Schwert ... in deiner Hand sah, ... war ich mir sicher ...« Seine Finger glitten über das Schwert, von dessen Klinge Blut in den schwarzen Sand rann. »Wir alle haben ... hierauf ... geschworen.« Er rang schwer nach Luft.

»Aber wie ... Ich dachte Ahoren hätte ... wäre du.«

»Dachte er auch. ... Er hatte vergessen, dass ... ein KâlTeiréen eine zweite ... Seele in seinem Körper ... dulden kann. ... Und manchmal gewinnt ... man einen ... Krieg, indem man den ... Feind denken lässt, ... er hätte ... gewonnen.« Wieder musste er husten. Dieses Mal schien es ungleich länger zu dauern, bis er wieder sprechen konnte. Seine Hände führten ihre zum Heft des Schwertes zurück. »Zieh es ... raus! ... Bitte! ... Der Seelenmond ... Keine Zeit ...« Seine Hände lösten sich, sanken herab. Jetzt war es nur Darejans Griff, der verhinderte, dass das Gewicht der Klinge die Wunde noch tiefer riss. Schluchzend umklammerte sie mit einer Hand das Heft der Waffe, hielt mit der anderen seine Schulter fest, dann zog sie mit einem schnellen, geradezu verzweifelten Ruck die Klinge aus seinem Körper. Javreen schnappte in einem halben Schrei nach Luft, krümmte sich zusammen und zog die Beine an den Leib. Ein Zittern durchrann ihn, seine Augen waren vor Schmerz weit aufgerissen. Er hatte die Hände wieder vor die Wunde gepresst. Blut lief darüber. Er würgte und rang nach Atem. Sie ließ das Schwert fallen, packte in blindem Entsetzen die Decke und drückte ein Stück davon zwischen seinen verkrampften Fingern auf das Loch in seiner Brust. Sofort war ihre Hand voll roter Hitze. Sie starrte darauf, weinte hilflos. Dass er zwischen mühsamen Atemzügen schwach ihren Namen flüsterte, verhinderte, dass die Verzweiflung endgültig über ihrem Verstand zusammenschlug. Sie beugte sich über ihn. Seine Augen waren geschlossen, doch seine Lider öffneten sich schwer, als sie mit zitternden Fingern sein Gesicht streichelte.

Er hob die Hand, legte sie gegen ihre Wange. Darejan schluchzte auf, hielt seine Hand mit ihrer fest. »Meine Magie ... lass mich versuchen ...«

Ein mattes Kopfschütteln ließ sie verstummen. »Du brauchst ... sie, um mir zu ... helfen, den KonAmàr ... zu zerstören.« Träumerisch kosten seine Finger ihre Wange, dann zog er sie langsam zurück und erklärte ihr leise und stockend, was sie zu tun hatte. Fast widerwillig stand sie schließlich auf und zog einen Bannkreis um ihn, das Schwert und sich selbst. Sie zeichnete die Runen entlang des Kreises in den schwarzen Sand, die er ihr mühsam beschrieb, die gleichen, die er auf der Haut trug, sprach die Worte nach, die er ihr heiser nannte. Manchmal rang er Herzschläge lang schwer nach Atem, ehe er das nächste hervorbrachte, manchmal war es so undeutlich, dass er es wiederholen musste, ehe sie es verstand. Als es getan war, setzte sie sich neben ihn, so dicht, dass sie nur die Hand ausstrecken musste, um seine zu berühren, die kraftlos geöffnet zu Boden gesunken war. Auch seine andere Hand hing gelöst über seinem Leib. Ein dünnes rotes Rinnsal sickerte beständig aus seiner Wunde, über seine Brust und in den Sand. Die Decke war seinem Griff längst entglitten. Seine Stimme war kaum mehr ein Flüstern, als er sie anwies, den KonAmàr aus dem Knauf des Schwertes zu lösen. Ihre Finger zitterten so sehr, dass es ihr nicht gelingen wollte, selbst als sie das Blut vom Knauf und ihren Händen abgewischt hatte. Er musste es tun, und als der Stein frei war, fielen seine Hände herab, als hätte ihn endgültig jede Kraft verlassen. Doch als Darejan sich über ihn beugen wollte, befahl er ihr weiterzumachen. Wieder musste sie einen Bannkreis ziehen, diesmal nur um den Stein. Und auch um diesen musste sie Runen in den Sand schreiben. Dann winkte er sie zu sich. Seine Haut hatte die bleiche Farbe von Salzwachs angenommen. Schweiß glänzte fahl auf ihr. Sie kniete sich neben ihn und schluckte Tränen unter, als er ihr ein müdes Lächeln schenkte. Er wollte die Hand wie schon einmal zu ihrem Gesicht heben, doch auf halbem Weg versagten seine Kräfte. Rasch fasste sie zu und schmiegte ihre Wange in seine Handfläche. Sie war kalt. Darejan versuchte, die Tränen noch einmal zurückzudrängen und konnte es nicht.

»Scht. Nicht.« Mit dem Daumen wischte er die heiße Nässe ab. »Wir haben es gleich ... geschafft. Es ist nur noch eins ... zu tun.« Sie grub sich die Zähne in die Lippe. Seine Finger liebkosten ihre Wange. »Hilf mir auf und ... gib mir das Schwert«, verlangte er matt. Als sie widersprechen wollte, schüttelte er erneut schwach den Kopf. »Tu es!«

Darejan schloss die Augen, umklammerte seine Finger einen Moment verzweifelt, ehe sie sacht seine Handfläche küsste und abgehackt nickte. So behutsam sie konnte, half sie ihm zuerst, sich aufzusetzen, dann auf die Knie und schließlich auf die Füße, und dennoch war jeder seiner Atemzüge voller Qual. Seine Wunde blutete wieder stärker. Sie wagte kaum, ihn auch nur für den Bruchteil eines Herzschlags loszulassen, den sie brauchte, um sich nach dem Schwert zu bücken. Sein Körper zitterte vor Anstrengung, doch seine Hände waren ruhig, als sie es ihm gab. Bedächtig setzte er die Spitze auf den KonAmàr, sah Darejan wieder mit jenem traurigen Lächeln an.

»Leg deine ... Hände über ... meine. Und wenn ... es so weit ist, ... hilf mir mit ... deiner Magie.«

Sie gehorchte stumm. Seine Hände waren eiskalt.

Er senkte den Kopf, als sammlte er seine letzten Kräfte. Seine Atemzüge kamen flach und jeder einzelne schien ihm mehr Schmerz zu bereiten als der vorhergehende. Und dennoch begann er nach einem Augenblick zu singen. Worte und Silben, die Darejan nicht verstand, dunkel und bedrohlich. Die Töne hatten nichts mit jenen gemein, mit denen er die Seele des Mädchens aus dem Schleier gerufen oder Ayina und ihrem toten Gemahl Frieden gegeben hatte. Sie riefen eine grauenvolle Macht, die jenseits dessen lag, was Darejan kannte. Die Schwäche war aus seiner Stimme gewichen, obwohl jeder Atemzug seine Züge verzerrte. Außerhalb des Bannkreises war Bewegung in die BôrNadár gekommen. Sie schlichen knurrend und zähnefletschend um ihn herum wie hungrige Wölfe. Unter der Schwertspitze begann der KonAmàr zu schimmern, dann zu glühen. Mit jedem Wort, das über Javreens Lippen kam, wurde sein Licht heller, bis es ein ockerdunkles Gleißen war. Das lautlose Kreischen war wieder in der Luft. Das Heulen einer Seele, die sich ein letztes Mal dagegen wehrte, erneut in ihr Gefängnis gebannt zu werden.

Javreens Gesang brach, Darejan merkte, wie sein Zittern sich verstärkte. Sie schloss ihre Hände fester über seine, zwang das, was sie von ihrer unwilligen Magie erreichen konnte, aus ihrem Inneren empor und ließ sie durch ihre Berührung fließen. Seine Stimme wurde wieder fester. Für den Bruchteil eines Lidschlags sah er sie an, dann stieß er die Klinge mit seinem ganzen Gewicht in das Gleißen hinab. Die Spitze des Schwertes glitt durch den Stein, als wäre er aus Wachs, und grub sich durch den Sand in den Felsen darunter. Schmerz brandete durch Darejans Glieder, als ihre Magie wieder versiegte. Der KonAmàr lag in zwei Hälften geteilt zu beiden Seiten der Klinge. Sein Licht erlosch. Das Kreischen war verstummt. Javreen brach zusammen. Mit einem Schrei sprang Darejan vor, fing ihn auf, glitt mit ihm zusammen zu Boden. Sie war blind für den Sturm aus Nebel und Schatten, der außerhalb des Bannkreises losbrach. Für das Jaulen und Heulen der BôrNadár, deren Leiber sich krümmten. Für die Schemen, die sich wimmernd und kreischend aus ihren Körpern lösten und mit verzerrten Fratzen gegen den Bannkreis stürmten. Für sie zählte nur Javreen. Schlaff lag sein Körper halb über ihrem Schoß. Sein Kopf ruhte schwer in ihrer Armbeuge. Sie barg ihn an ihrer Brust, rief wieder und wieder seinen Namen, während der Sturm aus Nebel und Schatten jenseits des Bannkreises weiter wütete, bis er allmählich verebbte. Darejan hielt ihn verzweifelt fest, während seine Glieder immer schwerer wurden.

»Bitte nicht!«, flehte sie schluchzend, obwohl sie wusste, dass es sinnlos war.

Dann ein langsamer Atemzug und ein langes, langes Ausatmen. Auf das nichts mehr folgte.

Schweigend stand er außerhalb des Bannkreises und sah sie an.

Ein Schatten nur.

Fahler Nebel war um ihn her, füllte den Felskessel.

Der Sturm hatte sich gelegt.

Ein halbes, trauriges Lächeln glitt über seinen Mund.

Seine Lippen formten lautlos drei Worte.

Darejan zog seinen leblosen Körper enger an sich, sein Kopf hing schwer über ihren Arm herab.

»Ich liebe dich.« Sie streckte die Hand nach ihm aus. Wie zur Antwort hob er seine. Schatten traten hinter ihm aus dem Nebel. Die Seelen jener, die Ahoren in den Schleier gestoßen hatte, obwohl sie noch am Leben waren. Ohne den Blick von ihr zu nehmen, hob er den Kopf, schien auf etwas zu lauschen. Ein weiterer Schatten löste sich aus dem Nebel, blieb an seinem Rand stehen. Mächtige, silberne Schwingen entfalteten sich leicht. Der Adlerkopf neigte sich in einem stummen Gruß. Sein Lächeln änderte sich, ein Teil der Trauer wich daraus. Darejan schluchzte auf. Der Nebel streckte sich nach ihm aus. Er hob die Hand in einem stummen Abschiedsgruß, entfernte sich Schritt für Schritt rückwärts in das fahle Schimmern hinein, ohne seine Augen aus ihren zu lösen. Der Nebel wallte höher. Sie sah noch, wie seine Hand sich auf Cjars Hals legte, dann war da nur noch silbrig bleiches Grau. Darejan lehnte ihre Stirn gegen seine und weinte.

Sie bemerkte nicht, wie die Körper der BôrNadár sich zu regen begannen. Und sie war weit davon entfernt, noch so etwas wie Angst zu empfinden, als Hände sich über ihre legten und sie von Javreen fortziehen wollten. Mit einem verzweifelten Laut klammerte sie sich störrisch fest, gleichgültig gegen alles, was um sie herum geschah.

»Er ist tot. Lass ihn los. Es ist vorbei«, sagte eine Stimme dicht bei ihr. Jemand kniete neben ihr, wollte sie in den Arm nehmen. Sie versuchte, ihn wegzustoßen, doch es fehlte ihr die Kraft dazu. Eine Hand strich über ihren Rücken. »Darejan. Was ist hier passiert?« Nur allmählich wurde ihr klar, dass sie die Stimme kannte. Auch wenn sie klang, als sei sie lange Zeit nicht benutzt worden. Sie hob müde den Kopf und blickte in ein graubraunes Augenpaar, das sie mitleidig und zugleich besorgt musterte. Und obwohl er noch immer die grauen Gewänder eines BôrNadár trug, wusste sie, dass der Mann, der neben ihr kniete, nicht länger Ahorens Diener war.

»Ach, Réf!«, schluchzte sie und flüchtete sich an seine Brust. Seine Berührung war nicht mehr kalt, als er die Arme um sie legte und sie weinen ließ, bis ihre Tränen endgültig versiegt waren und sie ihm stockend erzählte, was geschehen war.

Irgendwann sah sie ihn an. »Seloran …?«, fragte sie und wischte sich mit dem Ärmel die Tränen aus dem Gesicht. Ihre Hände waren dunkel von getrocknetem Blut.

Er warf einen raschen Blick hinter sich, wo die Männer, deren Körper Ahoren den Seelen seiner BôrNadár überlassen hatte, standen und saßen. Sie hatten sich die Helme abgenommen und zum Teil auch die grauen Gewänder heruntergerissen. Alle wirkten sie benommen und verwirrt. Einer hatte sich wie ein Kind zusammengerollt und wimmerte, doch die anderen hatten sich bestürzt um Mirijas Leiche und Selorans reglosen Körper geschart.

»Sie stirbt. Ihr Körper hat keine Kraft mehr«, sagte Réfen neben ihr rau, Schmerz und Trauer in der Stimme. »Es ist besser so. Dieses Monster hat ihre Seele zerstört, genau wie Fren es gesagt hat. Sie wäre nie wieder gesund geworden.«

Sie senkte den Kopf und zog den leblosen, kalten Leichnam in ihren Armen fester an sich, als könne er ihr noch Trost geben.

An ihrer Seite beugte Réfen sich über Javreens Beine, zog die Decke heran und breitete sie in schweigendem Respekt über den Toten. »Ahoren sagte, er würde sie alle auslöschen. Ich hätte nie geglaubt, dass er es tatsächlich schaffen würde.« Er presste die Lippen zusammen und schüttelte den Kopf. »Wir können nur darum beten, dass so etwas nie wieder geschieht, jetzt da es wohl niemanden mehr gibt, der die Geheimnisse der DúnAnór kennt.« Sanft strich er ihr über die Schultern. »Er ist tot, Darejan. Lass ihn los.« Erneut legte er die Hände über ihre und zog behutsam. »Du kannst nichts mehr für ihn tun. Für ihn nicht und auch für Seloran nicht. Lass los.«

Darejan saß wie erstarrt.

»Er sehnt den Tod herbei. Aber sein Großmeister hat ihm befohlen zu leben, damit die DúnAnór nicht untergehen.« »Wir können nur darum beten, dass so etwas nie wieder geschieht, jetzt da es wohl niemanden mehr gibt, der die Geheimnisse der DúnAnór kennt.« Langsam hob sie den Kopf, schaute Réf an. Ein würgender Schmerz war plötzlich in ihrer Brust. Sie sah zum Nachthimmel. Der Seelenmond hatte seinen Zenit überschritten, aber er hing immer noch vor der samtenen Schwärze. Ihre Hände kosten Javreens kalte Stirn, während sie zu Seloran hinüberblickte. Behutsam bettete sie seinen Kopf in den Sand, stand auf und ging zu ihrer Schwester. Die Männer machten ihr respektvoll Platz, als sie sich neben sie kniete und ihre Hand in ihre nahm.

Sie war schlaff und verkrümmt, die Hand einer Greisin. Ahorens Seele hatte Seloran ihr Leben gestohlen. »Ich liebe dich!« Sie beugte sich vor, lehnte den Kopf gegen die Schulter ihrer Schwester, wie sie es so oft getan hatte, wenn sie Kummer hatte.

»Wer hat dir etwas getan, Kleines? Ich merke doch, dass dir das Herz wehtut.« Die Arme ihrer Schwester legen sich tröstend um sie.

»Es ist nichts.«

»Nichts? Deine Augen sind rot vom Weinen, Kleines. Es ist wegen diesem Mann, nicht wahr?«

»Du weißt von ihm?«

»Ich weiß, dass es ihn gibt.« Selorans Hand streicht über ihren Kopf, zieht sie fester an sich. »Ach, Kleines. Ich merke doch, wenn meine Schwester sich verliebt hat. Und jetzt hat er dir wehgetan.«

Sie schluchzt leise an Selorans Schulter. »Er hat gesagt, es hätte nichts bedeutet.«

»Wer ist er?«

»Er kommt aus dem Norden, aus dem Volk der Jarhaal. – Seloran, ich liebe ihn doch! Was soll ich nur tun?« Darejan versuchte nicht, die Tränen zurückzuhalten, während sie das Gesicht fester gegen die Schulter ihrer Schwester presste. »Ich liebe dich. Und ich liebe ihn. Es tut mir so leid, Seloran. Verzeih mir. Bitte, verzeih mir«, flüsterte sie erstickt. Ihre Hand umklammerte noch einmal die ihrer Schwester, dann stand sie entschlossen auf und wischte sich die Tränen aus dem Gesicht. Sie blickte zu Javreens Leiche hinüber. Réfen hatte ihm die Decke übers Gesicht gezogen. Darejan straffte die Schultern, verdrängte das Gefühl von Schuld, das ihr die Kehle zuschnürte, und sah Réf an, während sie ihre Hand so fest um die Schuppe unter ihrem Hemd schloss, dass die Ränder in ihre Haut bissen. »Bringt ihn zum Wasser!«

Réfen sah sie besorgt und unwillig zugleich an. »Darejan, was hast du vor? Sei vernünftig. Du kannst nichts mehr ...«

»Bitte Réf, ich habe keine Zeit, es dir zu erklären! Der Seelenmond ist fast untergegangen. Tu es einfach.«

Noch einmal musterte er sie scharf, dann nickte er den anderen Männern zu. »Helft mir!«

Darejan wurde mit verwirrten und misstrauischen Blicken bedacht, während sie den Leichnam auf die Decke hoben und dann zwischen den Felsen hindurch zum Strand hinuntertrugen. Sie folgten ihrem Befehl und gingen sogar einige Schritt weit in das schwarze Wasser hinein, obwohl sie sich immer wieder unruhig umsahen. Argwöhnisch verfolgten sie, wie Darejan die schwarze Schuppe unter ihrem Hemd hervorholte und sie rasch in vier Teile brach. Dann trat sie dicht neben Javreen. Seine Glieder trieben leblos auf der glänzenden Oberfläche. In ihrer unheimlichen Schwärze bewegte sein Haar sich, dass es beinah aussah, als würde er in stillem Protest den Kopf schütteln. Zuweilen spülte ihm das Wasser übers Gesicht, doch zugleich hatte es auch begonnen, ihm das Blut von der Haut zu waschen. Darejan kniete sie sich neben Javreen, schob einen Arm unter seine Schultern und nickte den Männern zu, dass sie auf den Strand zurückkehren konnten. Alle bis auf Réfen gehorchten hastig. Er trat nur ein paar Schritte zurück, beobachtete sie aber weiter schweigend und angespannt. Sie warf ihm einen langen Blick zu – und hoffte, dass er ihre stumme Bitte, nicht einzugreifen, verstand. Dann wandte sie sich wieder Javreens Leichnam in ihrem Arm zu. Sie begann, die Worte zu flüstern, die der Wächter der Seelen ihr genannt hatte, während sie die Teile der Schuppe auf die Stellen legte, für die sie bestimmt waren. Ein Teil auf die Brust, direkt über dem Herzen, eines auf jedes der geschlossenen Lider und das letzte auf die Zunge. Dann drückte sie Javreen mit beiden Händen bis auf den Grund unter Wasser. Sie hörte Réfen scharf einatmen, doch er versuchte nicht, sie aufzuhalten oder auch nur näher zu kommen.

Wieder und wieder murmelte sie die Worte, mit jedem Mal drängender, während der Seelenmond sich langsam, aber unaufhaltsam den Felskämmen des Kraters entgegensenkte und sich mehr und mehr in eine fahle, bleiche Scheibe verwandelte. Das Wasser über ihren Händen war wieder zu einem unbewegten, lichtlosen Spiegel geworden, unter dem sich nichts rührte. Ihre Arme wurden müde und begannen vor Anstrengung zu zittern. Immer wieder sprach sie die Worte. In ihrer Stimme schwang inzwischen ein mühsam unterdrücktes Schluchzen mit.

Das schwarze Wasser barst, als der Mond eben die Felsen berührte. Sie bekam einen Stoß, der sie nach hinten stolpern und stürzen ließ. Javreen brach aus dem Dunkel hervor, kam auf die Füße, wankte patschend einen halben Schritt auf das Ufer zu, ehe er taumelte und auf alle viere fiel. Glitzernde Kaskaden flossen aus seinem Haar und seinen Kleidern. Er hustete und würgte, spuckte Wasser aus und schnappte nach Luft. Seine Hand tastete nach seiner Brust. Als er sie zurückzog, war kein Blut an ihr. Darejan richtete sich zögernd auf, trat auf ihn zu und verharrte mitten in der Bewegung, als er ihr den Kopf zudrehte. Er starrte sie an. In seinen Augen lag alles Entsetzen, zu dem ein Mensch fähig war.

»Was hast du getan?«, flüsterte er heiser.

»Du lebst!« Sie presste die Worte halb erstickt hervor.

Er schien sie nicht zu hören. »Was hast du getan?«, wiederholte er mit wachsendem Grauen. Er starrte auf seine Hand, bewegte die Finger im Mondlicht, sah Darejan wieder an. »Was hast du getan?« Dieses Mal schrie er. »Ich war tot.« Wankend stand er auf, machte einen unsicheren Schritt auf sie zu. Sie wich vor ihm zurück. »Warum? Warum hast du mir das angetan?«, murmelte er verzweifelt.

Darejan fühlte sich, als hätte er sie geschlagen. »Ich habe es getan, weil ich dich liebe. Und weil du leben musst, damit die DúnAnór nicht untergehen. Du hast eine Pflicht gegenüber deinem Orden zu erfüllen.«

Er zuckte unter ihren Worten zusammen und sie bereute sie sofort. »Javreen ...« Sie machte einen weiteren Schritt auf ihn zu, doch er wich erneut zurück.

Darejan biss sich auf die Lippe. »Versteh doch ...«, setzte sie an, schwieg aber, als er den Kopf schüttelte.

»Ich verstehe. Glaub mir. Ich verstehe und wahrscheinlich hätte ich an deiner Stelle genauso gehandelt. Aber das ändert nichts. Gar nichts.« Er drehte sich um und floh mit unsicheren Schritten am Wasser entlang.

»Javreen ...« Réfens Hand hinderte sie daran, ihm nachzulaufen.

»Lass ihn.« Er hatte bisher nur schweigend zugehört, doch nun hielt er sie fest. »Gib ihm Zeit, um sich mit dem abzufinden, was du getan hast.«

»Er hasst mich!«, flüsterte sie hilflos.

»Das tut er nicht. Er ist verwirrt, aber – verdammt, Darejan – er war tot. Er hat jedes Recht darauf, verwirrt, entsetzt, wütend oder was auch immer zu sein. Gib ihm einfach ein wenig Zeit für sich allein. Dann wird er nicht nur verstehen, warum du es getan hast, sondern es auch begreifen.« Sein Griff verstärkte sich, als sie ihm widersprechen wollte. »Geh zu Seloran. Dein Platz ist jetzt an ihrer Seite. Ich bleibe in seiner Nähe. Hier kommt er ohnehin nicht weit.« Er drehte sie in Richtung der Felsen und gab ihr einen leichten Schubs. »Geh!«

Einen Augenblick zögerte sie und blickte der dunklen Silhouette nach, die sich an der schwarz glitzernden Wasserlinie entlang bewegte. Dann kehrte sie in den kleinen Felskessel zurück. Sie wusste nicht, wie viel die Männer von dem, was am Strand geschehen war, mit angesehen hatten. Doch wie sie ihr begegneten, verriet ihr, dass sie zumindest wussten, dass sie einen Toten unter die Lebenden zurückgebracht hatte. Wortlos ging sie zu Seloran hinüber und setzte sich neben sie. Die Augen ihrer Schwester standen weit offen, doch es war kein Leben in ihnen. Mirijas Körper lag unter der Decke verborgen dicht bei den Felsen. In dem Verlangen nach Wärme und ein bisschen Licht hatten die Männer es irgendwie geschafft, die grauen Gewänder der BôrNadár an den Resten des Feuers in Brand zu stecken. Nun kauerten sie darum herum und beobachteten die Schatten, die die Flammen auf das Gestein warfen.

Als Réfen schließlich zwischen den Felsen erschien, zeigte sich die Sonne bereits als dünner feuriger Streifen über den Felsen. Réf durchquerte den Felskessel und blieb vor ihr stehen. Er nickte zu dem Durchlass, der zum Wasser führte.

»Er ist den Strand hinuntergegangen. Du sollst ihm die beiden Hälften des Steins bringen«, sagte er so ruhig, als würde er einem seiner Krieger einen Befehl geben, und nickte zu der Stelle, an der sie und Javreen ihn zerstört hatten.

Der KonAmàr lag noch immer dort. Sie hatte versucht, das Schwert aus dem Boden zu ziehen, doch es war dabei zerbrochen.

Schweigend stand Darejan auf, ging hinüber und hob die beiden Bruchstücke auf.

Sie fand Javreen ein kurzes Stück weit entfernt auf einem Felsen. Er starrte reglos auf das schwarze Wasser hinaus, das die aufgehende Sonne mit einem Firnis aus Feuer und Gold überzog. Als er sie hörte, wandte er ihr das Gesicht zu, rührte sich aber ansonsten nicht. Stumm hielt sie ihm die beiden Hälften entgegen. Er nahm ihr eine ab, wog sie nachdenklich in der Hand, während er wieder auf den See hinausblickte. Schließlich trat er bedächtig von dem Felsen herab, machte zwei schnelle Schritte zum Ufer hin und warf den Stein in einem weiten Bogen in den SúrKadin hinaus. Das Wasser spritzte hoch auf, einen Augenblick wiegten Kreise sich auf ihm und ließen es auf den Sand und über seine Stiefel schwappen, ehe seine Oberfläche wieder ruhig und dunkel dalag, als sei nichts geschehen.

Nach einem Moment trat Darejan langsam neben ihn, hielt ihm das zweite Stück hin. Er schloss ihre Finger darum. »Du bist jetzt seine Hüterin. Ich hoffe, du erfüllst diese Pflicht besser, als es deine Schwester getan hat.«

Sie nickte beklommen. »Javreen ...«

»Ich frage mich die ganze Zeit, was wohl geschehen würde, wenn ich einfach ins Wasser hineingehen würde. Immer weiter«, murmelte er leise, mehr zu sich selbst, und sah abermals auf den See hinaus.

Darejan holte zitternd Atem. Doch anstatt *Lass mich nicht allein! Ich liebe dich!* kam ein ersticktes: »Du hast deine Pflicht zu erfüllen« über ihre Lippen.

Einen Moment schwieg er und blickte weiter über die schwarze Fläche vor sich. »Ja, ich habe eine Pflicht gegenüber meinem Orden zu erfüllen«, sagte er dann leise. In seinen Augen stand nichts als Sehnsucht. Darejan drängte die Tränen zurück, die plötzlich in ihrer Kehle brannten, und schob ihre Hand behutsam in seine. Es dauerte lange, bis seine Finger sich um ihre schlossen, und noch länger, bis sein Blick zu ihr zurückkehrte. Doch für einen kurzen Moment stand jenes halbe, traurige Lächeln auf seinen Lippen. »Aber deinetwegen will ich versuchen zu leben.«

Die Flamme der Fackel knisterte in dem kalten Nachtwind, der über die schwarz glänzende Oberfläche des SúrKadin hinwegstrich. Darejan stand schweigend auf der steilen Treppe, die zwischen den Felsen vom CordánDún hinab in die kleine Bucht führte, in der schon die sterblichen Überreste der ersten der DúnAnór dem Feuer und dem Wasser des Spiegels des Nichts übergeben worden waren. Unten auf dem Strand stand Javreen reglos zwischen den Totenflößen, auf denen die ermordeten Klingen der Seelen, ihre Nekromanten und ihre Familien aufgebahrt lagen. Er trug die schwarzen Gewänder der DúnAnór. Der Wind drückte die lange Robe des Großmeisters gegen seine Beine.

Darejan legte die Hand gegen einen der zerklüfteten Felsen, die die Treppe flankierten. Sie war dankbar dafür, dass die Männer, die Ahoren hierher gebracht hatte, Javreen geholfen hatten, die Flöße zu bauen, und sie seinen Wunsch respektierten, allein Abschied von seinen Schwertbrüdern und ihren Familien zu nehmen. Morgen würde er sie unter der ShaAdon hindurchführen, damit sie nach Hause zurückkehren konnten. Einzig Réfen und Noren wollte er dabei das Geheimnis des verborgenen Weges anvertrauen, die anderen würden den Durchgang mit verbundenen Augen überstehen müssen. Ein Teil von ihnen würde die Leichen der Isârden nach Issra bringen. Réfen würde Selorans Leichnam mit nach Kahel nehmen. Über das er von nun an in Darejans Namen als Truchsess herrschen würde. Etwas, wogegen er sich bis zuletzt gesträubt hatte. – Ihr Platz war an Javreens Seite. Und seiner hier, im CordánDún.

Unten auf dem Strand erwachte Javreen aus seiner Reglosigkeit. Langsam ging er an den Totenflößen entlang, steckte sie eines nach dem anderen in Brand und stieß sie vom Ufer ab, damit sie auf den See hinausglitten. Die Flammen leckten über das trockene Holz, spiegelten sich auf dem schwarzen Wasser. Funken tanzten in den Nachthimmel zur bleichen Mondscheibe hinauf. Als auch das letzte davongetrieben war, stieg er langsam die steile Treppe hinauf. Ein paar Stufen unter Darejan blieb er stehen und drehte sich zum SúrKadin und den Feuern um.

Still verharrten sie. Der Wind zerrte an den Flammen der Fackel. Ihr Knistern war der einzige Laut. Endlich wagte Darejan, zu ihm zu gehen, die Arme um seine Mitte zu schlingen und den Kopf gegen seine Brust zu lehnen. Erst nach mehreren Atemzügen spürte sie seine Hand auf ihrem Rücken, als er sie fester an sich zog.

»Ich liebe dich«, flüsterte sie in die schwarze Sarinseide seines Hemdes. Wie zur Antwort spürte sie seine Lippen auf ihrem Haar. Schweigend beobachteten sie, wie das Feuer die Leichen der DúnAnór und ihrer Nekromanten auf dem dunklen Wasser des Spiegels des Nichts verzehrte und in ihm versank.

Lynn Raven
Blutbraut

736 Seiten, ISBN 978-3-570-30887-5

Seit sie denken kann, ist Lucinda Moreira auf der Flucht vor Joaquín de Alvaro, denn sie ist eine „Blutbraut", und nur ihr Blut kann den mächtigen Magier davor bewahren, zum Nosferatu zu werden. Doch gerade als Lucinda sich zum ersten Mal verliebt hat, wird sie entführt und auf Joaquíns Anwesen gebracht. Sie ist in eine Falle gelaufen: Chris, für den sie schwärmt, ist kein anderer als Joaquín de Alvaros Bruder, und auch er sucht eine Blutbraut. Und noch andere Magier begehren Lucindas Blut. Je näher sie Joaquín aber kennenlernt, desto mehr gerät ihr Bild von ihm ins Wanken und stürzt sie in ein Wechselbad der Gefühle ...

www.cbt-buecher.de

Lynn Raven

Das Herz des Dämons
Band 1, 336 Seiten,
ISBN 978-3-570-30690-1

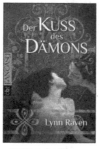

Der Kuss des Dämons
Band 2, 336 Seiten,
ISBN 978-3-570-30554-6

Das Blut des Dämons
Band 3, 448 Seiten,
ISBN 978-3-570-30765-6

Es ist Liebe auf den zweiten Blick – doch nie im Leben hätte Dawn für möglich gehalten, dass ihre Gefühle ausgerechnet von einem Geschöpf der Nacht erwidert werden: von Julien, dem unnahbar coolen, aber auch unheimlich schönen Neuen an der Highschool. Er hat einen blutigen Auftrag, in den Dawn tiefer verwickelt ist, als sie ahnt …

www.cbt-buecher.de